Die Tochter des Fotografen

KIM EDWARDS

Die Tochter des Fotografen

Roman

Aus dem Amerikanischen
von Silke Haupt und Eric Pütz

Weltbild

Die amerikanische Originalausgabe erschien 2005
unter dem Titel *The Memory Keeper's Daughter.*

Besuchen Sie uns im Internet:
www.weltbild.de

Genehmigte Lizenzausgabe für Verlagsgruppe Weltbild GmbH,
Steinerne Furt, 86167 Augsburg

(für die deutsche Ausgabe, die 2007 im Gustav Kiepenheuer Verlag erschien;
Gustav Kiepenheuer ist eine Marke der Aufbau Verlag GmbH & Co. KG)
– diese Lizenzausgabe wurde vermittelt durch die Aufbau Media GmbH, Berlin –
Übersetzung: Silke Haupt und Eric Pütz
Umschlaggestaltung: Alexandra Dohse, www.grafikkiosk.de, München
Umschlagmotiv: plainpicture, Hamburg
Gesamtherstellung: CPI Moravia Books s.r.o., Pohorelice
Printed in the EU
ISBN 978-3-8289-9671-7

2013 2012 2011 2010
Die letzte Jahreszahl gibt die aktuelle Lizenzausgabe an.

1964

1. Kapitel

März 1964

Es schneite bereits seit mehreren Stunden, als ihre Wehen einsetzten. Nachdem zuerst nur einige wenige Flocken im trüben, grauen Himmel des späten Nachmittags zu sehen waren, jagte der Wind in den darauffolgenden Stunden den Schnee in Schwaden über ihre Veranda. Als der Sturm zunahm, standen sie Seite an Seite am Fenster und beobachteten, wie die scharfen Böen sich aufbauschten und umherwirbelten, bevor sie sich am Boden zerstreuten. Überall in der Nachbarschaft schienen Lichter auf, und die nackten Äste der Bäume bekamen einen weißen Überzug.

Nach dem Abendessen wagte er sich in den Sturm hinaus, um von dem Holzstoß, den er im letzten Herbst an die Garage gestapelt hatte, ein paar Scheite zu holen. Die Luft schlug ihm klar und kalt ins Gesicht, und der Schnee in der Einfahrt war längst knöcheltief. Er schüttelte die weichen weißen Kappen von den Scheiten und trug sie ins Haus. Das Anmachholz auf dem Eisenrost fing sofort Feuer, und für eine Weile setzte er sich mit gekreuzten Beinen an den Kamin, legte Scheite nach und sah dem blauen, hypnotisierenden Aufschlagen der Flammen zu. Draußen fiel der Schnee noch immer still durch die Dunkelheit, im Lichtkegel der Straßenlampen aber wirkte er wie eine weiße, unbewegliche Masse. Als er sich erhob und aus dem Fenster sah, hatte sich ihr Auto in einen weißen Hügel verwandelt. Seine Fußstapfen in der Einfahrt waren nicht mehr zu sehen.

Er strich sich die Asche von den Händen und setzte sich auf das Sofa neben seine Frau, die ihre Füße auf Kissen gebettet hatte. Ihre geschwollenen Knöchel waren übereinandergeschlagen, und ein Exemplar von »Dr. Spock's Baby and Child Care« balancierte auf ihrem Bauch.

Versunken befeuchtete sie jedesmal ihren Zeigefinger, wenn sie eine Seite umblätterte. Ihre Hände waren schmal, die Finger kurz und kräftig, und beim konzentrierten Lesen biß sie sich leicht auf ihre Unterlippe. Wenn er sie ansah, war er vor Liebe und Verwunderung überwältigt. Daß sie seine Frau war und daß ihr Baby in drei Wochen auf die Welt kommen sollte, verblüffte ihn außerordentlich. Es würde ihr erstes Kind sein, erst seit einem Jahr waren sie verheiratet.

Sie sah lächelnd auf, als er die Decke fest um ihre Beine schlug. »Wie ist es wohl«, überlegte sie laut, »wenn wir noch im Mutterleib sind? Zu schade, daß wir uns nicht daran erinnern können.« Sie öffnete ihr Kleid und zog den Pullover hoch, den sie darunter trug. Ein Bauch, rund und hart wie eine Melone, kam zum Vorschein. Sie ließ ihre Hand über seine glatte Oberfläche gleiten. Der Schein des Feuers tanzte auf ihrer Haut und warf ein rötliches Gold auf ihre Haare. »Glaubst du, es ist wie im Inneren eines großen Lampions? Im Buch steht, daß das Licht durch meine Haut dringt, und das kann das Baby schon wahrnehmen.«

»Ich weiß es nicht«, sagte er.

Sie lachte. »Warum nicht? Du bist doch der Arzt.«

»Ich bin nur Orthopäde«, erinnerte er sie. »Ich könnte dir das Verknöcherungsmuster von fötalen Knochen erklären, aber das ist auch schon alles.« Er nahm ihren Fuß, der in einem hellblauen Socken steckte und geschwollen und gleichzeitig zart aussah, und begann ihn vorsichtig zu massieren. Er arbeitete sich über ihre ausgeprägte Ferse und die sanfte, konvexe Kurve ihres Astralagus zu den Mittelfußknochen und den Zehengliedern vor, die sich unter Haut und straffen Muskeln auffächerten. Ihr Atmen erfüllte den stillen Raum, ihr Fuß wärmte seine Hände, und er dachte an die vollendete und verborgene Symmetrie der Knochen. Die Schwangerschaft verlief mustergültig und ohne Komplikationen. Trotzdem konnte er seit einigen Monaten nicht mehr mit ihr schlafen. Statt dessen hatte er jetzt das Bedürfnis, sie zu beschützen. Am liebsten hätte er sie ständig Treppen hochgetragen, sie in Decken gewickelt oder ihr Schälchen mit Vanillepudding serviert. »Ich bin kein Invalide«, protestierte sie jedesmal lachend. »Ich bin kein junger Vogel, der aus dem Nest gefallen ist.« Trotzdem gefiel ihr seine Zuwendung. Manchmal wachte er auf und beobachtete sie beim Schlafen, das Flattern ihres Augenlids, das langsame Heben und Senken ihrer Brust, ihre ausgestreckte Hand, die so klein war, daß er sie mit seiner eigenen ganz umschließen konnte. Sie war elf Jahre jünger als er.

Zum erstenmal hatte er sie vor über einem Jahr gesehen, als sie die Rolltreppe eines Kaufhauses im Zentrum hochgefahren war, in dem er Krawatten kaufen wollte. Er war dreiunddreißig Jahre alt und gerade nach Lexington, Kentucky, gezogen. Mit ihrem blonden Haar, das in einem eleganten Nackenknoten gebunden war, und den Perlen, die an ihrem Hals und ihren Ohren schimmerten, war sie eine Erscheinung inmitten der Menschenmenge. Sie trug einen dunkelgrünen Wollmantel, und ihre Haut war ebenmäßig und blaß. Er betrat die Rolltreppe und kämpfte sich durch die Menge, um sie nicht aus den Augen zu verlieren. Sie fuhr in den vierten Stock, Wäsche und Strumpfwaren. Als er ihr durch Gänge folgte, deren Regale mit weich schimmernden Slips, Büstenhaltern und Höschen bestückt waren, hielt ihn eine Verkäuferin an und fragte ihn lächelnd, ob sie ihm helfen könne. »Einen Morgenmantel«, sagte er, die Gänge absuchend, bis er ihr blondes Haar und eine dunkelgrüne Schulter erblickte. Für einen Moment entblößte sich die anmutige Neigung ihres hellen Nackens. »Ich suche einen Morgenmantel für meine Schwester, die in New Orleans wohnt.« Natürlich hatte er weder eine Schwester, noch wußte er von sonst irgendeinem noch lebenden Verwandten.

Die Verkäuferin verschwand, um einen Moment später mit drei Morgenmänteln aus robustem Frottee wiederzukommen. Er wählte blind, sah kaum hin, als er den obersten ergriff. »Diesen gibt es in drei Größen. Im nächsten Monat haben wir eine größere Farbauswahl«, sagte die Verkäuferin, aber er war schon im Gang verschwunden. Einen korallenroten Morgenmantel über dem Arm, hinterließen seine Schuhe auf den Fliesen ein quietschendes Geräusch, als er sich ungeduldig zwischen den anderen Käufern auf die Stelle zuschob, wo sie stand. Sie durchwühlte die Stapel mit den teuren Strümpfen, die, mit Pappe verstärkt und in glattes Zellophan gehüllt, kleine Fenster frei ließen, durch die die reinen Farben schienen: Beige, Marine, ein Braun, so dunkel wie Schweineblut. Der Ärmel ihres Mantels streifte seinen, und er konnte ihr Parfüm riechen, das fein, aber doch durchdringend duftete, ähnlich den Fliederblüten, die damals vor den Fenstern seiner Studentenbude in Pittsburgh wuchsen. Die niedrigen Fenster seiner Souterrainwohnung waren immer schmutzig gewesen, von Ruß und Asche blind. Im Frühling aber blühte der Flieder, weiße und lavendelfarbene Sträuße drängten sich gegen das Glas. Wie Licht drang ihr Duft in sein Zimmer. Vor lauter Atemnot räusperte er sich und hielt den Frotteemantel hoch, aber die Verkäuferin hinter dem Tresen lachte, gerade einen Witz zum besten gebend, und bemerkte ihn nicht. Als er sich wieder räusperte, sah sie ihn verärgert an und nickte dann der Frau zu, die drei dünne Päckchen mit Strümpfen wie riesige Spielkarten in ihren Händen hielt.

»Es tut mir leid, aber Frau Asher war zuerst hier«, erklärte sie kalt und überheblich. Da blickte er plötzlich in die Augen der Frau, die er eben noch verfolgt hatte, und er war überrascht, daß sie vom gleichen dunklen Grün wie ihr Mantel waren. Sie musterte ihn, und ihre Augen wanderten über seinen soliden Tweedmantel, sein sauber rasiertes, vor Kälte gerötetes Gesicht und die gepflegten Nägel seiner Hände.

Dann zeigte sie auf den Morgenmantel über seinem Arm und lächelte dabei amüsiert und ein bißchen geringschätzig.

»Für Ihre Frau?« fragte sie. Sie hatte einen vornehmen Kentucky-Akzent. Obwohl er erst sechs Monate in dieser Stadt des alten Geldes lebte, war ihm bekannt, daß hier solche Nuancen wichtig waren. »Es ist in Ordnung, Jean«, fuhr sie fort, wobei sie der Verkäuferin den Rücken zuwandte. »Nehmen Sie ihn zuerst an die Reihe. Dieser arme Mann muß sich hier drinnen, unter all der Spitzenunterwäsche, sehr verloren und unwohl fühlen.«

»Er ist für meine Schwester«, erklärte er, verzweifelt bemüht, den schlechten Eindruck, den er machte, zu korrigieren. Er hatte schon öfter Anstoß erregt, und es passierte ihm häufig, daß er jemanden kränkte, weil er zu direkt war. Der Mantel glitt zu Boden, und er bückte sich, um ihn aufzuheben. Als er sich wieder aufrichtete, stand sein Gesicht in Flammen. Ihre Handschuhe lagen auf dem Glas, ihre bloßen Hände ruhten leicht gefaltet daneben. Sein Unbehagen schien sie zu besänftigen, denn als er erneut in ihre Augen sah, blickten sie ihn wohlwollend an. Später erzählte sie ihm, daß es komisch ausgesehen habe, wie er als einziger Mann in der ganzen Wäscheabteilung mit dem riesigen häßlichen Morgenmantel kämpfte.

Er startete einen erneuten Versuch, sich zu erklären. »Es tut mir leid. Ich scheine etwas durcheinander zu sein, weil ich sehr in Eile bin. Sie müssen wissen, daß ich Arzt bin und man mich im Krankenhaus bereits erwartet.«

Ihr Lächeln veränderte sich, wurde ernst.

»Ich verstehe«, sagte sie und wandte sich wieder der Verkäuferin zu. »Bitte, Jean, nehmen Sie ihn dran.«

Bevor er ging, hatte er ihren Namen und ihre Telefonnummer. Sie waren in der perfekten Handschrift geschrieben, die ihr ihre Lehrerin, eine ehemalige Nonne, in der dritten Klasse eingetrichtert hatte. »Jeder Buchstabe hat eine Form«, hatte sie den Schülern erklärt, »eine völlig einzigartige Form, und es ist eure Pflicht, genau diese Form zu treffen.« Als dünne, blasse Achtjährige hatte die Frau im grünen Mantel, die später seine Ehefrau werden sollte, ihre kleinen Finger um den Füller gepreßt und sich allein in ihrem Zimmer stundenlang in Schreibschrift geübt, bis ihre Feder flüssig über das Papier glitt. Als sie ihm diese Geschichte später erzählte, sah er ihren im Schein der Schreibtischlampe gebeugten Kopf und ihre verkrampften Finger vor sich. Dann wunderte er sich über ihre Hartnäckigkeit, ihren starken Glauben an die Schönheit und ihre Bereitschaft, den strengen Weisungen einer ehemaligen Nonne zu folgen. An jenem Tag aber wußte er von alldem nichts. An jenem Tag trug er den Zettel in der Tasche seines Arztkittels von einem Krankenzimmer zum nächsten, immer an die Buchstaben denkend, die, einer perfekt in den anderen fließend, kunstvoll ihren Namen bildeten. Noch am gleichen Abend rief er sie an, führte sie am nächsten zum Abendessen aus, und drei Monate später waren sie verheiratet.

Jetzt, in diesen letzten Monaten ihrer Schwangerschaft, paßte ihr der weiche korallenrote Morgenmantel wie angegossen. Sie fand ihn versteckt unter anderen Kleidern und hielt ihn hoch, um ihn ihm zu zeigen. »Aber deine Schwester ist vor langer Zeit gestorben«, rief sie überrascht aus und war plötzlich verwirrt. Für einen Augenblick erstarrte er lächelnd, und die Lüge aus dem letzten Jahr schoß wie ein dunkler Vogel durch den Raum. Dann zuckte er verlegen mit den Schultern. »Ich mußte damals irgend etwas sagen. Ich mußte einen Weg finden, an deinen Namen zu kommen.« Sie durchquerte das Zimmer und umarmte ihn.

Es schneite noch immer. Während sie lasen oder sich unterhielten, nahm sie ab und zu seine Hand und führte sie zu ihrem Bauch, damit er die Bewegungen des Babys fühlen konnte. Von Zeit zu Zeit stand er auf, um das Feuer zu schüren, schaute aus dem Fenster und sah den Schnee Zentimeter um Zentimeter ansteigen.

Um elf Uhr erhob sie sich, um ins Bett zu gehen. Er blieb noch zwei Stunden unten, um die letzte Ausgabe des »Journal für Knochen- und Gelenkchirurgie« zu lesen. Als Arzt hatte er einen guten Ruf. Man hielt ihn für einen begabten Diagnostiker, und er galt auch als geschickter Chirurg. Er war der erste seines Jahrgangs gewesen, der den Abschluß machte. Dennoch war er sich seiner Fähigkeiten noch nicht ganz sicher, so daß er sich in jeder freien Minute weiterbildete. Erfolge betrachtete er als eine Art Beweise zu seinen Gunsten. Mit seinem Wissensdurst empfand er sich als Außenseiter, da es seiner Familie immer nur um das tägliche Überleben gegangen war. Seine Eltern sahen Bildung als unnötigen Luxus an, als etwas, das zu nichts führte. Wenn sie – arm, wie sie waren – überhaupt einen Arzt aufsuchten, fuhren sie in die Klinik von Morgantown, die achtzig Kilometer entfernt lag. Er konnte sich noch sehr lebhaft an diese seltenen Ausflüge erinnern, bei denen er auf der Ladefläche des geliehenen Pick-ups auf und ab hüpfte, während Staub hinter dem Wagen herwirbelte. Seine Schwester, die in der Fahrerkabine neben den Eltern saß, nannte das Schauspiel »die tanzende Straße«. Im Morgantown Hospital waren die Räume dämmrig, vom trüben Grün oder Türkis eines Tümpels, und die Ärzte, die kühl und abwesend wirkten, waren immer in Eile und kurz angebunden. Jetzt, viele Jahre später, gab es immer noch Momente, da er den Blick dieser Ärzte im Nacken spürte und sich selbst als Betrüger empfand, der jeden Augenblick entlarvt werden konnte. Er war sich darüber im klaren, daß die Wahl seines Fachgebietes auf dieses Gefühl zurückging. Überraschungen, die in der Allgemeinmedizin ständig auftreten konnten, mochte er genausowenig wie heikle Operationen an Organen. Er beschäftigte sich hauptsächlich mit gebrochenen Gliedmaßen, formte Gipsverbände, studierte Röntgenaufnahmen und beobachtete Brüche, wie sie sich langsam und doch auf so wunderbare Weise wieder schlossen. Er liebte es, daß Knochen so solide waren, daß sie sogar der weißen Hitze der Einäscherung trotzten. Es fiel ihm leicht, seinen Glauben auf etwas zu gründen, was so fest und verläßlich war.

Er las bis weit nach Mitternacht, bis die Worte schwarz und zusammenhanglos auf den weißen Seiten glänzten, warf dann das Journal auf den Couchtisch und stand auf, um nach dem Feuer zu sehen. Er stopfte die verkohlten, noch glimmenden Scheite in die Glut, öffnete die Luftklappe ganz und schloß den Messingschirm vor dem Kamin. Als er das Licht löschte, glommen noch einzelne Glutherde in der Asche, die zart und weiß wie der Schnee war, der sich nun hoch auf der Verandabrüstung und den Rhododendren türmte.

Die Treppe knarrte leise unter seinem Gewicht. Er hielt am Kinderzimmer inne und betrachtete die schattenhaften Umrisse von Wiege, Wickeltisch und Stofftieren, die auf den Regalen saßen. Die Wände waren in einem hellen Meergrün gestrichen. An der gegenüberliegenden Seite hing ein Quilt mit Kinderreimen, den seine Frau mit winzigen Stichen genäht hatte, wobei sie bei der kleinsten Ungenauigkeit jedesmal eine ganze Stoffbahn herausgetrennt hatte. Ein kleines Stück unterhalb der Decke befand sich eine Zierleiste mit Bären. Auch die hatte sie, mit Hilfe einer Schablone, eigenhändig angefertigt.

Einem Impuls folgend, betrat er das Zimmer und schob die glatten Vorhänge beiseite, um den Schnee zu betrachten, der nun fast zwanzig Zentimeter hoch auf Laternenpfählen, Zäunen und Dächern lag. In Lexington war so ein Unwetter selten, und der stetige Schneefall und die Ruhe erfreuten ihn und stimmten ihn friedlich. In diesem Moment schienen sich die Mosaiksteine seines Lebens zusammenzufügen. Alle vergangene Traurigkeit und Enttäuschung und jedes ängstlich gehütete Geheimnis wurden von den weichen weißen Schichten verborgen. Morgen würde alles unberührt sein, die Welt würde gedämpft und verletzlich daliegen, so lange, bis die Kinder aus der Nachbarschaft herauskommen und sie mit ihren Fußstapfen, Rufen und ihrer Freude zerstören würden. Er konnte sich an solche Kindheitstage in den Bergen erinnern, seltene Momente der Flucht.

Er stand eine ganze Weile dort am Fenster, bis er hörte, wie sich Norah leise regte. Mit gesenktem Kopf saß sie auf der Bettkante, die Hände in die Matratze gekrallt. »Ich glaube, das sind die Wehen«, stöhnte sie und blickte auf. Ihr Haar war gelöst, eine Strähne klebte an ihrer Lippe. Er strich sie hinter ihr Ohr zurück. Sie schüttelte den Kopf, als er sich neben sie setzte. »Ich fühle mich irgendwie komisch. Diese Krämpfe kommen und gehen.«

Er half ihr, sich auf die Seite zu legen, und legte sich dazu, um ihr den Rücken zu massieren. »Es ist wahrscheinlich nur falscher Alarm«, beruhigte er sie. »Schließlich ist es drei Wochen zu früh, und bei der ersten Geburt kommen die Babys meistens zu spät.«

Was er da eben gesagt hatte, stimmte, das wußte er. Er war sich dessen sogar so sicher, daß er nach einer Weile einschlief. Doch plötzlich wachte er auf und sah sie vor sich. Sie hatte sich über das Bett gebeugt und rüttelte an seinen Schultern. In dem seltsamen Licht, das der Schnee ins Zimmer warf, wirkten ihr Morgenmantel und ihr Haar weiß.

»Ich habe die Abstände gemessen. Die Wehen liegen fünf Minuten auseinander und sind so stark, daß ich Angst habe.«

Nachdem sie ihm dies eröffnet hatte, spürte er, wie ihn eine Welle von Aufregung und Angst erfaßte. Während seiner Ausbildung hatte er jedoch gelernt, in Notfällen ruhig zu bleiben und seine Gefühle unter Kontrolle zu halten. So nahm er sich, ohne jede Dringlichkeit, eine Uhr und begann langsam die Diele mit ihr auf und ab zu gehen. Immer wenn die Wehen einsetzten, drückte sie seine Hand so fest, als wollte sie seine Finger mit ihren verschmelzen. Die Wehen kamen tatsächlich erst alle fünf, dann alle vier Minuten. Er nahm den Koffer vom Schrank und war angesichts der Tragweite des lang erwarteten, gleichzeitig aber so überraschenden Ereignisses plötzlich wie betäubt. Obwohl sie selbst ständig in Bewegung waren, schien sich die Welt um sie herum zu verlangsamen und zum Stillstand zu kommen. Er nahm alles überdeutlich wahr, spürte seinen eigenen Atem über die Zunge streichen, bemerkte ihr Unbehagen, als ihre Füße in die einzigen Schuhe glitten, die sie noch tragen konnte, und sah, wie ihr geschwollenes, in blaue Nylonsocken gezwängtes Fleisch eine Wulst über dem dunkelgrauen Leder des Schuhs bildete. Als er ihren Arm ergriff, überkam ihn die seltsame Vorstellung, irgendwo an der Decke, in der Nähe des Lichtanschlusses, aufgehängt worden zu sein. Denn plötzlich glaubte er, sich und seine Frau von oben betrachten zu können, ohne daß ihm irgendein Detail entging: ihr Zittern unter einer Wehe, seine Finger, die ihren Ellbogen fest und schützend umfaßten, der stetige Schneefall draußen.

Er half ihr in ihren grünen Wollmantel, der an ihrem Bauch auseinanderklaffte, und fand auch die Lederhandschuhe, die sie bei ihrer ersten Begegnung getragen hatte. Daß diese Details stimmten, war ihm wichtig. Einen Moment lang standen sie zusammen auf der Veranda, überwältigt vom Anblick der weißen Welt.

»Warte hier«, sagte er und ging die Stufen hinunter, sich einen Pfad durch die Verwehungen bahnend. Die Türen des alten Autos waren eingefroren, und es kostete ihn einige Minuten, sie aufzumachen. Als eine Tür endlich aufschlug, stob eine glitzernde weiße Wolke auf, und er wühlte vor den Rücksitzen auf dem Boden herum, um den Eiskratzer und die Bürste zu finden. Dann tauchte er wieder auf und sah, wie seine Frau an der Veranda lehnte, die Stirn auf den verschränkten Armen. In diesem Augenblick wurde ihm klar, wie groß ihre Schmerzen sein mußten und daß das Baby tatsächlich kommen würde, und zwar noch in dieser Nacht. Er widerstand dem großen Verlangen, zu ihr zu gehen, und richtete seine ganze Kraft darauf, das Auto freizubekommen. Wenn die Kälte zu schmerzhaft wurde, wärmte er seine Hände abwechselnd unter den Achseln, und ohne innezuhalten, fegte er den Schnee von Windschutzscheibe, Fenstern und Verdeck.

»Du hast mir nie erzählt, daß es so weh tun würde«, klagte sie, als er die Veranda erreichte. Statt einer Antwort schlang er den Arm um ihre Schultern und half ihr die Treppe hinunter. »Ich kann laufen«, insistierte sie, »nur wenn die Schmerzen kommen, geht es nicht.«

»Ich weiß«, murmelte er besänftigend, ohne sie loszulassen.

Als sie das Auto erreicht hatten, berührte sie seinen Arm und machte eine Bewegung in Richtung des weiß verschleierten Hauses, das im Dunkel der Straße wie eine Laterne leuchtete.

»Wenn wir zurückkommen, werden wir unser Baby bei uns haben«, sagte sie. »Dann wird nichts mehr so sein, wie es war.«

Die Scheibenwischer waren festgefroren, und Schnee rieselte über das Rückfenster, als er in die Straße einbog. Er fuhr langsam und dachte dabei, wie schön Lexington war, wenn Bäume und Büsche so dick mit Schnee besetzt waren. Als er auf die Hauptstraße fuhr, trafen die Räder des Wagens auf Eis, und er kam kurz ins Schleudern, bevor er geradewegs über die Kreuzung glitt, um an einer Schneewehe zum Stehen zu kommen.

»Nichts passiert«, verkündete er, sich hastig umschauend. Zum Glück war kein anderes Auto auf der Straße. Das Lenkrad in seinen nackten Händen war hart und kalt wie Stein. Von Zeit zu Zeit wischte er mit seinem Handrücken ein Sichtfenster in die überfrorene Windschutzscheibe und beugte sich nach vorne, um hindurchzuspähen. »Bevor wir losgefahren sind, habe ich Bentley verständigt«, unterrichtete er sie. Bentley war sein Kollege und Geburtshelfer. »Ich habe ihn vorsichtshalber ins Büro bestellt. Es ist näher, deshalb fahren wir dorthin.«

Auf das Armaturenbrett gestützt, atmete sie mit der Wehe tief ein und aus, statt etwas zu erwidern. »Solange ich das Baby nicht in diesem alten Auto bekommen muß«, preßte sie endlich hervor und versuchte dabei scherzhaft zu klingen. »Du weißt, wie sehr ich es schon immer gehaßt habe.«

Obwohl er wußte, daß sie Angst hatte, und obwohl er ihre Angst teilte, lächelte er. Selbst in einem Notfall wie diesem kam er nicht gegen seine Natur an und handelte methodisch und entschlossen: hielt an jeder Ampel und setzte ordentlich den Blinker, wenn er irgendwo abbog, obwohl sich kein anderes Fahrzeug auf der Straße befand. Alle paar Minuten stützte sie sich wieder, tief ein- und ausatmend, gegen das Armaturenbrett, so daß er schlucken mußte, wenn er sie aus dem Augenwinkel beobachtete. Er konnte sich nicht daran erinnern, jemals so nervös gewesen zu sein wie in dieser Nacht. Selbst in seiner ersten Anatomiestunde, in der sie mit dem Leichnam eines Jungen konfrontiert wurden, dessen geöffneter Körper all seine Geheimnisse bloßlegte, war er weniger angespannt gewesen. Auch an seinem Hochzeitstag, als die Familie seiner Frau in der Kirche die eine Seite der Sitzreihen vollkommen ausfüllte und auf der anderen Seite nur eine Handvoll seiner Kollegen saßen – seine Eltern und die Schwester waren bereits tot –, hatte er nicht so viel Angst wie jetzt verspürt.

Auf dem Parkplatz des Klinikgeländes stand nur ein einziges Auto: der blaßblaue Fairline der Krankenschwester, ein gediegener, praktischer Wagen, der neuer als sein eigener war. Kurz nachdem er seinen Kollegen informiert hatte, hatte er auch sie angerufen. Nun, da sie das Büro sicher erreicht hatten, waren sie beide in Hochstimmung und lachten, als sie sich ins grelle Licht des Wartezimmers drängten.

Dort trafen sie auf die Schwester. Ihre großen blauen Augen saßen in einem blassen Gesicht, das keinen Aufschluß über ihr Alter gab. Sie konnte vierzig, aber auch nur fünfundzwanzig Jahre alt sein. Als er sie sah, wußte er sofort, daß etwas schiefgelaufen war, denn wenn ihr etwas gegen den Strich ging, bildete sich auf ihrer Stirn, genau zwischen den Augen, eine dünne, steile Falte. Auch jetzt, als sie von Bentley berichtete, konnte man sie sehen. Das Auto des Geburtshelfers war auf der noch ungeräumten Landstraße in der Nähe seines Hauses ausgeschert, hatte sich auf dem schneebedeckten Eis zweimal um die eigene Achse gedreht und war in einen Graben geschlittert.

»Heißt das, Dr. Bentley wird nicht kommen?« fragte seine Frau ängstlich. Die Schwester schüttelte den Kopf. Sie war groß, dünn und so kantig, daß es schien, als ob ihre Knochen jeden Moment durch die Haut stoßen würden. Ihre riesigen blauen Augen blickten ernst und intelligent. In der Klinik erzählte man sich, daß sie ein bißchen in ihn verliebt sei, und man witzelte darüber. Er hatte die Gerüchte monatelang ignoriert und als müßiges Bürogeschwätz abgetan, das zwangsläufig aufkommen mußte, wenn ein Mann und eine ledige Frau täglich so eng zusammenarbeiteten. Aber eines Tages war er über seinem Schreibtisch eingeschlafen. Er hatte geträumt, daß seine Mutter Gläser mit eingemachten Früchten auf das Wachstuch des Tisches unter dem Fenster stellte. Sie glänzten wie Juwelen. Seine fünfjährige Schwester saß dabei und hielt eine Puppe in der Hand, die sie vergessen zu haben schien. Das flüchtige Bild aus Kindheitstagen erfüllte ihn sowohl mit Trauer als auch mit Sehnsucht. Zwar gehörte das Elternhaus ihm, aber es stand leer, seit seine Schwester gestorben war und seine Eltern weggezogen waren. Die Zimmer, die seine Mutter früher geschrubbt hatte, bis sie matt glänzten, waren nun verkommen und nur noch vom Rascheln der Eichhörnchen und Mäuse erfüllt.

Als er seine Augen aufschlug, waren sie tränennaß. Die Schwester stand im Türrahmen, und ihr Gesicht hatte einen zärtlichen Ausdruck. In diesem Augenblick, mit einem angedeuteten Lächeln auf den Lippen, war sie wunderschön, eine ganz andere Frau als die effiziente Arzthelferin, die jeden Tag so ruhig und kompetent an seiner Seite arbeitete. Ihre Augen trafen sich, und plötzlich kam es ihm so vor, als würde er sie – als würden sie beide sich auf eine tiefe und vertraute Art und Weise kennen. Es gab nichts, was in diesem Moment zwischen ihnen stand, und ihre Vertrautheit war so groß, daß er reglos erstarrte. Da errötete sie heftig und wandte ihren Blick ab. Sie räusperte sich, richtete sich auf und erklärte, daß sie jetzt gehe, da sie bereits zwei Überstunden gemacht habe. Daraufhin vermied sie es viele Tage lang, ihn direkt anzusehen.

Nach diesem Erlebnis unterbrach er seine Kollegen, wenn sie ihn mit ihr aufzogen. »Sie ist eine sehr gute Schwester«, winkte er dann ab und fügte, an den Moment ihrer tiefen Verbundenheit denkend, hinzu: »die beste, mit der ich je gearbeitet habe.« Das entsprach der Wahrheit, und in dieser Nacht war er sehr froh, sie bei sich zu haben.

»Was ist mit der Unfallstation?« fragte sie. »Können wir es dorthin schaffen?« Der Arzt schüttelte den Kopf. Die Wehen kamen nun schon im Minutentakt.

»Dieses Baby will nicht warten«, antwortete er mit einem Blick auf seine Frau. Schnee war in ihrem Haar geschmolzen und funkelte wie ein Diadem aus Diamanten. »Es hat sich schon auf den Weg gemacht.«

»Ist schon in Ordnung«, erklärte seine Frau stoisch. Ihre Stimme war jetzt härter und entschiedener. »Das gibt eine Geschichte, die man ihm noch erzählen kann, wenn er groß ist. Ihm oder ihr«, verbesserte sie sich.

Die Schwester lächelte. Die Falte auf ihrer Stirn war nur noch schwach zu sehen. »Dann bringen wir Sie mal rein und tun etwas gegen Ihre Schmerzen«, schlug sie vor.

Er ging in sein Büro, um einen Kittel zu holen, und als er Bentleys Untersuchungszimmer betrat, lag seine Frau bereits mit angewinkelten und in Bügeln steckenden Beinen auf dem Bett. Der Raum war blaßblau, überall blitzten Chrom, weißes Email und feine Instrumente aus schimmerndem Stahl. Der

Arzt trat zum Waschbecken und wusch sich die Hände. Er war äußerst wachsam. Nicht das kleinste Detail entging ihm, und als er dieses alltägliche Ritual vollzog, begann seine Unruhe über Bentleys Ausbleiben nachzulassen. Dann schloß er die Augen, um sich auf seine Aufgabe zu konzentrieren.

»Wir machen Fortschritte«, unterrichtete ihn die Schwester, als er sich umdrehte. »Es sieht alles sehr gut aus. Ich würde sagen, ihr Muttermund ist schon zehn Zentimeter geöffnet, was meinen Sie?«

Er saß auf dem niedrigen Hocker und führte seine Hände in den weichen, warmen Schoß seiner Frau. Die Fruchtblase war noch intakt, und durch sie hindurch konnte er den Kopf des Babys fühlen. Er war glatt und hart wie ein Baseball. Was er da berührte, war sein Kind. Normalerweise sollte er in irgendeinem Wartezimmer auf und ab gehen. Die Rolläden des einzigen Fensters im Zimmer waren heruntergelassen, und als er seine Hand aus der Wärme ihres Körpers zog, fragte er sich, ob es wohl noch schneite und ob die Stadt und das weite Land dahinter noch immer still unter ihrer weißen Decke lagen.

»Ja«, bestätigte er, »zehn Zentimeter.«

»Phoebe«, sagte seine Frau. Er konnte ihr Gesicht nicht sehen, aber ihre Stimme war klar. Sie hatten monatelang über Namen nachgedacht, ohne eine Entscheidung zu treffen. »Für ein Mädchen Phoebe. Und wenn es ein Junge ist, wird er Paul heißen, nach meinem Großonkel. Habe ich dir das überhaupt schon erzählt?« fragte sie ihn. »Ich wollte dir längst sagen, daß ich mich für zwei Namen entschieden habe.«

»Das sind schöne Namen«, stimmte die Schwester beruhigend zu.

»Phoebe und Paul«, wiederholte der Arzt, aber er konzentrierte sich nur auf die Wehe, die sich im Fleisch seiner Frau zusammenballte. Er gab der Schwester ein Zeichen, die daraufhin das Lachgas vorbereitete. Während seiner Assistenzzeit hatte man Frauen, die in den Wehen lagen, noch eine Vollnarkose gegeben. Sie waren erst erwacht, wenn die Geburt vorbei war. Aber die Zeiten hatten sich geändert – man schrieb das Jahr 1964 –, und er wußte, daß Bentley Lachgas nur selektiv einsetzte. Um aktiv pressen zu können, sollte Norah besser wach sein. Nur in den Wehenspitzen und beim Austritt des Kindes würde er sie betäuben, um ihr die größten Schmerzen zu nehmen. Seine Frau verkrampfte sich und schrie auf, als das Baby in den Geburtskanal rutschte und dabei die Fruchtblase zum Platzen brachte.

»Jetzt«, rief der Arzt, und die Schwester drückte ihr die Betäubungsmaske auf Mund und Nase. Als das Gas zu wirken begann, erschlafften ihre Hände, und ihre Fäuste öffneten sich. Still, friedlich und ahnungslos lag sie da, während eine Wehe nach der anderen ihren Körper durchfuhr.

»Für eine Erstgeburt kommt das Baby sehr schnell«, stellte die Schwester fest.

»Ja«, stimmte der Arzt zu, »so weit, so gut.«

Es verging eine halbe Stunde, in der seine Frau immer wieder erwachte, stöhnte und preßte. Wenn der Arzt dachte, ihre Schmerzen wären zu groß – oder wenn sie schrie, es sei nicht mehr auszuhalten –, nickte er der Schwester zu, die sie daraufhin mit Lachgas betäubte. Bis auf den ruhigen Austausch von Anweisungen wurde nicht gesprochen. Draußen schneite es noch immer. Der Schnee trieb an den Häusern vorbei und legte sich auf die Straßen.

Der Arzt saß auf einem Stuhl aus Edelstahl und sammelte seine Gedanken. Während seiner Ausbildung hatte er fünf Kinder lebend und gesund auf die Welt gebracht, und diese Geburten rief er sich jetzt ins Gedächtnis, als er in seiner Erinnerung nach den Details für die richtigen Handgriffe suchte. Während er sich konzentrierte, wurde seine Frau, deren Füße in den Bügeln steckten und deren Bauch so hoch aufragte, daß er ihren Kopf nicht sehen konnte, langsam zu einer jener anderen fünf Frauen. Ihre runden Knie, ihre glatten, schmalen Waden und Gelenke lagen vor ihm und waren ihm vertraut und lieb. Trotzdem dachte er nicht daran, sie zu streicheln oder ihr beruhigend die Hand auf das Knie zu legen. Es war die Schwester, die ihre Hand hielt, während sie preßte. Sie wurde zu einer Patientin, die er unter Aufwendung all seiner technischen Fähigkeiten versorgen mußte. Mehr denn je empfand er es als seine Pflicht, seine Gefühle im Zaum zu halten.

Nach einer Weile stand ihm der seltsame Moment, den er in ihrem Schlafzimmer erlebt hatte, wieder vor Augen. Er fühlte sich, als ob er sich vom Schauplatz der Geburt entfernte. Wieder war er anwesend und doch zugleich an einem anderen Ort, von dem aus er alles aus sicherer Entfernung beobachten konnte. Sorgfältig sah er sich einen sehr präzisen Dammschnitt setzen. Ein guter Schnitt, dachte er, als das Blut in einer sauberen Linie hervorquoll, und er vermied es, an die Situationen zu denken, als er dieses Fleisch in sexueller Erregung berührt hatte.

Der Kopf zeigte sich. Nach drei weiteren Preßwehen war er ganz zu sehen, und der Körper glitt in seine wartenden Hände. Das Baby schrie auf, und seine blaue Haut wurde rosig. Es war ein rotgesichtiger, dunkelhaariger Junge mit wachen Augen, der offensichtlich großes Mißtrauen gegen die Lichter und den kalten, klaren Luftzug, der ihm entgegenschlug, hegte. Der Arzt band die Nabelschnur ab und durchtrennte sie. *Mein Sohn*, erlaubte er sich zu denken. *Mein Sohn.*

»Er ist wunderschön«, bestätigte die Schwester. Sie wartete, während er das Kind untersuchte und dabei dessen regelmäßigen, kräftigen Herzschlag, seine langgliedrigen Finger und den dunklen Haarschopf bewunderte. Dann trug sie das Kind in den anderen Raum, um es zu baden und ihm Silbernitrat in die Augen zu träufeln. Die schwachen Schreie wurden zu ihnen herübergetragen, und seine Frau regte sich. Der Arzt hielt sich in Erwartung der Nachgeburt bereit und atmete mehrmals tief durch. *Mein Sohn*, dachte er wieder.

»Wo ist das Baby?« fragte seine Frau, als sie die Augen aufschlug und sich das Haar aus dem gerötetem Gesicht strich. »Ist alles okay?«

»Es ist ein Junge«, erklärte er und lächelte sie an. »Sobald er sauber ist, wird die Schwester ihn bringen. Wir haben einen absolut perfekten kleinen Sohn.«

Die vor Glück und Erschöpfung ermatteten Gesichtszüge seiner Frau spannten sich unter einer weiteren Kontraktion plötzlich an. Sofort kehrte der Arzt zu dem Stuhl zwischen ihren Beinen zurück und drückte sanft auf ihren Unterleib, um die Plazenta zu bergen. Sie schrie auf, und in diesem Augenblick verstand er, was da gerade geschah. Er war so erschrocken, als hätte sich plötzlich ein Abgrund vor ihm aufgetan.

»Es ist alles in Ordnung«, beruhigte er sie, »alles ist in bester Ordnung.« Aber als die nächste Wehe heraufzog, rief er: »Schwester!«

Sie kam sofort, das in weiße Tücher gehüllte Baby auf den Armen.

»Beim Apgar-Test hat er neun Punkte erreicht«, verkündete sie. »Das ist sehr gut.«

Seine Frau hob ihren Arm, um das Baby zu nehmen, aber der Schmerz holte sie ein, und sie sank auf die Liege zurück.

»Schwester?« der Arzt winkte sie heran. »Ich brauche Sie jetzt hier. Es ist dringend.«

Nach einem Moment der Verwirrung legte die Schwester zwei Kissen auf den Boden, auf die sie das Baby bettete. Dann begab sie sich eilig zum Arzt neben die Liege.

»Mehr Gas!« Er sah ihre Überraschung, die von einem raschen Nicken des Verstehens abgelöst wurde, als sie seine Anordnung ausführte. Seine Hand lag nun auf dem Knie seiner Frau, so daß er die Erschlaffung ihrer Muskeln spüren konnte, als das Lachgas zu wirken begann.

»Zwillinge?« fragte die Schwester jetzt leise.

Der Arzt, der sich nach der Geburt des Jungen etwas entspannt hatte, fühlte sich nun schwach und konnte nur matt nicken. Ruhig, ermahnte er sich, als der nächste Kopf erschien. Du bist hier irgendwo im Raum, dachte er, während er das Geschehen von einem günstigen Platz von der Decke aus verfolgte und seine Hände effektiv und präzise arbeiteten. Dies ist eine Geburt wie jede andere.

Dieses Baby war kleiner. Es rutschte so schnell in seine behandschuhten Hände, daß er sich mit durchgedrückter Brust nach vorn beugte, um es aufzufangen.

»Es ist ein Mädchen«, stellte er fest, während er das Kind mit dem Gesicht nach unten wie einen Football in den Armen hielt und ihm so lange auf den Rücken klopfte, bis es aufschrie. Dann drehte er das Neugeborene um und sah ihm ins Gesicht.

Cremigweiße Käseschmiere und feine Spuren von Blut überzogen seine zarte Haut, und es war vom Fruchtwasser noch ganz glitschig. Die blauen Augen wirkten trüb, und das Haar war pechschwarz, aber davon bemerkte er kaum etwas. Etwas anderes nahm ihn gefangen. Er starrte auf die unverkennbaren Gesichtszüge: die Augen, die wie zu einem Lachen nach oben gedreht waren, die Epikanthus-Falte über dem Augenlid und die flache Nase. »Ein klassischer Fall«, hatte sein Professor bei der Untersuchung eines anderen Kindes vor Jahren gesagt. »Es ist ein mongoloides Kind. Wissen Sie, was das bedeutet?« Daraufhin hatte er, der Arzt, gehorsam die Symptome aufgezählt, die er aus einem Fachartikel kannte: schlaffer Muskeltonus, verzögerte körperliche und geistige Entwicklung, mögliche Herzkomplikationen, früher Tod. Der Professor hatte genickt und das Stethoskop auf die nackte weiche Brust des Säuglings gedrückt. »Armes Kind. Die Eltern können nichts anderes tun, als es sauberzuhalten. Sie sollten sich das ersparen und es in ein Heim geben.«

Der Arzt fühlte sich in die Vergangenheit zurückversetzt. Seine Schwester war mit einem Herzfehler auf die Welt gekommen und sehr langsam gewachsen. Ihr Atem ging stokkend, und immer wenn sie zu rennen versuchte, mußte sie nach Luft schnappen. Viele Jahre lang, bevor sie nach Morgantown in die Klinik fuhren, wußten sie nicht, was mit ihr los war. Und als sie es schließlich erfuhren, konnten sie nichts für sie tun. Seine Mutter richtete ihre ganze Aufmerksamkeit auf seine Schwester, und trotzdem verstarb sie mit zwölf Jahren. Da war er selbst schon sechzehn gewesen, hatte ein Stipendium erhalten und in der Stadt gelebt. Er war bereits auf seinem Weg nach Pittsburgh gewesen, zum Medizinstudium, zu dem Leben, das er jetzt führte. Dennoch konnte er sich an die tiefe, lang anhaltende Trauer seiner Mutter erinnern. Auch sah er sie wieder vor sich, wie sie jeden Morgen bei Wind und Wetter mit verschränkten Armen den Hügel zum Grab hinaufging.

Die Krankenschwester stand an seiner Seite und betrachtete das Baby.

»Es tut mir so leid für Sie, Herr Doktor«, sagte sie mit aufrichtigem Bedauern.

Er hatte völlig vergessen, was er als nächstes tun mußte, und hielt das Neugeborene noch immer auf dem Arm. Die winzigen Hände des Mädchens waren perfekt geformt. Aber da gab es auch diesen Spalt, der sich wie eine Zahnlücke zwischen ihrem großen Zeh und den anderen auftat, und wenn er ihr tief in die Augen sah, konnte er deutlich die Bushfield-Flecken erkennen, die wie winzige Schneeflocken in ihrer Iris saßen. Er stellte sich ihr Herz vor, das groß wie eine Pflaume und wahrscheinlich defekt war, und er dachte an das Kinderzimmer mit den weichen Kuscheltieren, das so liebevoll bemalt war, und an die einzelne Wiege darin. Zuletzt sah er seine Frau vor sich, wie sie auf dem Bürgersteig vor ihrem verschneiten, mondbeschienenen Haus gestanden und gesagt hatte: »Dann wird nichts mehr so sein, wie es war.«

Die Hand des Kindes streifte seine, und er machte sich an die Arbeit. Willenlos begann er die gewohnten Arbeitsgänge abzuspulen. Er durchschnitt die Nabelschnur, überprüfte Herz und Lungen und dachte dabei die ganze Zeit an den Schnee. Er sah das silberne Auto in den Graben fahren, und die tiefe Stille der leeren Klinik drang in sein Bewußtsein. Wenn er später an diese Nacht zurückdachte – und in den kommenden Monaten und Jahren würde er noch oft an diese Nacht denken, die den Wendepunkt in seinem Leben markierte, und an die Momente, um die sich später alles andere fügen würde –, so erinnerte er sich an diese Stille und an den stetig fallenden Schnee. Die Stille umfing ihn so gänzlich, daß er sich fühlte, als würde er schweben: immer höher, über das Zimmer hinaus und weiter, bis er mit dem Schnee eins wurde und bis das Schauspiel in diesem Zimmer zu einem anderen Leben gehörte – einem Leben, dessen zufälliger Zuschauer er war –, als wäre es nur eine Szene, die man im Vorbeigehen durch ein warm erleuchtetes Fenster erhascht.

»Bitte machen Sie es jetzt sauber«, wandte er sich an die Schwester und entließ das leichte Bündel in ihre Arme. »Behalten Sie es aber im anderen Raum, ich möchte nicht, daß meine Frau schon davon erfährt. Es ist noch zu früh.«

Die Schwester nickte. Sie verschwand und kam dann wieder, um seinen Sohn in die Babyschale zu legen, die sie mitgebracht hatten. Der Arzt war inzwischen damit beschäftigt, die beiden Plazentas zu entbinden. Sie kamen leicht und unbeschädigt heraus, waren dick und dunkel und hatten jeweils die Größe eines kleinen Tellers. Zweieiige Zwillinge, männlich und weiblich, der eine war sichtlich vollkommen, die andere von einem zusätzlichen Chromosom gezeichnet, das in jeder Zelle ihres Körpers steckte. Wie gering die Wahrscheinlichkeit dafür war! Sein Sohn lag in der Babyschale. Von Zeit zu Zeit ruderten seine Arme, mit schnellen, fließenden Schwimmbewegungen, als befände er sich noch im Mutterleib. Der Arzt injizierte seiner Frau ein Beruhigungsmittel und beugte sich herunter, um den Dammschnitt zu nähen. Es dämmerte schon, und die Fenster wurden von schwachem Licht erhellt. Während er die Bewegungen seiner Hände verfolgte, fiel ihm auf, wie gut die winzigen Stiche saßen und daß sie genauso ordentlich und gleichmäßig waren wie die seiner Frau. Es kam ihm wieder in den Sinn, wie sie wegen eines Fehlers, den er nicht einmal erkennen konnte, eine ganze Stoffbahn aus ihrem Quilt gerissen hatte.

Als er fertig war, fand er die Schwester, die das kleine Mädchen in den Armen wiegte, in einem Schaukelstuhl im Wartezimmer sitzend. Wortlos begegnete sie seinem Blick, und er erinnerte sich an die Nacht, in der sie ihn im Schlaf betrachtet hatte.

»Es gibt da einen Ort«, erklärte er sachlich und notierte Namen und Adresse auf die Rückseite eines Briefumschlages. »Ich bitte Sie, das Baby dorthin zu bringen. Natürlich erst morgen früh. Ich werde die Geburtsurkunde ausstellen und dort Bescheid geben, daß Sie kommen.«

»Aber Ihre Frau«, wandte die Schwester ein, und von seiner fernen Warte aus konnte er Überraschung und Mißbilligung in ihrer Stimme hören.

Er dachte an seine dünne, blasse Schwester, an ihr Ringen nach Atem und an seine Mutter, wie sie sich zum Fenster drehte, um ihre Tränen zu verbergen.

»Können Sie das nicht verstehen?« fragte er sanft. »Dieses arme Kind hat ziemlich sicher einen Herzfehler, sehr wahrscheinlich sogar einen tödlichen. Ich erspare uns allen nur schreckliches Leid.«

Man hörte ihm an, daß er von seinen Worten überzeugt war. Die Schwester saß schweigend da und starrte ihn unverwandt an. Obwohl sie überrascht wirkte, war ihre Miene undurchdringlich, während er auf ihre Zustimmung wartete. In seiner momentanen geistigen Verfassung kam es ihm nicht in den Sinn, daß sie sein Anliegen auch ablehnen könnte. Erst als die Nacht vorangeschritten war und in den vielen Nächten, die ihr folgten, war ihm bewußt, wie sehr er sein ganzes Vorhaben gefährdet hatte. Statt dessen dauerte ihm ihre Reaktion jetzt zu lange, und er fühlte sich plötzlich sehr müde. Die ihm sonst so vertraute Klinik kam ihm merkwürdig vor, als ob er sich in einem Traum befände. Die Schwester sah ihn aus unergründlichen blauen Augen an, und er erwiderte ihren Blick unerschrocken. Schließlich machte sie eine schwache Kopfbewegung, die man kaum als Nicken erkennen konnte.

»Der Schnee«, murmelte sie und senkte ihren Blick.

Aber im Verlauf des Morgens begann der Sturm sich zu legen, und in der Ferne hörte man die knirschenden Geräusche von Räumfahrzeugen, die die reglose Luft durchpflügten. Aus einem der oberen Fenster sah er der Schwester dabei zu, wie sie Schnee von ihrem blauen Auto klopfte und in die weiße Welt hinausfuhr. Das Neugeborene war verdeckt, es lag schlafend in einer mit Tüchern ausgelegten Kiste, die auf dem Rücksitz stand. Der Arzt sah, wie sie nach links in die Straße abbog und verschwand. Dann ging er zurück zu seiner Familie.

Seine Frau schlief noch. Ihr Goldhaar floß über das Kissen. Hin und wieder nickte er ein. Wenn er aufwachte, starrte er auf den leeren Parkplatz, sah Rauch aus den Schornsteinen gegenüber aufsteigen und bereitete die Worte vor, die er seiner Frau sagen wollte, nämlich daß niemanden eine Schuld treffe, daß ihre Tochter in guten Händen, unter ihresgleichen sein würde und daß man sich dort ständig um sie kümmern könnte. So sei es für sie alle am besten. Am späten Vormittag, als es endgültig aufgehört hatte zu schneien, schrie sein Sohn vor Hunger auf, und seine Frau erwachte.

»Wo ist das Baby?« fragte sie, stützte sich auf ihre Ellenbogen und strich sich das Haar aus dem Gesicht. Er nahm ihren Sohn, der sich leicht und warm anfühlte, setzte sich neben sie und legte ihr das Baby in die Arme.

»Hallo, meine Süße«, begrüßte er sie. »Sieh dir unseren wunderschönen Sohn an. Du bist sehr tapfer gewesen.«

Sie küßte das Baby auf die Stirn, öffnete ihren Mantel und legte es an die Brust. Sofort saugte sich sein Sohn fest, und seine Frau sah lächelnd zu ihm auf. Er nahm ihre freie Hand und dachte an die Abdrücke, die ihre Finger auf seinen Armen hinterlassen hatten, weil sie sich so fest an ihn geklammert hatte. Auch daran, wie sehr er sie hatte beschützen wollen, erinnerte er sich.

»Ist alles in Ordnung?« fragte sie. »Schatz, was ist mit dir?«

»Wir hatten Zwillinge«, begann er schleppend und hatte die schwarzen Haarschöpfe und die glitschigen Körper, die in seine Hände rutschten, wieder vor Augen. Tränen stiegen ihm in die Augen. »Einen Jungen und ...« Er brach den Satz ab.

»Oh«, sie verstand ihn nicht. »Auch ein kleines Mädchen? Paul *und* Phoebe. Aber wo ist sie?«

Ihre Finger sind so schmal wie die Knochen eines kleinen Vogels, dachte er.

»Mein Schatz«, hob er erneut an. Seine Stimme wurde brüchig, und die Worte, die er sich so sorgfältig zurechtgelegt hatte, waren verschwunden. Er schloß die Augen, und als er wieder sprechen konnte, brach es aus ihm heraus: »Es tut mir so leid, mein Liebling. Du warst so großartig, so tapfer, aber unsere kleine Tochter ist bei der Geburt gestorben.«

2. Kapitel

März 1964

CAROLINE GILL STAPFTE VORSICHTIG UND UNBEholfen über den Parkplatz. Der Schnee reichte ihr bis zu den Knöcheln, an einigen Stellen sogar bis zum Knie. Sie trug das in Tücher gewickelte Baby in einem Pappkarton, der früher Probepackungen mit Säuglingsnahrung enthalten hatte. Er war mit roten Buchstaben und puttenhaften Babygesichtern bedruckt, und seine abstehenden Klappen hoben und senkten sich mit jedem Schritt. Über dem fast leeren Parkplatz lag eine unnatürliche, kalte Stille, die sich wie Wellenringe auszubreiten schien, die von einem ins Wasser geworfenen Stein wegstreben. Schnee stob auf und brannte in ihrem Gesicht, als sie die Autotür öffnete. Instinktiv beugte sie sich schützend über die Schachtel und klemmte sie auf dem Rücksitz fest, wo die rosafarbenen Tücher sanft auf die weißen Kunststoffpolster sanken. Das Baby schlief den unerschütterlichen Schlaf eines Neugeborenen. Seine Augen waren nur Schlitze, Nase und Kinn bloße Aufwerfungen in seinem zusammengeballten Gesicht. Man würde es nicht erkennen, wenn man es nicht wüßte, dachte Caroline. Sie hatte den Zustand des Mädchens, nach dem Apgar-Test, mit acht von zehn Punkten bewertet.

Die Fahrt auf den schlecht geräumten Straßen war beschwerlich. Zweimal geriet der Wagen ins Schleudern, und Caroline wäre fast umgekehrt. Doch die Interstate war besser geräumt, und sobald Caroline sie erreichte, kam sie beständig voran. Die heruntergekommenen Außenbezirke Lexingtons wurden von den hügeligen Ländereien der Pferdefarmen abgelöst. Kilometerlange weiße Zäune warfen lebhafte Schatten auf den Schnee, und Pferde hoben sich dunkel von den Weiden ab. Dichte graue Wolken zogen tief über den Himmel. Caroline machte das Radio an, suchte nach einem Sender und schaltete es wieder aus. Die Welt flog in bekannten Bildern an ihr vorbei, und doch hatte sie sich vollkommen verändert.

Von dem Augenblick an, da sie Dr. Henrys überraschender Bitte mit einem kaum merklichen Nicken zustimmte, hatte Caroline sich gefühlt, als würde sie in Zeitlupe durch die Luft fallen, dem Aufprall entgegen. Was er von ihr verlangt hatte – daß sie seine neugeborene Tochter fortbringen sollte, ohne seine Frau von ihrer Existenz zu unterrichten –, war unbeschreiblich. Aber der Schmerz und die Verwirrung, die sich bei der Untersuchung auf seinem Gesicht abgezeichnet hatten, und die langsame und benommene Art, mit der er sich danach bewegte, hatten Caroline so gerührt, daß sie seinem Wunsch nachgab. Sie sagte sich, daß er noch früh genug zur Besinnung kommen würde. Er befand sich in einem Schockzustand, und wer konnte ihm das verdenken?

Als sie kräftiger auf das Gaspedal trat, strömten die Eindrücke der frühen Morgenstunden auf sie ein. Sie dachte an Dr. Henry, der mit solch ruhiger Geschicklichkeit gearbeitet hatte, und erinnerte sich an jede seiner konzentrierten, präzisen Bewegungen. Sie sah das Aufblitzen von schwarzem Haar zwischen Norah Henrys weißen Oberschenkeln und ihren riesigen Bauch, der unter den Wehen wie ein See im Wind wogte. Auch das leise Zischen des Gases und der Moment, in dem sie Dr. Henry mit schriller Stimme und einem von Angst gezeichneten Gesicht gerufen hatte, da sie glaubte, das zweite Baby wäre tot zur Welt gekommen, klangen in ihrem Kopf nach. Sie hatte darauf gewartet, daß er Anstalten machte, es wiederzubeleben. Und als das nicht geschah, dachte sie plötzlich, sie sollte zu ihm gehen, um später alles bezeugen zu können: »Ja, das Baby war blau. Dr. Henry hat wirklich alles versucht. Wir beide haben alles versucht, aber man konnte nichts mehr tun.«

Aber dann schrie das Baby, und mit dem Schrei war sie an seiner Seite, und da sah sie es und verstand.

Ihre Erinnerungen unterdrückend, fuhr sie weiter. Die Straße schnitt sich durch den Berg, und der Horizont verengte sich zu einem Trichter. Sie fuhr einen flachen Hügel hinauf und dann die lang abfallende Straße zu dem weit unter ihr liegenden Fluß hinunter. Hinter ihr, in seiner Kiste, schlief das Mädchen friedlich weiter. Caroline blickte von Zeit zu Zeit zu ihm und war beruhigt und gleichzeitig voller Sorge, als sie sah, daß es sich noch nicht bewegt hatte. Nach der Anstrengung, die es kostete, auf die Welt zu kommen, war so ein Schlaf normal. Sie sann über ihre eigene Geburt nach, aber ihre Eltern waren schon lange tot; es gab keinen mehr, der sich an diesen Moment erinnern konnte. Bei Carolines Geburt war ihre Mutter über Vierzig und ihr Vater schon zweiundfünfzig Jahre alt gewesen. Längst hatten die beiden ihre Hoffnung auf ein Kind aufgegeben, und selbst das Bedauern darüber hatten sie sich abgewöhnt. Ihr Leben verlief ruhig und in geordneten Bahnen, und sie waren zufrieden. So lange, bis Caroline, überraschend wie eine Blume, die durch den Schnee bricht, auf die Welt kam.

Ihre Eltern hatten sie natürlich geliebt, aber es war eine besorgte Liebe gewesen, ernst und voller guter Absichten, überlagert von Umschlägen, warmen Socken und Rizinusöl. In den stillen, heißen Sommertagen, wenn sie Angst vor Kinderlähmung hatten, mußte Caroline im Haus bleiben. Wenn sie auf der Liege, die auf dem oberen Flur am Fenster stand, ruhte und las, rannen Schweißperlen von ihren Schläfen. Die Fliegen brummten gegen die Scheibe und lagen nach einer Weile tot auf dem Fensterbrett. Draußen flimmerte die Landschaft in der gleißenden Hitze, und man konnte die Rufe der Nachbarskinder in der Ferne hören, deren Eltern jünger und deshalb unbekümmerter waren. Caroline preßte Gesicht und Fingerspitzen gegen die Scheibe und lauschte. Sie sehnte sich nach draußen. Die Luft stand still, und Schweiß durchfeuchtete die

Ärmel ihrer Baumwollbluse und den gebügelten Bund ihres Rockes. Unten im Garten jätete ihre Mutter Unkraut; mit Handschuhen, einer langen Schürze und Hut. Später, in den dämmrigen Abendstunden, kehrte ihr Vater heim. Er ging den Weg von seinem Versicherungsbüro nach Hause zu Fuß. Wenn er das stille, verschlossene Haus betrat, nahm er seinen Hut ab. Unter seinem Jackett war sein Hemd fleckig und feucht.

Sie fuhr nun über die Brücke, die Reifen surrten, tief unter ihr schlängelte sich der Kentucky River, und die Energie, mit der die vergangene Nacht aufgeladen war, schmolz dahin. Erneut warf sie einen kurzen Blick auf das Baby. Sie war sich sicher, daß Norah Henry dieses Kind in den Armen hätte wiegen wollen, selbst wenn sie es nicht behalten konnte. Das war genauso unstrittig wie die Tatsache, daß sie sich nicht in diese Angelegenheit einmischen sollte.

Doch sie kehrte nicht um. Wieder schaltete sie das Radio ein, fand diesmal einen Sender, der klassische Musik spielte, und fuhr weiter.

Dreißig Kilometer vor Louisville zog Caroline Dr. Henrys Wegbeschreibung, die in seiner klaren, engen Handschrift geschrieben war, zu Rate und verließ den Highway. Hier, nahe dem Ohio River, waren die Äste der Weißdorn- und Hackberrybüsche vereist, obwohl die Straßen frei und trocken waren. Weiße Zäune umgrenzten die schneebedeckten Wiesen. Dahinter bewegten sich dunkel Pferde, die beim Atmen kleine Wolken ausstießen. Caroline bog auf eine noch engere Straße, die durch offenes, welliges Land führte. Nach anderthalb Kilometern fahler Hügellandschaft erblickte sie das Backsteinhaus, das um die Jahrhundertwende gebaut worden war, wie man trotz der zwei niedrigen modernen Flügel unschwer erkennen konnte. Das Gebäude verschwand von Zeit zu Zeit, als sie den Kurven und Senken der Landstraße folgte, und stand dann plötzlich vor ihr.

Sie bog in das Rondell der Einfahrt ein. Von nahem sah man, daß das alte Haus sich in einem leicht baufälligen Zustand befand. Farbe blätterte auf die Fensterkästen, und im zweiten Stock war ein Fenster zerbrochen, gegen das man von innen Sperrholz genagelt hatte.

Caroline stieg aus. Sie trug flache, abgetretene Schuhe mit dünnen Sohlen, die sie hastig übergezogen hatte, als sie mitten in der Nacht aufbrechen mußte und ihre Stiefel nicht finden konnte. Ihre Füße waren sofort eiskalt. Sie schwang die Tasche über die Schulter, die ein Fläschchen, Windeln und eine Thermoskanne mit Säuglingsmilch enthielt, die sie in der Klinik vorbereitet hatte, nahm dann den Karton mit dem Baby hoch und betrat das Gebäude. Lampen aus Bleiglas, die lange nicht mehr geputzt worden waren, flankierten die Eingangstür. Eine zweite Tür aus Milchglas führte in eine Eingangshalle aus dunkler Eiche. Warme, von Küchengerüchen geschwängerte Luft – sie konnte Karotten, Zwiebeln und Kartoffeln ausmachen – zog an ihr vorbei. Caroline ging zögernd vorwärts, die Dielen knarrten unter jedem ihrer Schritte, aber niemand erschien. Ein abgewetzter Läufer lag auf den breiten Brettern des Flures, der in den hinteren Teil des Gebäudes zu einem Wartezimmer mit großen Fenstern und schweren Vorhängen führte. Sie setzte sich auf die Kante eines Sofas, dessen Samtbezug zerschlissen war, stellte den Karton dicht neben sich und wartete.

Der Raum war überheizt, und sie knöpfte ihren Mantel auf. Noch immer trug sie ihren weißen Schwesternkittel, und als sie ihr Haar berührte, stellte sie fest, daß selbst ihr spitzer weißer Hut noch auf ihrem Kopf saß. Gleich nachdem Dr. Henry sie angerufen hatte, war sie aufgestanden, hatte sich schnell angezogen und war in die verschneite Nacht aufgebrochen, und seitdem hatte sie sich keine Ruhepause gegönnt. Sie löste den Hut aus ihrem Haar, faltete ihn sorgfältig zusammen und schloß die Augen. Von weither drangen das Klappern von Besteck und das Summen menschlicher Stimmen an ihr Ohr. Über ihr hallten Schritte. Sie begann von ihrer Mutter zu träumen, die ein Festtagsessen vorbereitete, während ihr Vater in der Holzwerkstatt arbeitete. In der Kindheit war sie manchmal ziemlich einsam gewesen, aber trotzdem waren ihr bestimmte Erinnerungen geblieben – ein besonderer Quilt, den sie eng an sich drückte, ein Teppich mit Rosen unter ihren Füßen, ein Geflecht von Stimmen, die nur ihr allein gehörten.

In der Ferne hörte sie eine Klingel, es läutete zweimal. »Ich brauche Sie jetzt hier«, hatte Dr. Henry gerufen, und in seiner Stimme lagen Anspannung und Dringlichkeit. Caroline hatte sich beeilt, hatte ein merkwürdiges Bett aus Kissen geformt und die Maske auf Mrs. Henrys Gesicht gedrückt, als der zweite Zwilling, dieses kleine Mädchen, in die Welt glitt und die Dinge in Bewegung setzte.

In Bewegung – ja, man konnte den Lauf der Dinge nicht aufhalten. Allein das Sitzen auf diesem Sofa, in der Stille dieses Ortes, sogar das Warten war Bewegung. Es beunruhigte Caroline, daß die Dinge nicht zur Ruhe kamen, daß die Welt pulsierte. *Und nun das?* kreiste es in ihrem Kopf. *Nach all den Jahren das?*

Denn Caroline Gill war schon einunddreißig Jahre alt, und all die Jahre hatte sie darauf gewartet, daß ihr wahres Leben anfing. Obwohl sie sich selbst das nie so eingestanden hatte. Trotzdem hatte sie seit ihrer Kindheit das Gefühl, daß ihr Leben nicht gewöhnlich verlaufen würde. Etwas Gravierendes würde in ihrem Leben geschehen – und sie würde erkennen, wann es soweit war. Sie hatte davon geträumt, eine große Pianistin zu werden, aber die Scheinwerfer, die die Bühne der Highschool beleuchteten, warfen ein ganz anderes Licht als die Lampen zu Hause; ihr greller Schein ließ sie erstarren. Als sie Mitte Zwanzig war, begannen ihre Freundinnen aus der Krankenpflegeschule zu heiraten und Familien zu gründen, und auch Caroline schwärmte für einige junge Männer, besonders für einen, der blaß und dunkelhaarig war und ein tiefes Lachen hatte. Eine Zeitlang, in ihrer romantischen Phase, träumte sie davon, daß er – und als er sich nicht meldete, irgendein anderer – ihr Leben verändern würde. Doch im Laufe der Jahre wurde ihre Arbeit allmählich zu ihrem Lebensmittelpunkt, was sie ohne Bedauern hinnahm. Sie glaubte an sich und hatte Vertrauen in ihre Fähigkeiten. Nie war sie auf halbem Weg stehengeblieben, um zu überlegen, ob sie das Bügeleisen angelassen hatte und das Haus niederbrennen würde. Sie arbeitete, wartete und las.

Erst las sie die Novellen von Pearl Buck und dann alles, was sie über das Leben in China, Burma und Laos finden konnte. Manchmal glitten ihr die Bücher aus der Hand, und sie blickte verträumt aus dem Fenster ihrer schlichten kleinen Wohnung am Rande der Stadt. Dann fühlte sie sich in ein anderes Leben versetzt, das exotisch und schwer, aber auch befriedigend war. Die Klinik, von der sie träumte, war einfach und lag in einem wuchernden Dschungel, vielleicht in der Nähe des Meeres. Sie war weiß getüncht und würde wie eine Perle strahlen. Draußen würden die Menschen wartend in einer Schlange stehen oder unter Kokospalmen kauern. Caroline würde sich allein um die Kranken kümmern und sie alle heilen. Sie würde das Leben dieser Menschen und damit auch ihr eigenes verändern.

Diese Vision hatte sie so vereinnahmt, daß sie sich als Missionsschwester beworben hatte. An einem strahlenden Wochenende im Spätsommer hatte sie den Bus nach St. Louis genommen und war zu einem Bewerbungsgespräch gefahren. Ihr Name wurde auf eine Warteliste für Korea gesetzt. Aber die Zeit verging; das Projekt wurde verschoben und schließlich ganz abgesagt. Caroline wurde in eine andere Liste eingetragen, diesmal für Burma. Und dann, während sie noch immer eifrig ihre Post durchsah und von den Tropen träumte, war Dr. Henry aufgetaucht.

Es geschah an einem gewöhnlichen Tag, und nichts deutete darauf hin, daß dieser Tag besonders verlaufen würde. Die letzten Wochen des Herbstes, die Zeit der Erkältungskrankheiten, waren angebrochen, und das Wartezimmer war überfüllt. Niesen, erstickter Husten und das Rascheln von Taschentüchern, die aus Hand- und Hosentaschen gezogen wurden, bildeten die Geräuschkulisse. Auch Caroline spürte ein stumpfes Kratzen tief in ihrem Hals, als sie Dr. Bentleys nächsten Patienten aufrief.

Rupert Dean war ein älterer Herr, dessen Erkältung sich in den nächsten Tagen verschlimmern und zu einer Lungenentzündung auswachsen würde. Diese würde ihn schließlich das Leben kosten. Er saß in einem Ledersessel und versuchte gerade, seine blutende Nase zu versorgen. Als er sich langsam erhob, stopfte er sein Stofftaschentuch in die Tasche, das von leuchtenden Blutflecken gesprenkelt war. Am Empfangstresen angekommen, zeigte er Caroline eine schwach kolorierte Schwarzweißfotografie in einem dunkelblauen Rahmen. Die Frau, die ihr aus dem Bild entgegenblickte, trug einen blassen, pfirsichfarbenen Pullover, ihr Haar war leicht gewellt, und ihre Augen strahlten in einem tiefen Blau. Es war Rupert Deans Frau Esmeralda, und sie war schon seit zwanzig Jahren tot.

»Sie war die Liebe meines Lebens«, verkündete er so laut, daß die Leute aufblickten und ihn ansahen.

Die Eingangstür des Bürotraktes wurde geöffnet und brachte die Glasscheiben der Wartezimmertür zum Klirren.

»Sie ist wunderschön«, bestätigte Caroline, die von seiner Liebe und Trauer so bewegt war, daß ihre Hände zitterten. Sie war nie mit solcher Leidenschaft geliebt worden. Und obwohl sie nun schon fast dreißig Jahre alt war, gab es niemanden, der, wenn sie morgen sterben würde, so um sie trauern würde wie Rupert Dean.

Sicher war sie, Caroline Loraine Gill, genauso einzigartig und verdiente genausoviel Liebe wie die Frau auf dem Foto des alten Mannes, doch bis jetzt war noch niemand darauf aufmerksam geworden. Weder die Kunst noch die Liebe und nicht einmal ihre aufopferungsvolle Arbeit hatten ihr den Weg zum Herzen eines anderen Menschen geebnet.

Sie war noch immer damit beschäftigt, sich zu sammeln, als die Tür aufschlug, die das Vestibül vom Wartezimmer trennte. Ein Mann in einem braunen Tweedmantel stand im Türrahmen. Den Hut in der Hand, zögerte er einen Moment und nahm die gelbe Strukturtapete, den Farn in der Zimmerecke und den Metallständer mit den zerlesenen Magazinen in Augenschein. Er hatte braunes Haar mit einem rötlichen Schimmer und ein schmales Gesicht, das einen aufmerksamen und abwägenden Ausdruck trug. Obwohl er nicht vornehm wirkte, lag etwas in seiner Haltung und seinem Benehmen, das ihn von den anderen abhob. Carolines Herz schlug schneller, und ihre Haut kribbelte, als ob ein Nachtfalter sie überraschend mit einem Flügel gestreift hätte, was sie angenehm und gleichzeitig lästig fand. Ihre Blicke trafen sich, und da wußte sie es. Noch bevor er das Zimmer durchquert und seinen Mund geöffnet hatte und bevor er seinen Namen ohne hiesigen Akzent ausgesprochen hatte. Bevor also all das geschah, war sich Caroline einer einfachen Tatsache bewußt: Der Mensch, auf den sie so lange gewartet hatte, war in ihr Leben getreten.

Damals war er noch nicht verheiratet gewesen; weder verheiratet noch verlobt, was sie aus der Tatsache schloß, daß er keinen Ring trug. Caroline hatte ihm am Tag seiner Ankunft, als er einen Rundgang durch die Klinik machte, und später auf den Feiern, die gegeben wurden, um ihn willkommen zu heißen, und während der beruflichen Meetings aufmerksam zugehört. Dabei hatte sie etwas herausgehört, das andere, die von seiner Höflichkeit vereinnahmt waren oder von seinem unvertrauten Akzent und seinen plötzlichen Lachsalven abgelenkt wurden, nicht wahrnahmen: daß er nämlich, abgesehen von der Zeit, die er in Pittsburgh verbracht hatte, was sowieso aus seinem Lebenslauf hervorging, seine Vergangenheit niemals erwähnte. Diese Zurückhaltung war es, die ihn in Carolines Augen geheimnisvoll erscheinen ließ und in ihr den Glauben stärkte, daß sie ihn in einer Weise kannte, die den anderen verborgen war. Für sie war jede ihrer Begegnungen bedeutsam; ihr war, als riefen sie sich über die weißen, wunderschönen und unvollkommenen Körper ihrer Patienten hinweg zu: Ich kenne und verstehe dich, ich weiß etwas, das die anderen nicht wissen. Wenn sie zufällig mit anhörte, wie Leute über ihre Schwärmerei für den neuen Arzt scherzten, erschrak sie und errötete vor Scham. Insgeheim jedoch war sie auch froh, da die Gerüchte ihn auf eine Weise erreichen mochten, auf die sie ihn, wegen ihrer Schüchternheit, nicht erreichen konnte.

An einem Abend, zu sehr später Stunde, nachdem sie schon zwei Monate still miteinander gearbeitet hatten, hatte sie ihn überrascht, als er auf seinem Schreibtisch eingeschlafen war. Sein Gesicht ruhte auf seinen Händen, und er atmete gleichmäßig und tief. Caroline lehnte sich gegen den Türrahmen, und in diesem Moment verschmolzen all die Träume, die sie über Jahre gehegt hatte, in einem einzigen Traum. Zusammen würden sie aufbrechen, Dr. Henry und sie, zu einem abgeschiedenen Ort, wo sie jeden Tag im Schweiße ihres Angesichts arbeiten würden. Abends würde sie ihm etwas auf dem Klavier vorspielen, das ihnen über das Meer, den schwer schiffbaren Fluß hinauf und über grünes, sattes Land nachgeschickt worden wäre. Caroline war so vollkommen in diesem Traum versunken, daß sie Dr. Henry, als dieser die Augen öffnete, so offen und freimütig anlächelte, wie sie noch nie jemanden angelächelt hatte.

Seine offensichtliche Überraschung brachte sie wieder zu sich. Sie richtete sich auf, nestelte an ihrem Haar herum, murmelte eine Entschuldigung und errötete. Dann verschwand sie; beschämt, aber zugleich auch freudig erregt. Jetzt mußte er es wissen, wenigstens würde er sie jetzt so sehen, wie sie ihn sah. Ein paar Tage lang wartete sie so gespannt darauf, was als nächstes geschehen würde, daß sie es kaum ertragen konnte, im selben Raum mit ihm zu sein. Dennoch war sie nicht enttäuscht, als die Tage vergingen und nichts passierte.

Sie entspannte sich, fand Entschuldigungen für die Verzögerung und wartete gelassen.

Drei Wochen später schlug Caroline die Zeitung auf und fand das Hochzeitsfoto auf der Seite mit den Gesellschaftsnachrichten. Norah Asher, jetzt Frau Dr. Henry, war mit leicht zur Seite gedrehtem Kopf, was ihren schlanken Hals zur Geltung brachte, abgelichtet worden. Ihre Augenlider waren leicht geschwungen, wie Muscheln.

Caroline schreckte auf. Sie trug noch immer den Mantel und schwitzte in dem überheizten Zimmer. Beinahe wäre sie eingenickt. Das Baby neben ihr schlief noch immer. Sie stand auf und ging zu den Fenstern. Vor ihr fielen schwere Samtvorhänge auf den Boden, Überbleibsel einer längst vergangenen Zeit, als dieser Ort noch ein elegantes Anwesen gewesen war. Sie berührte den Saum der glatten Stores darunter. Sie waren gelb, mürbe und atmeten Staub aus, als sie sich unter ihrer Berührung bauschten. Draußen stand ein halbes Dutzend Kühe auf den weißen Feldern. Ein Mann in einer karierten Jacke und dunklen Handschuhen bahnte sich schaufelschwingend einen Weg zum Stall.

Es war nicht gerecht, daß Norah Henry alles hatte, was sie nicht bekam, daß sie ein so glückliches und unbeschwertes Leben führen durfte. Von diesem Gedanken und von der Tiefe ihrer eigenen Bitterkeit entsetzt, ließ Caroline die Vorhänge fallen und schlug die Richtung ein, aus der menschliche Stimmen kamen.

Sie betrat eine Halle, an deren Decke Neonröhren summten. Ein kräftiger Geruch von Reinigungsmitteln, gedämpftem Gemüse und Urin hing in der Luft. Man hörte das Rattern von Servierwagen, Rufe und Gemurmel. Sie wandte sich von einer Seite zur anderen und ging dann eine Treppe hinunter, die in einen moderneren Trakt mit türkisfarbenen Wänden führte. Der Linoleumboden bedeckte nur lose die darunterliegenden Sperrholzplatten. Sie ging an mehreren Türen vorbei und erblickte einige kurze Szenen aus dem

Leben von Menschen, die wie Fotografien wirkten. Zuerst sah sie einen Mann unbestimmten Alters, das Gesicht im Schatten, der aus dem Fenster starrte, dann erblickte sie zwei Krankenschwestern mit hocherhobenen Armen, die ein Bett machten; das blasse Laken schwebte für einen Moment knapp unter der Decke. Darauf folgten zwei leere, mit Planen ausgelegte Zimmer, in denen Farbeimer in der Ecke standen. Die nächste Tür war verschlossen, und schließlich stand Caroline vor der letzten Tür. Sie war offen und gab den Blick auf eine junge Frau frei, die einen weißen Baumwollslip trug. Sie saß auf der Bettkante. Die Hände in ihrem Schoß waren locker ineinander verschränkt, und ihr Kopf war gebeugt. Eine andere Frau, eine Schwester, stand hinter ihr, und die Schenkel einer silbernen Schere blitzten auf. Dunkles Haar fiel auf die weißen Laken und legte den Nacken der Frau frei, der anmutig und blaß war. Caroline hielt inne.

»Ihr ist kalt«, hörte sie sich sagen, und beide Frauen blickten auf. Die Frau auf dem Bett hatte große Augen, die dunkel in ihrem Gesicht glühten. Ihr Haar, das einst ziemlich lang gewesen war, sprang nun zottig um ihr Kinn.

»Ja«, stimmte ihr die Schwester zu und schickte sich an, Haare von der Schulter der Frau zu fegen, die daraufhin einen Moment im trüben Licht schwebten, bevor sie sich auf die Laken und das grau gesprenkelte Linoleum legten. »Aber das war nötig.« Ihre Augen verengten sich, als sie Carolines zerknitterte Schwesternkleidung und ihr unbedecktes Haar musterte. »Sind Sie neu hier?« fragte sie mißtrauisch.

Caroline nickte. »Ja, ich bin neu«, antwortete sie.

Wenn sie später an diesen Moment zurückdachte, an eine Frau mit einer Schere und eine andere, die, nur mit einem Slip bekleidet, inmitten ihrer abgeschnittenen Haare saß, löste das Bild unendliche Leere und Sehnsucht in ihr aus. Wonach sie sich sehnte, wußte sie nicht. Das Haar, für immer verloren, lag weit verstreut umher und wurde vom kalten Licht, das durch das Fenster fiel, beschienen. Caroline spürte, daß ihre Augen feucht wurden. Aus einer anderen Halle kamen Stimmen, und sie dachte an das Baby, das sie, in seinem Karton schlafend, auf dem Samtsofa im Wartezimmer liegengelassen hatte. Sie drehte sich um und eilte zurück.

Alles war noch so, wie sie es zurückgelassen hatte. Die Schachtel mit den roten Putten stand auf dem Sofa, und auch das Mädchen schlief noch, die Hände unter seinem Kinn zu kleinen Fäusten geballt. *Phoebe* hatte Norah Henry sie genannt, bevor sie, vom Gas betäubt, das Bewußtsein verlor. »Wenn es ein Mädchen wird, nennt sie Phoebe.«

Phoebe. Caroline faltete vorsichtig die Decken auseinander und hob das Mädchen hoch. Sie war winzig, nur 2500 Gramm schwer, viel kleiner als ihr Bruder, hatte aber das gleiche volle dunkle Haar. Caroline überprüfte ihre Windel – das Kindspech hatte teerartige Flecken auf dem feuchten Stoff hinterlassen –, wechselte sie und wickelte die Kleine dann wieder ein.

Das Baby war nicht einmal aufgewacht, und Caroline hielt es einen Moment in ihren Armen, fühlte, wie leicht und klein es war, und spürte seine Wärme. Sogar im Schlaf zog ein wechselhaftes Mienenspiel über das kleine Gesicht des Säuglings, das unbeständig war wie Wolken am Himmel. Einmal erkannte Caroline Norah wieder, ein anderes Mal den Gesichtsausdruck, den David Henry annahm, wenn er konzentriert zuhörte.

Sie legte Phoebe in den Karton zurück und schlug sie lokker in die Decken ein. Dabei dachte sie an David Henry, wie er, von Müdigkeit gezeichnet, an seinem Schreibtisch ein Käsesandwich aß, eine Tasse mit lauwarmem Kaffee leerte und sich dann erhob, um, wie jeden Dienstagabend nach Dienstschluß, die Türen für bedürftige Patienten zu öffnen, die er kostenlos behandelte. An diesen Abenden war das Wartezimmer immer voll, und er war oft noch da, wenn Caroline todmüde um Mitternacht nach Hause ging. Seine Güte war es gewesen, derentwegen sich Caroline in ihn verliebt hatte.

Dennoch hatte er sie hierhergeschickt; an einen Ort, an dem eine Frau auf der Bettkante saß und ihrem Haar nachsah, das sich in weichen Flocken, im harten, kalten Licht des Flures, sammelte.

»Es würde sie umbringen«, hatte er über Norah gesagt. »Ich werde nicht zulassen, daß sie so leiden muß.«

Sie hörte Schritte näher kommen, und dann stand eine grauhaarige Frau in einer weißen Uniform in der Tür, die fast wie Carolines eigene aussah. Obwohl sie kräftig gebaut war, wirkte sie beweglich, und man sah ihr an, daß mit ihr nicht zu spaßen war. Unter anderen Umständen wäre Caroline von ihr eingenommen gewesen.

»Kann ich Ihnen helfen?« fragte sie. »Haben Sie lange gewartet?«

»Ja«, antwortete Caroline langsam. »Ich warte tatsächlich schon sehr lange.«

Die Frau schüttelte bedauernd den Kopf. »Das tut mir leid, der Schnee ist schuld. Wir arbeiten heute mit verringertem Personal. Hier in Kentucky muß nur ein Zentimeter Schnee fallen, und alles liegt still. Ich bin in Iowa aufgewachsen und werde nie verstehen, warum man so ein Theater um ein bißchen Schnee macht, aber da bin ich die einzige. Na ja, was kann ich denn für Sie tun?«

»Sind Sie Silvia?« fragte Caroline und versuchte sich an den vollen Namen zu erinnern, der unter der Wegbeschreibung auf dem Zettel stand. Sie hatte ihn im Auto vergessen. »Silvia Patterson?«

Die Frau reagierte verärgert.

»Nein, ganz bestimmt nicht. Ich bin Ruth Masters. Silvia arbeitet nicht mehr hier.«

»Oh!« entfuhr es Caroline, und sie verstummte. Diese Frau wußte nicht, wer sie war. Offensichtlich hatte sie nicht mit Dr. Henry gesprochen. Caroline ließ die Hände sinken, um die schmutzige Windel, die sie noch immer hielt, verschwinden zu lassen.

Ruth Masters stemmte die Arme in die Hüften und sah sie mißtrauisch an.

»Sind Sie von dieser Firma, die Säuglingsmilch herstellt?« fragte sie mit einer Kopfbewegung in Richtung der Kiste, die gegenüber auf dem Sofa stand. »Silvia hatte etwas mit diesen Vertretern am Laufen, das wußten wir alle, und wenn Sie von derselben Firma kommen, können Sie gleich wieder einpakken und gehen.« Sie schüttelte unwirsch den Kopf.

»Ich weiß nicht, wovon Sie sprechen«, erwiderte Caroline, »aber ich gehe jetzt«, fügte sie beschwichtigend hinzu. »Ich werde sofort verschwinden und Sie nie wieder belästigen.«

Aber Ruth Masters war noch nicht fertig mit ihr. »Leute wie Sie nennt man heimtückisch. Erst laßt ihr uns Gratis-Proben da, und dann schickt ihr uns eine Woche später die Rechnung. Das hier mag ein Haus für geistesschwache Menschen sein, aber es wird nicht von Dummköpfen geleitet, merken Sie sich das.«

»Ich weiß«, flüsterte Caroline. »Es tut mir aufrichtig leid.«

In der Ferne schnarrte eine Klingel, und die Frau nahm die Hände von den Hüften.

»Sehen Sie zu, daß Sie in fünf Minuten hier raus sind«, drohte sie. »Und kommen Sie nicht wieder.« Dann war sie weg.

Caroline starrte auf den leeren Türrahmen. Es zog an ihren Beinen. Nach einem Moment legte sie die schmutzige Windel mitten auf den wackeligen Beistelltisch neben dem Sofa. Sie suchte in ihrer Tasche nach dem Schlüssel und hob die Kiste mit Phoebe auf. Schnell, noch bevor sie über das, was sie gerade tat, nachdenken konnte, ging sie durch die spartanische Eingangshalle und schlug die doppelten Türen hinter sich zu. Die Welt draußen empfing sie mit einem kalten Luftzug, der sich neu und unvertraut anfühlte.

Sie stellte Phoebe wieder ins Auto und fuhr los. Niemand versuchte sie aufzuhalten oder nahm auch nur Notiz von ihrer Abreise. Trotzdem fuhr Caroline schnell, als sie die

Interstate erreicht hatte, wobei sie ständig gegen die Erschöpfung, die sie mit der Gewalt einer Welle überkam, ankämpfen mußte. Die ersten fünfzig Kilometer haderte sie mit sich selbst, manchmal sogar laut. »Was hast du getan«, fragte sie sich dann.

Wenn sie mit Dr. Henry stritt, rief sie sich seine gerunzelte Stirn und den verirrten Muskel, der, immer wenn er aufgebracht war, an seiner Wange zuckte, ins Gedächtnis. »Was denken Sie sich eigentlich dabei?« wollte er dann wissen, und Caroline mußte zugeben, daß sie überhaupt nicht dachte.

Aber bald erschöpften sich diese Streitgespräche, und als sie die Interstate erreichte, fuhr sie nur noch mechanisch und schüttelte von Zeit zu Zeit den Kopf, um sich wach zu halten. Es war später Nachmittag; Phoebe hatte schon zwölf Stunden geschlafen und würde bald gefüttert werden müssen. Wider alle Vernunft hoffte Caroline, daß sie in Lexington sein würden, bevor es soweit war.

Sie hatte gerade die letzte Ausfahrt von Frankfort passiert, 52 Kilometer von ihrem Zuhause entfernt, als die Bremslichter des Wagens vor ihr aufleuchteten. Erst verringerte sie nur leicht ihr Tempo, bremste dann etwas schärfer, bevor sie hart auf die Bremse treten mußte. Die Dämmerung setzte langsam ein, und die Sonne war nur noch ein trüber roter Punkt am bedeckten Himmel. An einem kleinen Hügel kam der Verkehr komplett zum Erliegen, war nur noch ein Band von Rücklichtern, das in einer Traube endete, die rot und weiß aufblitzte: ein Auffahrunfall. Caroline war zum Heulen zumute. Der Tank war noch knapp zu einem Viertel gefüllt, genug, um Lexington zu erreichen, aber ohne Reserve für einen Stau wie diesen – sie konnten hier ewig stehen. Mit einem Säugling im Auto konnte sie es nicht einmal riskieren, den Motor abzustellen, weil dann die Heizung ausfallen würde.

Einige Minuten lang saß sie wie gelähmt da. Eine schimmernde Kette von Autos trennte sie von der letzten Ausfahrt, die 400 Meter zurück lag. Von der blaßblauen Motorhaube des Fairlane stieg Hitze auf, die in der Dämmerung schwach flimmerte und die wenigen Schneeflocken, die in der Luft schwebten, auflöste. Phoebe seufzte, verzog leicht das Gesicht und entspannte sich wieder. Caroline riß, einem Impuls folgend, über den sie sich später wundern würde, das Lenkrad mit einem Ruck herum und lenkte den Fairlaine auf den Seitenstreifen. Sie legte den Rückwärtsgang ein und setzte zurück, um langsam an der Reihe der stehenden Autos vorbeizufahren. Es war ein komisches Gefühl, als ob sie einen Zug passieren würde. Eine Frau in einem Pelzmantel, drei Kinder, die Grimassen schnitten, und ein rauchender Mann, der ein Jackett trug, glitten an ihr vorbei. Sie reiste, entlang des stehenden Verkehrs, der wie ein gefrorener Fluß dalag, rückwärts in die Dunkelheit, und die Umrisse verschwammen.

Ohne Zwischenfälle erreichte sie die Ausfahrt, die zu einer Straße führte, über der sich die Bäume wieder unter der Schneelast bogen. Die Felder wurden von einzelnen Häusern unterbrochen, die immer zahlreicher wurden und deren Fenster bereits erleuchtet waren. Bald fuhr Caroline die Hauptstraße von Versailles entlang, die von malerischen Backsteinfassaden, in denen sich kleine Läden befanden, gesäumt wurde, und suchte nach Schildern, die ihr den Weg nach Hause zeigen würden.

Einen Block weiter tauchte ein glänzend blaues Kroger-Schild auf. Die hellen Schaufenster warben mit Angeboten und boten einen vertrauten Anblick, der sie tröstete und ihr plötzlich bewußt machte, wie hungrig sie war. Welcher Tag war heute noch? Samstag? Die Geschäfte würden morgen geschlossen sein, und sie hatte fast keine Lebensmittel zu Hause. Trotz ihrer Erschöpfung fuhr sie auf den Parkplatz und machte den Motor aus.

Phoebe, warm und leicht und nur zwölf Stunden alt, war noch immer in tiefen Schlaf gehüllt. Caroline steckte das winzige, eng zusammengerollte Bündel unter ihren Mantel. Über den Asphalt blies der Wind, scheuchte Schneereste und einige wenige neue Flocken auf und wirbelte sie in die Ecken. Als sie einen Weg durch den Schneematsch suchte, hatte sie Angst, hinzufallen und das Baby zu verletzen. Gleichzeitig ging ihr flüchtig durch den Kopf, wie einfach es wäre, das Baby in einem Müllcontainer, auf den Stufen einer Kirche oder sonst irgendwo zurückzulassen. Dies winzige Leben lag völlig in ihrer Hand, und sie fühlte sich verantwortlich dafür, so sehr, daß es sie benommen machte.

Die Glastüren schwangen auf und setzten einen Schwall von Licht und Wärme frei. Das Geschäft war überfüllt. Menschen mit hochbeladenen Einkaufswagen strömten heraus. An der Tür stand ein Junge, der die Waren in die Tüten packte.

»Wir haben nur wegen des Wetters länger geöffnet«, warnte er, als sie eintrat. »Wir schließen in einer halben Stunde.«

»Aber der Schneesturm ist vorbei«, erwiderte Caroline, worauf der Junge in ungläubiges Gelächter ausbrach. Sein Gesicht war rot vom heißen Gebläse, das von der Decke über den automatischen Türen in den Abend hinausströmte. »Haben Sie noch nicht gehört, daß es uns heute nacht wahrscheinlich wieder erwischen wird? Der nächste große Sturm steht kurz vor der Tür!«

Caroline legte Phoebe in einen der Einkaufswagen und ging durch die Gänge. Sie dachte über die verschiedenen Sorten von Säuglingsmilch nach, blickte grübelnd auf die Reihen von Flaschen mit den dazugehörigen Saugern und besah sich die Lätzchen. Als sie sich gerade auf den Weg zu den Kassen machen wollte, fiel ihr ein, daß sie auch noch Milch für sich, ein paar Windeln und irgend etwas zu essen brauchte. Wenn die Menschen, die an ihnen vorbeigingen, Phoebes Gesicht sahen, lächelten sie, und einige hielten sogar an und schoben die Decken beiseite, um sie genauer betrachten zu können. »Oh, wie süß!« riefen sie dann aus und fragten: »Wie alt ist sie?« Caroline log, ohne Gewissensbisse zu haben. »Zwei Wochen«, antwortete sie. »Oh, sie sollten das Baby bei diesem Wetter nicht mit nach draußen nehmen«, wurde sie von einer Frau mit grauen Haaren getadelt. »Du liebe Zeit! Bringen Sie es schnell nach Hause!«

In Gang sechs, Caroline war gerade dabei, mehrere Dosen mit Tomatensuppe herauszusuchen, rührte sich Phoebe plötzlich, ihre Hände zuckten wild, und sie begann zu schreien. Caroline schwankte einen Moment, bevor sie das Baby und die unförmige Tasche aufhob und sich zu den Toiletten im hinteren Teil des Geschäftes begab. Sie setzte sich auf einen orangefarbenen Plastikstuhl, der in einer Ecke stand. Das Tropfen eines undichten Wasserhahns begleitete sie, während sie das Baby auf ihrem Schoß balancierte und Milch von der Thermoskanne in eine Flasche füllte. Es dauerte einige Minuten, bis sich die Kleine beruhigt hatte. Schließlich jedoch begriff Phoebe, wie das Saugen funktionierte, und dann trank sie, wie sie geschlafen hatte: kräftig und intensiv, die Hände unter ihrem Kinn zu Fäusten geballt. Als sie sich zufrieden entspannte, kam die Durchsage, daß das Geschäft jetzt schließen würde. Caroline eilte zu den Kassen, wo ein einziger Kassierer gelangweilt und ungeduldig wartete. Schnell bezahlte sie und klemmte sich die Papptüte unter den einen Arm und Phoebe unter den anderen. Als sie das Geschäft verließ, wurden hinter ihr die Türen geschlossen.

Der Parkplatz war fast leer. Caroline stellte die Tüte mit den Lebensmitteln auf der Motorhaube ab und legte Phoebe in ihre Kiste auf den Rücksitz. Die Stimmen der Angestellten hallten undeutlich über den Platz. In den Lichtkegeln der Straßenlampen wirbelten vereinzelte Schneeflocken, nicht mehr und nicht weniger als zuvor. Man konnte der Wettervorhersage fast nie trauen. Nicht einmal die heftigen Schneefälle in der Nacht, als Phoebe geboren wurde – sie mußte sich daran erinnern, daß es erst letzte Nacht gewesen war, obwohl es Jahre zurückzuliegen schien –, waren angekündigt worden. Sie griff in die Papiertüte, riß die Verpackung eines Toastbrotes auf und nahm eine Scheibe heraus. Da sie den ganzen Tag über nichts gegessen hatte, war sie völlig ausgehungert. Kauend schlug sie die Tür zu und dachte müde an ihre Wohnung, die so ordentlich und schlicht war. Sie sehnte sich nach ihrem Doppelbett mit der weißen Chenille-Überdecke und danach, daß alles war, wo es hingehörte. Sie war schon halb um das Heck ihres Wagens herumgelaufen, als sie bemerkte, daß ihre Rücklichter schwach rot leuchteten.

Abrupt blieb sie stehen und starrte auf die Lampen. Die ganze Zeit über, während sie in den Gängen des Lebensmittelgeschäfts herumgeirrt war und sich in die fremde Toilette zurückgezogen hatte, um Phoebe ruhig füttern zu können, hatten sie gebrannt und ihr Licht an den Schnee verschwendet.

Als sie den Zündschlüssel umdrehte, klickte es nur. Die Batterie war so leer, daß sie dem Wagen nicht einmal ein Brummen entlocken konnte.

Sie stieg aus und stellte sich an die offene Tür. Jetzt war der Parkplatz ganz leer; das letzte Auto war gerade davongefahren. Da begann sie zu lachen. Aber es war kein gewöhnliches Lachen – selbst Caroline merkte das –, ihre Stimme war zu laut, fast ähnelte es einem Schluchzen. »Ich habe ein Baby«, sagte sie laut und staunte über sich selbst. »Ich habe ein Baby in diesem Auto.« Aber der Parkplatz vor ihr lag still da, und die Fenster des Lebensmittelgeschäftes warfen große helle Rechtecke auf den Schneematsch. »Ich habe hier ein Baby«, wiederholte sie verzweifelt, aber ihre Stimme verlor sich schnell in der Dunkelheit. »Ein Baby!« schrie sie in die Stille hinein.

3. Kapitel

März 1964

NORAH SCHLUG DIE AUGEN AUF. DER HIMMEL VERblaßte in der aufziehenden Morgendämmerung, aber noch hing der Mond in den Bäumen und erhellte das Zimmer mit bleichem Schein. Sie hatte geträumt, daß sie auf gefrorenem Erdboden nach etwas suchte, das sie verloren hatte. Stechende, spröde Grashalme zerbrachen unter ihrer Berührung und hinterließen winzige Schnittwunden in ihrer Haut. Als sie aufwachte, betrachtete sie einen Augenblick lang verwirrt ihre Hände. Aber sie waren unversehrt, und sie sah nur ihre sorgfältig gefeilten und polierten Fingernägel.

Neben ihr, in seiner Wiege, lag ihr Sohn und schrie. Mit einer geschmeidigen Bewegung, die eher instinktiv als bewußt war, hob ihn Norah ins Bett. Die Laken an ihrer Seite waren kühl und von arktischem Weiß. David war schon gegangen. Während sie schlief, war er in die Klinik gerufen worden. Norah zog ihren Sohn in die warme Rundung ihres Körpers und öffnete ihr Nachthemd. Seine kleinen Hände flatterten wie die Flügel eines Nachtfalters gegen ihre geschwollenen Brüste, und er saugte sich fest. Ein stechender Schmerz, der in einer Welle abklang, als die Milch kam, durchfuhr ihre Brust. Sie streichelte sein weiches Haar und seine zarte Kopfhaut. Die Kräfte seines kleinen Körpers waren erstaunlich. Seine Hände beruhigten sich und verharrten wie kleine Sterne auf ihrer Haut.

Sie schloß die Augen und schwebte träge zwischen Schlaf und Wachen. Tief in ihrem Inneren war eine Quelle angestochen worden. Ihre Milch floß, und auf eine geheimnisvolle Weise wurde Norah selbst zu einem Fluß, der alles

Leben umfaßte: die Narzissen auf der Anrichte, das Gras, das lautlos vor ihrem Fenster wuchs, die neuen Blätter, die sich aus den Knospen der Bäume wanden; winzige Larven, weiß wie Samenkörnchen, in der Erde versteckt, die sich in Raupen, in winzige Würmer oder in Bienen verwandelten, und die Rufe und der Flügelschlag der Vögel. Paul ballte seine kleinen Fäuste unter seinem Kinn. Seine Wangen hoben und senkten sich rhythmisch, während er trank. Alles um sie herum war verlockendes, betörendes Leben.

In Norahs Herz wallte ein kompliziertes Gemisch aus Liebe, gewaltigem Glück und Leid. Sie hatte nicht gleich um ihre Tochter getrauert wie David. »Ein blaues Baby«, hatte er gesagt, und Tränen waren in den Stoppeln seines Dreitagebartes hängengeblieben. Ein kleines Mädchen, das nie einen Atemzug getan hatte. Paul hatte auf ihrem Schoß gelegen, und Norah hatte ihn genau betrachtet: sein winziges Gesicht, das so ernst und zerknittert war, das gestrickte, geringelte Häubchen auf seinem Kopf, die kleinen Finger, die rosa, zart und gekrümmt waren. Seine unglaublich winzigen Fingernägel waren noch weich und durchsichtig wie der Mond am Taghimmel. Was David gesagt hatte, konnte Norah noch nicht wirklich begreifen.

Die Bilder der vergangenen Nacht waren mal deutlich, dann wieder verschwommen. Sie erinnerte sich an den Schnee, die lange Fahrt zur Klinik auf leeren Straßen und daran, daß David an jeder Ampel hielt, während sie gegen die wellenartig wiederkehrenden Wehenattacken, die die Intensität eines Erdbebens hatten, ankämpfte. Danach hatte sie nur noch einzelne, seltsame Eindrücke: die fremde Stille der Klinik, ein weicher, oft gewaschener blauer Stoff über ihren Knien, die Kälte des Untersuchungstisches, die gegen ihren nackten Rücken hauchte, das Aufblitzen von Caroline Gills goldener Uhr, als sie Norah betäubte. Dann wachte sie auf, hielt Paul in ihren Armen, und David weinte an ihrer Seite. Sie beobachtete ihn mit Besorgnis und Interesse, nahm aber keinen Anteil. Eine Nachwirkung der Geburt, die ein hormonell bedingtes Hochgefühl ausgelöst hatte. Ein anderes Baby, ein blaues – wie war das möglich? Sie erinnerte sich an eine zweite Welle von Preßwehen und an die Spannung, die in Davids Stimme lauerte. Aber das Neugeborene in ihrem Arm war vollkommen und wunderbar, war mehr als genug. »Ist schon gut«, hatte sie David getröstet, während sie seinen Arm streichelte, »alles ist gut.«

Erst am nächsten Tag, als sie das Büro verließen und zögernd in den feuchten, naßkalten Nachmittag hinaustraten, war der Schmerz zu ihr durchgedrungen. Es war schon fast dunkel, und in der Luft lag der Geruch von schmelzendem Schnee und feuchter Erde. Der Himmel war bewölkt, ein körnig weißer Hintergrund für die kahlen Äste der Platanen.

Während sie Paul trug, der leicht wie ein Kätzchen war, kam es ihr seltsam vor, einen völlig neuen Menschen nach Hause zu bringen. Sie hatte das Zimmer so liebevoll eingerichtet; hatte eine Wiege und die Anrichte aus Ahorn ausgesucht, die Zierleiste mit den Bären angebracht, Vorhänge und sogar einen Quilt genäht.

Alles war vorbereitet, wartete nur auf ihr Kommen, und ihr Sohn lag in ihren Armen. Doch am Eingang des Gebäudes, neben zwei sich verjüngenden Betonsäulen, hielt sie plötzlich an, unfähig, weiterzugehen.

»David«, rief sie. Er drehte sich um, dunkelhaarig und bleich stand er da, wie ein Baum vor hellem Himmel.

»Ja?« fragte er. »Was ist denn?«

»Ich will sie sehen.« Obwohl sie flüsterte, drangen ihre Worte mit Nachdruck durch die Stille des Parkplatzes. »Ich muß sie sehen, bevor wir gehen. Nur einmal.«

David schob die Hände in die Taschen und studierte das Pflaster. Den ganzen Tag über waren von dem zickzackförmigen Dach des Gebäudes Eiszapfen heruntergestürzt; nun lagen sie zerschmettert neben den Stufen.

»Norah«, sagte er sanft. »Bitte, laß uns einfach nach Hause fahren. Wir haben einen wunderbaren Sohn.«

»Ich weiß«, sagte sie, weil man das Jahr 1964 schrieb, er ihr Ehemann war und sie sich immer völlig seinem Willen gebeugt hatte. Dennoch schien sie sich nicht von der Stelle rühren zu können ohne das Gefühl, daß sie einen wichtigen Teil von sich selbst zurücklassen würde. »Oh, David, nur einen Augenblick. Warum kann ich sie denn nicht sehen?«

Ihre Blicke trafen sich, und die Qual, die in seinen Augen stand, ließ ihre Augen feucht werden.

»Sie ist nicht da«, sagte David mit rauher Stimme. »Deshalb. Auf der Farm der Bentleys gibt es einen Familienfriedhof. In Woodford. Ich habe ihn gebeten, sie dorthin zu bringen. Norah, bitte. Du machst es mir so schwer.«

Norah schloß die Augen und fühlte bei dem Gedanken, daß ein Säugling, daß ihre Tochter in der kalten Märzerde vergraben wurde, wie etwas von ihr wich. Ihre Arme, die Paul hielten, waren stark und fest, aber ihr übriger Körper fühlte sich flüssig an, als ob auch sie davonfließen und mit dem Schnee in den Gräben verschwinden würde. David hatte recht, dachte sie, sie wollte es nicht wissen.

Als er die Treppe heraufkam und den Arm um ihre Schultern legte, nickte sie, und sie gingen zusammen über den leeren Parkplatz, dem verblassenden Licht entgegen. Er sicherte den Kindersitz und fuhr sie, auf seine überlegte Art, vorsichtig nach Hause. Sie brachten Paul über die Veranda ins Haus und legten das schlafende Baby in sein Zimmer. Die Art, wie David sich um alles gekümmert und wie er für sie gesorgt hatte, hatte ihr einen gewissen Trost gespendet und hielt sie davon ab, weiter auf dem Wunsch zu beharren, ihre Tochter zu sehen.

Aber von jetzt an träumte sie jede Nacht von verlorenen Dingen.

Paul war eingeschlafen. Vorm Fenster bewegten sich die Äste des von neuen Knospen übersäten Hornstrauches gegen den indigofarbenen Himmel. Norah drehte sich um, setzte Paul an ihre andere Brust, schloß wieder die Augen und ließ ihre Gedanken schweifen. Plötzlich erwachte sie, die Sonne stand voll im Zimmer, inmitten von Nässe und Geschrei. Sie hatte drei Stunden geschlafen. Als sie sich aufsetzte, kam sie sich schwer und übergewichtig vor. Ihr Bauch war so wabbelig, daß er sich ausbuchtete, wann immer sie sich hinlegte. Ihre Brüste waren geschwollen und steif, und die Naht schmerzte noch. In der Eingangshalle knarrten die Dielen unter ihrem Gewicht.

Auf dem Wickeltisch schrie Paul noch lauter und nahm eine fleckige, zornigrote Farbe an. Sie zog ihm seine feuchten Sachen und seine vollgesogene Baumwollwindel aus. Seine Haut war sehr zart, und seine Beine sahen, dürr und gerötet, wie sie waren, wie die Flügel eines gerupften Hühnchens aus. In einem Winkel ihres Bewußtseins tauchte ihre tote Tochter auf, wachsam und still. Sie tupfte Pauls Nabelschnur mit Alkohol ab, warf die Windel zum Einweichen in einen Eimer und zog ihn wieder an.

»Süßes Baby, kleiner Schatz«, flüsterte sie, als sie ihn hochhob und ihn kosend die Treppe hinuntertrug.

Die Rollos im Wohnzimmer waren noch heruntergelassen, und auch die Vorhänge waren zugezogen. Norah bewegte sich auf den alten Schaukelstuhl zu und öffnete ihren Morgenmantel. Die Milch schoß schon wieder in ihre Brüste und folgte damit ihrem eigenen Rhythmus, der so unwiderruflich war wie die Gezeiten und der alles, was sie je gewesen war, mit sich fortzureißen schien. Zum Schlaf erwacht, kam es ihr in den Sinn, und sie lehnte sich beunruhigt zurück, weil sie nicht daraufkam, wer diese Worte geschrieben hatte.

Das Haus war still, nur die Heizung schaltete sich mit einem Klicken aus. Draußen an den Bäumen raschelten Blätter. Da hörte sie weit entfernt, wie sich die Badezimmertür öffnete und schloß, dann vernahm sie das schwache Rinnen von Wasser. Ihre Schwester Bree kam leise die Treppe hinunter. Sie trug ein altes Hemd, dessen Ärmel ihr bis zu den Fingerspitzen reichten. Ihre Beine waren weiß, ihre schmalen Füße standen nackt auf dem Holzboden.

»Mach nicht das Licht an«, bat Norah.

»In Ordnung.« Bree kam auf sie zu und berührte Pauls Kopfhaut sanft mit ihren Fingern. »Wie geht es meinem kleinen Neffen. Wie geht's dir, Paul, mein Süßer?«

Norah betrachtete das winzige Gesicht ihres Sohnes, und wie immer, wenn sein Name genannt wurde, war sie überrascht. Er füllte seinen Namen noch nicht aus, noch trug er ihn wie ein Armband, das leicht abgestreift werden und verschwinden konnte. Sie hatte etwas über Leute gelesen – Wo hatte das noch gestanden? Auch das wollte ihr nicht einfallen –, die sich weigerten, ihren Kindern in den ersten Lebenswochen einen Namen zu geben, da sie glaubten, daß sie noch nicht auf der Erde angekommen wären und sich noch zwischen den Welten aufhielten.

»Paul.« Sie sprach seinen Namen laut und bestimmt aus. Er klang warm, wie ein Stein, der in der Sonne gelegen hatte; ein Anker.

Phoebe, setzte sie leise, für sich, hinzu.

»Er ist hungrig«, wandte sie sich an ihre Schwester. »Er ist immer hungrig.«

»Ah, dann kommt er ganz nach seiner Tante. Ich mache mir Toast und Kaffee. Willst du auch etwas?«

»Vielleicht ein Wasser«, bat sie und sah Bree nach, die langgliedrig und anmutig das Zimmer verließ. Seltsam, daß sie ihre Schwester, die immer und in allem ihr Gegenteil gewesen war und von der sie oft geglaubt hatte, sie sei zu ihrer Bestrafung auf die Erde geschickt worden, jetzt bei sich haben wollte, aber so war es nun einmal.

Bree war erst zwanzig, aber so eigensinnig und selbstbewußt, daß es Norah oft schien, als sei sie die Ältere. Vor drei Jahren, sie war gerade in die Highschool gekommen, war sie mit einem Apotheker durchgebrannt, der gegenüber gewohnt hatte. Er war Junggeselle und doppelt so alt wie sie.

Die Leute hatten ihm die Schuld an der Affäre gegeben. In seinem Alter hätte er wissen müssen, daß so etwas zu nichts führte. Brees ungestümes Gemüt führten sie darauf zurück, daß sie ihren Vater so plötzlich verloren hatte. Als er starb, war sie ein Teenager gewesen, und man wußte ja, daß die Pubertät eine äußerst sensible Zeit war. So sagten sie den beiden eine kurze Ehe voraus, die ein schlimmes Ende nehmen würde, und so kam es dann auch.

Aber wer annahm, daß Bree durch ihre fehlgeschlagene Ehe nun gebändigt war, lag damit falsch. Seit Norahs Klein-Mädchen-Zeit hatte sich einiges geändert, und so kehrte Bree nicht, wie erwartet, einsichtig und verlegen nach Hause zurück. Statt dessen hatte sie sich an der Universität eingeschrieben und ihren Namen in Bree geändert, da sie fand, daß er schöner als Brigitte klang: Bree wie »breezy and free«, frisch und frei.

Ihre Mutter, für die die skandalöse Hochzeit und die noch skandalösere Scheidung äußerst beschämend gewesen waren, hatte einen Piloten der Trans World Airlines geheiratet und war nach St. Louis gezogen. Ihre Töchter hatte sie sich selbst überlassen. »Ich bin so froh, daß wenigstens aus einer meiner Töchter eine Dame geworden ist«, erklärte sie, als sie kurz von der Kiste mit dem Porzellan aufblickte, die sie gerade packte. Das war im Herbst gewesen. Die Luft war frisch, und es regnete goldene Blätter. Ihr weißblondes Haar war zu einer duftigen Wolke gesponnen, und ihre zarten Gesichtszüge wurden plötzlich mild, als sie sich ergriffen an ihre Tochter wandte. »Oh, Norah, du kannst dir nicht vorstellen, wie froh ich bin, ein anständiges Mädchen zu haben. Selbst wenn du nie heiraten solltest, mein Liebling, wirst du immer eine Dame sein.« Und in Norah, die gerade dabei war, ein gerahmtes Porträt ihres Vaters in einen Karton gleiten zu lassen, war bei diesen Worten eine dunkle Wut hochgestiegen, die sie rot werden ließ. Auch sie war von Brees Frechheit und ihrem Mut schockiert gewesen. Außerdem ärgerte sie sich darüber, daß die gesellschaftlichen Regeln sich scheinbar gelockert hatten und Bree, trotz Heirat, Scheidung und Skandal, mehr oder weniger ungestraft davongekommen war.

Sie haßte, was Bree ihnen angetan hatte. Gleichzeitig wünschte sie sich verzweifelt, sie hätte es zuerst getan.

Aber so etwas wäre ihr nie in den Sinn gekommen, denn sie hatte es immer als ihre Pflicht angesehen, ein gutes Mädchen zu sein. Ihrem Vater, einem umgänglichen, chaotischen Mann, der ein Experte für Schafzucht war, fühlte sie sich eng verbunden. Er hatte seine Tage damit verbracht, in der stets verschlossenen Dachkammer Journale zu lesen, oder war in der Forschungsstation gewesen, wo er oft inmitten der Schafe mit ihren seltsam schrägen gelben Augen stand. Norah liebte ihn und hatte ihr Leben lang geglaubt, sie müsse seine Gedankenlosigkeit gegenüber seiner Familie und die Enttäuschung ihrer Mutter, einen Mann geheiratet zu haben, der ihr fremd war, ausgleichen. Als er starb, fühlte sie sich nur noch mehr dazu verpflichtet, alles wiedergutzumachen und die Welt in Ordnung zu bringen. So absolvierte sie still ihre schulische Laufbahn und tat auch weiterhin, was von ihr erwartet wurde.

Nach dem Abschluß der Highschool hatte sie sechs Monate lang in einer Telefonfirma gearbeitet. Aber sie hatte keinen Gefallen daran gefunden und die Arbeit leichten Herzens aufgegeben, als sie David heiratete. Ihre Begegnung mit David in der Wäscheabteilung von Wolf Wile, ihre stürmische Romanze und die Hochzeitsfeier, die sie in kleinem Kreis begangen hatten, gehörten zu dem Verrücktesten, was sie jemals erlebt hatte.

Norahs Leben war, wie Bree gerne sagte, wie eine Fernsehkomödie. »Für dich ist das prima«, erklärte Bree, und die breiten Silberreifen, die sie bis zu den Ellbogen geschichtet hatte, klirrten, als sie ihr langes Haar zurückwarf. »Aber ich würde verrückt werden. Ich könnte so ein Leben keine Woche – ach, nicht mal einen Tag aushalten.«

Norah schwelte vor Zorn, verachtete und beneidete Bree und biß sich auf die Zunge; Bree belegte Seminare über Virginia Woolf, zog mit dem Manager eines Restaurants in Louisville zusammen, das auf Reformkost spezialisiert war, und kam nicht mehr vorbei. Mit dem Beginn ihrer Schwangerschaft jedoch veränderte sich alles. Bree besuchte sie wieder und brachte ihr gestrickte Babyschnürschuhe und winzige silberne Fußkettchen mit, die aus Indien stammten und die sie in einem Laden in San Francisco gefunden hatte. Als sie hörte, daß Norah auf Fläschchennahrung verzichten wollte, brachte sie Kopien mit, die sie auf einem Mimeographen hatte machen lassen und die Ratschläge zum Stillen enthielten. Norah freute sich über Brees Besuche, über die süßen, unpraktischen Geschenke und war dankbar für ihre Unterstützung: 1964 war man radikal, wenn man stillte, und so war es schwer, Informationen darüber zu finden. Ihre Mutter weigerte sich, mit ihr darüber zu reden; die Frauen in ihrem Nähzirkel hatten ihr geraten, zum Stillen einen Stuhl im Badezimmer aufzustellen, um ihre Intimsphäre zu schützen. Über diesen Vorschlag hatte Bree zu ihrer Erleichterung nur laut gespottet. »Was für ein Haufen prüder alter Jungfern«, sagte sie verächtlich. »Gib nichts auf ihr Geschwätz.«

Obwohl Norah für ihre Unterstützung dankbar war, fühlte sie sich in Brees Gegenwart zuweilen auch unbehaglich. In Brees Welt, die in Kalifornien, Paris oder New York, jedenfalls woanders, zu Hause zu sein schien, liefen junge Frauen *oben ohne* um ihre Häuser, fotografierten sich mit ihren Babys an den riesigen Brüsten und schrieben Kolumnen, die den besonderen Nährwert von Muttermilch gegenüber Flaschennahrung hervorhoben. »Stillen ist ganz natürlich, es liegt in unserer Natur als Säugetiere«, erklärte Bree. Aber allein die Vorstellung, daß man ein von Instinkten geleitetes Tier sein sollte, das durch den Begriff »Säugen« definiert wurde (was nah an Brunften lag, dachte sie und reduzierte so etwas Wunderbares auf das Animalische), trieb Norah die Röte ins Gesicht und war schuld daran, daß sie am liebsten das Zimmer verlassen hätte.

Jetzt kam Bree mit einem Tablett zurück, auf dem Kaffee, frisches Brot und Butter angerichtet waren. Ihr langes Haar fiel ihr von den Schultern, als sie sich zu Norah beugte, um ein großes Glas Eiswasser auf den Tisch neben ihr zu stellen. Sie setzte das Tablett auf dem Teetisch ab und lümmelte sich auf die Couch, die weißen, langen Beine untergeschlagen.

»David ist weg?«

Norah nickte. »Ich bin nicht einmal aufgewacht, als er aufgestanden ist.«

»Glaubst du, es tut ihm gut, so viel zu arbeiten?«

»Ja«, sagte Norah bestimmt. »Das glaube ich.« Dr. Bentley hatte mit den anderen Ärzten in der Praxis gesprochen, und sie hatten David angeboten, sich freizunehmen. Aber er hatte abgelehnt. »Ich glaube, Beschäftigung tut ihm im Moment gut.«

»Meinst du wirklich? Und was ist mit dir?« hakte Bree nach und biß in ihr Brot.

»Mir geht es gut. Keine Sorge.«

Bree winkte mit der freien Hand ab. »Meinst du nicht –«, begann sie, aber Norah unterbrach sie, bevor sie David wieder kritisieren konnte.

»Es ist so schön, daß du hier bist«, warf sie dazwischen. »Ich habe sonst niemanden, der mit mir redet.«

»Das ist absurd, das ganze Haus war voll mit Leuten, die mit dir sprechen wollten.«

»Bree, ich hatte Zwillinge«, sagte Norah leise, und ihr Traum, ihre besessene Suche in einer leeren, gefrorenen Landschaft, stand ihr wieder vor Augen. »Es gibt keinen, der über mein kleines Mädchen sprechen würde. Sie geben mir alle zu verstehen, daß ich zufrieden sein sollte, Paul zu haben. Als ob ein

Leben ein anderes aufwiegen könnte. Aber ich hatte Zwillinge. Ich hatte auch eine Tochter.«

Sie konnte nicht weitersprechen, weil ihre Kehle plötzlich wie zugeschnürt war.

»Alle sind traurig darüber«, versuchte Bree sie sanft zu trösten. »Auf der einen Seite freuen sie sich mit dir, auf der anderen Seite tut es ihnen unglaublich leid. Sie wissen einfach nicht, was sie sagen sollen. Das ist alles.«

Norah hob den schlafenden Paul an ihre Schulter. Sein Atem strich warm über ihren Nacken. Sie rubbelte ihm über den Rücken, der kaum größer als ihre Handfläche war.

»Ich weiß«, erwiderte sie. »Trotzdem.«

»David hätte nicht so früh wieder anfangen sollen zu arbeiten«, kritisierte Bree. »Es ist erst drei Tage her.«

»Er findet Trost im Arbeiten«, nahm ihn Norah in Schutz. »Wenn ich eine Stelle hätte, würde ich auch arbeiten gehen.«

»Nein«, Bree schüttelte den Kopf. »Das würdest du nicht. Du weißt, wie ungern ich das sage, aber David schottet sich einfach ab, er verschließt sich vor jeglichem Gefühl. Und du versuchst immer noch, die Leere zu füllen, die Dinge wieder in Ordnung zu bringen. Aber das kannst du nicht.«

Norah, die ihre Schwester genau beobachtete, überlegte, welche Gefühle der Apotheker wohl zurückgehalten haben mochte; weil Bree, so offen sie sonst war, nie über ihre kurze Ehe gesprochen hatte. Obwohl Norah geneigt war, ihr zuzustimmen, fühlte sie sich verpflichtet, David zu verteidigen, weil er sich, ungeachtet seiner eigenen Trauer, um alles gekümmert hatte. Er hatte ein stilles, unbegleitetes Begräbnis organisiert, die Freunde über alles unterrichtet und die häßlichen Indizien der Trauer rasch aufgeräumt.

»Er muß das auf seine Art bewältigen«, sagte sie, während sie die Rollos öffnete.

Der Himmel hatte sich in ein strahlendes Blau verwandelt, und die Knospen schienen selbst in diesen wenigen Stunden dicker geworden zu sein. »Ich wünschte nur, ich hätte sie gesehen, Bree. Die Leute halten das für makaber, aber ich wünschte es mir. Ich wünschte, ich hätte sie nur ein einziges Mal berühren können.«

»Das ist gar nicht makaber«, erwiderte Bree sanft. »Ich finde diesen Wunsch ganz nachvollziehbar.«

Danach trat Stille ein. Erst nach einer Weile, als Bree Norah zaghaft und ungeschickt die letzte Butterbrotscheibe anbot, wurde wieder gesprochen.

»Ich bin gar nicht hungrig«, log Norah.

»Du mußt etwas essen«, insistierte Bree. »Du wirst sowieso abnehmen. Das ist einer der großen verschwiegenen Vorteile beim Stillen.«

»Verschwiegen kann man nicht sagen«, scherzte Norah. »Du singst die ganze Zeit Lobeshymnen auf das Stillen.«

Bree lachte. »Da hast du wahrscheinlich recht.«

»Aber jetzt mal im Ernst«, sagte Norah und angelte sich das Wasserglas. »Ich bin wirklich sehr froh, daß du da bist.«

»Hey, wo sollte ich sonst sein?« murmelte ihre Schwester etwas verlegen.

Norah spürte das warme Gewicht von Pauls Kopf und sein weiches, dickes Haar. Ob er wohl seine Zwillingsschwester vermißte, die doch eine enge Begleiterin in seinem kurzen Leben gewesen war, bevor sie verschwand? Ob er immer das Gefühl haben würde, etwas verloren zu haben? Sie streichelte seinen Kopf und sah aus dem Fenster. Hinter den Bäumen erhaschte sie einen Blick auf die ferne, nur noch schwach zu sehende Mondsichel.

Später, während Paul schlief, nutzte Norah die Zeit, um sich zu duschen. Sie probierte drei verschiedene Outfits an, die sie alle verwarf; die Röcke schnitten ihr in die Taille, und die Hosen spannten über den Hüften. Sie war immer schlank, zierlich und gut proportioniert gewesen, weshalb die Plumpheit ihres Körpers sie befremdete und deprimierte. Schließlich entschied sie sich für ein altes Umstandskleid aus Jeansstoff, das erfreulich weit war, obwohl sie sich geschworen hatte, es nie wieder anzuziehen. Mit bloßen Füßen wanderte sie von einem Raum zum anderen. Die Zimmer befanden sich in einem ähnlichen Zustand wie ihr Körper: Sie quollen über, waren chaotisch und außer Kontrolle geraten. Überall sammelten sich Staubflocken, lagen Kleidungsstücke verstreut, und die Überdecken waren von den ungemachten Betten auf den Boden gerutscht. Auf der Anrichte hatte die Vase mit den Osterglocken, als David sie dort hinstellte, eine Bahn in den Staub gezogen. Die Blumen waren an den Blütenrändern braun geworden, und selbst die Fenster hatten einen grauen Film. Noch ein Tag, dann würde Bree sie verlassen, und ihre Mutter würde eintreffen. Als sie daran dachte, setzte sich Norah hilflos auf die Bettkante, wobei eine von Davids Krawatten schlaff von ihrer Hand baumelte. Die Unordnung, in der sich das Haus befand, lastete auf ihr, und ihr war, als sei selbst das Sonnenlicht schwer geworden. Sie war zu kraftlos, um dagegen anzukommen, und was schlimmer und beängstigender war: Es war ihr egal.

Es klingelte, und Brees energische Schritte hallten durch die Räume bis zur Haustür.

Norah erkannte die Stimmen sofort. Einen Augenblick lang rührte sie sich nicht von der Stelle und überlegte statt dessen, wie sie Bree dazu bewegen könnte, die Leute wegzuschicken. Aber die Stimmen waren schon deutlicher. Sie konnte sie bereits am Fuß der Teppe ausmachen, bevor sie wieder schwächer wurden, weil die Besucher das Wohnzimmer betreten hatten: Es waren Mitglieder des Abendkreises ihrer Kirchengemeinde, die unbedingt einen Blick auf das Neugeborene werfen wollten und Geschenke mitgebracht hatten. Zwei andere Gesellschaften, ihr Nähkreis und die Bekannten aus ihrem Porzellanmalkurs, waren schon dagewesen. Sie hatten Paul wie eine Trophäe von Hand zu Hand gereicht und den Kühlschrank mit Lebensmitteln gefüllt. Auch Norah hatte diese Besuche bei frischgebackenen Müttern schon oft mitgemacht. Nun war sie darüber schockiert, daß sie, anstatt dankbar zu sein, alles an diesem Ritual lästig fand: die Störung, die Pflicht, Dankeskarten zu schreiben, und selbst das Essen, das ihr im Moment völlig gleichgültig war.

Bree rief nach ihr. Norah kam herunter, ohne sich darum zu scheren, wie sie aussah. Sie trug keinen Lippenstift auf und bürstete sich nicht einmal die Haare. Außerdem war sie noch immer barfuß.

»Ich sehe entsetzlich aus«, verkündete sie beim Eintreten ins Wohnzimmer aufsässig.

»Aber nein«, sagte Ruth Startling abwehrend und klopfte neben sich, damit sie sich auf das Sofa setzte. Aber Norah bemerkte mit seltsamer Genugtuung, daß die anderen bei ihrer Bemerkung vielsagende Blicke austauschten.

Fügsam nahm sie Platz, indem sie wie zu Schulzeiten die Beine an den Fußgelenken verschränkte und die Hände auf ihrem Schoß faltete.

»Paul ist gerade eingeschlafen«, erklärte sie störrisch. »Ich werde ihn jetzt nicht aufwecken.«

»Das verstehe ich«, versuchte Ruth sie zu beschwichtigten. Sie war fast siebzig und hatte sorgfältig frisiertes weißes Haar. Ihr fünfzigjähriger Mann war letztes Jahr gestorben. Was hatte es sie damals gekostet und was mußte sie heute wohl dafür aufwenden, um ihr gepflegtes Erscheinungsbild und ihr gutgelauntes Auftreten aufrechtzuerhalten? überlegte Norah. »Du hast so viel durchgemacht«, sagte Ruth.

Wieder spürte Norah die Anwesenheit ihrer Tochter. Sie war kurz davor, vor ihrem geistigen Auge zu erscheinen, und Norah kämpfte den Drang nieder, die Treppe hochzurennen und nach Paul zu sehen. Ich werde langsam verrückt, dachte sie und starrte auf den Boden.

»Wie wäre es mit etwas Tee?« fragte Bree mit aufgesetzter Fröhlichkeit und verschwand, bevor jemand antworten konnte, in der Küche.

Norah gab ihr Bestes, um dem Gespräch zu folgen. Man diskutierte darüber, ob Kopfkissen im Krankenhaus aus Baumwolle oder Batist sein sollten, tauschte sich über den neuen Pastor aus und besprach, ob man der Heilsarmee Decken schenken sollte. Dann verkündete Sally, daß das Baby von Kay Marshall, ein Mädchen, letzte Nacht zur Welt gekommen sei.

»Das Baby wog 3200 Gramm«, erklärte sie. »Kay sieht gut aus, und das kleine Mädchen ist wunderschön. Sie haben sie Elisabeth, nach ihrer Großmutter, genannt. Es soll eine leichte Geburt gewesen sein.«

Als alle realisiert hatten, wie diese Worte auf Norah wirken mußten, trat ein betretenes Schweigen ein. Norah schien es, als wenn die Stille von ihrem Inneren ausging und sich im Raum ausbreitete. Sally war inzwischen schamesrot geworden.

»Entschuldige, Norah. Es tut mir leid.«

Norah wollte darauf etwas erwidern, um das Gespräch wieder in Gang zu bringen. Die richtigen Worte lagen ihr schon auf der Zunge, aber die Stimme versagte ihr. Sie setzte sich still hin, und die Stille wurde zu einem Ozean, in dem sie alle ertrinken mochten.

»Nun gut«, sagte Ruth schließlich forsch. »Norah, liebes Kind, du mußt sehr erschöpft sein.« Sie zog ein sperriges, leuchtend buntes Paket hervor, das mit einem Büschel schmaler, dichtgelockter Bänder verziert war. »Wir haben zusammengelegt, weil wir dachten, du hast sowieso schon alle Saugeraufsätze, die man sich als Frau nur wünschen kann.«

Die Frauen lachten erleichtert. Auch Norah lächelte, zerriß das Papier und öffnete die Schachtel. Sie enthielt einen »jumper chair«, der von der gleichen Machart war wie der, den sie bei einer Bekannten einst bewundert hatte: mit einem Sitz aus Stoff in einem Metallrahmen, der vom Türstock gehängt wurde, damit das Kind sicher auf und ab hüpfen konnte.

»Natürlich kann er ihn in den ersten Monaten noch nicht benutzen«, erklärte Sally. »Trotzdem, wenn er erst einmal im Krabbelalter ist, gibt es nichts Besseres!«

»Und dann haben wir noch das hier«, sagte Flora Simpson im Aufstehen und übergab ihr zwei weiche Pakete.

Flora war älter als die anderen, sogar älter als Ruth, aber sie war aktiv und drahtig. Für jedes neue Baby in der Gemeinde strickte sie ein Deckchen. Da sie so sicher gewesen war, daß Norah Zwillinge bekommen würde, hatte sie während ihrer abendlichen Sitzungen und den Kaffeestunden in der Gemeinde zwei zueinander passende Deckchen gestrickt. Sie hatte pastellfarbene Gelb- und Grüntöne und zartes Blau mit Rosa vermischt, weil sie nicht darauf wetten wollte, ob es Jungen oder Mädchen oder beides würden, wie sie scherzhaft sagte. Aber in einem war sie sich sicher gewesen, nämlich daß es Zwillinge würden. Zu diesem Zeitpunkt hatte keiner sie ernst genommen.

Norah nahm die beiden Päckcken und mußte die Tränen zurückhalten. Die weiche Wolle fiel bis auf ihren Schoß hinunter, als sie das erste öffnete, und ihre tote Tochter war ganz nah. Norah empfand eine tiefe Dankbarkeit für Flora, die mit der Weisheit der Großmütter genau das Richtige getan hatte. In sehnlicher Erwartung der anderen Decke, die genauso bunt und weich sein würde wie die erste, riß sie das zweite Päckchen auf.

»Es ist ein bißchen groß geworden«, entschuldigte sich Flora, als der Strampler ihr auf die Knie fiel. »Aber andererseits wachsen sie in diesem Alter sehr schnell.«

»Wo ist die andere Decke?« fragte Norah nachdrücklich. Ihre Stimme war schrill, wie der Schrei eines Vogels, und ihr Klang erstaunte sie – ihr Leben lang hatte sie als ruhig, ausgeglichen und zurückhaltend gegolten, und sie war stolz darauf gewesen. »Wo ist die Decke, die du für meine Tochter gemacht hast?«

Flora errötete und sah hilfesuchend in die Runde. Ruth nahm Norahs Hand und drückte sie fest, so daß Norah ihre glatte Haut und die überraschende Kraft ihrer Finger spürte. David hatte ihr einmal die Namen dieser Knochen genannt, aber sie fielen ihr nicht mehr ein, und noch schlimmer als das war, daß sie weinte.

»Aber, aber. Du hast doch einen wunderhübschen Sohn«, versuchte Ruth sie zu trösten.

»Er hatte eine Schwester«, flüsterte Norah bestimmt und sah jedem einzelnen fest ins Gesicht. Sie waren mit guten Absichten gekommen. Jetzt waren sie traurig, und mit jeder Minute wurde es für sie unerträglicher. Was geschah bloß mit ihr? Ihr ganzes Leben lang hatte sie immer versucht, alles richtig zu machen und allen gerecht zu werden. »Ihr Name war Phoebe, und ich möchte, daß jemand ihren Namen ausspricht. Versteht ihr?« Sie stand auf. »Ich will, daß jemand sich an ihren Namen erinnert.«

Danach spürte sie, wie viele Hände ihr dabei halfen, sich auf die Couch zu legen, und ihr ein kühler Stoff auf die Stirn gedrückt wurde. Sie redeten ihr zu, die Augen zu schließen, und Norah befolgte ihre Anweisungen. Noch immer quollen Tränen zwischen ihren Lidern hervor, und sie fühlte sich außerstande, sie aufzuhalten. Man unterhielt sich wieder, die Stimmen wirbelten umher wie Schneeflocken im Wind. Man fragte sich, was zu tun sei. Jemand erklärte, daß das nicht ungewöhnlich wäre. Selbst wenn die Geburt sehr gut verlaufen war, kam es oft vor, daß man ein paar Tage danach in ein plötzliches Tief stürzte. »Wir sollten David rufen«, schlug eine andere Stimme vor. Aber dann kam Bree und geleitete sie alle ruhig und liebenswürdig zur Tür. Als sie gegangen waren, öffnete Norah die Augen und sah, daß Bree eine ihrer Schürzen trug. Das Band mit der Zickzackverzierung war nur lose um ihre schlanke Hüfte geschlungen. Flora Simpsons Decke lag auf dem Boden, inmitten von Einwickelpapier. Norah hob sie auf und vergrub ihre Finger in der weichen Wolle. Dann wischte sie sich die Tränen vom Gesicht und begann zu sprechen.

»David sagte, sie hatte dunkles Haar wie er.«

Bree sah sie durchdringend an. »Norah, du hast gesagt, daß du einen Trauergottesdienst haben möchtest. Worauf wartest du? Mach dich an die Arbeit, und bereite alles vor! Vielleicht hilft dir das.«

Norah schüttelte den Kopf. »Es stimmt schon, was David und all die anderen sagen. Ich sollte mich auf das Baby konzentrieren, das ich habe.«

Bree zuckte mit den Schultern. »Ich glaube, daß du das nicht tun wirst. Je mehr du versuchst, nicht an sie zu denken, desto mehr wirst du an sie denken müssen. David ist auch nur ein Mensch. Er ist nicht allwissend.«

»Das weiß ich doch.«

»Manchmal bin ich nicht sicher, ob du das wirklich weißt.«

Norah antwortete nicht darauf. Auf dem polierten Boden spielten Licht und Schatten miteinander, und die Blätter fraßen dunkle Löcher in das Licht. Die Uhr auf dem Kaminsims tickte leise. Sie sollte eigentlich ärgerlich sein, dachte sie, aber sie war es nicht.

Von dem Moment an, da sie auf den Stufen der Klinik gestanden hatte, bis zum jetzigen Zeitpunkt war sie immer kraft- und willenloser geworden. Die Idee, einen Trauergottesdienst abzuhalten, schien diesen Prozeß aufgehalten zu haben.

»Vielleicht hast du recht«, sagte sie. »Ich bin mir nicht sicher, aber vielleicht sollte ich es wirklich tun; nichts Großes, etwas Stilles.«

Bree reichte ihr das Telefon. »Hier. Fang einfach an, Fragen zu stellen.«

Norah atmete tief ein und rief an; zuerst den neuen Pfarrer. Bald hörte sie sich sagen, daß sie einen Gottesdienst wolle, ja, richtig, er solle draußen stattfinden. Ja, bei Regen oder Sonnenschein. »Für Phoebe, meine Tochter, die bei der Geburt gestorben ist.« In den folgenden zwei Stunden wiederholte sie diese Worte wieder und wieder: beim Telefonieren mit dem Blumenhändler, gegenüber den lokalen Dienstleistern, bei ihren Freundinnen aus dem Nähkreis, die sich damit einverstanden erklärten, für den Blumenschmuck zu sorgen. Mit jedem Anruf wurde sie ruhiger, und die Worte brachten sie wieder zurück in die Welt. Allmählich löste sich etwas in ihr, wie wenn sie Paul zum Stillen anlegte.

Bree fuhr an die Uni, um ein Seminar zu besuchen, und Norah ging durch das stille Haus und begann das gesamte Ausmaß des Chaos um sie herum zu sichten. Jeden Tag hatte sie diese Unordnung gesehen, ohne sich darum zu kümmern, jetzt aber war ihre Teilnahmslosigkeit einer neuen Energie gewichen. Sie zog die Bettlaken straff, öffnete die Fenster und wischte Staub. Dann zog sie sich ihr Umstandskleid über den Kopf und durchsuchte ihren Kleiderschrank nach einem passenden Rock und einer Bluse, die ihren Busen nicht einschnürte. Ihr Spiegelbild blickte ihr stirnrunzelnd entgegen. Obwohl sie noch immer plump und massig wirkte, fühlte sie sich schon besser. Danach nahm sie sich die Zeit, ihre Frisur mit einhundert Bürstenstrichen in Form zu bringen. Als sie damit fertig war, war ihre Bürste voller Haare, ein dickes Nest aus goldenem Flaum. Die Fülle, in der ihre Haare während der Schwangerschaft geglänzt hatten, war verschwunden, weil sich ihr Hormonspiegel wieder an sein ursprüngliches Niveau anpaßte. Obwohl sie damit gerechnet hatte, war ihr zum Heulen zumute.

»Jetzt ist es aber genug«, ermahnte sie sich streng, während sie Lippenstift auftrug und die Tränen trocknete. »Schluß mit der Heulerei, Norah Asher Henry.«

Bevor sie die Treppe hinunterging, hatte sie einen Pulli und ihre flachen beigen Schuhe angezogen. Zumindest ihre Füße waren wieder schlank.

Dann sah sie nach Paul – er schlief noch immer, und sein Atem war sacht, aber deutlich spürbar –, setzte einen gefrorenen Auflauf in den Ofen, deckte den Tisch und öffnete eine Flasche Wein. Als die Eingangstür aufging, war sie gerade dabei, die welken Blumen wegzuwerfen. Davids Schritte ließen ihr Herz schneller schlagen, und dann stand er in der Tür, erhitzt vom Laufen, in einem dunklen Anzug, der um seinen dünnen Körper schlackerte. Er war müde, und sie sah, wie erleichtert er darüber war, sie in normaler Kleidung zu sehen und in ein sauberes Haus zu kommen, in dem es nach Essen duftete. Im Garten hatte er einen Strauß frischer Osterglokken gepflückt, und seine Lippen waren kalt, als sie ihn küßte.

»Hallo. Es scheint, als hättest du einen guten Tag verlebt?«

»Ja, stimmt.« Sie erzählte nur wenig von ihrem Tag und machte ihm statt dessen einen Drink, einen Whisky pur, wie er ihn liebte. Er lehnte am Küchentresen, während sie den Salat wusch. »Wie war's bei dir?« erkundigte sie sich und stellte den Wasserhahn ab.

»Es ging, war viel los. Entschuldige die Störung gestern nacht. Ein Patient hatte einen Herzanfall. Glücklicherweise war er aber nicht tödlich.«

»Hat er sich etwas gebrochen?« fragte sie.

»Ja, das Schienbein. Er ist die Treppe heruntergefallen. Der Kleine schläft?«

Norah sah auf die Uhr und seufzte. »Ich sollte ihn besser aufwecken, wenn ich ihn irgendwann einmal an einen Rhythmus gewöhnen will.«

»Das mache ich«, sagte David und nahm die Blumen mit nach oben. Sie hörte ihn rumoren und stellte sich vor, wie er sich über Paul beugte, um seine Stirn sanft zu berühren und seine kleine Hand zu halten. Nach ein paar Minuten kam David in Jeans und Pulli zurück.

»Er sah so friedlich aus«, erklärte er. »Lassen wir ihn noch ein bißchen schlafen.«

Sie gingen ins Wohnzimmer und setzten sich nebeneinander aufs Sofa. Für einen Moment war alles wie früher: sie beide im Einklang mit der Welt und einer verheißungsvollen Zukunft. Norah hatte sich vorgenommen, David erst beim Abendessen von ihren Plänen zu erzählen, aber plötzlich hörte sie sich von dem einfachen Gottesdienst sprechen, den sie organisiert hatte, und über die Todesanzeige, die sie aufgegeben hatte. Während ihrer Erklärungen bemerkte sie, daß David immer ernster wurde und sehr verletzt wirkte. Es war, als hätte er eine Maske fallen gelassen, und sie zögerte, da sie den Eindruck hatte, zu einem Fremden zu sprechen, dessen Reaktionen sie nicht vorhersehen konnte. Seine Augen erschienen ihr dunkler als je zuvor, und sie konnte nicht erraten, was in seinem Kopf vorging.

»Du findest meine Idee nicht gut?« fragte sie vorsichtig.

»Nein, das ist es nicht.«

Wieder lag Schmerz in seinen Augen und in seiner Stimme, so daß sie, nur um ihn zu lindern, fast alles rückgängig machen wollte. Aber sie wußte, daß ihre Antriebslosigkeit, die sie nur mit großer Mühe hatte zurückdrängen können, nur darauf wartete, sie erneut zu lähmen.

»Es hat mir dabei geholfen, so zu sein wie früher, all das zu tun, was du hier siehst. Das kann nicht falsch sein«, rechtfertigte sie sich.

»Nein, es ist nicht falsch.«

Eigentlich schien er mehr sagen zu wollen, aber er unterbrach sich statt dessen und stand auf. Er ging zum Fenster und starrte in die Dunkelheit, auf den kleinen Park gegenüber. »Ach, zum Teufel, Norah«, fluchte er mit rauher, tiefer Stimme, in einem Ton, den er ihr gegenüber noch nie angeschlagen hatte. »Warum bist du nur so dickköpfig? Warum hast du mir nicht wenigstens Bescheid gesagt, bevor du die Zeitungen angerufen hast?«

»Sie ist gestorben«, warf ihm Norah, die nun ihrerseits wütend wurde, entgegen. »Dafür braucht man sich nicht zu schämen. Es gibt keinen Grund, es geheimzuhalten.«

David blieb steif am Fenster stehen, ohne sich umzudrehen. Als er mit seinem korallenroten Bademantel über dem Arm im Kaufhaus gestanden hatte, war er ihr eigenartig vertraut erschienen, wie jemand, den sie einst gut gekannt, aber jahrelang nicht gesehen hatte. Doch jetzt, nach einjähriger Ehe, war er ihr seltsam fremd.

»David, was geschieht mit uns?«

Er drehte sich nicht um. Der Duft von geschmortem Fleisch und Kartoffeln zog durch den Raum, und vor Hunger zog sich ihr der Magen zusammen, da sie den ganzen Tag noch nichts gegessen hatte. Oben fing Paul an zu schreien, aber sie blieb, wo sie war, und wartete auf eine Antwort.

»Nichts geschieht mit uns«, sagte er schließlich. Als er sich dann umdrehte, war sein Gesicht noch immer schmerzerfüllt, aber da war auch noch etwas anderes, das sie nicht verstand – eine Art Erleichterung. »Du machst aus einer Mücke einen Elefanten«, sagte er. »Aber ich glaube, das ist verständlich.«

Kalt. Herablassend. Gönnerhaft. Paul schrie lauter. Norah war so wütend, daß sie herumfuhr und die Treppe hinaufstürmte. Oben angekommen, nahm sie Paul hoch und wechselte seine Windeln. »Sanft, ganz sanft«, ermahnte sie sich, obwohl sie die ganze Zeit vor Zorn bebte. Dann fiel sie in den Schaukelstuhl, fingerte die Knöpfe auf und wartete auf die Erlösung. Sie schloß die Augen. Unten wanderte David durch die Räume. Er hatte ihre Tochter wenigstens berührt und ihr Gesicht gesehen. Sie wollte diesen Trauergottesdienst, komme, was da wolle. Das war sie sich schuldig.

Während die Sonne unterging und sie stillte, kam sie ganz langsam zur Ruhe. Wieder wurde sie zu dem weiten, ruhigen Fluß, der alles Leben in sich vereinte. Draußen wuchs das Gras langsam und unbemerkt, die Eiersäcke der Spinnen platzten auf, und die Vögel schwangen sich in die Luft. »Das ist heilig«, ging es ihr durch den Kopf, und sie fühlte sich durch das Kind in ihren Armen und das Kind in der Erde mit allem verbunden, das lebte oder je gelebt hatte. Es dauerte lange, bis sie die Augen öffnete, und als sie sich endlich umsah, staunte sie über die Dunkelheit und die Schönheit, die von allen Dingen um sie herum ausging: dem kleinen rechteckigen Lichtfleck, den der gläserne Türknauf zitternd an die Wand warf; Pauls wunderschön gestrickter neuer Decke, die auf der Wiege lag; und auf der Anrichte von Davids Osterglocken, die zart wie Haut waren und das Licht der Eingangshalle auffingen.

4. Kapitel

März 1964

Als ihre Stimme auf dem leeren Parkplatz verklungen war, schlug Caroline die Autotür zu und suchte sich vorsichtig einen Weg durch den Schneematsch. Doch schon nach ein paar Schritten machte sie kehrt, um das Baby zu holen. In der Dunkelheit wurden Phoebes dünne Klagelaute schriller und trieben Caroline über den Asphalt und die leeren quadratischen Lichtflecken zu den automatischen Türen des Lebensmittelgeschäfts. Sie waren verschlossen. Caroline rief und hämmerte dagegen, und ihre Stimme verschmolz mit Phoebes Schreien. Drinnen waren die hell erleuchteten Gänge leer, nur in einem stand ein verlassener Wischeimer. Atemlos blieb Caroline einige Minuten lang still stehen und lauschte auf Phoebes Schreien und das ferne Rauschen der Bäume. Dann riß sie sich zusammen und ging zur Rückseite des Geschäftes. Obwohl das Metallrolltor der Ladeplattform verschlossen war, stieg sie hinauf. Dort, wo der Schnee geschmolzen war, stieg der Fäulnisgeruch verrotteter Lebensmittel von dem kalten Beton auf. Sie versetzte dem Tor einen harten Tritt, und das donnernde Echo tat ihr so gut, daß sie noch mehrmals dagegentrat, bis sie völlig außer Atem war.

»Wenn sie noch hier sind, was ich bezweifle, werden sie jetzt wohl nicht mehr öffnen.«

Die Stimme eines Mannes. Caroline drehte sich um und sah ihn unter sich auf einer rampenähnlichen Anhöhe stehen, die dazu diente, Lastwagen rückwärts an die Ladezone heranzumanövrieren. Selbst aus der Entfernung konnte sie sehen, daß der Mann riesig war. Er trug einen ausgebeulten

Mantel und eine Strickmütze. Seine Hände steckten in den Taschen.

»Mein Baby weint«, erklärte sie unnötigerweise. »Und meine Autobatterie ist leer. Gleich hinter der Eingangstür gibt es ein Telefon, aber ich komme nicht hinein.«

»Wie alt ist Ihr Baby?« fragte der Mann.

»Es ist ein Neugeborenes«, erwiderte Caroline panisch, ohne nachzudenken. Sie war den Tränen nahe. Gleichzeitig kam sie sich lächerlich vor, da sie dem Klischee »hilflose junge Frau in Not« entsprach, das sie schon immer gehaßt hatte.

»Es ist Samstagabend«, bemerkte der Mann, und seine Stimme wehte über das Schneefeld, das zwischen ihnen lag. Auf der Straße hinter dem Parkplatz regte sich nichts. »Wahrscheinlich sind schon alle Autowerkstätten geschlossen.«

Caroline antwortete nicht.

»Ich mach' Ihnen einen Vorschlag, Lady«, begann er langsam, und die Festigkeit seiner Stimme gab Caroline Halt. Sie merkte, daß er absichtlich ruhig sprach, damit sie sich entspannte, daß er vielleicht sogar dachte, sie sei verrückt. »Ich habe meine Überbrückungskabel letzte Woche bei einem Kollegen vergessen, deshalb kann ich Ihnen mit dem Auto nicht weiterhelfen. Aber es ist verdammt kalt hier draußen. Also, warum kommen Sie nicht mit in meinen Truck? Dort ist es warm. Vor ein paar Stunden habe ich hier eine Ladung Milch abgeliefert und wollte dann abwarten, wie das Wetter wird. Ich stehe also noch ein Weilchen hier. Sie können gerne mitkommen und sich in meinem Truck aufwärmen. Denken Sie in Ruhe darüber nach.« Als Caroline nicht sofort antwortete, fügte er noch hinzu: »Ich denke auch an das Baby.«

Daraufhin blickte sie suchend über den Parkplatz, bis sie, an dessen äußerstem Rand, einen Sattelschlepper mit einer dunkel glänzenden Fahrerkabine sah. Sie hatte den langen, mattsilbernen Kasten, der wie ein Haus am Rande der Welt wirkte, schon vorher gesehen, aber nicht weiter beachtet. In ihren Armen holte Phoebe tief Luft und setzte ihr Geschrei fort.

»In Ordnung«, entschied Caroline schnell. »Jedenfalls, um warm zu werden.« Vorsichtig umrundete sie einige aufgeplatzte Zwiebeln. Als sie den Rand der Rampe erreicht hatte, war er schon dort und streckte ihr die Hand entgegen, um ihr hinunterzuhelfen. Verärgert, aber auch dankbar, da sie eine Eisschicht zwischen dem verrotteten Gemüse und dem Schnee fühlte, griff sie zu. Sie sah in ein Gesicht, das von einem dichten Bart bedeckt war. Seine enganliegende Strickmütze war bis zu den Augenbrauen gezogen, und darunter saßen dunkle Augen, freundliche dunkle Augen. »Lächerlich«, schalt sie sich, als sie über den Parkplatz liefen, »verrückt und dumm.« Er konnte ein Mörder sein. Aber sie war so müde, daß es ihr fast egal war.

Er half ihr, einige Sachen aus dem Auto zu holen und sich in der Fahrerkabine niederzulassen. Während sie auf die hohe Sitzbank kletterte, hielt er Phoebe und reichte ihr das Baby anschließend hinauf. Caroline füllte das Fläschchen noch einmal mit warmer Säuglingsmilch auf. Phoebe war so außer sich, daß es einige Minuten dauerte, bis sie begriff, daß sie etwas zu trinken bekam, und selbst jetzt hatte sie Mühe, richtig zu saugen, bis Caroline ihre Wange sanft streichelte und sie schließlich den Sauger fest zwischen die Lippen nahm und trank.

»Merkwürdig, oder«, bemerkte der Mann, als sie zur Ruhe gekommen war. Er war auf den Fahrersitz geklettert. In der Dunkelheit schnurrte der Motor beruhigend wie eine große Katze, und die Welt zog sich klein und still hinter den dunklen Horizont zurück. »So ein Schneesturm in Kentucky.«

»Das gibt es alle paar Jahre mal«, erwiderte sie. »Sind Sie nicht von hier?«

»Akron, Ohio«, sagte er. »Ursprünglich. Aber ich bin jetzt seit fünf Jahren unterwegs, und langsam gefällt mir der Gedanke, daß ich überall zu Hause bin.«

»Sind Sie nicht manchmal einsam?« fragte Caroline, während sie daran dachte, wie allein sie selbst an einem gewöhnlichen Abend in ihrer Wohnung saß. Sie konnte kaum glauben, daß sie hier, in diesem Truck, so vertraut mit einem Fremden sprach. Es war seltsam, aber aufregend, wie wenn man sich jemandem im Bus oder Zug anvertraut.

»Oh, ja, manchmal«, gab er zu. »Es ist natürlich ein einsamer Job. Aber genausooft kommt es vor, daß ich ganz unerwartet jemanden treffe – so wie heut abend.«

In der Fahrerkabine war es warm, und Caroline merkte, wie sie ihrer Müdigkeit nachgab und sich in den hohen, bequemen Sitz zurücklehnte. Noch immer tanzten die Schneeflocken im Licht der Straßenlampen. Ihr Auto stand mitten auf dem Parkplatz, ein verlassenes dunkles Etwas, das mit Schnee bestäubt war.

»Wo wollten Sie hin?« fragte er.

»Nur nach Lexington. Auf der Interstate, ein paar Kilometer entfernt, lag ein Autowrack. Ich dachte, ich könnte mir etwas Zeit und Ärger ersparen.«

Auf seinem Gesicht, das sanft von den Straßenlampen erleuchtet wurde, zeigte sich ein Lächeln, und zu ihrem eigenen Erstaunen lächelte auch Caroline. Dann mußten sie beide lachen.

»Ein guter Plan«, schmunzelte er, und Caroline nickte.

»Wissen Sie«, sagte er nach einer Weile, »wenn Sie nur nach Lexington wollen, kann ich Sie hinfahren. Ich kann den Truck genausogut dort parken. Morgen – ja gut, morgen ist Sonntag –, aber am Montagmorgen können Sie als erstes einen Abschleppdienst anrufen. Ihr Auto ist solange hier sicher.«

Das Licht der Straßenlampe fiel auf Phoebes winziges Gesicht. Er beugte sich zu ihr herüber und sacht, ganz sacht streichelte er mit seiner riesigen Hand ihre Stirn. Caroline, der seine Unbeholfenheit und Ruhe gefielen, nahm sein Angebot an.

»Gut, wenn es Ihnen keine Umstände macht.«

»Teufel, nein«, versicherte er. »'tschuldigen Sie meine Ausdrucksweise, aber es macht wirklich keine Umstände. Lexington liegt auf meinem Weg.«

Er holte die restlichen Sachen, den Einkaufsbeutel und die Decken aus ihrem Auto. Sein Name war Al. Albert Simpson. Nachdem er den Kabinenboden abgetastet hatte, fand er noch eine Tasse unter dem Sitz, die er sorgfältig mit einem Taschentuch auswischte, bevor er Kaffee aus seiner Thermoskanne hineingoß. Sie trank, froh über das starke, heiße Getränk und dankbar, mit jemandem zusammenzusitzen, der nichts über sie wußte. Mochte es in der Fahrerkabine auch muffig sein und nach alten Socken riechen, so fühlte sie sich doch sicher und eigenartig glücklich, und das Baby, das ihr nicht gehörte, schlief friedlich auf ihrem Schoß. Auf der Fahrt erzählte Al ihr Geschichten von seinem Leben auf der Straße, von den Duschen in Fernfahrerlokalen und den Kilometern, die unter seinen Rädern dahinglitten, während er von einer Nacht in die nächste jagte.

Vom Surren der Reifen, von der Wärme und dem Schnee eingelullt, schlief Caroline fast ein.

Als sie auf dem Parkplatz ihres Wohnkomplexes standen, nahm der Truck fünf Stellflächen ein. Al sprang raus, um ihr herunterzuhelfen, und ließ den Motor laufen, als er ihre Sachen – die Milch, Fläschchen und Windeln – die Außentreppe hochtrug. Caroline folgte ihm mit Phoebe auf dem Arm. In einem der unteren Fenster bewegte sich ein Vorhang – Lucy Martin, die ihr wie gewöhnlich nachspionierte –, und Caroline, plötzlich von einem Gefühl des Schwindels übermannt, hielt inne. Von außen betrachtet, war alles so wie vorher. Nur sie war nicht mehr die Frau, die gestern, mitten in der Nacht, von hier aufgebrochen und durch den Schnee zu ihrem Auto gewatet war. So grundlegend hatte sie sich verändert, daß es ihr vorkam, vor einer fremden Wohnung zu stehen. Doch ihr alter Schlüssel glitt ins Schloß und öffnete es wie immer. Als die Tür aufschlug, trug sie Phoebe in ein Zimmer, das sie in- und auswendig kannte: den strapazierfähigen dunkelbraunen Teppich, das karierte Sofa, den Stuhl, den sie im Ausverkauf erstanden hatte, den Teetisch mit der Glasplatte und darauf der Roman, den sie letzte Nacht gelesen hatte – »Schuld und Sühne« –, ordentlich mit einem Lesezeichen versehen, all das war noch an Ort und Stelle. Sie hatte Raskolnikow verlassen, als er Sonja gerade seine Schuld gestand, hatte von den beiden in ihrer kalten Dachkammer geträumt, als das Telefon klingelte, und war in einem Schneetreiben, das auf den Straßen tobte, erwacht. Al füllte den ganzen Türrahmen aus. Er konnte ein Vergewaltiger oder Knacki sein, er konnte alles mögliche sein.

Und dann sagte sie: »Ich habe ein Schlafsofa. Wenn Sie wollen, können Sie heute nacht darauf schlafen.«

Nach einem Moment des Zögerns trat er ein. »Was sagt Ihr Mann dazu?« fragte er, während er sich vorsichtig umsah.

»Ich bin nicht verheiratet«, erwiderte sie, merkte dann aber, daß sie einen Fehler gemacht hatte, und korrigierte sich. »Nicht mehr.«

Er drehte die Wollmütze in den Händen, während er sie genau betrachtete. Von seinem Kopf standen dunkle Locken ab. Übermüdung und Kaffee hatten zur Folge, daß sie sich matt und aufgekratzt zugleich fühlte, und sie fragte sich plötzlich, was sie – in ihrer Schwesterntracht, mit ihrem Haar, das seit Stunden keinen Kamm mehr gesehen hatte, ihrem offenen Mantel, diesem Baby in ihren Armen, ihren sehr, sehr müden Armen –, was sie wohl für einen Eindruck auf ihn machte.

»Ich möchte Ihnen nicht zur Last fallen«, sagte er.

»Sie eine Last?« wehrte sie ab. »Wenn Sie nicht gewesen wären, würde ich immer noch auf diesem Parkplatz festsitzen.«

Er grinste und ging zu seinem Truck, um ein paar Minuten später mit einem kleinen Seesack aus dunkelgrünem Leinen wiederzukommen.

»Unten hat mich jemand vom Fenster aus beobachtet. Sind Sie sicher, daß ich Ihnen keine Scherereien bereiten werde?«

»Das war Lucy Martin«, erklärte Caroline. Phoebe hatte sich geregt, worauf sie das Fläschchen aus dem heißen Wasser nahm und die Temperatur der Milch an ihrem Arm testete. Dann setzte sie sich. »Sie ist eine furchtbare Klatschbase. Glauben Sie mir – Sie haben sie gerade glücklich gemacht.«

Phoebe wollte nicht trinken, begann jedoch zu heulen, und Caroline stand auf und ging, beruhigende Worte murmelnd, im Zimmer auf und ab. Unterdessen machte sich Al an die Arbeit. Im Nu hatte er das Schlafsofa ausgezogen und das Bett militärisch korrekt, mit scharfen Falten an jeder Ecke, gemacht. Als Phoebe schließlich zur Ruhe kam, nickte Caroline ihm zu und wünschte ihm flüsternd eine gute Nacht. Dann zog sie die Schlafzimmertür fest hinter sich zu, da sie Al für jemanden hielt, der das Fehlen einer Wiege bemerken würde.

Während der Fahrt hatte Caroline Pläne geschmiedet, und nun zog sie eine Schublade ihrer Anrichte auf und schüttete deren geordneten Inhalt auf den Boden. Dann legte sie die Schublade mit zwei Handtüchern aus, steckte ein gefaltetes Laken darüber fest und bettete Phoebe zwischen die Tücher. Als sie sich in ihr eigenes Bett legte, übermannte sie die Müdigkeit, und sie schlief auf der Stelle ein. Ihr Schlaf war tief und traumlos. Das laute Schnarchen nebenan im Wohnzimmer hörte sie genausowenig wie die Räumfahrzeuge auf dem Parkplatz oder das Rattern der Müllwagen auf der Straße. Doch als Phoebe sich irgendwann, mitten in der Nacht, meldete, war Caroline sofort auf den Beinen. Erschöpft, aber entschlossen, bewegte sie sich in der Dunkelheit, wie man einen Fluß durchschwimmt. Sie wechselte Phoebes Windeln, rührte ihre Milch an und konzentrierte sich voll und ganz auf das Neugeborene in ihren Armen und die Aufgaben, die vor ihr lagen – dringende und vereinnahmende Aufgaben, die keinen Aufschub duldeten und momentan nur von ihr erledigt werden konnten.

*

Caroline erwachte in gleißender Helligkeit und mit dem Geruch von gebratenem Speck und Eiern in der Nase. Ihren Morgenmantel fest um sich ziehend, beugte sie sich über das Baby und berührte dessen entspanntes Gesicht. Dann ging sie in die Küche, wo Al gerade Butter auf den Toast strich.

»Guten Morgen«, rief er gutgelaunt und schaute sie an. Sein Haar, wenn auch gekämmt, war noch immer ein bißchen wüst. Er hatte einen kahlen Fleck auf dem Hinterkopf und trug ein goldenes Medaillon an einer Kette um den Hals.

»Ich hoffe, es stört Sie nicht, daß ich mich hier bedient habe, aber ich habe gestern nicht zu Abend gegessen.«

»Es riecht gut«, stellte Caroline fest. »Ich bin auch hungrig.«

»Na, dann«, erwiderte er froh und schenkte ihr einen Kaffee ein. »Gut, daß ich ein bißchen mehr gemacht habe. Ein feines kleines Zuhause haben Sie hier. Schön und sauber.«

»Finden Sie?« fragte sie unsicher. Der Kaffee war stärker und viel schwärzer als der, den sie gewöhnlich zubereitete. »Ich überlege mir gerade, ob ich umziehen soll.«

Ihre Worte überraschten sie selbst. Aber einmal ausgesprochen, erschienen sie ihr wahr. Helles Tageslicht fiel auf den braunen Teppich und die Armlehne ihres Sofas. Draußen tropfte Wasser von den Dächern. Sie hatte jahrelang Geld gespart, hatte sich in einem Haus gesehen oder sich ihre Zukunft als buntes Abenteuer ausgemalt, und nun saß sie hier: mit einem Baby im Schlafzimmer, einem Fremden am Tisch und einem Auto, das fünfzig Kilometer entfernt feststeckte. »Ich hatte überlegt, nach Pittsburgh zu ziehen«, präzisierte sie ihre Aussage und setzte sich damit schon wieder in Erstaunen.

Al rührte die Eier mit einem Schieber um und hob sie auf die Teller. »Pittsburgh? Nette Stadt. Was zieht Sie dorthin?«

»Meine Mutter hat dort Verwandtschaft«, log Caroline, während er die Teller auf den Tisch stellte und ihr gegenüber

Platz nahm. Es schien, als könne man, hatte man einmal mit dem Lügen angefangen, nicht mehr damit aufhören.

»Ich wollte Ihnen noch sagen, daß es mir leid tut«, räusperte sich Al. »Was auch immer mit dem Vater Ihres Kindes geschehen ist.«

Caroline hatte schon fast vergessen, daß sie einen Ehemann erfunden hatte, und war verblüfft, aus Als Tonfall herauszuhören, daß er nicht daran glaubte, daß sie jemals einen gehabt habe. Sie fragte sich, ob er sie für eine unverheiratete Mutter hielt. Sie aßen, ohne viel zu sprechen, tauschten nur hier und da Bemerkungen über das Wetter, den Verkehr und seine neue Route, die nach Nashville, Tennessee, führen sollte, aus.

»Ich bin noch nie in Nashville gewesen«, stellte Caroline fest.

»Nicht? Na dann kommen Sie an Bord, Sie und Ihre Tochter«, lud Al sie ein. Es war ein Scherz, aber auch ein Angebot. Ein Angebot, das nicht ihr, sondern einer unverheirateten Mutter galt, die gerade eine Pechsträhne hatte. Trotzdem stellte sich Caroline einen Moment lang vor, wie sie, samt ihren Kisten und Decken, aus der Tür gehen und niemals wiederkehren würde.

»Vielleicht das nächste Mal«, antwortete sie und griff nach dem Kaffee. »Ich muß hier noch ein paar Dinge erledigen.«

Al nickte. »Verstehe. Ich weiß, wie das läuft.«

»Danke, trotzdem«, sagte sie. »Das war ein nettes Angebot.«

»Es war mir eine Ehre«, sagte er ernst und erhob sich.

Caroline sah ihm vom Fenster aus zu, wie er zu seinem Truck ging, die Stufen zur Fahrerkabine hinaufkletterte und sich noch einmal umdrehte, um aus der offenen Tür zu winken. Glücklich über sein Lächeln, das so leicht und bereitwillig auf seinem Gesicht erschien, und überrascht über den Stich in ihrem Herzen, winkte sie zurück. Sie verspürte den Impuls, ihm nachzurennen, als sie an die kleine Kammer hinter der Fahrerkabine dachte, in der er manchmal schlief, und an die Sanftheit, mit der er Phoebes Stirn berührt hatte. Sicherlich würde ein Mann, der ein so einsames Leben führte, ihr Geheimnis, ihre Träume und Ängste bewahren können. Aber da lief schon der Motor, Rauchschwaden stiegen aus dem silbernen Auspuffrohr über der Kabine, und dann bog er vorsichtig vom Parkplatz auf die stille Straße und war verschwunden.

*

Den nächsten Tag und die nächste Nacht über richtete sich Carolines Schlaf nach Phoebes Zeitplan. Ansonsten war sie gerade lange genug wach, um etwas zu essen. Es war merkwürdig, sie war immer sehr eigen gewesen, was das Essen betraf. Undisziplinierte Zwischenmahlzeiten hatte sie fast gefürchtet, da sie für sie Zeichen von Exzentrizität und Einsamkeit waren – einer Einsamkeit, in der man nur um sich selber kreiste. Jetzt aber aß sie selbst zu den seltsamsten Zeiten: Müsliflocken direkt aus der Schachtel, Eis, das sie aus dem Karton löffelte, während sie am Küchentresen stand. Ihr war, als befände sie sich in einer Art Zwischenstadium, einem Zustand zwischen Schlaf und Wachen, in dem sie nicht voll und ganz über die Auswirkungen ihrer Entscheidungen nachdenken mußte, nicht über das Schicksal des Babys, das in einer Schublade ihrer Anrichte schlief, oder über ihr eigenes Schicksal.

Am Montagmorgen stand sie auf, um sich bei ihrer Arbeitsstelle krank zu melden. Ruby Centers, die Rezeptionsdame, war am Telefon.

»Sind Sie in Ordnung, Schätzchen?« fragte sie. »Sie klingen grauenhaft.«

»Ich glaube, ich habe Grippe«, log Caroline. »Wahrscheinlich werde ich einige Tage ausfallen. Gibt's Neuigkeiten?« fragte sie, um einen beiläufigen Ton bemüht. »Hat Dr. Henrys Frau schon ihr Baby bekommen?«

»Ich weiß nichts Genaues«, sagte Ruby. Caroline stellte sich vor, wie sie nachdenklich die Brauen zusammenzog, und hatte ihren sauber gewischten und für den anstehenden Arbeitstag hergerichteten Schreibtisch vor Augen, in dessen Ecke immer eine kleine Vase mit Plastikblumen stand. »Außer den ungefähr einhundert Patienten ist noch keiner da. Sieht aus, als ob Ihre Grippe auch alle anderen erwischt hat, Fräulein Caroline.«

Caroline hatte den Hörer kaum aufgelegt, da klopfte es an der Eingangstür. Das mußte Lucy Martin sein. Caroline war erstaunt, daß sie so lange auf sich hatte warten lassen.

Lucy trug ein Kleid, das mit großen rosa Blumen bedruckt war, eine von pinkfarbenen Rüschen eingefaßte Schürze und flauschige Pantöffelchen. Als Caroline die Tür öffnete, kam sie geradewegs ins Zimmer, einen halben Laib Bananenbrot, der in Plastikfolie gewickelt war, unter dem Arm.

Obwohl man sagte, daß Lucy ein goldenes Herz habe, machte ihre bloße Anwesenheit Caroline nervös. Lucys Kuchen und Pasteten und die warmen Mahlzeiten, die sie mitbrachte, waren ihre Eintrittskarte in das Zentrum jeglichen Dramas – egal, ob es sich um Todesfälle, Geburtstage, Unfälle, Hochzeiten oder Totenwachen handelte. Ihr Eifer war nicht ganz aufrichtig, und ihre schaurige Gier nach schlechten Nachrichten hatte den Beigeschmack von Voyeurismus, so daß Caroline normalerweise versuchte, sich von ihr fernzuhalten.

»Ich habe deinen Besucher gesehen«, sagte Lucy jovial und tätschelte Carolines Arm. »Meine Güte, was für ein gutaussehender Mann! Ich konnte es kaum erwarten, mehr zu erfahren.«

Lucy setzte sich auf das Schlafsofa, das schon wieder zusammengeklappt war. Caroline nahm sich den Lehnstuhl. Die Schlafzimmertür, hinter der Phoebe schlief, stand offen.

»Du bist doch nicht etwa krank, Liebes?« quatschte Lucy weiter. »Weil du um diese Uhrzeit normalerweise doch schon längst aus dem Haus bist.«

Caroline studierte Lucys eifrigen Gesichtsausdruck und war sich bewußt, daß alles, was sie sagen würde, bald die ganze Stadt wußte – daß sie in zwei oder drei Tagen, beim Gemüsehändler oder in der Kirche, auf den Fremden angesprochen werden würde, der die Nacht in ihrer Wohnung verbracht hatte.

»Das war mein Cousin, den du letzte Nacht gesehen hast«, sagte Caroline leichthin, völlig verblüfft darüber, daß ihr die Lügen auf einmal so flüssig und selbstverständlich über die Lippen kamen. Sie schienen ihr zuzufliegen, und sie log, ohne mit der Wimper zu zucken.

»Ach, und ich dachte schon ...«, sagte Lucy enttäuscht.

»Ich weiß«, erwiderte Caroline seufzend. Und als sie fortfuhr, holte sie zu einem Präventivschlag aus, über den sie sich noch später wundern würde. »Armer Al. Seine Frau liegt im Krankenhaus.« Sie rückte etwas dichter an Lucy heran und senkte die Stimme. »Es ist eine so traurige Geschichte. Sie ist erst fünfundzwanzig, aber hat vielleicht einen Hirntumor. Al hat sie von Somerset hierhergebracht, um einige Spezialisten zu Rate zu ziehen. Und dann haben sie noch dieses kleine Baby. Ich habe ihm gesagt, geh und bleibe bei ihr im Krankenhaus, wenn nötig Tag und Nacht, und laß das Baby solange bei mir. Ich glaube, sie haben das Angebot leichten Herzens angenommen, weil ich Krankenschwester bin. Ihr Geschrei hat dich doch hoffentlich nicht belästigt?«

Für ein paar Augenblicke verharrte Lucy in fassungslosem Schweigen, und Caroline begriff, welches Vergnügen es einem bereiten konnte – und welche Macht es einem gab –, jemandem aus heiterem Himmel einen Schlag zu versetzen.

»Die Armen! Wie alt ist das Baby?«

»Erst drei Wochen«, seufzte Caroline und stand energisch auf. »Warte mal einen Augenblick!«

Sie ging ins Schlafzimmer und hob Phoebe aus ihrer Schublade, wobei sie darauf achtete, die Decken eng um sie geschlungen zu halten.

»Ist sie nicht süß?« fragte sie und setzte sich neben Lucy.

»O ja, die ist ja niedlich!« nickte Lucy und berührte Phoebes winzige Hand.

Stolz und Freude überkamen Caroline, und sie lächelte. Phoebes Gesichtszüge, die ihr im Kreißsaal aufgefallen waren – die schrägen Augen, die leicht abgeflachte Nase –, waren ihr schon so vertraut, daß sie sie kaum mehr wahrnahm. Lucys ungeübte Augen sahen die Abnormitäten nicht einmal. Phoebe war wie jedes andere Baby auch: zart, bezaubernd und ungestüm, wenn sie etwas brauchte.

»Ich liebe es, sie nur anzusehen«, gestand Caroline.

»Aber diese arme junge Mutter«, flüsterte Lucy. »Glaubst du, daß sie überleben wird?«

»Keiner weiß es. Wir werden sehen.«

»Sie müssen ja am Boden zerstört sein.«

»Ja, leider. Sie haben komplett ihren Appetit verloren«, gestand Caroline, womit sie verhindern wollte, daß Lucy eine ihrer berühmten warmen Mahlzeiten vorbeibrachte.

*

An den folgenden Tagen ging Caroline nicht aus dem Haus, und die Außenwelt drang nur in Form von Zeitungen, Lebensmittellieferungen, Milchmännern und dem Geräusch des Verkehrs zu ihr durch. Das Wetter schlug um, und der Schnee war so plötzlich verschwunden, wie er gekommen war. Er rutschte von Dächern und Häuserfronten und entwich in die Kanalisation. Für Caroline verschmolzen die Tage zu einem Strom von ungeordneten Bildern und Eindrücken: der Anblick ihres Ford Fairlane, dessen Batterien aufgeladen worden waren, das Sonnenlicht, das durch schmutzige Scheiben fiel, der dunkle Geruch feuchter Erde, ein Rotkehlchen am Futterspender. Sie erlebte Zeiten, in denen sie sich Sorgen machte, aber oft, wenn sie Phoebe auf dem Schoß hatte, war sie überrascht, wie vollkommen zufrieden und ruhig sie war. Was sie Lucy Martin erzählt hatte, stimmte – sie liebte es, dieses Baby anzusehen, sie genoß es, im Sonnenlicht zu sitzen und es zu wiegen. Trotzdem ermahnte sie sich, sich nicht in Phoebe zu verlieben, da sie ja nur eine Zwischenstation war. Caroline hatte David Henry oft genug bei der Arbeit beobachtet, als daß sie nicht an sein Mitgefühl glaubte. Als er in jener Nacht den Kopf gehoben und sie sich tief in die Augen gesehen hatten, hatte sie in ihnen unendlich große Güte gelesen. Hatte er einmal den Schock überwunden, würde er das Richtige tun, daran zweifelte sie nicht.

Jedesmal wenn das Telefon klingelte, schreckte sie auf. Aber die Tage vergingen ohne eine Nachricht von ihm. Am Dienstagmorgen klopfte es. Caroline eilte zur Tür, wobei sie den Gürtel ihres Kleides zurechtschob und den Sitz ihres Haares überprüfte. Aber es war nur ein Kurier, der ihr eine Vase mit Blumen entgegenstreckte: Dunkelrot und blasses Rosa in einer Wolke von Schleierkraut. Sie waren von Al. »Ein Dankeschön für die Gastfreundschaft«, hatte er auf eine Karte geschrieben. »Vielleicht sehen wir uns bei meiner nächsten Runde wieder.«

Caroline nahm die Blumen entgegen und drapierte sie auf dem Teetisch. Aufgewühlt hob sie den »Leader« auf, den sie seit Tagen nicht gelesen hatte, streifte das Gummiband ab und überflog die Artikel, ohne sich auf den Inhalt richtig einzulassen. Eskalierende Spannungen in Vietnam, Society-Klatsch, eine Seite mit Damen aus der Gegend, die die neue Hutkollektion für den Frühling vorstellten. Caroline wollte die Zeitung gerade wegwerfen, als ihr ein schwarz umrandeter Kasten in die Augen fiel:

Trauergottesdienst
für unsere geliebte Tochter
Phoebe Grace Henry
Geboren und gestorben am 7. März 1964
Lexington, Presbyterianische Kirche
Freitag, dem 13. März 1964, um 9 Uhr

Langsam setzte Caroline sich hin. Sie las die Worte wieder und wieder und berührte sie sogar, als ob sie dadurch irgendwie klarer oder verständlicher würden. Die Zeitung noch in der Hand, stand sie auf und ging ins Schlafzimmer. Phoebe schlief in ihrer Schublade, einen blassen Arm auf den Decken. Geboren und gestorben. Caroline kehrte ins Wohnzimmer zurück und rief ihre Dienststelle an. Ruby war beim ersten Klingeln am Apparat.

»Ich nehme nicht an, daß du heute kommst?« sagte sie. »Es geht hier zu wie im Irrenhaus. Die ganze Stadt scheint Grippe zu haben.« Dann senkte sie ihre Stimme. »Caroline, hast du schon von Dr. Henry und seinen Babys gehört? Sie haben schließlich Zwillinge bekommen. Der kleine Junge ist wohlauf, ein Prachtkerl. Aber das Mädchen ist bei der Geburt gestorben. Es ist so traurig.«

»Ich habe es in der Zeitung gelesen.« Carolines Kiefer fühlte sich steif an, ihre Zunge wie gelähmt. »Kannst du Dr. Henry bitten, mich anzurufen? Sag ihm, daß es wichtig ist. Ich habe es gelesen«, wiederholte sie. »Bitte sag ihm das, Ruby, okay?« Dann hängte sie auf und starrte nach draußen auf die Platane und den Parkplatz dahinter.

Eine Stunde später klopfte er an die Tür.

»Da sind Sie also«, sagte sie ausdruckslos und führte ihn herein.

David Henry trat ein und nahm auf ihrem Sofa Platz. Sein Rücken war gekrümmt, und er drehte seinen Hut in den Händen. Sie setzte sich ihm gegenüber in einen Stuhl und betrachtete ihn, als hätte sie ihn nie zuvor gesehen.

»Norah hat die Anzeige aufgegeben«, begann er. Als er aufsah, konnte sie nicht umhin, Mitleid für ihn zu empfinden. Mit seinen Sorgenfalten und seinen blutunterlaufenen Augen wirkte er, als habe er tagelang nicht geschlafen. »Sie hat sie aufgegeben, ohne mich zu informieren.«

»Aber dann denkt sie, daß Ihre Tochter tot ist«, stellte Caroline fest. »Haben Sie ihr das erzählt?«

Er nickte langsam. »Ich wollte ihr die Wahrheit sagen. Aber als ich dazu ansetzte, konnte ich es nicht. In jenem Moment war ich davon überzeugt, ihr Leid zu ersparen.«

Caroline dachte an ihre eigenen Lügen, die eine nach der anderen aus ihr hervorgebrochen waren.

»Ich habe sie nicht nach Louisville gebracht«, sagte sie sanft und nickte in Richtung ihrer Schlafzimmertür. »Sie ist dort drinnen und schläft.«

David Henry blickte auf. Sein aschfahles Gesicht entmutigte Caroline; nie zuvor hatte sie ihn zittern sehen.

»Warum nicht?« fragte er aufbrausend. »Warum, in aller Welt, ist sie jetzt hier?«

»Sind Sie mal da gewesen?« fragte sie vorwurfsvoll, und die blasse Frau, deren dunkles Haar auf den kalten Linoleumboden gefallen war, stand ihr wieder vor Augen. »Haben Sie sich diesen Ort einmal angesehen?«

»Nein.« Er runzelte die Stirn. »Er ist mir nur sehr empfohlen worden. Ich habe selbst schon Leute dorthin geschickt und nie etwas Negatives von ihnen gehört.«

»Es war fürchterlich«, platzte es erleichtert aus ihr heraus. Er hatte also nicht gewußt, was er tat. Obwohl sie ihn noch immer hassen wollte, mußte sie an die vielen Nächte denken, die er in der Klinik verbracht hatte, um Patienten zu behandeln, die sich die ärztliche Betreuung, die sie benötigten, nicht leisten konnten. Sie kamen vom Land und aus den Bergen und begaben sich, mit wenig Geld und großen Hoffnungen, auf die beschwerliche Reise nach Lexington. Obwohl seine Partner es nicht gern sahen, hatte Dr. Henry seine Behandlungen fortgesetzt. Sie wußte, daß er keinen schlechten Charakter hatte. Er war kein Monster. Aber ein Trauergottesdienst für ein lebendes Kind, das war monströs.

»Sie müssen es ihr sagen«, drängte sie ihn.

Sein Gesicht war blaß, aber entschlossen. »Nein«, sagte er. »Jetzt ist es zu spät. Tun Sie, was Sie tun müssen, Caroline, aber ich kann und werde es ihr nicht sagen.«

Es war seltsam, sie haßte ihn für diese Worte, aber gleichzeitig war sie ihm in diesem Moment näher als je einem anderen Menschen zuvor. Etwas Ungeheuerliches verband sie beide von nun an, und was auch immer geschehen würde, sie würden miteinander verbunden bleiben. Als er ihre Hand nahm, fühlte sich das ganz normal für sie an. Richtig. Er führte sie zu seinen Lippen und küßte sie. Sie spürte den Druck seiner Lippen auf ihren Fingerknöcheln, und sein Atem fuhr warm über ihre Haut.

Wenn in seiner Mimik nur eine Spur von Kalkül gelegen hätte oder irgend etwas anderes als schmerzvolle Verwirrung, hätte sie das Richtige getan. Sie hätte das Telefon genommen und mit Dr. Bentley oder der Polizei gesprochen und alles gestanden. Aber er hatte Tränen in den Augen.

»Es liegt in Ihren Händen«, sagte er ergeben und ließ sie los. »Ich überlasse es Ihnen. Ich glaube, das Heim in Louisville ist der richtige Platz für dieses Kind, und ich mache mir die Entscheidung nicht leicht. Sie wird medizinische Pflege benötigen, die sie woanders nicht bekommt. Aber was auch immer Sie tun müssen, ich werde es respektieren. Wenn Sie sich entscheiden, die Behörden zu informieren, werde ich die Schuld auf mich nehmen. Es wird keine Konsequenzen für Sie haben, das verspreche ich Ihnen.«

Seine Züge waren düster, seine Haut grau. Zum erstenmal kreisten Carolines Gedanken nicht um den Augenblick oder das Baby, sondern gingen darüber hinaus. Es war ihr vorher nie wirklich in den Sinn gekommen, daß sie beide ihre Berufe aufs Spiel gesetzt hatten.

»Ich weiß nicht«, erwiderte sie langsam. »Ich muß erst darüber nachdenken. Noch weiß ich nicht, was zu tun ist.«

Er zog sein Portemonnaie heraus und leerte es aus. Es enthielt dreihundert Dollar – sie war entsetzt, daß er so viel Geld bei sich hatte.

»Ich will Ihr Geld nicht«, sagte sie.

»Es ist nicht für Sie«, erklärte er. »Es ist für das Kind.«

»Phoebe, sie heißt Phoebe«, sagte sie nachdrücklich und schob die Scheine zurück.

»Phoebe«, wiederholte er und erhob sich, um zu gehen. Die Scheine ließ er auf dem Tisch zurück. »Bitte, Caroline, unternehmen Sie nichts, ohne mir vorher Bescheid zu sagen. Das ist alles, worum ich Sie bitte. Wofür auch immer Sie sich entscheiden mögen, setzen Sie mich davon in Kenntnis.«

Dann verließ er sie, und alles war wie vorher: die Uhr auf dem Kaminsims, der rechteckige Lichtfleck auf dem Boden, die scharf umrissenen Schatten der nackten Äste auf dem Teppich. In ein paar Wochen würden sie ausschlagen, die jungen Triebe würden sich wie Federn von den Bäumen spreizen und das Muster auf dem Boden verändern. Sie hatte das alles schon so oft gesehen, und doch wirkte das Zimmer auf einmal merkwürdig unpersönlich, als hätte sie nie darin gelebt. Da sie sehr genügsam und immer davon ausgegangen war, daß ihr richtiges Leben sowieso woanders stattfinden würde, hatte sie sich über die Jahre nur weniges zugelegt. Zwar mochte sie das karierte Sofa und den dazu passenden braunen Stuhl – sie hatte sich die Möbel schließlich selbst ausgesucht –, aber sie erkannte nun, daß sie sich auch leicht von ihnen trennen konnte. »Warum nicht alles verlassen?« dachte sie plötzlich, als sie die gerahmten Landschaften, den Zeitungsständer aus Korbgeflecht neben dem Sofa und den niedrigen Teetisch betrachtete. Ihre eigene Wohnung kam ihr plötzlich nicht persönlicher als der Warteraum irgendeiner Klinik vor. Und was hatte sie hier auch anderes getan, als zu warten?

Sie versuchte ihre Gedanken zu ordnen – sicher gab es auch eine undramatischere Art, die Dinge zu bewältigen. Das jedenfalls hätte ihre Mutter gesagt, kopfschüttelnd, bevor sie sie ermahnt hätte, nicht Sarah Bernhardt zu spielen. Caroline hatte lange Jahre nicht gewußt, wer Sarah Bernhardt war, aber was ihre Mutter meinte, war ihr klar: daß nämlich jedes Übermaß an Gefühlen schlecht war und sich zerstörerisch auf die ruhige Ordnung ihrer Tage auswirken würde. So hatte Caroline all ihre Gefühle überprüft, wie man einen Mantel auf Flecken untersucht. Sie hatte sie zur Seite gelegt und sich vorgestellt, daß sie sie später wieder hervorholen würde. Aber natürlich hatte sie das nie getan, nicht, bevor sie das Baby aus Dr. Henrys Armen entgegengenommen hatte. So hatte etwas seinen Lauf genommen, das sie nicht aufhalten konnte. Ihre Empfindungen wechselten zwischen Angst und Begeisterung. Sie konnte diesen Ort heute verlassen und irgendwo anders ein neues Leben anfangen. Da sie in einer Kleinstadt lebte, müßte sie das sowieso tun, egal, wie ihre Entscheidung ausfiel. Sie konnte nicht einmal zum Gemüseladen gehen, ohne einen Bekannten zu treffen. Außerdem stellte sie sich vor, mit welch bedeutungsvollen Blicken und welch heimlichem Vergnügen Lucy Martin Carolines Lügen herumerzählen und ihre Liebe zu diesem ausgestoßenen Baby bloßstellen würde. »Arme alte Jungfer«, würden die Leute sagen, »hat sich verzweifelt nach einem eigenen Baby gesehnt.«

Zugegeben, sie hatte sich danach gesehnt. Und was war schon dabei? Warum sollte sie nicht, wie andere auch, Träume und Sehnsüchte haben?

»Ich lege es in Ihre Hände, Caroline«, hatte er gesagt, und sein Gesicht schien gealtert zu sein, runzlig wie eine Walnuß.

*

Am nächsten Tag wachte Caroline früh auf. Das Wetter war wunderschön, und sie öffnete die Fenster, um die frische, nach Frühling duftende Luft hereinzulassen. Phoebe war nachts zweimal aufgewacht. Während sie schlief, hatte Caroline gepackt und ihre Sachen im Schutz der Dunkelheit ins Auto getragen. Es war nicht viel gewesen, nur ein paar Koffer, die leicht im Kofferraum und auf der Rückbank des Fairlane Platz gefunden hatten. Die Vorstellung, daß sie jederzeit nach China, Burma oder Korea hätte aufbrechen können, gefiel ihr. Auch mit dem, was sie erreicht hatte, war sie zufrieden. Schon mittags war alles Nötige organisiert: die

Möbel würden von Goodwill übernommen werden; ein Reinigungsdienst würde die Wohnung in einen ordentlichen Zustand versetzen. Sie hatte Wasser- und Energieversorgung gestoppt, Telefon und Zeitung gekündigt und Briefe geschrieben, um ihre Bankkonten aufzulösen.

Caroline trank Kaffee und wartete, bis sie hörte, wie unten die Tür zugeschlagen und Lucys Auto angeworfen wurde. Dann hob sie Phoebe schnell hoch und verharrte einen Moment auf der Schwelle zu ihrer Wohnung, in der sie so viele hoffnungsvolle Jahre verbracht hatte, Jahre, die ihr im Rückblick so flüchtig vorkamen, als hätte es sie nie gegeben. Schließlich zog sie die Tür fest hinter sich zu und ging die Treppe hinunter.

Sie stellte Phoebes Kiste auf den Rücksitz und fuhr in die Stadt. Ihr Weg führte sie an der Klinik mit den türkisfarbenen Wänden und dem orangefarbenen Dach vorbei, an der Bank, der chemischen Reinigung und ihrer Lieblingstankstelle. Als sie die Kirche erreichte, parkte sie an der Straße und ließ Phoebe im Auto schlafen. Auf dem Kirchhof waren mehr Leute versammelt, als sie vermutet hatte. Sie wartete am äußersten Rand, nah genug, um Dr. Henrys von der Kälte geröteten Nacken und Norah Henrys blondes, zu einen strengen Knoten geschlungenes Haar sehen zu können. Niemand beachtete sie. Ihre Absätze sanken in den Matsch am Rande des Bürgersteiges, und sie verlagerte ihr Gewicht auf die Zehenspitzen, während sie sich an den muffigen Geruch des Heims erinnerte, zu dem Dr. Henry sie letzte Woche geschickt hatte, und an die Frau im Slip; dunkle Haare, die zu Boden fallen.

Worte trieben in der stillen, klaren Morgenluft an ihr vorbei. *Dein ist der Tag, und dein ist die Nacht.*

In den letzten Tagen und Nächten hatte Caroline keinen regelmäßigen Schlaf mehr gefunden. Mitten in der Nacht hatte sie am Küchenfenster gestanden und Kekse gegessen. Ihre Tage ließen sich von den Nächten nicht mehr unterscheiden, die beruhigende Regelmäßigkeit ihres bisherigen Lebens war ein für allemal Vergangenheit.

Norah Henry wischte sich mit einem Spitzentuch die Tränen weg. Caroline erinnerte sich an ihren festen Griff, als sie erst ein Baby und dann das andere herauspreßte, und auch an die Tränen in ihren Augen. Es würde sie zerstören, hatte David Henry erklärt. Was würde wohl passieren, wenn Caroline jetzt mit dem verlorenen Baby im Arm in Erscheinung träte? Was wäre, wenn sie diese Trauer unterbräche, nur um noch mehr Leid zu stiften?

Du hast unsere Missetaten vor dich gestellt, und unsere geheimen Sünden liegen im Lichte deines Antlitzes.

Während der Geistliche sprach, verlagerte David Henry sein Gewicht von einem Fuß auf den anderen. Zum erstenmal wurde Caroline wirklich bewußt, was sie im Begriff war zu tun. Der Kies schien sich durch ihre Schuhe zu drücken, und die Gruppe auf dem Kirchhof schwankte vor ihren Augen, so daß sie glaubte, gleich hinzufallen. Das Grab, rauschte es Caroline durch den Kopf, als sie zusah, wie sich Norahs lange Beine anmutig beugten, um plötzlich im Matsch zu knien. Der Wind verfing sich in Norahs Goldhaar und riß an ihrem runden, randlosen Hut.

... denn alles auf Erden ist vergänglich, und ewig ist das Himmelreich.

Caroline beobachtete die Hand des Pfarrers, und als er wieder zu sprechen begann, schienen seine leisen Worte nicht an Phoebe, sondern an sie selbst gerichtet zu sein und eine Endgültigkeit in sich zu tragen, die unwiderruflich war.

So übergeben wir ihren Körper den Elementen, Erde zu Erde, Asche zu Asche, Staub zu Staub. Der Herr segne und bewahre sie, der Herr lasse sein Angesicht leuchten über ihr und gebe ihr Frieden.

Die Stimme verlosch, die Blätter bewegten sich im Wind, und Caroline gab sich einen Ruck und wischte ihre Tränen weg. Sie drehte sich um und ging zu ihrem Auto, wo Phoebe ruhig schlief, und ein Sonnenstrahl huschte über ihr kleines Gesicht.

Jedem Ende wohnt ein Anfang inne. Schnell erreichte sie das Gelände des Steinmetzwerkes mit den charakteristischen Grabsteinreihen und bog dort ab in Richtung Interstate. War es nicht ein schlechtes Omen, wenn ein Werk für Grabmale am Eingang einer Stadt lag? Aber schon bald hatte sie all das weit hinter sich gelassen, und als sie die Stelle des Highway erreichte, an dem er sich in zwei verschiedene Richtungen gabelte, entschied sie sich, nach Norden, in Richtung Cincinnati, zu fahren und dann nach Pittsburgh, den Ohio River entlang, zu dem Ort, an dem Dr. Henry einen Teil seiner mysteriösen Vergangenheit verlebt hatte. Die andere Straße, die nach Louisville und dem Heim für Geisteskranke führte, verschwand in ihrem Rückspiegel.

Caroline fuhr schnell und fühlte sich tollkühn. Begeisterung, so strahlend wie der Tag, erfüllte sie. Was konnten ihr schlechte Omen jetzt noch anhaben? Immerhin war das Kind an ihrer Seite offiziell schon tot. Und sie, Caroline Gill, war im Begriff, vom Angesicht dieser Erde zu verschwinden. Bei diesen Gedanken wurde ihr so leicht ums Herz, daß sie meinte, hoch über den stillen Feldern Ohios zu schweben. Während ihrer Reise gen Osten, den ganzen sonnigen Nachmittag über, war Carolines Glaube an eine glückliche Zukunft unerschüttert. Und warum auch nicht? Wenn sie das Schlimmste, was einem in den Augen der Welt zustoßen konnte, bereits erlebt hatten, dann konnte es von jetzt an nur besser werden.

1965

5. Kapitel

Februar 1965

NORAH STAND BARFUSS UND GEFÄHRLICH WACKELND auf einem Stuhl im Eßzimmer und befestigte rosafarbene Luftschlangen am Kronleuchter. Pink- und rosafarbene Papierherzen fielen in langen Ketten herab und krochen über ihr Hochzeitsporzellan – goldene Ränder und dunkle Rosen –, das Spitzentischtuch und die weißen Stoffservietten. Während sie den Tisch schmückte, brummte der Ofen, und die Kreppapierbänder wehten hoch und streiften ihr Kleid, bevor sie sanft raschelnd wieder zu Boden glitten.

Paul, elf Monate alt, saß neben einem alten Korb, der früher zur Weinlese verwendet worden war und jetzt, mit Holzscheiten gefüllt, in der Ecke stand. Er hatte gerade angefangen zu laufen und vergnügte sich schon den ganzen Nachmittag damit, in seinen ersten Schuhen durch ihr neues Haus zu stapfen. Jedes Zimmer war ein Abenteuer. Er hatte Nägel in eine Lüftungsklappe gesteckt und sich an ihrem scheppernden Echo erfreut und eine dünne weiße Spur hinterlassen, als er einen Sack Fugenspachtel durch die Küche gezogen hatte. Gerade starrte er mit großen Augen auf die Luftschlangen, die so schön, aber so schwer zu fassen waren wie Schmetterlinge. Dann zog er sich auf einen Stuhl hoch, um sie schwankend zu verfolgen. Er bekam ein pinkfarbenes Band zu fassen und riß daran, was den Kronleuchter zum Schwingen brachte. Dabei verlor er die Balance, fiel hart auf den Po und begann erschrocken zu weinen.

»Ach, Süßer«, tröstete ihn Norah, während sie vom Tisch kletterte, um ihn hochzunehmen. »Aber, aber«, raunte sie ihm ins Ohr und strich ihm über das dunkle, weiche Haar.

Draußen leuchteten Scheinwerfer kurz auf; dann hörte man eine Autotür zuschlagen. Im gleichen Moment klingelte das Telefon. Norah trug Paul in die Küche und nahm gerade den Hörer ab, als es an die Tür klopfte.

»Hallo?«, Sie drückte Paul die Lippen auf die Stirn, feucht und sanft, wobei sie sich bemühte zu erkennen, wessen Auto in der Einfahrt stand. Bree sollte erst in einer Stunde hier sein. »Mein süßes Baby«, flüsterte sie. In den Hörer rief sie noch einmal: »Hallo?«

»Mrs. Henry?«

Es war die Schwester aus Davids neuem Büro, die Norah noch nie zu Gesicht bekommen hatte. Ihre Stimme klang voll und warm. Norah hatte eine Frau mittleren Alters, schwer und kräftig mit sorgfältig hochtoupierten Haaren, vor Augen. Caroline Gill, die während der Wehen ihre Hand gehalten hatte und deren blaue Augen und fester Blick für Norah untrennbar verbunden waren mit jener wilden weißen Nacht, war auf mysteriöse Weise einfach verschwunden – ein Skandal.

»Mrs. Henry, Sharon Smith am Apparat. Dr. Henry wurde eben zu einer Notfalloperation gerufen, und das, ich schwöre es, gerade, als er aus der Tür war und nach Hause gehen wollte. Auf der Straße nach Leestown gab es einen schrecklichen Unfall. Natürlich Teenager. Sie sind ziemlich schwer verletzt. Dr. Henry hat mich gebeten, Sie anzurufen. Er wird so schnell kommen, wie er kann.«

»Hat er gesagt, wie lange es dauern wird?« fragte Norah. Der Duft von Schweinebraten, Sauerkraut und Ofenkartoffeln – Davids Leibgericht – zog durchs Haus.

»Nein, meine Liebe, das hat er nicht, aber es muß ein scheußliches Wrack gewesen sein. Unter uns gesagt, es kann Stunden dauern.«

Norah nickte. Die Eingangstür ging, dann hörte sie Fußschritte, leicht und vertraut, erst im Foyer, dann im Wohnzimmer, schließlich im Eßzimmer. Es war Bree, die ein bißchen zu früh gekommen war. Sie wollte Paul abholen, damit Norah und David diesen Valentinstag, ihren Hochzeitstag, ganz für sich hatten. Eine Überraschung von Norah für David.

»Danke«, sagte sie enttäuscht, bevor sie auflegte. »Danke, daß Sie angerufen haben.«

Bree kam in die Küche und brachte den Geruch von Regen mit. Unter ihrem Regenmantel trug sie schwarze Stiefel, und ihre langen Beine mit den weißen Strumpfhosen verschwanden in dem kürzesten Rock, den Norah je gesehen hatte. Ihre silbernen Ohrringe, die mit Türkisen besetzt waren, tanzten im Licht. Sie war direkt von der Arbeit gekommen – sie leitete das Büro einer lokalen Radiostation –, und ihre Tasche war voll mit Büchern und Papieren, weil sie nebenbei noch studierte.

»Mensch, das sieht ja phantastisch aus, Norah«, lobte Bree, die ihre Tasche auf den Küchentresen fallen ließ und sich Paul griff. »Ich kann kaum glauben, was du in so kurzer Zeit mit dem Haus angestellt hast.«

»Ich brauchte es als Ablenkung«, gestand Norah und dachte an die Wochen zurück, in denen sie Tapeten abgelöst und eine Farbschicht nach der anderen aufgetragen hatte. David und sie hatten sich für einen Umzug entschieden, weil sie glaubten, es würde ihnen helfen, die Vergangenheit hinter sich zu lassen. Besonders Norah, die sich nichts sehnlicher als diesen Neuanfang wünschte, hatte sich diesem Projekt mit Haut und Haar verschrieben. Leider hatte es ihr nicht so viel geholfen, wie sie sich erhofft hatte. Noch oft überkam sie der Schmerz über den Kindsverlust. Allein im letzten Monat hatte sie zweimal einen Babysitter für Paul bestellt und das Haus, voller Tapetenrollen und nur zur Hälfte gestrichen, sich selbst überlassen. Zu schnell war sie dann auf den engen Landstraßen zu dem Privatfriedhof mit dem schmiedeeisernen Tor gerast, in dem ihre Tochter beerdigt war. Die Grabsteine waren niedrig und einige so alt, daß sie vom Regen fast glatt geschliffen waren. Phoebes Stein war sehr einfach, die Daten ihres kurzen Lebens waren, unter ihrem Namen, tief in den roten Granit gemeißelt. In der kargen Winterlandschaft hatte Norah, schneidenden Wind in den Haaren, auf dem stechenden, gefrorenen Gras aus ihrem Traum gekniet. Sie war vor Trauer fast wie gelähmt gewesen und ihr Leid zu groß, als daß sie hätte weinen können. Dennoch verharrte sie dort mehrere Stunden, bis sie schließlich aufstand, ihre Sachen abklopfte und nach Hause zurückkehrte.

Paul war gerade dabei, mit Bree zu spielen, wobei er versuchte, ihre Haare zu fassen zu bekommen.

»Deine Mutter ist erstaunlich«, erzählte ihm Bree. »In letzter Zeit ist sie ein richtiges Hausmütterchen, findest du auch? Nein, mein Lieber, nicht die Ohrringe«, fügte sie hinzu und fing Pauls kleine Hand ab.

»Hausmütterchen?« schnaubte Norah wütend. »Was meinst du damit?«

»Ich meine gar nichts damit«, beschwichtigte sie Bree. Sie hatte Grimassen für Paul geschnitten und wandte sich ihr nun verblüfft zu. »Ach, Norah, reg dich ab.«

»Hausmütterchen?« wiederholte sie wieder. »Ich wollte nur, daß es an meinem Hochzeitstag nett aussieht. Was ist daran schlimm?«

»Nichts«, seufzte Bree. »Es sieht großartig aus. Habe ich dir das nicht gerade gesagt? Außerdem bin ich zum Babysitten hier, erinnerst du dich? Warum bist du also so wütend?«

Norah winkte ab. »Schon gut. Ach, verflixt, David muß heute operieren.«

Bree wartete eine Sekunde, bevor sie sagte: »Typisch.«

Norah wollte ihn in Schutz nehmen, ließ es dann aber sein. Sie drückte ihre Hände gegen die Wangen. »Sag mir, Bree, warum heute?«

»So eine Scheiße«, stimmte Bree zu. Norah blickte sie verärgert an, und Bree lachte. »Komm, sei ehrlich. Vielleicht ist es gar nicht Davids Schuld. Aber es ist trotzdem Scheiße, oder?«

»Es ist nicht seine Schuld«, grollte Norah. »Es gab einen Unfall. Aber du hast recht. Mir stinkt es trotzdem. Bist du jetzt zufrieden?«

»Ich weiß«, sagte Bree erstaunlich sanft. »So eine Schweinerei. Tut mir leid, Schwester.« Dann grinste sie. »Sieh mal, ich habe dir und David ein Geschenk mitgebracht. Vielleicht stimmt dich das um.«

Bree löste einen Arm von Paul und wühlte in ihrer übergroßen Patchworktasche, wobei Bücher, ein Müsliriegel, ein Stapel Flugblätter, die eine Demonstration ankündigten, und eine Sonnenbrille in einem abgewetzten Lederetui zum Vorschein kamen. Endlich zog sie eine Flasche Wein heraus. Als sie sich beiden ein Glas einschenkte, funkelte er wie ein Granat.

»Auf die Liebe«, rief sie, reichte Norah ein Glas und erhob ihr eigenes. »Auf ewige Glückseligkeit.«

Sie lachten und tranken. Der Wein war dunkel und schwer und schmeckte nach Beeren und schwach nach Eiche. Von den Dachrinnen tropfte der Regen. Noch Jahre später würde sich Norah an diesen Abend erinnern, an ihre düstere Enttäuschung und an Bree, die voller Energie war, mit ihren glänzenden Stiefeln und Ohrringen, den Insignien einer anderen Welt. Wie schön war all das in Norahs Augen und wie unerreichbar. Erst nach Jahren würde sie verstehen, welcherart das Dunkel war, in dem sie gelebt hatte, daß sie unter einer Depression gelitten hatte. 1965 sprach noch keiner davon, man dachte nicht einmal daran, jedenfalls nicht im Zusammenhang mit Norah, die ein Haus, ein Baby und einen Mann hatte, der Arzt war. Sie konnte sich doch glücklich schätzen.

»Habt ihr eigentlich euer altes Haus verkauft?« fragte Bree und stellte ihr Glas ab. »Nehmt ihr das Angebot an?«

»Ich weiß nicht so recht.« Norah zuckte mit den Schultern. »Der Preis, den man uns bietet, ist eigentlich zu niedrig.

David möchte trotzdem verkaufen, um die Dinge geregelt zu haben, aber ich bin mir unsicher. Es war schließlich unser Zuhause. Ich kann den Gedanken noch nicht ertragen, das Haus abzugeben.«

Sie mußte an ihr dunkles, leeres Haus denken, in dessen Garten ein Schild aufgestellt worden war, auf dem die Wörter »Zu verkaufen« prangten, und sie fühlte sich, als wäre die Welt sehr brüchig geworden. Um einen sicheren Halt zu bekommen, griff sie nach dem Küchentresen und nahm noch einen Schluck Wein.

»Was macht dein Liebesleben?« fragte Norah und wechselte damit das Thema. »Wie steht es mit diesem Typen, mit dem du dich triffst? Wie war sein Name noch? Jeff?«

»Ach der.« Brees Gesicht wurde düster, und sie machte eine Kopfbewegung, als wolle sie den Gedanken abschütteln. »Habe ich dir das nicht erzählt? Vor zwei Wochen bin ich nach Hause gekommen und habe ihn im Bett – in meinem Bett, wohlgemerkt – mit diesem süßen jungen Ding erwischt, das mit uns an der Werbekampagne für den Bürgermeister gearbeitet hat.«

»Oh! Das tut mir leid.«

Bree schüttelte den Kopf. »Das braucht es nicht. Ich habe ihn nicht geliebt oder so. Wir paßten nur irgendwie gut zusammen. Zumindest habe ich das geglaubt.«

»Du hast ihn nicht geliebt?« wiederholte Norah in dem mißbilligenden Tonfall ihrer Mutter, wofür sie sich sofort haßte. Sie wollte weder die teetrinkende Frau im stillen, ordentlichen Haus ihrer Kindheit sein, noch wollte sie zu einem Menschen werden, den die Trauer in eine Welt ohne Sinn gedrängt hatte.

»Nein«, erklärte Bree. »Ich habe ihn nicht geliebt, obwohl ich eine Zeitlang glaubte, daß ich ihn lieben könnte. Aber darum geht es jetzt gar nicht mehr. Der Punkt ist, daß er unsere Beziehung in ein Klischee verwandelt hat. Das hasse ich mehr als alles andere – daß ich Teil eines Klischees geworden bin.«

Bree stellte ihr leeres Glas ab und verlagerte Paul von einem Arm auf den anderen. Ihr ungeschminktes Gesicht war zart und fein gegliedert, ihre Wangen und Lippen blaßrosa.

»Ich könnte nicht so leben wie du«, sagte Norah langsam. Seit Paul auf der Welt und Phoebe gestorben war, hatte sie es für nötig erachtet, ständig auf der Hut zu sein, als ob eine Sekunde der Unachtsamkeit dem Unglück Tür und Tor öffnen würde. »Ich könnte das nicht – gegen alle Regeln leben, alles in den Wind schlagen.«

»Davon geht die Welt nicht unter«, sagte Bree ruhig. »Es ist erstaunlich, aber es ist tatsächlich so.«

Norah schüttelte den Kopf. »Sie könnte aber untergehen. Alles ist möglich, jederzeit.«

»Ich weiß«, erwiderte Bree langsam. »Das weiß ich doch.« Norahs Ärger war einem plötzlichen Gefühl der Dankbarkeit gewichen. Bree hörte ihr immer zu, und ihre Antworten waren aufrichtig. Dafür forderte sie nichts Geringeres, als daß ihr Leben anerkannt wurde. »Du hast recht, Schwester, alles mögliche kann passieren, jederzeit. Aber wenn etwas schiefgeht, ist es nicht deine Schuld. Du kannst nicht den Rest deines Lebens auf Zehenspitzen herumlaufen und versuchen, Katastrophen zu verhindern. Das funktioniert nicht. So verpaßt du dein Leben.«

Norah wußte nicht, was sie darauf antworten sollte, und so langte sie nach Paul, der sich hungrig in Brees Armen wand. Wann immer er sich bewegte, wehte sein Haar, das zu lang war – aber Norah konnte es einfach nicht abschneiden –, leicht hin und her.

Bree schenkte ihnen nach und nahm sich einen Apfel aus der Obstschale. Norah schnitt dicke Käse- und Bananenstücke und Brot ab und verteilte alles auf dem Tablett von Pauls Hochstuhl. Währenddessen nippte sie an ihrem Wein. Allmählich gewann die Welt um sie herum an Kontur, wurde lebendiger. Sie bemerkte, wie Pauls Hände mit kreisförmigen Bewegungen Karottenschnitze in seinem Haar verteilten.

Das erleuchtete Küchenfenster druckte den Umriß der Verandabrüstung auf das Gras, ein Muster aus Schatten und Licht.

»Ich habe David zu unserem Hochzeitstag eine Kamera gekauft«, erzählte Norah und wünschte sich, sie könnte diese flüchtigen Momente einfangen und sie für immer aufbewahren. »Seit er seinen neuen Job begonnen hat, arbeitet er sehr hart. Er bräuchte mal eine Ablenkung. Ich kann kaum glauben, daß er heute abend arbeiten muß.«

»Weißt du was?« entgegnete Bree. »Ich könnte Paul doch trotzdem nehmen. Wer weiß, vielleicht kommt David früh genug zum Essen zurück. Oder ihr überspringt das Essen einfach, falls er erst um Mitternacht kommt, fegt die Teller vom Tisch und macht auf dem Eßzimmertisch Liebe.«

»Bree!«

Ihre Schwester lachte. »Bitte, Norah, ich nehme ihn wirklich gerne.«

»Er muß in die Badewanne«, gab Norah zu bedenken.

»Okay, ich verspreche, ihn nicht in der Badewanne ertrinken zu lassen.«

»Das ist nicht witzig«, ermahnte sie Norah. »Gar nicht witzig.«

Aber sie nahm das Angebot an und packte Pauls Sachen. Als Bree mit ihm aus der Tür ging, bemerkte sie, wie ernst seine großen, dunklen Augen sie beobachteten. Dann war er verschwunden. Vom Fenster aus sah sie Brees Rücklichtern nach, bis die Straße sie verschluckt hatte. Es war die einzige Möglichkeit, sich davon abzuhalten, hinter ihnen herzurennen. Wie konnte man überhaupt ein Kind großziehen, um es dann in diese gefährliche Welt zu entlassen? Sie blieb einige Minuten am Fenster stehen und starrte in die Dunkelheit. Dann ging sie in die Küche zurück, wickelte Folie um den Braten und schaltete den Ofen aus. Es war sieben Uhr. Die erste Weinflasche war fast leer. In der Küche war es so still, daß man das Ticken der Uhr hören konnte, und Norah öffnete eine Flasche des teuren französischen Weins, den sie für das Abendessen gekauft hatte.

Im Haus war kein Laut zu hören. War sie seit Pauls Geburt überhaupt schon einmal allein gewesen? Sie konnte sich nicht daran erinnern. Da sie stets fürchtete, daß sie wieder von den Gedanken an ihre tote Tochter eingeholt würde, hatte sie solche Momente der Einsamkeit und Stille vermieden. Der Trauergottesdienst, der im harten Licht der Märzsonne auf dem Kirchhof stattgefunden hatte, war zwar hilfreich gewesen, aber manchmal hatte Norah noch immer das unerklärliche Gefühl, daß ihre Tochter anwesend sei, als ob sie sich umdrehen und sie auf der Treppe oder auf dem Rasen stehen sehen könnte.

Sie stemmte ihre Hand flach gegen die Wand und schüttelte den Kopf, um diese Gedanken zu verscheuchen. Dann machte sie, das Glas in der Hand, einen Rundgang durch das Haus, um ihre Arbeit zu begutachten. Die Schritte klangen hohl auf dem frisch gebohnerten Boden. Draußen fiel der Regen in Strömen und verwusch die Lichter der gegenüberliegenden Häuser.

Norah erinnerte sich an jene andere Nacht, an den wirbelnden Schnee. David hatte sie am Ellbogen geführt und ihr in den alten grünen Mantel geholfen, der jetzt nur noch ein zerrissenes Etwas war, das sie trotzdem nicht wegwerfen konnte. Der offene Mantel war um ihren prallen Bauch gefallen, und ihre Blicke waren sich begegnet. Besorgt, ernst und voller Nervosität war er gewesen. In diesem Augenblick hatte sie geglaubt, ihn so gut zu kennen wie sich selbst.

Nun war alles anders, David hatte sich verändert. An Abenden, an denen er neben ihr auf der Couch saß und in seinen Magazinen blätterte, war er mit seinen Gedanken woanders. In ihrem früheren Leben, als Vermittlerin von Ferngesprächen, hatte Norah, während sie kalte Schalter und Metallknöpfe bediente, auf das entfernte Klingeln und den Klick achten müssen, die ihr anzeigten, wenn eine Verbindung zustande gekommen war. »Bitte warten«, hatte sie dann gesagt, und meist hallten die Worte und kamen mit Verzögerung an. Der abrupte Beginn und das plötzliche Ende der Gespräche machten die stürmische, elektrostatische Nacht zwischen den Telefonierenden sichtbar. Manchmal hatte sie ihnen zugehört, hatte Stimmen von Menschen gelauscht, die sie nie treffen würde und die formelhafte, aber tief empfundene Nachrichten von Geburtstagen, Hochzeiten, Krankheiten oder Todesfällen austauschten. Sie hatte die schwarze Nacht, die diese Menschen trennte, vor Augen, und sie war sich ihrer Fähigkeit bewußt, sie zu überbrücken.

Eine Fähigkeit, die sie, zumindest jetzt, da sie sie so dringend brauchte, verloren hatte. Manchmal, selbst wenn sie sich mitten in der Nacht liebten und das Herz des anderen gegen den eigenen Körper schlagen spürten, hörte sie das dunkle, weite Rauschen des Universums.

Inzwischen war es schon nach acht. Die Dunkelheit begann die Umrisse aufzuweichen. Sie ging in die Küche zurück, stellte sich vor den Ofen und pickte an dem ausgetrockneten Schweinebraten herum. Direkt aus der Pfanne aß sie eine Kartoffel, die sie mit der Gabel in der Bratensoße zerdrückte. Auch das Broccoligratin probierte Norah und verbrannte sich daran den Mund. An der Spüle stehend, stürzte sie ein Glas Wasser herunter, dann noch eins. Währenddessen mußte sie sich am Küchentresen festhalten, weil alles um sie herum so instabil geworden war. »Ich bin betrunken«, dachte sie erstaunt und war ein bißchen zufrieden mit sich. Sie war noch nie betrunken gewesen. Aber Bree war eines Abends vom Tanzen nach Hause gekommen und hatte sich auf den Linoleumboden erbrochen. Man hätte ihr etwas in den Punch getan, erklärte sie ihrer Mutter, aber Norah gestand sie die Wahrheit: die Flasche in der braunen Papiertüte, ihre Freunde, die sich in den Büschen versammelt hatten und kleine, scharf umrissene Atemwolken in die Nacht ausstießen.

Das Telefon schien weit weg zu sein. Während sie darauf zulief, fühlte sie sich eigenartig, als ob sie außerhalb ihres Körpers schweben würde. Den Hörer zwischen Schulter und Ohr geklemmt, hielt sie sich mit einer Hand am Türpfosten fest, während sie mit der anderen wählte. Bree nahm beim ersten Klingeln ab.

»Ich wußte, daß du es bist«, sagte sie. »Paul geht es gut, wir haben uns ein Buch angesehen, er hat gebadet, und nun schläft er fest.«

»Oh, gut. Prima«, erwiderte Norah. Eigentlich hatte sie Bree davon erzählen wollen, wie sich die Welt ihr offenbarte, pulsierend, voller Leben, zugleich aber bedrohlich und instabil. Doch plötzlich schien ihr das zu persönlich, ja fast ein Geheimnis zu sein.

»Was ist mit dir?« erkundigte sich Bree. »Geht's dir gut?«

»Ja, danke«, log Norah. »David ist zwar noch nicht hier, aber ich fühl mich gut.«

Sie legte schnell auf, schenkte sich noch ein Glas Wein ein und trat auf die Veranda hinaus, wo sie ihr Gesicht dem Himmel zuwandte. Ein leichter Nebel hing in der Luft. Der Wein durchströmte sie wie Blut, und die Hitze, die ihn begleitete, breitete sich bis zu ihren Finger- und Zehenspitzen aus. Als sie sich drehte, schien ihr Körper wieder für einen Moment zu schweben, und ihr war, als würde sie aus sich herausgleiten. Sie erinnerte sich an ihr Auto, das über die vereisten Straßen geglitten war, als befände es sich in der Luft, und an das leichte Ausscheren, bevor David es unter Kontrolle bekommen hatte. Zwar konnte sie sich nicht, wie man ihr prophezeit hatte, an die Schmerzen der Geburt erinnern, aber das Gefühl, daß die Welt um sie herum ins Rutschen und Schleudern geraten war, und den Griff ihrer Hände nach dem kalten Armaturenbrett würde sie nie vergessen und auch nicht, daß David an jeder Ampel angehalten hatte.

Wo war er jetzt bloß, fragte sie sich mit feuchten Augen, und warum hatte sie ihn überhaupt geheiratet? Warum hatte er sie so begehrt? In den stürmischen Wochen nachdem sie sich kennengelernt hatten, stand er jeden Tag in ihrer Wohnung, brachte ihr Rosen oder lud sie zum Abendessen oder zu Ausflügen aufs Land ein. An Heiligabend klingelte es an der Tür, und sie hatte, Bree erwartend, in ihrem alten Morgenmantel geöffnet. Statt ihrer Schwester stand David vor der Tür. Die Wangen rot vor Kälte, hielt er bunt verpackte Kartons im Arm. Er wisse, daß es spät sei, entschuldigte er sich, ob sie trotzdem eine kurze Fahrt mit ihm machen wolle.

»Nein«, hatte sie geantwortet, »Sie sind doch verrückt!« Aber sie hatte die ganze Zeit über die Irrwitzigkeit dieser Idee lachen müssen. Lachend zurücktretend, hatte sie ihn dann auch eingelassen, diesen Mann, der da mit Blumen und Geschenken in den Händen auf den Stufen zu ihrer Tür wartete. Sein Erscheinen hatte sie verwundert und erfreut. Früher, wenn sie Mitschülerinnen zu Festen hatte gehen sehen, oder wenn sie, in ihrem fensterlosen Raum in der Telefongesellschaft, mitbekam, wie Kolleginnen ihre Hochzeit bis zum letzten Ansecksträußchen durchplanten, hatte die stille, zurückhaltende Norah geglaubt, daß sie ihr ganzes Leben allein bleiben würde. Und auf einmal stand David vor ihrer Tür, ein gutaussehender Arzt, und drängte: »Nun kommen Sie schon. Bitte, ich möchte Ihnen etwas Besonderes zeigen!«

Es war eine klare, knackig kalte Dezembernacht unter einem funkelnden Sternenhimmel gewesen. Norah setzte sich auf den breiten Kunststoffsitz in Davids altem Auto. Sie trug ein rotes Wollkleid und fühlte sich schön. Die Luft war eisig. Davids Hände lagen auf dem Lenkrad, und das Auto glitt, auf ständig schmaler werdenden Straßen, durch Dunkelheit und Kälte, an einer Landschaft vorbei, die sie nicht wiedererkannte. An einer alten Getreidemühle hielt er an. Sie stiegen aus dem Auto und gingen dem Wasserrauschen entgegen. Im schwarzen Gewässer, das über die Felsen sprang, bevor es das große Wasserrad der Mühle antrieb, spiegelte sich das Mondlicht. Das Gebäude stand dunkel vor dem noch dunkleren Himmel und verdeckte die Sterne, und um sie herum rauschte und strömte das Wasser.

»Ist Ihnen kalt?« schrie David gegen das Tosen an, und Norah lachte und verneinte zitternd, ihr wäre nicht kalt, ihr ginge es prima.

»Was ist mit Ihren Händen?« brüllte er mit einer Stimme, die wie herabstürzendes Wasser klang. »Sie haben keine Handschuhe dabei.«

»Ich brauche keine«, schrie sie zurück, aber er hatte ihre Hände schon ergriffen und sie an seine Brust gedrückt, um sie zwischen seinen Handschuhen und seinem dunkel gemusterten Wollmantel zu wärmen.

»Es ist wunderschön hier!« rief sie und lachte. Da beugte er sich über sie und küßte sie. Er ließ ihre Hände los, glitt mit den seinen unter ihren Mantel und umfaßte ihren Rükken. Das Rauschen wurde von den Felsen zurückgeworfen.

»Norah«, schrie er mit einer Stimme, die dunkel war wie die Nacht und dröhnte wie das Wasser, und obwohl sie seine Worte deutlich hörte, wirkten sie doch schwach, inmitten des Getöses. »Norah! Willst du mich heiraten?«

Lachend ließ sie ihren Kopf zurückfallen, und die Nachtluft strömte über ihr Gesicht.

»Ja!« stieß sie hervor und drückte ihre Handflächen wieder an seine Brust; dann lauter: »Ja, ich will!«

Da ließ er den kalten Ring auf ihren Finger gleiten, einen dünnen Reif aus Weißgold, der wie angegossen paßte und mit einem Diamanten im Marquiseschliff besetzt war, der von zwei Smaragden flankiert wurde. Das Grün passe zu ihren Augen und zu dem Mantel, den sie trug, als sie sich kennenlernten, sagte er.

Zurück im Hier und Jetzt, stand sie auf der Schwelle zum Eßzimmer und drehte seinen Ring an ihrem Finger. Die Luftschlangen flogen auf. Eine streifte sie an der Wange, eine andere war in ihr Weinglas gesunken. Norah beobachtete fasziniert, wie sie langsam von Wein durchtränkt wurde. Nun hatte sie fast denselben Farbton wie die Servietten. Ein Hausmütterchen, ja, das war sie. Wein war aus ihrem Glas geschwappt und hatte die Tischdecke besudelt. Auch das hellblaue Einwickelpapier ihres Geschenkes für David hatte Spritzer abbekommen. Einem Impuls folgend, hob sie es auf und riß das Papier herunter. Ich bin wirklich ganz schön betrunken, schoß es ihr durch den Kopf.

Der Fotoapparat war kompakt und lag angenehm schwer in ihrer Hand. Norah hatte wochenlang nach einem passenden Geschenk gesucht, bis sie ihn, in einem Schaufenster bei Sears, entdeckt hatte. Schwarz und aus blitzendem Chrom, mit komplizierten Skalen, Hebeln und Nummern, die in die Ringe eingraviert waren, hatte die Kamera sie, mehr als alles, was sie bis dahin ins Auge gefaßt hatte, an Davids medizinische Ausrüstung erinnert. Der Verkäufer, jung und beflissen, hatte sie mit technischen Informationen über Blendeneinstellungen und Weitwinkelobjektive überhäuft. Die Begriffe waren an ihr vorbeigerauscht, ohne hängenzubleiben, aber ihr gefiel das Gewicht der Kamera, ihre kühle Oberfläche und die Tatsache, daß die Welt so präzise eingefaßt war, wenn man sie ans Auge führte.

Zärtlich berührte sie jetzt den silbernen Knopf. Ein lautes Klicken und Schnappen hallte im Zimmer wider, als sie den Auslöser drückte. Dann drehte sie an dem kleinen Rädchen, das den Film weiterbeförderte – sie erinnerte sich, daß der Verkäufer »den Film weiterdrehen« gesagt hatte, da sich seine Stimme in diesem Moment von der Geräuschkulisse des Ladens abgehoben hatte. Das Suchfenster rahmte die Zerstörung auf dem Tisch, und sie drehte an zwei verschiedenen Rädchen, um das Bild zu fokussieren. Dieses Mal explodierte an der Wand gegenüber Licht, als sie den Auslöser betätigte. Blinzelnd drehte sie die Kamera um, um die Lampe zu betrachten, die einst hellblau gewesen und nun schwarz verbrannt war und Blasen geworfen hatte. Als sie das Blitzlicht ersetzte, verbrannte sie sich dabei die Finger, aber der Schmerz drang nicht zu ihr durch.

Dann sah sie auf die Uhr. Es war 9 Uhr 45.

Nieselregen. David war zur Arbeit gelaufen, und sie stellte sich vor, wie er müde durch die dunklen Straßen nach Hause tappte. Einer Eingebung folgend, griff sie nach ihrem Mantel und den Autoschlüsseln – sie würde zur Klinik fahren und ihn überraschen.

Das Auto war kalt. Sie fuhr rückwärts aus der Einfahrt, fingerte an der Lüftung herum und fuhr aus alter Gewohnheit in die falsche Richtung. Selbst nachdem sie ihren Fehler erkannt hatte, fuhr sie auf den engen, nassen Straßen weiter, die zu ihrem alten Haus führten. Zurück zu dem Ort, wo sie voll unschuldiger Hoffnung das Kinderzimmer eingerichtet und wo sie Paul im Dunkeln gestillt hatte. David und sie waren sich darüber einig gewesen, daß es das beste wäre umzuziehen, doch in Wahrheit konnte sie die Vorstellung nicht ertragen, dieses Haus zu verkaufen. Noch immer kam sie fast jeden Tag hierher. Welcherart auch immer das Leben ihrer Tochter gewesen sein mochte und was auch immer sie selbst von ihrer Tochter mitbekommen hatte, es hätte oder hatte in diesem Haus stattgefunden.

Außer der Tatsache, daß das Haus dunkel war, sah es aus wie immer: die großzügige Veranda mit ihren vier weißen Säulen, der grob behauene Kalkstein und ein einzeln brennendes Licht. Nur ein paar Meter weiter wohnte Mrs. Michaels. Sie wanderte in ihrer Küche umher, wusch ab und starrte in die Nacht hinaus; auch Mr. Bennett war da, saß bei offenen Vorhängen in seinem Sessel und sah fern. Fast glaubte Norah, während sie die Stufen zur Veranda erklomm, noch immer hier zu wohnen. Aber die Tür öffnete sich zu frostigen, leeren und erschreckend kleinen Räumen.

Während sie durch die kalten Zimmer lief, versuchte Norah einen klaren Kopf zu bekommen. Die Wirkung des Weines schien stärker geworden zu sein, und ihr fiel es schwer, die letzten Geschehnisse aneinanderzureihen. Sie hielt Davids neuen Fotoapparat in der Hand. Das war eine Tatsache, kein Entschluß. Es waren noch fünfzehn Bilder übrig, und Ersatzlämpchen hatte sie in der Tasche. Zufrieden, als die Lampe aufblitzte, machte sie ein Foto vom Kronleuchter. Jetzt würde sie immer ein Bild davon zur Hand haben und müßte nicht eines Nachts, in zwanzig Jahren, aufwachen, ohne sich an dieses Detail, diese anmutigen goldenen Sicheln, erinnern zu können.

Noch immer betrunken, aber jetzt mit einem Ziel vor Augen, wanderte sie von Raum zu Raum und nahm Fenster, elektrische Anschlüsse und die Maserung des Fußbodens ins Visier. Es erschien ihr lebenswichtig, jedes Detail festzuhalten. Irgendwann glitt ihr im Wohnzimmer eine ausgebrannte Glühbirne aus der Hand und zersprang; als sie zurückwich, bohrte sich ein Glassplitter in ihre Ferse. Sie untersuchte ihren Strumpf, und einen Augenblick lang beeindruckte und amüsierte es sie, wie betrunken sie war; aus alter Gewohnheit mußte sie ihre nassen Schuhe am Eingang abgestellt haben. Noch zweimal durchschritt sie das Haus und dokumentierte dabei Lichtschalter, Fenster und das Rohr, das das Gas in den zweiten Stock leitete. Erst auf ihrem Weg zurück ins Erdgeschoß begriff sie, daß ihr Fuß blutete und eine Spur von verschmierten, furchterregenden Herzen hinterließ, kleine blutige Valentinsgrüße.

Norah war erschrocken über das Ausmaß der Verschmutzung, die sie verursacht hatte, aber gleichzeitig faszinierte es sie auch. Sie fand ihre Schuhe und ging nach draußen. Die Kamera baumelte noch immer an ihrem Handgelenk, und ihre Ferse pochte, als sie ins Auto stieg.

Später würde sie sich nicht mehr genau an diese Fahrt erinnern können. Nur die dunklen, engen Straßen, der Wind in den Bäumen, das von den Pfützen aufspringende Licht und das Wasser, das von ihren Reifen spritzte, würden ihr im Gedächtnis bleiben. Das Krachen, als Metall auf Metall schlug, war ebenfalls vergessen, nur der plötzliche, erschreckende Anblick einer Mülltonne, die glänzend vor ihrer Windschutzscheibe aufflog, hatte sich ihr eingeprägt. Bevor sie herunterkam, schien die regennasse Tonne lange in der Luft zu schweben, dann traf sie das Verdeck, rollte nach hinten und zerschmetterte die Heckscheibe. Das Auto sprang über den Bordstein und kam auf dem Mittelstreifen, neben einer Sumpfeiche, sanft zum Stehen. Obwohl sie sich nicht daran erinnern konnte, gegen die Windschutzscheibe geprallt zu sein, sah diese aus wie ein Spinnennetz. Die verschlungenen Sprünge fächerten sich in feine, schöne und präzise Linien auf. Als sie ihre Hand, die sie gegen die Stirn gepreßt hatte, zurückzog, war diese leicht mit Blut verschmiert.

Sie stieg nicht aus. Auf der Straße rollte die Mülltonne noch weiter. Dunkle Schatten – Katzen – lauerten am Rand des Mülls, der in weitem Bogen verstreut lag. In dem Haus zu ihrer Rechten gingen Lichter an, und ein Mann, in Morgenmantel und Hausschuhen, kam heraus und eilte auf ihr Auto zu.

»Geht es Ihnen gut?« fragte er, als er sich zu ihrem Fenster herunterbeugte, das sie langsam herunterkurbelte. Die kalte Nachtluft klatschte in ihr ins Gesicht. »Was ist passiert? Sind Sie in Ordnung? Ihre Stirn blutet!« setzte er nach und zog ein Taschentuch aus seiner Tasche.

»Nichts passiert«, sagte Norah und wehrte sein Taschentuch, das verdächtig zerknautscht war, mit einer Handbewegung ab. Wieder drückte sie ihre Hand vorsichtig an ihre Stirn und wischte dabei einen anderen Blutfleck weg. Der Fotoapparat, der noch immer um ihren Hals hing, tippte leicht gegen das Lenkrad. Sie zog ihn über den Kopf und legte ihn vorsichtig neben sich auf den Sitz. »Heute ist mein Hochzeitstag«, informierte sie den Fremden. »Meine Ferse blutet auch.«

»Brauchen Sie einen Arzt?« fragte der Mann.

»Mein Mann ist Arzt«, erklärte Norah, wobei ihr der fragende Gesichtsausdruck des Mannes auffiel, der wahrscheinlich darauf zurückzuführen war, daß sie einen Moment vorher unzusammenhängende Sachen von sich gegeben hatte. Vielleicht ergab auch das, was sie gerade sagte, noch keinen Sinn. »Er ist Arzt«, wiederholte sie bestimmt. »Ich werde ihn suchen.«

»Ich denke, Sie sollten lieber nicht fahren«, versuchte sie der Mann zu überzeugen. »Warum lassen Sie das Auto nicht hier stehen, und ich rufe einen Krankenwagen?«

Angesichts seiner Freundlichkeit füllten sich ihre Augen mit Tränen, aber dann stellte sie sich vor, wie das ablaufen würde. Lichter, Sirenen und sanfte Hände würden kommen und David. Er würde sie, ungepflegt, blutig und ziemlich betrunken, in der Unfallstation vorfinden – ein Skandal und eine Schande.

»Nein«, sagte sie und wählte ihre Worte nun sehr vorsichtig. »Es geht mir wirklich gut. Eine Katze ist über die Straße gerannt und hat mich erschreckt. Aber jetzt geht es mir wirklich gut. Ich werde einfach nach Hause fahren, und mein Mann wird sich um diesen Schnitt kümmern. Es ist nicht der Rede wert.«

Der Mann zögerte lange, das Licht der Straßenlampen leuchtete silbern auf seinem Haar, bevor er mit den Schultern zuckte, nickte und zurück auf den Bordstein trat. Norah fuhr sehr behutsam los und setzte, obwohl die Straße leer war, anständig ihre Blinker. Im Rückspiegel sah sie, wie er ihr mit verschränkten Armen nachsah, bis sie aus seinem Blickfeld verschwunden war.

Die Welt war friedlich, als sie auf den vertrauten, engen Straßen zurückfuhr, und die Wirkung des Weins ließ nach. Ihr neues Haus war hell erleuchtet. In jedem Fenster oben wie unten Licht. Sie parkte in der Einfahrt, stieg aus und verharrte einen Moment auf dem feuchten Gras, während der Regen ihr Haar und ihren Mantel mit feinen Wasserperlen benetzte. Drinnen erspähte sie David, der auf dem Sofa saß. Paul lag in seinen Armen und schlief, den Kopf leicht an Davids Schulter gelehnt. Sie mußte daran denken, wie sie das

Haus hinterlassen hatte. Bilder von verschüttetem Wein, sich über den Boden kringelnden Luftschlangen und ruiniertem Braten zogen ihr durch den Kopf, bevor sie den Mantel enger um sich schlang und die Stufen hocheilte.

»Norah!« David, der Paul noch in den Armen hielt, kam ihr an der Tür entgegen. »Norah, was ist passiert? Du blutest!«

»Das ist nicht schlimm. Mir geht es gut«, beschwichtigte sie ihn und wehrte seine Hand ab, als er ihr zu helfen versuchte. Ihr Fuß tat weh, aber sie war froh über den Schmerz, der einen Kontrapunkt zu dem Pochen in ihrem Kopf bildete und sich in gerader Linie durch ihren Körper zog, was ihr Halt zu geben schien. Paul schlief gleichmäßig atmend. Sie legte ihre Hand auf seinen kleinen Rücken.

»Wo ist Bree?« fragte sie.

»Sie sucht nach dir«, antwortete David. Er warf einen Blick ins Eßzimmer, und als sie seinen Augen folgte, sah sie das Chaos. »Als du nicht zu Hause warst, habe ich mir Sorgen gemacht und sie angerufen. Sie hat Paul vorbeigebracht und ist dann losgezogen, um dich zu suchen.«

»Ich war beim alten Haus«, erklärte Norah erschöpft. »Ich habe eine Mülltonne umgefahren.« Sie legte die Hand an die Stirn und schloß die Augen.

»Du hast getrunken«, stellte er ruhig fest.

»Wein zum Abendessen. Du warst spät dran.«

»Da stehen zwei leere Flaschen, Norah.«

»Bree war hier. Ich habe lange gewartet.«

Er nickte. »Diese Jugendlichen heute nacht, die den Unfall gebaut haben ... da war alles voll mit Bier. Das hat mir angst gemacht, Norah.«

»Ich war nicht betrunken.«

Das Telefon klingelte, und sie nahm den Hörer ab. Er lag schwer in ihrer Hand. Es war Bree, die sich mit schnellen Fragen erkundigte, was geschehen war. »Ich bin okay.« Norah bemühte sich, ruhig und klar zu sprechen. »Mir geht es gut.« David beobachtete sie. Besonders aufmerksam betrachtete er die dunklen Linien ihrer Handflächen, in denen das Blut festgetrocknet war. Sie verbarg ihre Hände und drehte sich weg.

»Komm«, sagte er sanft, als sie aufgelegt hatte, und berührte ihren Arm. »Komm mal her.«

Sie gingen nach oben. Während David Paul in seine Wiege legte, zog Norah ihre zerissenen Strümpfe von den Beinen und setzte sich auf den Rand der Badewanne. Ihre Umgebung gewann an Kontur und wurde klarer. Sie blinzelte in das grelle Licht, während sie versuchte, die Geschehnisse dieses Abends in die richtige Reihenfolge zu bekommen. Als David zurückkam, strich er ihr die Haare von der Stirn und wusch ihr mit sanften, präzisen Bewegungen den Schnitt aus.

»Ich hoffe, der andere Kerl sieht schlimmer aus«, scherzte er, und sie glaubte, daß er die gleichen Worte zu den Patienten sagte, die in seine Praxis kamen – Smalltalk, Spöttelei, leere Worte, die von seiner eigentlichen Arbeit ablenken sollten.

»Da war kein anderer«, sagte sie stur und mußte an den grauhaarigen Mann denken, der sich in ihr Fenster gelehnt hatte. »Eine Katze hat mich erschreckt, und ich habe das Lenkrad verrissen. Aber die Windschutzscheibe – au!« schrie sie auf, als er ihr Jod auf den Schnitt pinselte. »Oh, David, das tut weh.«

»Ist gleich vorbei«, beruhigte er sie und legte ihr kurz die Hand auf die Schulter. Dann kniete er sich neben die Badewanne und nahm ihren Fuß in die Hand.

Als er die Glassplitter herauszog, beobachtete sie, wie genau und feinfühlig er arbeitete, während er tief in Gedanken versunken war. Sie wußte, daß er jedem Patienten die gleichen geschulten Handgriffe zukommen lassen würde.

»Du bist so nett zu mir«, flüsterte sie. Auf einmal sehnte sie sich danach, die Distanz zwischen ihnen zu überwinden, eine Distanz, die sie geschaffen hatte.

Er schüttelte den Kopf, hielt einen Moment inne und sah sie an.

»Nett?« wiederholte er langsam. »Norah, warum bist du da hingefahren, zu unserem alten Haus? Warum willst du es nicht aufgeben?«

»Weil es der letzte Schritt ist«, sagte sie sofort, von der Gewißheit und dem Leid in ihrer Stimme überrascht. »Der endgültige Schritt, mit dem wir sie hinter uns lassen.«

Kurz bevor er wegsah, schienen Anspannung und Ärger in Davids Zügen auf, die er schnell unterdrückte.

»Was schlägst du vor? Was soll ich noch tun? Ich dachte, dies neue Haus würde uns glücklich machen. Die meisten Menschen wären jedenfalls glücklich darüber.«

Sein Tonfall machte ihr angst; auch ihn konnte sie verlieren. Ihr Fuß pochte und auch ihr Kopf. Der Gedanke an die Szene, die sie verursacht hatte, ließ sie kurz die Augen schließen. Sie wollte nicht so unerreichbar weit von David entfernt sein.

»Gut«, lenkte sie langsam ein. »Ich werde den Immobilienmakler morgen anrufen. Wir sollten auf das Angebot eingehen.«

Während sie sprach, legte sich ein dünner Film über die Vergangenheit, eine Barriere, so mürbe und zerbrechlich wie eine zarte Eisschicht. Sie würde wachsen und fester werden, würde undurchlässig und undurchsichtig werden. Norah konnte sie regelrecht fühlen, und sie fürchtete sich davor. Noch mehr aber fürchtete sie das, was passieren würde, wenn sie zersprang. Ja, sie würden jetzt in die Zukunft sehen. Es würde ihr Geschenk an David und Paul sein.

Phoebe würde sie in ihrem Herzen lebendig halten.

David umwickelte ihren Fuß mit einem Handtuch und setzte sich auf seine Fersen. »Weißt du, ich sehe nicht, daß wir dorthin zurückziehen«, sagte er, wobei er jetzt, da sie eingewilligt hatte, sanfter klang. »Aber wir könnten es tun. Wenn du das wirklich willst, verkaufen wir das Haus und ziehen zurück.«

»Nein, wir leben jetzt hier.«

»Aber du bist so traurig«, sagte er im Aufstehen. »Sei nicht mehr so traurig. Ich habe auch nichts vergessen, Norah. Nicht unseren Hochzeitstag, nicht unsere Tochter. Nichts von alledem.«

»Oh, David«, sagte sie. »Ich habe dein Geschenk im Auto gelassen.« Sie dachte an die Kamera mit ihren präzisen Skalenrädchen und Hebeln. *Für Ihre schönsten Erinnerungen* stand weiß und kursiv auf der Schachtel. Plötzlich wurde ihr klar, daß sie den Fotoapparat deswegen für David gekauft hatte, damit er jeden Moment einfangen und ihn niemals vergessen würde.

»Kein Problem«, sagte er. »Warte. Bleib hier sitzen.«

Er rannte die Treppe hinunter, während sie noch einen Moment auf dem Wannenrand saß. Dann stand sie auf, um durch die Eingangshalle zu Pauls Zimmer zu hinken. Der Teppich unter ihren Füßen war dunkelblau und dick. Auf die hellblauen Wände hatte sie Wolken gemalt, und über der Wiege schaukelte ein Mobile aus Sternen. Darunter schlief Paul. Die Decke hatte er von sich geworfen und seine Arme lang ausgestreckt. Sanft küßte sie ihn und deckte ihn zu. Sie fuhr mit der Hand durch sein weiches Haar und kitzelte ihn mit dem Zeigefinger an der Hand. Er war so groß geworden. Er konnte schon laufen und begann gerade zu sprechen. Wo waren die Nächte geblieben, in denen Paul – es war erst ein Jahr her – so konzentriert an ihrer Brust getrunken hatte und in denen das Haus voller Osterglocken war, die David überall hingestellt hatte? Sie erinnerte sich an die Kamera und wie sie durch ihr leeres Haus gegangen war, dazu entschlossen, jedes Detail festzuhalten, um einen Wall gegen das Vergessen zu bauen.

»Norah?« David kam in das Zimmer und stellte sich hinter sie. »Schließ die Augen.«

Ein kühles Band schimmerte auf ihrer Haut. Sie blickte hinunter und sah Smaragde, eine lange Reihe dunkler Steine, die vom goldenen Schein der Kette auf ihrer Haut umschlossen waren. Sie würden zu ihrem Ring passen, sagte er, zu ihren Augen.

»Sie sind so schön, David«, flüsterte sie und berührte das Gold.

Seine Hände lagen auf ihren Schultern, und für einen Moment stand sie wieder inmitten des Rauschens an der Mühle, nur vom nächtlichen Glück umgeben. Atme nicht, dachte sie. Beweg dich nicht. Aber es hörte nicht auf. Draußen fiel leise der Regen, und Samen regten sich in der nassen, dunklen Erde. Paul seufzte und bewegte sich im Schlaf. Er würde morgen aufwachen, würde wachsen und sich verändern. Tag für Tag würden sie ihr Leben leben, und jeder Tag würde sie einen Schritt weiter von ihrer toten Tochter entfernen.

6. Kapitel

März 1965

DIE DUSCHE RAUSCHTE, UND DER WIRBELNDE Wasserdampf legte sich auf Spiegel und Fenster und vernebelte den blassen Mond. In dem winzigen violetten Badezimmer ging Caroline auf und ab, wobei sie Phoebe eng an sich drückte. Phoebes Atem ging flach und schnell, und ihr Herz raste. »Werde gesund, mein Baby«, murmelte Caroline, ihr weiches, dunkles Haar streichelnd. »Komm schon, mein süßes Mädchen, werde gesund.« Müde legte sie eine Pause ein, um den Mond zu betrachten, einen Lichtfleck, der sich in den Ästen der Platane verfangen hatte, da mußte Phoebe wieder husten. Der Schleim saß tief in ihrer Brust. Caroline fühlte, wie sich der kleine Körper versteifte, als Phoebe die Luft mit einem scharfen Keuchen aus ihrer verengten Kehle herausbellte. Sie hatte Krupp, mit Symptomen wie aus dem Lehrbuch. Caroline strich Phoebe über den Rücken. War der Hustenanfall vorüber, begann sie wieder zu laufen, damit sie nicht in Versuchung geriet, im Stehen einzuschlafen. In diesem Jahr war sie bereits mehr als einmal aus dem Schlaf geschreckt, um festzustellen, daß sie stand und Phoebe wie durch ein Wunder noch immer sicher in ihren Armen lag.

Die Treppe knarrte. Dann hörte sie Schritte auf den Dielen, und plötzlich flog die violette Tür auf, und ein kühler Luftstrom schlug herein. Doro trat ein. Sie trug ein hellblaues Nachthemd, und ihr graues Haar fiel lose um ihre Schultern.

»Ist es schlimm?« fragte sie besorgt. »Es hört sich so schrecklich an. Soll ich den Wagen holen?«

»Ich glaube, das ist nicht nötig. Würdest du aber bitte die Tür wieder zumachen? Der Dampf ist gut für sie.«

Doro zog die Tür zu und setzte sich auf den Rand der Badewanne.

»Wir haben dich aufgeweckt«, stellte Caroline bedauernd fest, während Phoebes Atem schwach gegen ihren Hals schlug. »Entschuldige.«

Doro zuckte mit den Achseln. »Du weißt, wie es um meinen Schlaf bestellt ist. Ich war sowieso wach und habe etwas gelesen.«

»Etwas Interessantes?« fragte Caroline nach. Mit dem Aufschlag ihres Morgenmantels wischte sie über das Fenster: Mondlicht fiel in den Garten, der drei Stockwerke unter ihnen lag, und beschien das Gras.

»Wissenschaftsjournale. Langweilig wie ein Telefonbuch, selbst für mich. Das Ziel war einzuschlafen.«

Caroline mußte lächeln. Doro hatte einen Doktor in Physik; sie arbeitete an der Universität in demselben Institut, dem ihr Vater einst vorgestanden hatte. Leo March war über achtzig, brillant und bekannt, und obwohl er körperlich kräftig war, setzte sein Erinnerungsvermögen manchmal aus, und er war zeitweise geistig verwirrt. Vor elf Monaten hatte Doro Caroline als seine Pflegerin eingestellt.

Dieser Job war ein Geschenk, dessen war sie sich bewußt. Sie war aus dem Fort-Pitt-Tunnel aufgetaucht und hatte gerade die Brücke über den Monogahela River erreicht, als sich smaragdgrüne Hügel über der Flußebene erhoben und Pittsburgh plötzlich vor ihr lag. Die Größe und Schönheit dieser glänzenden, lebhaften Stadt raubten ihr fast den Atem, so daß sie fürchten mußte, die Kontrolle über den Wagen zu verlieren.

Einen langen Monat hatte sie in einem billigen Motel am Rande der Stadt gewohnt, hatte Annoncen aufgegeben und ihre Ersparnisse schwinden sehen. Als sie zu dem Bewerbungsgespräch ihrer jetzigen Arbeitsstelle erschien, war ihre Euphorie bereits in dumpfe Panik umgeschlagen. Sie klingelte und wartete auf der Veranda. Leuchtend gelbe Osterglocken schmiegten sich an langes, ungemähtes Gras, und im Nachbarhaus fegte eine Frau in einem hellblauen Hausanzug Ruß von den Stufen. Darum hatten sich die Bewohner dieses Hauses nicht geschert; Phoebes Autositz thronte auf dem Schmutz mehrerer Tage. Überall lagen grobkörnige Schmutzhäufchen, die aussahen wie schwarz gewordener Schnee; Caroline hinterließ darin scharf umrissene Fußabdrücke.

Als Dorothy March in einem gepflegten grauen Kostüm endlich die Tür öffnete, hob Caroline den Kindersitz an und trat ein, ohne den mißtrauischen Blick, den die schlanke, große Frau auf Phoebe geworfen hatte, zu beachten. Sie setzte sich auf den Rand eines wackeligen Stuhls, dessen ehemals bordeauxrotes Polster bis auf einige dunkle Stellen an den Beschlagnägeln zu einem zarten Rosa verblaßt war. Dorothy March nahm ihr gegenüber auf einem Sofa aus rissigem Leder Platz, dessen einer Fuß von einem Ziegelstein ersetzt wurde, und zündete sich eine Zigarette an. Mehrere Minuten nahmen ihre lebhaften blauen Augen Caroline in Augenschein. Währenddessen sprach sie nicht. Dann räusperte sie sich und atmete den Rauch aus.

»Ehrlich gesagt, hatte ich nicht mit einem Baby gerechnet«, erklärte sie.

Caroline zog ihren Lebenslauf heraus. »Ich bin seit fünfzehn Jahren Krankenschwester. Ich würde viel Erfahrung und Sensibilität für diese Stellung mitbringen.«

Dorothy March nahm die Papiere mit ihrer freien Hand entgegen, um sie zu studieren.

»Sie scheinen tatsächlich sehr viel Erfahrung zu besitzen. Aber aus den Unterlagen geht nicht hervor, wo sie gearbeitet haben. Sie sind sehr ungenau.«

Caroline zögerte. In den letzten Wochen hatte sie ein Dutzend verschiedene Antworten auf diese Frage bei genauso vielen Bewerbungsgesprächen ausprobiert, aber keine hatte gefruchtet.

»Sie sind ungenau, weil ich weggelaufen bin«, brach es aus ihr heraus, und sie klang fast irrsinnig, als sie dies sagte. »Ich bin vor Phoebes Vater davongelaufen. Deswegen kann ich Ihnen nicht sagen, wo ich herkomme, und Ihnen keine Referenzen nennen. Das ist der einzige Grund, weswegen ich noch keine Arbeitsstelle gefunden habe. Ich bin eine ausgezeichnete Krankenschwester. Und offen gesagt, könnten Sie sich glücklich schätzen, mich einzustellen, wenn man bedenkt, was Sie bezahlen wollen.«

An dieser Stelle war von Dorothy March ein schroffes, überraschtes Lachen zu hören.

»Was für eine kühne Erklärung! Meine Liebe, es handelt sich um eine Anstellung, bei der Sie hier im Haus wohnen würden. Warum, um alles in der Welt, sollte ich das Risiko eingehen und sie an jemand völlig Unbekannten vergeben?«

»Ich werde für Unterkunft und Verpflegung arbeiten«, insistierte Caroline, weil sie an die fleckige Decke und die sich von der Wand lösenden Tapeten im Zimmer ihres Motels dachte, das sie sich keine Nacht länger leisten konnte. »Zwei Wochen ohne Bezahlung, dann können Sie entscheiden.«

Die Zigarette in Dorothy Marchs Hand war bis auf den Filter heruntergebrannt. Sie betrachtete sie und drückte sie im überquellenden Aschenbecher aus.

»Aber wie wollen Sie das anstellen«, grübelte sie. »Und auch noch mit einem Baby? Mein Vater ist kein geduldiger Mensch. Ich bin sicher, daß er kein einfacher Patient sein wird.«

»Eine Woche«, drängte Caroline sanft. »Wenn Sie mich nach einer Woche nicht behalten wollen, werde ich gehen.«

Jetzt war schon fast ein Jahr ins Land gegangen. Doro erhob sich in dem dampfenden Badezimmer. Die Ärmel ihres schwarzen Seidenmantels, der mit tropischen Vögeln bedruckt war, rutschten ihr in die Ellenbeuge.

»Gib sie mir. Du siehst erschöpft aus, Caroline.«

Phoebes Keuchen hatte nachgelassen, und sie hatte eine gesündere Farbe angenommen; ihre Wangen waren schwach gerötet. Caroline reichte sie herüber und spürte, wie die Wärme mit Phoebe verschwand.

»Wie ging es heute mit Leo?« fragte Doro. »Hat er dir Ärger gemacht?«

Caroline antwortete nicht sofort. Sie war so müde, war sie doch in diesem Jahr so viel herumgekommen. Ihr ordentliches Leben hatte sich von Grund auf verändert, während sie von einem Augenblick zum nächsten gelebt hatte. Irgendwie war sie in dieses winzige violette Badezimmer geraten. Sie war Phoebes Mutter und die Gefährtin eines genialen Mannes geworden, der mit einem aussetzenden Gedächtnis belastet war, und sie hatte eine ungewöhnliche, aber feste Freundschaft zu Doro March aufgebaut. Ein Jahr zuvor waren sie einander noch fremd gewesen: Frauen, die auf der Straße wahrscheinlich achtlos aneinander vorbeigelaufen wären, ohne daß sich eine Verbindung ergeben hätte. Nun waren ihre Leben miteinander verstrickt, einmal, weil sie aufeinander angewiesen waren, aber auch wegen eines umsichtigen, tiefen Respekts, den sie füreinander hegten.

»Er wollte nicht essen und hat mich beschuldigt, Scheuerpulver in seinen Kartoffelbrei gerührt zu haben. Es war also ein ziemlich gewöhnlicher Tag, würde ich sagen.«

»Du weißt, daß es nichts Persönliches ist«, versicherte ihr Doro sanft. »Er war nicht immer so.«

Caroline stellte die Dusche ab und setzte sich auf den Wannenrand.

Doro nickte in Richtung des beschlagenen Fensters. Phoebes Hände wirkten vor ihrem Mantel wie kleine fahle Sterne. »Das ist unser Spielplatz gewesen, bevor sie die Autobahn dahin verlegt haben. Weißt du, daß in diesen Bäumen sogar Reiher genistet haben? In einem Frühjahr hatte meine Mutter Osterglocken gepflanzt, Hunderte von Zwiebeln. Wenn mein

Vater um sechs mit dem Zug von der Arbeit nach Hause kam, ging er sofort dorthin, um ihr einen Strauß zu pflücken. Du hättest ihn nicht erkannt«, erklärte sie. »Er war ein ganz anderer Mensch.«

»Ich weiß«, beruhigte Caroline sie sanft. »Das habe ich erkannt.«

Einen Augenblick lang schwiegen sie. Durch die wirbelnden Dampfschwaden war das Tropfen des Wasserhahns zu hören.

»Ich glaube, sie ist eingeschlafen«, bemerkte Doro. »Wird es ihr jetzt besser gehen?«

»Ja, ich glaube schon.«

»Was ist mit ihr los, Caroline?« fragte Doro, entschlossen, eine Antwort auf ihre Frage zu erhalten. »Meine Liebe, ich weiß ja nicht viel von Babys, aber selbst ich merke, daß etwas nicht in Ordnung ist. Phoebe ist wunderbar, so ein süßes Ding, aber etwas stimmt nicht mit ihr, oder? Sie ist schon fast ein Jahr alt, aber sie lernt erst jetzt, aufrecht zu sitzen.«

Caroline betrachtete den Mond durch das verschleierte Fenster und schloß die Augen. Phoebes Bewegungslosigkeit als Säugling war ihr oft wie ein Geschenk erschienen, weil sie dadurch ruhig und aufmerksam war. Caroline hatte sich in dem Glauben wiegen können, daß alles ganz normal war. Aber nach sechs Monaten, als Phoebe zwar gewachsen, aber noch recht klein für ihr Alter war und keine Kraft in den Armen hatte, so daß sie einem Schlüsselbund zwar mit den Augen folgte und ab und zu winkte, es aber nie schaffte, ihn zu ergreifen, als sie keine Anstalten machte, alleine zu sitzen, hatte Caroline damit begonnen, Phoebe an ihrem freien Tag in die Bibliothek mitzunehmen. Auf den breiten Eichentischen der Carnegie-Bibliothek, in den luftigen, weitläufigen Räumen mit ihren hohen Decken hatte sie Bücher und Artikel gestapelt. Sie begann zu lesen, und die Texte führten sie in furchterregende, düstere Anstalten und offenbarten ihr kurze, hoffnungslose Lebensläufe. Mit jedem Wort, das sie las, tat sich eine neue Grube in ihrer Magengegend auf. Und Phoebe war dabei, bewegte sich in ihrer Tragschale, winkte und gurrte: ein Baby, kein Fallbeispiel.

»Phoebe hat das Downsyndrom«, zwang sie sich zu sagen. »Das ist der Fachbegriff.«

»Oh, entschuldige«, sagte Doro betroffen. »Das tut mir leid. Deswegen hast du also deinen Mann verlassen. Du hast einmal gesagt, daß er sie nicht haben wollte. Du Arme. Das tut mir so schrecklich leid.«

»Das muß es nicht«, erklärte Caroline und griff nach Phoebe, um sie zurückzunehmen. »Sie ist wundervoll.«

»Das stimmt, das ist sie. Aber was wird aus ihr werden?«

Phoebe lag schwer und warm in ihren Armen. Erbittert wandte sich Caroline ihr zu, zog sie beschützend an sich und berührte ganz sanft ihre Wange.

»Was wird denn aus uns werden? Jetzt mal ehrlich, Doro, hast du dir dein Leben jemals so vorgestellt?«

Doro blickte weg. Schmerz stand in ihrem Gesicht. Vor Jahren war ihr Verlobter bei einer Mutprobe umgekommen, als er von einer Brücke in einen Fluß gesprungen war. Doro hatte um ihn getrauert und nie geheiratet. Obwohl sie es sich so sehr gewünscht hatte, hatte sie nie Kinder bekommen.

»Nein«, gab sie schließlich zu. »Aber das ist was anderes.«

»Warum? Warum ist es was anderes?«

»Caroline«, sagte Doro und streichelte ihren Arm. »Laß uns nicht darüber streiten. Du bist müde, und ich bin es auch.«

Caroline legte Phoebe in die Wiege und hörte undeutlich, wie sich Doros Schritte entfernten. Im trüben Schein der Straßenlampe sah sie wie jedes andere Kind aus. Ihre Zukunft lag vor ihr, unbeschrieben wie ein weißes Blatt und voller Möglichkeiten. Über die Felder, auf denen Doro einst gespielt hatte, rauschten Autos. Ihre Lichtkegel liefen über die Wand, und Caroline stellte sich vor, wie Reiher aus den sumpfigen Wiesen aufflogen und ihre Flügel im goldenen Licht der Morgendämmerung schwangen. *Was wird aus ihr wer-*

den? In Wahrheit lag Caroline selbst manchmal nachts wach und quälte sich mit dieser Frage.

In ihrem Zimmer warfen die Vorhänge, die vor Jahrzehnten von Doros Mutter gehäkelt und aufgehängt worden waren, zarte Schatten; das Mondlicht war so stark, daß man lesen konnte. Auf dem Schreibtisch lag ein Briefumschlag mit drei Fotos von Phoebe neben einem zweifach gefalteten Blatt Papier. Caroline öffnete es und überflog, was sie geschrieben hatte.

Sehr geehrter Dr. Henry,
ich schreibe, um Ihnen mitzuteilen, daß es uns beiden, Phoebe und mir, gutgeht. Wir brauchen nichts zu befürchten und sind glücklich. Ich habe eine gute Anstellung gefunden. Phoebe ist im großen und ganzen ein gesundes Baby, abgesehen von häufigen Atemwegserkrankungen. Ich schicke Fotos mit. Bis jetzt, toi, toi, toi, hat sie keine Probleme mit dem Herzen.

Sie sollte ihn abschicken. Sie hatte den Brief schon vor Wochen geschrieben, aber jedesmal wenn sie ihn einwerfen wollte, dachte sie an Phoebe und daran, wie es sich anfühlte, wenn ihre Hände sie sacht berührten, oder an die gurrenden Laute, die sie von sich gab, wenn sie glücklich war, und dann konnte sie es einfach nicht. Nun räumte sie den Brief wieder fort, legte sich hin und war schon bald in den Schlaf gesunken. Im Halbschlaf träumte sie vom Wartezimmer der Klinik. Hitze bewegte die Blätter der Pflanzen, und sie schreckte hoch, fühlte sich unwohl und wußte nicht, wo sie war.

»Hier«, sagte sie zu sich selbst und befühlte die kühlen Laken. »Hier bin ich.«

Als Caroline aufwachte, war der Raum voller Sonnenlicht, und laute Trompetenmusik dröhnte von irgendwoher. In ihrer Wiege versuchte Phoebe danach zu greifen, als ob die Töne kleine geflügelte Gegenstände, wie Schmetterlinge oder Glühwürmchen, wären, die sie fangen könnte. Caroline zog erst sich und dann Phoebe an, bevor sie sie mit nach unten nahm. Im zweiten Stock, wo Leo March sich in seinem sonnigen gelben Büro niedergelassen hatte, legte sie eine Pause ein. Rings um seine Liege, auf der er, mit hinter dem Kopf verschränkten Armen und an die Decke starrend, ruhte, stapelten sich Bücher. Caroline beobachtete ihn von der Tür aus – ihr war es nicht erlaubt, den Raum ohne Einladung zu betreten –, aber er bemerkte sie nicht. Dort lag ein alter Mann mit einem grauen Haarkranz, der immer noch die Sachen vom Vortag trug und konzentriert der Musik lauschte, die aus den Lautsprechern dröhnte und das ganze Haus erschütterte.

»Wollen Sie frühstücken?« schrie sie.

Er winkte ab, was heißen sollte, daß er es sich selbst holen wolle. Na gut.

Caroline lief den letzten Treppenlauf hinunter und stellte die Kaffeemaschine an. Sogar hier waren die Trompeten schwach zu hören. Sie setzte Phoebe in ihren Hochstuhl und fütterte sie mit Apfelmus, Ei und Hüttenkäse. Dreimal reichte sie ihr den Löffel; dreimal schepperte er auf das Metalltablett.

»Das macht nichts«, sagte Caroline laut, aber sie fühlte sich benommen. Doros Stimme hämmerte in ihrem Kopf: *Was soll aus ihr werden?* Wie sollte es weitergehen? Mit elf Monaten hätte Phoebe eigentlich dazu fähig sein müssen, kleine Gegenstände zu ergreifen.

Sie räumte die Küche auf und ging ins Eßzimmer, um die Wäsche von der Leine abzunehmen und zusammenzulegen. Phoebe lag auf ihrem Rücken im Laufgitter, gurrte und schlug gegen die Ringe und Spielsachen, die Caroline über ihr aufgehängt hatte. Von Zeit zu Zeit unterbrach Caroline ihre Arbeit, um die leuchtenden Objekte wieder zurechtzurücken, in der Hoffnung, daß Phoebe sich, von ihrem Glänzen angelockt, auf den Bauch drehen würde.

Nach ungefähr einer halben Stunde hörte die Musik unvermittelt auf, und Leos Füße, die in präzise geschnürten und polierten Lederschuhen steckten, tauchten auf der Teppe auf. Einen Augenblick lang blitzte ein blasser nackter Knöchel unter seinen Hosenbeinen, die mehrere Zentimeter zu kurz waren, hervor. Stück für Stück kam er ganz zum Vorschein – ein großer Mann, der einst dick und muskulös gewesen war und dessen Fleisch nun schlaff an seinen Knochen herunterhing.

»Oh, gut«, nickte er anerkennend in Richtung der Wäsche. »Wir haben ein Dienstmädchen gebraucht.«

»Frühstück?« fragte sie.

»Ich werde es mir selbst holen.«

»Dann lassen Sie sich dabei nicht stören!«

»Bis zum Mittag werde ich Sie gefeuert haben«, rief er aus der Küche.

»Machen Sie weiter«, ermahnte sie ihn streng.

Töpfe polterten, und der alte Mann fluchte. Caroline stellte sich vor, wie er sich bückte, um die verhedderten Kochutensilien zurück in den Schrank zu schieben. Sie sollte ihm zu Hilfe kommen. Aber nein – soll er allein damit fertig werden. In den ersten Wochen hatte sie Angst davor gehabt, ihm zu widersprechen. Es war ihr schwergefallen, nicht jedesmal aufzuspringen, wenn Leonard March rief, bis Doro sie zur Seite genommen und ihr erklärt hatte, daß sie kein Dienstmädchen wärc. »Sic sind mir vcrantwortlich und müssen ihm nicht immer zur Verfügung stehen. Sie machen Ihre Sache gut, und schließlich sollen Sie sich hier auch wohl fühlen«, hatte sie gesagt und Caroline damit zu verstehen gegeben, daß ihre Probezeit vorüber war.

Leo betrat das Zimmer mit einem Teller voller Eier und einem Glas Orangensaft.

»Keine Sorge«, wehrte er ab, bevor sie überhaupt etwas sagen konnte. »Ich habe den verdammten Herd ausgestellt. Und jetzt nehme ich mein Frühstück mit nach oben, um in Ruhe zu essen.«

»Achten Sie auf Ihren Tonfall«, warnte ihn Caroline.

Er grunzte eine Antwort und stampfte die Treppe hoch. Auf einmal war sie den Tränen nahe und legte eine Pause ein. Sie beobachtete, wie ein Kardinal im Fliederbusch landete und wieder wegflog. Was hatte sie hier zu suchen? Welche geheimen Sehnsüchte hatten sie zu ihrer radikalen Entscheidung bewogen und an diesen Ort geführt, von dem es kein Zurück mehr gab? Und was würde wohl aus *ihr* werden?

Nach ein paar Minuten erschallten oben wieder die Trompeten, und die Türglocke läutete zweimal.

Caroline hob Phoebe aus dem Laufstall.

»Da sind sie«, sagte sie, während sie ihre Tränen mit dem Handgelenk wegwischte. »Zeit zu üben.«

Sandra stand auf der Veranda, und als Caroline die Tür öffnete, stürzte sie, Tim in der einen und eine große Stofftasche in der anderen Hand, herein. Sie war groß, blond und energisch; ohne viele Umstände setzte sie sich mitten auf den Teppich und schüttete das Steckspielzeug auf einen Haufen.

»Tut mir leid, daß ich so spät bin«, entschuldigte sie sich. »Der Verkehr war ziemlich dicht. Macht es dich nicht verrückt, so nah an einer Autobahn zu wohnen? Mich würde das verrückt machen. Egal, sieh, was ich gefunden habe. Sieh dir dieses tolle Steckspielzeug an – Plastik, verschiedene Farben. Tim liebt es.«

Caroline setzte sich auch auf den Boden. Wie Doro war auch Sandra eine Freundin, die Caroline in ihrem alten Leben kaum getroffen hätte. Sie hatten sich an einem rauhen Tag im Januar kennengelernt, als Caroline, von Expertenmeinungen und trostlosen Statistiken überwältigt, vor Verzweiflung ein Buch zugeknallt hatte. Daraufhin hatte Sandra, die zwei Tische weiter inmitten ihrer eigenen Bücherstapel saß, deren Rücken und Umschläge Caroline schrecklich vertraut waren, aufgesehen. »Ich weiß genau, wie Sie sich fühlen. Ich bin so wütend, daß ich eine Scheibe einschlagen könnte.«

Dann hatten sie sich unterhalten; vorsichtig zuerst, doch schon bald ohne Skrupel, redeten sie, als wäre ein Damm gebrochen. Sandras Sohn Tim war fast vier. Auch er hatte das Downsyndrom, aber Sandra hatte es lange nicht gewußt. Wohl hatte sie bemerkt, daß er sich langsamer entwickelte als ihre anderen drei Kinder, aber Sandra hielt ihn eben einfach nur für langsam, ohne nach einem Grund dafür zu suchen. Als vielbeschäftigte Mutter hatte sie einfach erwartet, daß er genau das tun würde, was ihre anderen Kinder auch getan hatten, und wenn er dafür etwas länger brauchte, war das in Ordnung. Mit zwei Jahren hatte er laufen gelernt, mit drei hatte sie ihm beigebracht, auf die Toilette zu gehen. Die Diagnose hatte die Familie geschockt; der Rat des Arztes, Tim in eine Pflegeinstitution zu stecken, hatte sie so wütend gemacht, daß sie die Dinge selbst in die Hand genommen hatte.

Caroline hatte aufmerksam zugehört. Mit jedem Wort wurde ihr leichter ums Herz. Sie verließen die Bibliothek, um einen Kaffee trinken zu gehen. Caroline würde diese Stunden niemals vergessen, die Begeisterung, die sie empfunden hatte, als wäre sie von einem langen, langweiligen Traum erwacht. Was wäre, fragten sie sich, wenn sie einfach weiterhin annähmen, daß ihre Kinder alles lernen würden – vielleicht nicht schnell oder nicht so, wie es im Lehrbuch stand –, was gesunde Kinder lernten? Wie wäre es, wenn sie einfach diese Wachstums- und Entwicklungstabellen mit ihren präzisen Punkten und Kurven ignorierten? Was geschähe, wenn sie ihre Erwartungen beibehielten, aber keine Frist dafür setzten, wann sie erfüllt sein sollten? Was konnte schlimm daran sein? Warum sollte man es nicht ausprobieren?

Ja, warum eigentlich nicht? Sie hatten begonnen, sich hier oder in Sandras Haus zu treffen. Bücher und Spielzeug, wissenschaftliche Untersuchungen, Geschichten und ihre eigenen Erfahrungen als Krankenschwester und Lehrerin wurden dabei ausgetauscht. Vieles basierte einfach auf dem gesunden Menschenverstand. Wenn Phoebe lernen sollte, sich zu drehen, mußte man einfach eine leuchtende Tasse außerhalb ihrer Reichweite aufstellen; wenn Tim an seiner Koordination arbeiten mußte, gaben sie ihm eine stumpfe Schere und buntes Papier und ließen ihn schneiden. Nur langsam, manchmal kaum sichtbar, machten die Kinder Fortschritte, aber für Caroline waren diese Stunden zu einem Rettungsanker geworden.

»Du siehst heute müde aus«, stellte Sandra fest.

Caroline nickte. »Phoebe hatte letzte Nacht einen Krupp-Anfall. Deshalb weiß ich nicht, wie lange sie heute durchhalten wird. Was ist mit Tims Ohren, gibt es etwas Neues?«

»Ich mag den neuen Arzt«, erzählte Sandra und lehnte sich zurück. Ihre Finger waren lang und stumpf; sie lächelte Tim an und reichte ihm eine gelbe Tasse. »Er schien echtes Mitgefühl zu haben und hat uns nicht einfach abgetan. Aber die Neuigkeiten sind nicht berauschend. Tims Hörverlust ist beträchtlich, deswegen ist sein Sprechvermögen wahrscheinlich noch so unterentwickelt. Hier, mein Süßer«, fügte sie hinzu und klopfte auf die Tasse, die er fallen gelassen hatte. »Zeig Fräulein Caroline und Phoebe, was du kannst.«

Tim hatte das Interesse für die Tasse verloren; dafür fesselte der Teppichflor seine Aufmerksamkeit. Immer wieder fuhr er, fasziniert und freudig, mit der Hand darüber. Aber Sandra war bestimmt, ruhig und entschlossen, so daß er schließlich die gelbe Tasse nahm, ihren Rand einen Moment lang an seine Wange drückte, um sie dann auf den Boden zu stellen und zusammen mit weiteren Tassen zu einem Turm aufzustapeln.

Die folgenden zwei Stunden spielten sie mit ihren Kindern und redeten. Sandra hatte zu allem eine feste Meinung und hielt damit nicht hinter dem Berg. Caroline liebte es, mit dieser klugen, mutigen Frau im Wohnzimmer zu sitzen und von Mutter zu Mutter mit ihr zu sprechen. In diesen Tagen sehnte sich Caroline oft nach ihrer eigenen Mutter, die nun schon fast zehn Jahre tot war. Dann wünschte sie sich, sie anrufen und um Rat fragen oder einfach nur bei ihr vorbeikommen zu können, um Phoebe in ihren Armen liegen zu sehen. Ob ihre Mutter auch all diese Gefühle – Liebe und Enttäuschung – gehabt hatte, während Caroline aufwuchs? Sie mußte genauso empfunden haben. Plötzlich verstand Caroline ihre Kindheit anders als zuvor. Diese permanente Sorge um Kinderlähmung war auf ihre eigene, merkwürdige Art Liebe gewesen, genauso wie die harte Arbeit ihres Vaters und seine allabendliche, sorgfältige Konzentration auf ihre Finanzen.

Zwar war ihre Mutter tot, aber dafür hatte sie Sandra. An diesem Morgen hatte Caroline mehrere Male ihre Autoschlüssel vor Phoebes Gesicht baumeln lassen. Sie blitzten im Morgenlicht, und Phoebes kleine Hände flogen mit gespreizten Fingern auf. Musik, Staubkörnchen im Licht und immer wieder die Schlüssel – was auch immer sie zu erreichen suchte, sie konnte es nicht fassen.

»Nächstes Mal«, munterte Sandra Caroline auf. »Sei geduldig. Sie wird es schaffen.«

Um zwölf Uhr half Caroline ihr, die Sachen ins Auto zu tragen, stand dann müde, aber glücklich mit Phoebe im Arm auf der Veranda und winkte Sandra, als sie ihren Kombi auf die Straße lenkte. Als sie wieder im Haus war, hörte sie, daß Leos Schallplatte hing und dieselben drei Takte ständig wiederholte.

Streitlustiger alter Mann, dachte sie, als sie sich anschickte, die Treppe hochzugehen. Armer, einfältiger Gockel.

»Könnten Sie das nicht etwas leiser stellen?« begann sie verärgert, als sie die Tür aufstieß. Aber Leo war weg.

Phoebe fing an zu schreien, als ob sie eine Art Barometer für Streit und Anspannung in sich tragen würde. Er mußte hinten hinausgeschlichen sein, als sie Sandra geholfen hatte. O ja, schlau war er, obwohl er dieser Tage sogar manchmal seine Schuhe im Kühlschrank abstellte. Es bereitete ihm großes Vergnügen, sie auszutricksen. Schon dreimal war Leo ihr entwischt, einmal splitternackt.

Caroline eilte nach unten, schlüpfte in Doros Mokassins, die kalt und eine Nummer zu klein waren, und griff sich einen Mantel für Phoebe; sie selbst würde ohne gehen.

Der Himmel war mit tiefhängenden grauen Wolken bedeckt. Phoebe wimmerte in ihrem Sportwagen und schlug mit ihren Armen wild um sich, als sie an der Garage vorbei auf die Allee gingen. »Ist ja gut«, murmelte Caroline und tätschelte ihren Kopf, »ist schon gut, mein Schatz.« Dann sah sie Leos Fußabdruck in einer angeschmolzenen Schneekruste. Der Anblick der großen Sohle mit dem Waffelmuster erleichterte sie. Dann war er also hier entlanggelaufen und hatte zumindest etwas an – na ja, auf jeden Fall Schuhe.

Am Ende des nächsten Blocks kam sie zu den einhundertfünf Stufen, die hinunter zu Koening Field führten. Eines Abends beim Essen, als er in gnädiger Stimmung war, hatte ihr Leo erzählt, wie viele es waren. Nun stand er, mit hängenden Schultern und abstehenden weißen Haaren, am Fuße der langen Betonkaskade und sah so ratlos, verloren und bekümmert aus, daß sich ihr Ärger in Luft auflöste.

Caroline mochte Leo March nicht – er war kein netter Mensch –, aber egal, welche Feindseligkeiten sie ihm gegenüber auch hegte, sie wurden immer wieder von ihrem Mitgefühl unterbrochen. Denn in Momenten wie diesem sah sie ihn, wie man ihn von außen betrachtete: eher als einen alten, senilen und vergeßlichen Mann und nicht als das Universalgenie, das Leo March früher gewesen war.

Er drehte sich um und erblickte sie, und nach einer Weile verschwand die Verwirrung aus seinem Gesicht.

»Sehen Sie sich das an«, schrie er. »Sieh dir das an, Weib, und weine!«

Schnell, ohne das gefrorene Rinnsal in der Mitte der Stufen zu bemerken, rannte Leo die Treppe hoch. Seine Beine stampften, von altem Adrenalin und Verlangen getrieben.

»Ich wette, Sie haben so etwas noch nie gesehen«, keuchte er außer Atem, als er oben angekommen war.

»Stimmt«, sagte Caroline, »und ich hoffe, ich werde es auch nie wieder sehen.«

Leo lachte, wobei seine gut durchbluteten rosa Lippen in scharfem Kontrast zu seiner ausgebleichten, fahlen Haut standen.

»Ich bin Ihnen entkommen«, triumphierte er.

»Weit sind Sie aber nicht gekommen.«

»Ich wäre weiter gekommen, wenn ich ein Gedächtnis hätte. Nächstes Mal.«

»Nächstes Mal nehmen Sie aber einen Mantel mit«, schlug Caroline vor.

»Nächstes Mal«, antwortete er auf dem Nachhauseweg, »werde ich nach Timbuktu verschwinden.«

»Machen Sie das«, sagte Caroline, des Spiels langsam überdrüssig. Lila und weiß wetteiferten die Krokusse mit dem leuchtenden Gras; Phoebes Schreien war jetzt ernst gemeint. Caroline war erleichtert, Leo im Schlepptau zu haben. Zum Glück war nichts Schlimmes geschehen. Es wäre ihre Schuld gewesen, wenn ihm etwas zugestoßen wäre. Zu sehr war sie auf Phoebe fixiert gewesen, die nun schon seit Wochen erfolglos versuchte, Gegenstände zu greifen.

Schweigend gingen sie noch ein paar Schritte nebeneinander her.

»Sie sind eine kluge Frau«, sagte er anerkennend.

Sie blieb abrupt stehen. »Was haben Sie gerade gesagt?«

Er sah sie völlig klar an. Seine Augen hatten das gleiche forschende Blau wie Doros.

»Ich habe gesagt, daß Sie klug sind. Meine Tochter hatte vor Ihnen schon acht andere Krankenschwestern eingestellt. Keine von ihnen hat die erste Woche überstanden. Ich wette, das haben Sie nicht gewußt.«

»Nein, davon hatte ich keine Ahnung«, gab Caroline zu.

Später, als sie die Küche aufräumte und den Müll raustrug, dachte sie an Leos Worte. Ich bin klug, wiederholte sie nachdenklich, während sie neben der Mülltonne unter den Alleebäumen stand und die kalte, feuchte Luft ihren Atem zu weißen Wolken werden ließ. Klugheit verhilft dir nicht zu einem Ehemann, erwiderte ihre Mutter scharf darauf, aber selbst das konnte Carolines Hochstimmung über die ersten netten Worte, die Leo zu ihr gesagt hatte, nicht trüben.

Caroline stand noch einen Moment in der Kälte und genoß die Stille. Entlang der Allee, die den Berg hinunterführte, staffelten sich die Garagen dicht an dicht. Allmählich wurde ihr bewußt, daß an ihrem Ende jemand stand: ein großer Mann in dunklen Jeans und einer braunen Jacke. Die Farben seiner Kleidung waren so gedeckt, daß er fast mit der spätwinterlichen Landschaft verschmolz. Etwas an ihm – die Art, wie er dastand und unverwandt in ihre Richtung starrte – war Caroline unangenehm. Sie klappte den Metalldeckel wieder auf die Mülltonne und faltete die Arme vor der Brust. Groß und breitschultrig, kam er jetzt auf sie zu. Er trug gar keine Jacke, sondern einen ausgebeulten Mantel. Nun zog er eine leuchtend rote Mütze aus der Tasche und setzte sie auf. Merkwürdigerweise, obwohl sie nicht hätte sagen können, warum, löste diese Geste ein seltsames Wohlbefinden bei Caroline aus.

»Hallo da oben«, rief er. »Hat der Fairline wieder seinen Fahrbetrieb aufgenommen?«

Ihre Besorgnis und ihr Unbehagen wuchsen, und sie drehte sich zum Haus um, dessen dunkle Ziegel in den weißen Himmel ragten. Dort war das Badezimmer, wo sie letzte Nacht gestanden und das Mondlicht auf dem Rasen betrachtet hatte. Da war ihr Fenster. Es stand einen Spaltbreit offen, um die kalte Frühlingsluft einzulassen, und die Spitzenvorhänge dahinter bewegten sich im Wind. Als sie sich wieder umsah, stand der Mann nur ein, zwei Meter von ihr entfernt. Sie kannte ihn, und bevor ihre Gedanken diese Erkenntnis fassen konnten, war ihr dies schon körperlich, durch die Erleichterung, die sie verspürte, bewußt. Aber es war so grotesk, daß sie es kaum glauben konnte.

»Wie, um alles in der Welt …«, begann sie.

»Leicht war es nicht!« unterbrach Al sie lachend, wobei seine Zähne aufblitzten. Er hatte sich einen weichen Bart stehen lassen, und seine dunklen Augen blickten warm und amüsiert. Sie erinnerte sich daran, wie er ihr gebratenen Speck auf den Teller geschoben und ihr von seiner Fahrerkabine aus zugewunken hatte, bevor er davonfuhr. »Sie waren verdammt schwer zu finden, aber Sie haben von Pittsburgh gesprochen. Und ich bin zufällig alle paar Wochen für eine längere Zeit hier. Nach Ihnen zu suchen ist eine Art Hobby von mir geworden.« Er lächelte. »Jetzt weiß ich gar nicht mehr, was ich mit mir anfangen soll.«

Caroline konnte nicht antworten. Einerseits freute sie sich, ihn zu sehen, andererseits war sie verwirrt. Fast ein Jahr lang hatte sie es sich nicht gestattet, zu lange oder gründlich über das Leben nachzudenken, das sie hinter sich gelassen hatte. Aber nun kam alles mit großer Kraft und Intensität wieder in ihr hoch: der Geruch von Reinigungsmitteln und Sonne im Wartezimmer und das Gefühl, nach einem langen Arbeitstag in ihre ruhige, ordentliche Wohnung zu kommen, sich eine einfache Mahlzeit zuzubereiten und sich abends in ein Buch zu vertiefen. Freiwillig hatte sie dieses Leben aufgegeben; eine tiefe, uneingestandene Sehnsucht hatte sie dazu bewogen, die Gelegenheit zu einer Veränderung zu ergreifen. Jetzt schlug ihr das Herz bis zum Hals, und mit wildem Blick starrte sie auf die Allee, als ob dort plötzlich auch noch David Henry auftauchen könnte. Auf einmal wurde ihr klar, daß sie den Brief deswegen nie losgeschickt hatte. Was, wenn er oder Norah Phoebe zurückhaben wollten? Dieser Gedanke flößte ihr eine Angst ein, die kaum auszuhalten war.

»Wie haben Sie mich gefunden?« wollte Caroline wissen. »Und warum haben Sie mich überhaupt gesucht?«

Al zuckte erschrocken mit den Achseln. »Ich habe in Lexington vorbeigeschaut, um hallo zu sagen. Die Wohnung war leer. Sie wurde gerade gestrichen. Ihre Nachbarin hat mir dann erzählt, daß Sie vor drei Wochen ausgezogen sind. Ich glaube, ich mag einfach keine Geheimnisse, weil ich andauernd an Sie denken mußte.« Er hielt inne, als sei er hin- und hergerissen, ob er fortfahren sollte oder nicht. »Außerdem, zum Teufel, Caroline, ich mag Sie, und ich dachte, daß Sie wahrscheinlich irgendwie in Schwierigkeiten stecken, wenn Sie sich so aus dem Staub machen. Jedenfalls waren Ihnen die Probleme ins Gesicht geschrieben, wie Sie da so auf dem Parkplatz standen. Ich dachte, ich könnte Ihnen vielleicht irgendwie behilflich sein ...«

»Mir geht es gut. So. Und was denken Sie jetzt?« antwortete sie und bereute sofort, so schroff gesprochen zu haben. Es dauerte eine ganze Weile, bis Al wieder sprach.

»Ich glaube, vielleicht habe ich mit einigen Dingen falsch gelegen«, druckste er herum. Dann schüttelte er den Kopf. »Ich dachte, wir haben uns gut verstanden, Sie und ich.«

»Das stimmt«, gab Caroline zu. »Ich bin nur so erschrokken. Ich glaubte doch, daß ich alle Verbindungen abgebrochen hätte.«

Da sah er sie an und blickte ihr in die Augen. »Ich habe ein ganzes Jahr gebraucht«, beruhigte er sie. »Falls Sie davor Angst haben sollten, daß jemand anderes Sie findet. Außerdem wußte ich, wo ich suchen mußte, und Glück hatte ich auch noch. Ich habe angefangen, in den Hotels, die ich kenne, nach einer Frau mit Baby herumzufragen. Jedesmal bin ich in ein anderes Hotel gegangen, und letzte Woche habe ich einen Volltreffer gelandet. Da, wo Sie übernachtet haben, hat sich die Frau vom Empfang an Sie erinnert. Sie geht übrigens nächste Woche in Rente.« Er hielt Daumen und Zeigefinger einen winzigen Spaltbreit auseinander. »Ich war so dicht davor, Sie für immer zu verlieren.«

Caroline nickte und sah die Frau hinter der Rezeption mit ihrem weißen, sorgfältig toupierten Haar und den schimmernden Perlenohrringen wieder vor sich. Fünfzig Jahre lang hatte ihre Familie dieses Motel geführt. Die Heizlüftung ratterte die ganze Nacht, und die Wände waren ständig feucht, so daß sich die Tapeten gelöst hatten. Man könne heutzutage nicht mehr wissen, wer als nächstes durch die Tür treten würde, hatte die Frau geklagt, als sie ihr die Schlüssel gereicht hatte.

Al nickte in Richtung der hellblauen Motorhaube des Fairlane. »Als ich den Wagen sah, wußte ich, daß ich Sie gefunden habe«, sagte er. »Wie geht's Ihrem Baby?«

Vor ihren Augen tauchte der leere Parkplatz wieder auf. Sie dachte an das Licht auf dem Schnee und wie es verblaßte und erinnerte sich an den Moment, als seine Hände sanft auf Phoebes winziger Stirn ruhten.

»Möchten Sie hereinkommen?« hörte sie sich fragen. »Ich wollte sie gerade wecken. Ich werde Ihnen einen Tee kochen.«

Caroline führte ihn den engen Bürgersteig entlang und dann die Treppen zur Veranda hinauf. Sie ließ ihn im Wohnzimmer warten und erklomm die Treppe zum ersten Stock. Ihr war schwindelig, und sie fühlte sich unsicher auf den Beinen, als ob ihr plötzlich bewußt geworden wäre, daß sich die Erde drehte und auch ihre kleine Welt mit sich nahm, wie sehr sie sich auch dagegenstemmen mochte. Sie wechselte Phoebes Windel und spritzte sich selbst Wasser ins Gesicht, um sich zu beruhigen.

Al saß am Eßzimmertisch und sah aus dem Fenster. Als sie die Treppe herunterkam, wandte er sich ihr zu, und sein Mund verzog sich zu einem breiten Grinsen. Sofort streckte er die Arme nach Phoebe aus und beteuerte lautstark, wie groß und wie hübsch sie geworden sei. Diese Begrüßung ließ Carolines Herz vor Freude höher schlagen, und auch Phoebe, der die dunklen Locken ins Gesicht fielen, lachte freudig. Al griff unter sein Hemd und zog ein Medaillon aus durchsichtigem Plastik heraus, auf dem in türkisen Buchstaben »Grand Ole Opry« geschrieben stand. Er hatte die Plakette mit dem Logo des traditionsreichen Country-Senders in Nashville erstanden. »Kommen Sie mit«, hatte er sie damals halb im Scherz eingeladen, obwohl sein Angebot ernst gemeint gewesen war. Und jetzt, nach diesem langen Weg, den er auf der Suche nach ihr zurückgelegt hatte, stand er vor ihr.

Phoebe machte glucksende Geräusche und Greifbewegungen. Ihre Hände fuhren über Als Nacken, sein Schlüsselbein und sein dunkel kariertes Hemd. Caroline registrierte nicht, was da gerade vor sich ging; doch plötzlich fiel es ihr wie Schuppen von den Augen. Seine Worte traten in den Hintergrund und verschmolzen mit Leos Schritten über ihr und dem Rauschen des Verkehrs draußen, Geräusche, die Caroline im nachhinein für immer mit Glück verbinden würde.

Phoebe griff nach dem Medaillon. Dabei schlug sie nicht, wie am Morgen, in der Luft umher, sondern schob, indem sie Als Brust als Widerstand benutzte, die Plakette Stück für Stück mit den Fingern in ihre Handfläche, bis sie die Faust darum schließen konnte. Verzückt von ihrem Erfolg, riß sie so fest an seinem Band, daß Al seine Hand schützend hob.

Caroline verspürte ein kurzes freudiges Brennen und griff sich auch an den Hals.

So ist es richtig, dachte sie. Greif danach, greif nach der ganzen Welt.

7. Kapitel

Mai 1965

NORAH LIEF VOR IHM. FLACKERND WIE DAS SONnenlicht bewegte sie sich durch den Wald. Weiß und hellblau leuchtete es zwischen den Bäumen auf: Da war sie und dann wieder verschwunden. David folgte ihr. Ab und zu bückte er sich, um Steine aufzuheben. Er sammelte rauhhäutige Drusen, Schieferplatten mit eingeprägten Fossilien, und einmal fand er eine Pfeilspitze. Jeden einzelnen Stein wog er einen Moment lang in den Händen und erfreute sich an seinem Gewicht und seiner Kühle, bevor er ihn in die Tasche gleiten ließ. Als Junge waren die Regale in seinem Zimmer mit Steinen gefüllt gewesen, und bis heute konnte er nicht an ihnen vorbeigehen, konnte sich ihre Mysterien nicht entgehen lassen, obwohl er sich mit Paul, der in einer Trage vor seiner Brust saß, und der Kamera, die an seiner Hüfte schwang, nur umständlich bücken konnte.

Weit vorn blieb Norah stehen, um ihm zu winken, bevor sie kurz darauf in einer Wand aus glatten grauen Steinen zu verschwinden schien. Auf einmal spuckte dieselbe Wand mehrere Menschen aus; einen nach dem anderen und alle mit blauen Schirmmützen bekleidet. Als David näher trat, bemerkte er, daß die Treppe, die zu einer natürlichen Steinbrücke führte, dort begann. »Passen Sie auf, wo Sie hintreten«, warnte ihn eine Frau, die ihm entgegenkam. »Es ist steiler, als man denkt, und auch rutschig.« Völlig außer Atem, legte sie eine Pause ein und drückte die Hand auf ihr Herz.

David, dem aufgefallen war, wie blaß und kurzatmig sie war, hielt an. »Entschuldigen Sie, ich bin Arzt. Fühlen Sie sich nicht wohl?«

»Herzrasen«, wehrte sie ab. »Hab ich schon mein ganzes Leben lang.«

Er nahm ihr rundliches Handgelenk und fühlte ihren Puls. Er war schnell, aber regelmäßig, und er wurde langsamer, als er die einzelnen Schläge zählte. Herzrasen – die Leute benutzten den Begriff, wann immer sie beschreiben wollten, daß ihr Herz schneller als gewöhnlich schlug. Aber er wußte sofort, daß die Frau nicht ernsthaft in Gefahr schwebte. Anders als seine Schwester, der schwindelig geworden war und die keine Luft mehr bekommen hatte, sobald sie auch nur durch das Zimmer gerannt war. »Herzprobleme« hatten es die Ärzte in Morgantown genannt und dabei bedauernd die Köpfe geschüttelt. Genauer hatten sie es nicht erklärt, und das war auch nicht nötig gewesen, da sie nichts dagegen tun konnten. Jahre später, an der Universität, hatte sich David ihre Symptome ins Gedächtnis gerufen und bis spät in die Nacht gelesen, um seine eigene Diagnose aufzustellen: entweder eine Verengung der Aorta oder eine Anomalie der Herzklappen. Seine Schwester June hatte sich langsam bewegt und immer um Atem gerungen. Mit den Jahren hatte sich ihr Zustand verschlechtert, und in den Monaten kurz vor ihrem Tod war ihre Haut fast bläulich gewesen. Sie hatte Schmetterlinge geliebt und gerne mit geschlossenen Augen in der Sonne gestanden, das Gesicht den warmen Strahlen zugewandt. Sie hatte es gemocht, selbstgemachtes Gelee auf dünnen Salzcrackern zu essen, die ihre Mutter aus der Stadt mitbrachte. Ständig lief sie, selbst erfundene kleine Melodien vor sich hin summend, umher. Ihr Haar war hellblond, fast weiß, wie Buttermilch. Noch Monate nachdem sie gestorben war, war er nachts aufgewacht, weil er sich eingebildet hatte, ihre dünne Stimme zu hören, die wie der Wind in den Kiefern klang.

»Sie sagen, Sie haben das schon immer?« fragte er die Frau ernst und ließ ihre Hand los.

»Ja, solange ich denken kann«, antwortete sie. »Die Ärzte haben mir gesagt, daß es nichts Schlimmes ist – nur lästig.«

»Gut. Es wird Ihnen gleich besser gehen. Aber überanstrengen Sie sich nicht.«

Sie dankte ihm, strich Paul über den Kopf und ermahnte ihn: »Und Sie passen jetzt auf den kleinen Mann da auf.« David nickte und ging weiter. Während er durch die feuchten Steinwände kletterte, schützte er Pauls Kopf mit seiner freien Hand. Er war guter Stimmung; es fühlte sich gut an, jemandem in Not helfen zu können, etwas, das er denen, die er am meisten liebte, scheinbar nicht geben konnte. Paul klopfte leicht gegen seine Brust und grabschte nach dem Umschlag, den er in seine Tasche gestopft hatte: Er barg den Brief von Caroline Gill, den er heute morgen in seinem Büro vorgefunden hatte. Ein einziges Mal hatte er ihn überflogen. Dann war Norah ins Zimmer gekommen, und er hatte ihn weggesteckt und versucht, seine Erregung zu verbergen. »Uns geht es gut«, hatte da gestanden, »Phoebe hat, Gott sei Dank, keine Probleme mit dem Herzen.«

Jetzt umfaßte er Pauls Finger sanft. Sein Sohn sah auf und blickte ihn aus großen, neugierigen Augen an, und sein Herz wurde weit.

»Hey du«, flüsterte David lächelnd. »Ich habe dich lieb, kleiner Schatz. Aber bitte iß das nicht, okay?«

Paul beobachtete ihn aufmerksam, dann drehte er den Kopf und lehnte seine Wange gegen Davids Brust, und David genoß die Wärme, die von dieser Berührung ausging. Paul trug einen weißen Hut, den Norah in den ruhigen Tagen nach ihrem Unfall, in denen beide sehr verhalten gewesen waren, mit gelben Enten bestickt hatte. Mit dem Auftauchen jeder neuen Ente war David etwas ruhiger geworden. Er sah ihren Schmerz, die Leere, die er in ihrem Herzen hinterlassen hatte, als er den Film aus seiner neuen Kamera entwikkelte: Ein Zimmer ihres alten Hauses nach dem anderen war darauf zu sehen, Nahaufnahmen von Fensterrahmen, die scharf umrissenen Schatten der Treppenbrüstung, Bodenfliesen, verzerrt und schief, und die unregelmäßige Blutspur, die Norahs Füße hinterlassen hatten. Er hatte die Fotos samt den Negativen weggeworfen, aber sie verfolgten ihn, und er fürchtete, daß sie sich in sein Gedächtnis eingebrannt hatten. Er hatte sie belogen; er hatte ihre Tochter weggegeben. Daß Konsequenzen darauf folgten, erschien ihm schrecklich, aber gerecht. Doch die Tage waren verstrichen, fast ein Jahr nach der Geburt schien Norah langsam wieder sie selbst zu sein. Sie arbeitete im Garten, lachte mit Freundinnen am Telefon oder hob Paul mit ihren schlanken, anmutigen Armen aus dem Laufgitter.

David, der sie beobachtete, sagte sich, daß sie glücklich sei.

Nun sprangen die Enten mit jedem Schritt fröhlich auf und leuchteten in der Sonne, als David die engen, schattigen Stufen verließ und auf die Felsbrücke, die sich über die Schlucht spannte, hinaustrat. Norah stand in kurzen Jeansshorts und einem ärmellosen weißen Hemd in der Mitte der Brücke, und die Spitzen ihrer hellblauen Turnschuhe berührten die Felskante. Langsam, mit der Grazie einer Tänzerin, öffnete sie die Arme und bog mit geschlossenen Augen ihren Oberkörper zurück, als ob sie sich dem Himmel darböte.

»Norah!« rief er entsetzt aus. »Das ist gefährlich!«

Paul drückte seine kleinen Hände gegen Davids Brust. »Fäh«, ahmte er David nach, als der »gefährlich« gerufen hatte, ein Babywort, mit dem er Steckdosen, Treppen, Feuerstellen, Stühle und nun eben den tiefen, schroffen Abgrund, der sich am Rande der Brücke vor seiner Mutter auftat, bedachte.

»Es ist wahnsinnig!« rief Norah zurück und ließ die Arme fallen. Dann drehte sie sich um, wobei kleine Kiesel unter ihren Schuhen ins Rutschen kamen und über die Kante sprangen. »Sieh dir das an!«

Vorsichtig trat er auf die Brücke hinaus und stellte sich neben sie an die Kante. Weit unter ihnen, auf dem Weg, wo einst ein Fluß gerauscht hatte, bewegten sich winzige Gestalten. Heute erstreckte sich hier eine sanfte Hügellandschaft bis zum tiefblauen Horizont, die in hundert satten Grüntönen leuchtete. Er holte tief Luft und kämpfte mit einem Anflug von Schwindel, der es ihm unmöglich machte, auch nur einen kurzen Blick auf Norah zu werfen. Er hatte ihr etwas ersparen und sie vor Verlust und Schmerz bewahren wollen, ohne zu verstehen, daß der Verlust sie trotzdem verfolgen würde – beharrlich, ihr ganzes Leben umgestaltend wie ein Strom. Auch seinen eigenen Schmerz, der mit dunklen Fäden mit seiner Vergangenheit verwoben war, hatte er nicht vorausgesehen. Wenn er an die Tochter dachte, die er weggegeben hatte, hatte er das ernste Lächeln und das fahle Haar seiner Schwester vor Augen.

»Laß mich ein Foto machen«, drängte er Norah und setzte langsam einen Fuß nach dem anderen zurück. »Stell dich in die Mitte der Brücke, da ist das Licht besser.«

»Eine Minute noch«, erwiderte sie mit den Händen in den Hüften. »Es ist so schön hier.«

»Norah«, mahnte er ungeduldig. »Du machst mich ganz nervös.«

»Ach, David«, seufzte sie, ohne ihn anzusehen, und wiegte den Kopf hin und her. »Warum bist du immer so besorgt? Ich fühle mich prima.«

Statt zu antworten, achtete er auf die Bewegungen seiner Lunge und lauschte dem tiefen, unregelmäßigen Rhythmus seines Atems. So hatte er sich gefühlt, als er Carolines Brief öffnete, der in ihrer kantigen Handschrift an das alte Büro adressiert und mit einer Nachsendeanschrift halb überklebt war. Er war in Toledo, Ohio, gestempelt worden. Sie hatte drei Fotos beigelegt, auf denen ein Kleinkind in einem rosa Kleid zu sehen war. Als Absender war ein Postfach in Cleveland angegeben, nicht in Toledo. Er war noch nie in Cleveland gewesen, dort, wo Caroline Gill offensichtlich mit seiner Tochter lebte.

»Komm, wir gehen ein Stück weiter«, forderte er Norah schließlich noch einmal auf. »Ich mache ein Foto.«

Sie nickte, aber als er die sichere Mitte der Brücke erreicht hatte und sich nach ihr umdrehte, stand sie noch immer an der Kante und lächelte ihn mit verschränkten Armen an.

»Fotografier mich hier«, sagte sie. »Mach, daß es so aussieht, als würde ich schweben.«

Die goldenen Felsen strahlten Hitze ab, und David, der in die Hocke gegangen war, fummelte an den Rädchen der Kamera herum. Paul wand sich in seiner Trage und fing an, seinem Ärger Luft zu machen. An all das, was unsichtbar und nicht aufgezeichnet worden war, würde sich David später erinnern, als das Bild im Entwicklungsbad langsam auftauchte und Form annahm. Er fing Norah mit dem Sucher ein. Wind spielte in ihren Haaren, ihre Haut hatte eine gesunde, sonnengebräunte Farbe, und er wunderte sich darüber, was sie alles vor ihm verheimlicht hatte.

Die Frühlingsluft war warm und duftete. Sie wanderten zurück, vorbei an Höhleneingängen, Sträußen von rosafarbenen Rhododendren und Lorbeerrosen. Norah führte sie vom Hauptweg weg in den Wald, wo sie einem Bachlauf bis zu einer sonnigen Lichtung folgten, die sie wegen ihrer Walderdbeeren in Erinnerung behalten hatte. Leicht bewegte der Wind das lange Gras, und die dunkelgrünen Blätter der Erdbeerpflanzen glänzten am Boden. Es war heiß, in der Luft hing ein schwerer süßer Duft, und die Insekten summten.

Sie schlugen ein Tuch auf und breiteten Käse, Cracker und Weintrauben darauf aus. David setzte sich und stützte Pauls Kopf mit seiner Brust, während er die Babytrage abnahm. Seine Gedanken schweiften zu seinem Vater. Er war stämmig und kräftig gewesen, und unter seinen stumpfen Fingern war Davids Hand völlig verschwunden, wenn er ihn lehrte, eine Axt zu halten, zu melken oder einen Nagel durch die Zedernschindeln zu schlagen. Nach Schweiß und Harz hatte sein Vater gerochen und nach der Erde aus den dunklen Minen, in denen er im Winter arbeitete. Er hatte einen roten Bart getragen, war schweigsam und sanftmütig gewesen und hatte eine Engelsgeduld gehabt. Selbst als Teenager, als David die Woche über in der Stadt wohnte, um zur Schule gehen zu können, hatte er sich darauf gefreut, am Wochenende nach Hause zu laufen und seinen Vater mit einer Pfeife im Mund auf der Veranda sitzen zu sehen.

»Fäh«, lallte Paul. Von den Trägern befreit, zog er sofort einen Schuh aus. Er sah ihn aufmerksam an, ließ ihn im nächsten Augenblick fallen und kroch auf die grüne Welt hinter dem Tischtuch zu. David beobachtete, wie er eine Handvoll Unkraut ausriß und in den Mund steckte, worauf sich Erstaunen über dessen fremdartige Konsistenz in seinem Gesicht ausbreitete. Plötzlich wünschte er sich sehnlichst, daß seine Eltern noch lebten, um seinen Sohn sehen zu können.

»Schreckliches Zeug, was?« fragte er zärtlich, als er mit Gras vermischten Sabber von Pauls Kinn wischte. Norah kam an seine Seite und packte ruhig und routiniert Besteck und Servietten aus. Weil er nicht wollte, daß sie ihn so aufgerührt sah, hielt er sein Gesicht von ihr abgewandt. Aus seiner Tasche holte er eine Druse, die Paul mit beiden Händen ergriff und umdrehte.

»Soll er die in den Mund stecken?« fragte Norah und setzte sich so dicht neben ihn, daß er ihre Wärme spürte und ihren Geruch wahrnahm, Schweiß und Seife.

»Besser nicht«, erwiderte er und tauschte den Stein mit einem Cracker aus. Die Druse war warm und feucht. Er schlug sie hart auf einen Felsen und brach sie auf, um ihr purpurnes kristallines Herz freizulegen.

»So schön«, murmelte Norah, als sie sie in der Hand hin und her wendete.

»Das Urmeer«, erklärte David. »Das Wasser wurde darin eingeschlossen und verfestigte sich im Lauf der Jahrtausende zu solcher Schönheit.«

Sie aßen und pflückten träge ein paar reife Erdbeeeren, die weich und sonnenwarm waren. Paul aß ganze Hände voll, und der Saft rann ihm an den Handgelenken hinunter. Zwei

Falken kreisten am lichtblauen Himmel. »Didi«, sagte Paul, während er mit seinem pummeligen Ärmchen auf sie zeigte. Als er später einschlief, legte ihn Norah auf eine Decke in das schattige Gras.

»Das ist schön«, sagte sie, gegen einen Felsbrocken gelehnt. »Nur wir drei und die Sonne.«

Sie war barfuß, und er nahm ihre Füße in die Hände und massierte sie; zarte Knochen, verborgen unter Haut und Muskeln.

»Mhh«, schnurrte sie genießerisch und schloß die Augen. »Und das ist erst angenehm. Gleich schlafe ich ein.«

»Bleib wach«, bat er sie. »Sag mir, woran du denkst.«

»An nichts Besonderes. Ich habe gerade an das kleine Feld beim Schafhof gedacht, wo Bree und ich, als wir klein waren, immer auf unseren Vater gewartet haben. Dort haben wir riesige Sträuße von Sonnenhut und Wiesenkerbel gepflückt. Die Sonne hat sich genauso angefühlt wie jetzt – wie eine Umarmung. Obwohl unsere Mutter allergisch war, hat sie die Sträuße im ganzen Haus aufgestellt.«

»Das hört sich nett an«, sagte David und ließ einen Fuß los, um sich dem anderen zu widmen. Mit seinem Daumen fuhr er behutsam über die dünne weiße Narbe, die das zerbrochene Blitzlicht hinterlassen hatte. »Das ist eine schöne Vorstellung, du in dieser Umgebung.« Norahs Haut war weich, und seine Gedanken wanderten zu den sonnigen Tagen seiner eigenen Kindheit, bevor June so krank geworden war. Als die Familie Ginseng sammelte, das zarte Pflänzchen, das im Dämmerlicht der Bäume wuchs. So eine Suche hatte seine Eltern zusammengeführt. Er hatte ihr Hochzeitsfoto aufgehoben, und an dem Tag ihrer eigenen Hochzeit hatte Norah es ihm in einem hübschen Eichenrahmen übergeben. Seine Mutter mit ihrer glatten Haut, dem welligen Haar und der schmalen Taille lächelte still und wissend, und sein bärtiger Vater stand mit seiner Mütze in der Hand hinter ihr. Nachdem sie geheiratet und das Standesamt verlassen hatten, waren sie in die Hütte gezogen, die sein Vater am Hang mit Sicht auf ihre Felder gebaut hatte. »Meine Eltern liebten es, draußen zu sein«, erzählte er. »Meine Mutter hat überall Blumen gepflanzt. Beim Bach, der ein Stück den Hang hinauf über unserem Haus lag, gab es sogar eine ganze Menge des seltenen Aronstab.«

»Schade, daß ich sie nicht mehr kennengelernt habe. Sie müssen sehr stolz auf dich gewesen sein.«

»Ich weiß nicht. Vielleicht. Sie waren froh darüber, daß ich ein leichteres Leben hatte.«

»Froh«, wiederholte sie langsam und öffnete die Augen, um nach Paul zu sehen, der trotz der Lichtflecken, die auf seinem Gesicht tanzten, friedlich schlief. »Aber vielleicht auch ein bißchen traurig? Ich jedenfalls wäre traurig, wenn Paul wegzöge, wenn er erwachsen ist.«

»Ja. Das stimmt. Sie waren stolz, aber auch traurig. Sie mochten die Stadt nicht. Deswegen haben sie mich nur einmal in Pittsburgh besucht.« Er erinnerte sich, wie unbeholfen sie in seinem Studentenzimmer gesessen hatten und daß seine Mutter jedesmal hochgefahren war, wenn das Pfeifen eines Zuges ertönte. Da war June schon tot gewesen, und er wußte noch, daß er, während sie bei dünnem Kaffee um seinen wakkeligen Studententisch saßen, verbittert gedacht hatte, daß seine Eltern jetzt, da die Sorge um June weggefallen war, nichts mehr mit sich anfangen konnten. Sie war so lange Zeit der Mittelpunkt gewesen, um den sich ihrer aller Leben gedreht hatte. »Sie haben nur einmal bei mir übernachtet. Nachdem mein Vater gestorben war, ist meine Mutter zu ihrer Schwester nach Michigan gezogen. Sie hätte sich nie in ein Flugzeug gesetzt und hat auch nie ihren Führerschein gemacht. Ich habe sie nur noch einmal gesehen.«

»Das ist so traurig«, sagte Norah, während sie Schmutz von ihrer Wade rieb.

»Ja, sehr traurig.« Er dachte an June und ihr Haar, das im Sommer immer so blond wurde, und an den Geruch, der von ihr ausging, wenn sie nebeneinander hockten und die Erde mit Stöcken aufgruben. Seife, Wärme und ein Hauch von Metall wie von einer Münze. Er hatte sie und ihr schönes Lachen so geliebt. Wie sehr hatte er es dagegen gehaßt, nach Hause zu kommen und sie, obwohl die Sonne schien, auf der Pritsche der Veranda liegen zu sehen, während Mutter mit sorgenzerfurchtem Gesicht neben der kleinen, schlaffen Gestalt saß und leise singend Mais schälte oder Erbsen pulte.

David sah Paul an, der, den Kopf zur Seite gedreht, fest schlief, während sein langes, lockiges Haar sich an seinem feuchten Nacken ringelte. Wenigstens seinen Sohn hatte er vor Leid bewahren können. Paul würde nicht aufwachsen wie David und unter dem Verlust seiner Schwester zu leiden haben. Er würde nicht dazu gezwungen sein, sich alleine durchzuschlagen, weil seine Schwester es nicht konnte.

Dieser Gedanke und die tiefe Bitterkeit, die in ihm lag, versetzten David einen Schock. Er wollte glauben, daß er richtig gehandelt hatte, als er seine Tochter an Caroline Gill übergab, oder daß zumindest seine Gründe richtig waren. Vielleicht aber war er nicht aufrichtig gewesen. Vielleicht war es gar nicht Paul gewesen, den er in jenem Schneetreiben hatte beschützen wollen, sondern irgendeinen verschütteten Teil seiner selbst.

»Du bist mit deinen Gedanken so weit weg«, sagte Norah.

Er rückte ein Stückchen näher an sie heran und lehnte sich auch an den Felsen. »Meine Eltern hatten viel mit mir vor«, begann er. »Aber ihre Pläne haben sich mit meinen nicht gedeckt.«

»Das hört sich an, als ob du von mir und meiner Mutter sprichst«, sagte Norah und umfaßte ihre Knie. »Sie will uns übrigens nächsten Monat besuchen kommen. Habe ich dir das schon erzählt? Sie kann umsonst fliegen.«

»Das ist doch schön. Paul wird sie schon beschäftigen.«

Norah lachte. »Das glaube ich auch. Er ist ja auch der eigentliche Grund für ihren Besuch.«

»Wie stellst du dir die Zukunft vor?« fragte er sie. »Was wünschst du dir für Paul?«

»Das weiß ich nicht so genau«, überlegte Norah. »Ich glaube, ich will nur, daß er glücklich wird. Ich wünsche mir, daß er alles bekommt, was er sich wünscht. Mir ist egal, was das ist, solange er gut ist und ehrlich zu sich selbst. Und großzügig und stark wie sein Vater.«

»Nein«, widersprach David, der sich bei ihrem Lob unwohl fühlte. »Er soll nicht so werden wie ich.«

Sie warf ihm einen forschenden, erstaunten Blick zu. »Warum denn nicht?«

Darauf erwiderte er nichts. Nach einem langen Moment des Zögerns fragte Norah erneut. »Was ist los?« Ihre Frage klang nicht herausfordernd, sondern nachdenklich, so als wenn sie versuchte, die Antwort beim Sprechen selber herauszufinden. »Was ist mit *uns* los, David?«

Statt zu antworten, versuchte er einen plötzlichen Anflug von Ärger zu unterdrücken. Warum mußte sie schon wieder daran rühren? Warum konnte sie die Vergangenheit nicht ruhen lassen und endlich nach vorne schauen? Statt dessen fing sie von neuem an.

»Seit Paul auf der Welt und Phoebe gestorben ist, ist nichts mehr so wie früher. Und du willst noch immer nicht über sie reden. Es ist, als ob du die Tatsache, daß es sie gegeben hat, ausradieren wolltest.«

»Was willst du eigentlich von mir, Norah? Natürlich hat sich unser Leben verändert.«

»Werd nicht schon wieder wütend. Das machst du doch nur, damit ich nicht mehr von ihr rede, oder? Aber diesmal werde ich nicht nachgeben, denn es ist wahr, was ich sage.«

Er seufzte. »Bitte, mach uns nicht den schönen Tag kaputt, Norah!« bat er schließlich.

»Das mache ich nicht«, sagte sie unnachgiebig und rückte von ihm ab. Sie legte sich auf die Decke und schloß die Augen. »Ich bin mit diesem Tag sehr zufrieden.«

Einen Moment lang betrachtete er sie. Ihr kurzes blondes Haar erstrahlte im Sonnenlicht, und ihr Brustkorb hob und senkte sich bei jedem Atemzug. Am liebsten hätte er sie berührt, hätte die zart gebogenen Rippenknochen mit den Fingern nachgezeichnet und die Stelle geküßt, an der sich die Knochen berührten, von der sie sich wie Flügel wegspreizten.

»Norah, ich weiß nicht mehr, was ich machen soll. Ich weiß nicht, was du von mir erwartest.«

»Nein, das weißt du nicht«, stellte sie fest.

»Dann sag es mir!«

»Vielleicht muß ich es dir erklären. Waren sie sehr verliebt, deine Eltern?« fragte sie unvermittelt, mit geschlossenen Augen. Ihre Stimme war noch immer sanft und ruhig, aber er merkte, daß eine neue Spannung in der Luft lag.

»Das weiß ich nicht«, sagte er langsam und vorsichtig, während er zu ergründen versuchte, aus welcher Richtung ihre Frage kam. »Sie liebten sich zwar, aber mein Vater war oft nicht da. Wie ich schon sagte, hatten sie ein schweres Leben.«

»Mein Vater hat meine Mutter mehr geliebt als sie ihn«, sagte Norah, und Davids Unbehagen wuchs. »Er liebte sie, aber er konnte seine Liebe wohl nicht so ausdrücken, daß sie ihn verstehen konnte. Sie hielt ihn bloß für exzentrisch und dachte, er würde ein bißchen neben der Spur laufen. Ich bin in einem Haus aufgewachsen, wo viele Dinge ungesagt blieben. Auch wir leben in einem ziemlich stillen Haus«, fügte sie hinzu und dachte an die ruhigen Abende, an denen sie mit gebeugtem Kopf über dem kleinen weißen Hut mit den Enten gesessen hatte.

»Aber es ist eine gute Stille«, sagte er bestimmt.

»Manchmal.«

»Und wann nicht?«

»Ich denke noch immer an sie, David«, sagte sie und drehte sich auf die Seite, um ihm in die Augen zu sehen. »Unsere Tochter, wie würde sie wohl sein?«

Er antwortete nicht, und als er sie wieder ansah, hatte sie die Hände vors Gesicht geschlagen und weinte still. Erst nach einem kurzen Zögern wandte er sich ihr zu und berührte sie am Arm; sie wischte sich die Tränen aus den Augen.

»Und du?« fragte sie auf einmal heftig. »Vermißt du sie nicht auch manchmal?«

»Doch«, antwortete er wahrheitsgemäß. »Ich denke andauernd an sie.«

Norah legte ihre Hand auf seine Brust, und plötzlich waren ihre beerenverschmierten Lippen auf seinen, und er schmeckte eine brennende Süße, die sein Verlangen weckte. Er fiel zurück, spürte die Sonne auf seiner Haut und ihre Brüste, die sich zart, wie Vögel, gegen seine Hände wölbten. Sie suchte nach den Knöpfen seines Hemdes, wobei sie mit der Hand über den Brief strich, den er in seiner Brusttasche versteckt hatte.

Er zog das Hemd über seinen Kopf, aber selbst als er die Arme wieder um sie schloß, dachte er: *Ich liebe dich. Ich liebe dich so sehr, und ich habe dich belogen.* Und die Entfernung zwischen ihnen, die nur Millimeter, nur einen Atemzug groß war, tat sich zu einem Abgrund auf, an dessen Rand er stand. Er zog sich zurück in das Wechselspiel zwischen Licht und Schatten, Wolken und Sonne und spürte den warmen Felsen an seinem Rücken.

»Was hast du«, fragte sie und streichelte seine Brust. »Was ist denn nur los, David?«

»Nichts.«

»David«, bat sie. »David, bitte sag es mir.«

Kurz davor, alles einzugestehen, zögerte er, und der Moment ging vorbei. »Ich habe ein Problem bei der Arbeit. Einen Patienten. Der Fall geht mir einfach nicht aus dem Kopf.«

»Laß doch mal los«, sagte sie leise. »Ich will nichts mehr von deiner Arbeit hören. Ich habe es satt.«

Hoch am Himmel schwebten die Falken mit dem Aufwind nach oben. Die Sonne war so warm. Alles kreiste, kehrte immer wieder zum gleichen Ausgangspunkt zurück. Er mußte es ihr sagen; die Wörter lagen ihm schon auf der Zunge. *Ich liebe dich, ich liebe dich so sehr, und ich habe dich belogen.*

»David, ich möchte noch ein Kind haben«, erklärte Norah, während sie sich aufrichtete. »Paul ist jetzt alt genug, und ich fühle mich bereit.«

David war so erschrocken, daß es ihm für einen Moment die Sprache verschlug.

»Paul ist gerade mal ein Jahr alt«, stieß er schließlich hervor.

»Na und? Man sagt, daß es einfacher ist, die ganze Windelei und Fütterei in einem Aufwasch zu erledigen.«

»Wer sagt das?«

Sie seufzte. »Ich wußte, daß du so reagieren würdest.«

»Ich sage ja nicht nein«, antwortete David vorsichtig.

Sie erwiderte nichts.

»Ich finde nur den Zeitpunkt ungünstig, das ist alles.«

»Du sagst nein. Du sagst nein und willst es nicht zugeben.«

Er verhielt sich ruhig und erinnerte sich daran, wie nahe Norah an der Kante der Brücke gestanden hatte. Wieder kamen ihm ihre Fotografien in den Sinn, auf denen nichts zu sehen gewesen war, und er spürte den Brief in seiner Tasche. Nichts wünschte er sehnlicher, als die zerbrechliche Struktur ihres Zusammenlebens zu schützen, daß die Dinge so blieben, wie sie waren. Die Welt durfte sich nicht verändern. Das empfindliche Gleichgewicht zwischen ihnen mußte bestehenbleiben.

»Es ist doch alles gut, wie es im Moment ist«, sagte er sanft. »Warum sollten wir alles durcheinanderbringen.«

»Wegen Paul!« Sie nickte in Richtung des friedlich auf seiner Decke schlafenden Kindes. »Er vermißt sie.«

»Wahrscheinlich kann er sich nicht einmal an sie erinnern«, entgegnete David scharf.

»Neun Monate sind sie, dicht an dicht, in mir herangewachsen«, beharrte Norah. »In irgendeiner Weise wird er sich erinnern können.«

»Wir sind noch nicht soweit«, blockte David ab. »Ich jedenfalls bin es nicht.«

»Aber es geht nicht nur um dich. Du bist doch sowieso kaum zu Hause. Vielleicht bin ich diejenige, die sie vermißt. Manchmal spüre ich wirklich ihre Gegenwart, ganz nah, als ob sie nebenan wäre und ich sie dort vergessen hätte. Ich weiß, daß sich das verrückt anhört, aber es ist wahr.«

Obwohl er genau wußte, was sie meinte, schwieg er. Der Duft von Erdbeeren lag schwer in der Luft. Seine Mutter hatte sie immer auf dem Ofen im Freien eingekocht. Sie hatte so lange gerührt, bis die schäumende Mixtur sich in Sirup verwandelte. Dann hatte sie die ausgekochten Marmeladengläser bis zum Rand gefüllt, um sie danach, wenn sie wie Juwelen blitzten, als Kostbarkeiten in einem Regal aufzubewahren. Mitten im Winter hatten June und er diese Marmelade gegessen. Löffelweise hatten sie sie stibitzt, wenn ihre Mutter nicht hinsah. Dann hatten sie sich unter dem Tisch mit dem Wachstuch versteckt, um die Löffel unbemerkt blank zu lecken. Nach Junes Tod war seine Mutter eine gebrochene Frau gewesen, und auch David glaubte nicht länger daran, gegen Unglück gefeit zu sein. Statistisch war es unwahrscheinlich, daß sie noch ein Kind mit Downsyndrom bekommen würden, aber es war immerhin möglich, und er konnte dieses Risiko nicht eingehen.

»Ein neues Baby würde die Dinge nicht wiedergutmachen, Norah. Das ist kein guter Grund, um ein Kind zu kriegen.«

Nach einem Moment des Schweigens stand sie auf, wischte ihre Hände an ihren Shorts ab und stapfte wütend durch das Feld davon.

Sein Hemd, aus dessen Brusttasche eine Ecke des weißen Umschlages ragte, lag zerknittert neben ihm. David machte keine Anstalten, ihn herauszuziehen; es war nicht nötig. Der Brief war kurz, und obwohl er die Fotos nur einmal kurz angesehen hatte, standen sie ihm so deutlich vor Augen, als ob er sie selbst aufgenommen hätte. Phoebes Haar war, wie

Pauls, dunkel und fein. Ihre Augen waren braun, und sie fuchtelte mit rundlichen Fäusten in der Luft herum, als ob da etwas außerhalb der Sichtweite der Kamera wäre. Vielleicht war es Caroline, die die Kamera führte. Er hatte sie, groß und einsam in ihrem roten Mantel, während des Trauergottesdienstes erspäht. Ohne sich über seine Absichten im klaren zu sein, nur mit dem Gefühl, sie sehen zu müssen, war er danach direkt zu ihrer Wohnung gefahren. Aber da war Caroline schon fort gewesen. Ihre Wohnung hatte sich nicht verändert: gedrungene Möbel und kahle Wände; im Bad tropfte ein Wasserhahn. Aber die Luft stand unnatürlich still, und die Regale waren nackt. Die Schubladen der Kommode und die Schränke waren leer. Trübes Licht fiel auf den schwarzweißen Linoleumboden in der Küche, und David hielt inne, um dem Hämmern seines eigenen unruhigen Herzens zu lauschen.

Er legte sich zurück, und die Wolken zogen über ihn hinweg – Licht und Schatten. Er hatte nicht versucht, Caroline zu finden, und da ihr Brief keinen Absender trug, wußte er auch jetzt nicht, wo er beginnen sollte. »Es liegt in Ihren Händen«, hatte er zu ihr gesagt. Aber gelegentlich, wenn er allein in seinem neuen Büro saß oder Fotos entwickelte und dabei zusah, wie langsam die Bilder erschienen, geheimnisvoll auf blankem weißen Papier, oder hier, da er auf diesem warmen Felsen lag, während Norah verletzt und wütend fortgegangen war, holte ihn der Schmerz ein.

Er war müde und merkte, wie er langsam in den Schlaf sank. Insekten summten im Sonnenlicht, und er fürchtete sich ein bißchen vor den Bienen. Die Steine in den Taschen drückten gegen sein Bein. In seiner Kindheit hatte er in manchen Nächten, wenn die Pappeln lebendig wurden, weil sie vor Leuchtkäfern blinkten, seinen Vater in dessen Schaukelstuhl auf der Veranda angetroffen. In einer dieser Nächte hatte sein Vater ihm einen glatten Stein in die Hand gelegt – eine Beilspitze, die er beim Ausheben eines Grabens gefunden hatte. »Sie ist über zweitausend Jahre alt, kannst du dir das vorstellen, David? Einst hat sie in einer anderen Hand gelegen, vor ewig langer Zeit, aber unter demselben Mond.«

Es gab andere Tage, an denen sie ausgezogen waren, um Klapperschlangen zu fangen. Von früh bis spät waren sie durch die Wälder gelaufen, gegabelte Stöcke und Metallkisten in Händen, Stoffbeutel über den Schultern.

An solchen Tagen schien die Zeit stillzustehen. Die Sonne wollte nicht untergehen, während die trockenen Blätter unter Davids Füßen raschelten. Die Welt bestand dann nur aus ihm, seinem Vater und den Schlangen. Gleichzeitig aber dehnte sie sich aus, bis er den Himmel, der mit jedem Schritt noch höher und strahlender wurde, in seiner ganzen Weite erfaßte. Denken und Wahrnehmung verlangsamten sich, bis zu dem Moment, da er eine Bewegung inmitten der schmutzigen Farben und des trockenen Laubes bemerkte und das Rautenmuster auf dem Rücken der Schlange sichtbar wurde, das nur zu erkennen war, wenn sie anfing, über den Boden zu gleiten. Sein Vater hatte ihm beigebracht, wie man in der Bewegung erstarrte, ohne die gelben Augen und die gespaltene Zunge aus dem Blick zu verlieren. Jedesmal wenn sich die Schlange häutete, wurde die Rassel an der Schwanzspitze größer, und so konnte man an der Lautstärke des Klapperns, das durch dic Stillc dcs Waldcs brach, erkennen, wie alt und groß die Schlange war und wieviel Geld sie bringen würde. Für die größten Exemplare, die bei zoologischen Gärten, Forschern und manchmal auch bei Händlern begehrt waren, würden sie vielleicht fünf Dollar pro Stück erhalten.

Licht fiel durch die Bäume und malte, begleitet vom Rauschen des Windes, Muster auf den Waldboden. Dann kam das Klappern, der aufgerichtete Kopf der Schlange, und sein Vater stieß mit starker, fester Hand den gegabelten Stock hinunter, um die Schlange am Nacken festzunageln. Unter wildem, wütendem Geklapper weiteten sich ihre Fänge und schlugen hart in die feuchte Erde. Mit festem Griff umfaßte sein Vater die Schlange, eng hinter ihrem aufgesperrten Rachen, und nahm sie hoch. Kühl und trocken wand sie sich wie eine Peitsche. Er schleuderte die Schlange in einen Stoffbeutel, riß ihn zu, und der Beutel war zu etwas Lebendigem geworden, das auf dem Boden herumzuckte. Sein Vater packte ihn in eine Metallkiste und schloß den Deckel. Wortlos gingen sie dann weiter, während sie in Gedanken das Schlangengeld zählten. Im Sommer und Spätherbst gab es Wochen, in denen sie auf diese Art fünfundzwanzig Dollar verdienten. Das Geld wurde für Essen ausgegeben; wenn sie nach Morgantown in die Klinik fuhren, wurde auch das davon bezahlt.

»David!«

Norahs Stimme drang schwach, aber deutlich an sein Ohr und holte ihn aus der Vergangenheit in den hellichten Tag. Er stützte sich auf die Ellenbogen und sah sie wie gelähmt am äußersten Rand des reifen Erdbeerfeldes stehen und auf den Boden starren. Ein Adrenalinstoß jagte durch ihn hindurch, gefolgt von Angst: Klapperschlangen mochten sonnige Baumstämme wie den neben Norah. Sie legten ihre Eier in das verrottende Holz. Er warf einen schnellen Blick auf Paul, der immer noch ruhig im Schatten schlief, sprang auf und rannte los. Disteln zerkratzten seine Knöchel, und Erdbeeren zerplatzten weich unter seinen Füßen. Schon im Laufen griff er in seine Hosentasche und schloß die Faust um den größten Stein. Als er nah genug war, um den dunklen Umriß der Schlange auszumachen, schleuderte er ihn, so fest er konnte. Der stumpfe Stein flog, sich um die eigene Achse drehend, in einem großen Bogen langsam durch die Luft. Er verfehlte die Schlange um fünfzehn Zentimeter, sprang auf, und sein purpur glitzerndes, lebendiges Herz kam zum Vorschein.

»Was, um Himmels willen, tust du da?« fragte Norah. Keuchend sah er zu Boden. Statt der Schlange erblickte er einen dunklen Stock, der an der trockenen Rinde des Stammes lehnte.

»Ich dachte, du hättest mich gerufen«, antwortete er verwirrt.

»Das habe ich auch.« Sie zeigte auf einen Flecken mit blassen Blumen, der genau hinter der Schattenlinie im Dunkel lag. »Aronstab. Die Blumen, die deine Mutter so geliebt hat. David, du machst mir angst.«

»Ich dachte, es wäre eine Schlange«, erklärte er, auf den Stock deutend, und schüttelte noch einmal den Kopf, um sich von der Vergangenheit zu befreien. »Eine Klapperschlange. Ich glaube, ich habe geträumt. Ich dachte, du brauchst Hilfe.«

Sie sah ihn verständnislos an, und er versuchte den Traum endgültig abzuschütteln. Auf einmal kam er sich schrecklich lächerlich vor. Der Stock war nur ein Stock, nichts weiter. Der Tag erschien ihm lächerlich normal. Vögel sangen, und die Blätter der Bäume bewegten sich leicht im Wind.

»Warum hast du von Schlangen geträumt?«

»Ich habe sie früher gejagt«, erzählte er. »Um Geld zu verdienen.«

»Um Geld zu verdienen?« wiederholte sie ungläubig. »Geld für was?«

Da war sie wieder, die Distanz zwischen ihnen, eine Kluft, die er nicht überwinden konnte. Geld für Essen und Fahrten in die Stadt. Sie stammte aus einer anderen Welt; sie würde das nie verstehen.

»Sie haben mir geholfen, meine Ausbildung zu bezahlen, diese Schlangen«, log er.

Sie nickte, schien erst mehr fragen zu wollen, unterließ es dann aber. »Komm, wir gehen«, forderte sie ihn auf und rieb sich die Schulter. »Wir holen Paul und fahren nach Hause.«

Sie gingen über das Feld zurück und packten ihre Sachen. Norah trug Paul, er den Picknickkorb. Sein Vater hatte im Büro des Arztes gestanden, und die grünen Dollarnoten waren wie Blätter auf den Tisch gefallen. Jede einzelne erinnerte

David an die Schlangen, an das Peitschen ihrer Klappern, an ihre Rachen, die sich zu einem vergeblichen V öffneten, an die Kühle ihrer Haut in seinen Händen und an ihr Gewicht. Schlangengeld. Er war ein Junge von acht oder neun Jahren, und das war sein Beitrag.

Das und June beschützen. »Paß auf deine Schwester auf«, ermahnte ihn seine Mutter und schaute dabei vom Herd auf. »Füttere die Hühner, mach ihren Käfig sauber, und jäte das Unkraut im Garten. Und paß auf June auf.«

David folgte ihren Anweisungen, war aber nicht mit ganzem Herzen bei der Sache. Er behielt seine Schwester zwar immer im Auge, verhinderte es aber nicht, daß sie im Schmutz wühlte und ihn sich in ihr Haar rieb. Er tröstete sie nicht, wenn sie über einen Stein stolperte und sich den Ellenbogen aufschlug. Seine Liebe zu ihr war so eng mit seinem Groll verwoben, daß er beides nicht voneinander trennen konnte. Wegen ihres Herzens und der Erkältungen, die sie sich zu jeder Jahreszeit zuzog, war sie ständig krank. Trotzdem war es immer June gewesen, die ihn erwartet hatte, wenn er, mit seinen Büchern über dem Rücken, den Weg von der Schule heraufkam. June war es auch, die an seinem Gesicht ablesen konnte, wie sein Tag gewesen war, und die alles darüber wissen wollte. Sie liebte es, ihn mit ihren kleinen Fingern zu tätscheln, und oft strich eine Brise durch ihr langes, glattes Haar.

An einem frostigen Wochenende kam er dann nach Hause und fand die Hütte leer vor. Ein Waschlappen hing noch auf einer Seite der Badewanne. Ausgekühlt und hungrig setzte er sich auf die Veranda und wartete. Viel später, fast dämmerte es schon, erblickte er seine Mutter, die mit verschränkten Armen den Hügel herunterkam. Sie sprach kein Wort, bis sie die Stufen erreicht hatte, dann sah sie zu ihm auf und sagte: »David, deine Schwester ist gestorben. June ist tot.« Ihre Haare waren straff nach hinten gebunden, eine Ader pulsierte an ihrer Schläfe, und sie hatte gerötete Augen vom Weinen. Sie trug einen dünnen Pullover, den sie fest um sich gezogen hatte, und sagte: »David, sie hat uns verlassen.« Als er aufstand und sie in die Arme nahm, brach sie weinend zusammen, und auf sein »Wann?« antwortete sie: »Vor drei Tagen, am Dienstag. Ich bin frühmorgens aus dem Haus gegangen, um Wasser zu holen. Als ich zurückkehrte, war das Haus still, und ich wußte sofort, daß sie uns verlassen hatte. Sie hat einfach aufgehört zu atmen.«

Er hielt seine Mutter umschlungen und wußte einfach nichts mehr zu sagen. Ein Gefühl der Taubheit überlagerte den Schmerz tief in seinem Innern, und er konnte nicht weinen. Er legte seiner Mutter eine Decke über die Schultern, machte ihr einen Tee und ging zu den Hühnern, wo er Eier fand, die sie nicht aufgesammelt hatte. Er legte sie in einen Korb, fütterte die Hühner und melkte die Kuh. Er tat all diese gewohnten Handgriffe, aber als er das Haus wieder betrat, war es noch immer dunkel und still. June war noch immer weg.

»Davey«, rief ihm seine Mutter später aus dem Dunkel zu. »Geh du zur Schule. Lerne etwas, das den Menschen hilft.« Ihre Worte erregten seinen Zorn. Er wollte sein eigenes Leben führen, unbelastet von diesem alles verdunkelnden Verlust. Gleichzeitig fühlte er sich schuldig, weil June unter einem Hügel von Schmutz in der Erde lag, während er noch immer hier stand. Er war am Leben, er konnte seinen Herzschlag spüren und die Luft, die durch seine Lungen strömte. »Ich werde Arzt«, erklärte er. Zuerst antwortete seine Mutter nicht darauf, aber nach einer Weile nickte sie, erhob sich und zog ihren Pulli wieder fester um sich. »Davey, du mußt die Bibel nehmen und mit mir dort hochgehen und die Worte sprechen. Ich möchte, daß die Worte feierlich und richtig gesprochen werden.« Und so gingen sie zusammen den Hügel hinauf. Als sie oben angekommen waren, war es bereits dunkel geworden. Er stand unter den Kiefern, hörte das Flüstern des Windes hoch in den Bäumen, und beim flackernden Licht der Petroleumlampe las er: »Der Herr ist mein Hirte, mir wird nichts mangeln.« Seine Mutter weinte, und sie gingen schweigend den Abhang hinunter zum Haus, wo er einen Brief für seinen Vater aufsetzte, um ihm die Nachricht mitzuteilen. Am Montag brachte er ihn zur Post und kehrte in das bunte Treiben der Stadt zurück. An einem Schalter, dessen Eichenholz von einer ganzen Generation Handeltreibender glatt poliert worden war, warf er den schlichten weißen Brief ein.

Als sie endlich den Wagen erreicht hatten, stieg Norah nicht sofort ein, sondern begutachtete ihre Schulter, die in der Sonne dunkelrot geworden war. Sie trug eine Sonnenbrille, so daß er ihren Gesichtsausdruck nicht deuten konnte, als sie ihn musterte.

»Du mußt nicht den Helden spielen«, griff sie ihn an. Ihre Worte wirkten glatt, und er merkte ihnen an, daß sie sich den Wortlaut schon zurechtgelegt hatte, daß sie ihn vielleicht sogar heimlich einstudiert hatte, während sie gelaufen waren.

»Ich spiele nicht den Helden.«

»Nein?« Sie sah weg. »Ich glaube aber, daß du das tust. Aber es ist auch meine Schuld. Lange Zeit wollte ich beschützt werden. Ich erkenne das jetzt. Aber nun will ich das nicht mehr. Du mußt mich nicht ständig beschützen, ich hasse das.«

Mit diesen Worten nahm sie den Kindersitz und drehte sich wieder weg. In dem gesprenkelten Licht griff Paul nach ihren Haaren, und David geriet in Panik. Fast wurde ihm schwindlig angesichts all dessen, was er nicht wußte, und all dessen, was er wußte, aber nicht ändern konnte. Und heftiger Zorn überkam ihn. Er richtete sich gegen ihn selbst, aber auch gegen Caroline, die nicht tat, worum er sie gebeten hatte, und die dadurch eine ausweglose Situation noch verschlimmerte.

Norah glitt auf den Vordersitz und schlug die Tür zu. Er tastete seine Tasche nach dem Autoschlüssel ab und förderte statt dessen seine letzte Druse, glatt, grau und von der Erde geformt, ans Licht. Sie wärmte seine Hand und ließ ihn an all die Geheimnisse denken, die die Welt bereithielt: Steinschichten, die unter Erde und Gras verborgen waren, stumpfe Steine mit versteckten glitzernden Herzen.

1970

8. Kapitel

Mai 1970

»ER HAT EINE BIENENALLERGIE«, INFORMIERTE NORAH die Lehrerin, wobei sie Paul hinterhersah, der über das junge Gras des Spielplatzes lief. Er kletterte die Rutsche hinauf, verweilte einen Moment an der höchsten Stelle, während seine kurzen weißen Ärmel im Wind flatterten, und segelte dann hinunter. Als er wieder Boden unter den Füßen hatte, sprang er vor Freude auf. Die Azaleen standen in voller Blüte, und die Luft, warm wie eine Berührung, war erfüllt vom Brummen der Insekten und dem Gezwitscher der Vögel. »Sein Vater ist auch allergisch. Es ist sehr gefährlich.«

»Keine Sorge«, antwortete Frau Throckmorton. »Wir werden gut auf ihn aufpassen.«

Frau Throckmorton war jung – sie hatte gerade die Ausbildung beendet –, dunkelhaarig, drahtig und voller Enthusiasmus. Sie trug einen bauschig fallenden Rock und flache, robuste Sandalen, und mit den Augen war sie immer bei den Kindern auf dem Spielplatz. Außerdem machte sie einen kompetenten, zielstrebigen und freundlichen Eindruck und schien unerschütterlich zu sein. Trotz alledem hatte Norah nicht das Gefühl, daß sie genau wußte, was sie tat.

»Einmal hat er eine Biene aufgehoben«, insistierte sie, »eine *tote* Biene, die auf der Fensterbank lag, und Sekunden später ist er wie ein Luftballon angeschwollen.«

»Machen Sie sich keine Sorgen, Frau Henry«, wiederholte Frau Throckmorton etwas weniger geduldig. Denn schon hatte sie sich in Bewegung gesetzt, um mit ihrer glockenklaren Stimme beruhigend auf ein Mädchen einzureden, das Sand in den Augen hatte.

Norah verweilte ein bißchen in der Frühlingssonne und beobachtete Paul. Rotwangig, die Arme eng an den Körper gepreßt – als Kleinkind hatte er in dieser Stellung auch geschlafen –, spielte er Fangen. Zwar war er dunkelhaarig, aber viele sagten, daß er wie Norah aussehe, weil er so hellhäutig war und ihren Körperbau hatte. Auch sie sah sich in ihm, trotz gewisser Ähnlichkeiten mit David. Sein Kiefer, die Form seiner Ohren und die Art, wie er mit verschränkten Armen dastand und seiner Lehrerin zuhörte, erinnerten an David. Zum weitaus größten Teil aber war Paul einfach er selbst. Er liebte Musik und summte den ganzen Tag Melodien, die er sich ausgedacht hatte. Obwohl er erst sechs Jahre alt war, hatte er in der Schule schon Solostücke vorgetragen. Dabei war er mit einer Unschuld und einem Selbstvertrauen auf die Bühne getreten, die Norah erstaunt hatten. Im Auditorium hatte seine schöne Stimme so klar wie die Melodie eines Baches geklungen.

Nun blieb er stehen, um sich neben einen anderen kleinen Jungen zu hocken, der mit einem Stock feuchte Blätter aus einer Pfütze fischte. Sein rechtes Knie war aufgeschürft, und das Pflaster hatte sich gelöst. Auf seinem kurzen dunklen Haar glänzte das Sonnenlicht. Norah sah ihrem Sohn zu, der ernst und völlig in sein Spiel versunken war, und sie fühlte sich überwältigt von der einfachen Tatsache, daß er auf der Welt war: Paul, ihr Sohn, hier im Sonnenlicht.

»Norah Henry! Genau dich wollte ich gerade sprechen.«

Sie fuhr herum und sah Kay Marshall in einer enganliegenden rosa Hose und einem rosa und cremefarbenen Pullover, mit flachen goldenen Schuhen und dazu passenden, schimmernden Ohrringen. Sie schob ihr Neugeborenes in einem antiken Kinderwagen aus Korbgeflecht vor sich her, während ihre älteste Tochter Elizabeth neben ihr lief. Elizabeth war eine Woche nach Paul zur Welt gekommen, in dem plötzlichen Frühling, der auf den seltsamen, ebenso unerwarteten Schnee folgte. Heute war sie ganz in rosa gepunkteten, gerafften Musselin gehüllt, und an ihren Füßen glänzten weiße Lacklederschuhe. Ungeduldig löste sie sich von Kays Seite und rannte über den Spielplatz auf die Schaukeln zu.

»Heute ist so ein schöner Tag«, sagte Kay, während sie ihr hinterhersah. »Wie geht es dir, Norah?«

»Gut«, erwiderte Norah und mußte den Drang, ihr Haar zu richten, unterdrücken. Auf einmal war sie sich voll bewußt, daß sie nur eine einfache weiße Bluse, einen blauen Rock und keinen Schmuck trug. Wo oder wann auch immer Norah sie traf, Kay Marshall sah immer aus wie aus dem Ei gepellt, wirkte ruhig und kühl, und selbst ihre Kinder waren perfekt herausgeputzt und benahmen sich wohlerzogen. Kay gehörte zu der Sorte Mütter, von der auch Norah einmal geglaubt hatte, sie würde dazu zählen, die jeder Situation mit lockerer, instinktiver Ruhe begegneten. Norah bewunderte und beneidete sie. Manchmal ertappte sie sich sogar bei dem Gedanken, daß ihre Ehe besser laufen würde und sie und David glücklicher wären, wenn sie gelassener, sicherer und mehr wie Kay sein würde.

»Sehr gut«, bekräftigte sie und betrachtete das Baby, das aus großen, fragenden Augen zu ihr aufsah. »Wie groß Angela geworden ist!«

Ohne lange zu überlegen, nahm Norah die Kleine auf den Arm, Kays zweite Tochter, die wie ihre Schwester in sahniges Rosé gekleidet war. Das Baby war leicht und warm, patschte mit kleinen Händen auf ihre Wange und lachte dabei. Zärtlich erinnerte sich Norah daran zurück, wie Paul in diesem Alter gewesen war, an seinen Geruch von Seife und Milch und an seine weiche Haut. Sie ließ ihren Blick kurz über den Spielplatz schweifen. Paul rannte schon wieder, spielte Fangen. Jetzt, da er in der Schule war, hatte er sein eigenes Leben; außer wenn er krank war oder sie ihm eine Gutenachtgeschichte vorlesen sollte, wollte er nicht mehr auf ihren Schoß kommen und mit ihr schmusen. Es erschien ihr unwirklich, daß er jemals so klein gewesen sein sollte, und es war noch unwirklicher, daß er zu einem Jungen mit einem roten Fahrrad herangewachsen war, der Stöcke in Pfützen stieß und so wunderschön sang.

»Heute ist sie zehn Monate alt geworden«, erklärte Kay stolz. »Kannst du dir das vorstellen?«

»Nein«, erwiderte Norah. »Es geht so schnell.«

»Bist du mal an der Uni gewesen?« fragte Kay. »Hast du gehört, was da vor sich geht?«

Norah nickte. »Gestern abend hat Bree angerufen.« Während sie, den Telefonhörer in einer Hand, die andere Hand auf der Brust, vor dem Fernseher gestanden hatte, hatte sie die körnigen Nachrichten auf dem Bildschirm verfolgt: Vier Studenten waren in Kent State erschossen worden. Sogar in Lexington hatten sich die Spannungen über Wochen aufgebaut, und die Zeitungen waren voll von Berichten über Krieg, Proteste und Unruhen. Die Welt war unbeständig geworden, die Kräfte verlagerten sich.

»Es ist beängstigend«, stellte Kay ruhig fest, wobei sie eher mißbilligend als bestürzt klang; im gleichen Tonfall hätte sie davon sprechen können, daß sich irgend jemand scheiden ließ. Sie nahm Angela, küßte sie auf die Stirn und legte sie sanft in ihren Kinderwagen zurück.

»Das finde ich auch«, stimmte Norah ihr zu. Obwohl sie den Tonfall imitierte, fühlte sie sich von den Unruhen persönlich betroffen. Sie schienen ein Spiegel all dessen zu sein, was in ihr seit Jahren umging. Noch einmal versetzte ihr der Neid einen scharfen, tiefen Stich. Kay lebte in völliger Unkenntnis, nie hatte sie einen Verlust erlitten, und ihr Glaube daran, daß sie vor Leid gefeit war, war unerschüttert; Norahs Welt hatte sich mit Phoebes Tod verändert. Der Verlust und die Gefahr eines erneuten Verlustes dämpfte all ihre glücklichen Momente, so daß sie statt Freude nur noch Erleichterung empfand. David sagte ständig, sie solle sich entspannen, eine Haushaltshilfe einstellen und sich selbst nicht überfordern. Er ärgerte sich zunehmend über ihre Projekte, über die Ausschüsse, denen sie beisaß, und ihre Pläne. Aber Norah ertrug es nicht, nichts zu tun zu haben; dann wurden ihre Sorgen übergroß. Deshalb vereinbarte sie Treffen und versuchte ihre Tage sinnvoll auszufüllen, wobei sie immer das Gefühl hatte, daß etwas Schreckliches passieren würde, wenn sie nicht ständig auf der Hut war. Am schlimmsten war dieses Gefühl am späten Vormittag; fast immer brauchte sie dann einen schnellen Drink – Gin, manchmal Wodka –, um sich in den Nachmittag hinüberzuretten. Sie liebte die Ruhe, die der Alkohol ihr schenkte und die sich wärmend in ihr ausbreitete. Vor David hielt sie die Flaschen ängstlich versteckt.

»Na ja. Jedenfalls vielen Dank für die Einladung zu eurem Fest«, fuhr Kay fort. »Wir kommen sehr gerne, werden uns aber ein bißchen verspäten. Kann ich irgend etwas mitbringen?«

»Nur euch beide«, antwortete Norah. »Es ist schon fast alles fertig, außer daß ich jetzt los muß, um ein Wespennest zu entfernen.«

Kays Augen wurden größer. Sie stammte aus einer alten Lexingtoner Familie und hatte dafür »Leute«, wie sie es nannte. Leute für den Pool, zum Putzen, für den Rasen und die Küche. David sagte immer, daß Lexington wie der Kalkstein sei, auf dem die Stadt erbaut worden war: Man unterschied nach sozialen Schichten, gesellschaftliche Stellung und Zugehörigkeit waren wichtig, und man hatte seinen Platz in einer Hierarchie, die vor langer Zeit festgelegt worden war und in Stein gemeißelt schien. Es war keine Frage, daß Kay auch Leute für Insekten hatte.

»Ein Wespennest? Du Arme!«

»Ja, Feldwespen«, präzisierte Norah. »Ihr Nest hängt an der Garage.«

Es gefiel ihr, Kay zu schockieren, selbst auf so milde Art und Weise; außerdem mochte sie den festen, konkreten Klang der Aufgabe, die vor ihr lag. Wespen. Werkzeuge. Ein Nest herunternehmen. Norah hoffte, daß es den ganzen Vormittag dauern werde. Sonst würde sie vielleicht wieder im Auto landen und, mit einem silbernen Flachmann in der Handtasche, ziellos durch die Gegend fahren. In weniger als zwei Stunden konnte sie am Ohio River, in Louisville oder in Maysville sein. Einmal hatte sie es sogar nach Cincinnati geschafft. Sie würde an einer Steilküste, die zum Fluß abfiel, parken, würde aussteigen und dem fernen, endlosen Branden des Wassers tief unter ihr zusehen.

Die Schulglocke schellte, und die Kinder begannen nach drinnen zu strömen. Norah hielt nach Pauls dunklem Schopf Ausschau und sah ihn verschwinden. »Sie haben wunderschön zusammen gesungen, unsere beiden«, schwärmte Kay, während sie Elizabeth Handküsse zuwarf. »Paul hat eine so schöne Stimme. Das ist wirklich ein Geschenk.«

»Er liebt Musik«, erwiderte Norah. »Schon immer.«

Es war tatsächlich so. Schon mit drei Monaten hatte er einmal, während sie sich mit Freundinnen unterhielt, plötzlich angefangen zu lallen. Eine Flut von Tönen, wie Blumen aus Licht, ergoß sich in den Raum und brachte das Gespräch zum Erliegen.

»Das ist die andere Sache, die ich mit dir besprechen wollte. Diese Benefizveranstaltung, die ich nächsten Monat organisiere, hat ein Thema: Aschenputtel. Ich muß dafür so viele kleine Diener wie möglich auftreiben, und da habe ich an Paul gedacht.«

Norah konnte sich die Freude über diese Bitte nicht verkneifen. Nach dem Skandal um Brees Hochzeit und ihre Scheidung besaß ihre Familie nur noch einen wackeligen Rückhalt in den Kreisen der alteingesessenen Lexingtoner Gesellschaft; schon vor Jahren hatte Norah die Hoffnung auf eine solche Einladung aufgegeben.

»Ein Diener?« fragte sie nach und ließ die Neuigkeit auf sich wirken.

»Ja, das ist die beste Rolle«, vertraute ihr Kay an. »Er würde nicht nur einen Diener spielen, sondern auch singen. Ein Duett mit Elizabeth.«

»Verstehe«, sagte Norah, und ihr wurde klar, warum Kay sie gefragt hatte. Elizabeth hatte zwar eine nette Stimme, aber sie war dünn, und der jubilierende Unterton, mit dem sie sang, wirkte künstlich wie Blumenknospen im Januar. Ohne Paul wäre ihre Stimme nicht stark genug.

»Es würde uns allen sehr viel bedeuten, wenn er singen würde.«

Norah nickte langsam und enttäuscht, während sie sich insgeheim darüber ärgerte, daß sie sich so viel daraus machte. Aber Pauls Stimme war so rein, sie ließ die Herzen höher fliegen; er würde sich sehr darüber freuen, einen Diener zu spielen. Und zumindest wäre diese Feier, wie die Wespen, ein weiterer Anker in ihrem Alltag.

»Wundervoll«, jubelte Kay. »Oh, wie schön. Ich hoffe, du bist mir nicht böse«, fügte sie hinzu, »aber ich habe mir erlaubt, ihm schon einmal einen kleinen Smoking zu reservieren. Ich wußte einfach, daß du ja sagen würdest!« Daraufhin sah sie, nun wieder ganz geschäftig, auf ihre Uhr, während sie in Gedanken bereits aufgebrochen war. »Schön, dich getroffen zu haben«, warf sie Norah noch zu, bevor sie winkend davonzog.

Der Spielplatz war leer. Ein Bonbonpapier blinkte auf und drehte sich über dem frischen hohen Gras um sich selbst, bevor es in den flammend roten Azaleen hängenblieb. Norah lief an den bunten Schaukeln und Rutschen vorbei zu ihrem Auto. Der Fluß mit seinem beruhigenden Rauschen rief nach ihr. In zwei Stunden könnte sie dort sein. Die schnelle Fahrt, der brausende Wind und das Wasser waren verlockend, fast unwiderstehlich. Der Ruf war so stark, daß sie sich am letzten Tag der Schulferien, entsetzt von ihrem eigenen Tun, in Louisville wiedergefunden hatte. Ihr Haar war vom Wind zerzaust gewesen, und Paul hatte verängstigt und still auf dem Rücksitz gesessen, während der Gin schon fast zur Neige ging. »Da ist der Fluß«, hatte sie gesagt und mit Pauls kleiner Hand in ihrer dagestanden und in das wirbelnde, schlammige Wasser gestarrt. Dann hatte sie verkündet, daß sie jetzt in den Zoo gingen, als hätte sie das schon die ganze Zeit vorgehabt.

Von einer unbändigen Sehnsucht getrieben, verließ sie die Schule und fuhr in die Stadt, durch baumbestandene Straßen, an der Bank und dem Juwelier vorbei. Als sie das Reisebüro passierte, drosselte sie die Geschwindigkeit. Dort hatte sie sich gestern vorgestellt. Sie hatte das Stellengesuch in der Zeitung gesehen und war von den Hochglanzplakaten im Schaufenster in dem niedrigen Backsteinbau angelockt worden: glänzende Strände und Gebäude, strahlende Himmel und Farben. Ehe sie davorstand, hatte sie den Job nicht wirklich haben wollen, aber das änderte sich plötzlich. Als sie in ihrem bedruckten Leinenmantel, die weiße Handtasche auf dem Schoß, beim Vorstellungsgespräch saß, hatte sie mehr als alles andere gewünscht, eingestellt zu werden. Das Büro gehörte einem Mann namens Peter Warren, der um die Fünfzig war und eine Halbglatze hatte. Er tippte die ganze Zeit über mit dem Bleistift auf seinem Klemmbrett herum und machte Scherze über die wilden Streiks. Sie hatte gespürt, daß er sie mochte, auch wenn sie keine Erfahrung und nur einen Abschluß in Englisch hatte. Heute wollte er ihr Bescheid geben.

Hinter ihr hupte jemand, und Norah beschleunigte. Wenn sie dieser Straße folgte, würde sie die Auffahrt zum Highway erreichen. Aber als sie in Reichweite der Universität kam, wurde der Verkehr dichter. Die Straßen waren voller Menschen, und sie kam nur noch im Schneckentempo voran, bis sie ganz an die Seite fahren mußte. Sie stieg aus dem Auto und ließ es stehen, wo es war. In der Ferne, aus dem Inneren des Campus, erhoben sich dunkel Stimmen. Sie schwollen zu einem rhythmischen Sprechchor an, kraftvoll wie die

Knospen der Bäume, die kurz davor standen aufzuplatzen. Ihr war, als hätte sie eine Antwort auf ihre eigene Unruhe und Sehnsucht erhalten, und so reihte sie sich in den Strom der bewegten Menschenmassen ein.

Ein Geruch von Schweiß und Patschuli erfüllte die Luft, und die Sonne schien warm auf ihre Arme. Sie dachte an die Grundschule, die nur eineinhalb Kilometer entfernt war, an die Ordnung dort und die Alltäglichkeit. Kay Marshall kam ihr in den Sinn und deren mißbilligender Tonfall. Trotzdem setzte sie ihren Weg fort, wobei Schultern, Arme und Haare sie streiften. Der Strom kam zum Stehen und verdichtete sich. Eine Menschenmenge sammelte sich am Ausbildungsgebäude für Reserveoffiziere, wo zwei junge Männer, von denen einer ein Megaphon in der Hand hielt, auf den Stufen standen. Auch Norah hielt an und reckte den Hals, um die Ereignisse verfolgen zu können. Einer der jungen Männer, in Jackett und Krawatte, hielt die amerikanische Flagge hoch. Ihre Streifen und Sterne flatterten im Wind. Dann beobachtete sie, wie der andere, ebenso gut angezogene junge Mann eine Faust an ihren Saum hob. Zuerst sah man nur das heftige Flimmern der Hitze. Dann fing der Stoff Feuer, und vor dem Hintergrund der Blätter und dem Blau und Grün des Tages loderten die Flammen.

Vor Norahs Augen lief das Geschehen wie in Zeitlupe ab. Durch die wabernde Luft sah sie Bree, die sich am Rande der Menschenmenge entlangbewegte und Flugblätter verteilte. Ihr langes Haar war zu einem Pferdeschwanz gebunden und wippte gegen ihr weißes Oberteil – ein Hemd, das üblicherweise von Landarbeitern getragen wurde. Sie ist so schön, dachte Norah, als sie die Entschlossenheit und Aufregung in Brees Gesicht erblickte, bevor es aus ihrem Sichtfeld verschwand. Wieder schlug Neid in ihr hoch wie eine Flamme: Sie beneidete Bree um ihre Sicherheit und Freiheit.

Norah bahnte sich einen Weg durch die Menge. Noch zweimal erspähte sie ihre Schwester, bevor sie sie endlich erreichte. Bree stand auf dem Bordstein und unterhielt sich mit einem jungen Mann mit rötlichen Haaren. Sie waren so ins Gespräch vertieft, daß Bree, als Norah sie schließlich am Arm faßte, sich überrascht umdrehte und eine lange Zeit mit leerem Gesichtsausdruck vor ihrer Schwester stand, bevor sie sie erkannte.

»Norah?« rief sie erfreut. Sie legte ihre Hand auf die Brust des rothaarigen Mannes, und ihre Geste wirkte so selbstverständlich und vertraut, daß Norahs Herz brannte. »Das ist meine Schwester«, erklärte Bree. »Norah, das ist Mark.«

Er nickte, ohne zu lächeln, und taxierte Norah, während er ihr die Hand schüttelte.

»Sie haben die Flagge verbrannt«, stellte Norah überflüssigerweise fest. Zum zweitenmal an diesem Tag fühlte sie sich unwohl in ihrer Kleidung, die hier wie auf dem Spielplatz aus völlig unterschiedlichen Gründen fehl am Platze war.

Marks braune Augen verengten sich leicht, als er mit den Schultern zuckte. »Sie haben in Vietnam gekämpft«, erklärte er. »Sie werden also ihre Gründe dafür haben.«

»Mark hat in Vietnam den halben Fuß verloren.«

Auf diese Bemerkung hin ertappte sich Norah dabei, wie sie einen kurzen Blick auf Marks Stiefel warf, die bis zu seinen Fußgelenken hoch geschnürt waren.

»Die vordere Hälfte«, sagte er, mit dem rechten Fuß auf den Boden klopfend. »Die Zehen und noch etwas dahinter.«

»Verstehe«, murmelte Norah, der die Situation sehr peinlich war.

»Mark, könntest du uns eine Minute allein lassen?« fragte Bree.

Er blickte auf die gebannte Menge. »Kaum, ich bin der nächste Redner.«

»Okay. Bin gleich wieder da«, sagte sie hastig und zog Norah ein paar Schritte weiter, wo sie sich unter eine Gruppe von Trompetenbäumen duckten.

»Was machst du hier?« fragte sie.

»Das weiß ich selbst nicht so genau«, antwortete Norah. »Ich mußte anhalten, als ich die vielen Menschen sah, das ist alles.«

Bree nickte, ihre silbernen Ohrringe blitzten. »Es ist unglaublich, oder? Das müssen fünftausend Menschen sein. Wir hatten nur ein paar hundert erwartet. Das ist wegen Kent State. Das ist das Ende.«

Das Ende wovon? überlegte Norah, während ihr Flugblätter um die Beine flatterten. Irgendwo da draußen rief Mrs. Throckmorton ihren Schülern etwas zu, und Mr. Warren saß zwischen seinen Hochglanzbildern und stellte Tickets aus. Vor ihrer Garage tänzelten Wespen in der Sonne träge auf und ab. Konnte die Welt an so einem Tag wirklich enden?

»Ist das dein Freund?« fragte sie. »Der, von dem du mir erzählt hast?«

Bree nickte und lächelte verschwörerisch.

»Sieh dir das an! Du bist verliebt.«

»Ja«, entgegnete Bree weich und warf einen Blick auf Mark. »Ich glaube, das bin ich.«

»Ich hoffe, er behandelt dich gut«, sagte Norah und stellte entsetzt fest, daß sie mit der Stimme ihrer Mutter sprach, ja sogar deren Tonfall imitierte. Aber Bree war zu glücklich, um darauf anders als mit einem Lachen zu reagieren.

»Er behandelt mich sehr gut«, antwortete sie. »Hey – kann ich ihn vielleicht am Wochenende mitbringen, zu deiner Party?«

»Klar«, sagte Norah, obwohl sie überhaupt nicht sicher war.

»Super. Norah, hast du eigentlich den Job bekommen, für den du dich beworben hattest? Hast du schon etwas gehört?«

Die Blätter der Trompetenbäume bewegten sich wie geschmeidige grüne Herzen im Wind, und dahinter schwankte und wogte die Menge.

»Ich weiß es noch nicht«, erwiderte Norah und dachte an das geschmackvoll eingerichtete, ordentliche Büro mit seinen

Reisepostern. Ihre eigenen Bemühungen kamen ihr auf einmal so belanglos vor.

»Wie lief das Vorstellungsgespräch?« fragte Bree nachdrücklich.

»Gut. Es ist eigentlich sehr gut gelaufen. Ich bin mir nur nicht mehr so sicher, ob ich den Job überhaupt haben will.«

Bree strich sich eine Haarsträhne aus dem Gesicht und zog die Augenbrauen hoch. »Warum nicht? Norah, gestern warst du noch ganz wild auf diesen Job. Du warst ganz aufgeregt. Es liegt an David, stimmt's? Er will nicht, daß du arbeitest.«

Norah schüttelte verärgert den Kopf. »Er weiß nicht mal was davon. Bree, es ist nur eine kleine Klitsche. Langweilig, spießig. Du würdest da nicht einmal arbeiten, wenn man dir ein Messer auf die Brust setzte.«

»Ich bin nicht du«, wies Bree sie ungeduldig zurecht. »Du bist nicht ich. Du wolltest diesen Job haben, Norah. Für dich, meine Güte – und für deine Unabhängigkeit.«

Sie hatte recht, Norah hatte diesen Job haben wollen, aber trotzdem flackerte erneut Zorn in ihr auf. Was dachte sich Bree, die hier draußen Revolutionen anzettelte, eigentlich dabei, ihr dieses Nullachtfünfzehn-Leben aufzudrängen?

»Ich würde nur den Schreibkram erledigen, nicht reisen. Bis ich mir Reisen verdient hätte, würden Jahre vergehen. So habe ich mir mein Leben nicht vorgestellt.«

»Einen Staubsauger vor sich herschieben ist also besser?«

Norah dachte an den brausenden Wind und an den Ohio River, der nur einen Schritt entfernt brodelte. Sie preßte die Lippen zusammen und antwortete nicht.

»Norah, du machst mich so wütend. Warum hast du eine solche Angst, etwas zu verändern? Warum bist du nicht einfach du selbst und wartest ab, wie sich die Dinge entwikkeln?«

»Ich bin ich selbst. Du hast ja keine Ahnung!«

»Ich sehe nur, daß du den Kopf in den Sand steckst.«

»Das einzige, was du siehst, ist der nächste verfügbare Mann.«

»Das war's. Ich bin fertig mit dir.« Bree machte nur einen Schritt und wurde sofort von der Menge verschluckt; ein kurzes Aufleuchten von Farbe, und im nächsten Moment war sie verschwunden.

Norah stand noch einen Moment, vor Zorn bebend, unter den Trompetenbäumen. Sie wußte selbst, daß ihre Wut unerklärlich war. Was war nur mit ihr los? Wie konnte sie in einem Moment Kay Marshall und im nächsten Bree beneiden?

Durch die Menschenmenge trat sie den Rückweg zu ihrem Auto an. Nach den Unruhen und Protesten wirkten die Straßen öde und farblos und schienen eine beunruhigende Normalität auszustrahlen. Seltsamerweise war nicht viel Zeit vergangen; ihr blieben noch zwei Stunden, bis sie Paul abholen mußte; zuwenig, um den Fluß zu erreichen.

Zu Hause in ihrer ruhigen, sonnigen Küche machte sich Norah einen Gintonic. Das Glas in ihrer Hand war fest und kühl, und das Eis klimperte mit ermutigender Heiterkeit. Im Wohnzimmer hielt sie vor der Fotografie inne, die sie auf der Steinbrücke zeigte. Wenn sie an diesen Tag zurückdachte – an ihre Wanderung und ihr Picknick –, kam ihr nie dieser Moment in den Sinn. Statt dessen erinnerte sie sich an die Landschaft, die sich tief unter ihr ausbreitete, an die Sonne und die sanfte Brise auf ihrer Haut. »Laß mich ein Foto von dir machen«, hatte David damals hartnäckig gerufen. Nachdem sie sich umgedreht hatte, sah sie, daß er kniete und die Kamera auf sie richtete, darauf versessen, einen Moment einzufangen, der nie wirklich existiert hatte. Sie hatte mit der Kamera goldrichtig gelegen, wie sie nun mit Bedauern feststellte. David, den die Fotografie so faszinierte, daß es an Besessenheit grenzte, hatte sich über der Garage eine Dunkelkammer eingerichtet.

David. Wie war es möglich, daß ein Mensch mit den Jahren immer mysteriöser, aber gleichzeitig auch vertrauter wurde?

Er hatte ein Paar Bernsteinmanschetten auf der Truhe unter den Fotos liegenlassen. Norah nahm sie in die Hand, während sie dem leisenTicken der Uhr im Wohnzimmer lauschte.

Die Steine erwärmten sich in ihrer Hand; ihre Glätte war tröstlich. Norah fand überall Steine. Sie kullerten aus Davids Taschen, lagen verstreut auf der Anrichte und steckten in Briefumschlägen im Schreibtisch. Manchmal erspähte sie David und Paul im Garten, wie sie die Köpfe über einem ihnen interessant erscheinenden Stein zusammensteckten. Wenn sie sie dann weiter beobachtete, weitete sich ihr Herz, und sie ließ eine vorsichtige Freude zu. Solche Momente waren selten; David war dieser Tage sehr beschäftigt. Ja, wollte ihm Norah dann zurufen. Nimm dir eine Minute. Verbringe etwas Zeit mit deinem Sohn, er wird so schnell groß.

Norah ließ die Manschettenknöpfe in ihre Tasche gleiten und nahm ihren Drink mit nach draußen. Sie stand unter dem papiernen Nest und sah den Wespen dabei zu, wie sie es umkreisten, um dann darin zu verschwinden. Von Zeit zu Zeit flog eine von ihnen, vom süßen Geruch des Gins angelockt, dichter an sie heran. Sie nippte und betrachtete das Schauspiel. Ihre Muskeln und jede einzelne ihrer Zellen entspannten sich in einer fließenden Kettenreaktion, und ihr war, als hätte sie die Wärme des Tages verschluckt. Sie leerte den Gin und stellte das Glas in der Einfahrt ab. Dann ging sie um Pauls Dreirad herum, um ihre Gartenhandschuhe und ihren Hut zu suchen. Bald schon würde er dafür zu groß sein, und sie würde es mit den anderen Sachen wegpacken – seinen Babykleidern und dem Spielzeug, dem er entwachsen war. David wollte keine weiteren Kinder, und jetzt, da Paul zur Schule ging, hatte sie es aufgegeben, mit ihm über dieses Thema zu streiten. Sie konnte sich selbst kaum vorstellen, wie es wäre, wieder Windeln zu wechseln und um zwei Uhr nachts zu stillen, aber trotzdem sehnte sie sich oft danach, noch einmal ein Baby in den Armen zu halten. Sie erinnerte sich an die angenehme Wärme und die Leichtigkeit von Angela. Wie glücklich Kay sich doch schätzen konnte, und sie war sich dessen noch nicht einmal bewußt.

Norah zog ihre Handschuhe an, und trat in die Sonne zurück. Außer einem Stich in den Zeh, den sie als Achtjährige bekam, hatte sie keine Erfahrung mit Wespen oder Bienen. Der Stich hatte eine Stunde lang weh getan und war dann verheilt. Als Paul die tote Biene vom Boden aufgehoben und vor Schmerz aufschrien hatte, war sie überhaupt nicht in Panik geraten. Sie würde Eis auf die Schwellung tun und ihn tröstend umarmen, und alles würde wieder gut werden. Aber Schwellung und Rötung hatten sich, von der Hand ausgehend, schnell ausgebreitet. Als sein Gesicht angeschwollen war, hatte sie David mit zitternder Stimme gerufen. Er wußte gleich, was geschehen war und welches Mittel man ihm geben mußte. Innerhalb von Sekunden begann Paul leichter zu atmen. »Nichts passiert«, sagte David. Zwar stimmte das, aber ihr wurde immer noch schlecht vor Angst, wenn sie daran zurückdachte. Was wäre geschehen, wenn David nicht zu Hause gewesen wäre?

Einige Minuten lang beobachtete sie die Wespen, während ihre Gedanken zu den Demonstranten auf dem Hügel wanderten; eine pulsierende Welt, die aus den Fugen geraten war. Sie hatte immer das getan, was man von ihr erwartet hatte. Zuerst hatte sie studiert, dann eine Stelle angenommen; später David geheiratet, der eine gute Partie war. Doch jetzt, seit der Geburt ihrer Kinder, konnte Norah die Welt nicht mehr so sehen wie früher. Phoebes Verlust hatte sie hilflos zurückgelassen, und sie bekämpfte diese Hilflosigkeit, indem sie versuchte, ihre Tage mit Aktivitäten auszufüllen. Phoebe, die gerade durch ihre Abwesenheit gegenwärtig war, die in Träumen auftauchte und jeden Moment schattenhaft begleitete.

Jetzt untersuchte sie entschlossen das Werkzeug. Sie würde mit diesen Wespen allein fertig werden. Die langstielige Hacke wog schwer in ihrer Hand. Langsam hob sie sie an und holte zu einem kühnen, wuchtigen Schlag aus. Die Schneide glitt leicht durch die papierne Haut des Nestes. Die Kraft dieses Angriffsschlages faszinierte sie. Aber als sie die Hacke zurückzog, rasten die Wespen aus dem zerborstenen Nest und flogen direkt auf sie zu. Eine stach sie in den Unterarm, eine andere in die Wange. Sie ließ die Hacke fallen, rannte ins Haus, schlug die Tür hinter sich zu und lehnte sich atemlos dagegen.

Draußen kreiste der Schwarm mit wütendem Surren um das zerstörte Nest. Einige Wespen landeten auf dem Fensterbrett. Ihre zarten Flügel bewegten sich sacht. Das wütende Schwirren erinnerte sie an die Studenten, die sie heute morgen gesehen hatte – und an sich selbst. Sie ging in die Küche und mixte sich einen neuen Drink. Erst danach tupfte sie etwas Gin auf Wange und Unterarm, wo die Stiche schmerzhaft anzuschwellen begannen. Der Gin schmeckte köstlich und scharf und hinterließ ein wohliges Gefühl von Wärme und Stärke. Noch blieb ihr eine Stunde, bevor sie aufbrechen mußte, um Paul abzuholen.

»So, ihr verdammten Wespen«, sagte sie laut. »Euch habe ich es gegeben.«

Im Schrank fand sie Insektenschutzmittel, unter Mänteln und Schuhen und dem Staubsauger – einem stahlblauen, brandneuen Elektrolux. Bree, die ihr blondes Haar aus dem Gesicht strich, kam ihr in den Sinn. »Einen Staubsauger vor sich herschieben« – war es das, was sie vom Leben wollte?

Norah war schon halb aus der Tür, als ihr eine Idee kam. Die Wespen waren bereits dabei, ihr Nest wieder zusammenzubauen. Sie schienen Norah nicht zu bemerken, die, den Elektrolux in den Händen, nach draußen trat. Die Maschine hockte unpassend und merkwürdig in der Einfahrt, wie ein hellblaues Schwein. Wieder zog Norah Handschuhe und Hut über, und diesmal auch einen Mantel. Dann schlang sie sich einen Schal ums Gesicht. Sie steckte den Staubsauger in die Steckdose, stellte ihn an und ließ ihn einen Augenblick lang brummen, was sich im Freien seltsam leise anhörte, bevor sie die Mündung hochhob. Mutig steckte sie das Stahlrohr in die Überreste des Nestes. Die Wespen summten bedrohlich und flogen Angriffe auf Norah – ihre Wange und ihr Arm brannten bei ihrem bloßen Anblick –, aber sie wurden schnell eingesogen. Der klappernde Laut, der dabei ertönte, hörte sich an, als würden Eicheln auf ein Dach fallen. Sie schwenkte das Stahlrohr wie einen Zauberstab durch die Luft, saugte all die wütenden Insekten ein und zerfetzte ihr feines Nest. Bald waren keine Tiere mehr da. Während sie nach etwas suchte, mit dem sie die Mündung verstopfen könnte, ließ sie den Motor laufen. Unter keinen Umständen wollte sie diese emsigen Wespen, die so unbeirrbar ihr Ziel verfolgten, entkommen lassen. Die Drinks hatten sie völlig entspannt, und die Sonne strahlte warm. Sie steckte die Düse in die Erde, aber darauf reagierte der Motor des Staubsaugers mit einem verzerrten Geräusch. Da fiel ihr der Auspuff des Autos ins Auge: Ja, das Staubsaugerrohr würde perfekt darüber passen. Mit großer Befriedigung und völlig erschöpft von ihrem Werk, schaltete Norah den Staubsauger aus und ging ins Haus.

Vor dem Waschbecken im Bad nahm sie Schal und Hut ab und studierte ihr Gesicht im Spiegel. Sonne fiel durch die Milchglasscheiben der Fenster. Dunkelgrüne Augen, kurzes blondes Haar und ein Gesicht, das von Sorgen ausgezehrt war, schienen ihr entgegen. Ihr Haar klebte am Kopf, ihre Haut glänzte vor Schweiß, und auf ihrer Wange prangte ein zornig roter Hieb. Während sie überlegte, was David wohl in ihr sah, wenn er sie betrachtete, biß sie sich leicht auf die Lippe. Schließlich fragte sie sich selbst, wer sie eigentlich war. Mal versuchte sie sich Kay Marshall anzupassen und im nächsten Moment Brees Freunden. Nirgendwo richtig zu Hause, raste sie wie eine Wahnsinnige an den Fluß. Welche Seiten ihrer Persönlichkeit nahm David wohl wahr? Oder war es eine völlig andere Frau, die jede Nacht an seiner Seite schlief? Diese Frau war zwar sie selbst, aber sie war sich selbst fremd. Längst war sie nicht mehr die Frau, die David geheiratet hatte, und auch sie sah in ihm nicht mehr den Mann, dem sie das Jawort gegeben hatte, wenn er nach Hause kam, sein Jackett sorgfältig über einen Stuhl hängte und die Abendzeitung aufschlug. Sie trocknete ihre Hände ab und ging Eis holen, um ihre geschwollene Wange zu kühlen. Das Wespennest hing leer und zerfleddert vom Garagensims. Der Elektrolux saß geduckt in der Einfahrt. Sein langer gefaltelter Metallschlauch verband ihn mit dem Auspuff des Autos, eine silberne Nabelschnur, die in der Sonne glänzte. Sie stellte sich vor, wie David nach Hause in einen geschmückten Garten kam, zu einer bis ins letzte Detail durchgeplanten, perfekt vorbereiteten Party, und bemerkte, daß das Wespennest verschwunden war. Er wäre überrascht und erfreut, hoffte sie.

Ein Blick auf die Uhr sagte ihr, daß es Zeit war, Paul abzuholen. Auf der Hintertreppe hielt sie kurz inne, um in ihrer Handtasche nach den Hausschlüsseln zu kramen. Da weckte ein seltsames Geräusch ihre Aufmerksamkeit. Es war eine Art Summen, und zuerst dachte sie, daß es den Wespen gelungen war zu entkommen. Aber in der blauen Luft bewegte sich nichts. Das Summen wurde zu einem Zischen, und es roch nach durchgeschmorten Kabeln und verbrannten Reifen. Die Quelle all dessen war, wie Norah mit langsamem Erstaunen begriff, der Elektrolux. Sie hastete die Stufen hinunter. Gerade als sie nach dem Staubsauger greifen wollte, explodierte er. Er sprang aus ihrer Reichweite, raste über die Rasenfläche und traf den Zaun mit solcher Wucht, daß eine Latte zerbarst. Die blaue Maschine fiel mitten in die Rhododendren und stieß Schwaden öligen Rauches und ein Heulen wie von einem verletzten Tier aus.

Norah blieb mit ausgestreckter Hand mitten in der Bewegung stehen, als wäre sie eines von Davids Fotomotiven. Als sie bemerkte, daß vom Auto ein Stück des Auspuffs abgerissen worden war, wurde ihr das Geschehen klar: die Benzindämpfe mußten sich im heißen Staubsaugermotor gesammelt und die Explosion ausgelöst haben. Norah dachte an Pauls glockenklare Stimme und daß er allergisch auf Bienen reagierte. Wäre er zu Hause gewesen, hätte ihn der Staubsauger treffen können.

Eine Wespe trudelte aus dem rauchenden Auspuff und flog davon.

Dieser Anblick war zuviel für Norah. Den ganzen Vormittag hatte sie hart an der Vernichtung der Insekten gearbeitet, und trotz ihres Einfallsreichtums würden die Wespen entkommen. Sie überquerte den Rasen. Ohne zu zögern, öffnete sie den Elektrolux und griff in den hervorquellenden Rauch, um den Papierbeutel voller Staub und Insekten herauszuziehen. Sie warf ihn auf den Boden und begann in rasendem Tanz darauf herumzustampfen. Der Staubsaugerbeutel platzte an einer Seite auf, und Wespen glitten heraus – ihr Fuß zermalmte sie. »Du hast Angst vor dem Leben«, hatte Bree zu ihr gesagt. »Warum bist du nicht einfach du selbst und wartest ab, wie sich die Dinge entwickeln?« Aber wer war sie? Norah hatte sich den ganzen Tag darüber den Kopf zerbrochen. Wie sollte sie sein? Früher hatte sie das einmal gewußt: Sie war die Tochter ihrer Eltern gewesen, dann Studentin und Telefonvermittlerin. Dies waren Rollen, die sie mit Leichtigkeit und Sicherheit ausgefüllt hatte. Dann war sie zu einer Verlobten, einer jungen Ehefrau und Mutter geworden und hatte entdeckt, daß diese Worte viel zu klein waren, um für all die Erfahrungen, die damit einhergingen, jemals stehen zu können.

Noch als alle Wespen tot sein mußten, tanzte Norah wild und entschlossen auf der breiigen Masse herum. Etwas passierte mit ihr. Die Welt und sie selbst hatten sich irgendwie verändert. In dieser Nacht, als das Ausbildungsgebäude für Reserveoffiziere bis auf die Grundmauern niederbrannte und die Flammen in der warmen Frühlingsnacht erblühten, würde

Norah von Wespen und Bienen träumen und von traumgroßen Hummeln, die durch hohe Gräser schwebten. Am nächsten Tag würde sie den Staubsauger ersetzen, ohne David je von diesem Vorfall zu erzählen. Sie würde den Smoking für Kays Wohltätigkeitsveranstaltung wieder abbestellen und den Job im Reisebüro annehmen. Ein eigenes Leben, voller Glanz und Abenteuer, würde für sie beginnen.

Das war die Zukunft. Im Augenblick aber konnte sie an nichts anderes denken als an die Bewegung ihrer Füße. In der Ferne brüllten die Demonstranten, und der anschwellende Lärm der Masse drang durch die strahlende Frühlingsluft an ihr Ohr. In ihren Schläfen pochte das Blut. Was dort geschah, war auch hier, in der Stille ihres eigenen Gartens und in den versteckten Winkeln ihres Herzens, geschehen: eine Explosion, die es unmöglich machte, daß das Leben je wieder so sein würde, wie es vorher gewesen war.

In der Nähe der wilden und feurigen Azaleen brummte eine einzelne Wespe, bevor sie wütend abschwirrte. Norah stieg von dem matschigen Papiersack, der mit Flügeln und Wespensekret verschmiert war. Benommen, aber stocknüchtern, überquerte sie den Rasen und tastete nach ihren Schlüsseln. Als wäre es ein ganz gewöhnlicher Tag, stieg sie ins Auto, um ihren Sohn abzuholen.

9. Kapitel

Mai 1970

PAPA? PAAPA!«

Als er die Stimme seines Sohnes hörte und seine leichten, schnellen Schritte auf der Treppe erkannte, blickte David von dem belichteten Papierbogen auf, den er gerade in das Entwicklerbad hatte gleiten lassen.

»Warte!« rief er ihm zu. »Nur eine Minute, Paul.« Aber noch während er sprach, war die Tür aufgeflogen, und Licht durchflutete den Raum.

»Mist!« David sah, wie der Bogen schnell dunkel wurde, und mußte das Bild in der plötzlichen Helligkeit verloren geben. »Verdammt, habe ich dir nicht millionen-, billionen-, trillionenmal gesagt, daß du nicht reinkommen sollst, wenn das rote Licht brennt?«

»Tut mir leid, Papa.«

David holte tief Luft und war schon wieder etwas besänftigt. Paul war immerhin erst sechs und sah ziemlich klein aus, wie er da so im Türrahmen stand. »Ist schon gut. Komm rein. Ich wollte dich nicht anschreien.«

Er hockte sich hin und breitete seine Arme aus. Paul ließ sich hineinfallen und schmiegte seinen Kopf kurz an Davids Schulter, der die Stoppeln seines neuen Haarschnittes weich und zugleich stachelig an seinem Hals spürte. Paul war leicht, drahtig und stark, ein Junge, der wie Quecksilber durch die Welt glitt, ruhig und wachsam und eifrig darum bemüht, anderen zu gefallen. David, der den Zornausbruch bedauerte, küßte ihn auf die Stirn, wobei er über die Schulterblätter seines Sohnes staunte, die sich elegant und vollkommen wie Flügel unter Haut und Muskeln spannten.

»Okay. Was ist denn so wichtig?« fragte er und verlagerte sein Gewicht auf die Fersen. »Was ist so wichtig, daß du hier reinplatzt und alle Fotos ruinierst?«

»Schau, Papa«, gestikulierte Paul eifrig. »Sieh, was ich gefunden habe!«

Er öffnete seine kleinen Fäuste. Auf seiner Hand lagen mehrere flache Steine, dünne Scheiben mit einem Loch in der Mitte, die die Größe von Knöpfen hatten.

»Die sind ja toll«, erwiderte David begeistert und nahm einen Stein hoch. »Wo hast du die denn gefunden?«

»Gestern, als ich mit Jason auf den Hof seines Opas gefahren bin. Da gibt es einen Bach, und man muß vorsichtig sein, weil Jason letzten Sommer dort eine Mokassinschlange gesehen hat; aber jetzt ist es zu kalt. Deswegen sind wir hindurchgewatet, und da habe ich sie gefunden, direkt am Ufer.«

»Toll.« David befühlte die Fossilien, die leicht und fein und jahrtausendealt waren. Sie konservierten die Zeit besser, als irgendein Foto es je vermochte. »Diese Fossilien waren mal Teil einer Seelilie, Paul. Weißt du, vor langer Zeit war ein großes Gebiet von Kentucky nämlich von einem Ozean bedeckt.«

»Wirklich? Toll. Gibt es ein Bild davon in deinem Steinatlas?«

»Vielleicht. Wenn ich das hier aufgeräumt habe, sehen wir sofort nach. Wie liegen wir in der Zeit?« fragte er, während er sich zur Tür der Dunkelkammer wandte und hinauslugte. Es war ein wundervoller Frühlingstag, die Luft war lau, und überall an den Rändern des Gartens blühten Hornsträucher. Norah hatte Tische aufgestellt und sie mit leuchtend bunten Tüchern gedeckt. Kalte Platten, Punch, Stühle und Servietten standen bereit, und die Tische waren mit Blumenvasen geschmückt. Von einem Maibaum, zu dem eine hagere Platane umfunktioniert worden war, die den Mittelpunkt des Gartens bildete, wehten bunte Bänder. Auch das war Norahs Werk. David hatte ihr Hilfe angeboten, aber sie hatte sie ausgeschlagen. »Steh mir einfach nicht im Weg«, hatte sie ihn abgewehrt. »So hilfst du mir am meisten.« Und so hatte er es gehalten.

Er zog sich in die Kühle und Abgeschiedenheit der Dunkelkammer, in das blaßrote Licht und den scharfen Geruch von Chemikalien zurück.

»Mama zieht sich gerade um«, informierte ihn Paul. »Und ich soll mich nicht mehr schmutzig machen.«

»Ein strenger Befehl«, bemerkte David, während er die Flaschen mit Fixiersalz und Entwickler auf ein hohes Regal außerhalb von Pauls Reichweite beförderte. »Geh schon mal rein, ja? Ich komme auch gleich. Wir werden diese Seelilien nachschlagen.«

Paul lief die Außentreppe hinunter; David sah flüchtig, wie er über den Rasen rannte und die Fliegengittertür des Hauses hinter sich zuknallte. Er wusch die rechteckigen Becken aus und stellte sie zum Trocknen auf. Dann entfernte er den Film aus dem Entwickler und legte ihn weg. In der Dunkelkammer war es friedlich, kühl und ruhig, und er verweilte dort noch einige Sekunden, bevor er Paul folgte. Im Garten bauschten sich die Tischdecken im Wind. Maikörbchen, die aus Papier gefaltet und mit Frühlingsblumen gefüllt waren, schmückten jedes Gedeck. Am Beginn der Woche, zum Ersten Mai, hatte Paul den Nachbarn Körbchen wie diese gebracht. Er hatte sie an jede Haustür gehängt und geklopft, bevor er weggelaufen war, um sich zu verstecken, weil er dabei zusehen wollte, wie sie gefunden wurden. Das war Norahs Idee gewesen, Resultat ihres künstlerischen Geschicks, ihrer Energie und Phantasie.

Sie stand in der Küche, trug eine Schürze über einem korallenroten Seidenkostüm und dekorierte eine Fleischplatte mit Petersilie und Kirschtomaten.

»Ist schon alles bereit?« fragte er. »Das da draußen sieht großartig aus. Kann ich noch irgend etwas tun?«

»Vielleicht machst du dich fertig?« schlug sie mit einem Blick auf die Uhr vor. Dann trocknete sie ihre Hände ab.

»Aber zuerst stell bitte diese Platte in den Kühlschrank unten im Keller, ja? Die ist schon fertig. Danke.«

Als David die Platte nahm, spürte er die Kühle des Glases auf seiner Haut. »So viel Arbeit«, bemerkte er. »Warum bestellst du nicht einfach einen Partyservice für solche Feste?«

Er hatte nur hilfsbereit sein wollen, aber Norah hielt auf ihrem Weg zur Tür inne und runzelte die Stirn.

»Weil ich das gern mache«, erklärte sie. »Die Planung, das Kochen – eigentlich alles. Weil es mir große Freude bereitet, aus nichts etwas Schönes zu zaubern. Ich habe viele Begabungen«, fügte sie kühl hinzu. »Ob du es glaubst oder nicht.«

»So habe ich das nicht gemeint«, seufzte David. Zur Zeit waren sie wie zwei Planeten, die in einer Umlaufbahn um die Sonne kreisten. Zwar kollidierten sie nicht, aber sie kamen sich auch nicht näher. »Ich wollte damit nur sagen, daß du dir ruhig etwas Hilfe holen könntest. Miete einen Partyservice. Wir können uns das wirklich leisten.«

»Es geht nicht um das Geld«, erwiderte sie gereizt, schüttelte den Kopf und verließ die Küche.

Er brachte die Platte weg und ging nach oben, um sich zu rasieren. Paul folgte ihm ins Badezimmer und setzte sich auf den Wannenrand. Seine Fersen schlugen gegen die Emaille, während er wie ein Wasserfall redete. Er liebte den Hof von Jasons Großvater. Dort hatte er eine Kuh gemolken, worauf ihm Jasons Großvater die warme, nach Gras schmeckende Milch zu trinken gegeben hatte. David seifte sich mit einem weichen Pinsel ein und freute sich über Pauls Geschichten. Das glitzernde Rasiermesser glitt in geschmeidigen, sauberen Zügen über seine Haut und sandte zitternde Lichtpünktchen an die Decke. Für einen Augenblick schien die Welt stillzustehen und alle Geschehnisse ausgesperrt zu sein; die laue Frühlingsluft, der Geruch von Seife und die aufgeregte Stimme seines Sohnes waren alles, was er wahrnahm.

»Ich habe früher auch Kühe gemolken«, erzählte David. Er trocknete sein Gesicht und griff nach seinem Hemd. »Ich konnte einen Milchstrahl direkt in das Maul einer Katze spritzen.«

»Das hat Jasons Opa auch gemacht! Ich mag Jason gerne. Ich wünschte, er wäre mein Bruder.«

David band seine Krawatte um und betrachtete dabei Pauls Spiegelbild. In der Stille, die nicht ganz still war – der Wasserhahn des Waschbeckens tropfte, die Uhr tickte leise, raschelnd rieb sich Stoff an Stoff –, wanderten seine Gedanken zu seiner Tochter. Alle paar Monate, wenn er seine Post durchwühlte, stolperte er über Carolines verrückte Handschrift. Obwohl die ersten Briefe aus Cleveland stammten, trug nun jeder Umschlag einen anderen Poststempel. Manchmal legte Caroline auch eine neue Postfachnummer bei – in stets neuen Orten, riesigen, unpersönlichen Städten –, und immer wenn sie dies tat, schickte David Geld. Sie hatten sich nie gut gekannt, aber über die Jahre waren ihre Briefe an ihn immer persönlicher geworden. Die neuesten hätten aus ihrem Tagebuch ausgerissen sein können. Sie begannen mit »Lieber David« oder einfach nur »David« und enthielten Carolines Gedanken, die sie in einem einzigen Schwall niedergeschrieben haben mußte. Manchmal versuchte er die Briefe ungeöffnet wegzuwerfen, aber dann fischte er sie doch jedesmal aus dem Müll und las sie schnell durch. Er bewahrte sie in einem Aktenschrank in der Dunkelkammer auf, so daß er immer wußte, wo sie waren und wo Norah sie nie finden würde.

Einmal, vor Jahren, als das mit den Briefen anfing, hatte David eine achtstündige Autofahrt nach Cleveland unternommen, um Caroline und Phoebe zu finden. Drei Tage lang war er durch die Stadt gelaufen, hatte Telefonbücher studiert und an jedem Krankenhaus angehalten, um nach ihnen zu fragen. In der Hauptpoststelle war er mit den Fingerspitzen über die kleine Messingtür mit der Nummer 621 gestrichen, aber der Postmeister hatte ihm weder Namen noch Adresse genannt. »Dann warte ich eben, bis jemand kommt«, erklärte David, aber der Mann hatte mit den Achseln gezuckt. »Machen Sie nur«, hatte er geantwortet. »Aber bringen Sie sich etwas zu essen mit. Es können Wochen vergehen, bis diese Briefkästen geleert werden.«

Schließlich hatte er aufgegeben und war nach Hause zurückgekehrt. Er hatte zugelassen, daß die Jahre verstrichen und Phoebe ohne ihn aufwuchs. Jedesmal wenn er Geld schickte, fügte er eine Notiz bei, in der er Caroline bat, ihm zu sagen, wo sie wohne. Aber er versuchte es nicht zu erzwingen und heuerte auch keinen Privatdetektiv an, wie es ihm manchmal in den Sinn kam. Der Wunsch, gefunden zu werden, müßte von ihr kommen, glaubte er, der Wunsch, von ihm gefunden zu werden. Hatte er sie gefunden – bekam er erst einmal die Möglichkeit, diese Angelegenheit zu regeln –, wäre er auch fähig, Norah die Wahrheit zu sagen.

So hatte er es sich zurechtgelegt, und in diesem Glauben stand er jeden Morgen auf und ging ins Krankenhaus. Er operierte und untersuchte Röntgenbilder, kam nach Hause, mähte den Rasen und spielte mit Paul; sein Leben war ausgefüllt. Trotzdem wachte er alle paar Monate auf, weil er, aus unerfindlichen Gründen, von Caroline Gill geträumt hatte, die ihn aus der Eingangstür oder über die Rasenfläche an der Kirche hinweg anstarrte. Dann wachte er zitternd auf, zog sich an und ging ins Arbeitszimmer hinunter oder hinaus in die Dunkelkammer, wo er an Veröffentlichungen arbeitete oder seine Abzüge in die chemischen Bäder gleiten ließ, während er zusah, wie Bilder aus dem Nichts erwuchsen.

»Papa, du hast vergessen, die Fossilien zu bestimmen«, sagte Paul vorwurfsvoll. »Du hast es versprochen.«

»Stimmt«, gab David zu und reiste wieder in die Gegenwart. Er rückte den Krawattenknoten gerade. »Du hast recht, Paul, das habe ich dir versprochen.«

Zusammen stiegen sie die Treppe hinunter und breiteten die vertrauten Bücher auf dem Tisch aus. Das Fossil gehörte zur Familie der Crinoiden. Es stammte von einem kleinen Meerestierchen, dessen Körper wie eine Blume geformt war.

Die knopfförmigen Steine hatten einst den Stiel gebildet. Davids Hand ruhte leicht auf Pauls Rücken, und er fühlte seine warme, lebendige Muskulatur und die feingliedrige Gliederung der Wirbelsäule direkt unter der Haut.

»Das werde ich Mama zeigen«, erklärte Paul. Er schnappte sich die Fossilien und rannte durchs Haus und zur Hintertür hinaus.

David nahm sich einen Drink und sah aus dem Fenster. Einige Gäste waren schon gekommen und standen in Grüppchen auf dem Rasen; die Männer in dunkelblauen Jacketts und die Frauen wie leuchtende Frühlingsblumen in Pink, lebhaftem Gelb oder Hellblau. Norah bewegte sich zwischen ihnen, umarmte die Frauen, schüttelte Hände und stellte die Gäste einander vor. Als David sie zum erstenmal getroffen hatte, war sie noch so still, so in sich gekehrt und wachsam gewesen. Damals hätte er sie sich niemals in dieser Umgebung vorstellen können. Nie hätte er gedacht, daß sie eine Party geben könnte, die sie bis ins letzte Detail selbst komponiert hatte, und daß sie sich dabei so wohl fühlen und so gesellig sein würde. Während er sie betrachtete, verspürte er Sehnsucht. Wonach? Nach dem Leben, das sie vielleicht hätten haben können. Norah schien sehr glücklich zu sein, wie sie dort inmitten der Gäste lachte. Trotzdem wußte David, daß ihr dieser Erfolg nicht ausreichen würde, nicht einmal für den heutigen Tag. Am Abend würde sie schon irgend etwas anderes vorbereiten, und wenn er in der Nacht aufwachte und mit der Hand die Kurve ihres Rückens nachführe, in der Hoffnung, sie zu wecken, würde sie murmelnd seine Hand festhalten und sich wegdrehen, ohne wach zu werden.

Paul saß jetzt auf der Schaukel und schwang sich hoch in den blauen Himmel. Er trug die Crinoiden an einer langen Schnur um seinen Hals; sie flogen auf und schlugen gegen seine schmale Brust zurück oder schepperten manchmal gegen die Seile der Schaukel.

»Paul«, rief Norah, und ihre Stimme drang klar durch die Fliegengitter. »Paul, nimm das Ding ab. Das ist gefährlich.«

David ging mit seinem Drink nach draußen. Auf dem Rasen traf er auf Norah.

»Laß ihn«, sagte er sanft und legte ihr die Hand auf den Arm. »Er hat es selbst gebastelt.«

»Ich weiß, ich habe ihm die Schnur gegeben. Aber er kann es später ummachen. Wenn er beim Spielen ausrutscht und irgendwo damit hängenbleibt, kann es ihn erdrosseln.«

Sie war so angespannt, daß er seine Hand fallen ließ. »Das ist aber unwahrscheinlich«, konterte er und wünschte, daß er ihren Verlust ungeschehen machen könnte. »Ihm wird schon nichts Schlimmes passieren, Norah.«

»Das weißt du nicht.«

»Trotzdem hat David recht.«

Die Stimme kam von hinten. Er drehte sich um und sah Bree, deren Wildheit, Leidenschaft und Schönheit wie ein Wind durch ihr Haus fegte. Sie trug ein Frühlingskleid aus einem feinen Gewebe, das um sie zu schweben schien, wenn sie sich bewegte. An der Hand hielt sie einen jungen Mann, der kleiner war als sie. Er war sauber rasiert, hatte kurzes rötliches Haar und trug Sandalen und ein offenes Hemd.

»Bree, im Ernst, die Kette könnte sich verheddern und ihn erdrosseln«, beharrte Norah, wobei sie sich ebenfalls umdrehte.

»Er schaukelt«, bemerkte Bree leichthin, während Paul mit zurückgeworfenem Kopf und der Sonne im Gesicht hoch in den Himmel flog. »Sieh doch, wie glücklich er ist. Zwing ihn nicht, herunterzusteigen. David hat recht. Es wird nichts passieren.«

Norah zwang sich zu einem Lächeln. »Nein? Die Welt könnte jeden Moment untergehen. Das hast du jedenfalls gestern noch gesagt.«

»Das war gestern«, sagte Bree. Sie zog Norah leicht zu sich, und dann tauschten sie einen tiefen Blick aus, der sie für einen

Moment so miteinander verband, daß jeder andere ausgeschlossen war. Sehnsuchtsvoll betrachtete David die Szene, die ihn plötzlich an seine eigene Schwester erinnerte. Mit June hatte er sich oft unter dem Küchentisch versteckt und verstohlen unter den Falten des Wachstuchs hervorgelugt, während beide ihr Lachen unterdrücken mußten. Er dachte an ihre Augen, die Wärme ihres Armes und die Freude, die er empfand, wenn er mit ihr zusammen war.

»Was war denn gestern los?« fragte David und verscheuchte seine Erinnerungen. Aber Bree ignorierte ihn und sprach weiter mit Norah.

»Tut mir leid, Schwester«, entschuldigte sie sich. »Gestern ging alles drunter und drüber. Ich war ein bißchen neben der Spur.«

»Mir tut es auch leid«, gestand Norah. »Ich bin froh, daß du gekommen bist.«

»Was ist denn gestern passiert? Wart ihr bei dem Brand dabei?« fragte David wieder. Er und Norah waren in der Nacht vom Heulen der Sirenen und einem beißenden Rauchgeruch aufgewacht und hatten ein seltsames Leuchten am Himmel gesehen. Sie waren nach draußen gelaufen und hatten, zusammen mit ihren Nachbarn, in den dunklen, stillen Gärten gestanden, und ihre Knöchel wurden feucht vom Tau, während das ROTC-Gebäude brannte. Seit einigen Tagen hatten sich die Proteste verschärft. Eine unsichtbare, aber fast greifbare Spannung lag in der Luft, während am Mekong Bomben fielen und Menschen mit sterbenden Kindern auf den Armen um ihr Leben rannten. In Ohio, jenseits des Flusses, waren vier Studenten gestorben. Niemand hatte jedoch mit einem Molotow-Cocktail, einem brennenden Gebäude und Polizeieinheiten gerechnet, die die Straßen von Lexington, Kentucky, stürmten.

Endlich wandte sich Bree David zu. Ihr langes Haar schwang über ihre Schultern, als sie den Kopf schüttelte. »Nein. Ich war nicht da, aber Mark.« Sie lächelte den jungen

Mann an ihrer Seite an und hakte ihren schlanken Arm in seinen. »Mark hat in Vietnam gekämpft«, fügte Norah hinzu. »Er protestiert hier gegen den Krieg.«

»Aha«, bemerkte David. »Ich habe also einen Agitator vor mir.«

»Eher einen Demonstranten«, verbesserte Norah und winkte über den Rasen. »Da ist Kay Marshall«, rief sie aus. »Entschuldigt ihr mich?«

»Also meinetwegen einen Demonstranten«, wiederholte David und sah, wie Norah wegging und wie der Wind sacht an den Ärmeln ihres Seidenkostüms zupfte.

»Das trifft es«, bestätigte Mark. Er hatte einen schwachen vertrauten Akzent, der David an den dunklen, melodischen Tonfall seines Vaters erinnerte. »Einer, der unerbittlich für Gleichheit und Gerechtigkeit kämpft«, setzte Mark hinzu, und es sollte ironisch klingen.

»Sie waren in den Nachrichten«, staunte David, der ihn auf einmal erkannte. »Letzte Nacht. Sie hielten eine Art Rede. Dann sind Sie wohl froh über den Brand.«

Mark zuckte mit den Achseln. »Froh kann man nicht sagen. Aber ich bedauere auch nicht, was geschehen ist. Es ist einfach geschehen. Wir machen trotzdem weiter.«

»Warum bist du so feindselig, David?« fragte ihn Bree, wobei sie ihn mit ihren grünen Augen fixierte.

»Ich bin nicht feindselig«, wehrte er ab und merkte noch im Sprechen, daß sie recht hatte. Ihm fiel auch auf, daß er begann – vom starken Sog der Sprache erfaßt, die für ihn so vertraut war –, die Vokale flacher auszusprechen und in die Länge zu ziehen. »Ich sammle nur Informationen. Woher stammen Sie?« wandte er sich an Mark.

»Aus West-Virginia. Aus der Nähe von Elkins. Warum?«

»Ich war nur neugierig. Meine Familie kam aus der Gegend.«

»Das wußte ich gar nicht«, wunderte sich Bree. »Ich habe gedacht, du kommst aus Pittsburgh.«

»Meine Familie lebte in der Nähe von Elkins«, wiederholte David. »Vor langer Zeit.«

»Wirklich?« Mark Fuhrman betrachtete ihn etwas weniger mißtrauisch. »Haben Ihre Eltern im Kohlebergbau gearbeitet?«

»Manchmal. Im Winter. Sie hatten einen Hof. Ein hartes Leben, aber nicht so hart wie die Minen.«

»Haben sie ihr Land behalten?«

»Ja.« Davids Gedanken wanderten zu dem Haus, das er fünfzehn Jahre lang nicht mehr gesehen hatte.

»Das war schlau. Also mein Vater hat unser Zuhause verkauft. Als er fünf Jahre später in den Minen starb, hatten wir keine Bleibe mehr. Wir wußten nicht, wohin.« Mark lächelte bitter und dachte einen Moment nach. »Sind Sie mal wieder da gewesen?« fragte er schließlich.

»Lange nicht. Und Sie?«

»Nein. Nachdem ich in Vietnam war, habe ich angefangen zu studieren, auf der Militärakademie in Morgantown, das GI-Programm. Für mich wäre es seltsam zurückzukehren. Ich gehörte nicht richtig dazu, wenn Sie verstehen, was ich meine.«

David nickte. »Ich verstehe, was Sie meinen.«

»Nun gut«, meldete sich Bree wieder zu Wort. »Jetzt seid ihr beide hier. Ich bin am Verdursten«, fügte sie hinzu. »Mark? David? Wollt ihr was trinken?«

»Ich komme mit«, stimmte Mark zu und reichte David die Hand. »Die Welt ist klein. Ich freue mich, daß ich Sie kennengelernt habe.«

»David ist für uns alle ein Mysterium«, frotzelte Bree, während sie ihn wegzog. »Frag Norah.«

David sah zu, wie sie mit der bunten Menschenmenge verschmolzen. Die zufällige Begegnung hatte ihn seltsam aufgewühlt. Wie eine Flutwelle war seine Vergangenheit über ihn hereingebrochen und hatte ihn ungeschützt und verletzlich zurückgelassen. Jeden Morgen verharrte er einen Moment auf der Schwelle seines Büros und ließ den Blick über die ordentliche Reihe der Instrumente und das gestärkte weiße Tuch des Untersuchungstisches schweifen. Von außen betrachtet, war er sehr erfolgreich, aber trotzdem war er nie stolz auf sich oder fühlte sich bestätigt, wie er einst gehofft hatte. »Ich denke, das wär's«, hatte sein Vater zu ihm gesagt, als er an Davids Abreisetag auf dem Bordstein vor der Bushaltestelle stand und die Tür des Lasters zuschlug. »Wahrscheinlich werden wir dich nicht mehr zu Gesicht bekommen, jetzt, da du in die Welt hinausgehst, und mit all dem Neuen. Da wirst du für deine Alten wohl keine Zeit mehr haben.« Auf jenem Bordstein, während die ersten Blätter um ihn herum von den Bäumen fielen, hatten ihn die Worte in tiefe Verzweiflung gestürzt, weil er wußte, daß sein Vater recht behalten würde. Mochten seine Absichten auch noch so gut und seine Liebe zu ihnen noch so groß sein, sein Leben würde ihn von ihnen wegführen.

»David, geht es dir gut?« Kay Marshalls Stimme drang in sein Bewußtsein. Sie hatte ihn gerade mit einer Vase blaßrosa Tulpen gestreift, deren Blütenblätter so fein wie die Spitze eines Lungenflügels modelliert waren. »Du siehst aus, als wärst du mit deinen Gedanken ganz woanders.«

»Ah, Kay«, rief er aus. Sie erinnerte ihn ein bißchen an Norah, weil sie trotz ihrer glattpolierten Oberfläche immer einsam wirkte. Einmal, auf einer anderen Party, bei der sie zuviel getrunken hatte, war sie ihm in einen dunklen Flur gefolgt, hatte ihm die Arme um den Nacken geschlungen und ihn geküßt. Erschrocken hatte er ihren Kuß erwidert. Der Augenblick war folgenlos verstrichen, und obwohl er oft an die überraschende, kühle Berührung ihrer Lippen denken mußte, konnte er jedesmal, wenn er sie sah, kaum glauben, daß es wirklich geschehen war. »Du siehst wie immer hinreißend aus, Kate.« Er prostete ihr zu. Sie lächelte, lachte dann und ging weiter.

Er trat in den Schatten der Garage und stieg die Treppe

hinauf, wo er seine Kamera vom Schrank nahm und einen neuen Film einlegte. Norahs Stimme erhob sich über das Stimmengewirr, und er erinnerte sich daran, wie sich ihre Haut heute morgen angefühlt hatte. Er dachte an die sanfte Kurve ihres Rückens, bevor ihm der vertraute Wortwechsel der beiden Schwestern in den Sinn kam. Wie innig sie mit Bree verbunden war, weit inniger als mit ihm.

Lächelnd, grüßend und Hände schüttelnd umkreiste er die Gesellschaft und löste sich aus längeren Gesprächen, um Momentaufnahmen des Festes auf Film zu bannen. Vor Kays Tulpen blieb er stehen, fokussierte sie aus der Nähe, wobei er überrascht war, wie sehr sie tatsächlich dem zarten Gewebe eines Lungenflügels glichen. Es wäre interessant, ein Foto von beiden Motiven zu rahmen und sie einander gegenüberzustellen. So könnte er den menschlichen Körper, der für ihn auf mysteriöse Art und Weise ein vollkommener Spiegel der Welt war, mit der Natur vergleichen. Von diesen Gedanken völlig vereinnahmt, traten die Geräusche des Festes in den Hintergrund, und er erschrak, als Norah ihn am Arm berührte.

»Leg den Fotoapparat weg«, bat sie. »Bitte, David. Wir geben ein Fest.«

»Diese Tulpen sind so wunderschön«, begann er, aber er konnte sich nicht erklären.

»Wir sind auf unserem Fest«, wiederholte sie sanft. »Es bleibt dir überlassen, ob du es verpaßt, indem du weiter nur durch deine Kamera siehst, oder ob du dir einen Drink holst und dich zu uns gesellst.«

»Ich habe schon einen Drink«, bemerkte er. »Es kümmert keinen, ob ich ein paar Bilder mache oder nicht.«

»Mich schon. Es ist unhöflich.«

Sie hatten leise gesprochen, und Norah hatte während ihres ganzen Gesprächs nicht aufgehört zu lächeln. Äußerlich wirkte sie ruhig; hier und da nickte oder winkte sie jemandem zu. Doch David spürte, wie geladen sie war.

»Ich habe schwer für dieses Fest gearbeitet«, sagte sie. »Alles habe ich organisiert, das ganze Essen vorbereitet, und sogar die Wespen bin ich losgeworden. Warum kannst du dich nicht einfach darüber freuen?«

»Wann hast du denn das Nest heruntergeholt?« fragte er, auf der Suche nach einem unverfänglichen Thema, wobei er zu dem glatten Garagensims aufsah.

»Gestern.« Sie zeigte ihm den schwachroten Striemen auf ihrem Handgelenk. »Bei deiner und Pauls Allergie wollte ich kein Risiko eingehen.«

»Es ist ein wunderbares Fest«, lobte er sie. Dann führte er, einer Eingebung folgend, ihr Handgelenk an seine Lippen und küßte sie zärtlich auf die Stelle, an der sie gestochen worden war. Freudig überrascht, weiteten sich ihre Augen, während sie ihn beobachtete. Dann zog sie ihre Hand weg.

»David«, sagte sie sanft. »Um Himmels willen. Nicht hier und jetzt.«

»Hallo Papa«, rief Paul, und David sah sich um, wobei er versuchte, seinen Sohn zu orten. »Mama, Papa, seht mal her. Schaut, was ich hier mache!«

»Er sitzt im Hackberry«, stellte Norah, die die Augen mit der Hand beschattete, fest und deutete auf den Baum. »Siehst du, da oben, auf halber Strecke zur Krone. Wie ist er da bloß hochgekommen?«

»Ich wette, er ist von der Schaukel aus dorthin geklettert. He!« rief David und winkte ihm zu.

»Komm sofort herunter!« befahl Norah. Und zu David sagte sie: »Er macht mich noch verrückt.«

»Er ist ein Kind«, beschwichtigte sie David. »Kinder klettern nun mal auf Bäume. Er wird sich nichts tun.«

»Hallo Mama! Papa! Hilfe!« rief Paul, aber als sie zu ihm hochsahen, lachte er.

»Erinnerst du dich daran, wie er das im Gemüseladen gemacht hat?« fragte ihn Norah. »Wie er, als er zu sprechen anfing, mitten im Laden immer ›Hilfe!‹ gerufen hat? Die Leute haben gedacht, ich will ihn entführen.«

»Auch in der Klinik hat er mal ›zu Hilfe‹ gerufen«, fiel es David wieder ein. »Weißt du noch?«

Sie mußten beide lachen, und David war froh.

»Leg die Kamera weg«, bat sie ihn noch einmal und drückte seinen Arm.

»Ja«, versprach er. »Das mache ich.«

Bree war zum Maibaum hinübergeschlendert, wo sie ein purpurfarbenes Band aufob. Ein paar andere Gäste hatten sich dazugesellt. David hatte die flatternden Enden der Bänder im Auge, als er sich auf den Weg zurück zur Garage machte. Da hörte er ein plötzliches Rauschen, die Blätter bewegten sich, und ein Ast zerbarst mit lautem Krachen. Er sah, wie Bree ihre Arme hochriß und wie das Band von ihren Händen glitt. Dann trat eine lang anhaltende Stille ein, bis Norah aufschrie. David hatte sich rechtzeitig genug umgedreht, um Paul dumpf auf dem Boden aufschlagen zu sehen. Er sah, wie er leicht auf seinen Rücken zurückprallte, wobei seine Crinoide sich am Boden zerstreuten. Sein Seelilienhalsband war gerissen. David rannte und schubste sich durch die Gästemenge, bis er an der Seite seines Sohnes kniete. Pauls Augen, wie die Norahs dunkelgrün, waren vor Angst weit aufgerissen. Er griff nach Davids Hand und atmete schwer.

»Alles ist gut«, beruhigte ihn David, während er Pauls Stirn glattstrich. »Du bist vom Baum gefallen, und der Atem ist dir ausgegangen, das ist alles. Beruhige dich. Atme einfach weiter. Es wird alles wieder gut.«

»Wie geht es ihm?« fragte Norah, während sie sich in ihrem korallenroten Seidenkostüm neben ihm niederließ. »Paul, mein Kleiner, wie geht es dir?«

Paul schnappte nach Luft und hustete. Tränen standen in seinen Augen. »Mein Arm tut weh«, stieß er hervor, als er wieder sprechen konnte. Er war blaß, und auf seiner Stirn zeichnete sich eine dünne blaue Vene ab. David merkte, daß Paul mit den Tränen kämpfte. »Mein Arm tut sehr weh.«

»Welcher Arm?« fragte David so ruhig, als würden sie über das Wetter sprechen. »Kannst du mir zeigen, wo es weh tut?«

Es war sein linker Arm, und als David ihn vorsichtig anhob, schrie Paul vor Schmerz auf.

»David!« rief Norah aufgeregt. »Ist er gebrochen?«

»Ich weiß es noch nicht«, sagte er ruhig, obwohl er fast sicher war, daß er gebrochen war. Er setzte Pauls Arm sanft auf dessen Brust ab und legte tröstend eine Hand auf Norahs Rücken. »Paul, ich werde dich gleich hochheben und ins Auto tragen. Und dann gehen wir in meine Praxis, einverstanden? Ich werde dir einiges über Röntgenstrahlen erzählen.«

Langsam und vorsichtig hob er Paul hoch. Er war sehr leicht. Ihre Gäste bildeten eine Gasse. David legte Paul auf die Rückbank seines Wagens, nahm eine Decke aus dem Kofferraum und schlug sie fest um ihn.

»Ich komme mit«, sagte Norah, während sie neben ihn auf den Beifahrersitz glitt.

»Und was ist mit dem Fest?«

»Es gibt unendlich viel zu essen und zu trinken«, erklärte sie. »Sie werden es schon finden.«

Sie fuhren durch die klare Frühlingsluft zum Krankenhaus. Ab und zu ärgerte Norah ihn noch immer, indem sie ihm die Nacht vor sechs Jahren in Erinnerung rief, als er so langsam und behutsam durch die leeren Straßen gefahren war. Aber auch heute konnte er sich nicht dazu überwinden, schnell zu fahren. Sie passierten das ROTC-Gebäude, das noch immer schwelte. Rauchschwaden, die an schwarze Spitze erinnerten, stiegen von der Ruine auf. In der Nähe blühten Hornsträucher, deren Blüten sich blaß und zerbrechlich von den schwarzen Mauern abhoben.

»Die Welt zerbricht in Stücke. So fühlt es sich für mich an«, sagte Norah sanft.

»Nicht jetzt, Norah.« David erblickte Paul im Rückspiegel. Er war still und beklagte sich nicht, aber seine blassen Wangen waren tränenverschmiert.

Auf der Unfallstation sorgte David dafür, daß die Aufnahme und das Röntgen schnell vonstatten gingen. Er half dabei, Paul in ein Bett zu legen, und ging die Röntgenaufnahmen holen, während Norah ihrem Sohn aus einem Buch vorlas. Als er sie von einem technischen Mitarbeiter entgegennahm, zitterten seine Hände. Die Flure lagen an diesem wunderschönen Samstagnachmittag merkwürdig still da, während er zu seinem Büro ging. Als die Tür hinter ihm zuschlug, stand David noch einen Moment lang allein in der Dunkelheit und versuchte sich zusammenzunehmen. Er wußte, daß die Wände in einem hellen Meergrün gestrichen waren, daß sein Schreibtisch mit Papieren übersät war und daß die Instrumente aus Stahl und Chrom in den Vitrinenschränken auf Tabletts aufgereiht lagen. Aber er konnte nichts sehen.

Er tastete nach dem Lichtschalter, der unter seiner Berührung nachgab. Ein Leuchtkasten, der an die Wand montiert war, fing an zu flackern und füllte sich dann mit einem gleichmäßigen weißen Licht, das den Dingen ihre Farben nahm. Darauf waren Negative befestigt, die er eine Woche zuvor entwickelt hatte. Es war eine Serie menschlicher Venen, in präzise kontrollierten Helligkeitsabstufungen fotografiert. In jedem Bild war der Kontrast etwas anders. Was David daran faszinierte, waren der Grad an Präzision, den er erreicht hatte, und die Tatsache, daß die Bilder nicht mehr an ein menschliches Körperteil erinnerten als etwa an einen Blitz, der sich zur Erde hin verästelt, dunkel bewegte Flüsse oder die gekräuselte Oberfläche eines Sees.

Seine Hände zitterten. Bevor er die Negative abnahm und Pauls Röntgenaufnahmen in die Klammern schob, zwang er sich, mehrmals tief durchzuatmen. Die schmalen Knochen seines Sohnes traten, stabil und zart, mit geisterhafter

Klarheit hervor. David fuhr das leuchtende Bild mit seinen Fingerspitzen nach. Sie waren so schön, die Knochen seines kleinen Sohnes. Obwohl sie in natura lichtundurchlässig waren, erschienen sie hier, als wären sie mit Licht gefüllt. Als transluzente Bilder schwebten sie in der Dunkelheit seines Büros.

Es war ein einfacher Bruch: eine klare, geradlinige Fraktur der Elle und der Speiche. Diese Knochen liefen parallel zueinander, und die größte Gefahr war, daß sie während der Heilung zusammenwuchsen.

Er knipste die Deckenbeleuchtung an, und während er durch den Flur zurückging, dachte er an die schöne, versteckte Welt des Körpers. Vor vielen Jahren, in einem Schuhladen in Morgantown, hatte David, während sein Vater Arbeitsschuhe anprobierte und über das Preisschild die Stirn runzelte, auf einer Maschine gestanden, die seine Füße röntgte und seine Zehen dabei in etwas Geisterhaftes, Geheimnisvolles verwandelte. Gespannt hatte er die Stäbe und schattenhaften Beulen verfolgt, die seine Zehen und Fersen sein sollten.

*

Dies war, obwohl er das erst nach Jahren erkennen würde, ein entscheidender Moment für seine Zukunft gewesen. Daß es andere, unsichtbare, unbekannte Welten jenseits aller Vorstellung gab, war für ihn eine Offenbarung gewesen. In den folgenden Wochen hatte David, wenn er fliehendes Wild oder Vögel, die sich in die Luft schwangen, oder flatternde Blätter oder Hasen sah, die plötzlich aus dem Unterholz brachen, genau hingestarrt, um einen Blick auf ihre versteckten Strukturen zu erhaschen. Auch seine Schwester June hatte er so angestarrt, wenn sie, auf ihre ruhige Art Erbsen oder Mais ausschälend, auf der Verandatreppe saß und ihre Lippen sich vor Konzentration öffneten. Sie war wie er und war es nicht, und was sie voneinander unterschied, war ein großes Mysterium.

Seine Schwester, das Mädchen, das den Wind geliebt und das gelacht hatte, wenn ihr die Sonne ins Gesicht schien, und das sich nicht vor Schlangen gefürchtet hatte, war im Alter von zwölf Jahren gestorben. Sie war nur noch eine geliebte Erinnerung – nichts als ein Haufen Knochen.

Und seine sechsjährige Tochter spazierte durch die Welt, ohne daß er sie je gesehen hatte.

Als er zurückkam, hielt Norah Paul auf dem Schoß, obwohl er fast schon zu groß dafür war, und sein Kopf ruhte unbeholfen auf ihrer Schulter. Sein Arm zitterte, von kleinen Krämpfen erschüttert, die auf das Trauma zurückzuführen waren.

»Ist er gebrochen?« fragte sie gleich.

»Ja, leider«, antwortete David. »Komm und sieh es dir an.«

Er legte die Röntgenbilder auf den Lichttisch und zeigte auf die dunklen Linien des Bruches.

»Hals- und Beinbruch« sagte man, und »knochentrocken« und »Knochenarbeit«.

Aber Knochen waren etwas Lebendiges, sie konnten wachsen und heilen, sie konnten sich, entzweigebrochen, wieder zusammenfügen.

»Ich war so achtsam mit den Bienen«, murmelte Norah, während sie ihm half, Paul zurück auf den Untersuchungstisch zu legen. »Den Wespen, meine ich. Ich habe das ganze Wespennest vernichtet, und jetzt das.«

»Es war ein Unfall«, sagte David.

»Ich weiß«, flüsterte sie, den Tränen nahe. »Das ist ja das Problem.«

David antwortete nicht. Er hatte die Materialien für den Gipsverband herausgeholt und konzentrierte sich nun darauf, den Gips aufzutragen. Schon lange hatte er das nicht mehr selbst gemacht – für gewöhnlich richtete er den Knochen, und überließ den Rest der Krankenschwester; er fand die Arbeit beruhigend. Der Verband war weiß wie eine ausgeblichene Muschel und strahlte so wohltuend wie ein Blatt

Papier, während er um Pauls schmalen Arm gleichmäßig anwuchs. In wenigen Tagen würde er ein trübes Grau angenommen haben und mit leuchtenden Zeichen, den Graffiti der Kindheit, bedeckt sein.

»Drei Monate muß er dranbleiben«, erklärte David. »Drei Monate, und du bist so gut wie neu.«

»Das ist der ganze Sommer«, beschwerte sich Norah.

»Was ist mit der Little League?« fragte Paul besorgt. »Und was mit dem Schwimmen?«

»Kein Baseball«, erklärte David. »Und kein Schwimmen dieses Jahr. Tut mir leid.«

»Aber Jason und ich sollen in der Little League spielen.«

»Es geht leider wirklich nicht, Paul«, sagte David, als sein Sohn in Tränen ausbrach.

»Du hast gesagt, es würde nichts passieren«, sagte Norah aufgebracht. »Und jetzt hat er sich mal eben so den Arm gebrochen. Er hätte sich auch den Hals brechen können oder die Wirbelsäule.«

Auf einmal fühlte sich David sehr müde. Der Unfall hatte ihn aufgerieben, und er ärgerte sich über Norah.

»Ja, das hätte geschehen können. Aber es ist nicht geschehen. Also hör auf, ja? Hör endlich damit auf, Norah!«

Paul war still geworden und hatte, vom veränderten Klang und Rhythmus ihrer Stimmen alarmiert, aufmerksam zugehört. Was würde Paul von diesem Tag im Gedächtnis bleiben? fragte sich David. Wenn er sich die unsichere Zukunft ausmalte, der sein Sohn entgegenschritt, in einer Welt, in der man zu einer Demonstration gehen und mit einer Kugel im Genick enden konnte, teilte er Norahs Ängste. Sie hatte recht. Überall lauerten Gefahren. Er legte seine Hand auf Pauls Kopf.

»Entschuldige, Papa«, bat Paul kleinlaut. »Ich wollte die Fotos nicht ruinieren.«

Nach einem Moment der Verwirrung erinnerte sich David an sein Gebrüll, während Paul erstarrt neben der Tür stand.

»Aber nicht doch, Paul. Darüber bin ich doch nicht böse. Mach dir mal keine Sorgen.« Er strich seinem Sohn über die Wange. »Die Fotos sind völlig unwichtig. Ich war heute morgen nur müde, verstehst du?«

Paul fuhr mit dem Finger am Rand des Gipsverbandes entlang.

»Ich wollte dir keine Angst machen«, erklärte David. »Ich bin nicht wütend.«

»Kann ich das Stethoskop haben?«

»Klar.« David steckte die schwarzen Stöpsel des Stethoskops in Pauls Ohren und hockte sich hin. Die kühle Metallplatte legte er an sein Herz.

Aus dem Augenwinkel sah er, wie Norah sie beobachtete. Außerhalb des glänzenden Festgeschehens legte sie eine Traurigkeit an den Tag, die sie wie einen dunklen Stein mit sich schleppte. Er sehnte sich danach, sie zu trösten, aber er wußte nicht, was er sagen sollte, und so wünschte er sich, mit einer Art Röntgenblick in das menschliche Herz sehen zu können; in Norahs und sein eigenes.

»Ich wünschte, du wärst glücklicher«, sagte er sanft. »Ich wünschte, es gäbe etwas, was ich tun könnte.«

»Du mußt dir keine Sorgen machen«, wehrte sie ab. »Nicht um mich.«

»Muß ich nicht?« David holte so tief Atem, daß Paul den Luftstrom hören konnte.

»Nein. Ich habe gestern eine Stelle angeboten bekommen.«

»Eine Stelle?«

»Ja. Ein gutes Angebot.« Sie erzählte ihm von dem Reisebüro. Sie würde rechtzeitig nach Hause kommen, um Paul von der Schule abzuholen. Während sie sprach, kam es David so vor, als würde sie vor ihm fliehen. »Ich bin ja fast verrückt geworden«, setzte Norah mit einer Heftigkeit nach, die ihn überraschte. »Ich weiß nicht mehr, wohin mit der ganzen Zeit, die ich zur Verfügung habe. Eine geregelte Arbeit wird mir guttun.«

»Okay«, stimmte er zu. »Wenn du dir so sehr wünschst zu arbeiten, dann tu's.« Er kitzelte Paul und griff nach dem Otoskop. »Hier«, forderte er ihn auf. »Sieh in meine Ohren. Schau nach, ob ich dort irgendwelche Vögel vergessen habe.«

Paul lachte, und das kühle Metall streifte Davids Ohrläppchen.

»Ich wußte, daß dir das nicht gefallen würde«, sagte Norah.

»Was meinst du? Ich habe dir gerade gesagt, daß du die Stelle annehmen sollst.«

»Ja, aber in einem Ton ... Du solltest dich hören.«

»Ja, was erwartest du denn?« entgegnete er ihr, wobei er Paul zuliebe versuchte, seine Stimme im Zaum zu halten. »Es fällt mir schwer, dein Vorgehen nicht als Kritik aufzufassen.«

»Es wäre nur dann eine Kritik, wenn es um dich gehen würde«, erklärte sie langsam. »Das ist es, was du nicht verstehen kannst. Es geht nicht um dich. Es geht um Freiheit, um mich, darum, daß ich ein eigenes Leben haben möchte. Ich wünschte, du könntest das verstehen.«

»Freiheit?« wiederholte er. Sie hatte wieder mit ihrer Schwester gesprochen, darauf wettete er seinen Kopf. »Glaubst du denn, daß es jemanden gibt, der frei ist? Hältst du mich für frei?«

Es entstand eine lange Pause, und er war dankbar, als Paul sie unterbrach.

»Keine Vögel, Papa. Nur Giraffen.«

»Ist das wahr? Wie viele?«

»Sechs.«

»Sechs! Großer Gott! Dann schau mal lieber auch im anderen Ohr nach.«

»Vielleicht gefällt es mir ja auch gar nicht«, räumte Norah ein. »Aber wenigstens weiß ich dann, daß es nichts für mich war.«

»Keine Vögel«, stellte Paul fest. »Keine Giraffen. Nur Elefanten.«

»Elefanten im Gehörgang«, sagte David und nahm das Otoskop an sich. »Am besten gehen wir gleich nach Hause.« Er zwang sich zu einem Lächeln und bückte sich, um Paul auf den Arm zu nehmen. Als er das Gewicht seines Sohnes und die Wärme seines gesunden, nackten Armes am Nacken spürte, sann David darüber nach, wie sich ihr Leben wohl entwickelt hätte, wenn er damals, vor vielen Jahren, eine andere Entscheidung getroffen hätte. Während es draußen schneite und er inmitten dieser unheimlichen Stille ganz für sich war, hatte er, in einem einzigen, entscheidenden Augenblick, ihrer aller Leben verändert. »David«, hatte Caroline Gill in ihrem letzten Brief geschrieben, »ich habe jetzt einen Lebensgefährten, er ist sehr nett, und Phoebe geht es gut. Sie liebt es, Schmetterlinge zu fangen und zu singen.«

»Ich freue mich, daß du eine Stelle gefunden hast«, wandte er sich an Norah, als sie im Flur auf den Fahrstuhl warteten. »Ich will dir auch keine Steine in den Weg legen. Aber ich glaube nicht, daß deine Entscheidung nichts mit mir zu tun hat.«

Sie seufzte. »Du willst es einfach nicht verstehen, oder?«

»Was soll das heißen?«

»Daß du dich für den Nabel der Welt hältst«, erklärte sie. »Du bist der Mittelpunkt, um den sich alles andere dreht.«

Sie sammelten ihre Sachen ein und stiegen in den Fahrstuhl. Draußen war es noch immer schön, ein klarer und sonniger Tag. Als sie zu Hause ankamen, hatte sich die Gesellschaft bereits aufgelöst. Nur Bree und Mark waren noch da und trugen Platten mit Essen ins Haus. Eine leichte Brise ließ die Bänder des Maibaumes flattern. Auf dem Tisch lag Davids Kamera, und daneben türmten sich Pauls Fossilien in einem ordentlichen Stapel. David hielt inne und ließ seinen Blick über den mit Stühlen übersäten Garten schweifen. Früher war dies alles vom Wasser eines seichten Meeres bedeckt gewesen. Er trug Paul in sein Zimmer, brachte ihm etwas Wasser und gab ihm ein Aspirin zum Kauen, das Paul mochte, weil es nach Orange schmeckte. Dann setzte er sich mit ihm auf das Bett und hielt seine Hand. Klein war sie, diese Hand, und so warm und lebendig.

»Papa, lies mir eine Geschichte vor«, bat Paul, und seiner Bitte folgend, ließ sich David auf dem Bett nieder, schlang die Arme um seinen Sohn und schlug das Buch über den »Neugierigen Norbert« auf, der mit einem gebrochenen Bein im Krankenhaus lag. Unten ging Norah durch die Zimmer und räumte auf. Die Fliegengittertür schwang auf und zu, auf und zu. Er sah sie vor sich, wie sie durch diese Tür ging, im Kostüm, wie sie zu ihrer neuen Arbeitsstelle ging und zu einem Leben, das ihn ausschloß. Es war spät am Nachmittag, und goldenes Licht erfüllte den Raum. Während er die Seiten umblätterte, drückte er Paul an sich. Ein leichter Wind bewegte die Vorhänge. Wie eine leuchtende Wolke schwebte der Hornstrauch vor den dunklen Brettern des Zauns. David hörte auf zu lesen und sah dem Fallen und Treiben der weißen Blütenblätter zu. Ihre Schönheit war tröstlich und gleichzeitig verstörend, und er versuchte den Gedanken zu verdrängen, daß sie aus der Entfernung wie Schneeflocken aussahen.

10. Kapitel

Juni 1970

PHOEBE HAT DEIN HAAR«, BEMERKTE DORO.

Nachdenklich befühlte Caroline ihre Nackenwirbel. Sie befanden sich im Osten von Pittsburgh in einem alten Fabrikgebäude, das jetzt eine fortschrittliche Vorschule beherbergte. Durch hohe Fenster flutete das Licht und sprenkelte den Dielenboden. Es erfaßte auch die rötlichbraunen Strähnchen in Phoebes dünnen Zöpfen und brachte sie zum Leuchten. Phoebe stand vor einer großen Holzkiste, aus der sie Linsen schöpfte und in Gläser prasseln ließ. Sie war pummelig, hatte kleine Grübchen an den Knien und ein gewinnendes Lächeln. Ihre Hände waren klein, und ihre leicht mandelförmigen Augen liefen schräg nach oben; sie waren von einem dunklen Braun. Heute trug sie ein rosa-weiß gestreiftes Kleid, das sie sich selbst ausgesucht und angezogen hatte – verkehrt herum. Außerdem hatte Caroline auf einem rosa Pulli bestanden, was zu Hause einen spektakulären Wutanfall ausgelöst hatte. »Auf jeden Fall hat sie dein Temperament.« Leo, der nun schon fast ein Jahr tot war, hatte das gern vor sich hin gemurmelt und Caroline damit immer wieder in Erstaunen versetzt. Es hatte sie weniger gewundert, daß er eine genetische Verbindung sah, wo keine bestehen konnte, sondern daß jemand sie als temperamentvolle Frau bezeichnete.

»Meinst du?« fragte sie Doro, während sie ihre Finger durch das Haar hinter ihren Ohren gleiten ließ. »Glaubst du wirklich, daß sie meine Haare hat?«

»Aber natürlich.«

Phoebe stieß ihre Hände gerade tief in die samtigen Linsen und lachte zusammen mit dem kleinen Jungen neben ihr.

Ganze Hände voll hob sie in die Luft und ließ sie durch ihre Finger rinnen, während der Junge eine gelbe Plastiktasse darunterhielt, um sie aufzufangen.

Für die anderen Kinder in der Vorschule war Phoebe einfach Phoebe. Eine Freundin, deren Lieblingsfarbe Blau war, die Eis am Stiel mochte und es liebte, sich im Kreis zu drehen. Hier spielte ihr Anderssein keine Rolle. In den ersten Wochen hatte Caroline alles ängstlich beobachtet und sich gegen die Kommentare gewappnet, die sie allzuoft zu hören bekam, wenn sie auf dem Spielplatz, im Lebensmittelgeschäft oder beim Arzt waren. »Oh, was für ein Unglück, das wünscht man ja nicht einmal seinem ärgsten Feind.« Und einmal: »Na, wenigstens wird sie nicht sehr lange leben, zum Glück.«

Ob sie aus Gedankenlosigkeit, Ignoranz oder Grausamkeit ausgesprochen wurden, machte keinen Unterschied; über die Jahre hatten diese Bemerkungen eine offene Wunde in Carolines Herz hinterlassen. Hier aber waren die Lehrer jung und engagiert, und die Eltern waren ihrem Beispiel einfach gefolgt: Phoebe hatte vielleicht mehr zu kämpfen und würde länger brauchen, um etwas zu lernen, aber schließlich würde sie es wie jedes Kind schaffen.

Linsen stoben am Boden auseinander, als der Junge seine Tasse fallen ließ und in den Flur rannte. Phoebe folgte ihm mit fliegenden Zöpfen in Richtung des grünen Raumes, der mit Staffeleien und Farbtöpfen ausgestattet war.

»Dieser Ort tut ihr so gut«, stellte Doro fest.

Caroline nickte. »Ich wünschte, das Schulamt könnte sie hier sehen.«

»Du hast ein starkes Argument, Caroline. Und einen guten Anwalt. Damit wirst du durchkommen.«

Sie blickte auf die Uhr. Aus ihrer Freundschaft zu Sandra hatte sich eine politische Kraft entwickelt, und heute würde die Upside Down Society – wie sich die Gesellschaft zur Förderung von Menschen mit Downsyndrom nannte, die mittlerweile fünfhundert Mitglieder zählte – die Schulbehörde auffordern, ihre Kinder zu öffentlichen Schulen zuzulassen. Ihre Chancen standen nicht schlecht, aber Caroline war trotzdem sehr aufgeregt. Von dieser Entscheidung hing so viel ab.

Ein Kind kam vorbeigerast, und Doro hielt es sanft an den Schultern fest. Ihre Haare waren schneeweiß geworden und standen in auffälligem Kontrast zu ihren dunklen Augen und ihrer glatten, olivfarbenen Haut. Jeden Morgen ging sie zum Schwimmen, und sie hatte angefangen zu golfen. In letzter Zeit hatte Caroline sie oft beobachtet, wie sie in sich hineingrinste, als ob sie ein Geheimnis hütete.

»Es ist wirklich sehr nett, daß du heute mitgekommen bist, Doro«, erklärte Caroline, während sie ihren Mantel anzog.

Doro winkte ab. »Nicht der Rede wert. Ich bin sowieso viel lieber hier, als mich mit den Behörden um die Dokumente meines Vaters zu streiten.«

Obwohl ihre Stimme müde klang, huschte ein Lächeln über ihr Gesicht.

»Doro, wenn ich es nicht besser wüßte, würde ich glauben, du bist verliebt.«

Doro lachte nur. »Bloße Spekulation«, erklärte sie. »Wo du gerade von Liebe sprichst – kann ich davon ausgehen, daß Al heute nachmittag kommt? Immerhin ist heute Freitag.«

Das Wechselspiel von Licht und Schatten in den Platanen war so beruhigend wie das Plätschern eines Brunnens. Ja, es war Freitag, aber Caroline hatte die ganze Woche über nichts von Al gehört. Für gewöhnlich rief er sie von unterwegs aus an. Seine Telefonate kamen aus Columbus, Atlanta oder sogar aus Chicago. Dieses Jahr hatte er sie zweimal gebeten, ihn zu heiraten; jedesmal schlug ihr, angesichts dieser Aussicht, das Herz bis zum Hals, aber sie hatte stets nein gesagt. Während seines letzten Besuches hatten sie miteinander gestritten – »du hältst mich auf Abstand«, hatte er sich beklagt und war ärgerlich abgezogen, ohne sich zu verabschieden.

»Al und ich sind nur enge Freunde. Das ist nicht so einfach.«

»Sei nicht lächerlich«, sagte Doro. »Nichts ist einfacher als das.«

Also war sie doch verliebt, dachte Caroline. Sie küßte Phoebes weiche Wange und fuhr dann in Leos altem Buick, einem riesigen schwarzen Schiff, davon. In seinem letzten Lebensjahr war Leo gebrechlich geworden. Die meiste Zeit hatte er, ein Buch auf dem Schoß, in einem Sessel am Fenster gesessen und auf die Straße hinausgestarrt. Eines Tages hatte Caroline ihn dort gefunden. Er war in seinem Sessel zusammengesunken. Sein graues Haar hatte von seinem Kopf abgestanden, und seine Haut und sogar die Lippen waren unglaublich bleich gewesen. Er war tot. Schon bevor sie ihn berührte, hatte sie es gewußt. Sie nahm seine Brille ab, legte ihm die Fingerspitzen an die Lider und schloß ihm die Augen. Nachdem sie seine Leiche abtransportiert hatten, setzte sie sich in seinen Stuhl und versuchte sich vorzustellen, wie sein Leben gewesen war: das leise Wiegen der Äste vor dem Fenster, ihre Schritte und Phoebes, die als Geräusche an der Decke zu verfolgen gewesen waren. »Oh, Leo«, sagte sie laut in den leeren Raum hinein. »Es tut mir leid, daß du so einsam gewesen bist.«

Nach seiner Beerdigung, einer stillen Angelegenheit, von der ihr hauptsächlich Physikprofessoren und Gardenien im Gedächtnis hängengeblieben waren, hatte Caroline Doro angeboten zu gehen. Aber diese wollte nichts davon wissen. »Ich habe mich an dich gewöhnt und daran, Gesellschaft zu haben. Nein, du bleibst. Laß uns erst mal so weitermachen, wir werden sehen, was kommt.«

Caroline fuhr durch die Stadt, die sie so liebgewonnen hatte, diese harte, ungeschminkte, atemberaubend schöne Stadt mit ihren hochaufgeschossenen Häusern, ihren riesigen Parks und prunkvollen Brücken, deren Ausläufer sich bis in die umliegenden grünen Hügel erstreckten. In einer engen Straße fand sie einen Parkplatz und betrat das Gebäude, dessen steinerne Fassade über die Jahrzehnte vom Kohlenstaub dunkel geworden war. Sie durchquerte die Eingangshalle mit der hohen Decke und dem verschlungenen Mosaikboden und erklomm zwei Treppen. Die hölzerne Tür war nachgedunkelt, besaß ein Fenster aus trübem Glas und trug eine stumpfe Messingnummer: 304B. Sie holte tief Luft – so nervös war sie das letzte Mal bei ihrer mündlichen Prüfung gewesen – und drückte die Tür auf. Die Schäbigkeit des Zimmers überraschte sie. Der große Eichentisch war verkratzt, und die Fenster waren blind, so daß ein graues Licht einfiel. Sandra saß schon mit einem halben Dutzend anderer Eltern aus dem Vorstand der Upside Down Society zusammen. Caroline war gerührt. Erst waren die Menschen einzeln und zögernd zu ihren Treffen gekommen. Es waren Leute, die Sandra und sie in Lebensmittelgeschäften und Bussen angesprochen hatten. Dann hatte sich ihr Engagement herumgesprochen, und man fing an, sie anzurufen. Neben Sandra, die ihr blondes Haar streng zurückgekämmt hatte und deren Gesicht ernst und blaß war, saß ihr Anwalt, Ron Stone. Caroline setzte sich auf den freien Platz neben sie.

»Du siehst müde aus«, flüsterte sie der Freundin zu.

Sandra nickte. »Ausgerechnet heute hat Tim Grippe bekommen. Meine Mutter mußte extra aus McKeesport anreisen, um ihn zu hüten.«

Bevor Caroline antworten konnte, schwang die Tür wieder auf, und die Mitglieder der Schulbehörde traten ein, einer nach dem anderen. Sie waren entspannt, scherzten miteinander und schüttelten sich die Hände. Als endlich jeder saß und die Versammlung zur Ordnung gerufen worden war, stand Ron Stone auf und räusperte sich.

»Alle Kinder haben das Recht auf eine Ausbildung«, begann er, eine vertraute Formulierung benutzend. Der Beweis, den er führte, war klar und stichhaltig. Trotzdem beobachtete Caroline, daß die Gesichter der Gegenseite ausdruckslos und maskenhaft blieben. Sie mußte an Phoebe denken, die gestern abend, einen Bleistift in der Hand, am Tisch gesessen und ihren Namen geschrieben hatte – in schwankenden Buchstaben, von hinten nach vorn und über das ganze Blatt verteilt; aber sie standen dort, schwarz auf weiß. Die Männer des Ausschusses sortierten ihre Papiere und räusperten sich. Als Ron Stone in seiner Rede eine Pause einlegte, ergriff ein junger Mann mit dunklem welligem Haar das Wort.

»Ihr Einsatz für diese Sache ist bewundernswert, Mr. Stone. Die Mitglieder unseres Ausschusses erkennen alles, was sie soeben vorgebracht haben, an, und wir schätzen das Engagement und die Hingabe, mit der sich die Eltern um dieses Anliegen kümmern. Aber diese Kinder sind geistig zurückgeblieben, darauf läuft schließlich doch alles hinaus. Ihre Leistungen, so bedeutend sie auch sein mögen, sind in einem geschützten Umfeld entstanden, unter Aufsicht von Lehrern, die ihnen zusätzliche, vielleicht sogar ungeteilte Aufmerksamkeit widmen konnten. Das scheint mir ein entscheidender Punkt zu sein.«

Caroline sah Sandra an. Auch dieses Argument war ihnen vertraut.

»›Geistig zurückgeblieben‹ ist ein abwertender Ausdruck«, antwortete Ron Stone in ruhigem Ton. »Die Entwicklung dieser Kinder ist verzögert, ja, das bestreitet niemand. Aber sie sind nicht dumm. Keiner von uns kann mit Bestimmtheit sagen, was sie wirklich leisten können. Die besten Chancen für ihre Entwicklung und für ein gesundes Wachstum haben sie, wie alle Kinder, in einem Lernumfeld ohne vorherbestimmte Grenzen. Wir sind heute nur hier, um eine Gleichstellung dieser Kinder zu erbitten.«

»Ah, Gleichstellung, ja. Aber dafür fehlen uns die Mittel«, warf ein dünner Mann mit spärlichem grauem Haar ein. »Um alle gleich zu behandeln, müßten wir alle aufnehmen, eine Flut zurückgebliebener Individuen, die das System überschwemmen würde. Sehen Sie es mal von der Seite.«

Er teilte Kopien eines Berichtes aus und startete eine Kosten-Nutzen-Analyse. Caroline holte tief Luft. Es wäre nicht gut, wenn sie jetzt die Fassung verlieren würde. Gefangen zwischen den Scheiben der alten Fenster, brummte eine Fliege. Carolines Gedanken wanderten wieder zu Phoebe, ihrem liebenswerten, lebhaften Kind: Phoebe, die Finderin verlorener Gegenstände, ein Mädchen, das bis fünfzig zählen, sich anziehen und das Alphabet aufsagen konnte, dem es zwar schwerfiel zu sprechen, das aber sofort wußte, in welcher Stimmung Caroline war.

»Begrenzt ...«, sagte eine Stimme, »die Schulen überschwemmen ... eine Belastung der Ressourcen und eine Bürde für intelligentere Kinder.«

Caroline war der Verzweiflung nahe. Diese Männer würden es nie verstehen, sie würden nie etwas anderes in Phoebe sehen können als ein Kind, das anders war, langsam im Sprechen und im Erlernen neuer Dinge. Wie konnte sie ihnen zeigen, wieviel Wunderbares in ihrer Tochter steckte, wenn sie mit hochkonzentrierter Miene auf dem Wohnzimmerteppich saß und einen Turm aus Holzklötzen baute, während das weiche Haar ihre Ohren umspielte, oder wenn sie eine Langspielplatte auf den kleinen Plattenspieler legte, den Caroline ihr gekauft hatte, und, gefangen von der Musik, über den glatten Eichenboden tanzte. Wenn ihre kleine, weiche Hand plötzlich auf Carolines Knie landete, weil Caroline nachdenklich oder abwesend oder besorgt war. »Mama, geht's gut?« sagte sie dann oder einfach: »Ich hab dich lieb.« Phoebe, die im Abendlicht auf Als Schultern ritt, die jeden umarmte, den sie traf, die Wutanfälle bekam und störrisch und aufsässig war und die sich heute morgen so stolz angezogen hatte.

Das Gespräch am Tisch hatte sich Zahlen und Statistiken zugewandt, und der Unmöglichkeit, etwas zu verändern. Caroline stand zitternd auf. Entsetzt schlug ihre tote Mutter die Hand vor den Mund. Caroline konnte selbst kaum glauben, wie ihr Leben sie verändert hatte, was aus ihr geworden war. Aber es gab kein Zurück; eine Flut von geistig Zurückgebliebenen, wie treffend. Sie drückte ihre Handflächen auf den Tisch und wartete. Einer nach dem anderen hörten die Männer auf zu sprechen, und es wurde still.

»Hier geht es nicht um Zahlen«, erklärte Caroline, »sondern um Kinder. Ich habe eine Tochter, die sechs Jahre alt ist. Es ist wahr, sie braucht länger, um neue Dinge zu erlernen. Aber sie hat alles gelernt, was andere Kinder auch lernen: Sie hat krabbeln gelernt und laufen, sprechen und auf die Toilette zu gehen, und heute morgen hat sie sich selber angezogen. Ich sehe ein kleines Mädchen, das lernen will und das jeden, den es trifft, liebt. Und was ich hier erlebe, ist ein Raum voller Menschen, die vergessen zu haben scheinen, daß wir in diesem Land jedem Kind eine Ausbildung versprochen haben. Unabhängig von seiner Begabung.«

Einen Moment lang sprach niemand. Das hohe Fenster klapperte leicht im Wind. Die hellblaue Farbe der Wand hatte begonnen Blasen zu werfen und sich vom Untergrund abzuschälen.

Die Stimme des dunkelhaarigen Mannes war sanft. »Ich – nein, wir alle hier empfinden tiefes Mitgefühl für Ihre Situation. Aber für wie wahrscheinlich halten Sie es, daß Ihre Tochter oder eins der anderen Kinder akademische Fähigkeiten entwickeln wird? Und was würde das für ihr Selbstbild bedeuten? Wenn ich Sie wäre, würde ich sie lieber ein produktives, nützliches Gewerbe erlernen lassen.«

»Sie ist sechs Jahre alt«, entgegnete Caroline. »Sie kann noch kein Handwerk erlernen.«

Ron Stone hatte dem Wortwechsel aufmerksam zugehört, bevor er das Wort ergriff. »In Wahrheit«, sagte er, »trifft diese gesamte Diskussion nicht den Kern der Sache.« Er öffnete seine Aktentasche und holte einen dicken Stapel Papiere heraus. »Es handelt sich hier nicht nur um eine moralische oder statistische Fragestellung. Hier geht es um das Gesetz. Dies ist eine Petition, die von diesen Eltern und fünfhundert weiteren unterzeichnet wurde. Ihr ist eine Sammelklage beigefügt, die im Auftrag dieser Eltern eingereicht wurde, um ihren Kindern die Aufnahme in die öffentlichen Schulen von Pittsburgh zu ermöglichen.«

»Das beruft sich auf die Bürgerrechte«, stellte der Grauhaarige fest und blickte von dem Dokument auf. »Das können Sie nicht anführen. Es entspricht nicht dem Wortlaut oder Geist dieser Gesetze.«

»Sehen Sie sich diese Unterlagen durch«, empfahl Ron Stone, während er seine Aktenmappe schloß. »Wir bleiben in Verbindung.«

Draußen, auf den alten Steinstufen, fingen alle gleichzeitig an zu reden; Ron war zufrieden und voll vorsichtigem Optimismus, aber die anderen waren überschwenglich und umarmten Caroline, um ihr für ihre Rede zu danken. Sie lächelte und erwiderte die Umarmungen. Obwohl sie sich kraftlos fühlte, war sie bewegt von der tiefen Zuneigung, die sie für diese Menschen empfand: Da war natürlich Sandra, die noch immer jede Woche zum Kaffee kam; neben ihr Colleen, die mit ihrer Tochter die Unterschriften für die Petition gesammelt hatte; und Carl, ein großer, munterer Mann, dessen einziger Sohn früh an Herzkomplikationen, die auf das Downsyndrom zurückgingen, gestorben war und der ihnen einen Büroraum in seinem Teppichlager zur Verfügung gestellt hatte. Vor zwei Jahren hatte sie keinen von ihnen gekannt, und nun waren sie durch die vielen langen Nächte, die gemeinsamen Kämpfe, die kleinen Triumphe und durch ihre gemeinsame große Hoffnung miteinander verbunden.

Noch immer aufgewühlt von ihrer Rede, fuhr sie zur Vorschule zurück. Phoebe sprang aus dem Kreis auf, in dem die Kinder saßen, rannte zu Caroline und umschlang ihre Knie. Sie roch nach Milch und Schokolade, und quer über ihr Kleid lief ein Schmutzstreifen. Ihr Haar fühlte sich an wie eine duftige Wolke. Caroline informierte Doro kurz darüber, was sich zugetragen hatte, wobei ihr die häßlichen Worte noch im Kopf herumgingen. Doro, die spät dran war, drückte ihren Arm. »Laß uns heute abend ausführlicher darüber reden.«

Caroline genoß die Fahrt nach Hause. Die Blätter an den Bäumen und die Blüten des Flieders zogen wie Verwehungen aus Schaum und Feuer vor den dunkleren Hügeln vorbei. In der Nacht zuvor hatte es geregnet; der Himmel war von einem klaren, tiefen Blau. Caroline parkte in der Allee und war enttäuscht, daß Al noch nicht da war. Zusammen gingen Phoebe und sie durch das flimmernde Licht der Platanen, begleitet vom durchdringenden Gesumm der Bienen. Caroline setzte sich auf die Verandatreppe und schaltete das Radio ein. Phoebe fing mit ausgestreckten Armen, zurückgelegtem Kopf und der Sonne zugewandtem Gesicht an, sich auf dem zarten Gras zu drehen.

Caroline, die immer noch versuchte, die Spannungen und Bitterkeit des Morgens abzuschütteln, sah ihr dabei zu. Es gab Grund zur Hoffnung, aber nach all den Jahren, in denen sie versucht hatte, die Wahrnehmung der Öffentlichkeit von Menschen mit Downsyndrom zu ändern, bewahrte sie sich eine gewisse Vorsicht.

Phoebe kam herübergerannt und legte ihre Hände an Carolines Ohr, um ihr ein Geheimnis zuzuflüstern. Caroline konnte die Worte nicht verstehen, hörte nur das atemlose, aufgeregte Flüstern, bevor Phoebe wieder zurück in den Sonnenschein rannte, daß ihr rosa Kleid nur so wirbelte. Das Sonnenlicht setzte rötliche Glanzlichter in ihr dunkles Haar, und plötzlich hatte Caroline Norah Henry unter der grellen Klinikbeleuchtung vor Augen. Einen Moment lang quälten sie Erschöpfung und Zweifel.

Phoebe beendete ihren Tanz und streckte die Arme aus, um ihre Balance zu halten. Dann gab sie einen Schrei von sich und rannte wie der Blitz über den Rasen, die Stufen hinauf, wo Al mit einem bunten Päckchen für Phoebe in der einen, und einem Strauß Flieder für Caroline in der anderen Hand stand.

Ihr Herz schlug schneller. Verläßlich und beständig war er Woche für Woche aufgetaucht, um sie mit einer Handvoll Blumen oder einer anderen Aufmerksamkeit zu erfreuen. Mit seiner langsamen, hartnäckigen Art hatte er sie geduldig umworben, wobei ihm eine so aufrichtige Freude im Gesicht stand, daß sie es nicht übers Herz bringen konnte, ihn abzuweisen. Trotzdem hatte sie sich bisher bewußt zurückgehalten, weil sie dieser Liebe, die so unerwartet über sie hereingebrochen und aus einer so ungeahnten Richtung gekommen war, nicht traute. Jetzt tat ihr Herz einen Freudensprung, als sie ihn sah – welche Angst hatte sie davor gehabt, daß er diesmal nicht wiederkommen würde.

»Schöner Tag«, stellte er fest und beugte sich zu Phoebe nieder, die ihre Arme zur Begrüßung um seinen Hals schlang. Das Päckchen enthielt ein hauchdünnes Schmetterlingsnetz mit einem geschnitzten Griff, den sie sofort packte, um damit auf eine mit dunkelblauen Hortensien bewachsene Böschung loszurennen. »Wie war das Treffen?«

Sie erzählte ihm alles, und er hörte aufmerksam zu und schüttelte den Kopf. »Gut, nicht jeder mag zur Schule gehen«, sagte er. »Ich jedenfalls bin nicht gerne zur Schule gegangen. Aber Phoebe ist so ein süßes Kind, sie sollten sie nicht ausschließen.«

»Ich möchte, daß sie einen Platz in der Welt findet«, erklärte Caroline, die auf einmal begriff, daß sie nicht an Als Liebe zu ihr, sondern an seiner Liebe zu Phoebe zweifelte.

»Liebes, sie hat bereits einen Platz. Nämlich hier. Aber trotzdem glaube ich, daß du recht hast. Du tust genau das Richtige, find ich, wenn du so für sie kämpfst.«

»Ich wünschte, du hättest eine bessere Woche gehabt«, sagte sie, als sie die Schatten unter seinen Augen bemerkte.

»Oh, ich bin immer noch der alte, keine Sorge«, winkte er ab und setzte sich neben sie auf die Stufen, wo er einen Stock aufhob, den er zu schälen begann. In der Ferne brummten Rasenmäher; Phoebes kleines Radio spielte »Love, love me do« von den Beatles. »Diese Woche habe ich dreitausendachthundertachtundfünfzig Kilometer ins Fahrtenbuch eingetragen. Das ist Rekord, selbst für mich.«

Er würde sie wieder fragen, dachte Caroline, es war der Moment. Das Leben auf der Straße erschöpfte ihn, und er war dazu bereit, seßhaft zu werden. Sie sah, wie er mit schnellen, geschickten Bewegungen die Rinde vom Stock schälte, und das Herz schlug ihr bis zum Hals. Dieses Mal würde sie ja sagen. Aber Al sprach nicht. Die Stille währte so lange, daß sie sich schließlich dazu gezwungen sah, sie zu unterbrechen.

»Das war ein schönes Geschenk«, sagte sie, wobei sie über den mit Gras bewachsenen Platz hinweg in Richtung Phoebe nickte, die mit dem Netz in der Hand herumrannte und große Kreise in die Luft schlug.

»Das hat ein Kumpel in Georgia gemacht«, erklärte Al. »Er ist der liebste Mensch, den man sich vorstellen kann. Er hatte ein ganzes Bündel davon für seine Enkelkinder geschnitzt. Wir kamen beim Einkaufen ins Gespräch. Er sammelt Kurzwellenradios und hat mich eingeladen, bei ihm vorbeizuschauen, um sie anzusehen. Wir haben die ganze Nacht lang geredet. Das ist das Gute am Wanderleben. Ah, bevor ich es vergesse«, fuhr er fort und griff in seine Hosentasche, aus der er einen weißen Briefumschlag herauszog. »Hier ist deine Post aus Atlanta.«

Caroline nahm den Umschlag ohne Kommentar entgegen. Er würde mehrere Zwanzigdollarscheine enthalten, sauber in ein weißes, leeres Blatt Papier eingeschlagen. Al brachte diese Umschläge von Cleveland, Memphis, Atlanta und Akron mit, Städten, die er bei seinen Fahrten häufig besuchte. Sie hatte ihm einfach gesagt, daß das Geld für Phoebe war und von ihrem Vater stammte. Al hatte das kommentarlos hingenommen, aber Carolines Gefühle waren vielschichtiger. Manchmal träumte sie, daß sie durch Norah Henrys Haus ging und Sachen von den Regalen und Schränken nahm, die sie in eine Stofftasche packte. Dabei war sie glücklich, bis sie auf Norah Henry traf, die mit abwesendem und unendlich traurigem Blick am Fenster stand. Danach wachte sie jedesmal zitternd auf und bereitete sich einen Tee zu, den sie im Dunkeln trank. Wenn das Geld ankam, trug sie es zur Bank und dachte nicht mehr daran, bis der nächste Umschlag eintraf. Fünf Jahre lang war sie nun schon so verfahren und hatte auf diese Weise fast siebentausend Dollar gespart.

Phoebe sprang noch immer herum und jagte Schmetterlingen, Vögeln, Lichtstrahlen und Tönen, die aus dem Radio wehten, hinterher. Al suchte einen neuen Sender.

»Das schöne an dieser Stadt ist, daß man hier wirklich gute Musik findet. Einige dieser Kuhdörfer, in denen ich übernachte, senden nur die Charts. Das ist auf Dauer langweilig.«

Er begann ein Lied mitzusummen. »Zu diesem Song haben meine Eltern früher getanzt«, erinnerte sich Caroline, und einen Augenblick lang saß sie wieder auf der Treppe vor dem Haus ihrer Kindheit und beobachtete, wie ihre Mutter in einem Kleid, das mit einem Petticoat unterfüttert war, an der Tür Gäste begrüßte. »Ich hatte das fast vergessen. Aber manchmal rollten sie Samstagabend den Teppich im Wohnzimmer auf, luden einige andere Pärchen ein, und dann tanzten sie.«

»Wir sollten auch mal tanzen gehen«, schlug Al vor. »Gehst du gern tanzen, Caroline?«

Caroline merkte, wie sich etwas in ihr löste, ohne daß sie die Ursache dafür feststellen konnte. Es mußte damit zu tun haben, daß sich der Ärger von heute morgen legte, und mit diesem vor Leben sprühenden Tag und mit der Wärme von Als Arm neben ihrem. Eine leichte Brise ließ die Blätter der Pappeln auffliegen, und sie enthüllten ihre silbernen Unterseiten.

»Worauf warten wir noch?« fragte sie im Aufstehen und reichte ihm die Hand.

Er sah sie ratlos und verwirrt an, stand aber kurz darauf vor ihr, seine Hand auf ihrer Schulter, und dann bewegten sie sich auf dem Rasen zu den dünnen Klängen der Musik und dem

Rauschen der Autos im Hintergrund. Sonnenlicht flocht sich in ihr Haar, unter ihren bestrumpften Füßen spürte sie das weiche Gras, und sie bewegten sich so mühelos und einvernehmlich, daß nun jegliche Spannung von Caroline abfiel. Al lächelte und drückte sie fest an sich; auf ihrem Nacken brannte das Sonnenlicht.

O ja, dachte sie, als er sie wieder herumwirbelte. Ich werde ja sagen.

Sie freute sich über die Sonne, Phoebes Gelächter wehte zu ihnen herüber, und die Wärme seiner Hand drang durch den Stoff an ihren Rücken. Sie schwebten durch das Gras, drehten sich im Rhythmus, durch die Musik verbunden. Der vorbeiströmende Verkehr war allgegenwärtig und beruhigend wie das Rauschen des Ozeans. Andere Geräusche mischten sich schwach in die Melodie und den strahlenden Tag. Zuerst registrierte Caroline sie nicht. Da drehte Al sie herum, und sie hörte auf zu tanzen. Phoebe kniete im Gras vor den Hortensien. Sie konnte vor Schluchzen nicht sprechen und hielt ihre Hand hoch. Caroline rannte zu ihr, kniete sich ins Gras und betrachtete den feuerroten, geschwollenen Kreis auf Phoebes Hand.

»Ein Bienenstich«, stellte sie fest. »Oh, mein Schatz, das tut sehr weh, oder?«

Sie drückte ihr Gesicht in Phoebes warmes Haar. Weiche, sehr zarte Haut, ihre Brust, die sich hob und senkte, und darunter der stetige Rhythmus des Herzens; hier war etwas, das weder in Zahlen ausgedrückt noch erklärt werden konnte. Phoebe war einzig sie selbst. Ein menschliches Wesen konnte man nicht kategorisieren. Niemand konnte sich anmaßen, zu wissen, was das Leben war oder bereithielt.

»Meine Süße, ist schon gut«, flüsterte sie, während sie Phoebes Haar glattstrich.

Aber Phoebes Schluchzen wurden von einem Keuchen abgelöst, das dem Krupp ähnelte, an dem sie als Kleinkind gelitten hatte. Ihre Handfläche schwoll an; Handrücken und

Finger ebenso. Selbst während sie sich schnell erhob und Al rief, fühlte Caroline, wie sie innerlich ganz still wurde.

»Beeil dich!« schrie sie mit lauter, fremder Stimme. »Al, sie reagiert allergisch.«

Sie hob Phoebe auf und hielt dann verwirrt inne, weil ihr Schlüsselbund in der Handtasche auf dem Küchentisch lag und sie nicht wußte, wie sie mit der schweren Phoebe auf dem Arm, deren Keuchen stärker geworden war, die Tür öffnen sollte. Da war Al schon bei ihr, übernahm Phoebe und rannte zum Auto. Irgendwie war Caroline an ihre Schlüssel gelangt, hatte Schlüssel und Tasche bei sich. Sie fuhr so schnell, wie sie es sich innerhalb der Stadt irgend traute. Als sie das Krankenhaus erreichten, rang Phoebe in flachen, verzweifelten Zügen um Atem. Sie ließen das Auto am Noteingang stehen, und Caroline griff sich die erste Schwester, die sie sah.

»Sie hat eine allergische Reaktion. Wir müssen sofort zu einem Arzt.«

Die Krankenschwester war schon älter und ein bißchen schwerfällig, und ihr graues Haar war zu einem Pagenkopf, der in einer Locke endete, frisiert. Sie führte sie durch eine Flügeltür aus Stahl, wo Al Phoebe sehr vorsichtig auf die Bahre legte.

Phoebe schnappte jetzt verzweifelt nach Luft, und ihre Lippen waren leicht blau. Auch Caroline fiel es schwer zu atmen, da ihre Brust vor Angst wie zugeschnürt war. Die Schwester strich Phoebes Haare zurück und ertastete den Puls an ihrem Hals. Und da merkte Caroline, daß sie Phoebe mit den gleichen Augen sah, mit denen Dr. Henry sie in dieser eisigen Nacht vor langer Zeit gesehen hatte. Sie beobachtete, wie die Schwester die wunderschön geschwungenen Augen und die kleinen Hände musterte, die das Netz so fest umschlossen hatten, als Phoebe hinter den Schmetterlingen hergejagt war. Und obwohl Caroline sah, wie sich die Augen der Schwester verengten, nachdem sie alles erfaßt hatte, war sie auf das, was dann folgte, nicht vorbereitet.

»Sind Sie sicher?« fragte die Schwester und blickte ihr in die Augen. »Wollen Sie wirklich, daß ich einen Arzt rufe?«

Caroline war wie versteinert. Plötzlich hatte sie den Geruch von gekochtem Gemüse in der Nase und erinnerte sich an den Tag, als sie mit Phoebe weggefahren war, erinnerte sich an die ausdruckslosen Mienen der Männer von der Schulbehörde. Schlagartig verwandelte sich ihre Angst in Wut, in Zorn und einen stechenden Schmerz. Sie hob die Hand, um in das milde, farblose Gesicht der Schwester zu schlagen, aber bevor sie ihr Ziel erreichte, fing Al ihr Handgelenk auf.

»Rufen Sie den Arzt«, befahl er der Schwester. »Sofort!«

Er legte den Arm um Caroline und ließ sie, auch als die Schwester sich umdrehte und der Arzt erschien, nicht mehr los. Er hielt sie so lange umschlungen, bis Phoebe leichter atmete und ein wenig Farbe in ihre Wangen zurückgekehrt war. Dann gingen sie zusammen in den Warteraum und setzten sich Hand in Hand in die orangefarbenen Plastikstühle, an denen Schwestern vorbeischwirrten, während sich die Durchsagen aus der Sprechanlage mit Babygeschrei vermischten.

»Sie hätte sterben können«, sagte Caroline laut und begann zu zittern.

»Aber sie ist nicht gestorben«, erwiderte Al fest.

Seine Hand war groß, warm und tröstlich. All die Jahre war er so geduldig gewesen, war immer wieder gekommen, unbeirrbar. Stets hatte er gesagt, daß er warten würde. Diesmal aber war er zwei Wochen weggeblieben, nicht eine wie sonst. Er hatte nicht von unterwegs angerufen, und obwohl er ihr, wie sonst auch, Blumen mitgebracht hatte, hatte er ihr schon sechs Monate lang keinen Heiratsantrag mehr gemacht. Er konnte jederzeit in seinen Truck steigen, ohne je zurückzukehren, ohne ihr jemals wieder die Chance zu geben, ja zu sagen.

Sie ergriff seine Hand und küßte ihre Innenseite, die fest und ganz rauh war. Aus seinen Gedanken hochschreckend, wandte er sich ihr zu. »Caroline«, begann er förmlich. »Ich muß dir etwas sagen.«

»Ich weiß.« Sie legte seine Hand auf ihr Herz und hielt sie dort fest. »O Al, ich war so dumm. Natürlich werde ich dich heiraten.«

1977

11. Kapitel

Juli 1977

»Na, wie ist das?« fragte Norah.

Sie lag am Strand, und unter ihrer Hüfte verschob sich der grobkörnige Sand. Bei jedem tiefen Atemzug rieselte er unter ihr hervor. Die Sonne brannte heiß und fühlte sich an, als wäre sie eine schimmernde Metallplatte auf ihrer Haut. Schon seit über einer Stunde war sie hier und posierte. Immer wieder nahm sie neue Stellungen ein, wobei ihr die Nähe der Worte »posieren« und »pausieren« wie eine Verhöhnung vorkam, weil sie sich nach einer Pause gesehnt hatte und dies hier so gar nichts Entspannendes an sich hatte. Genaugenommen war es sogar ihr Urlaub; sie hatte diese Reise gewonnen, weil sie letztes Jahr in ganz Kentucky die meisten Kreuzfahrten verkauft hatte – und jetzt war sie hier: Sand klebte auf ihren verschwitzten Armen und dem Nacken, während sie bewegungslos dalag.

Um sich zu zerstreuen, verfolgte sie Paul, der den Strand entlangrannte, mit den Augen: ein Fleck am Horizont. Er war dreizehn und letztes Jahr aufgeschossen wie ein junger Baum. Groß und linkisch war er geworden und rannte jeden Morgen, als ob er seinem Leben davonlaufen könnte.

Langsam brachen sich die Wellen am Strand. Die Gezeiten wandelten sich, und die Flut setzte ein. Das grelle Mittagslicht würde sich rasch ändern und es unmöglich machen, das Bild heute noch zu schießen. Eine Haarsträhne kitzelte Norahs Lippe, aber sie zwang sich stillzuhalten.

»Gut«, lobte David, während er, über die Kamera gebeugt, eine schnelle Fotoserie schoß. »Ja, großartig, das ist wirklich sehr gut.«

»Mir ist heiß«, klagte sie.

»Nur noch ein paar Minuten. Wir sind fast fertig.« Nun kniete er, und seine Schenkel hoben sich winterlich blaß vom Sand ab. Er arbeitete viel und verbrachte außerdem lange Stunden in seiner Dunkelkammer, wo er Bilder an die Wäscheleinen heftete, die er von Wand zu Wand gespannt hatte. »Denk an das Meer. Wellen im Wasser, Wellen im Sand. Ich verwandle deinen Körper in Poesie, Norah.«

Sie blieb still in der stechenden Sonne liegen und sah ihm beim Arbeiten zu, während sie sich an die Anfänge ihrer Ehe zurückerinnerte, als sie händchenhaltend zu langen Spaziergängen durch die Frühlingsnächte aufgebrochen waren, durch die sich der Duft von Geißblatt und Hyazinthen gezogen hatte. Was hatte sie sich damals wohl erträumt, als sie durch das stille, weiche Licht der Dämmerung gegangen war? So ein Leben sicher nicht. In den letzten fünf Jahren hatte Norah das Reisegeschäft in- und auswendig kennengelernt. Sie hatte das Büro organisiert und allmählich damit begonnen, Reisen zu leiten. Sie hatte sich einen festen Kundenstamm erarbeitet und gelernt zu verkaufen. Lebhaft und bis ins kleinste Detail beschrieb sie Orte, die sie selbst noch nie gesehen hatte. Außerdem war sie eine Art Expertin darin geworden, Probleme zu lösen, die in letzter Minute auftauchten, ob es sich nun um verlorenes Gepäck, falsch hinterlegte Reisepässe oder plötzliche Attacken von Lamblienruhr handelte. Letztes Jahr, als Peter Warren sich dazu entschieden hatte, in Rente zu gehen, hatte sie all ihren Mut zusammengenommen und das Geschäft gekauft. Vom niedrigen Backsteinhaus bis hin zu den Kartons im Schrank mit den leeren Flugtickets gehörte jetzt alles ihr. Ihre Tage waren hektisch, arbeitsreich und befriedigend – aber jeden Abend kehrte sie in die Stille ihres Hauses zurück.

»Ich versteh das noch immer nicht«, nörgelte sie, als David endlich fertig war, und klopfte und schüttelte sich den Sand von Beinen, Armen und aus dem Haar. »Warum fotografierst du mich überhaupt, wenn du hoffst, daß ich auf den Fotos verschwinde?«

»Es geht um den Blickwinkel«, erklärte David und sah von seiner Ausrüstung auf. Im grellen Mittagslicht standen seine Haare störrisch ab, seine Wangen und Unterarme waren von der Sonne gerötet. In der Ferne hatte Paul kehrtgemacht und kam langsam zurück. »Es geht um die Erwartung. Die Leute werden sich dieses Bild ansehen und einen Strand mit welligen Dünen sehen. Dann werden sie etwas erspähen, das ein bißchen merkwürdig ist, etwas an deinen Konturen wird ihnen vertraut vorkommen. Oder sie lesen den Titel und sehen dann noch einmal genau hin, um nach der Frau zu suchen, die sie anfangs nicht gesehen haben, bis sie dich finden.«

In seiner Stimme lag eine gewisse Intensität; der Wind, der vom Ozean kam, fuhr durch sein dunkles Haar. Es machte sie traurig, daß er von der Fotografie sprach, wie er einst von der Medizin und von ihrer Ehe gesprochen hatte; in einer Weise, die ihre Vergangenheit, nach der sie sich noch immer zurücksehnte, wieder heraufbeschwor. »Sprechen David und du über große Dinge, oder redet ihr über Kleinigkeiten?« hatte Bree sie einmal gefragt. Als sie über eine Antwort nachdachte, hatte Norah erschrocken festgestellt, wie viele ihrer Gespräche so notwendigen und oberflächlichen Dingen gewidmet waren wie den üblichen Hausarbeiten oder Pauls Tagesablauf.

Die Sonne strahlte, und der grobkörnige Sand war auf der zarten Haut zwischen ihren Beinen hängengeblieben. David war ganz damit beschäftigt, seine Kamera einzupacken. Norah hatte gehofft, daß dieser Traumurlaub den Weg zurück zu ihrer einstigen Vertrautheit ebnen würde. Deshalb hatte sie sich dazu genötigt gesehen, so viele Stunden bewegungslos in der heißen Sonne zu liegen, während David eine Filmrolle nach der anderen einlegte. Aber nun waren sie schon zwei Tage hier, und bis auf die Umgebung war nichts groß anders als zu Hause. Jeden Tag tranken sie schweigend ihren morgendlichen Kaffee. David hatte auch hier Möglichkeiten gefunden zu arbeiten; entweder fotografierte er, oder er ging angeln. Am Abend lag er in der Hängematte und las. Norah machte Spaziergänge, schlief viel und bummelte durch die bunten, überteuerten Touristengeschäfte in der Stadt, wo sie dies und das einkaufte. Paul spielte Gitarre und rannte.

Ihre Augen mit der Hand beschattend, ließ Norah ihren Blick die goldene Bucht entlangschweifen. Im Näherkommen war die Silhoutte des Läufers aufgetaucht, und nun erkannte sie, daß es doch nicht Paul war. Der Mann, der da rannte, war groß und schlank, fünfunddreißig oder vierzig Jahre alt. Er trug blaue Nylonshorts, die weiß eingefaßt waren, und kein Hemd. Auf seinen Schultern prangte ein Sonnenbrand, der sehr schmerzhaft aussah. Als er dicht vor ihr war, verlangsamte er sein Tempo, bis er schwer atmend anhielt, die Hände in die Hüften gestützt.

»Schöne Kamera«, lobte er und fügte, den Blick auf Norah gerichtet, hinzu: »und eine interessante Einstellung.«

Er wurde allmählich kahl, seine Augen waren dunkelbraun und intensiv. Sie entzog sich ihrem hitzigen Blick, indem sie sich abwandte, als David zu erklären begann: Wellen und Dünen, Sand und Haut, zwei widersprüchliche Bilder in einem.

Sie suchte den Strand mit den Augen ab. Ja, da tauchte schemenhaft eine andere rennende Gestalt auf, ihr Sohn. Die Sonne schien so grell. Als der Kamm einer Welle auftauchte, war Norah einige Sekunden lang wie benommen, und kleine Lichter blitzten wie Silberfischchen hinter ihren geschlossenen Lidern. Howard: Sie überlegte, wo er wohl herkam. Er und David waren bereits in ein lebhaftes Gespräch über Verschlußzeiten und Filter vertieft.

»Und Sie sind also seine Muse«, wandte er sich an Norah und versuchte sie in ihre Unterhaltung einzubeziehen.

»Ich glaube schon«, sagte sie und fegte Sand von ihrem Handgelenk. »Für die Haut ist es allerdings etwas strapaziös«, fügte sie hinzu und war sich auf einmal bewußt, daß sie in ihrem neuen Badeanzug fast nackt war. Der Wind strich über sie hinweg und fuhr durch ihr Haar.

»Nein, nein – Ihre Haut ist perfekt«, versicherte Howard. David machte große Augen – er sah sie an, als ob er sie nie zuvor gesehen hätte –, und Norah triumphierte im stillen. »Sieh hin«, hätte sie ihm gerne zugerufen. »Meine Haut ist wunderschön.« Aber die Intensität, mit der Howard sie ansah, hielt sie davor zurück.

»Sie sollten sich mal Davids andere Arbeiten ansehen«, schlug sie statt dessen vor, wobei sie auf ihr niedriges, unter Palmen geducktes Häuschen zeigte, von dessen Pergola eine üppige Bougainvillea herabfiel. »Er hat seine Mappe mitgenommen.« Es war eine Einladung, auch wenn ihre Worte undurchschaubar waren.

»Das würde ich gern«, erwiderte Howard, an David gewandt. »Ihre Studien interessieren mich.«

»Schön«, sagte David. »Kommen Sie doch zum Mittagessen vorbei.«

Aber Howard hatte um 13 Uhr eine geschäftliche Verabredung in der Stadt.

»Da kommt Paul«, stellte Norah fest. Er lief sehr schnell an der Wasserlinie entlang und kämpfte sich über die letzten hundert Meter, wobei seine Arme und Beine in der wabernden Hitze aufleuchteten. Mein Sohn, dachte Norah, und für einen Augenblick tat sich ihr die Welt auf. Paul rief dieses Gefühl in ihr manchmal durch seine bloße Anwesenheit hervor. Laut erklärte sie: »Unser Sohn. Er ist auch ein Läufer.«

»Er ist gut in Form«, stellte Howard fest. Paul kam näher und drosselte sein Tempo. Als er sie erreicht hatte, beugte er seinen Oberkörper und stützte sich mit den Händen auf den Knien ab, während er die Luft tief in seine Lungen sog.

»Und ist eine gute Zeit gelaufen«, ergänzte David, auf seine Uhr blickend. Sag es nicht, dachte Norah; David schien nicht zu bemerken, wie sehr Paul vor seinen Zukunftsvisionen zurückschreckte. Nicht. Aber David fuhr fort: »Ich kann nicht mit ansehen, daß er seine Begabung so verschenkt. Sehen Sie sich seine Größe an! Stellen Sie sich vor, was er auf einem Spielfeld alles erreichen könnte. Aber Basketball interessiert ihn nicht die Bohne.«

Paul sah gequält auf, und Norah merkte, wie der alte Zorn in ihr aufflackerte. Warum konnte David bloß nicht verstehen, daß Pauls Widerstand wuchs, je mehr er ihn zum Basketball drängte. Um ihn zum Spielen zu kriegen, müßte er es Paul verbieten.

»Ich laufe lieber«, erklärte Paul und richtete sich auf.

»Und wer könnte es dir verdenken«, sagte Howard bewundernd und reichte ihm die Hand, »wenn man dich so laufen sieht!«

Paul schüttelte ihm die Hand und wurde rot vor Freude. »Ihre Haut ist perfekt«, hatte er zu ihr gesagt, es war erst einen Moment her. Norah überlegte, ob ihr Gesichtsausdruck auch so durchschaubar gewesen war.

»Kommen Sie doch zum Abendessen«, lud sie ihn, von Howards netter Geste gegenüber Paul verführt, spontan ein. Sie war hungrig und durstig, und die Sonne hatte sie leichtfertig werden lassen. »Wenn Sie nicht zum Mittagessen kommen können, leisten Sie uns doch abends Gesellschaft. Ihre Frau ist natürlich auch herzlich eingeladen«, fügte sie hinzu. »Bringen Sie einfach Ihre ganze Familie mit. Wir machen ein Feuer und kochen draußen am Strand.«

Howard runzelte die Stirn und sah auf das glänzende Wasser hinaus. Er faltete seine Hände, legte sie hinter seinen glatten, kahlen Kopf und streckte sich. »Unglücklicherweise«, sagte er, »bin ich alleine hier. Eine Art Rückzug. Ich lasse mich gerade von meiner Frau scheiden.«

»Das tut mir leid«, sagte Norah, ohne daß es ihr wirklich leid tat.

»Kommen Sie trotzdem«, sagte David. »Norah ist berühmt für ihre Abendeinladungen. Ich werde Ihnen den Rest der

Serie, an der ich gerade arbeite, zeigen – es geht ausschließlich um Wahrnehmung, um Verwandlung.«

»Ah, Verwandlung«, nickte Howard. »Dafür bin ich sehr zu haben. Ich komme gerne zum Abendessen.«

Bevor Howard ging, sprachen er und David noch einige Minuten miteinander, während Paul, um abzukühlen, am Wasser entlangschritt. Ein paar Minuten später, während sie in der Küche Gurken für das Mittagessen schnitt, sah Norah, wie Howard in der Ferne den Strand hinunterlief, dann aus ihrer Sicht verschwand und wieder auftauchte, als der Vorhang sich im Wind blähte. Sie erinnerte sich an die dunkle, sonnenverbrannte Stelle auf seinen Schultern, seinen durchdringenden Blick und an seine Stimme. In den Leitungen rauschte das Wasser, da Paul duschte, und sie hörte ein leises Rascheln im Wohnzimmer, wo David seine Fotos anordnete. Mit den Jahren war er ein bißchen besessen geworden. Immer sah er alles an – auch sie –, als würde er durch die Linse einer Kamera blicken. Noch immer war ihre tote Tochter präsent; um ihre Abwesenheit herum hatten sie beide ihr Leben aufgebaut. Norah überlegte sogar manchmal, ob es nicht eigentlich der Verlust war, der sie zusammenhielt. Sie ließ die Gurkenscheiben in eine Salatschüssel rutschen und begann Karotten zu schälen. Howard war zu einem Strich in der Landschaft geworden und schließlich verschwunden. Seine Hände waren riesig gewesen, die Handinnenflächen und Fingernägel hatten blaß gegen die Bräune seines übrigen Körpers gewirkt. »Schöne Haut«, hatte er gesagt, ohne sie aus den Augen zu lassen.

Nach dem Mittagessen nickte David in der Hängematte ein, und Norah streckte sich auf dem Bett unter dem Fenster aus. Vom Ozean wehte eine frische Brise herein; sie fühlte sich voller Leben, und ihr war, als verbinde sie der Wind mit dem Sand und dem Meer. Howard war ein ganz gewöhnlicher Mann. Obwohl dünn und fast kahl, hatte er allerdings etwas geheimnisvoll Bezwingendes an sich, das vielleicht von ihrer eigenen, tiefen Einsamkeit und ihren Wünschen heraufbeschworen wurde. Sie mußte an Bree denken, die hocherfreut über sie wäre und lachen würde.

»Ja, warum auch nicht?« würde sie sagen. »Jetzt mal im Ernst, Norah, warum probierst du es nicht aus?«

Ich bin eine verheiratete Frau, würde Norah antworten und ans Fenster rücken, um den blendenden Sand zu betrachten, während sie darauf brannte, daß ihre Schwester sie widerlegte.

»Meine Güte, Norah, du lebst nur einmal. Warum gönnst du dir nicht mal ein bißchen Spaß?«

Norah stand unentschlossen herum, bis sie leise über die alten, abgenutzten Dielen lief, um sich einen Gin mit Limonensaft zu mischen. Sie setzte sich in die Schaukel auf der Veranda, die träge im Wind schwang, und betrachtete den schlafenden David, der ihr in diesen Tagen so unbekannt vorkam. Gittarrenklänge schwebten in der lauen Luft. Sie stellte sich vor, wie Paul im Schneidersitz, den Kopf konzentriert über seine geliebte Almansa-Gitarre gebeugt, die David ihm zu seinem letzten Geburtstag geschenkt hatte, auf dem schmalen Bett saß. Es war ein wunderschönes Instrument, dessen Hals aus Ebenholz, dessen Rück- und Seitenwände aus Rosenholz und dessen Wirbel aus Messing gefertig waren. David gab sich Mühe mit Paul. Zwar drängte er ihn wirklich zu sehr zum Sport, aber er nahm sich auch Zeit, um mit ihm angeln zu gehen oder schier endlos mit ihm nach Steinen zu suchen. Er hatte Stunden damit verbracht, nach dieser Gitarre zu suchen, und sie letztendlich von einer Firma in New York bezogen. Als Paul sie ehrfürchtig aus ihrer Kiste hob, war Davids Gesicht von stiller Freude beseelt gewesen. Nun sah sie ihn an, wie er da auf der anderen Seite der Veranda schlief, während ein Muskel seiner Wange zuckte. »David«, flüsterte sie, ohne daß er sie hörte. Und dann ein bißchen lauter: »David.« Aber er regte sich nicht.

Um vier Uhr stand sie verträumt auf. Sie wählte ein mit Blumen gesprenkeltes Strandkleid, dessen Stoff in der Taille gerafft war und das von dünnen Trägern an der Schulter gehalten wurde. Dann zog sie eine Schürze darüber und begann einfache Gerichte aus delikaten Zutaten zu kochen: ein Stew aus Austern, zu dem knusprige Cracker gereicht werden sollten, goldgelb geröstete Maiskolben, einen frischen grünen Salat und kleine Hummer, die sie heute morgen auf dem Markt gekauft hatte und die sich noch in Eimern mit Meerwasser befanden. Während sie in der winzigen Küche umherwirbelte, Kuchenformen zu Pfannen umfunktionierte und Oregano an die Salatsoße gab, rutschte das knappe Baumwollkleid an ihren Schenkeln hoch. Atemwarme Luft streifte ihre Arme. Sie tauchte ihre Hände in ein Becken voll kaltem Wasser und spülte die zarten Salatblätter einzeln ab. Paul und David arbeiteten unterdessen daran, ein Feuer in dem halb verrosteten Grill anzuzünden, dessen Löcher mit Aluminiumfolie geflickt waren. Der verwitterte Tisch war mit Papptellern gedeckt, und der Wein war bereits in durchsichtige rote Plastikbecher geschenkt worden. Die Butter würde ihnen über die Hände laufen, wenn sie die Hummer mit den Fingern aßen.

Noch bevor sie ihn sah, hörte sie seine Stimme. Anders als Davids klang sie etwas tiefer, nasaler und ließ einen neutralen Akzent aus dem Norden erkennen. Mit jeder Silbe zog ein frischer Wind durch den Raum, der einen Hauch von Schnee mit sich zu bringen schien. Norah trocknete ihre Hände an einem Küchentuch ab und näherte sich dem Eingang.

Die drei Männer – es erschreckte sie, daß sie Paul mit einbezog, aber er wirkte, Seite an Seite mit David, fast erwachsen und unabhängig, als ob sein Körper niemals etwas mit ihrem zu tun gehabt hätte – standen zusammen auf dem Sand vor der Veranda . Der Grill duftete nach Rauch und Harz, und die Kohlen schickten wabernde Hitzewellen in den Himmel. Paul, mit nacktem Oberkörper, die Hände in den Taschen seiner abgeschnittenen Hose, beantwortete Fragen unbeholfen und knapp. Sie sahen sie nicht, ihr Ehemann und ihr Sohn; sie hatten ihren Blick auf das Feuer und den Ozean gerichtet, der zu dieser Stunde so glatt wie dunkles Glas dalag. Howard hingegen, der ihnen gegenüberstand, hob sein Kinn und lächelte in ihre Richtung.

Einen Augenblick lang, bevor die anderen sich umwandten und bevor Howard die Weinflasche anhob und sie in ihre Hände gleiten ließ, trafen sich ihre Blicke. Der Moment existierte nur für sie beide und konnte später nicht mehr nachgewiesen werden. Und er war echt, er war in der Dunkelheit seiner Augen, in seinem Gesicht und ihrem aufgehoben, die sich einander in freudigem Versprechen öffneten, während die Welt um sie herum mit der Brandung mitgerissen wurde.

David drehte sich lächelnd um, und der Moment war vorbei, als wäre eine Tür zugeschlagen worden.

»Es ist ein Weißwein«, erklärte Howard, als er ihr die Flasche übergab. Norah war erschrocken darüber, wie durchschnittlich Howard auf einmal wirkte; ihr fiel auf, daß seine Koteletten lächerlich lang waren und über seine halbe Wange reichten. Geheimnis und Gefahr – hatte sie sie wirklich verspürt? – waren wie weggeblasen. »Ich hoffe, er paßt zum Essen.«

»Perfekt«, sagte sie. »Es gibt Hummer.« Was für ein durchschnittliches Gespräch. Der bestürzende Moment lag weit zurück, und sie gab die liebenswürdige Gastgeberin, eine Rolle, in die sie so leicht geschlüpft war wie in ihr Nichts von Kleid. Howard war ihr Gast; sie zog einen Korbstuhl heran und bot ihm einen Drink an. Als sie mit einem Tablett voller Flaschen mit Gin und Tonic und einem Eiskübel zurückkam, hatte die Sonne die Wasserkante erreicht. Wolken in luftigen Rosa- und Pfirsichtönen bauschten sich hoch am Himmel.

Sie aßen auf der Terrasse. Es wurde schnell dunkel, und David zündete die Kerzen an, die in Abständen auf der Brüstung standen. Weiter draußen brach die Flut herein, und

Wellen schlugen unsichtbar auf das sandige Ufer. Im flakkernden Licht lauschte sie auf Howards Stimme, die höher wurde und tiefer und wieder höher. Er sprach über eine Camera obscura, die er einst gebaut hatte. Sie bestand aus einer Mahagonikiste, die bis auf ein Loch von der Größe einer Nadelspitze alles Licht ausschloß. Dieser Nadelstich jedoch sandte ein winziges Bild auf einen Spiegel. Das Instrument war ein Wegbereiter der Kamera, und einige Maler – unter ihnen Vermeer – hatten es benutzt, um einen ungewöhnlich hohen Grad an Genauigkeit in ihren Bildern zu erreichen. Auch das war Gegenstand seiner Studien.

Norah trieb in die Nacht, beeindruckt von den Bildern, die er heraufbeschwor: die Welt, auf einen Schirm geworfen, winzige Figuren, gefangen im Licht, die sich bewegten. Das war so anders als ihre Sitzungen mit David, bei denen der Fotoapparat sie am Ort und in der Zeit festzuhalten schien. Während sie in der Dunkelheit an ihrem Wein nippte, verstand sie, daß das der Kern ihrer Probleme war.

Irgendwo auf ihrem gemeinsamen Weg waren David und sie steckengeblieben. Nun umkreisten sie einander; jeder ein Gefangener seiner eigenen Umlaufbahn. Das Gesprächsthema wechselte, und Howard erzählte Geschichten aus der Zeit, als er als Armeefotograf in Vietnam gewesen war, wo er den Kriegsverlauf dokumentiert hatte. »Ehrlich gesagt, war vieles langweilig«, erklärte er, als Paul seine Bewunderung ausdrückte. »Die meiste Zeit bin ich nur den Mekong rauf und runter geschippert. Immerhin ist es ein außergewöhnlicher Fluß und ein außergewöhnlicher Ort.«

Nach dem Essen ging Paul in sein Zimmer. Ein paar Minuten später mischten sich die Klänge seiner Gitarre in das Geräusch der Wellen. Ursprünglich hatte er nicht mit ihnen fahren wollen – er hatte eine Woche im Musikcamp dafür aufgeben müssen und sollte ein paar Tage nach ihrer Rückkehr ein wichtiges Konzert geben. Trotzdem hatte David darauf bestanden, daß er mitkam; er nahm Pauls musikalischen Ehrgeiz nicht ernst. Die Musik konnte wohl Pauls Hobby sein, nicht aber sein Beruf. Doch Paul spielte mit solcher Leidenschaft Gitarre, daß er fest dazu entschlossen war, auf die Juilliard zu gehen. David, der schwer gearbeitet hatte, um ihnen jede erdenkliche Annehmlichkeit zu bieten, reagierte jedesmal gereizt, wenn dieses Thema aufkam. Nun schwebten Pauls Noten anmutig durch die Luft, und doch war jede wie ein kleiner Schnitt, wie eine Messerspitze, die sich ins Fleisch bohrte.

Das Gespräch wechselte von der Optik hin zu dem besonderen Licht im Flußtal des Hudson, wo Howard lebte; er sprach auch von Südfrankreich, das er gern besuchte. Er beschrieb eine enge Straße, von der feiner Staub aufflog, und Felder mit leuchtenden Sonnenblumen. Er war ganz Stimme, kaum mehr als ein Schatten neben ihr, und seine Worte waren durchdringend wie Pauls Musik; sie hüllten sie ein und erklangen gleichzeitig in ihrem Inneren. David schenkte ihnen Wein nach und wechselte das Thema, woraufhin sie sich erhoben und in das hell erleuchtete Wohnzimmer traten, wo David seine Serie von Schwarzweißfotografien aus der Mappe zog. Darauf verfielen Howard und er in eine intensive Diskussion über die Qualität des Lichtes.

Norah blieb sitzen. Die Fotografien, über die sie sprachen, zeigten sie: ihre Hüften, ihre Haut, ihre Hände und ihr Haar. Trotzdem war sie vom Gespräch ausgeschlossen, war Objekt, nicht Subjekt. Bisweilen, wenn sie in Lexington ein Sprech- oder Vorzimmer betrat, fand Norah dort ein anonymes Foto vor, das ihr gleichzeitig beängstigend vertraut war – es zeigte eine Kurve ihres Körpers oder einen Ort, an dem sie mit David gewesen war. Ihr Körper war auf den Bildern seiner ursprünglichen Bedeutung beraubt, er war zu einem abstrakten Gedanken geworden. Indem sie für David Modell stand, hatte Norah versucht, die Distanz, die zwischen ihnen gewachsen war, zu verringern. Dabei hatte es für sie keine Rolle gespielt, wer die Schuld an ihrer Entfremdung trug, sie oder er. Wenn sie ihn aber jetzt so ansah, vertieft in seine Erklärungen, verstand sie, daß er sie nicht wirklich sah und jahrelang nicht gesehen hatte.

Sie wurde so wütend, daß sie zitterte, und verließ das Wohnzimmer. Seit dem Tag, an dem sie die Wespen vernichtet hatte, hatte sie sehr wenig getrunken. Jetzt aber ging sie in die Küche und goß ihren roten Plastikbecher randvoll mit Wein. Um sie herum stapelten sich schmutzige Töpfe und feuerrote Hummerschalen, die wie Panzer toter Zikaden aussahen. Soviel Arbeit für ein so kurzes Vergnügen! Für gewöhnlich machte David den Abwasch, aber heute abend band Norah sich eine Schürze um die Taille, füllte das Waschbecken und stellte die Reste der Austernsuppe in den Kühlschrank. Im Wohnzimmer wurde die Unterhaltung fortgesetzt, und die Stimmen hoben und senkten sich wie das Meer. Was hatte sie sich nur dabei gedacht, als sie in dieses Kleid geschlüpft war und sich von Howards Stimme hatte bezaubern lassen? Sie war Norah Henry, die Frau von David und die Mutter von Paul, der beinahe erwachsen war. In ihrem Haar zeigten sich schon die ersten grauen Strähnen, die allerdings kaum jemand außer ihr bemerken würde, da auch sie sie nur sah, wenn sie im grellen Licht des Badezimmers die Augen zusammenkniff. Howard war nur gekommen, um mit David über Fotografie zu reden. So einfach war das.

Sie ging nach draußen, um den Müll wegzuwerfen. Der Sand unter ihren nackten Füßen war kühl, die Luft dagegen immer noch warm. Norah trat ans Ufer des Meeres und starrte auf die lebendige Kuppel der Sterne. Sie schlug die Fliegengittertür zu. David und Howard kamen heraus.

»Danke für den Abwasch«, sagte David. Er strich ihr kurz über den Rücken, und sie spannte ihre Muskeln an und mußte sich bemühen, nicht wegzuzucken. »Entschuldige, daß ich dir nicht geholfen habe, aber wir waren so ins Gespräch vertieft. Howard hat einige sehr gute Ideen.«

»Eigentlich war ich von Ihren Armen fasziniert«, bemerkte Howard und bezog sich damit auf Hunderte von Fotografien, die David gemacht hatte. Er hob ein Stück Treibholz auf und warf es weit hinaus. Sie hörten es platschen und vernahmen das Schmatzen der Wellen, die es auf das Meer hinauszogen.

Das Haus hinter ihnen leuchtete wie eine Laterne und warf einen hellen Kreis auf den Sand, aber sie standen alle drei in vollkommener Dunkelheit, so daß Norah Davids oder Howards Gesicht oder ihre eigenen Hände nicht erkennen konnte. Die Nacht war von schattenhaften Umrissen und körperlosen Stimmen bevölkert. Das Gespräch plätscherte dahin und kehrte zu Techniken und Verfahren zurück. Gleich würde sie schreien müssen. Statt dessen trat sie einen Schritt zurück und war im Begriff zu verschwinden, als eine Hand plötzlich über ihren Oberschenkel fuhr. Erschrocken hielt sie inne und wartete. Im nächsten Moment glitten Howards Finger behend am Saum ihres Kleides hoch, und dann wanderte seine Hand in ihre Tasche, und sie spürte eine plötzliche geheime Wärme auf ihrer Haut.

Norah hielt den Atem an. David sprach weiter von seinen Bildern. Sie trug noch immer die Schürze, und es war sehr dunkel. Nach einer Weile drehte sie sich leicht, und durch den dünnen Stoff über ihrem flachen Bauch fühlte sie, wie Howards Hand sich langsam öffnete.

»Ja, das ist wahr«, sagte Howard leichthin, mit dunkler Stimme. »Ihre Bilder würden etwas von ihrer Klarheit verlieren, wenn Sie diesen Filter einsetzen würden. Der Effekt aber wäre es sicher wert.«

Während Norah ganz langsam ausatmete, überlegte sie, ob Howard das wilde Pulsieren ihres Blutes spüren konnte. Seine Finger schienen zu glühen; in ihr war ein so großes Verlangen entfacht, daß es sie schmerzte. Die Wellen stiegen an, brachen und zogen sich leise zurück, bevor sie wiederkamen. Norah blieb regungslos stehen und lauschte ihrem eigenen Atem.

»Mit der Camera obscura ist man näher an der Welt dran«, sagte Howard. »Die Art, wie sie sie einfängt, ist wirklich sehr bemerkenswert. Kommen Sie doch mal vorbei, um sich das anzusehen.«

»Morgen gehe ich mit Paul fischen«, überlegte David. »Vielleicht übermorgen?«

»Ich glaube, ich gehe jetzt rein«, erklärte Norah leise.

»Norah langweilt sich«, entschuldigte David sie.

»Wer könnte ihr das verdenken?« sagte Howard, wobei er seine Hand, fest und schnell, einem Flügelschlag gleich, tief unten an ihren Bauch preßte. Dann ließ er sie aus ihrer Tasche gleiten. »Wenn Sie Lust haben, kommen Sie doch morgen früh«, schlug er vor. »Da mache ich ein paar Zeichnungen mit der Camera obscura.«

Norah nickte wortlos, während sie sich vorstellte, wie der einzelne Lichtstrahl die Dunkelheit durchbohrte, um wunderbare Bilder auf die Wand zu werfen.

Er verließ sie ein paar Minuten später und wurde fast augenblicklich von der Dunkelheit verschluckt.

»Ich mag ihn«, sagte David, als sie wieder drinnen waren. Die Küche sah makellos aus. Alle Spuren ihres träumerischen Nachmittags waren getilgt.

Norah stand am Fenster, sah auf den dunklen Strand hinaus und lauschte den Wellen, die Hände tief in den Taschen ihres Kleides vergraben.

»Ja«, stimmte sie zu. »Ich auch.«

Am nächsten Morgen standen David und Paul noch vor Anbruch der Dämmerung auf und fuhren die Küste entlang bis zu der Stelle, wo das Fischerboot wartete. Während sie sich fertig machten und sich bemühten, leise zu sein, lag Norah, das saubere Baumwollaken sanft um sich geschlungen, in der Dunkelheit und hörte sie im Wohnzimmer herumkramen. Dann vernahm sie Schritte und, nachdem das Dröhnen des startenden Motors verklungen war, wieder das Rauschen der Wellen. Als dort, wo Himmel und Meer sich berührten, ein heller Streifen Licht aufzog, ruhte sie matt auf den Laken. Dann duschte sie, zog sich an und machte sich einen Kaffee. Nachdem sie eine halbe Grapefruit gegessen hatte, spülte sie ihr Geschirr ordentlich ab und ging aus der Tür. Sie hatte kurze Hosen und ein türkisfarbenes Hemd, das mit Flamingos bedruckt war, angezogen. Ihre weißen Turnschuhe waren zusammengebunden und baumelten an ihrer Hand. Der Seewind blies ihre frischgewaschenen Haare trocken, wobei sie sich verhedderten und an ihr Gesicht klebten.

Howards Häuschen, das sich eineinhalb Kilometer strandabwärts befand, sah fast genauso aus wie ihres. Howard saß auf der Veranda, über eine dunkel lackierte Holzkiste gebeugt. Er trug weiße Shorts und ein orange kariertes Madras-Hemd, das nicht zugeknöpft war. Auch er war barfuß. Als sie näher kam, stand er auf.

»Möchten Sie einen Kaffee?« rief er. »Ich habe Sie den Strand entlangkommen sehen.«

»Danke, nein«, wehrte sie ab.

»Sicher nicht? Ich habe Irish Coffee gemacht. Mit Schuß.«

»Vielleicht ein bißchen später.« Sie schritt die Treppe hoch und ließ ihre Hand über die polierte Mahagonikiste gleiten. »Ist das die Camera obscura?«

»Ja«, nickte er. »Kommen Sie. Sehen Sie mal durch.«

Sie setzte sich auf den Stuhl, der noch seine Wärme trug, und blickte durch die Öffnung. Sie sah alles vor sich: den langen Strandabschnitt, die Felsgruppe und ein Segel, das langsam über den Horizont wanderte. In den Zweigen der den Kiefern ähnlichen Känguruhbäume wohnte der Wind. Alles war winzig und wurde bis ins letzte Detail genau wiedergegeben, und obwohl der Ausschnitt gerahmt und begrenzt wurde, war er lebendig, nicht statisch. Norah sah blinzelnd auf und fand auch die Welt verändert vor. Die Blumen zeichneten sich scharf vom Sand ab. Der Stuhl mit seinen leuchtenden Streifen und das am Wasser entlanglaufende Paar erschienenen ihr erstaunlich lebendig, viel lebendiger als zuvor.

»Oh«, entfuhr es ihr, als sie wieder in die Kiste sah. »Es ist überwältigend. Alles sieht so präzise und prachtvoll aus. Ich sehe sogar den Wind in den Bäumen.«

Howard lachte. »Ist das nicht wundervoll? Ich wußte, daß es Ihnen gefallen würde.«

Sie dachte an Paul, der seinen Mund als kleines Kind immer zu einem perfekten »O« gerundet hatte, wenn er aus seinem Gitterbettchen heraus irgend etwas Alltägliches angestarrt hatte, was für ihn verblüffend war. Wieder beugte sie ihren Kopf, um die eingefangene Welt zu betrachten und sie beim Aufblicken verändert vorzufinden. Von seinem Rahmen aus Dunkelheit befreit, schimmerte selbst das Licht, als wäre es lebendig. »Das ist unglaublich schön«, flüsterte sie. »So schön, daß ich es fast nicht ertragen kann.«

»Ich weiß«, erwiderte Howard. »Steigen Sie hinein, und lassen Sie sich malen.«

Sie erhob sich und lief auf den heißen Sand und in das gleißende Licht hinaus. Dann drehte sie sich um, und während sie vor Howard stand, der seinen Kopf über den Apparat gebeugt hielt, verfolgte sie die Bewegungen seiner Hand auf dem Skizzenblock. Ihr Haar glühte, und sie erinnerte sich daran, wie sie in den letzten Tagen Modell gestanden hatte. Wie oft hatte sie schon so dagestanden, zugleich Subjekt und Objekt, hatte Posen eingenommen, um etwas heraufzubeschwören oder zu konservieren, was in Wirklichkeit gar nicht existierte, während sie ihre wahren Gedanken verbarg.

So stand sie jetzt wieder da, eine Frau, die auf eine perfekte Miniatur ihrer selbst reduziert wurde, während ihr Körper vom Licht auf einen Spiegel geworfen wurde. Der warme, feuchte Seewind fuhr ihr durchs Haar, und Howards Hände mit den langen Fingern und den kurzen Nägeln glitten schnell über das Blatt, als er sie skizzierte. Sie dachte daran, wie sich der Sand unter ihr verschoben hatte, als sie für David posierte, und wie er und Howard später von ihr geredet hatten. In ihrem Gespräch war sie keine Frau aus Fleisch und

Blut gewesen, sondern eher ein Abbild oder eine Form. Als sie sich das ins Gedächtnis zurückgerufen hatte, fühlte sich ihr Körper auf einmal zerbrechlich an, als wäre sie nicht mehr die fähige, selbständige Frau, die eine Reisegruppe wohlbehalten durch China gelotst hatte, sondern jemand, den die nächste Windböe wegfegen könnte. Dann war da wieder Howards Hand, die nicht nur ihre Rocktasche, sondern auch ihre Haut darunter erhitzt hatte. Sie bewegte sich geschickt, diese Hand, und zeichnete sie.

Sie faßte sich an die Taille und ergriff den Saum ihrer Bluse. Langsam, aber ohne zu zögern, zog sie sie über den Kopf und ließ sie auf den Sand fallen. Howard hörte auf zu zeichnen, ohne den Kopf zu heben. Die Muskeln in seinem Arm und seiner Schulter erstarrten. Norah öffnete den Reißverschluß ihrer Shorts. Sie glitten über ihre Hüften, und Norah trat aus dem Stoffbündel zu ihren Füßen heraus. Bis jetzt war daran nichts Ungewöhnliches. Sie stand in dem Bikini da, den sie schon so oft beim Modellstehen getragen hatte. Jetzt aber griff sie nach hinten und hakte die Träger des Tops auf. Dann streifte sie die Hose über ihre Beine und schleuderte sie mit einem Tritt weg. Sonne und Wind spielten auf ihrer nackten Haut.

Langsam hob Howard den Kopf von der Camera obscura, dann starrte er sie an. Einen Moment war ihr, als befände sie sich in einem Alptraum. Ein Gefühl von Panik und Scham überkam sie, das sie aus Träumen kannte, in denen sie einkaufen oder in einem überfüllten Park spazierenging und plötzlich merkte, daß sie vergessen hatte, sich anzuziehen. Sie wollte gerade ihren Bikini aufheben, als Howard flüsterte:

»Nein, bitte nicht.« Sie hielt inne und richtete sich auf. »Du bist so schön.«

Dann erhob er sich vorsichtig und langsam, als wäre sie ein Vogel, den er aufschrecken könnte. Norah aber stand sehr still und lauschte aufmerksam in ihren Körper hinein. Sie fühlte sich, als sei sie aus Sand; aus Sand, der vom Feuer geschmolzen wird. Howard überquerte die wenigen Meter Strand, die zwischen ihnen lagen. Es schien, als würde er ewig dafür brauchen. Als er sie endlich erreichte, berührte er sie nicht, sondern starrte sie nur an. Der Wind bewegte ihre Haare, und er nahm eine Strähne von ihrer Lippe und strich sie sehr sanft hinter ihr Ohr.

»Nie könnte ich das einfangen«, erklärte er. »Was du in diesem Moment bist, läßt sich nicht festhalten.«

Norah lächelte und spreizte ihre Hand flach auf seiner Brust. Sie erfühlte die dünne indische Baumwolle seines Hemdes, seine warme Haut, die Muskelschichten darunter und zuletzt die Knochen. Das Brustbein, Sternum – sie erinnerte sich an den Begriff von damals, als sie sich etwas über Knochen angelesen hatte, um David und seine Arbeit besser verstehen zu können. Es bestand aus dem Manubrium und dem Schwertfortsatz, die echten Rippen und die falschen schlossen über den Rippenbogen daran an.

Sacht umschloß er ihr Gesicht mit seinen Händen. Sie ließ ihre Hand sinken. Ohne ein Wort zu sprechen, gingen sie zusammen auf das kleine Häuschen zu. Ihre Kleider ließ sie auf dem Sand zurück; es kümmerte sie nicht, daß jemand sie entdecken konnte. Die Dielen der Veranda gaben unter ihren Tritten leicht nach. Der Verdunklungsstoff über der Camera obscura war zurückgeschlagen, und sie sah mit Befriedigung, daß Howard zwar den Strand und den Horizont, die zerstreuten Felsen und Bäume als perfekte Reproduktion der Wirklichkeit gezeichnet hatte und daß er ihr Haar noch als weiche, dunkle, irgendwie formlose Wolke skizziert hatte, aber zu mehr war er nicht gekommen. Der Platz, an dem sie gestanden hatte, war leer. Wie Blätter waren ihre Hüllen gefallen, und er hatte aufgeblickt und sie dort stehen sehen.

Dies eine Mal hatte sie die Zeit angehalten.

Nach dem gleißenden Licht des Strandes wirkte das Zimmer dämmrig, und das Fenster rahmte die Welt draußen auf die gleiche Weise ein, wie es die Linse der Camera obscura tat. Was sie erblickte, war so strahlend und lebendig, daß es ihr Tränen in die Augen trieb. Sie setzte sich auf die Bettkante. »Leg dich hin«, forderte er sie auf, während er sein Hemd über den Kopf streifte. »Ich möchte dich einen Moment betrachten.« Sie folgte seiner Aufforderung, und er beugte sich über sie und ließ seine Augen über ihre Haut wandern. »Bleib bei mir.« Als er sich hinkniete und seinen Kopf auf ihren Bauch legte, erschrak sie; die Bartstoppeln seiner unrasierten Wange kratzten auf ihrer glatten Haut. Bei jedem Atemzug spürte sie sein Gewicht, und wenn er ausatmete, strich die Luft über ihre Haut. Sie fuhr mit der Hand durch sein schütteres Haar und zog ihn nach oben, damit er sie küßte.

Später würde sie sich nicht darüber wundern, was sie bis dahin getan hatte oder was noch folgte, sondern daß alles auf Howards Bett geschehen war, neben dem offenen Fenster, das sie, gerahmt wie ein Bild in der Lochbildkamera, präsentierte. Auch wenn David und Paul zum Fischen aufs Meer hinausgefahren waren, hätte trotzdem irgend jemand vorbeikommen und sie sehen können.

Dennoch hörte sie nicht auf – weder jetzt noch später. Sie waren wie im Fieber, handelten wie unter Zwang. Er öffnete ihr die Tür zu ihren eigenen Wünschen, zur Freiheit. Seltsamerweise machte ihr Geheimnis auch die Entfremdung zwischen ihr und David erträglicher. Sie ging immer wieder zu ihm, selbst als David bemerkte, daß sie erstaunlich viele und weite Spaziergänge unternahm. Auch nachdem sie in seinen Shorts ein Foto von seiner lächelnden Frau und seinen drei kleinen Kindern gefunden hatte, zusammen mit einem Brief, in dem geschrieben stand: »Meiner Mutter geht es besser, wir alle lieben und vermissen Dich und freuen uns auf Dein Kommen«, ging sie wieder zu ihm.

Brief und Fotos hatte sie eines Nachmittags entdeckt, als das Sonnenlicht auf dem Wasser tanzte und die Hitze schimmernd vom Sand aufstieg. Während im dämmrigen Zimmer der Ventilator klapperte, hatte sie das Foto in der Hand gehalten und hinausgestarrt, versunken in die Phantasielandschaft, in ihr strahlendes Licht. In ihrem wirklichen Leben hätte dieses Foto sie getroffen, schnell und sicher wie ein Messer. Hier empfand sie nichts. Norah hatte das Foto zurückgesteckt und seine Shorts wieder auf den Boden gleiten lassen. Hier war das nicht wichtig. Hier zählten nur der Traum und das fiebrige Licht. Sie traf ihn an den kommenden zehn Tagen.

12. Kapitel

August 1977

DAVID RANNTE DIE TREPPE HOCH UND BETRAT DIE ruhige Eingangshalle der Schule. Hier hielt er einen Moment inne, um sich zu orientieren und Atem zu schöpfen. Er war zu spät zu Pauls Konzert gekommen, viel zu spät. Eigentlich hatte er das Krankenhaus früh verlassen wollen, aber er war gerade an der Tür, da kamen die Sanitäter mit einem älteren Ehepaar herein: Der Mann war von einer Leiter gefallen und auf seine Frau gestürzt. Er hatte sich das Bein gebrochen, seiner Frau den Arm; das Bein brauchte eine Platte und mußte genagelt werden. David rief Norah an und hörte den kaum verhohlenen Zorn in ihrer Stimme, aber er war selbst so wütend, daß es ihm egal, ja, daß er sogar froh war, sie zu verärgern. Immerhin hatte sie über seine Arbeit Bescheid gewußt, als sie ihn geheiratet hatte. Bevor er aufhängte, waren sie in ein langes, eisiges Schweigen verfallen.

Der Terrazzoboden hatte einen schwach rötlichen Schimmer, und die Schließfächer, die die Wände säumten, waren dunkelblau. David lauschte und hörte einen Moment lang nur seinen eigenen Atem, bevor ihn plötzlicher Applaus die Halle hinunter, zu den großen hölzernen Türen des Auditoriums führte. Er zog einen Flügel auf, trat ein und wartete, bis seine Augen sich an die Dunkelheit gewöhnt hatten. Der Zuschauerraum war übervoll; ein Meer aus dunklen Köpfen reichte hinunter bis zur hell erleuchteten Bühne. Er durchforschte die Reihen nach Norah. Eine junge Frau gab ihm ein Programmheft, während ein Junge in tiefhängenden Jeans die Bühne betrat und mit seinem Saxophon Platz nahm. Sie deutete auf den fünften Namen im Programm.

David atmete erleichtert auf. Seine Anspannung wich. Paul war Nummer sieben; er hatte es gerade noch rechtzeitig geschafft.

Der Saxophonist begann leidenschaftlich und mit großer Heftigkeit zu spielen. Allerdings traf er einen falschen Ton, dessen schrilles Kreischen David einen Schauer über den Rükken jagte. Wieder hielt er nach Norah Ausschau und fand sie schließlich in der Mitte, nahe der Bühne, einen leeren Sitz neben sich. Also hatte sie wenigstens an ihn gedacht. Er war sich nicht sicher gewesen, ob sie das tun würde; er war sich überhaupt keiner Sache mehr sicher. Seine Wut und seine Schuld, derentwegen er zu den Geschehnissen in Aruba geschwiegen hatte, waren die einzigen Gefühle, über die er sich im klaren war; dies alles stand sicherlich zwischen ihnen. Aber er hatte nicht die leiseste Vorstellung davon, was Norah fühlte, noch kannte er ihre Sehnsüchte oder Motive. Der Saxophonist beendete seine Darbietung mit einem lauten Stoß in sein Instrument und verbeugte sich. Während alles klatschte, eilte David den Gang hinunter und kletterte ungelenk an den Zuhörern vorbei, um seinen Platz neben Norah einzunehmen.

»David«, sie nahm ihren Mantel vom Sitz. »Also hast du es doch noch geschafft.«

»Es war ein Notfall, Norah«, erwiderte er genervt.

»Oh, ich weiß, ich bin ja daran gewöhnt. Nur für Paul hat es mir leid getan.«

»Auch ich mache mir Gedanken um Paul«, erklärte er trotzig, »deswegen bin ich hier.«

»Ja, natürlich«, antwortete sie schneidend, »deswegen bist du hier.«

Er konnte ihren Zorn fast greifen. Ihr blondes Haar war kurz und perfekt frisiert, und alles an ihr schimmerte in Creme- und Goldtönen. Sie trug ein Kostüm aus Naturseide, das sie auf ihrer ersten Reise nach Singapur gekauft hatte. Je mehr das Geschäft expandiert war, desto öfter hatte sie ihre Reisegruppen begleitet; zu banalen Zielen, aber auch an exotische Orte. Zu Beginn, als ihre Reisen noch kürzer und weniger ambitioniert gewesen waren und zum Mammoth-Cave-Nationalpark führten oder an den Mississippi, war David ein paarmal mitgekommen. Dann hatte er sich immer über Norah gewundert, genauer gesagt, über die Person, die sie geworden war. Die Leute kamen mit all ihren Sorgen und Problemen zu ihr: Mal war das Rindfleisch zu kurz gebraten, mal die Kabine zu klein, die Klimaanlage kaputt oder die Betten zu hart. Aufmerksam hörte sie ihren Kunden zu, bewahrte in jeder Situation die Ruhe, nickte, klopfte jemandem beruhigend auf die Schulter und griff nach dem Telefon. Obwohl ihre Züge eine gewisse Härte bekommen hatten, war sie immer noch sehr schön. Sie machte ihre Arbeit gut, und nicht nur eine blauhaarige alte Dame hatte ihn schon zur Seite genommen, um ihm zu versichern, daß er sich sehr glücklich schätzen konnte.

Er hatte sich überlegt, was diese Damen wohl gesagt hätten, wenn sie die abgelegten Kleider am Strand gefunden hätten.

»Du darfst nicht wütend auf mich sein, Norah«, flüsterte David ihr zu. Ein schwacher Duft von Orangen umgab sie, und ihre Lippen waren fest zusammengepreßt. Auf der Bühne setzte sich gerade ein junger Mann ans Klavier. Er trug einen blauen Anzug und dehnte seine Finger, bevor er kräftig in die Tasten griff. »Du hast kein Recht dazu«, setzte er bestimmt nach.

»Ich bin nicht wütend, nur nervös, wegen Paul. Du bist derjenige, der hier wütend ist.«

»Nein, du bist wütend auf mich. Seit wir in Aruba waren, bist du wütend.«

»Sieh dich mal an«, zischte sie zurück. »Du siehst aus, als hättest du eine von diesen kleinen Eidechsen verschluckt, die dort an der Decke hingen.«

Da faßte ihn jemand an der Schulter. Er drehte sich um und sah eine dicke Frau neben ihrem Ehemann und an dessen Seite eine lange Reihe von Kindern.

»Entschuldigen Sie«, begann die Frau, »Sie sind doch der Vater von Paul Henry? Da vorne spielt mein Sohn Duke, und wenn Sie nichts dagegen haben, würden wir ihm jetzt gerne zuhören.«

Davids und Norahs Blicke trafen sich, und einen kurzen Augenblick lang waren sie Verbündete; sie war noch verlegener als er.

Er lehnte sich zurück und lauschte. Duke, dieser junge Mann, Pauls Freund, spielte leicht verhalten, obwohl er sehr gut war. Sein Spiel war technisch ausgereift und nicht ohne Hingabe. David beobachtete, wie seine Hände über die Tasten flogen, und fragte sich, was Duke und Paul sich wohl erzählten, wenn sie mit ihren Rädern durch die ruhigen Straßen der Umgebung fuhren. Was erträumten sich die beiden? Was mochte Paul seinen Freunden erzählen, das er seinem Vater nie anvertrauen würde?

Er dachte an Norahs Kleider, die verlassen in einem leuchtenden Haufen auf dem Sand lagen, während der Wind an einem Zipfel ihrer wild gemusterten Bluse zerrte: Das war etwas, worüber sie nie sprechen würden, obwohl David annahm, daß es auch Paul nicht entgangen war. An dem Tag waren sie sehr früh zum Fischen aufgebrochen. Es war noch dunkel gewesen, als sie die Küste entlanggefahren waren, vorbei an kleinen Dörfern. Weder er noch Paul waren große Redner, aber in den frühen Morgenstunden, während sie die Angelleinen auswarfen und wieder einholten, bestand zwischen ihnen ein Gefühl der Gemeinsamkeit, und David freute sich darüber, mit seinem Sohn, der so schnell erwachsen wurde und der ihm ein großes Rätsel war, zusammen sein zu können. Aber die Bootsfahrt war ausgefallen. Das Boot hatte einen Motorschaden, und der Besitzer mußte auf die Ersatzteile warten. Enttäuscht blieben sie noch eine Weile im Hafen und tranken Orangenlimonade aus der Flasche, während sie die Sonne über dem gläsernen Wasser aufgehen sahen. Dann fuhren sie zu ihrem Häuschen zurück.

Das Licht an jenem Tag war günstig, und David war, trotz seiner Enttäuschung, darauf erpicht, schnell zurückzukommen. Mitten in der Nacht hatte er einen Einfall gehabt. Howard hatte ihn auf einen Platz hingewiesen, der, wenn er dort nur ein weiteres Foto aufnahm, die ganze Serie zu einem Ganzen verbinden konnte. Howard war ein netter Kerl, und scharfsinnig war er auch. Ihr Gespräch war David die ganze Nacht nicht aus dem Kopf gegangen und hatte ihn in eine kreative Unruhe versetzt. Er hatte kaum geschlafen und wollte nach Hause, um einen neuen Film von Norah auf dem Sand zu schießen. Aber sie fanden ihr Häuschen still, kühl und leer vor, nur das Licht und die Meeresbrandung umspülten es. Norah hatte eine Schale voller Orangen auf dem Tisch hinterlassen. Ihre Kaffeetasse stand sauber abgespült im Waschbecken. »Norah?« rief er und noch einmal: »Norah?« Aber sie antwortete nicht. »Ich glaube, ich gehe laufen«, sagte Paul, ein Schatten in der gleißenden Türöffnung, und David nickte. »Halte nach deiner Mutter Ausschau«, bat er ihn.

Allein im Häuschen, stellte David die Schale mit den Orangen auf den Küchentresen und breitete seine Fotos auf dem Tisch aus. Der Wind wehte sie auseinander, so daß er sie mit Schnapsgläsern beschweren mußte.

Norah klagte darüber, daß er vom Fotografieren langsam besessen sei – warum sonst hätte er seine Mappe mit in die Ferien genommen? Vielleicht hatte sie ja recht. Aber was das andere betraf, lag sie falsch. Er benutzte die Kamera nicht, um der Welt zu entfliehen. Manchmal, wenn die Bilder im Entwicklungsbad langsam erschienen, wenn er kurz Norahs Arm oder die Rundung ihrer Hüfte erblickte, erfüllte ihn eine tiefe Liebe. Er war noch immer dabei, Fotos anzuordnen und wieder umzugruppieren, als Paul zurückkam und die Tür laut hinter sich zuschlug.

»Das ging aber schnell«, wunderte sich David und blickte auf.

»Zu müde«, erklärte Paul. »Ich bin erschöpft.« Er marschierte quer durch das Eßzimmer und verschwand in seinem Zimmer.

»Paul?« David ging zu Pauls Tür und drückte die Klinke herunter. Die Tür war verschlossen.

»Ich bin nur müde«, rief Paul. »Alles okay.«

David wartete noch ein paar Minuten. Paul war so launisch in letzter Zeit. Was David auch tat, er konnte es ihm nicht recht machen, und am schlimmsten waren die Gespräche mit Paul über seine Zukunft. Dabei hatte er die besten Aussichten. Er war ein guter Sportler und hatte ein musikalisches Talent, und alle Möglichkeiten standen ihm offen. David dachte oft, daß sein eigenes Leben – mit den schwierigen Entscheidungen, die er getroffen hatte – einen Sinn hätte, wenn Paul sein Potential nur nutzen würde. Ständig quälte ihn die Sorge, daß er irgendwie bei seinem Sohn versagt hätte; daß Paul seine ganze Begabung wegwerfen würde. Noch einmal klopfte er leise an die Tür und ging, als Paul nicht reagierte, schließlich in die Küche zurück. Er bemerkte die Schale mit den Orangen auf dem Küchentresen und bewunderte die Rundungen der Früchte und das dunkle Holz. Einem Impuls folgend, den er sich selbst nicht erklären konnte, trat er nach draußen und begann den Strand entlangzulaufen. Er hatte fast zwei Kilometer zurückgelegt, als er das leuchtende Flattern von Norahs Hemd erspähte. Aus der Nähe sah er, daß es tatsächlich ihre Kleider waren, die da vor der Tür des Häuschens, in dem Howard wohnen mußte, am Strand lagen. David blieb verwirrt im gleißenden Licht der Sonne stehen. Waren sie am Ende schwimmen gegangen? Er suchte das Meer ab, ohne sie zu sehen, und ging dann weiter, bis Norahs vertrautes, dunkles und melodisches Lachen aus dem Häuschen drang und ihn zurückhielt. Auch Howard hörte er lachen. Es klang wie ein Echo von Norahs Lachen. Da endlich wußte er Bescheid, und ein Schmerz, so sengend wie der Sand unter seinen Füßen, durchfuhr ihn.

Er sah Howard vor sich, wie er letzte Nacht in ihrem Eßzimmer gestanden und ihm nüchterne Ratschläge zur Fotografie gegeben hatte. Howard mit seinem dünnen Haar und seinen Sandalen – wie konnte sie nur?

Und doch hatte er diesen Moment erwartet, schon seit Jahren. Wieder holte ihn die sichere Ahnung ein, daß jene weiße Nacht, in der er ihre Tochter Caroline Gill anvertraut hatte, nicht folgenlos verstrichen war. Das Leben war weitergegangen, äußerlich schien er es gemeistert zu haben. Doch er hatte ihre Tochter weggegeben. Dieses Geheimnis bildete den verborgenen Kern ihrer Familie und bestimmte ihr Zusammenleben. Für ihn war es sichtbar, und obwohl Norah und Paul es nur spürten, wußten sie, daß etwas zwischen ihnen stand, das sie weder sehen noch überwinden konnten.

Duke Madison beendete seinen Vortrag mit einer verspielten Variation, stand auf und verbeugte sich. Norah, die heftig klatschte, drehte sich zu der Familie hinter ihnen um.

»Er war großartig«, lobte sie. »Duke ist unglaublich talentiert.«

Dann erlosch der Beifall, und die Bühne war leer. Die Zeit verstrich, ohne daß etwas passierte, und das Publikum begann zu murmeln.

»Wo bleibt er nur?« fragte David und sah in sein Programm. »Wo steckt Paul?«

»Keine Sorge, er ist hier«, beschwichtigte ihn Norah, und zu seiner Überraschung nahm sie seine Hand. Sie fühlte sich kühl an, und ein unbeschreibliches Gefühl der Erleichterung überkam ihn, das ihm einen Moment lang vorgaukelte, daß sich nichts zwischen ihnen geändert hatte und nichts zwischen ihnen stand. »Er wird bald herauskommen.«

Während sie noch sprach, ging ein Raunen durch die Menge, und Paul trat auf die Bühne. David musterte ihn: Groß und schlaksig, mit einem sauberen weißen Hemd, dessen Ärmel er hochgerollt hatte, stand er da und warf dem Publikum ein schiefes Lächeln zu. Für einen Augenblick war

David erstaunt. Wie war es möglich, daß Paul sich in diesem abgedunkelten Saal voller Selbstvertrauen und mit solcher Leichtigkeit vor all diesen Menschen präsentierte? David hätte nicht mit ihm tauschen wollen, und Pauls Auftritt machte ihn ungeheuer nervös. Was würde geschehen, wenn er vor all den vielen Zuschauern scheiterte? Norahs Hand lag immer noch in seiner, als Paul sich über seine Gitarre beugte, ein paar Noten anstimmte und schließlich zu spielen begann.

David erkannte, daß er Segovia spielte. Im Programmheft waren zwei kurze Stücke, »Estudio« und »Estudio Sin Luz«, angekündigt. Er kannte die zarten Melodien dieser Lieder fast auswendig, so oft hatte er sie seinen Sohn schon spielen hören. Während des gesamten Urlaubes in Aruba war diese Musik mal schneller, mal langsamer aus seinem Zimmer gedrungen, manche Takte in endlosen Wiederholungen. Pauls lange und geschickte Finger liefen mit großer Sicherheit über die Saiten. Wo war das tollpatschige Kleinkind, das sich die Schuhe von den Füßen gezogen hatte, um auszuprobieren, ob man sie essen konnte? Wo steckte der kleine Junge, der auf Bäume geklettert war und freihändig auf seinem Fahrrad gefahren war? Unversehens war aus dem süßen kleinen Draufgänger dieser junge Mann geworden. In diesem Moment überwältigte ihn die Liebe zu seinem Sohn. Sein Herz schlug so schnell, daß er fast fürchtete, er würde einen Herzinfarkt erleiden – zwar war er mit seinen sechsundvierzig Jahren eigentlich zu jung dafür, aber das Risiko eines Infarktes bestand immer.

Vorsichtig und sehr langsam entspannte er sich, ließ sich mit geschlossenen Augen in die Dunkelheit gleiten und von der Musik wegtragen. Seine Augen füllten sich mit Tränen, und sein Hals schmerzte. Er dachte an die klare, schöne Stimme seiner Schwester June, wenn sie auf der Veranda gestanden und gesungen hatte. Bei ihr hatte Musik wie eine silbrige fremde Sprache geklungen, die ihr in die Wiege gelegt worden zu sein schien, genau wie bei Paul. Ein Gefühl des Verlustes, das sich aus so vielen Erinnerungen nährte, erschütterte ihn: Er hatte Junes Stimme im Ohr, sah, wie Paul die Tür hinter sich zuschlug, blickte auf Norahs verstreute Kleider am Strand und sah sich schließlich seine neugeborene Tochter in Caroline Gills wartende Hände legen.

Es war zuviel. David war kurz davor zu weinen. Er schlug die Augen auf und zwang sich, das Periodensystem durchzugehen – Wasserstoff, Helium, Lithium. Er drängte alles zurück: June, die Musik, die starke Liebe zu seinem Sohn. Pauls Finger kamen zum Stehen, und er ließ sie auf der Gitarre ruhen. David entzog Norah seine Hand und klatschte heftig.

»Geht es dir gut?« erkundigte sie sich und blickte ihn kurz an. »David, ist alles in Ordnung?«

Er nickte nur, weil er sich noch immer nicht zutraute zu sprechen.

»Er ist gut«, stieß er endlich hervor. »Wirklich gut.«

»Ja.« Sie nickte. »Deshalb möchte er auch auf die Juilliard gehen.« Sie klatschte immer noch, und als Paul in ihre Richtung sah, warf sie ihm einen Handkuß zu. »Wäre es nicht wundervoll, wenn das klappte? Er hat noch ein paar Jahre Zeit, um zu üben, und wenn er alles daransetzt – wer weiß, was aus ihm werden kann?«

Paul verneigte sich und verließ die Bühne mit der Gitarre in der Hand. Der Applaus ließ nicht nach.

»Wenn er alles daransetzt«, wiederholte David nachdenklich. »Und was, wenn nichts daraus wird?«

»Was, wenn doch?«

»Ich weiß nicht«, erwiderte David langsam. »Ich denke nur, daß er noch zu jung ist, um sich anderer Möglichkeiten zu berauben.«

»Er ist so begabt. Du hast es selbst gehört. Das könnte doch *die* Chance sein.«

»Aber er ist erst dreizehn.«

»Ja, und er liebt Musik. Er sagt, er lebte auf, wenn er Gitarre spielt.«

»Aber – es ist ein so unvorhersehbarer Lebensweg. Wird er sich mit seiner Musik ernähren können?«

Norah wurde sehr ernst. Sie schüttelte den Kopf. »Das weiß ich auch nicht, aber wie heißt es so schön: ›Tu, was du liebst, dann wird das Geld dir folgen.‹ Laß ihm seinen Traum.«

»Das werde ich«, gab David nach, »obwohl ich mir Sorgen mache. Ich wünsche ihm ein sicheres Leben, und bis er auf ein Konservatorium gehen kann, vergeht noch viel Zeit, wie gut er auch sein mag. Ich will nicht, daß er enttäuscht wird.«

Norah wollte gerade etwas erwidern, als das Gemurmel plötzlich verstummte, da eine junge Geigerin in einem dunkelroten Kleid erschienen war, und beide wandten sich wieder der Bühne zu.

Obwohl David der jungen Frau zuhörte und auch alle folgenden Auftritte aufmerksam verfolgte, ließ ihn Pauls Musik nicht los. Als das Konzert vorüber war, machten sich Norah und er auf den Weg zum Foyer, wobei sie alle paar Meter von Leuten, die ihnen die Hände schüttelten und ihren Sohn lobten, aufgehalten wurden. Als Paul endlich in Sichtweite rückte, drängte Norah sich durch die Menge und umarmte ihn, worauf ihr Paul verlegen auf den Rücken klopfte. David, der Paul dabei ansah, mußte grinsen, und zu seiner Überraschung verzog sich auch Pauls Mund zu einem Lächeln. Doch schon ein paar Sekunden später faßte sich Paul, machte sich von Norah los und trat zurück.

»Du warst klasse«, lobte ihn David. Während er Paul umarmte, bemerkte er die Spannung in dessen Schultern, und ihm fiel auf, wie steif und distanziert seine Körperhaltung war. »Sohn, du warst einfach großartig.«

»Danke. Ich war irgendwie nervös.«

»Das hat man gar nicht gemerkt.«

»Kein bißchen«, bestätigte Norah. »Du hattest eine tolle Bühnenpräsenz.«

Paul schüttelte seine Hände aus, als ob er überschüssige Energie loswerden wollte. »Wißt ihr, was das beste ist? Mark Miller hat mich eingeladen, beim Arts Festival mit ihm zu spielen.« Marc Miller war Davids Gitarrenlehrer und hatte sich als Musiker schon einen Namen gemacht. David freute sich für ihn.

»Das ist großartig«, lachte Norah. Dann sah sie auf und bemerkte Pauls gequälten Gesichtsausdruck. »Aber was ist denn mit dir los?«

Paul wand sich, schob die Hände in die Taschen und ließ seine Blicke über die überfüllte Eingangshalle schweifen. »Es ist nur – ich weiß nicht –, du klingst irgendwie lächerlich. Ich meine, du bist doch kein Teenager mehr, oder?«

Norah wurde rot. Als David sah, wie still sie wurde, spürte er einen Stich in der Brust. Sie wußte nicht, aus welchem Grund Paul wütend war. Sie wußte nicht, daß ihre am Strand verstreuten Kleider noch immer im Wind flatterten, einem Wind, den David selbst vor vielen Jahren entfesselt hatte.

»So spricht man nicht mit seiner Mutter«, wies David, nun seinerseits zornig, Paul zurecht. »Ich will, daß du dich sofort bei ihr entschuldigst.«

Paul zuckte mit den Schultern. »Okay, okay, Entschuldigung.«

»Ich will sehen, daß du es auch so meinst.«

»Laß es gut sein, David.« Norahs Hand lag auf seinem Arm. »Laß uns keine Prinzipienfrage daraus machen. Bitte. Wir sind alle einfach ein bißchen aufgeregt, das ist alles. Laßt uns nach Hause fahren und feiern. Ich dachte daran, ein paar Gäste einzuladen. Bree wollte vorbeischauen und die Marshalls – war es nicht Lizzie, die so gut Flöte gespielt hat? Und vielleicht sollten wir auch Dukes Eltern Bescheid sagen, was meinst du, Paul? Ich kenne sie zwar nicht besonders gut, aber vielleicht haben auch sie Lust vorbeizukommen?«

»Nein«, erklärte Paul. Er war mit seinen Gedanken weit weg und sah an Norah vorbei auf die Menschenmenge im Foyer.

»Ist das dein Ernst? Willst du Dukes Familie nicht einladen?«

»Ich will niemanden einladen«, sagte Paul. »Ich will einfach nur nach Hause fahren.«

Einen Augenblick blieben sie so stehen, eine Insel der Stille inmitten eines rauschenden Meeres.

»Na, dann los«, sagte David schließlich. »Laßt uns nach Hause fahren.«

Als sie ankamen, war das Haus dunkel, und Paul verschwand sofort nach oben. Sie hörten, wie er ins Bad ging und wieder hinauskam; hörten, wie sich seine Tür leise schloß und wie der Schlüssel umgedreht wurde.

»Ich verstehe das nicht«, sagte Norah. Sie hatte ihre Schuhe abgestreift und erschien ihm nun sehr klein und verletzlich, wie sie da mit ihren bestrumpften Füßen mitten in der Küche stand. »Er hat so gut gespielt, und er wirkte auch so glücklich – was ist nur in ihn gefahren? Ich verstehe das nicht.« Sie seufzte. »Teenager. Ich gehe mal lieber zu ihm und rede mit ihm.«

»Nein«, wehrte er ab. »Laß mich gehen.«

Ohne das Licht anzuschalten, stieg David die Treppe hoch und wartete noch eine Weile in der Dunkelheit vor Pauls Tür. Er erinnerte sich, mit welch feinen, präzisen Bewegungen die Hände seines Sohnes über die Saiten geglitten waren und dabei den Zuhörerraum mit Musik erfüllt hatten. Er hatte damals, vor all den vielen Jahren, die falsche Entscheidung getroffen. Er hatte einen Fehler gemacht, als er seine Tochter Caroline Gill anvertraut hatte. Er hatte diese Entscheidung getroffen, und nun stand er hier, in dieser Nacht, in der Dunkelheit vor Pauls Zimmer. Er klopfte, aber Paul reagierte nicht darauf. Er klopfte noch einmal, und als immer noch keine Antwort kam, ging David an den Bücherschrank, suchte den dünnen Nagel heraus, den er dort aufbewahrte, und ließ ihn in das Loch am Türknauf gleiten. Ein leises Klicken war zu hören, und mit einer Drehung des Knaufs schwang die Tür auf. Es überraschte ihn nicht, daß das Zimmer leer war. Als er das Licht anknipste, wurde der blasse weiße Vorhang von einem Windstoß erfaßt und schwebte an die Zimmerdecke.

»Er ist weg«, informierte er Norah. Sie war noch immer in der Küche und wartete mit verschränkten Armen darauf, daß das Wasser im Teekessel anfing zu kochen.

»Weg?«

»Das Fenster stand offen. Wahrscheinlich ist er am Baum hinabgeklettert.«

Sie drückte ihr Gesicht in ihre Hände.

»Hast du irgendeine Idee, wo er sein könnte?«

Sie schüttelte den Kopf. Der Kessel begann zu pfeifen, und da sie nicht gleich darauf reagierte, erfüllte der durchdringende, klagende Ton den ganzen Raum.

»Ich weiß es nicht. Bei Duke vielleicht.«

David durchquerte das Zimmer und nahm den Kessel vom Herd. »Ich bin sicher, es geht ihm gut.«

Norah nickte, dann schüttelte sie den Kopf. »Nein«, sagte sie langsam. »Das ist es ja gerade. Ich glaube, es geht ihm gar nicht gut.«

Sie nahm den Telefonhörer zur Hand. Dukes Mutter gab ihr die Adresse von einer Party, die im Anschluß an die Vorstellung stattfinden sollte, und Norah griff nach dem Schlüsselbund.

»Nein.« David hielt sie zurück. »Ich werde gehen. Ich glaube nicht, daß er im Moment mit dir reden will.«

»Aber mit dir«, fuhr sie ihn an.

Doch in dem Moment, als sie diese Worte aussprach, hatte sie verstanden. Etwas war weggerissen worden, und auf einmal stand all das Gewesene zwischen ihnen: die langen Stunden, in denen sie sich davongestohlen hatte, die Lügen und Ausflüchte und ihre Kleider am Strand, auch seine Lügen. Langsam beugte sie den Kopf zu einem Nicken, während er alles, was sie sagen oder tun würde, mit Furcht erwartete, weil es ihre Welt für immer ändern konnte. Er wünschte sich nichts so sehr, wie den Lauf der Welt anhalten zu können.

»Ich gebe mir die Schuld … an allem«, erklärte er.

Er nahm den Schlüsselbund und trat hinaus in die laue Frühlingsnacht. Der Mond war voll und leuchtete gelb wie Butter. Rund und tief und wunderschön stand er am Horizont. David blickte immer wieder zu ihm auf, als er durch die stille Nachbarschaft fuhr. Als Kind hätte er sich nie träumen lassen, einmal in solch einer wohlhabenden Gegend zu wohnen. Im Unterschied zu Paul hatte er am eigenen Leib erfahren, daß die Welt ein unsicherer und manchmal sogar ein grausamer Ort war. Er hatte sich dieses Leben erkämpfen müssen, das Paul als selbstverständlich hinnahm.

Einen Häuserblock von der Party entfernt, sah er Paul, der, die Hände in den Taschen und mit hochgezogenen Schultern, den Bürgersteig entlanglief. Am Straßenrand reihte sich ein parkendes Auto an das nächste, so daß es keine Möglichkeit gab heranzufahren. Also verringerte David das Tempo und hupte kurz. Paul schaute auf, und einen Augenblick lang fürchtete David, er würde wegrennen.

»Steig ein«, rief er, und Paul folgte seiner Aufforderung.

Sie schwiegen. Der Mond tauchte alles in sein weiches Licht, und David spürte Pauls Anwesenheit neben sich überdeutlich. Er bemerkte seine leisen Atemzüge, wußte um Pauls Hände, die ruhig in seinem Schoß lagen, und war sich bewußt, daß Paul auf die gepflegten Rasenflächen starrte, die sie passierten.

»Du warst wirklich gut heute abend. Ich war beeindruckt.«

»Danke.«

Sie fuhren zwei Häuserblocks weiter.

»Deine Mutter sagt, daß du auf die Juilliard gehen möchtest.«

»Vielleicht.«

»Du bist gut«, fuhr David fort. »Du hast so viele Begabungen, Paul. Dir stehen so viele Möglichkeiten offen, du kannst die verschiedensten Wege einschlagen, alle möglichen Berufe ergreifen.«

»Ich mag die Musik«, erwiderte Paul. »Wenn ich spiele, fühle ich mich lebendig. Ich erwarte nicht von dir, daß du das verstehen kannst.«

»Ich verstehe dich aber«, entgegnete ihm David. »Aber es ist eine Sache, sich lebendig zu fühlen, und eine andere, seinen Lebensunterhalt zu verdienen.«

»Klar. Natürlich, das mußte ja kommen.«

»So kannst du nur reden, weil es dir nie an etwas fehlte«, versuchte David ihn zu überzeugen. »Daß du damit privilegiert bist, verstehst du nicht.«

Sie waren schon fast zu Hause, aber David wendete und fuhr in die entgegengesetzte Richtung. Er wollte in dieser mondhellen Nacht mit Paul im Auto bleiben, wo allein dieses Gespräch möglich war.

»Du und Mama«, brach es aus Paul heraus, als ob er die Worte lange hatte zurückhalten müssen, »was ist eigentlich los mit euch? Du lebst, als würde dir alles egal sein, ohne jegliche Freude. Du lebst so vor dich hin, egal, was passiert. Nicht einmal um diesen Howard, scherst du dich.«

Er wußte es also.

»Der ist mir scheißegal«, bestätigte David. »Aber die Sache ist kompliziert, Paul. Und ich werde weder jetzt noch zu einem anderen Zeitpunkt mit dir darüber reden. Da gibt es zu vieles, was du nicht verstehst.«

Paul sagte nichts. David hielt an einer Ampel. Weit und breit war kein anderes Auto zu sehen.

»Laß uns nicht abschweifen«, sagte David schließlich. »Du brauchst dir um deine Mutter und mich keine Sorgen zu machen. Das ist nicht deine Aufgabe. Du mußt deinen Weg finden und deine Begabungen nutzen. Und du darfst sie nicht nur für dich selbst, sondern mußt sie auch für andere Menschen einsetzen. Du mußt etwas zurückgeben. Deshalb bin ich Arzt geworden.«

»Ich liebe die Musik«, sagte Paul. »Wenn ich spiele, fühle ich, daß ich das tue – etwas zurückgeben.«

»Und das tust du auch. Ganz sicher. Aber, Paul, was wäre, wenn es dir bestimmt ist, ein neues Element in diesem Universum zu entdecken, oder wenn du eine Heilmethode für eine seltene, schreckliche Krankheit entwickeln könntest?«

»Das sind deine Träume«, sagte Paul leise, »nicht meine.«

David schwieg. Ihm wurde bewußt, daß seine Träume früher tatsächlich so ausgesehen hatten. Er war ausgezogen, die Welt in Ordnung zu bringen, sie zu ändern und zu formen. Statt dessen fuhr er nun mit seinem fast erwachsenen Sohn im Mondschein spazieren, während ihm sein eigenes Leben entglitt.

»Ja, das stimmt«, gab er zu. »Das habe ich mir damals erträumt.«

»Was wäre, wenn ich der nächste Segovia sein könnte?« fragte Paul nun sanft. »Denk nur, Papa. Was, wenn ich so ein Talent hätte und es nicht nutzen würde?«

David antwortete nicht. Er hatte ihre Straße schon wieder erreicht, und diesmal bog er ab, um nach Hause zu fahren. Vor der Garage schaltete David das Auto aus, und für wenige Sekunden blieben sie unbeweglich darin sitzen.

»Es ist nicht wahr, daß mir alles gleichgültig ist«, nahm David das Gespräch wieder auf. »Komm, ich will dir etwas zeigen.«

Er führte Paul in die Dunkelkammer über der Garage. Paul stand mit verschränkten Armen nahe der Tür und wirkte ungeduldig, während David den Entwicklungsprozeß in Gang setzte, indem er die Chemikalien in die Wannen goß und das Negativ in den Vergrößerungsapparat legte.

Dann rief er Paul zu sich.

»Sieh dir das an«, forderte er ihn auf. »Was, glaubst du, ist das?«

Nach kurzem Zögern antwortete Paul. »Ein Baum? Es sieht wie die Silhouette eines Baumes aus.«

»Gut«, ermunterte ihn David. »Nun sieh noch einmal hin. Ich habe das Foto während einer Operation aufgenommen. Kannst du erkennen, was es eigentlich ist?«

»Ich weiß nicht – ein Herz?«

»Ein Herz. Genau. Ist das nicht verblüffend? Ich arbeite an einer ganzen Serie, die mit der Wahrnehmung spielt. Es sind Bilder von Körperteilen, die aussehen, als seien sie etwas anderes. Manchmal denke ich, daß in jedem Menschen die ganze Welt angelegt ist. Dieses Wunder – und das Wunder der Wahrnehmung –, das ist es, was mich beschäftigt. Deshalb verstehe ich, was du über die Musik gesagt hast.«

David schickte gebündeltes Licht durch den Vergrößerungsapparat und ließ das Papier dann in das Entwicklerbad gleiten. Er spürte Pauls Anwesenheit in der Dunkelheit und Stille ganz intensiv.

»In der Fotografie geht es ausschließlich um Geheimnisse«, erklärte David nach ein paar Minuten, als er das Foto heraushob und in das Fixierbad legte. »Um die Geheimnisse, die wir alle in uns tragen und niemals aufdecken werden.«

»So ist die Musik nicht«, warf Paul in einem Ton zurück, aus dem David Ablehnung heraushören konnte.

Er sah auf, aber in dem schwachen roten Licht war es unmöglich, Pauls Gesichtsausdruck zu deuten. »Musik ist, als ob du den Puls des Lebens berühren würdest. Musik ist immer im Fluß, und manchmal gelingt es dir, ein Stück mitzuschwimmen, und wenn dir das gelingt, weißt du, daß alles mit allem verbunden ist.«

Damit drehte er sich um und verließ die Dunkelkammer.

»Paul«, rief ihm David hinterher, aber sein Sohn polterte bereits wütend die Außentreppe hinunter.

David sah ihn im Mondschein die Hintertreppe hinaufjagen und im Inneren des Hauses verschwinden. Einen Moment später ging das Licht in seinem Zimmer an, und die präzisen Töne von Segovia schwebten klar und zart durch die Nacht.

David, der ihr Gespräch noch einmal im Geiste durchging, überlegte, ihm nachzugehen. Er hatte Verbindung zu seinem Sohn aufnehmen wollen, hatte einen Moment herbeiführen wollen, in dem sie einander verstanden. Doch seine guten Absichten hatten sich ins Gegenteil verkehrt und sie letztendlich noch weiter voneinander entfernt. Nach kurzem Zögern drehte er sich um und ging zurück in seine Dunkelkammer. Das weiche rote Licht war sehr beruhigend. Er überdachte, was er zu Paul gesagt hatte – daß die Welt aus Verborgenem, aus Geheimnissen bestand; daß sie aus versteckten Knochen aufgebaut war. Es stimmte, daß er einst nach einer Formel gesucht hatte, als könnten die Übereinstimmungen, die Tulpen und Lungen, Adern und Bäumen, Fleisch und Erde zugrunde lagen, ein Muster enthüllen, das er verstehen konnte. Aber sie hatten nichts enthüllt. In wenigen Minuten würde er nach drinnen gehen und ein Glas Wasser trinken. Er würde nach oben steigen und sehen, daß Norah schon schlief, und dann würde er sie betrachten – dieses Mysterium, diesen Menschen, den er niemals wirklich kennen würde –, wie sie da lag, zusammengerollt um ihre eigenen Geheimnisse.

David steuerte auf den winzigen Kühlschrank zu, in dem er seine Chemikalien und Filme aufbewahrte. Der Briefumschlag steckte ganz hinten, hinter mehreren Flaschen. Er war mit druckfrischen, kühlen Zwanzigdollarnoten vollgestopft. Bevor er den Umschlag weglegte, zählte er erst zehn, dann zwanzig Scheine auf den Tisch.

Für gewöhnlich wickelte er das Geld in ein weißes Blatt Papier, bevor er es verschickte, aber an diesem Abend, an dem Pauls Wut noch im Zimmer weilte und seine Musik die Luft erfüllte, setzte er sich hin und schrieb einen Brief. Er schrieb schnell und ließ seinen Gedanken freien Lauf. Seine Reue und seine Hoffnungen für Phoebes Leben, all das wurde zu Worten auf dem Papier. Wer war dieses Kind, das er weggegeben hatte, überhaupt? Er hatte nicht damit gerechnet, daß sie so lange leben würde oder daß sie ein Leben führen könnte, wie Caroline es ihm beschrieb. Er hatte seinen Sohn vor Augen, wie er allein auf der Bühne saß, und dachte an die Einsamkeit, die Paul beherrschte. Empfand Phoebe genauso? Was hätte es für die beiden bedeutet, zusammen aufzuwachsen? So wie Norah und Bree, die zwar in jeder Hinsicht verschieden, aber doch eng miteinander verbunden waren? Wie hätte es sich auf ihn selbst ausgewirkt, wenn June nicht gestorben wäre? »Ich würde Phoebe sehr gerne einmal treffen«, schrieb er. »Ich wünsche mir für sie, daß sie ihren Bruder kennenlernt, so wie ich es mir für ihn wünsche.« Dann wickelte er den Brief um das Geld, ohne ihn noch einmal durchzulesen, steckte alles in einen Briefumschlag und schrieb die Adresse darauf. Er klebte den Brief zu und versah ihn mit einer Briefmarke. Morgen würde er ihn aufgeben.

Durch die Fenster der Galerie strömte das Mondlicht herein. Paul hatte aufgehört zu spielen. David starrte den Mond an, der nun höher stand, sich aber immer noch klar gegen die Dunkelheit abzeichnete. Damals am Strand hatte er eine Entscheidung getroffen; er hatte Norahs Kleider auf dem Sand liegenlassen und ihrem Gelächter, das der Wind in das gleißende Licht trug, den Rücken gekehrt. Nachdem er bei der Hütte angelangt war, hatte er an den Fotos gearbeitet, und als sie ungefähr eine Stunde später hereingekommen war, hatte er nicht ein Wort über Howard verloren. Er hatte nicht daran gerührt, weil seine eigenen Geheimnisse dunkler waren und weil er glaubte, daß ihre Geheimnisse aus seinen hervorgingen.

Jetzt kehrte er in die Dunkelkammer zurück und sah seinen neuesten Film durch. Er hatte während des Abendessens in Aruba heimlich einige Fotos geschossen: Norah, die ein Tablett mit Gläsern trug, Paul am Grill mit leicht erhobenem Becher und verschiedene Schnappschüsse von ihnen allen auf der Veranda. Ihm ging es um das letzte Bild; als er es gefunden hatte, warf er es auf ein Fotopapier. Im Entwicklerbad sah er das Bild langsam, Korn für Korn, auftauchen. Aus dem Nichts erschienen plötzlich Konturen. Dieser Moment hatte für David jedesmal etwas Wunderbares. Das Bild zeigte Norah und Howard auf der Veranda, ihre Gläser zu einem Toast erhoben, lachend. Es hielt einen Moment fest, der noch unschuldig, aber schon mit einer Vorahnung aufgeladen war; einen Augenblick, in dem eine Entscheidung gefallen war. David nahm die Fotografie aus dem Entwickler, ließ sie aber nicht in den Fixierer gleiten. Statt dessen ging er auf die Galerie, stand dann mit dem nassen Foto in der Hand im Mondlicht und blickte auf das Haus, in dem nun kein Licht mehr brannte. Hier lebten Paul und Norah, die beide ihre geheimen Träume träumten und sich in ihrer je eigenen Welt bewegten, deren Leben aber fortwährend von der folgenschweren Entscheidung, die er vor vielen Jahren getroffen hatte, geprägt wurde.

Wieder in der Dunkelkammer, hängte er die Fotografie zum Trocknen auf. Ohne Fixierung würde das Bild keinen Bestand haben. In den nächsten Stunden würde das Licht an dem ungeschützten Papier arbeiten. Das Bild, auf dem Norah mit Howard lachte, würde langsam dunkler und dunkler werden, bis es – in ein oder zwei Tagen – völlig schwarz wäre.

13. Kapitel

September 1977

Sie gingen auf den Gleisen entlang, Duke Madison hatte die Hände in den Taschen seiner Lederjacke vergraben, die er bei einem Wohltätigkeitsbasar aufgetrieben hatte, und Paul kickte Steine aus dem Weg, die blechern gegen die Schienen sprangen. Das Pfeifen eines Zugs erklang in der Ferne. In stummem Einverständnis traten die beiden Jungen an den Rand der Gleise und balancierten auf der Schiene. Der Zug hatte sich schon lange angekündigt, die Schienen unter ihnen vibrierten, die Lok war zunächst noch ein kleiner Fleck, der stetig breiter und dunkler wurde. Der Lokführer ließ das Warnsignal ertönen. Paul sah zu Duke hinüber, dessen Augen von Wagnis und Gefahr erfüllt waren, und er fühlte, wie in ihm selbst die Erregung wuchs, je näher der Zug kam. Man hörte das Warnsignal durch alle Straßen des Viertels und weit darüber hinaus. Deutlich sah man nun das Licht und den Zugführer im oberen Fenster, und wieder ertönte das Warnsignal. Der Fahrtwind knickte das hohe Gras am Streckenrand, und Paul schaute auf Duke, der noch immer sein Gleichgewicht hielt Der Zug kam angerauscht, genau auf sie zu, und immer noch verharrten sie. Paul dachte, er würde nie springen. Und dann sprang er doch, fand sich im Gras wieder, und der Zug rauschte nur wenige Zentimeter an seinem Gesicht vorbei. Für einen winzigen Moment hatten sie das Gesicht des Lokführers gesehen, kreidebleich, dann nur noch den Zug, einen dunklen Blitz, die Waggons rauschten vorbei, dann war er fort, entfernte sich langsam, und auch der Fahrtwind verebbte.

Duke saß keinen halben Meter von ihm entfernt und schaute in den bedeckten Himmel. »Wahnsinn«, sagte er. »Der reinste Hurrikan.«

Die beiden Jungen strichen sich kurz über ihre Kleider und machten sich auf den Weg zu Duke, der in einem kleinen Arbeiterhaus wohnte, das gleich an der Bahnstrecke lag. Paul war hier geboren, ein paar Straßen weiter, und obwohl seine Mutter manchmal mit ihm hierherfuhr, um ihm das Haus und das kleine Grundstück mit der Gartenlaube zu zeigen, wo er aufgewachsen war, mochte sie es nicht, wenn er sich dort oder bei Duke herumtrieb. Aber wen kümmerte es, sie war ohnehin nie da, und solange er seine Hausaufgaben gemacht, den Rasen gemäht und seine Stunde Klavier geübt hatte, war er frei. Was sie nicht wußte, würde ihr auch nicht weh tun.

»Dieser Typ im Zug hat sich in die Hosen gemacht«, meinte Duke.

»Allerdings«, sagte Paul. »Da kannst du deinen Arsch drauf verwetten.«

Er fluchte gern, zumindest für den Moment dämpfte das Fluchen seine Wut. Er war an jenem Morgen ziellos am Strand entlanggelaufen, hatte es genossen, wie der nasse Sand vor der hereinbrechenden Brandung unter seinen Füßen nachgegeben, wie er die Muskeln seiner Beine beansprucht hatte. Außerdem war er froh gewesen, daß der Angelausflug mit seinem Vater ins Wasser gefallen war. Sein Vater liebte das Angeln, all die Stunden, die man schweigend im Boot oder an einem Steg verbrachte, das unermüdliche Auswerfen und alle Jubeljahre das große Ereignis, etwas zu fangen. Als Kind hatte sich Paul ebenfalls dafür begeistern können – weniger für das Ritual des Angelns als für die Tatsache, auf diese Weise Zeit mit seinem Vater verbringen zu können. Aber als er älter wurde, waren diese Angelausflüge mehr und mehr zur Pflicht verkommen, zu etwas, das sein Vater tat, weil er nicht wußte, was er sonst mit ihm hätte anfangen können. Oder weil er glaubte, daß es sie zusammenschweißte. Paul stellte sich vor, wie er dies in einem Elternratgeber las. Bei einem dieser Ausflüge war er auch aufgeklärt worden. Er hatte auf einem See in Minnesota im Boot gesessen wie in einer Falle, während sein Vater ihn in die Geheimnisse der Fortpflanzung einweihte und dabei noch unter seinem Sonnenbrand errötete. Heute war das Lieblingsthema seines Vaters Pauls Zukunft. Seine Gedanken dazu waren für Paul etwa so interessant wie der Wellengang einer Pfütze.

Ja, er war glücklich gewesen, als er in Aruba am Strand entlanggelaufen war. Beim Anblick der herumliegenden Kleider vor einem dieser kleinen Strandhäuschen, die in großen Abständen unter den Känguruhbäumen angesiedelt waren, hatte er sich zunächst nichts gedacht. Er war einfach an ihnen vorbeigelaufen, versunken in seinen Rhythmus, der ihn über die gesamte Strecke bis zum Küstenvorsprung trug. Dort hielt er an, ging eine Weile im Kreis und lief wieder zurück, diesmal langsamer.

Die Kleider waren ein Stück fortgeweht worden, ein Ärmel der Bluse flatterte im Küstenwind, und die hellrosafarbenen Flamingos tanzten auf dem dunklen, türkisfarbenen Hintergrund. Er verlangsamte sein Tempo. Es hätte die Bluse jeder beliebigen Frau sein können, aber sie gehörte niemand anderem als seiner Mutter. Im Touristenladen in der Stadt hatten sie sie noch belustigt hochgehalten und dann spaßeshalber gekauft.

Gut, vielleicht gab es in dieser Gegend Hunderte, Tausende solcher Blusen, dennoch bückte er sich und hob sie auf. Der zerknüllte Bikini seiner Mutter, fleischfarben und unverkennbar, fiel aus dem Ärmel. Paul hielt inne, unfähig, sich zu bewegen. Als hätte man ihn beim Stehlen erwischt, als hätte eine Kamera diesen Moment unwiderruflich festgehalten. Er ließ die Bluse fallen und stand immer noch reglos da. Schließlich lief er zurück zum eigenen Strandhäuschen, als suchte er eine Zuflucht. Vor der Tür blieb er einen

Moment stehen, bemüht, sich zusammenzureißen. Sein Vater hatte die Schale mit den Orangen auf den Tresen gestellt. Auf dem großen Holztisch sortierte er seine Fotos. »Das ging aber schnell«, sagte er, und Paul lief auf sein Zimmer, ohne den Kopf zu heben, und schlug die Tür hinter sich zu. Sosehr sein Vater auch klopfte, er öffnete ihm nicht.

Zwei Stunden später tauchte seine Mutter auf und summte vor sich hin, die Bluse mit den Flamingos steckte ordentlich in ihren Shorts. »Ich geh noch ein wenig schwimmen vor dem Mittagessen«, sagte sie, als wäre nichts vorgefallen. »Wer kommt mit?«

Er schüttelte den Kopf, und da war es plötzlich, das Geheimnis, ihr Geheimnis und nun auch seins, das sich zwischen ihnen erhob wie ein Nebelschleier.

*

Auch sein Vater hatte Geheimnisse – in einem Leben, das sich in der Praxis oder in der Dunkelkammer abspielte. Paul fand das normal, so war es nun mal in einer Familie. Bis er anfing, mit Duke herumzuzuhängen, einem begnadeten Klavierspieler, den er eines Nachmittags im Probenraum getroffen hatte.

Die Madisons hatten kaum Geld, die Gleise lagen gleich nebenan, das ganze Haus wackelte, und die Fenster zitterten, immer wenn ein Zug vorbeirauschte. Dukes Mutter war noch nie in ihrem Leben geflogen. Paul wußte, daß sie einem leid tun mußte; seine Eltern bemitleideten sie bestimmt auch. Sie hatte fünf Kinder und einen Mann, der im Gartencenter arbeitete und nie das große Geld verdienen würde. Aber Dukes Vater spielte gern Fußball mit seinen Jungs, er kam jeden Abend nach der Schicht um sechs Uhr nach Hause, und auch wenn er nicht mehr sprach als Pauls Vater, war er doch immer da, und wenn nicht, dann wußten sie immer, wo sie ihn finden konnten.

»Also, was hast du vor?« fragte Duke.

»Keine Ahnung«, sagte Paul. »Und du?«

Die Schienen summten noch immer. Paul fragte sich, wo der Zug wieder halten würde. Und er fragte sich, ob ihn irgend jemand gesehen hatte, wie er am Rande der Gleise stand, so nah, daß er einen der Waggons hätte berühren können, während der Fahrtwind seine Haare verriß und in seinen Augen brannte. Was hätte derjenige gedacht? Bilder, die im Fenster des Abteils vorbeizogen wie ein Fotofilm, eines nach dem anderen, hier ein Baum, da ein Felsen, da eine Wolke, nie dasselbe Bild. Und dann plötzlich ein Junge – er selbst –, der lachend seinen Kopf nach hinten wirft. Dann ist er wieder weg. Ein Strauch, Stromleitungen, die unscharfe Linie der Straße.

»Wir könnten Reifen schießen.«

»Keinen Bock.«

Sie gingen weiter auf den Gleisen entlang. Kurz hinter dem Rosemont Garden waren sie von hochgewachsenem Gras umgeben. Duke blieb stehen und kramte in den Taschen seiner Lederjacke. Er hatte grüne Augen mit blauen Sprenkeln. Genau wie die Erde, dachte Paul. Wie die Erde, vom Mond aus betrachtet.

»Guck mal«, sagte Duke. »Das hat mir letzte Woche mein Cousin Danny gegeben.« Er hielt ein kleines Tütchen in der Hand, gefüllt mit getrocknetem Grünzeug.

»Was ist das?« fragte Paul. »Ein paar Grashalme?« Doch noch während er sprach, begriff er und errötete; was war er doch für ein zurückgebliebener Trottel.

Duke lachte, sein Lachen schallte durch die Stille, er raschelte mit dem Tütchen.

»Ganz richtig, mein Junge. *Gras*. Hast du schon mal was geraucht?«

Paul schüttelte ängstlich und verschämt den Kopf.

»Du wirst nicht abhängig davon – wenn's das ist, wovor du Schiß hast. Ich hab's schon zweimal gemacht, es ist absolut gigantisch, kannst du mir glauben.«

Der Himmel war noch immer grau, und der Wind spielte mit den Blättern der Bäume. In der Ferne hörte man das Pfeifen des nächsten Zugs.

»Ich hab keinen Schiß«, sagte Paul.

»Wovor auch«, entgegnete Duke. »Kostprobe gefällig?«

»Klar.« Er sah sich um. »Aber nicht hier.«

Duke lachte. »Meinst du, hier sieht uns irgend jemand?«

»Hörst du das?« fragte Paul. Duke nickte, und dann sahen sie den Zug, der aus der entgegengesetzten Richtung langsam näher kam und immer größer wurde. Sein Pfeifen zerschnitt die Stille. Sie sprangen von den Schienen und standen sich, durch die Gleise getrennt, gegenüber.

»Laß uns zu mir gehen«, rief Paul, als der Zug heranrauschte. »Es ist niemand zu Hause.« Er stellte sich vor, wie sie auf dem neuen geblümten Sofa seiner Mutter einen Joint rauchten, und mußte lauthals lachen. Dann brauste der Zug zwischen ihnen hindurch: Donner und Stille, Donner und Stille. Duke erschien vor ihm im Blitzlicht, als hätte sein Vater eine seiner Serien geschossen.

Sie gingen zurück zu Duke, holten ihre Fahrräder, überquerten die Nicholasville Road und fuhren langsam durch die Wohnsiedlungen zu Paul.

Die Haustür war abgeschlossen, der Schlüssel lag wie immer unter der losen Steinplatte beim Rhododendron versteckt. Innen war es warm, es roch ein bißchen muffig. Während Duke zu Hause anrief, um Bescheid zu geben, daß er später kommen würde, öffnete Paul eines der Fenster, und der Luftzug spielte mit den Vorhängen, die seine Mutter genäht hatte. Als sie noch nicht arbeitete, hatte sie jedes Jahr das Haus umdekoriert. Er sah sie vor sich, wie sie über der Nähmaschine fluchte, wenn der Stoff sich bauschte und verfing. Die Vorhänge zeigten vor einem cremefarbenen Hintergrund Landpartien in einem Dunkelblau, das genau auf die dunkelblau gestreifte Tapete abgestimmt war. Er erinnerte sich daran, wie er am Tisch gesessen und die Figuren betrachtet hatte, als könnten sie sich plötzlich in Bewegung setzen, als könnten sie aus ihren Häusern treten, die Wäsche aufhängen, zum Abschied winken und einfach verschwinden. Duke legte auf und sah sich um. Dann pfiff er anerkennend. »Mann, seid ihr reich.« Er setzte sich an den Eßzimmertisch und breitete ein rechteckiges Stück Papier aus. Paul sah ihm gebannt zu, wie er das Gras zu einem schmalen Streifen zusammenschob und in das feine weiße Papier rollte.

»Nicht hier drin«, sagte Paul, der plötzlich wieder unruhig wurde. Sie gingen nach draußen und setzten sich auf die Hintertreppe, die Spitze des Joints glühte orange, sie reichten ihn hin und her. Zuerst spürte Paul nichts. Dann nahm er ein leises Kribbeln wahr, das wieder verschwand, und nach einer Weile – er hätte nicht sagen können, wie lange es gedauert hatte – merkte er, daß er in das Bild eines Wassertropfens auf den Steinplatten vertieft war. Er beobachtete, wie dieser sich ganz langsam mit einem zweiten Tropfen vereinte und über den Rand hinaus ins Gras tropfte.

Duke lachte sich kaputt. »Du solltest dich mal sehen«, prustete er. »Du bist dermaßen breit!«

»Laß mich in Ruhe, du Arschloch«, sagte Paul und fing selbst an zu lachen.

Irgendwann gingen sie rein, es hatte längst angefangen zu regnen, sie waren naß bis auf die Haut und froren. Auf dem Herd stand das Essen für ihn bereit, aber Paul rührte es nicht an. Statt dessen öffnete er eine Konservenbüchse und ein Glas Erdnußbutter. Duke bestellte Pizza. Paul holte seine Gitarre, ging ins Wohnzimmer, wo auch das Klavier stand, und fing an zu spielen. Er saß auf der Kante des leicht erhöhten Kamins, zupfte ein paar Saiten, dann intonierten seine Finger die vertrauten Segovia-Stücke, die er am Abend zuvor gespielt hatte: »Estudio« und »Estudio Sin Luz«. Bei den Titeln dachte er an seinen großen und schweigsamen Vater, wie er sich über den Vergrößerungsapparat in der Dunkelkammer beugte. Die Stücke waren wie ein Licht- und Schattenspiel, das eine dem anderen gegenübergestellt, und nun waren die Noten mit seinem eigenen Leben verwoben, mit der Stille des Hauses, mit dem Urlaub am Strand und den übergroßen Fenstern seines Klassenraums. Paul spielte, und er hatte das Gefühl, daß er über dem Boden schwebte, daß Wellen ihn davontrugen. Zunächst erzeugte er nur die Töne zur Musik, schließlich war er die Musik selbst, und sie hob ihn höher und höher empor bis zu ihrem Gipfel.

Als er fertig war, schwiegen sie eine Minute lang. Dann sagte Duke: »Das war wirklich verdammt gut.« Er spielte ein paar Akkorde auf dem Klavier und stimmte dann das Stück an, das er vorgetragen hatte, Griegs »Marsch der Trolle« mit seiner ureigenen Energie und düsteren Vergnügtheit. Duke spielte drauflos, Paul begleitete ihn, und keiner von beiden hörte das Klingeln und Klopfen. Plötzlich stand der Pizzajunge in der offenen Tür. Es dämmerte schon, ein rauher Wind wehte ins Haus. Sie rissen die Pappschachteln auf und machten sich über das Essen her, verbrannten sich die Zungen und schlangen es herunter, ohne etwas zu schmecken. Durch die Verandatür blickte Paul auf den trostlos grauen Himmel, dann auf Dukes Gesicht, das so blaß war, daß seine Pickel hervorstachen. Sein dunkles Haar fiel ihm flach in die Stirn, in seinen Mundwinkeln sah man Spuren von Tomatensauce.

»Unglaublich«, sagte Paul. Er legte seine Hände flach auf den Eichenboden, war froh, diesen zu spüren und dort zu sitzen, in einem Raum voller Ordnung und Sauberkeit.

»Nicht von schlechten Eltern, das Zeug«, stimmte Duke zu. »Wie spät ist es?«

Paul stand auf und ging zur Standuhr im Flur. Es war Minuten und Stunden her, daß sie hier gestanden und sich vor Lachen nicht mehr hatten halten können, weil der Sekundenzeiger im Zeitlupentempo weiterzurücken schien. Das einzige, woran Paul in diesem Moment denken konnte, war sein Vater, wie er jeden Morgen seine Armbanduhr nach ihr stellte. Er blickte auf den Tisch, der mit Fotos übersät war, und war traurig. Draußen war es schon fast stockdunkel.

Das Telefon klingelte. Duke lag noch immer ausgestreckt auf dem Teppichboden, und es schien, als würden Stunden vergehen, bevor Paul den Hörer abnahm. Es war seine Mutter.

»Schatz …«, sprach sie gegen den Lärm und das klappernde Geschirr im Hintergrund an.

Er sah sie im Kostüm vor sich, vielleicht in dem dunkelblauen, wie sie sich mit den Fingern durchs Haar strich und ihre Ringe dabei aufblitzten.

»Ich habe noch ein Geschäftsessen mit ein paar Kunden von IBM, das ist sehr wichtig. Ist dein Vater schon zu Hause? Alles in Ordnung bei dir?«

»Meine Hausaufgaben habe ich gemacht«, sagte er und betrachtete dabei aufmerksam die Standuhr, über die er sich noch eben hatte totlachen können. »Ich habe auch schon Klavier geübt. Papa ist nicht zu Hause.«

Einen Augenblick war es still. »Er hat mir versprochen, um diese Zeit zu Hause zu sein«, sagte sie.

»Hier ist alles in Ordnung«, sagte er und dachte an den Abend des Konzerts, wie er auf dem Fenstersims gesessen und erwogen hatte zu springen. Plötzlich war er gefallen und dann weich und dumpf auf der Erde gelandet, ohne daß irgend jemand es gehört hatte. »Ich bleibe heute abend hier«, sagte er.

»Ich mache mir Sorgen um dich, Paul.«

»Dann komm doch nach Hause«, hätte er am liebsten gesagt, doch im Hintergrund erscholl Gelächter und ebbte wieder ab wie eine brechende Welle. »Hier ist alles in Ordnung«, sagte er wieder.

»Bist du sicher?«

»Ganz sicher.«

»Ich bin mir da nicht so sicher.« Sie seufzte, hielt den Hörer zu und sprach zu jemand anderem. Dann nahm sie das

Gespräch wieder auf. »Das mit den Hausaufgaben ist wirklich prima, Paul. Hör zu, ich rufe jetzt deinen Vater an, und wo immer er auch steckt – ich bin spätestens in zwei Stunden zu Hause, versprochen. Ist das in Ordnung? Bist du sicher, daß es dir gutgeht? Ich laß alles stehen und liegen, wenn du mich brauchst.«

»Mir geht's gut«, sagte er. »Du brauchst Papa nicht anzurufen.«

Ihre Antwort klang kühl und mechanisch: »Er hat mir versichert, daß er zu Hause sein würde. Er hat es mir versprochen.«

»Stehen diese Typen von IBM auf Flamingos?«

Wieder war es einen Moment still, nur im Hintergrund Gelächter und klirrende Gläser.

»Paul, geht es dir wirklich gut?« fragte sie schließlich.

»Alles okay, das war nur ein Witz, mach dir keinen Kopf.«

Als sie aufgelegt hatte, verharrte Paul noch eine Weile und lauschte dem Freizeichen. Das Haus atmete in der Stille. Es war jedoch nicht die gleiche, die er im Zuhörersaal empfunden hatte, eine voller Erwartung und Spannung, sondern eher eine leere Stille. Er griff nach seiner Gitarre und dachte an seine Schwester. Wenn sie nicht gestorben wäre – würde sie ihm ähneln? Würde sie gern laufen? Würde sie gern singen?

Duke lag noch immer im Wohnzimmer, mit einem Arm bedeckte er sein Gesicht. Paul hob die leeren Pizzakartons und die dünne Schutzfolie auf und warf sie draußen in die Mülltonne. Die Luft war kühl, die Welt wie neu. Er hatte einen tierischen Durst, als wäre er gerade einen Marathon gelaufen, und so holte er sich kalte Milch aus dem Kühlschrank und trank auf dem Weg ins Wohnzimmer aus der Flasche, die er dann Duke reichte. Er setzte sich hin und fing wieder an zu spielen, diesmal etwas leiser. Die Töne schwebten durch den Raum, langsam, erhaben, fliegende Gebilde.

»Hast du noch mehr von dem Zeug?« fragte er.

»Klar. Aber diesmal kostet's was.«

Paul nickte, spielte weiter, während Duke aufstand und zum Telefon ging.

Vor langer Zeit, als er noch ein Kind gewesen war, wahrscheinlich in der Vorschule, hatte er seine Schwester gemalt. Seine Mutter hatte ihm alles über sie erzählt, und so hatte er sie mit auf das Bild gemalt, das er »Meine Familie« nannte – sein Vater darauf braun umrissen, seine Mutter mit dunkelgelbem Haar und er selbst, der sein eigenes Abbild an der Hand hielt. Nachdem er das Bild gezeichnet hatte, umwikkelte er es mit einem Band und überreichte es seinen Eltern eines Morgens beim Frühstück als Geschenk.

Als er das Gesicht seines Vaters sah, spürte er dunkle Gefühle in sich aufkommen, die er mit fünf weder hätte erklären noch beschreiben können, von denen er jedoch wußte, daß sie mit Kummer verbunden waren. Auch seine Mutter war von Traurigkeit erfüllt, als sie das Bild in den Händen hielt, aber sie setzte schnell eine Maske auf, dieselbe heitere Maske, die sie auch heute aufsetzte, wenn sie ein Geschäftsessen hatte. Er erinnerte sich, wie ihre Hand seine Wange streichelte. Das tat sie manchmal heute noch, und sie schaute ihn dabei immer so eindringlich an, als könne er sich jeden Moment in Luft auflösen. »Es ist wunderschön«, hatte sie an jenem Tag gesagt. »Es ist ein wunderschönes Bild, Paul.«

Später, als er älter war, vielleicht neun oder zehn, waren sie zusammen zu dem stillen Friedhof aufs Land gefahren, wo seine Schwester beerdigt war. Es war ein kühler Frühlingstag, und seine Mutter pflanzte Ackerwindensamen entlang der gußeisernen Umfriedung. Paul stand da und las den Namen – Phoebe Grace Henry – und sein eigenes Geburtsdatum und fühlte eine Unruhe, eine drückende Last, für die er keine Erklärung fand. »Warum ist sie gestorben?« fragte er seine Mutter, als sie schließlich zu ihm kam und die Gartenhandschuhe abstreifte. »Das weiß niemand«, sagte sie und legte den Arm um ihn, als sie seinen Gesichtsausdruck sah. »Es war nicht deine Schuld«, sagte sie in einem bitteren Ton, »es hat nichts mit dir zu tun.«

Aber er hatte ihr nicht glauben wollen, war sich nicht sicher gewesen. Wo sein Vater sich doch jeden Abend in der Dunkelkammer einschloß und seine Mutter an den meisten Tagen bis in den späten Abend hinein arbeitete und außerdem im Urlaub aus ihren Kleidern schlüpfte, um sich mit sonderbaren Männern im Strandhäuschen zu vergnügen. Wessen Schuld konnte es da schon sein? Bestimmt nicht die seiner Schwester, die bei der Geburt gestorben war und diese Stille hinterlassen hatte. Wegen all dem hatte er einen Kloß im Hals, der im Laufe des Tages anschwoll. Immerhin war er am Leben. Also war es an ihm, seine Eltern zu beschützen.

Die Klänge verhallten, und Duke erschien im Türrahmen. »Joe kommt vorbei, jetzt gleich«, sagte er. »Hast du die Kohle?«

»Klar, komm mit.«

Durch den Hintereingang gingen sie nach draußen und die seitliche Treppe wieder hinauf zu dem großen, hellen Raum über der Garage. An jeder Wandseite dieses Raumes befand sich eine große Fensterfront, und tagsüber war er ganz von Licht durchflutet. Die Dunkelkammer war wie ein Wandschrank direkt neben dem Eingang eingebaut. Vor ein paar Jahren, als seine Fotos zum erstenmal Beachtung gefunden hatten, hatte sein Vater diese Etage ausgebaut. Mittlerweile verbrachte er fast jede freie Minute hier oben, entwickelte Filme, experimentierte mit dem Licht. Außer ihm kam fast niemand hierher, seine Mutter schon gar nicht. Manchmal lud ihn sein Vater in sein Reich ein, und Paul erwartete diese Tage mit einer Sehnsucht, für die er sich schämte.

»Die hier sind echt cool«, staunte Duke, der an den Wänden entlangging und die gerahmten Drucke betrachtete.

»Eigentlich darf ich hier gar nicht rein. Wir können hier nicht bleiben.«

»Hey, das hier hab ich schon mal gesehen«, sagte Duke, der vor dem Foto von den rauchenden Trümmern des

ROTC-Gebäudes stehengeblieben war, auf dem die Blütenblätter eines Hornstrauchs sich blaß von den verkohlten Wänden im Hintergrund abhoben. Damit hatte sein Vater vor Jahren den Durchbruch als Fotograf geschafft. Die Nachrichtenagenturen waren darauf aufmerksam geworden, und so war es in allen Zeitungen zu sehen gewesen. »Damit hat alles angefangen«, sagte sein Vater häufig, nicht ohne Stolz. »Damit hatte ich den Fuß in der Tür.«

»Kann gut sein«, sagte Paul. »Mein Vater hat es gemacht. Bitte laß die Finger davon, ja?«

Duke lachte. »Ganz ruhig, mein Junge. Alles ist in bester Ordnung.«

Paul ging in die Dunkelkammer, wo die Luft wärmer und stickiger war. Bilder hingen dort zum Trocknen. Er öffnete den kleinen Kühlschrank, in dem sein Vater die Filme aufbewahrte, und entnahm dem verborgensten Winkel einen kühlen braunen Umschlag. Darin befand sich ein weiterer Umschlag voller Zwanzigdollarscheine. Er zog einen Schein heraus, dann einen zweiten und verstaute das Geld wieder.

Er war nicht das erste Mal heimlich hier oben. So hatte er auch den Umschlag mit dem Geld entdeckt, als er eines Nachmittags im Refugium seines Vaters Gitarre spielte. Er war sauer gewesen, weil sein Vater in letzter Sekunde sein Versprechen gebrochen hatte, ihm zu zeigen, wie man den Vergrößerungsapparat bedient. Irgendwann hatte er Hunger, und er durchwühlte den Kühlschrank und stieß auf den Umschlag. Das Ganze war für ihn unerklärlich gewesen. Beim erstenmal hatte er sich einen Schein herausgenommen, später mehr – seinem Vater schien es nicht aufzufallen. Ab und zu kam er hier hoch und bediente sich. Paul fühlte sich nicht wohl dabei, das Geld zu stehlen. Wenn er neben seinem Vater im Dunkeln stand und die Bilder vor ihren Augen Gestalt annahmen, sprach sein Vater über die Fotografie. Ein Negativ enthalte nicht nur ein einziges Bild, predigte er, sondern unendlich viele. Es gebe nicht nur einen einzelnen Augenblick, sondern eine unendliche Zahl verschiedener Augenblicke. Es hänge davon ab, wer die Dinge sah und wie er sie sah. Paul fühlte, wie sich ein Abgrund vor ihm auftat, immer wenn sein Vater von solchen Dingen sprach. Wenn das alles stimmte, dann war sein Vater jemand, den er niemals richtig kennen würde, und das machte ihm angst. Dennoch hielt er sich gern hier auf, im sanften Licht, vom Duft der Chemikalien umgeben. Er mochte die Aufeinanderfolge der präzisen Handlungsschritte vom Anfang bis zum Ende, mochte es, wenn das belichtete Papier in das Entwicklerbad getaucht wurde und Bilder aus dem Nichts entsprangen, wenn die Stoppuhr ihr Signal gab und das Papier in die Klemmen geschoben wurde, wie die Bilder geheimnisvoll schimmernd trockneten, unverrückbar.

Er hielt kurz inne und betrachtete die aufgehängten Fotos. Man sah sonderbare, wirbelnde Formen, versteinerten Blumen ähnlich. Korallen, schoß es ihm durch den Kopf; er hatte welche in Aruba gesehen, dies hier waren allerdings die bloßen Windungen eines offenliegenden Gehirns. Die anderen Fotos waren ähnlich: poröse Höhlungen, die weißlich schillerten wie eine Landschaft aus vielförmigen Kratern, die man auf dem Mond aufgenommen hatte. »Gehirnkorallen/Knochen«, hatte sein Vater in den Anmerkungen notiert, die fein säuberlich auf dem Tisch neben dem Vergrößerungsapparat lagen.

An jenem Tag im Strandhäuschen, in dem Augenblick, bevor er Pauls Anwesenheit gewahr geworden war und den Kopf gehoben hatte, war der Gesichtsausdruck seines Vaters völlig verklärt gewesen, als hätte ihn die Erinnerung an eine alte Liebe oder einen schmerzlichen Verlust heimgesucht. Paul hatte es bemerkt und sich gewünscht, irgend etwas sagen, irgend etwas tun zu können, damit alles wieder gut würde. Andererseits wünschte er sich, aus alldem auszubrechen, die Probleme zu vergessen und frei zu sein. Als er den Blick kurz abgewandt und dann seinen Vater wieder angeblickt hatte, hatte der denselben distanzierten, beliebigen

Gesichtsausdruck angenommen wie immer. Er hätte an alles mögliche denken können – an ein technisches Problem mit seinen Filmen, an Knochenkrankheiten oder ans Mittagessen. Einem einzelnen Augenblick konnten Tausende von Bedeutungen innewohnen.

»Hey«, sagte Duke und drückte die Tür auf. »Kommst du irgendwann mal da raus?«

Paul ließ die kühlen Scheine in seine Hosentasche gleiten und trat zurück in den großen Raum. Inzwischen waren zwei ältere Jungs gekommen, die während der Pause immer auf dem leeren Parkplatz gegenüber der Schule herumhingen und rauchten. Einer von ihnen hatte ein Sixpack dabei und reichte ihm ein Bier, und Paul hätte fast gesagt: »Laßt uns runtergehen, laßt uns das draußen machen«, aber der Regen war stärker geworden, und die Jungs waren älter und kräftiger als er, so daß er sich einfach dazusetzte. Er gab Duke das Geld, und der glimmende Stummel wanderte im Kreis. Paul war fasziniert von der Geschmeidigkeit, mit der Dukes Fingerspitzen den Joint hielten, und er dachte daran, wie sie eben noch mit wilder Präzision über die Tasten gejagt waren. Auch sein Vater war in allem sehr genau. Immerhin flickte er die Knochen anderer Menschen zusammen.

»Merkst du schon was?« fragte Duke nach einer Weile.

Paul hörte ihn aus weiter Ferne sprechen, als ob er unter Wasser wäre, als ob im Hintergrund das stete Pfeifen eines Zugs zu hören wäre. Dieses Mal gab es kein wildes Gelächter, keine Schwindelgefühle, er spürte nur, wie er in einen tiefen Brunnen fiel. Plötzlich konnte er Duke nicht mehr sehen und bekam Angst.

»Was ist los mit ihm?« fragte jemand, und Duke sagte: »Wahrscheinlich wird er gerade paranoid«, und die Worte nahmen den ganzen Raum ein, drängten ihn an die Wand. Lachsalven klangen durch den Raum. Paul war nicht nach Lachen zumute, er saß da wie festgefroren. Seine Kehle war völlig ausgetrocknet, und er hatte den Eindruck, daß seine

Hände viel zu groß für seinen Körper wurden. Er starrte auf die Tür, deren Umrisse er erkannte, als könnte jeden Moment sein Vater hereinplatzen und sie in seinem Ärger ertränken.

Dann verstummte das Gelächter, und die anderen standen auf. Sie wühlten in den Schubladen und suchten nach etwas Eßbarem, aber sie fanden nur die fein sortierten Aktenordner seines Vaters. *»Nicht«*, wollte er dem Ältesten mit dem Bart zurufen, der schon die Ordner herausholte und öffnete. *»Nicht!«* Es war ein stummer Schrei. Auch die anderen standen da, holten einen Ordner nach dem anderen heraus und breiteten die Bilder und Negative, die so minutiös geordnet waren, auf dem Boden aus.

»Hey«, sagte Duke und drehte sich zu ihm, um ihm ein Bild im glänzenden Acht-mal-zehn-Format hinzuhalten. »Bist du das?«

Paul saß bewegungslos auf dem Boden und schlang die Arme um seine Knie, sein Atem ein wildes Rauschen in seinen Lungen. Es war ihm unmöglich, sich zu regen. Duke ließ das Bild auf den Boden segeln und ging zu den anderen, die inzwischen etwas roher vorgingen und die Bilder und Negative über den schimmernden Fußboden verstreuten.

Er saß dort, absolut reglos. Eine ganze Weile traute er sich nicht, sich zu rühren, doch dann bewegte er sich. Er fand sich in der Dunkelkammer wieder, vergrub sich in einer warmen Ecke und lauschte den Geräuschen, die von draußen hereindrangen: aufwallender Lärm, Gelächter, eine zerbrochene Flasche. Irgendwann war es still. Die Tür ging auf, und Duke sagte: »Hey, was machst du denn hier drin, alles in Ordnung bei dir?« Und als Paul nicht antwortete, hörte er sie wild und eilig herumdiskutieren, bis sie die Treppe heruntergepoltert und verschwunden waren. Paul stand langsam auf und tappte im Dunkeln herum; er trat in den Ausstellungsraum, dessen Boden von Fotos übersät war. Er stand am Fenster und sah, wie Duke auf dem Fahrrad lautlos die Einfahrt hinunterrollte, sein rechtes Bein über den Rahmen schwang, bevor er um die Ecke bog und aus dem Bild verschwand.

Paul war unglaublich müde. Er drehte sich um und ließ seinen Blick durch den Raum schweifen: Überall lagen Fotos herum, die durch den leichten Windzug vom Fenster aufgewirbelt wurden, Negative hingen wie Luftschlangen von der Ablage herunter. Eine Flasche war zu Bruch gegangen. Über den ganzen Boden verteilt lagen grüne Glasscherben. Er lehnte sich gegen die Tür, rutschte herunter, bis er in dem wüsten Durcheinander auf dem Boden saß. Er würde sehr bald wieder aufstehen müssen, um aufzuräumen.

Er nahm ein Bild auf. Was er sah, sagte ihm nichts: ein heruntergekommenes Haus, das seitlich in den Hang gebaut war. Davor standen vier Personen: eine Frau mit knöchellanger Schürze, die Hände vor dem Bauch gefaltet, der Wind bläst ihr eine Haarsträhne ins Gesicht. Ein gebeugter, hagerer Mann steht neben ihr und hält einen Hut vor seine Brust. Die Frau ist leicht zum Mann hin gewandt, beide unterdrükken ein Lachen, als hätte einer von ihnen gerade einen Witz gemacht. Die Hand der Mutter ruht auf dem Kopf eines blonden Mädchens, zwischen ihnen steht ein Junge etwa in Pauls Alter, der starr und ernst in die Kamera schaut. Das Bild hatte etwas seltsam Vertrautes. Paul schloß die Augen und war vor Erschöpfung den Tränen nah.

In der Morgendämmerung, die durch die Fenster hereinkroch, wachte er auf und sah die Silhouette seines Vaters, der im schwachen Licht stand und zu ihm sprach.

»Paul«, sagte er. »Was zum Teufel ...«

Er stand auf und hatte Mühe, sich zu erinnern, wo er war und was passiert war. Er sah sich um, und plötzlich überkam ihn eine tiefe Angst. Er hatte das Gefühl, sich übergeben zu müssen. Er hielt seine Hand vor die Augen, um nicht vom Morgenlicht geblendet zu werden.

»Großer Gott, Paul«, sagte sein Vater. »Was ist denn hier passiert?« Schließlich trat er aus dem Licht heraus und ging in die Hocke. Aus dem Chaos am Boden fischte er das Foto mit der fremden Familie und betrachtete es eine Weile. Dann lehnte er sich gegen die Wand, das Foto noch immer in der Hand, und ließ seinen Blick durch den Raum schweifen.

»Was ist hier passiert?« fragte er wieder, ein wenig leiser.

»Ein paar Freunde waren hier. Es ist alles ein bißchen außer Kontrolle geraten.«

»Ein bißchen.« Er rieb sich mit der Hand die Stirn. »War Duke dabei?«

Paul zögerte, dann nickte er. Er kämpfte mit den Tränen. Jedesmal wenn er auf die verwüsteten Fotos schaute, krampfte sich etwas in seiner Brust zusammen.

»Warst du das?« fragte sein Vater mit einer sonderbar sanften Stimme.

Paul schüttelte den Kopf. »Nein. Aber ich habe sie nicht daran gehindert.«

Sein Vater nickte. »Es wird Wochen dauern, bis das hier wieder so aussieht wie vorher«, sagte er schließlich. »Das wird deine Aufgabe sein. Du wirst mir dabei helfen, die Ordner neu zu sortieren. Eine Menge Arbeit, die da auf uns zukommt – das wird viel Zeit kosten. Die Proben kannst du erst mal vergessen.«

Paul nickte, aber der Krampf in seiner Brust wurde immer schmerzhafter. »Du brauchtest ja nur einen Vorwand, um mir das Gitarrespielen zu verbieten.«

»Das stimmt nicht, Paul. Du weißt, daß das nicht stimmt, verdammt.« Sein Vater schüttelte den Kopf, und Paul hatte Angst, daß er nun aufstehen und gehen würde, statt dessen schaute er auf das Foto, das er in der Hand hielt.

»Weißt du, wer das ist?« fragte er.

»Nein«, antwortete Paul, doch während er sprach, wurde ihm klar, daß er es wußte. Er zeigte auf den Jungen auf den Treppenstufen. »Bist du das etwa?«

»Ja. Da war ich in deinem Alter. Das hinter mir ist mein Vater. Und weißt du, wer neben mir steht? Das ist meine

Schwester June. Es ist das letzte Foto, das von June gemacht wurde. Sie hatte einen Herzfehler und starb noch im selben Herbst. Fast wäre auch meine Mutter daran zerbrochen. Sie kam nur schwer darüber hinweg.«

Paul sah noch einmal auf das Bild, nun mit anderen Augen. Diese Menschen waren also keine Fremden, sondern sein eigen Fleisch und Blut.

Paul sah sich die Frau mit dem unterdrückten Lachen genauer an, diese Frau, die er nie kennengelernt hatte – seine Großmutter. Dukes Oma lebte in einer kleinen Kammer unter dem Dach, buk Apfelkuchen und guckte fast den ganzen Nachmittag Seifenopern.

»Ist sie gestorben?« fragte er seinen Vater.

»Meine Mutter? Ja, Jahre später. Wie auch dein Großvater. Dabei waren sie beide gar nicht so alt. Meine Eltern führten ein hartes Leben, Paul. Sie hatten kaum Geld. Damit meine ich nicht, daß sie nicht reich waren. Ich will damit sagen, daß sie an manchen Tagen nicht wußten, ob es am Abend etwas zu essen geben würde. Meinen Vater machte das fertig, denn er arbeitete schwer. Meine Mutter machte es ebenfalls fertig, weil sie nicht viel für June tun konnten. Als ich in deinem Alter war, erhielt ich die Zulassung für die städtische Schule. Dann starb June. Und ich gab mir ein Versprechen: Ich würde meinen Weg gehen und die Welt in Ordnung bringen.« Er schüttelte den Kopf. »Natürlich habe ich dieses Ziel nie wirklich erreicht. Aber schau dich um, Paul. Uns fehlt es an nichts. Wir brauchen uns keine Sorgen zu machen, ob wir genug zu essen haben. Du kannst dir aussuchen, auf welches College du gehen willst. Aber der Dank dafür ist, daß du dich mit Drogen betäubst und dein Leben wegschmeißt.«

Paul konnte nicht antworten. Die Welt war noch zu grell und unsortiert. Wie gern hätte er die Traurigkeit in der Stimme seines Vaters verbannt, die Stille verscheucht, die das Haus erfüllte. Nichts ersehnte er so sehr, wie hier neben seinem Vater zu sitzen und sich seine Geschichten anzuhören. Er hatte

Angst, daß er etwas Falsches sagen und alles zerstören könnte, so wie man ein Foto ruinieren konnte, wenn zuviel Licht aufs Papier fiel. Wenn das einmal geschehen war, war es zu spät.

»Es tut mir leid.«

Sein Vater nickte und sah auf den Boden. Er streifte mit seiner Hand kurz über Pauls Haar.

»Das glaube ich dir«, sagte er.

»Ich werde alles wieder in Ordnung bringen.«

»Das weiß ich doch.«

»Aber ich liebe die Musik«, sagte Paul und wußte, daß er das besser nicht gesagt hätte; es war wie ein plötzlicher Lichteinfall, der das Bild schwarz werden ließ, und doch konnte er sich nicht zurückhalten. »Die Musik ist mein Leben. Ich werde nie darauf verzichten.«

Sein Vater schwieg eine Weile und ließ dabei den Kopf hängen. Dann stand er seufzend auf. »Verbau dir nicht all deine Wege, das ist alles, worum ich dich bitte.«

Paul beobachtete seinen Vater, wie er in der Dunkelkammer verschwand. Dann kniete er sich hin und begann einzelne Scherben aufzusammeln. In der Ferne rauschten Züge vorbei, und der Himmel hinter den Fensterscheiben öffnete sich für die Ewigkeit in einem klaren Blau. Im grellen Morgenlicht hielt Paul einen Moment inne und lauschte den Geräuschen seines Vaters, die aus der Dunkelkammer drangen. Er stellte sich vor, wie sich die heilenden Hände seines Vaters behutsam einem menschlichen Körper widmeten.

14. Kapitel

September 1977

DAS POLAROID SURRTE AUS DER KAMERA, UND Caroline zog es, mit Daumen und Zeigefinger eine Ecke fassend, heraus. Ganz langsam nahm das Bild Formen an. Der Tisch und die weiße Tischdecke traten vor einem Meer aus dunkelgrünem Gras hervor. Weiße, leicht schimmernde Mondblumen wuchsen an den umliegenden Hängen. In ihrem Konfirmationskleid war Phoebe nichts als ein milchiger Fleck. Caroline wedelte das Foto an der dufterfüllten Luft trocken. In weiter Ferne hörte man Donnergrollen – ein Spätsommergewitter kündigte sich an. Der aufkommende Wind spielte mit den Papierservietten.

»Eins noch«, sagte sie.

»Muß das sein, Mama?« protestierte Phoebe, blieb aber ruhig stehen.

Kaum war das Klicken des Auslösers zu hören, war sie schon weg und rannte über den Rasen zu Avery, ihrer achtjährigen Nachbarin, die ein kleines Kätzchen auf dem Arm hielt, dessen Haare vom selben rostbraunen Ton waren wie ihre. Für ihre dreizehn Jahre war Phoebe ziemlich klein, ein bißchen mollig, dennoch impulsiv und leidenschaftlich. Zwar lernte sie langsam, doch Ausgelassenheit, Nachdenklichkeit, Traurigkeit und Freude wechselten sich bei ihr in rasanter Geschwindigkeit ab. »Ich bin konfirmiert!« rief sie und lief, die Arme nach oben gestreckt, kreuz und quer über den Rasen, so daß die Gäste die Köpfe wandten und lächelten. Mit wehendem Kleid rannte sie auf Tim zu, Sandras Sohn, mittlerweile ein Teenager wie sie selbst. Sie schlang ihre Arme um ihn und küßte ihn überschwenglich auf die Wange. Dann besann sie sich und blickte ängstlich zu Caroline. Ihr Umarmungsdrang war in diesem Jahr schon in der Schule zum Problem geworden. »Ich *mag* dich«, pflegte Phoebe zu sagen, wenn sie ein Kind in die Arme schloß – sie wußte nicht, was daran verboten sein sollte. Caroline hatte ihr immer wieder erklären müssen, daß Umarmungen etwas Besonderes waren: »Umarmungen sind nur für die Familie«, hatte Phoebe mit der Zeit gelernt. Wenn Caroline sah, wie Phoebe ihre Liebe im Zaum hielt, fragte sie sich allerdings, ob sie alles richtig gemacht hatte.

»Ist schon gut, Schatz«, rief Caroline. »Du kannst deine Freunde auf deiner Feier ruhig umarmen.«

Phoebes Anspannung wich. Sie ging mit Tim zum Kätzchen, um es zu streicheln. Caroline betrachtete das Polaroid in ihrer Hand: der leuchtende Garten und Phoebes Lächeln, ein flüchtiger, längst vergangener Moment, der festgehalten war. Obwohl der Donner in der Ferne anschwoll, war der Abend noch immer freundlich und angenehm mild. Wo man hinsah, wunderschöne Blumen. Überall auf dem Rasen liefen Menschen umher, unterhielten sich und lachten und füllten ihre Plastikbecher nach. Eine dreistöckige Torte mit weißem Zuckerguß stand auf dem Tisch, mit dunkelroten Rosen aus dem Garten verziert. Drei Tortenringe für drei Anlässe: Phoebes Konfirmation, Carolines Hochzeitstag und Doros Ruhestand, gleichzeitig ihre Abschiedsfeier.

»Es ist *mein* Kuchen«, war Phoebes Stimme über das Gemurmel der Unterhaltungen hinweg zu hören – Physikprofessoren, Chormitglieder, Schulfreunde, Nachbarn, Familien aus der Upside Down Society, Kinder jeden Alters, wild umherrennend. Auch Carolines neue Freunde aus dem Krankenhaus waren hier, wo sie halbtags arbeitete, seitdem Phoebe zur Schule ging. All diese Menschen hatte sie zusammengeführt, eine wunderschöne Feier geplant, die in der Abenddämmerung aufblühte wie eine Blume.

»Es ist mein Kuchen«, hörte man Phoebes Stimme erneut, hell und beschwingt. »Ich bin konfirmiert.«

Caroline nippte an ihrem Wein, wie lauer Atemhauch umwehte die Luft ihre Arme. Sie hatte Al nicht ankommen sehen, doch plötzlich war er da, umfaßte ihre Taille und küßte sie auf die Wange. Seine Nähe und sein Duft umfingen sie wohlig. Vor fünf Jahren hatten sie geheiratet und ein großes Gartenfest gefeiert, dem heutigen ähnlich. Erdbeeren hatten im Champagner geschwommen, die Luft war von Glühwürmchen und Rosenduft erfüllt gewesen. Fünf Jahre war es her, und doch fühlte sie sich wie am ersten Tag. Carolines Zimmer im dritten Stock von Doros Haus war zu einem Ort geworden, der ebenso geheimnisvoll und sinnenfreudig war wie dieser Garten. Sie genoß es, neben dem warmen, kräftigen Körper von Al aufzuwachen, der flach und leicht seine Hand auf ihrem Bauch ruhen ließ. Sie liebte seinen Geruch von frischer Seife und Old Spice, der langsam den Raum erfüllte, die Bettwäsche, die Handtücher. Er war einfach da, so leibhaftig präsent, daß sie ihn mit jeder Faser ihres Körpers spürte. Er war da und genauso schnell wieder weg.

»Alles Liebe zum Hochzeitstag«, flüsterte er und legte seine Hände sanft auf ihre Hüften.

Caroline lächelte, glücklich von ganzem Herzen. Der Abend war endgültig hereingebrochen, der Tau sammelte sich bereits im immer dunkler werdenden Gras, das weiße Blumenmeer ringsrum verströmte einen betörenden Duft. Sie ergriff Als kräftige Hand, und fast mußte sie darüber lachen, daß er gerade erst angekommen war und noch nichts von den großen Neuigkeiten wissen konnte: Doro würde mit ihrem Freund Trace ein Jahr auf Weltreise gehen. Al wußte davon – Monate vorher hatten sie diese Pläne schon geschmiedet –, er wußte jedoch nicht, daß Doro, die damit einen befreienden Schlußstrich unter ihre Vergangenheit ziehen wollte, Caroline das alte Haus überschrieben hatte.

Just in diesem Moment erschien Doro in einem seidigen Kleid und stieg die Stufen des kleinen Steinweges herab, gefolgt von Trace, der einen Eisbeutel in der Hand hielt. Er war ein Jahr jünger als sie, fünfundsechzig, hatte kurzes graues Haar und ein langes, schmales Gesicht mit vollen Lippen. Er war von Natur aus blaß, achtete peinlich genau auf seine Figur und das, was er aß, und liebte Opern und Sportwagen. Einst hatte Trace als Schwimmer bei den Olympischen Spielen fast eine Bronzemedaille gewonnen, und ohne groß darüber nachzudenken, sprang er noch heute in den Monogahela und schwamm ans andere Ufer. Eines Nachmittags war er aus dem Wasser gestiegen und triefend in das alljährliche Picknick des Physik-Instituts gestolpert. So hatten sie sich kennengelernt. Trace war liebenswert und gut zu Doro, die ihn ohne Zweifel verehrte, und wenn er Caroline auch etwas unnahbar erschien, so war das nicht ihre Sache.

Ein Windzug wehte einen Stoß Servietten vom Tisch. Caroline stürzte hin, um sie aufzufangen.

»Du bringst frischen Wind«, sagte Al, als Doro näher kam.

»Es ist so aufregend«, erwiderte sie und hob ihre Hände. Sie sah Leo immer ähnlicher. Im Gesicht war sie spitzer geworden, und ihr Haar war schlohweiß und kurz geschnitten.

»Al ist wie ein alter Seemann«, sagte Trace, als er das Eis auf dem Tisch ablegte. Caroline beschwerte die Servietten mit einem kleinen Stein. »Er hat eine Antenne für atmosphärische Veränderungen. Bitte, Doro, bleib so, wie du bist«, bat er. »Du bist wunderschön, wirklich. Eine Göttin des Windes.«

»Wenn du die Göttin des Windes bist«, sagte Al, der gerade noch verhindern konnte, daß die Papierteller von einem Luftzug weggefegt wurden, »solltest du besser deine Windmaschinen besänftigen, damit wir hier unsere Party feiern können.«

»Ist es nicht herrlich?« fragte Doro. »Es ist so ein schönes Fest, so ein wundervoller Abschied.«

Phoebe kam mit dem kleinen Kätzchen in den Händen herbeigerannt, ein kleines Knäuel aus blassem Orange. Caroline strich ihr übers Haar und lächelte.

»Darf ich es behalten?« fragte sie.

»Nein«, antwortete Caroline gebetsmühlenartig. »Du weißt doch, daß Tante Doro allergisch ist.«

»Mama«, quengelte Phoebe, doch der Wind und das prächtige Tischgedeck lenkten sie ab. Sie rüttelte an Doros seidenem Ärmel. »Tante Doro. Das ist mein Kuchen.«

»Meiner auch«, sagte Doro und legte ihren Arm um Phoebes Schultern. »Ich gehe auf Reisen, vergiß das nicht, also ist es auch mein Kuchen. Und Als und der deiner Mutter, denn sie sind heute fünf Jahre verheiratet.«

»Ich komme mit auf die Reise.«

»Nein, mein Schatz«, sagte Doro. »Diesmal geht es nicht. Diese Reise ist nur für Erwachsene. Für mich und Trace.«

In Phoebes Gesicht zeichnete sich eine Enttäuschung ab, die ebenso tief war wie die zuvor empfundene Freude. In ihrer Sprunghaftigkeit und Lebendigkeit fühlte sie in jedem Moment die ganze Welt.

»Hey, Süße«, sagte Al und beugte sich zu ihr herunter. »Meinst du, das Miezekätzchen hat was gegen ein bißchen Sahne?«

Sie unterdrückte ein Lächeln und schüttelte dann den Kopf, für einen Augenblick von ihrem Verlust abgelenkt.

»Prima«, sagte Al und nahm sie bei der Hand, während er Caroline winkte.

»Die Katze kommt mir nicht ins Haus«, warnte Caroline.

Sie stellte ein paar Gläser auf ein Tablett und ging zwischen ihren Gästen umher, noch immer ungläubig. Sie war Caroline Simpson, Phoebes Mutter, Als Frau, eine Organisatorin von Protestmärschen – eine völlig andere Person als die schüchterne junge Frau, die vor dreizehn Jahren mit einem Kind auf dem Arm in einer stillen Praxis gestanden hatte. Sie wandte sich dem Haus zu, dessen blasse Steinfassade vor dem ergrauenden Himmel merkwürdig lebendig schien. Es ist mein Haus, dachte sie, Phoebes Singsang aufnehmend. Dann lächelte sie über ihren nächsten Gedanken, der erstaunlich zutreffend war: Ich bin konfirmiert.

Sandra und Doro standen vor dem Geißblattbusch und lachten, während Mrs. Soulard eine mit Lilien gefüllte Vase den kleinen Steinweg hinauftrug. Der Wind drückte Al sein graues Haar ins Gesicht, als er seine hohle Hand vor ein Streichholz hielt, um die Kerzen anzuzünden. Die Flamme flackerte und zischte, brannte schließlich aber doch ruhig vor sich hin und erhellte die Tischdecke aus weißem Leinen, die kleinen transparenten Votivtassen, die Vase mit den weißen Blumen und die angebrochene Sahnetorte. Die Geräusche vorbeifahrender Autos wurden durch die lachenden Stimmen und die rauschenden Blätter gedämpft. Einen kurzen Augenblick hielt Caroline inne und dachte an Al, wie seine Hände in der Dunkelheit der Nacht nach ihr tasten würden. »Das ist Glück«, sagte sie zu sich selbst. »So fühlt sich das Glück an.«

Die Feier dauerte bis nach elf Uhr. Doro und Trace blieben noch eine Weile, nachdem die letzten Gäste gegangen waren, und trugen die vielen leeren Tassen, den Rest des Kuchens sowie die Blumenvasen hinein, die Tische und Stühle verstauten sie in der Garage. Phoebe war mittlerweile im Bett. Al hatte sie ins Haus getragen, nachdem sie in Tränen aufgelöst gewesen war, müde und überreizt. Überwältigt von Doros Abschied, hatte sie geweint, mit großen, schweren Schluchzern, die ihr den Atem nahmen.

»Laß gut sein«, sagte Caroline und stellte sich Doro am Treppenabsatz in den Weg; dabei streifte sie die weichen, dichten Blätter des Flieders. Vor drei Jahren hatte sie diesen Strauch gepflanzt, der lange Zeit nur eine Handvoll dünner Zweige gewesen, doch nun tief verwurzelt und kräftig in die Höhe geschossen war. Im nächsten Jahr würde er zahllose schwere Blüten tragen.

»Ich räume morgen auf, Doro. Dein Flug geht doch sehr früh, bestimmt kannst du es kaum erwarten abzuheben.«

»Allerdings«, sagte Doro mit so leiser Stimme, daß Caroline sich anstrengen mußte, sie zu verstehen. Mit dem Kopf wies sie zum Haus, in dem sich Al und Trace in der hell erleuchteten Küche an den Abwasch machten. »Es ist ein so bittersüßes Gefühl, Caroline. Vorhin bin ich noch einmal durch alle Zimmer gegangen, ein letztes Mal. Ich habe mein ganzes Leben hier verbracht. Es ist seltsam, nun fortzugehen. Und trotzdem kann ich es kaum erwarten.«

»Du kannst jederzeit wiederkommen«, sagte Caroline, die plötzlich mit den Tränen kämpfte.

»Ich hoffe, daß ich nicht das Bedürfnis verspüre«, sagte Doro. »Zumindest nicht für mehr als einen Besuch.« Sie ergriff Carolines Arm. »Komm«, sagte sie. »Setzen wir uns ein wenig auf die Veranda.«

Sie gingen am Haus vorbei, unter einer im Bogen geschwungenen Glyzinie hindurch, und setzten sich in die Schaukel. Der Strom der Autos auf der Allee glich einem Fluß. Die tellergroßen Ahornblätter schmiegten sich an die Straßenlaternen.

»Den Verkehr wirst du sicher nicht vermissen«, sagte Caroline.

»Das ist wahr. Dabei war es hier früher so ruhig. Im Winter haben sie die Straße gesperrt, und wir fuhren mit unseren Schlitten hinunter, genau hier, mitten auf der Straße.«

Caroline gab der Schaukel einen Stoß und erinnerte sich an jene Nacht, die so weit zurücklag. Als der Mondschein den Rasen überflutete und durch das Badezimmerfenster fiel, Phoebe in ihren Armen hustete und Reiher sich von den Feldern aus Doros Kindheit erhoben.

Der Windschutz an der Tür bauschte sich, und Trace trat heraus. »Und? Bist du soweit, Doro?« fragte er.

»So gut wie.«

»Dann fahr ich schon mal den Wagen vor.«

Er ging wieder hinein. Caroline zählte die vorbeifahrenden Autos, bis zwanzig. Zwölf Jahre war es her, da war sie durch diese Tür geschritten, mit Phoebe als Säugling in den Armen. Genau hier hatte sie gestanden und darauf gewartet, was passieren würde.

»Wann geht dein Flug?« fragte sie.

»Schon früh, um acht. Ach, Caroline«, sagte Doro und spannte den Rücken, die Arme weit ausgestreckt. »Nach all diesen Jahren fühle ich mich so frei. Ich kann fliegen, wohin ich will.«

»Ich werde dich vermissen«, sagte Caroline. »Genau wie Phoebe.«

Doro nickte. »Ich weiß. Aber wir sehen uns ja wieder. Außerdem werde ich von überall Postkarten schreiben.«

Von der Anhöhe strahlten die Scheinwerfer herunter, und langsam näherte sich der Mietwagen, in dem Trace mit seinem langen Arm winkte.

»Das Abenteuer ruft«, drang es aus dem Wagen herüber.

»Paß auf dich auf«, sagte Caroline. Sie umarmte Doro und spürte ihre weiche Wange. »Weißt du eigentlich, daß du mir vor all diesen Jahren das Leben gerettet hast?«

»Du hast meines genauso gerettet, meine Liebe.« Doro löste sich aus der Umarmung, in ihren dunklen Augen standen Tränen. »Es ist jetzt dein Haus. Laß es dir gutgehen hier.«

Sie schritt die Treppe hinunter, der Wind spielte mit ihrem weißen Pullover. Im Auto winkte sie noch zum Abschied – dann war sie fort.

Caroline sah dem Wagen nach, wie er sich in den Verkehr einordnete und im Fluß der vorbeirauschenden Lichter verschwand. Das Gewitter hing noch immer über den Bergen und erhellte den Himmel mit seinen Blitzen, in der Ferne hörte man dumpfes Donnergrollen. Die Tür mit dem Fuß aufdrückend, trat Al mit Getränken in der Hand hinaus. Sie setzten sich in die Hollywoodschaukel.

»Es war eine schöne Feier.«

»O ja«, sagte Caroline. »Es hat Spaß gemacht. Ich bin erschöpft.«

»Hast du noch Kraft genug, das hier auszupacken?«

Ein Päckchen wurde ihr entgegengestreckt, dessen Verpackung sie umständlich entfernte. Ein aus Kirschholz geschnitztes Herz fiel heraus und schmiegte sich glatt wie ein Kieselstein in ihre Hand. Sie umschloß es und dachte daran, wie das Medaillon im kalten Licht von Als Fahrerkabine gefunkelt hatte, wie Phoebes winzige Hand Monate später danach gefaßt hatte.

»Es ist wunderschön«, sagte sie und drückte das weiche Herz an ihre Wange. »So warm. Es paßt genau in meine Hand – als wäre es für sie gemacht.«

»Ich habe es selbst geschnitzt«, sagte Al mit freudiger Stimme. »In all den Nächten. Dachte, es wäre vielleicht zu kitschig, aber die Kellnerin in Cleveland meinte, du würdest es mögen. Ich hoffe, sie hat recht behalten.«

»Hat sie«, sagte Caroline und hakte sich bei ihm ein. »Ich habe auch etwas für dich.« Sie reichte ihm eine kleine Pappschachtel. »Ich hatte leider keine Zeit mehr, es einzupacken.«

Er riß den Deckel auf und zog einen neuen Schlüssel aus Messing hervor. »Was ist das? Der Schlüssel zu deinem Herzen?«

Sie lachte. »Nein, es ist ein Schlüssel zu diesem Haus hier.«

»Warum? Habt ihr das Schloß auswechseln lassen?«

»Nein.« Caroline gab der Schaukel einen Stoß. »Doro hat mir das Haus überlassen, Al. Ist das nicht verrückt? Der Vertrag liegt drinnen. Sie meinte, sie müsse einen Neuanfang wagen.«

Ein Herzschlag, dann zwei, dann drei, dazwischen das Quietschen der Schaukel, wie sie vor und zurück schwingt.

»Das ist ziemlich gewagt«, sagte Al. »Was ist, wenn sie plötzlich wiederkommen will?«

»Das habe ich sie auch gefragt. Sie meinte, daß Leo ihr sehr viel Geld hinterlassen hätte. Patente, Erspartes, frag mich nicht, was noch. Und Doro hat ja selbst ihr ganzes Leben lang gespart. Deswegen braucht sie das Geld nicht. Sollten sie tatsächlich zurückkommen, dann wird sie mit Trace ein kleines Apartment oder so etwas kaufen.«

»Das ist sehr großzügig.«

»Ja, das ist es.«

Al schwieg. Caroline lauschte der quietschenden Schaukel, dem Wind, dem Verkehr.

»Wir könnten es verkaufen«, sagte er. »Von hier fortgehen. Irgendwohin.«

»Viel würden wir dafür nicht mehr bekommen«, sagte Caroline zögernd. Der Gedanke, das Haus zu verkaufen, war ihr nie gekommen. »Und wenn wir es machten, wo sollten wir hingehen?«

»Ich weiß es nicht, Caroline. Du kennst mich doch. Ich bin mein Leben lang unterwegs gewesen. Ich denke ja nur laut nach. Ich muß das erst mal verarbeiten.«

Die Dunkelheit und das Hin und Her der Schaukel weckten ihr Unbehagen. Wer war dieser Mann neben ihr, fragte sich Caroline, dieser Mann, der jedes Wochenende hier hereinschneite und auf so vertraute Weise in ihr Bett schlüpfte, der seinen Kopf jeden Morgen in einem bestimmten Winkel hielt, um Nacken und Gesicht mit Old Spice zu bestäuben? Was wußte sie von seinen Träumen, seiner verborgenen Seele? So gut wie nichts, schien es plötzlich. Und umgekehrt war es nicht anders.

»Dann hättest du also lieber kein eigenes Haus?« fragte sie.

»Nein, das ist es nicht – ich bin Doro dafür sehr dankbar.«

»Aber es engt dich ein.«

»Ich komme gerne zu dir nach Hause, Caroline. Es ist ein schönes Gefühl, diesen letzten Abschnitt des Highway entlangzufahren und dich und Phoebe hier zu wissen, wie ihr in der Küche kocht oder im Garten Blumen pflanzt, was auch immer. Aber es ist auch reizvoll, was Doro nun vorhat: einfach die Sachen zu packen und zu gehen. Die Welt zu erkunden. Dieses Freiheitsgefühl stelle ich mir sehr schön vor.«

»Dieses Bedürfnis habe ich nicht mehr«, sinnierte Caroline und schaute in den dunklen Garten, auf die zerstreuten

Lichter der Stadt und die dunkelrote Leuchtschrift des Schlemmerparadieses, Mosaikstücke inmitten des dichten Sommerlaubs. »Ich bin glücklich hier. Du wirst dich mit mir langweilen.«

»Keine Sorge. Wir ergänzen uns um so besser, mein Schatz«, sagte Al.

Sie saßen eine Weile schweigend da und lauschten dem Wind und dem Rauschen des Verkehrs.

»Phoebe mag keine Veränderungen«, sagte Caroline. »Sie kann nicht damit umgehen.«

»Ja, das ist auch so eine Sache«, sagte Al. Er wartete einen Moment, dann drehte er sich zu ihr. »Weißt du, Caroline, Phoebe wird langsam erwachsen. Sie ist nicht mehr das kleine Mädchen, für das du sie hältst.«

»Sie ist gerade mal dreizehn.«

»Richtig. Sie ist dreizehn, Caroline. Sie ist, na ja, mitten in der Pubertät. Es kommt mir komisch vor, sie an die Hand zu nehmen, wie ich es heute abend getan habe.«

»Dann laß es in Zukunft«, sagte sie in einem scharfen Ton. Und doch fiel ihr ein, wie Phoebe sie Anfang der Woche im Schwimmbad gepackt hatte, wobei Caroline ihre sanft anschwellenden Brüste spüren konnte.

»Es gibt keinen Grund, wütend zu werden, Caroline. Wir haben nur noch nie darüber gesprochen. Was aus ihr werden wird. Was mit uns passiert, wenn wir in Rente gehen, genau wie Doro und Trace.« Er hielt inne, und sie hatte das Gefühl, daß er seine Worte sehr genau wählte. »Mir gefällt der Gedanke, daß wir reisen könnten. Ich habe eine leichte Beklemmung, wenn ich mir vorstelle, für immer in diesem Haus zu bleiben, das ist alles. Und was wird aus Phoebe? Wird sie immer bei uns wohnen?«

»Ich weiß es nicht«, sagte Caroline matt. Wie viele Kämpfe hatte sie schon ausgefochten, um Phoebe ein Leben zu ermöglichen in dieser gleichgültigen Welt. Bis jetzt hatte sie immer alle Probleme lösen können, in den letzten zwölf, dreizehn Monaten sogar regelrecht entspannen können. Aber wo Phoebe arbeiten würde und wie sie als Erwachsene leben würde, all das blieb ungewiß.

»O Al, ich will über all das heute abend nicht nachdenken. Bitte.«

Der Windfang am Vorbau strich vor und zurück.

»Irgendwann müssen wir uns damit auseinandersetzen.«

»Aber sie ist doch noch ein kleines Mädchen. Worauf willst du hinaus?«

»Auf gar nichts, Caroline. Du weißt, daß ich Phoebe liebe. Aber wir beide könnten morgen sterben. Wir werden nicht immer in ihrer Nähe sein und auf sie aufpassen können, das ist alles. Vielleicht will sie es auch irgendwann gar nicht mehr. Ich frage dich nur, ob du schon mal darüber nachgedacht hast. Wofür sparst du sonst das ganze Geld? Ich spreche davon, weil wir darüber reden müssen. Was meinst du, wäre es nicht schön, wenn du mich ab und zu auf meinen Touren begleiten könntest? Übers Wochenende?«

»Doch«, sagte sie mit sanfter Stimme. »Das wäre schön.«

Aber eigentlich war sie sich nicht sicher. Caroline versuchte sich Als Leben vorzustellen: jede Nacht in einem anderen Hotelzimmer, in einer anderen Stadt, und immer wieder dasselbe graue Band der Straße, das sich abspulte. Sein erster Gedanke war ein rastloser gewesen: das Haus verkaufen, losziehen und die Welt erkunden.

Al nickte, trank sein Glas aus und stand auf.

»Geh noch nicht«, sagte sie und legte ihre Hand sanft auf seinen Arm. »Ich muß noch etwas mir dir besprechen.«

»Klingt ernst«, sagte er und setzte sich wieder in die Schaukel. Er lachte nervös. »Du willst mich doch nicht verlassen, oder? Jetzt, wo du all das geerbt hast.«

»Natürlich nicht. Es geht um etwas anderes.« Sie seufzte. »Diese Woche war ein Brief in der Post. Ein merkwürdiger Brief – darüber müssen wir reden.«

»Von wem ist er?«

»Von Phoebes Vater.«

Al nickte und verschränkte die Arme, sagte aber nichts. Er wußte von den Briefen, natürlich. Seit Jahren kamen sie, und im Umschlag befand sich neben den kleineren oder größeren Geldsummen immer ein kleiner Zettel mit einem einzelnen hingekritzelten Satz. »Bitte schreib mir, wo du wohnst.« Das hatte sie nie getan, obwohl sie David Henry in den ersten Jahren fast alles erzählt hatte. Freimütige, mit Herzblut geschriebene Briefe, als wäre er ein enger Freund, ein Vertrauter. Mit der Zeit war sie dann immer sachlicher geworden, hatte ihm Fotos geschickt und ein, zwei Zeilen dazu geschrieben, wenn überhaupt. Ihr Leben war plötzlich so vollgepackt, erfüllt und kompliziert gewesen, daß es einfach nicht mehr möglich war, dies auf einem Blatt Papier festzuhalten. Und so hatte sie es einfach aufgegeben. Was war es da für ein Schock gewesen, den dicken Brief von David Henry vorzufinden, drei mit seiner engen Schrift beschriebene Seiten, ein leidenschaftlicher Brief, in dem er zunächst von Paul erzählte, seinem Talent und seinen Träumen, seiner Wut und seinem Zorn. »Ich weiß, daß es ein Fehler war«, schrieb David. »Ich weiß, daß es eine schreckliche Tat war, meine Tochter wegzugeben, und ich weiß, daß ich es nicht mehr rückgängig machen kann. Aber ich würde sie gern sehen, Caroline, ich würde es gern irgendwie wiedergutmachen. Ich würde gern mehr über Phoebe erfahren – und über Euer Leben.« Von den Fotos, die er ihr geschickt hatte, war sie völlig entnervt gewesen – Paul, der in die Höhe geschossen war und Gitarre spielte, Norah vor ihrer eigenen Firma und David, der ihr in all den Jahren nicht aus dem Kopf gegangen war, wie ein Foto in einem Buch, ein Stück Papier, über das sie sich voller Bedauern und Sehnsucht beugte. Sie hatte den Brief in einer Schublade verstaut, als könnte diese ihn verschlossen halten, doch seine Worte waren in jedem Moment dieser anstrengenden und emotionalen Woche in ihrem Kopf herumgespukt.

»Er will sie sehen«, sagte Caroline und fingerte an einer Franse des Schals herum, den Doro auf der Schaukel hatte liegenlassen. »Um in irgendeiner Form wieder in ihr Leben zu treten.«

»Wie nett von ihm«, sagte Al. »Was für ein Rückgrat er beweist, nach all diesen Jahren.«

Caroline nickte. »Immerhin ist er ihr Vater.«

»Dann frage ich mich, was ich bin.«

»Bitte«, sagte Caroline. »Du bist der Vater, den Phoebe kennt und liebt. Aber ich habe dir nicht alles erzählt, Al. Wie es überhaupt dazu gekommen ist, daß ich für Phoebe sorge. Und ich denke, ich sollte das tun.«

Er nahm ihre Hand.

»Caroline. Ich bin noch eine Weile in Lexington geblieben, nachdem du gegangen bist. Ich habe mit deiner Nachbarin gesprochen und einiges an Geschichten gehört. Gut, ich bin nicht sehr gebildet, aber deshalb bin ich nicht blöd, und ich weiß, daß Dr. David Henry seine kleine Tochter ungefähr zu der Zeit verloren hat, als du die Stadt verlassen hast. Was ich damit sagen will, ist, daß es keine Rolle spielt, was zwischen euch beiden vorgefallen ist. Zumindest für mich nicht. Für uns nicht. Ich will es gar nicht so genau wissen.«

Schweigend saß sie da und schaute den Autos auf der Schnellstraße hinterher.

»Er wollte sie nicht«, sagte sie und rief sich den düsteren Flur des Heims ins Gedächtnis, die Frau, die auf dem Bett saß, deren gerade geschorene Haare auf den Boden herabfielen. Es war kalt gewesen, hatte nach gedünstetem Gemüse und Reinigungsmittel gerochen, und der Schnee hatte sich bis zum Horizont erstreckt. »Er hatte vor, sie in eine Anstalt zu stekken, in ein Heim. Er bat mich darum, sie dorthin zu bringen, und ich tat, was er sagte. Aber ich konnte sie nicht einfach dort lassen. Dieser Ort, Al. Dieser Ort war so fürchterlich.«

Al schwieg einen Moment. »Ich habe so etwas schon öfter gehört«, sagte er schließlich. »Ich höre diese Geschichten, wenn ich unterwegs bin. Du warst tapfer, Caroline. Du hast die richtige Entscheidung getroffen. Allein die Vorstellung, daß Phoebe an einem solchen Ort hätte aufwachsen können, ist furchtbar.«

Caroline nickte mit Tränen in den Augen. »Es tut mir so leid, Al. Ich hätte es dir damals sofort erzählen müssen.«

»Caroline – es ist schon gut. Vergessen wir das Ganze.«

»Was soll ich nun tun?« fragte sie. »Ich meine, mit dem Brief. Soll ich ihm antworten? Ihm erlauben, sie zu sehen? Ich weiß es einfach nicht, die ganze Woche tue ich schon kein Auge zu. Was ist, wenn er sie uns einfach wegnimmt?«

»Ich weiß nicht, was ich dir raten soll«, sagte Al langsam. »Es ist nicht meine Entscheidung.«

Sie nickte. Dies war allzu verständlich. Die logische Konsequenz daraus, daß sie es nie erzählt hatte.

»Aber ich unterstütze dich«, fügte er hinzu und nahm ihre Hand. »Geh nach deinem Gefühl, dann machst du alles richtig. Ich werde dich und Phoebe hundertprozentig unterstützen.«

»Ich danke dir. Ich hatte so eine Angst.«

»Du zerbrichst dir den Kopf über die falschen Sachen, Caroline.«

»Es ändert also nichts an unserer Beziehung?« fragte sie. »Daß ich es dir nicht früher erzählt habe?«

»Nicht im geringsten«, sagte er.

»Dann ist es gut.«

»Okay.« Er stand auf und streckte sich. »Ein langer Tag. Kommst du mit hoch?«

»In einer Minute, ja.«

Es fing an zu regnen; zunächst sanft, dann trommelte es aufs Dach. Caroline verschloß das Haus, das nun ihr Haus war. Als sie die Treppe hinaufgegangen war, blieb sie kurz stehen und ging in Phoebes Zimmer. Ihr Körper war feucht und warm; sie schlief unruhig, ihr Mund formte unausgesprochene Worte. Dann versank sie wieder in ihre Träume.

»Mein süßes Mädchen«, flüsterte Caroline und deckte sie zu. Eine Weile stand sie da, der Raum ließ den prasselnden Regen widerhallen, und sie war bewegt von Phoebes kleinem Körper, von der Aussichtslosigkeit, ihre Tochter in dieser Welt vor allem zu beschützen. Dann ging sie in ihr eigenes Zimmer und schlüpfte unter die kühle Bettwäsche an Als Seite. Sie dachte an seine Hände auf ihrer Haut, an seinen Bart in ihrem Nacken und ihre eigenen Schreie in der Dunkelheit. Er war ihr ein guter Ehemann und Phoebe ein guter Vater. Er war ein Mann, der montagmorgens aufstand, duschte, sich anzog, eine Woche lang mit seinem Truck verschwand und ihr das Vertrauen schenkte, in Sachen David Henry und dessen Brief das zu tun, was sie für richtig hielt. Caroline lag noch lange wach und lauschte dem Regen, während ihre Hand auf seiner Brust ruhte.

Im Morgengrauen wachte sie auf. Al polterte die Treppe hinunter, weil er seinen Sattelschlepper in der Frühe noch einem Ölwechsel unterziehen wollte. Von der Dachrinne und den Abflußrohren plätscherte der Regen, sammelte sich in kleinen Sturzbächen und rann den Hang hinab. Caroline ging nach unten und kochte Kaffee. Sie war so sehr in Gedanken versunken, daß sie Phoebe erst hörte, als diese gleich hinter ihr in der Tür stand.

»Regen«, sagte Phoebe. Den Morgenmantel hatte sie nur locker umgelegt. »Wie aus Eimern.«

»Ja«, sagte Caroline. Irgendwann einmal hatte sie Stunden damit zugebracht, Phoebe diese Redewendung beizubringen, hatte ein großes Bild gemalt, auf dem zornige Wolken den Regen aus Eimern herabschütteten. Es war eines von Phoebes Lieblingsbildern. »Wohl eher aus Kübeln heute.«

»Aus Fässern«, sagte Phoebe. »Aus riesigen Fässern.«

»Willst du eine Scheibe Toast?«

»Eine Katze haben«, sagte Phoebe.

»Was möchtest du?« fragte Caroline. »Bitte sprich mit mir in ganzen Sätzen!«

»Ich will eine Katze haben, bitte«, sagte Phoebe.

»Das geht nicht.«

»Tante Doro ist weg. Jetzt darf ich eine Katze haben.«

Caroline schmerzte der Kopf. Was sollte nur aus ihr werden? »Hier ist dein Toast, Phoebe. Über die Katze reden wir später, ja?«

»Ich will eine Katze«, ließ Phoebe nicht locker.

»Später.«

»Eine Katze.«

»Verdammt noch mal.« Caroline schlug mit der flachen Hand auf den Tisch, daß beide erschraken. »Hör endlich mit dieser Katze auf, hast du mich verstanden?«

»Mich unters Vordach setzen«, sagte Phoebe mürrisch. »Mir den Regen anschauen.«

»Was möchtest du? Sprich in ganzen Sätzen!«

»Ich möchte mich unters Vordach setzen und mir den Regen anschauen, bitte.«

»Du wirst dich erkälten.«

»Ich möchte –«

»Gut, okay«, unterbrach Caroline sie und winkte ab. »Geh raus und setz dich unters Vordach. Schau dir den Regen an. Mach, was du willst.«

Die Tür ging auf und fiel ins Schloß. Caroline blickte nach draußen und sah Phoebe mit offenem Regenschirm auf der Schaukel sitzen, ihren Toast auf dem Schoß. Sie ärgerte sich über sich selbst, darüber, daß sie so ungeduldig gewesen war. Es hatte nichts mit Phoebe zu tun. Sie wußte einfach nicht, was sie David Henry antworten sollte. Sie hatte Angst.

Sie suchte die Fotoalben und die herumliegenden Bilder zusammen, die sie heute eigentlich hatte ordnen wollen, und setzte sich aufs Sofa, von wo aus sie ein Auge auf Phoebe werfen konnte, die vom Regenschirm verdeckt wurde und hin und her schaukelte. Sie breitete die jüngsten Fotos auf dem Tisch aus, nahm sich ein Blatt Papier und schrieb David einen Brief.

Phoebe wurde gestern konfirmiert. Sie sah unglaublich süß aus in ihrem weißen Kleid, einem zum Knöpfen, mit roten Bändern. In der Kirche hat sie ganz allein gesungen. Ich schicke Ihnen ein Bild von der Gartenparty, die später stattfand. Es ist kaum zu glauben, wie groß sie nun schon ist, und ich beginne mir Sorgen um ihre Zukunft zu machen. Ich vermute, das war das, was Ihnen in der Nacht durch den Kopf ging, als Sie sie mir gaben. Ich habe in all diesen Jahren so hart gekämpft, und manchmal habe ich eine Riesenangst vor dem, was als nächstes passiert, und doch –

Sie hielt inne und wunderte sich über ihren Impuls zu antworten. Es hatte nichts mit dem Geld zu tun. Alles ging direkt an die Bank. Über die Jahre hatte Caroline gut 15 000 Dollar gespart – alles für Phoebe, von ihr treuhänderisch verwaltet. Vielleicht war es einfach nur aus alter Gewohnheit oder weil sie die Verbindung aufrechterhalten wollte. Vielleicht wollte Caroline ihm auch einfach nur zu verstehen geben, was er verpaßte. »Hier«, wollte sie sagen und David Henry am Kragen packen, »hier ist Ihre Tochter: Phoebe, dreizehn Jahre alt, ein Lächeln im Gesicht wie die Sonne.«

Sie ließ den Stift sinken und dachte an Phoebe in ihrem weißen Kleid, wie sie im Chor sang und wie sie das Kätzchen auf dem Arm hielt. Wie könnte sie ihm all das erzählen und dann die Bitte, seine Tochter zu sehen, zurückweisen? Und wenn er käme nach all den Jahren – was würde geschehen? Sie glaubte nicht, daß sie ihn noch liebte, aber sicher war sie sich nicht. Vielleicht hatte sie ihm auch noch immer nicht vergeben, daß er nie wirklich erkannt hatte, wer sie war. Es beunruhigte sie, diese Verbitterung in ihrem Herzen zu spüren. Was, wenn er sich geändert hätte? Und was, wenn nicht? Er könnte Phoebe verletzen, wie er sie einst verletzt hatte, ohne sich überhaupt darüber im klaren zu sein.

Sie schob den Brief beiseite. Statt dessen füllte sie ein paar Überweisungsformulare aus und ging nach draußen, um sie in den Postkasten zu werfen. Phoebe saß nun auf der Eingangstreppe und hielt den Regenschirm in die Höhe. Caroline sah ihr eine Weile zu, bis sie die Tür ins Schloß fallen ließ und in die Küche zurückging, um sich eine weitere Tasse Kaffee einzuschenken. Lange Zeit stand sie an der Terrassentür und starrte auf die tropfenden Blätter, den nassen Rasen, den kleinen Sturzbach, der am Bürgersteig entlangfloß. Ein Pappbecher hatte sich in einem Strauch verfangen, eine Serviette sich nahe der Garage völlig aufgelöst. In ein paar Stunden würde Al wieder aufbrechen. Für einen winzigen Moment stieg ein Gefühl der Freiheit in ihr auf.

Plötzlich wurde der Regen stärker und trommelte herab. Etwas in ihrem Herzen machte sich Luft, ein drängender Instinkt, der Caroline kehrtmachen ließ und ins Wohnzimmer trieb. Noch bevor sie unter das Vordach trat, wußte sie, daß sie die Eingangstreppe verlassen vorfinden würde – der Teller war ordentlich auf dem Steinboden abgestellt, die Schaukel stand still.

Phoebe war verschwunden.

Wohin verschwunden? Caroline ging bis zur Treppe und suchte im dicht fallenden Regen die Straße ab. In der Ferne hörte man einen Zug; nach links führte die Straße den Berg hinauf zu den Bahngleisen. Nach rechts mündete sie in den Autobahnzubringer. Okay, denk nach. *Denk nach!* Wo könnte sie hingegangen sein?

Ein paar Häuser weiter planschten die Swan-Kinder barfuß in den Pfützen. Plötzlich fiel Caroline ein, was Phoebe am frühen Morgen gesagt hatte: »Ich will eine Katze.« Und wie Avery mit dem kleinen Fellbündel im Arm auf der Feier gestanden hatte. Sie erinnerte sich, wie sehr Phoebe von ihrer Größe und ihrem süßen Miauen fasziniert gewesen war. Natürlich. Und als sie die Swan-Kinder nach Phoebe fragte, zeigten die auf das kleine Wäldchen auf der anderen Straßenseite. Das Kätzchen sei davongelaufen, und Phoebe und Avery seien losgezogen, es zu retten. Schon die erste kleine

Lücke im Verkehr nutzte Caroline, um zielstrebig die Straße zu überqueren. Der Boden war matschig, und jeder ihrer Fußstapfen füllte sich mit Wasser. Sie kämpfte sich durchs Geäst, erreichte schließlich die Lichtung. Und dort war Avery und kniete am Zuflußrohr, das das Wasser von den Bergen in den betonierten Kanal leitete. Phoebes gelber Regenschirm lag – zurückgelassen wie eine Fahne – neben ihr.

»Avery!« Sie beugte sich zu dem Mädchen herab und packte es an der nassen Schulter. »Wo ist Phoebe?«

»Sie versucht das Kätzchen zu befreien«, sagte Avery und wies in das Rohr. Es ist da reingekrochen.«

Caroline fluchte leise und kniete sich in die Öffnung des Rohrs. Kaltes Wasser rauschte gegen ihre Knie und ihre Hände. »Phoebe!« schrie sie, und ihre Stimme hallte in der Dunkelheit wider. »Hier ist Mama. Schatz, bist du hier irgendwo?«

Stille. Caroline arbeitete sich nach vorn. Das Wasser war eisig kalt, ihre Hände schon taub. »Phoebe!« schrie sie mit durchdringender Stimme. »Phoebe!« Sie lauschte angestrengt. Da war ein Geräusch, wenn auch nur ganz schwach. Caroline kroch weiter hinein, tastete sich durch das kalte, unsichtbare Wasser. Dann plötzlich streiften ihre Hände Stoff, kalte Haut, und mit einemmal lag Phoebe zitternd in ihren Armen. Caroline drückte sie an sich und dachte an die Nacht, in der sie mit Phoebe im Arm in dem dämmerigen violetten Badezimmer herumgelaufen war und sie angefleht hatte zu atmen.

»Wir müssen raus hier, Liebling. Wir müssen hier raus.« Doch Phoebe rührte sich nicht.

»Meine Katze«, sagte sie mit hoher und entschlossener Stimme. Caroline spürte, wie sich etwas unter Phoebes T-Shirt wand, und hörte das Kätzchen miauen. »Es ist meine Katze.«

»Vergiß die Katze«, rief Caroline. Sie zog Phoebe sacht in die Richtung, aus der sie gekommen war. »Komm jetzt, Phoebe. Sofort.«

»Meine Katze.«

»Okay«, sagte Caroline, während das Wasser weiter anstieg und ihre Knie umspülte. »Okay, okay, es ist deine Katze. Aber laß uns jetzt gehen.«

Phoebe rührte sich langsam und kroch Stück für Stück auf die helle runde Öffnung zu. Endlich kamen sie hervor, kaltes Wasser bahnte sich um sie herum den Weg ins Betonbekken. Phoebe war völlig durchnäßt, die Haare hingen ihr in Strähnen ins Gesicht, auch das Kätzchen war naß. Durch die Bäume hindurch sah Caroline die Umrisse ihres Hauses, sicher und fest, wie eine Arche Noah in dieser gefährlichen Welt. Sie dachte an Al, wie er gerade auf einer weit entfernten Autobahn unterwegs war, und an die vertraute Behaglichkeit dieser Räume, die ihr gehörten.

»Alles ist gut.« Caroline legte den Arm um Phoebe. Das Kätzchen zuckte kurz zusammen und kratzte mit seinen kleinen Krallen über Phoebes Handrücken. Der Regen prasselte weiter nieder und tropfte von den kräftigen dunklen Blättern.

»Da ist der Postbote«, sagte Phoebe.

»Ja«, erwiderte Caroline und sah ihn auf die Veranda treten und die beglichenen Rechnungen in seine Ledertasche gleiten lassen. Ihr Brief an David Henry, den sie nicht zu Ende geschrieben hatte, lag auf dem Tisch. Sie hatte an der Terrassentür gestanden, in den Regen geschaut und nur an David Henry gedacht, während Phoebe in Gefahr gewesen war. Es erschien ihr plötzlich wie ein Zeichen, und die Angst, die sie noch eben verspürt hatte, als Phoebe verschwunden war, schlug in Ärger um. Sie würde David nicht mehr schreiben; er verlangte zuviel von ihr, und er verlangte es zu spät. Der Postbote stieg die Stufen wieder herab, und sein heller Regenschirm leuchtete.

»Ja, mein Schatz«, sagte sie und strich dem Kätzchen über seinen knöchernen Kopf. »Da ist er.«

1982

15. Kapitel

März 1982

CAROLINE STAND AN DER ECKE BEI FORBES UND Braddock und beobachtete die Kinder auf dem Spielplatz, die Kraft ihrer Bewegungen, hörte ihre Rufe und Schreie, die über den dumpfen Verkehrslärm hinweghallten. Hinter ihnen traten blaue und rote Figuren in stiller Würde auf das frisch gesprossene Gras des Baseballfeldes – vermutlich ein Spiel zweier örtlicher Thekenmannschaften. Es war Frühling, und langsam wurde es Abend. In ein paar Minuten würden die Eltern, die auf den Bänken saßen oder mit den Händen in den Hosentaschen herumstanden, ihre Kinder rufen, um den Heimweg anzutreten. Das Spiel würde bis zum Einbruch der Dunkelheit andauern, und wenn sie fertig waren, würden die Spieler sich auf den Rücken klopfen und in lautem und fröhlichem Gelächter eine Kneipe ansteuern, um noch etwas zu trinken. Sie und Al sahen sie öfter, wenn sie abends ausgingen. Dann besuchten sie meist die Frühvorstellung im Regent, aßen zu Abend und tranken – wenn Al nicht auf Abruf war – noch irgendwo ein, zwei Bier.

Heute abend war er jedoch nicht da, sondern rauschte irgendwo im fernen Süden durch die hereinbrechende Nacht, von Cleveland nach Toledo, dann nach Columbus. Caroline hatte seine Touren immer am Kühlschrank hängen. Einige Jahre war es her – es war jene seltsame Zeit gewesen, als Doro zu ihrer Weltreise aufgebrochen war –, da hatte Caroline jemanden gefunden, der auf Phoebe aufpaßte, während sie mit Al unterwegs war. Sie hatte gehofft, daß sie sich so wieder etwas näherkommen würden. Die Stunden verstrichen, sie schlief ein und wachte wieder auf, verlor jegliches Zeitgefühl, und die Straße erstreckte sich endlos vor ihnen wie ein schwarzes Band, das vom stetig aufblitzenden, verlockenden und hypnotisierenden weißen Trennstreifen zweigeteilt wurde. Auch Al war am Ende immer völlig ermattet und steuerte die nächste Ausfahrt an, wo sie in ein Restaurant gingen, das sich nicht wesentlich von dem unterschied, was sie am Abend zuvor in irgendeiner anderen Stadt aufgesucht hatten. Das Leben unterwegs war, als fiele man durch rätselhafte Löcher im Universum. In irgendeiner Stadt in Amerika ging man zur Toilette, und wenn man aus derselben Tür wieder heraustrat, fand man sich plötzlich ganz woanders wieder: dieselben großflächigen Einkaufszentren mit ihren Tankstellen und Schnellimbissen, dasselbe Donnern der Reifen auf dem Asphalt – nur die Namen unterschieden sich, die Lichtverhältnisse und die Gesichter. Zweimal hatte sie Al begleitet, dann nie wieder.

Der Bus kam um die Ecke gebogen und hielt geräuschvoll vor der Haltestelle; die Türen öffneten sich. Caroline stieg ein und setzte sich ans Fenster. Bäume rauschten vorbei, als sie über die Brücke polterten. Sie fuhren am Friedhof vorbei, wanden sich durch Squirrel Hill und ruckelten weiter durch die alte Nachbarschaft nach Oakland, wo Caroline ausstieg. Einen kurzen Moment stand sie vor dem Carnegie-Museum und sammelte sich. Sie schaute auf zu dem großen Steingebäude mit seiner riesigen Treppenflucht und den ionischen Säulen. Ein großes Banner, das am oberen Ende des Eingangsportals befestigt worden war, flatterte im Wind: »Spiegelbilder: Fotografien von David Henry.«

Heute abend war die Eröffnung. Er würde hier sein, um eine Rede zu halten. Mit zitternden Händen zog Caroline den Zeitungsausschnitt aus ihrer Tasche hervor. Seit zwei Wochen trug sie ihn nun schon mit sich herum, und jedesmal wenn sie ihn ertastete, schlug ihr Herz schneller. Ein dutzendmal hatte sie hin und her überlegt. Was sollte das alles bringen? Um sich schon beim nächsten Atemzug wieder zu fragen: Was sollte es schaden?

Wenn Al dagewesen wäre, wäre sie zu Hause geblieben. Sie hätte die Gelegenheit unbemerkt verstreichen lassen und so lange auf die Uhr geschaut, bis die Eröffnung vorbei gewesen wäre. Was für ein Leben er jetzt auch führte – David Henry wäre wieder dahin entschwunden.

Aber Al hatte angerufen, um ihr mitzuteilen, daß er am Abend nicht nach Hause kommen würde, und Mrs. O'Neill paßte so lange auf Phoebe auf. Und dann war auch der Bus pünktlich gekommen.

Carolines Herz raste. Sie hielt inne, atmete tief durch, während sich die Welt um sie herum drehte – das Geräusch quietschender Reifen und der Geruch von verbrauchtem Benzin, die sanfte Bewegung der zarten Frühlingsblätter an den Bäumen. Anschwellendes Stimmengewirr umgab sie, wenn Menschen näher kamen, die sich dann wieder entfernten und Bruchstücke von Gesprächen hinterließen, die wie Papierfetzen vom Wind davongetragen wurden. Menschen, in teure dunkle Anzüge oder in Seidengewänder und hochhackige Schuhe gekleidet, strömten die steinerne Treppe des Museums hinauf. Der Himmel leuchtete in einem immer dunkler werdenden Indigo, und die Straßenlaternen brannten; in den Straßen hing überall der Duft von Zitrone und Minze, der vom Pfarrfest der griechich-orthodoxen Kirche eine Straße weiter herzog. Caroline schloß die Augen und dachte an schwarze Oliven, die sie nie probiert hatte, bevor sie in diese Stadt gezogen war. Sie dachte an das bunte Mosaik, das der Markt samstagmorgens am schmalen Streifen am Ufer darstellte: frisches Brot, Blumen, Obst und Gemüse, ein wildes Gemisch aus Lebensmitteln und Farben entlang des Flusses, alles Dinge, die sie niemals kennengelernt hätte, wenn es nicht David Henry und den unvorhergesehenen Schneesturm gegeben hätte. Sie machte einen Schritt vorwärts, dann noch einen und verschwand in der Menge.

Das Museum hatte hohe weiße Decken und einen Holzboden, der dunkelgolden glänzte. Caroline bekam ein dickes

Programmheft aus samtigem Papier in die Hand gedrückt mit David Henrys Namen oben auf der Titelseite. Eine Reihe von Fotos folgten. »Dünen in der Dämmerung«, las sie. »Ein Baum im Herzen.« Sie ging in den Ausstellungsraum und sah sein berühmtestes Foto, den sich in sanften Wellenlinien erstreckenden Strand, der mehr war als ein Strand: die Rundung einer weiblichen Hüfte, an die sich in einem perfekten Übergang ihr Bein in seiner vollen Länge anschloß, das sich zwischen den Dünen nur erahnen ließ. Jedes Bild stand stets an der Schwelle, etwas anderes darzustellen, und dann, plötzlich, tat es das auch. Als Caroline die Abbildung zum erstenmal gesehen hatte, hatte sie gut eine Viertelstunde darauf gestarrt und gewußt, daß die fleischliche Rundung ein Teil von Norah Henry war. Sie erinnerte sich an ihren Bauch, den kleinen weißen Hügel, der sich in Kontraktionen gewunden hatte, und an ihren kräftigen Griff. Jahrelang hatte sie sich mit Verachtung für Norah Henry getröstet, jene gebieterische Frau, die Unbeschwertheit und Ordnung gewohnt war und doch Phoebe in einem Kinderheim ausgesetzt hätte. Doch dieses Foto zerstörte ihr Bild. Diese Aufnahmen zeigten eine Frau, die sie nie gekannt hatte.

Menschen drängten in den Saal und nahmen die Plätze ein. Auch Caroline setzte sich und beobachtete alles sehr aufmerksam. Dann wurde das Licht gedimmt und wieder angeschaltet, und plötzlich brandete Applaus auf – David Henry betrat den Saal und lächelte ins Publikum, groß und nicht mehr ganz so hager. Daß er kein junger Mann mehr war, erschreckte sie. Er war fast völlig ergraut und ging in einer leicht gekrümmten Haltung. Er bestieg das Podium und ließ seinen Blick übers Publikum schweifen. Caroline hielt den Atem an – sie war sich sicher, daß er sie gesehen, daß er sie sofort erkannt hatte, so wie sie ihn erkannte. Er räusperte sich und kommentierte mit einer lustigen Bemerkung das Wetter. Als das Gelächter um sie herum wieder verebbt war und er in seine Aufzeichnungen sah und zu sprechen begann, wußte sie, daß ihr Gesicht in der Masse verschwand.

Sein Vortrag war sicher, obwohl Caroline kaum darauf achtete, was er sagte. Statt dessen beobachtete sie die vertrauten Gesten seiner Hände, betrachtete die kleinen Falten in seinen Augenwinkeln, die dem Alter geschuldet waren. Sein Haar trug er länger, und wenn es auch grau war, war es noch dicht und voll. Er schien zufrieden mit sich zu sein, angekommen. Sie dachte an jene Nacht, die nun gut zwanzig Jahre zurücklag, als er aufgewacht war, seinen Kopf vom Schreibtisch erhoben und sie dabei ertappt hatte, wie sie schutzlos und verliebt in der Tür stand. In diesem Moment waren sie beide so verwundbar gewesen, wie es nur irgend ging. Damals hatte sie gemerkt, daß er etwas verborgen hielt, das zu persönlich war, um es preiszugeben. Und selbst heute noch war es zu sehen – David Henry führte ein Doppelleben. Zu glauben, daß dieses Geheimnis mit irgendwelchen Gefühlen für sie zu tun haben könnte, war ein Fehler gewesen.

Als er seine Rede beendet hatte, erntete er tosenden Applaus. Er sprang vom Podium herunter, um einen tiefen Schluck aus einem Glas Wasser zu nehmen, dann beantwortete er Fragen. Es gab einige Fragen; von einem Mann mit einem Notizbuch, einer Matrone mit grauem Haar und einer ganz in Schwarz gekleideten jungen Frau, die in einem etwas barschen Ton etwas zu den formalen Aspekten seiner Arbeit wissen wollte. Carolines Anspannung nahm zu, und ihr Herz klopfte so stark, daß sie kaum Luft bekam. Schließlich waren alle Fragen beantwortet, ein Schweigen füllte den Raum. David Henry räusperte sich, und ein Lächeln glitt über sein Gesicht, als er dem Publikum dankte und sich abwandte. Caroline spürte, wie sie aufstand, fast gegen ihren eigenen Willen, und ihre Handtasche wie einen Schutzschild vor ihren Körper hielt. Sie ging quer durch den Saal und trat zu der kleinen Gruppe, die sich um ihn herum gebildet hatte. Er sah zu ihr herüber und lächelte, höflich, ohne sie zu erkennen. Sie wartete weitere Fragen ab und wurde allmählich ruhiger, je mehr Zeit verstrich. Der Kurator der Ausstellung strich um die Gruppe, doch als sich eine kleine Gesprächspause ergab, trat Caroline hervor und legte ihre Hand auf Davids Arm.

»David«, sagte sie. »Erkennst du mich nicht?«

Er studierte ihr Gesicht.

»Habe ich mich so verändert?« flüsterte sie.

Dann sah sie, daß er begriff. Seine Mimik änderte sich, und fast entglitten ihm die Gesichtszüge. Die Röte schoß ihm vom Nacken ins Gesicht, und ein kleiner Muskel pulsierte in seiner Wange. Caroline fühlte sich, als hätte jemand die Zeit zurückgedreht, als wären sie wieder in der Klinik, und draußen würde der Schnee herabfallen wie vor unzähligen Jahren. Sie sahen sich schweigend an, als ob der Raum und die anderen Menschen darin nicht mehr existierten.

»Caroline«, sagte er schließlich, nachdem er sich gefangen hatte. »Caroline Gill. Eine alte Freundin«, fügte er, an die Menschen gerichtet, die sich immer noch um ihn scharten, hinzu. Er hob seine Hand, richtete seine Krawatte, und ein Lächeln formte sich in seinem Gesicht, das nicht bis zu den Augen hinaufreichte. »Vielen Dank«, sagte er und nickte den anderen zu. »Ich danke Ihnen dafür, daß Sie gekommen sind. Wenn Sie uns jetzt bitte entschuldigen würden.«

Dann schritten sie durch den Raum. David ging an ihrer Seite, eine Hand sacht, aber bestimmt auf ihrem Rücken, als könnte sie wieder verschwinden, wenn er sie nicht festhielte.

»Laß uns hier hineingehen«, sagte er und trat hinter eine Dia-Leinwand, wo sich eine rahmenlose Tür auftat, die in der weißen Wand kaum zu sehen war. Er führte sie hinein, eilig, und schloß die Tür hinter ihnen. Es war eine kleine Abstellkammer, in der eine nackte Glühbirne ihr Licht auf die mit Farbtöpfen und Werkzeug gefüllten Regale warf. Sie standen sich von Angesicht zu Angesicht gegenüber, nur wenige Zentimeter trennten sie. Sein Duft, das süßliche Rasierwasser, erfüllte den Raum, darunter mischte sich ein klinischer Geruch mit einer Spur Schweiß, an den sie sich jetzt wieder erinnerte. In der Kammer war es heiß, plötzlich wurde ihr schwarz vor Augen, und sie sah silberne Sternchen.

»Caroline«, sagte er. »Großer Gott, lebst du hier? In Pittsburgh? Warum hast du mir nie gesagt, wo du bist?«

»Es wäre nicht schwer gewesen, mich zu finden. Andere haben es auch geschafft«, sagte sie langsam und dachte an Al, wie er damals den kleinen Weg heraufkam – erst da wurde sie sich seiner Hartnäckigkeit bewußt. Und obwohl es der Wahrheit entsprach, daß David Henry sich bei der Suche nach ihr keine große Mühe gegeben hatte, war es ebenso richtig, daß sie nicht hatte gefunden werden wollen.

Draußen näherten sich Schritte und hielten inne. Es folgte hektisches Gemurmel. Sie betrachtete sein Gesicht. All diese Jahre hatte sie jeden Tag an ihn gedacht, und jetzt wußte sie nicht, was sie sagen sollte.

»Solltest du nicht besser wieder rausgehen?« fragte sie und schielte zur Tür hinüber.

»Die werden schon warten.«

Sie sahen sich an und sprachen nicht. Caroline hatte ihn all diese Zeit in ihrem Gedächtnis gespeichert wie eine Fotografie, wie Hunderte, Tausende Fotografien. All diese Bilder zeigten David Henry als einen jungen Mann voller Energie und Entschlossenheit. Wenn sie jetzt auf seine dunklen Augen und die rundlicheren Wangen schaute, auf seine perfekt sitzenden Haare, dann wurde ihr klar, daß sie ihn nicht erkannt hätte, wäre er ihr auf der Straße begegnet.

Als er weitersprach, nahm seine Stimme einen sanfteren Ton an, obwohl noch immer ein Muskel in seinem Gesicht zuckte. »Ich bin zu dir nach Hause gefahren, Caroline, am Tag nach der Beisetzung. Ich war dort, aber du warst schon fort. In all dieser Zeit …«, begann er und verstummte.

Man hörte ein leises Klopfen an der Tür, eine gedämpfte, fragende Stimme.

»Eine Minute noch«, rief David.

»Ich habe dich geliebt«, sagte Caroline urplötzlich, überrascht über ihr eigenes Geständnis, denn es war das erste Mal, daß sie dies je ausgesprochen hatte, sogar vor sich selbst, obwohl es eine Tatsache war, mit der sie Jahre gelebt hatte. Das Bekenntnis beschwingte sie, ließ sie leichtsinnig werden, und sie fuhr fort. »Weißt du, ich habe mir unzählige Male ein Leben mit dir vorgestellt. Und es war dieser Augenblick auf dem Friedhof, als mir klar wurde, daß du mich niemals wirklich wahrgenommen hattest.«

Während sie sprach, ließ er seinen Kopf hängen, nun schaute er auf. »Ich wußte es. Ich wußte, daß du mich liebst. Wie hätte ich dich sonst darum bitten können? Es tut mir leid, Caroline. Seit Jahren schon. Es tut mir sehr leid.«

Sie nickte, Tränen standen ihr in den Augen, und ihr jüngeres Ich war immer noch lebendig, stand immer noch abseits der Trauergemeinde, unbeachtet, unsichtbar. Selbst in diesem Augenblick stieg noch die Wut in ihr hoch, daß er sie damals übersehen hatte. Und daß er nicht gezögert hatte – obwohl er sie überhaupt nicht kannte –, sie darum zu bitten, seine Tochter fortzuschaffen.

»Bist du glücklich?« fragte er. »Bist du glücklich mit deinem Leben, Caroline? Ist Phoebe glücklich?«

Seine Frage, die Sanftheit seiner Stimme entwaffnete sie. Sie dachte an Phoebe, wie sie mit viel Mühe Briefe schrieb, wie sie gelernt hatte, sich die Schuhe zuzubinden. Phoebe, wie sie glücklich im Hof spielte, während Caroline einen Anruf nach dem anderen erledigte und für ihre Ausbildung kämpfte. Phoebe, wie sie ihre weichen Arme ohne jeden Grund um Carolines Hals schlang und »Ich liebe dich, Mama« sagte. Sie dachte an Al, der zu häufig nicht da war, aber doch am Ende einer langen Woche mit Blumen in der Hand, frischen Brötchen oder einem kleinen Geschenk für sie oder für Phoebe in der Tür stand. Als sie in David Henrys Praxis gearbeitet hatte, war sie so jung, so einsam und naiv gewesen, daß sie sich selbst als eine Art Gefäß gesehen hatte, das mit Liebe aufgefüllt werden mußte. Aber so war es nicht, das hatte sie gelernt. Die Liebe war stets in ihr. Und erneuert wurde sie dann, wenn man sie an jemanden weitergab.

»Willst du das wirklich wissen?« fragte sie schließlich und sah ihm in die Augen. »Weil du nie zurückgeschrieben hast, David. Außer diesem einen Mal hast du nicht das leiseste Interesse an unserem Leben gezeigt. All die Jahre nicht.« Während Caroline sprach, merkte sie, daß dies der Grund war, warum sie gekommen war. Ganz bestimmt nicht aus Liebe oder weil sie der Vergangenheit nachtrauerte, auch nicht aus einem Schuldgefühl heraus. Die Erbitterung und der Wunsch, die Verhältnisse richtigzustellen, hatten sie hierhergeführt. »Jahrelang wolltest du nicht wissen, wie es mir geht. Wie es Phoebe geht. Dir war es einfach scheißegal, oder nicht? Und dann kam dieser letzte Brief; jener, den ich nie beantwortet habe. Plötzlich wolltest du sie zurück.«

David gab ein kurzes, verstörtes Lachen von sich. »Das ist es also, was du denkst? Hast du deshalb nicht zurückgeschrieben?«

»Was sollte ich sonst denken?«

Er schüttelte langsam den Kopf. »Caroline. Ich habe dich nach deiner Adresse gefragt. Immer wieder. Jedesmal wenn ich dir Geld geschickt habe. Und in diesem letzten Brief habe ich dich einfach nur darum gebeten, wieder an deinem Leben teilhaben zu können. Was hätte ich noch tun können? Ich weiß, daß du das nicht wirst nachvollziehen können, aber ich habe jeden Brief aufbewahrt, den du mir geschickt hast. Und als du mir nicht mehr geschrieben hast, war es für mich, als hättest du mir die Tür vor der Nase zugeschlagen.«

Caroline dachte an ihre Briefe, an all ihre mit Herzblut geschriebenen Bekenntnisse, die über die Tinte den Weg aufs Papier gefunden hatten. Sie wußte nicht mehr, worüber sie geschrieben hatte – über Details aus Phoebes Leben, über ihre eigenen Hoffnungen, ihre Träume und ihre Ängste.

»Wo sind sie?« fragte sie. »Wo bewahrst du meine Briefe auf?«

Er wirkte überrascht. »In meinem Büro. In der unteren linken Schublade von meinem Schreibtisch. Warum?«

»Ich hätte nicht gedacht, daß du sie überhaupt liest«, sagte Caroline. »Ich hatte das Gefühl, ich schreibe ins Leere. Vielleicht fühlte ich mich deswegen so frei. So frei, daß ich dachte, ich könnte einfach alles sagen.«

David fuhr sich mit der Hand über die Wange, eine Geste, die immer dann kam, wenn er müde oder entmutigt war, wie sie sich erinnerte. »Ich habe sie gelesen. Anfangs mußte ich mich dazu zwingen, um ehrlich zu sein. Später dann wollte ich wissen, was mit euch passierte, auch wenn es bitter war. Du hast mir Momentaufnahmen von Phoebe geschenkt. Kleine Fetzen aus dem Stoff eures Lebens. Ich habe mich immer wieder auf den nächsten gefreut, Caroline.«

Sie antwortete nicht und erinnerte sich an die Genugtuung, die sie an dem regnerischen Tag verspürt hatte, als sie Phoebe nach oben schickte, damit sie sich ihre nassen Sachen auszog. Sie hatte im Wohnzimmer gestanden und seinen Brief in vier Stücke zerrissen, dann in acht, dann in sechzehn, und hatte ihn wie Konfetti in den Mülleimer rieseln lassen. Genugtuung und eine gewisse Freude, diese Sache zu den Akten gelegt zu haben.

»Ich wollte sie nicht verlieren«, sagte sie. »Ich war lange, lange wütend auf dich, aber in diesem Moment hatte ich vor allem Angst, daß du sie mir wegnehmen würdest, wenn ihr euch sehen würdet. Deswegen habe ich nicht mehr geschrieben.«

»Das war nie meine Absicht.«

»Nichts von alledem war deine Absicht«, antwortete Caroline. »Die Dinge nehmen ihren Lauf, David.«

David Henry seufzte, und sie stellte sich ihn in ihrem verlassenen Apartment vor, wie er von Raum zu Raum ging und ihm klar wurde, daß sie für immer gegangen war. »Unternehmen Sie nichts, ohne mir vorher Bescheid zu sagen«, hatte er gesagt. »Das ist alles, worum ich Sie bitte.«

»Wenn ich sie nicht zu mir genommen hätte«, fügte sie leise hinzu, »hättest du es dir vielleicht anders überlegt.«

»Ich habe dich nicht daran gehindert«, sagte er und traf wieder ihren Blick. Seine Stimme war rauh. »Ich hätte es tun können. Am Tag der Beisetzung hast du einen roten Mantel getragen. Ich habe dich gesehen, auch wie du später davongefahren bist.«

Caroline fühlte sich plötzlich ganz matt, fast wäre sie ohnmächtig geworden. Sie wußte nicht, was sie sich von diesem Abend versprochen hatte, aber als sie sich die Begegnung vorgestellt hatte, war ihr nicht der Gedanke gekommen, daß solche Spannungen entstehen könnten: Seine Verbitterung traf auf die ihre.

»Du hast mich gesehen?«

»Ich bin danach sofort zu dir gefahren. Ich dachte, daß ich dich dort finden würde.«

Caroline schloß ihre Augen und fühlte sich erschöpft. Zu dieser Zeit war sie auf der Schnellstraße gewesen, auf dem Weg hierher, in ihr heutiges Leben. David Henry mußte sie um Minuten, höchstens eine Stunde verpaßt haben. Wieviel war von diesem Augenblick abhängig gewesen, wie unterschiedlich hätte ihr Leben verlaufen können.

»Du hast mir noch immer nicht geantwortet«, sagte David und räusperte sich. »Bist du glücklich mit deinem Leben? Ist Phoebe glücklich? Ist sie gesund? Wie steht es um ihr Herz?«

»Ihrem Herzen geht es gut«, sagte Caroline und dachte an die ersten Jahre, in denen die Sorge über Phoebes Gesundheit nicht hatte abnehmen wollen – all diese Besuche beim Hausarzt, Zahnarzt, Herzspezialisten und Hals-Nasen-Ohren-Arzt. Aber sie war gewachsen, ihr ging es gut, sie spielte Basketball in der Einfahrt und tanzte für ihr Leben gern. »Wenn es nach den Büchern ginge, die ich gelesen habe, als sie noch klein war, müßte sie heute schon tot sein. Aber ihr geht es gut. Wahrscheinlich hatte sie viel Glück, sie hatte nie Probleme mit ihrem Herzen. Sie singt unheimlich gern. Sie hat eine Katze, die Rain heißt. Sie lernt zu weben. Genau das ist es, was sie gerade tut – sie ist zu Hause und webt.« Caroline schüttelte den Kopf. »Sie geht zur Schule. Eine öffentliche Schule, mit all den anderen Kindern. Dafür habe ich bis zum letzten gekämpft. Und jetzt, wo sie fast erwachsen ist, weiß ich nicht, was passieren wird. Ich habe eine gute Stelle. Ich arbeite halbtags im Krankenhaus, in der Inneren. Mein Mann ist viel unterwegs. Phoebe geht jeden Tag in eine betreute Gruppe. Sie hat viele Freunde dort. Man bringt ihr bei, im Büro zu arbeiten. Was wäre sonst noch zu sagen? Du hast dir viel Kummer erspart, ganz sicher. Aber du hast auch viele schöne Momente verpaßt, David.«

»Das weiß ich«, sagte er. »Besser, als du es dir vorstellen kannst.«

»Und du?« fragte sie und erschrak wieder darüber, wie alt er geworden war. Gleichzeitig versuchte sie noch immer, sich über seine Anwesenheit hier in diesem kleinen Raum bewußt zu werden, nach all diesen Jahren. »Bist du glücklich mit deinem Leben? Ist Norah es? Und Paul?«

»Ich weiß es nicht«, sagte er zögernd. »So glücklich, wie man eben sein kann, denke ich. Paul ist unglaublich intelligent. Er könnte wirklich alles machen. Aber er möchte auf die Juilliard gehen und dort Gitarre spielen. Ich glaube, er macht einen großen Fehler, aber Norah ist da anderer Meinung. Das hat für jede Menge Spannungen gesorgt.«

Caroline dachte an Phoebe – wie sie vor sich hin sang, während sie spülte oder den Boden wischte, wie sehr sie aus ganzem Herzen die Musik liebte und niemals die Möglichkeit hätte, Gitarre zu spielen.

»Und Norah?« fragte sie.

»Sie hat ein eigenes Reisebüro. Sie ist viel unterwegs – genau wie dein Mann.«

»Ein Reisebüro?« wiederholte Caroline. »Norah?«

»Ich weiß. Mich hat es auch überrascht. Aber sie führt es nun schon seit Jahren. Mit großem Erfolg.«

Der Türknauf drehte sich, und die Tür ging einen Spalt weit auf. Der Kurator steckte seinen Kopf herein, und seine hellen blauen Augen waren voller Neugier und Besorgnis. Während er sprach, fuhr er sich mit einer Hand nervös durch sein dunkles Haar. »Dr. Henry?« sagte er. »Hier draußen stehen eine Menge Leute. Man erwartet, daß Sie sich, na ja, ein wenig unters Volk mischen. Ist alles in Ordnung bei Ihnen?«

David sah Caroline an. Er zögerte, und gleichzeitig wurde er ungeduldig. Caroline wußte, daß es eine Frage von Sekunden war, bis David sich umdrehte, seine Krawatte richtete und ging. Etwas, das jahrelang bestanden hatte, würde in diesem Moment zu Ende gehen. *Nicht*, dachte sie sich, aber der Kurator räusperte sich und lachte so verschämt, daß David sagte: »Okay, ich komme sofort. Du bleibst doch, oder?« fragte er Caroline und führte sie am Ellenbogen hinaus.

»Ich muß nach Hause. Phoebe wartet auf mich.«

»Bitte.« Er blieb draußen vor der Tür stehen. Sie schaute in seine Augen und sah dieselbe Traurigkeit, dasselbe Mitleid, das sie von früher kannte, als sie beide noch sehr viel jünger und weniger desillusioniert gewesen waren. »Nach all den Jahren … wir haben uns noch so viel zu sagen. Bitte versprich mir, daß du bleibst. Es dauert nicht mehr lange.« Sie verspürte Übelkeit, ein Unwohlsein, das sie nicht näher bestimmen konnte, aber sie nickte kaum merklich, so daß David Henry lächelte. »Schön. Laß uns zu Abend essen, ja? Ich muß dieses vom Schicksal herbeigerufene Gespräch führen. Aber ich lag falsch all die Jahre. Ich will mehr als nur ein paar Brocken.«

Seine Hand ruhte auf ihrem Arm, und langsam tauchten sie wieder in der Masse unter. Caroline schien nichts sagen zu können. Menschen warteten, schauten freundlich und neugierig in ihre Richtung und tuschelten. Sie griff in ihre Tasche und reichte David den Briefumschlag, der für ihn bestimmt war – die jüngsten Fotos von Phoebe. David nahm ihn entgegen, begegnete ihrem Blick und nickte ernst, bis ihn eine gutaussehende und leicht aggressive Frau aus dem Publikum am Arm faßte. Sie fragte erneut etwas zur Form.

Caroline blieb ein paar Minuten stehen und beobachtete ihn dabei, wie er mit der Frau sprach und vor einem Foto herumgestikulierte, das scheinbar die dunklen Zweige eines Baumes zeigte. Er hatte immer gut ausgesehen, und das war auch heute noch so. Zweimal schaute er in Carolines Richtung, und sobald er sie erspähte, konzentrierte er sich wieder ganz auf sein Gespräch. »Warte«, hatte er gesagt. »Bitte warte.« Und er ging davon aus, daß sie es tun würde. Wieder war ihr übel. Sie wollte einfach nicht warten. Sie hatte so oft gewartet, als sie jung gewesen war – darauf, daß man sie wahrnahm, auf Abenteuer, auf die Liebe. Und doch hatte ihr Leben erst begonnen, als sie mit Phoebe auf dem Arm das Kinderheim in Louisville verlassen, ihre Sachen gepackt hatte und weggezogen war. Warten war nie für etwas gut gewesen. Mit gesenktem Kopf stand David dort und nickte der Frau mit dem dunklen, wallenden Haar zu, während er den Briefumschlag hinter seinem Rücken umklammert hielt. Als Caroline wieder hinsah, steckte er den Umschlag beiläufig in die Tasche seines Jacketts, als enthielte er etwas Unwichtiges, eher Unangenehmes – eine Rechnung oder ein Zugticket.

Sekunden später war sie draußen und eilte die Steintreppe hinunter in die Nacht.

Es war Frühling, die Luft war feucht und frisch. Caroline war zu aufgewühlt, um auf den Bus zu warten. Sie ging zu Fuß, zügig, die Häuserblocks strichen vorbei, sie nahm den Verkehr und die Leute um sich herum nicht mehr wahr, auch die leichte Gefahr nicht, um diese Uhrzeit allein auf der Straße zu sein. Einzelne Momente blitzten vor ihrem inneren Auge auf, flüchtig und verworren, sonderbare, unzusammenhängende Details. Über seinem rechten Ohr war eine

Stelle mit dunklem Haar zu sehen gewesen, und seine Fingernägel hatte er bis zum Fleisch abgekaut. Die stumpfen Finger, an die erinnerte sie sich, aber seine Stimme hatte sich verändert, war ernster geworden. Es war beunruhigend: Die vielen Bilder, die sich all die Jahre im Gedächtnis festgebrannt hatten, waren in dem Augenblick ausgetauscht worden, in dem sie ihn gesehen hatte.

Und sie selbst? Wie hatte sie auf ihn gewirkt? Was hatte er gesehen, was hatte er jemals von Caroline Gill gewußt? Von ihren geheimen Wünschen und Träumen? Nichts. Überhaupt nichts. Und sie hatte es gewußt, seit Jahren schon, von dem Moment der Beerdigung an, als sich der Kreis um sein Leben geschlossen und sie außerhalb gestanden hatte. Und doch hatte Caroline im tiefsten Inneren den dummen, romantischen Gedanken aufrechterhalten, daß David Henry sie einst so gut gekannt hatte, wie niemand anders es je tun würde. Aber es war nicht wahr. Er hatte nicht einmal einen Bruchteil von ihr gesehen.

Fünf Häuserblocks hatte sie nun schon hinter sich gelassen. Es hatte angefangen zu regnen. Ihr Gesicht, ihr Mantel und ihre Schuhe waren naß. Die kühle Nacht hatte von ihr Besitz ergriffen, war zu ihrem Körper vorgedrungen. An einer Kreuzung hielt quietschend ein Bus der Linie 61B. Sie rannte, um ihn noch zu erwischen, setzte sich auf einen der kaputten Plastiksitze und fuhr sich durch die Haare. Scheinwerfer, Neonlichter und das verschwommene Rot der Rückleuchten bewegten sich hinter der Scheibe. Der Bus schlängelte sich durch die Straßen und beschleunigte, als er den dunklen Abschnitt des Parks erreichte, den langgestreckten Berg. An der Regent-Square-Station stieg sie aus. Aus einer Kneipe war anschwellendes Gemurmel und Geschrei zu hören, und durch die Scheibe erkannte sie schemenhaft die Spieler, die sie früher am Tag gesehen hatte – mit Biergläsern in der Hand und jubelnden Posen saßen sie nun um den Fernseher versammelt. Die Jukebox warf neonblaue Lichtstreifen auf den Arm der Kellnerin, als sie sich vom Tisch, der nah beim Fenster stand, abwandte. Caroline hielt inne, der innere Aufruhr hatte sich plötzlich gelegt, hatte sich in der Frühlingsnacht aufgelöst wie morgendlicher Nebel. Mit einemmal spürte sie ihre Einsamkeit. In der Kneipe kamen Männer zusammen, um gemeinsam einer Sache nachzugehen, und die Menschen, die neben ihr auf dem Gehsteig entlanggingen, steuerten Orte an, die jenseits ihrer Vorstellungskraft lagen.

Tränen stiegen ihr in die Augen. Der Fernsehbildschirm flackerte, und eine weitere Welle des Gelächters drang nach außen. Caroline riß sich los, rempelte eine Frau mit einer Einkaufstüte voller Lebensmittel an und sprang über einen kleinen Fastfood-Müllberg, den jemand auf dem Gehweg hinterlassen hatte. Weiter den Berg hinunter in die Allee, die zu ihrem Haus führte, leiteten sie die Lichter der Stadt zu den Menschen, die ihr vertraut waren: zu den O'Neills, wo ein goldener Schimmer sich über den Hornstrauch legte, zu den Soulards mit ihrem dunklen Gartenabschnitt und schließlich zum Rasen der Margolis, wo im Sommer die Mondblumen wild den Hang hinaufwuchsen, schön und ungeordnet. Wie Stufen führten die Häuser in einer Reihe den Berg hinunter, bis schließlich ihr eigenes kam.

In der Allee blieb sie stehen und blickte auf das große, schmale Gebäude. Sie war sich sicher, daß sie die Jalousien geschlossen hatte, aber nun waren sie offen und boten einen freien Blick ins Eßzimmer. Der Kronleuchter strahlte über dem Tisch, auf dem Phoebe ihr Nähgarn ausgebreitet hatte. Über den Webstuhl gebeugt, zog sie das Schiffchen vor und zurück, ruhig und konzentriert. Rain hatte sich auf ihrem Schoß zusammengerollt wie ein schlaffer orangefarbener Ball. Caroline betrachtete ihre Tochter, die so verletzlich schien, die so schutzlos der Welt ausgesetzt war, die um sie tobte. Plötzlich wurde sie einer Bewegung weiter hinten im Haus gewahr, eines Schattens, der durch die Verandatür ins Wohnzimmer huschte.

Caroline hielt den Atem an, war unruhig, wenn auch noch nicht beunruhigt. Dann nahm der Schatten Form an, und sie atmete auf. Es war kein Fremder, sondern Al, der etwas früher von seiner Tour zurückgekehrt war und jetzt durchs Haus tapste. Sie war überrascht, und gleichzeitig war ihr auf merkwürdige Weise wohl. Al hatte zuletzt mehr Jobs angenommen und war häufig zwei Wochen hintereinander fort gewesen. Aber nun war er da: Er war nach Hause gekommen. Hatte die Jalousien geöffnet und ihr diesen genußvollen Moment geschenkt, diesen Wimpernschlag ihres Lebens, festgehalten in diesen Mauern, eingefaßt von der Anrichte, die sie ausgebessert hatte, dem Feigenbaum, den sie nicht hatte fällen können, und den Fenstern und Wänden, die sie all die Jahre so liebevoll geputzt hatte. Phoebe hob den Kopf von ihrer Arbeit und starrte aus dem Fenster auf den grünen nassen Rasen, ohne etwas zu sehen. Ihre Hand strich über den weichen Rücken der Katze. Al schritt mit einer Tasse Kaffee in der Hand durch den Raum. Er stellte sich neben sie und wies mit der Tasse auf das Kleidungsstück, das sie wob.

Es regnete nun stärker, Carolines Haar war patschnaß, aber sie rührte sich nicht. Die Leere, die sie außerhalb der Kneipe gefühlt hatte, wurde durch den Anblick ihrer Familie verscheucht. Regen prasselte auf ihre Wangen und lief an den Fensterscheiben herunter, perlte an ihrer guten Wolljacke ab. Sie streifte ihre Handschuhe ab und kramte in der Handtasche nach ihrem Schlüssel, bis ihr einfiel, daß die Tür gar nicht verschlossen sein würde. Während die Autos nimmermüde die Nationalstraße heraufbrausten und ihre Fernlichter sich in den dichten Fliederbüschen verfingen, die sie vor einigen Jahren als Setzlinge gepflanzt hatte, hielt Caroline in der Dunkelheit des Gartens noch einmal inne. Dies war ihr Leben. Nicht das Leben, von dem sie einst geträumt hatte, kein Leben, das sie sich als junge Frau vorgestellt oder erbeten hatte. Sondern das Leben, das sie lebte, in all seiner

Komplexheit – ihr Leben. Bedächtig und behutsam hatte sie es sich aufgebaut, und es war gut. Sie schloß ihre Handtasche wieder. Ging die Stufen herauf, drückte die Hintertür auf – und war zu Hause.

16. Kapitel

März 1982

Sie war Professorin für Kunstgeschichte an der Carnegie-Mellon-Universität und fragte ihn etwas über Form. »Was ist Schönheit?« wollte sie wissen, während sie ihm die Hand auf den Arm legte und ihn über den schimmernden Boden aus Eichenholz führte, zwischen den weißen Wänden hindurch, an denen seine Bilder hingen. Könne man die Schönheit in der Form finden? Den Sinn? Als sie sich zu ihm wandte, fiel ihr das Haar ins Gesicht. Mit einer Handbewegung klemmte sie es sich wieder hinters Ohr.

Er blickte zu ihr hinunter, schaute auf die weiße Strähne in ihrem Haar und in ihr glattes, blasses Gesicht.

»Schnittpunkte«, sagte er sanft und schaute wieder dorthin, wo Caroline stand und ein Bild von Norah am Strand betrachtete. Er war erleichtert, sie immer noch in der Nähe zu wissen, und es kostete ihn Mühe, sich wieder der Professorin zuzuwenden. »Ich bin auf der Suche nach Konvergenz – ich verfolge keinen theoretischen Ansatz. Ich fotografiere das, was mich berührt, was mich bewegt.«

»Niemand kommt ohne jedwede Theorie aus«, erwiderte sie. Doch dann hörte sie auf zu fragen, ihre Augen verengten sich, und sie biß sich kaum merklich auf die Unterlippe. Zwar konnte er ihre Zähne nicht sehen, aber er stellte sie sich aufrecht, weiß und eben vor. Der Saal drehte sich um ihn, Stimmen erhoben sich und schwollen wieder ab, und in einem kurzen Moment der Stille spürte er, wie sein Herz raste; noch immer hielt er den Briefumschlag in der Hand, den Caroline ihm gegeben hatte. Sein Blick streifte erneut durch den Raum – gut, sie war noch immer da –, und er schob den

Umschlag sorgsam in die Tasche seines Jacketts; seine Hände zitterten leicht.

Ihr Name sei Lee, sagte die dunkelhaarige Frau nun. Sie würde eine Kritik über seine Ausstellung schreiben. David nickte und hörte nur mit halbem Ohr hin. Lebte Caroline in Pittsburgh, oder hatte sie nur ein Plakat über die Ausstellung gesehen und war von woanders hierhergekommen – von Morgantown, Columbus oder Philadelphia? Aus all jenen Orten hatte sie ihm Briefe geschrieben, und dann war sie plötzlich aus diesem anonymen Publikum hervorgetreten, hatte ausgesehen wie immer und war doch auf eine bestimmte Weise viel älter, aufrechter und unerschrockener Von der Zartheit ihrer Jugend war nichts mehr zu sehen. »David, erkennst du mich nicht?« Er hatte sie erkannt, auch wenn er diese Erkenntnis nicht an sich heranlassen wollte.

Er suchte den Saal nach ihr ab und sah sie nicht mehr – ein Anflug von Panik ergriff ihn. Sie war den weiten Weg gekommen, sie hatte versprochen zu bleiben; sie würde sicher nicht einfach gehen. Jemand schritt mit einem Tablett voller Champagnergläser vorüber, und er nahm sich eins. Der Kurator tauchte wieder auf und stellte ihn den Sponsoren der Ausstellung vor. David bemühte sich, Intelligentes von sich zu geben, aber er dachte noch immer an Caroline, hoffte sie irgendwo am Ende des Saals auszumachen. Er hatte sie zurückgelassen in dem Glauben, daß sie auf ihn warten würde, aber nun erinnerte er sich mit Sorge an den lange zurückliegenden Morgen der Beerdigung, als Caroline in ihrem roten Mantel abseits gestanden hatte. Er rief sich die kühle Frühlingsluft und den sonnigen Himmel ins Gedächtnis und wie Paul unter der Decke in seiner Trage strampelte. Er erinnerte sich daran, wie er sie hatte gehen lassen.

»Entschuldigen Sie mich«, murmelte er und unterbrach den Redner. Entschlossen lief er über den harten Holzboden ins Foyer, wo er stehenblieb und sich umdrehte, um noch einmal die Menge abzusuchen. Jetzt, wo er sie nach all diesen Jahren gefunden hatte, würde er sie bestimmt nicht wieder gehen lassen.

Aber sie war fort. Hinter den Fenstern leuchteten die Lichter der Stadt verführerisch, wie Pailletten verteilten sie sich auf den sich in sanften Wellenlinien erstreckenden Bergen. Irgendwo ganz in der Nähe machte Caroline Gill den Abwasch, schrubbte den Boden und hielt kurz inne, um aufzuschauen. Verlust und Kummer – wie Wellen rauschten sie durch seinen Körper, so mächtig, daß er sich an die Wand lehnte, seinen Kopf sinken ließ und gegen starke Übelkeit ankämpfte. Seine Emotionen waren übertrieben, unverhältnismäßig – immerhin hatte er all die Jahre vor sich hin gelebt, ohne Caroline Gill zu Gesicht zu bekommen. Er atmete tief durch, ging das Periodensystem durch, Silber, Kadmium, Indium, aber er konnte sich nicht beruhigen, seine Gefühle nicht zur Ordnung rufen.

David griff in seine Jackentasche und zog den Umschlag hervor, den sie ihm gegeben hatte. Vielleicht hatte sie eine Adresse hinterlassen, eine Telefonnummer. Im Umschlag befanden sich zwei Fotos, deren Farben langsam verblaßten und ins Graue übergingen. Auf dem ersten war Caroline zu sehen, sie lächelte und legte den Arm um das Mädchen neben ihr, das ein steifes, tailliertes blaues Kleid mit einer Schärpe trug. Sie standen im Freien vor der Mauer eines Hauses, und das Sonnenlicht bleichte die Szene etwas aus. Das Mädchen war kräftig; das Kleid stand ihr gut, ließ sie aber nicht anmutig erscheinen. Ihr Haar fiel in weichen Wellen an ihrem Gesicht hinab, sie lächelte fröhlich, und ihre Augen waren in ihrer Freude, in die Kamera oder auf die Person dahinter zu sehen, fast geschlossen. Ihr Gesicht war offen, schien sanft, und es war vielleicht nur der Winkel der Kamera, der ihre Augen leicht nach oben gerichtet erscheinen ließ. »Phoebes Geburtstag«, hatte Caroline auf die Rückseite geschrieben. »Süße Sechzehn.«

Er schob das erste Foto hinter das zweite, jüngere. Wieder sah man Phoebe, diesmal spielte sie Basketball. Sie war im Begriff, auf den Korb zu werfen, ihre Füße hoben gerade vom Asphalt ab. Basketball – der Sport, dem Paul sich verweigerte. David schaute auf die Rückseite, sah sich den Umschlag noch einmal genau an, aber er fand keine Adresse. Er kippte seinen Champagner herunter und setzte sein Glas auf einem der Marmortische ab. Die Galerie war noch immer gut gefüllt, man hörte das Stimmengewirr der Gäste. David blieb im Eingang stehen und sah dem Treiben einen Moment mit unbeteiligter Neugier zu, als wäre er zufällig hier hereingestolpert, als hätte all das nichts mit ihm zu tun. Dann wandte er sich ab und trat hinaus in die milde, kühle, regenfeuchte Luft. Er steckte Carolines Umschlag mit den Fotos in seine Brusttasche und schritt einfach drauflos, ohne zu wissen, wohin.

Oakland, wo er aufs College gegangen war, hatte sich verändert und war doch, wie es immer gewesen war. Forbes Field – wo er so viele Nachmittage mit gekrümmtem Rücken auf der Zuschauertribüne gesessen hatte, in der Sonne gebraten, gejubelt hatte, wenn die Schläger krachten und die Bälle über das weite grüne Feld in die Höhe flogen – gab es nicht mehr. Ein neues Universitätsgebäude, quadratisch und häßlich, erhob sich dort in den Himmel, wo einst der Jubel von Tausenden von Menschen erklungen war. Er blieb kurz stehen und wandte sich der Cathedral of Learning zu, diesem schmalen grauen Monolith – ein Schatten vor dem Nachthimmel –, um die Orientierung wiederzufinden.

Er ging weiter. Die dunklen Straßen der Stadt entlang, an den Menschen vorbei, die gerade aus den Restaurants oder Theatern strömten, immer weiter. Er dachte nicht wirklich darüber nach, wo er hinging, obwohl es ihm klar war. Er sah, daß dieser Moment, in dem er Caroline seine Tochter übergeben hatte, ihn all die Jahre gefangengehalten, gebannt hatte. Sein Leben drehte sich um diese eine Handlung: das neugeborene Kind in den Armen – und dann reichte er es hinüber, um es wegzugeben. Es war, als hätte er in all diesen Jahren fotografiert, um einem anderen Moment eine ähnliche Bedeutung oder mehr Gewicht zu verleihen. Er hatte versuchen wollen, die dahinrauschende Welt, den Fluß der Ereignisse zu bremsen, aber das war natürlich nicht möglich gewesen.

Er ging weiter, aufgewühlt, immer wieder mit sich selbst redend. Was so lange in seinem Herzen stillgehalten hatte, war durch die Begegnung mit Caroline wieder in Bewegung geraten. Er dachte an Norah, die eine eigenständige und starke Frau geworden war, die mit einnehmender Selbstsicherheit um Firmengelder warb und nach Wein und Regen riechend von Geschäftsessen wiederkam, Spuren des Lachens, Triumphs und Erfolgs noch immer auf ihrem Gesicht. Sie hatte mehr als eine Affäre gehabt über die vergangenen Jahre, das wußte er, und ihre Geheimnisse, wie sein eigenes, hatten eine Mauer zwischen ihnen gebildet. Manchmal, abends, sah er für den Bruchteil einer Sekunde wieder die Frau in ihr, die er geheiratet hatte: Norah, wie sie den kleinen Paul auf dem Arm hält. Norah, ihre Lippen voll mit rotem Beerensaft, wie sie sich eine Schürze umbindet. Norah als blauäugige Reiseverkehrskauffrau, wie sie nächtelang über ihrer Buchhaltung brütet. Doch diese Seiten hatte sie wie Häute abgelegt, und nun lebten sie wie Fremde zusammen in ihrem großen Haus.

Paul litt darunter, soviel war klar. David hatte alles versucht, daß es ihm an nichts fehlte. Er hatte versucht, ein guter Vater zu sein. Sie hatten zusammen Fossilien gesammelt, hatten sie sortiert, mit Etiketten versehen und im Wohnzimmer ausgestellt. Wann immer es ging, hatte er Paul mit zum Angeln genommen. Doch sosehr er sich auch anstrengte, Paul ein reibungsloses Leben ohne Probleme zu ermöglichen, es blieb unumstößlich, daß David dieses Leben auf einer Lüge aufgebaut hatte. Er hatte seinen Sohn vor den Dingen bewahrt, unter denen er selbst als Kind gelitten hatte – vor Armut, Kummer und Sorgen. Und doch hatte gerade dieses Bemühen Folgen gezeitigt, die David niemals vorhergesehen hatte. Die Lüge hatte sich wie ein Felsklotz zwischen sie gestellt, war immer weiter gewachsen und hatte sie genötigt, sich selbst unnatürlich zu entwickeln – Bäumen gleich, die sich um Gesteinsbrocken ranken.

Die Straßen liefen zusammen und trafen in merkwürdigen Winkeln aufeinander, je näher die immer schmaler werdende Stadt der Stelle kam, wo die beiden großen Flüsse, der Monogahela und der Allegheny, sich trafen. Ihr Zusammenfluß formte den Ohio, der bis nach Kentucky und noch weiter floß, bis er sich in den Mississippi ergoß und dort verschwand. David ging bis an den äußersten Rand dieser Stelle. Als junger Mann, als Student, war er häufig hierhergekommen, hatte am Uferrand gestanden und sich angesehen, wie die beiden Flüsse sich vereinten. Ab und zu hatte er hier seine Fußspitzen über die dunkle Haut des Wassers gehalten und sich gefragt, wie kalt dieses Wasser wohl sein könnte, ob er genug Kraft hätte, zu einem der beiden Ufer zu schwimmen, wenn er hineinfiele. Heute, genau wie damals, pfiff der Wind durch den Stoff seines Anzugs, und zwischen seinen beiden Fußspitzen schaute er zu, wie der Fluß sich bewegte. Er trat ein Stück vor und veränderte die Perspektive. Das wäre ein gutes Bild gewesen. Aber er hatte seine Kamera im Hotelsafe gelassen.

Weit unten sprudelte das Wasser, schäumte weiß vor der Betonschräge, brandete auf. Wenn er fiele oder spränge und sich nicht schwimmend retten könnte, würden sie folgendes finden: eine Armbanduhr, auf deren Rückseite der Name seines Vaters eingraviert war, sein Portemonnaie mit 200 Dollar in bar, seinen Führerschein, einen Kieselstein aus dem Fluß nahe seines Elternhauses, den er seit dreißig Jahren mit sich trug. Und die Fotos, umschlossen vom Umschlag, der sich in seiner Brusttasche befand.

Zu seiner Beerdigung würden viele Menschen kommen – der Leichenzug würde sich über mehrere Häuserblocks erstrecken.

Doch die Nachricht von seinem Tod würde nicht über die Stadt hinausgehen. Caroline würde es möglicherweise nie erfahren. Genausowenig würde sich die Nachricht bis dorthin verbreiten, wo er geboren war. Und selbst wenn, würde niemand etwas mit seinem Namen anfangen können.

Der Brief hatte schon auf ihn gewartet, als er eines Tages aus der Schule kam. Niemand sprach ein Wort, aber alle schauten ihn an. Sie wußten, was es war – der Stempel der Universität Pittsburgh war deutlich zu sehen. Er nahm den Umschlag mit nach oben und legte ihn auf seinen Nachttisch; er war zu aufgeregt, ihn zu öffnen. Er erinnerte sich des grauen, eintönigen Himmels an diesem Nachmittag, der nur von dem blattlosen Zweig einer Ulme durchbrochen wurde.

Zwei Stunden sah er nicht nach. Dann tat er es, und die Nachricht hätte nicht besser sein können. Man hatte ihn an der Universität angenommen. Er saß auf der Bettkante, benommen von der frohen Kunde und doch zu mißtrauisch – wie er es immer sein würde, sein ganzes Leben hindurch –, um wirklich Freude zuzulassen. »Es freut mich, Ihnen mitteilen zu dürfen ...«

Doch dann bemerkte er den Irrtum, die dumpfe Wahrheit kroch in ihm herauf und machte sich genau dort breit, wo er sie erwartet hatte, in jenem Hohlraum unter seinen Rippen: Es war nicht sein Name, der im Brief stand. Die Adresse stimmte, auch jedes weitere Detail, vom Geburtsdatum bis zur Sozialversicherungsnummer, auch die beiden ersten Namen, David nach seinem Vater, Henry nach seinem Großvater, entsprachen der Wahrheit, waren akkurat von einer Sekretärin eingetippt worden, die vielleicht von einem Anruf oder einem Studenten unterbrochen worden war. Oder es war einfach nur die milde Frühlingsluft gewesen, die sie von ihrer Arbeit aufsehen und vom Abend hatte träumen lassen

– wie ihr Verlobter sie mit einem Blumenstrauß überraschen und ihr Herz dabei schneller schlagen würde. Dann knallte eine Tür. Sie hörte Schritte, ihren Chef. Sie schrak auf, sammelte sich und kehrte in die Gegenwart zurück. Blinzelnd drückte sie die Absatztaste und widmete sich wieder ihrer Arbeit.

»David Henry« hatte sie schon getippt, richtigerweise. Doch der Nachname, McCallister, war verschwunden.

Er hatte es nie jemandem erzählt. Er hatte sich am College eingeschrieben, und niemand hatte es je erfahren. Im Grunde war es ja sein Name. Das änderte jedoch nichts daran, daß David Henry eine andere Person war als David Henry McCallister. Und es war ihm klar, daß er als David Henry aufs College gehen mußte, als ein Mensch ohne Geschichte, ohne die Bürde der Vergangenheit. Als ein Mensch, der die Chance bekommt, von vorn anzufangen.

Und genau das hatte er getan – der Name hatte es möglich gemacht. In gewisser Weise hatte der Name es sogar verlangt. Dieser Name schien ihm stark, er erinnerte an die alten Patrizierhäuser. Nicht zuletzt hatte es Patrick Henry gegeben, einen Staatsmann und großen Redner. Am Anfang hatte er sich während der Gespräche immer etwas seekrank gefühlt – Gespräche, bei denen er von Menschen umgeben gewesen war, die reicher waren und Beziehungen hatten, von Menschen, die sich völlig wohl fühlten in der Welt, der er verzweifelt anzugehören versuchte. Dann spielte er manchmal ganz beiläufig auf eine entfernte, aber wichtige Verwandtschaft an und brachte ein paar falsche Vorfahren ins Spiel, um – diese hinter sich wissend – ihren Beistand zu borgen.

Das war das, was er Paul hatte bieten wollen. Einen Platz in der Welt, den niemand in Frage stellte.

Das Wasser zwischen seinen Füßen war braun, an den Rändern zeichnete sich weißer Schaum ab. Der Wind wurde stärker, und seine Haut wurde so durchlässig wie sein Mantel. Er drang bis in sein Blut, das sprudelnde Wasser blitzte, kam näher, und plötzlich spürte er etwas Säuerliches in seiner Kehle, kniete nieder, unter seinen Händen die kalten Steine, und übergab sich in den wilden grauen Fluß, würgte, bis der Körper nichts mehr hervorbrachte. Lange Zeit kauerte er dort in der Dunkelheit. Schließlich stand er auf, ganz langsam, wischte sich mit dem Handrücken den Mund ab und ging zurück in Richtung Stadt.

*

Die ganze Nacht saß er an der Greyhound-Endhaltestelle, döste weg und schreckte wieder hoch. Am Morgen nahm er den ersten Bus zu seinem Elternhaus nach West Virginia und fuhr noch weiter in die Berge hinein, die ihn umschlossen wie eine Umarmung. Nach sieben Stunden hielt der Bus, wo er immer gehalten hatte, an der Ecke zwischen Main und Vine. Dann röhrte er davon und ließ David Henry vor dem kleinen Lebensmittelladen zurück. In den Straßen war es still, Zeitungspapier flatterte an einem Telefonmast, und Unkraut wuchs aus den Rissen im Gehsteig heraus. Er hatte in diesem Laden gearbeitet, um sein Zimmer bezahlen zu können und über die Runden zu kommen. Das kluge Kind war aus den Bergen zum Lernen hierhergekommen und hatte über den Krach des Verkehrs und der Hupen gestaunt, über die einkaufenden Hausfrauen, über die Schulkinder, die sich am Brunnen tummelten, um Brause zu kaufen, über die Männer, die sich am Abend trafen, um Karten zu spielen, Tabak auszuspucken und sich mit Geschichten die langsam verstreichende Zeit zu vertreiben. Aber all dies gab es nun nicht mehr. Schwarz-rote Graffiti waren über die mit Sperrholz verriegelten Fenster geschmiert worden und unleserlich in den Fasern verblichen.

Der Durst war wie ein Feuer in Davids Kehle. Auf der gegenüberliegenden Straßenseite spielten zwei Männer mittleren Alters auf der Veranda Dame. Der eine war kahl, der andere hatte dünnes grauen Haar, was ihm bis zu den Schultern herabhing. Sie hoben den Blick, neugierig, mißtrauisch, und für einen Augenblick sah David sich so, wie sie ihn sehen mußten – seine Hose voller Flecken und Falten, sein Hemd einen Tag und eine Nacht am Leib, seine Krawatte verschwunden, seine Haare plattgedrückt vom unruhigen Schlaf im Bus. Er hatte hier nichts zu suchen. Er hatte hier nie etwas zu suchen gehabt. Im engen Raum über dem Laden waren die Bücher auf seinem Bett ausgebreitet gewesen. Er hatte solches Heimweh gehabt, daß er sich nicht hatte konzentrieren können. Und doch nahm die Wehmut nicht ab, wenn er wieder in die Berge zurückkehrte. In dem kleinen Schindelhaus seiner Eltern, das massiv in den Berg gebaut war, zogen sich die Stunden in die Länge, wurden gemessen durch das Klopfen der väterlichen Pfeife am Stuhl, durch das Seufzen seiner Mutter und durch die Regungen seiner Schwester. Es gab das Leben jenseits des Flusses und das Leben diesseits des Flusses, doch die Einsamkeit öffnete sich ihm überall wie eine dunkle Blume.

Er nickte den Männern zu, drehte sich um und spürte ihre Blicke, als er losschritt.

Ein leichter Regen setzte ein, fein wie Nebel. Er ging zu Fuß, obwohl seine Beine schmerzten. Er dachte an sein helles Büro, das ein halbes Leben, ja Lichtjahre entfernt war. Es war schon später Nachmittag. Norah war jetzt noch bei der Arbeit, und Paul saß wahrscheinlich in seinem Zimmer und ließ seiner Einsamkeit und seiner Verbitterung in der Musik freien Lauf. Sie erwarteten ihn heute abend zurück, aber er würde nicht kommen. Er würde sie später anrufen müssen, sobald er wußte, was er vorhatte. Genausogut könnte er jetzt in den Bus steigen und sich sofort auf den Heimweg machen, darüber war er sich im klaren. Aber es schien ihm unmöglich, daß jenes Leben in derselben Welt existierte wie dieses.

Der holprige Bürgersteig wurde am Stadtrand immer häufiger von Rasenflächen unterbrochen, es ergab sich ein alternierendes Muster, das etwas von einem Morsecode hatte. Intervallweise setzte es aus, bis es schließlich gar nicht mehr zu sehen war. Am Rande der engen Straße flossen seichte Bachläufe, die er mit Seerosen bedeckt in Erinnerung hatte, einer sich aufstauenden orangefarbenen Masse, die wie Flammen über das Wasser trieb. Er steckte seine Hände unter die Arme, um sie zu wärmen. Hier herrschte noch eine andere Jahreszeit. Von der Pittsburgher Milde, dem warmen Regen und dem Flieder keine Spur. Eine Schneekruste krachte unter seinem Fuß. Er kickte die schwarzen Ränder in den Graben, wo weiterer Schnee lag, mit Spuren von Gräsern und Rollsplitt.

Endlich erreichte er die Bundesstraße. Die rasenden Autos drängten ihn an den gräsernen Seitenstreifen und bespritzten ihn mit Schneematsch. Dies war einmal eine ruhige Straße gewesen, man hatte die Autos schon gehört, bevor sie überhaupt zu sehen waren, Kilometer entfernt, und meistens war ein vertrautes Gesicht hinter der Windschutzscheibe gewesen, der Wagen wurde langsamer, hielt an, und die Tür öffnete sich, damit er einstieg. Man kannte ihn, kannte die Familie, und nach dem kurzen Smalltalk – »Wie geht's deiner Mama, wie geht's deinem Papa, wie ist die Ernte im Garten dieses Jahr?« – setzte ein Schweigen ein, bei dem Fahrer und Mitfahrer sich wohl überlegten, was noch gesagt und nicht gesagt werden durfte zu diesem klugen Jungen, der ein Stipendium erhalten hatte, zu dem Jungen mit der Schwester, die zu krank war, um zur Schule zu gehen. In den Bergen, vielleicht auf der ganzen Welt, gab es jene Theorie des Ausgleichs, die besagt, daß jedes Geschenk, das man erhält, mit einem Verlust einhergeht. »Du bist zwar der Klügere von euch beiden, dafür hat dein Cousin mehr Glück mit dem Aussehen gehabt.« Komplimente, verführerisch wie Blumen, ihre Kehrseiten gleichwohl dornig: Du bist vielleicht klug, dafür bist du aber auch ziemlich häßlich; du siehst zwar gut aus, aber ein Gehirn haben sie dir nicht gegeben. Die Abgeltung und Balance des Universums. David hörte bei allen Bemerkungen über sein Studium immer einen Vorwurf heraus – daß er sich zuviel genommen, alles an sich gerissen hätte –, und im Wagen oder im Truck breitete sich dann ein Schweigen aus, das schon bald nicht mehr von einer menschlichen Stimme gebrochen werden zu können schien.

Die Straße verlief in Schlangenlinien. June hatte sie »die tanzende Straße« genannt. Zu beiden Seiten wurden die Berge immer massiver, Wasserfälle stürzten herab, die Häuser wurden immer spärlicher und ärmer. Mobile Unterkünfte waren zu sehen, die im Berg prangten wie stumpfer Silberschmuck, in türkisen und gelben Farben, die zu einem hellen Braun ausblichen. Hier sah man den Bergahorn und den herzförmigen Felsen, die Kurve, an der drei weiße Kreuze in die Erde gerammt worden waren, geschmückt mit welken Blumen und verblichenen Bändern. Er drehte sich weg und folgte dem nächsten abzweigenden Weg, seinem Weg, nach oben. Der Pfad war zugewachsen und fast schon nicht mehr zu erkennen.

Er brauchte fast eine Stunde, um das alte Haus zu erreichen, das durch die Witterung ein weiches Grau angenommen hatte. Das Dach hing in der Mitte des Firstes etwas durch, und ein paar Dachziegel fehlten. David blieb stehen. Die Vergangenheit holte ihn so gewaltsam ein, daß er glaubte, er müsse sie nun alle wiedersehen, seine Mutter, wie sie die Treppe mit einem Kessel herunterkommt, um Wasser für die Wäsche zu holen, seine Schwester, wie sie auf der Veranda sitzt, im Hintergrund das Geräusch einer spaltenden Axt aus der nicht einsehbaren Ecke, wo sein Vater das Brennholz zerkleinert. Er war zum College gegangen, June war gestorben, und seine Eltern waren hier so lange geblieben, wie es möglich gewesen war, hatten sich geweigert, diesen Flecken Erde zu verlassen. Doch das Glück war nicht auf ihrer Seite gewesen. Sein Vater starb, viel zu jung, und seine Mutter verschlug es schließlich in den Norden, wohin sie mit der Aussicht auf eine Arbeit in den Automobilwerken zu ihrer Schwester gezogen war. Vom College aus war David genau zweimal hierher zurückgekehrt – seitdem nie wieder. Zu diesem Ort, der ihm so vertraut war wie der eigene Atem, der so weit von seinem Leben entfernt war wie der Mond.

Es wurde windiger. Er schritt die Treppe hinauf. Die Tür hing schief in den Angeln und ließ sich nicht mehr schließen. Die Luft war kühl und muffig. Es war ein einzelner Raum, dessen Schlafbereich auf dem Dachboden durch den durchhängenden Dachbalken gefährdet war. Die Wände waren von Schimmel befallen. Durch eine kleine Spalte erspähte er den Himmel. Er hatte seinem Vater geholfen, dieses Dach zu decken – der Schweiß war ihre Gesichter heruntergelaufen und hatte ihre Hände glitschig gemacht, gegen die Sonne hatten sie die Hämmer erhoben und auf das frisch gesägte, duftende Zedernholz herabfahren lassen.

Soweit David bekannt war, stand das Haus seit Jahren leer. Und doch sah er eine benutzte Pfanne auf dem alten Ofen, das kalte Fett zwar erstarrt, aber noch nicht ranzig, wie er bemerkte, als er sich kurz darüber beugte. In der Ecke stand ein altes eisernes Bett mit einer verschlissenen Steppdecke, wie sie seine Großmutter und Mutter noch genäht hatten. Der Stoff war kühl und fühlte sich ein wenig feucht an. Es gab keine Matratze – nur eine dicke Schicht von Bettüchern, die über ein paar Bretter in den Bettrahmen gelegt worden waren. Der Dielenboden war frisch gewischt worden, und auf der Fensterbank standen in einem Glas drei Krokusse.

Irgendwer lebte hier. Ein leichter Windzug strich durch den Raum und spielte mit den Scherenschnitten, die überall hingen – an der Decke, am Fenster, über dem Bett. David ging umher und begutachtete sie mit zunehmender Verwunderung. Ein bißchen ähnelten sie den papiernen Schneeflokken, die er in der Schule ausgeschnitten hatte, aber sie waren ungleich feiner und präziser, zeigten einzelne Szenen bis ins letzte Detail: einen Wochenmarkt, ein aufgeräumtes Wohnzimmer mit Kamin, ein Picknick mit Feuerwerk. So genau und akkurat, wie sie waren, verliehen sie dem alten Haus den

Charakter eines unergründlichen Geheimnisses. Er berührte den bogenförmigen Rand einer Heuwagenszene, in der die Mädchen Häubchen mit Spitzenborten trugen und die Jungen die Hosen bis zu den Knien umgekrempelt hatten. Riesenräder, fliegende Karussells, Autos auf Schnellstraßen, all dies hing über dem Bett und regte sich sacht, verletzlich wie Flügel.

Wer hatte die Schnitte mit all diesem Können und dieser Geduld angefertigt? Er dachte an seine Fotografien; wie er mit viel Mühe versuchte, jeden Moment einzufangen, festzuhalten, ihn zu verewigen. Doch wenn die Bilder in der Dunkelkammer Gestalt annahmen, waren es schon nicht mehr dieselben. Stunden, Tage waren dann vergangen, und er war zu einem geringfügig anderen Menschen geworden. Und trotzdem hatte er unbedingt den flatterhaften Schleier festhalten, die Welt packen wollen, während sie verschwand. Einmal und dann wieder und wieder.

Er setzte sich auf das harte Bett. In seinem Kopf hämmerte es noch immer. Er legte sich hin, zog die feuchte Decke zu sich hoch und blickte auf den leeren Tisch, den Ofen und das sanfte graue Licht in den Fenstern. Alles roch dumpf nach Schimmel. Die Wände waren mit Schichten von Zeitungspapier bedeckt worden, die begannen, sich abzulösen. Seine Familie war sehr arm gewesen; alle, die sie gekannt hatten, waren arm gewesen. Es war kein Verbrechen, aber genausogut hätte es eines sein können. Dies war der Grund, warum Dinge aufbewahrt wurden – alte Motoren, Blechbüchsen, Milchflaschen, die über die Wiesen und Berge verstreut lagen. Ein Zauberspruch für die Bedürfnisse, ein Ausweichmanöver vor den Wünschen. Als David zehn war, war ein Junge mit dem Namen Daniel Brinkerhoff in einen alten Kühlschrank gestiegen und drinnen erstickt. David erinnerte sich an die gedämpften Stimmen und an den Körper des Jungen, der in seinem Alter gewesen war, wie er in einer Hütte, ähnlich dieser hier, gelegen hatte, umstellt von brennenden Kerzen. Die Mutter hatte geschluchzt, und er hatte keinen Sinn in alldem gesehen. Er war zu jung gewesen, um Trauer verstehen, um die Macht des Todes begreifen zu können. Aber er erinnerte sich, was der verbitterte Vater, der gerade seinen Sohn verloren hatte, in Hörweite seiner Mutter vor dem Haus gesagt hatte: »Warum mein Kind, er war gesund, er war stark, warum nicht dieses kranke Kind, wenn schon überhaupt jemand, warum nicht sie?«

Er schloß seine Augen; es war unglaublich ruhig. Er dachte an all die Geräusche, die sein Leben in Lexington erfüllten, Schritte und Stimmen in den Gängen, das schrille Klingeln des Telefons in seinen Ohren, sein Notrufgerät, das zwischen die Töne des Autoradios funkte, und zu Hause immer die Musik, Pauls Gitarre und Norah am Telefon, das Kabel einmal um ihr Handgelenk gewickelt, während sie mit den Kunden telefonierte. Mitten in der Nacht dann noch weitere Anrufe, wenn er im Krankenhaus gebraucht wurde, wenn er kommen mußte. Dann stand er auf, in der Dunkelheit und Kälte, und eilte herbei.

Hier war es anders. Hier hörte man nur das Rauschen der welken Blätter im Wind und in der Ferne das Gurgeln des Wassers unter der Eisdecke des zugefrorenen Baches. Ein Ast schlug gegen die Außenwand. Frierend bog er sich in die Höhe, damit er die Decke unter sich hervorziehen und sich zudecken konnte. Die Fotos in seiner Brusttasche stachen in seine Brust, so daß er sich umdrehte und die Decke noch fester an sich zog. Die Kälte und die Auswirkungen der Reise ließen ihn noch ein paar Minuten zittern, und wenn er die Augen schloß, dachte er an die beiden zusammentreffenden Flüsse, die sich vereinten, an das schwarze, sprudelnde Wasser. Nicht zu fallen, sondern zu springen – das war es, was kurz in der Luft gelegen hatte.

Er schloß seine Augen. Nur für ein paar Minuten, um sich auszuruhen. Mit dem Geruch von Muff und Schimmel vermengte sich auch ein anderer, der Duft nach etwas Lieblichem,

Süßlichem. Seine Mutter hatte in der Stadt Zucker gekauft, und fast konnte er seinen Geburtstagskuchen schmecken, gelb und üppig, so reich und süß, daß es schien, als würde er in seinem Mund explodieren. Er sah die Nachbarn von unten, hörte die Stimmen, die durch den Hohlraum nach oben drangen, sah die Kleider der Frauen, in bunten und fröhlichen Farben, wie sie das hohe Gras streiften. Die Männer in ihren dunklen Hosen und Stiefeln, die Kinder, wie sie wild im Garten umherliefen und schrien. Und später kamen sie alle zusammen, es wurde Eiskrem gemacht, die in Salzlake unter der Veranda gelagert wurde, bis sie hartgefroren war, man den eisigen Metalldeckel öffnete und das kalte süße Eis in die Schüsseln häufte.

Vielleicht hatte dieser Eiskrem-Tag nach Junes Geburt stattgefunden, vielleicht nach ihrer Taufe. June war genau wie alle anderen Babys gewesen, ihre kleinen Hände hatten in der Luft gezappelt und sein Gesicht gestreift, wenn er sich zu ihr heruntergebeugt hatte, um sie zu küssen. In der Hitze dieses Sommertags hatten sie gefeiert und Eis unter der Veranda gekühlt. Der Herbst kam, der Winter, und June konnte und konnte sich nicht aufrichten. Schließlich nahte ihr erster Geburtstag, und sie war zu schwach, um sich auch nur wenige Meter zu bewegen. Wieder wurde es Herbst, und eine Cousine kam mit ihrem Sohn zu Besuch, der im gleichen Alter war, und er rannte durch die Zimmer und quasselte drauflos, während June noch immer dasaß und still die Welt betrachtete. An diesem Tag wußten sie, daß etwas nicht stimmte. Er erinnerte sich daran, wie seine Mutter den kleinen Jungen anschaute und ihr eine lange Zeit still die Tränen die Wangen herunterliefen, bis sie schließlich tief Luft holte und ins Zimmer zurückkehrte. Dies war der Kummer, den er immer schon mit sich getragen hatte, schwer wie ein Stein in seinem Herzen. Dies war der Kummer, den er Norah und Paul hatte ersparen wollen – um damit noch viel mehr Kummer hervorzurufen.

»David«, hatte seine Mutter an diesem Tag gesagt, während sie sich flink die Tränen trocknete, weil sie nicht wollte, daß er sie weinen sah. »Nimm diese Zeitungen vom Tisch, und hol draußen Kaminholz und Wasser. Und bitte sofort. Mach dich mal nützlich.«

Und das hatte er getan. Sie hatten alle durchgehalten, diesen Tag und jeden weiteren. Sie hatten sich von allen zurückgezogen und trafen keine anderen Leute, außer zu seltenen Gelegenheiten wie Taufen oder Beerdigungen, bis zu dem Tag, an dem Daniel Brinkerhoff im Kühlschrank gestorben war. Mitten in der Nacht kamen sie von der Totenwache zurück und gingen den finsteren Weg am Bachlauf aus dem Gedächtnis entlang. June lag in den Armen seines Vaters, und seine Mutter hatte die Berge nie wieder verlassen, bis zu dem Tag, an dem sie nach Detroit zog.

»Denk bloß nicht, daß du dich irgendwie nützlich machen kannst«, sagte eine Stimme, und David, der im Halbschlaf war und nicht wußte, ob er träumte oder wirklich Stimmen im Wind hörte, bewegte sich, als man an seinen Handgelenken zerrte, und fuhr sich mit seiner Zunge über die Oberlippe. Ihr Leben war anstrengend, die Tage waren lang und voller Arbeit, und es gab keine Zeit, keine Geduld für den Kummer. Das Leben mußte weitergehen, das war die einzige Devise, und da June nicht dadurch zurückkehren würde, daß sie über sie sprachen, redeten sie nicht mehr von ihr. David drehte sich auf die andere Seite, und seine Handgelenke schmerzten. Dann schreckte er hoch und blickte verschlafen im Raum herum.

Sie stand am Herd, nur ein, zwei Meter entfernt, eine olivfarbene Arbeitshose saß eng um ihre schmalen Hüften und wurde an den Oberschenkeln etwas weiter. Sie trug einen Pullover, dessen Rostbraun von hellen orangefarbenen Streifen durchzogen wurde, darüber ein grün-schwarz kariertes Männerflanellhemd. Die Fingerspitzen ihrer Handschuhe waren abgeschnitten, und sie machte sich flink am Herd zu schaffen, indem sie ein paar Eier aufschlug.

Draußen war es mittlerweile dunkel – er hatte lange geschlafen. Kerzen waren über den ganzen Raum verteilt, die ihn in ein gelbes Licht tauchten. Die feinen Scherenschnitte bewegten sich sanft.

Das Fett spritzte, und die Hand des Mädchens schnellte nach oben. Ein paar Minuten lang lag er reglos da und beobachtete sie – jedes Detail stach hervor: die Griffe des schwarzen Herds, die seine Mutter geschrubbt hatte, die abgekauten Fingernägel des Mädchens und der Widerschein der Kerzen in den Fenstern. Sie griff nach Salz und Pfeffer auf dem Regal oberhalb des Herds, und es faszinierte ihn, wie das Licht auf ihrer Haut tanzte, auf ihrem Haar, wenn sie aus dem Schatten heraus und wieder in ihn hineintrat; ihn faszinierte der natürliche Fluß ihrer Bewegungen.

Seine Kamera hatte er im Hotelsafe gelassen.

Er versuchte sich aufzurichten, doch wieder hinderten ihn seine Handgelenke daran. Verwundert drehte er seinen Kopf zur Seite: Ein dünnes Halstuch aus Chiffon fesselte ihn an den einen der Bettpfosten, die Schnüre eines Wischmops an den anderen. Sie merkte, wie er sich regte, und drehte sich zu ihm, während sie mit einem Holzlöffel leicht auf die Innenseite ihrer Hand klopfte.

»Mein Freund wird jeden Augenblick hier sein«, verkündete sie.

David ließ seinen Kopf dumpf auf das Kissen zurückfallen. Sie war schmal, nicht älter als Paul, vielleicht sogar jünger, und lebte in diesem verlassenen Haus. Die erste gemeinsame Bude, dachte er und machte sich Gedanken über den Freund. Zum erstenmal wurde ihm klar, daß er vielleicht Angst haben sollte.

»Wie heißt du?«

»Rosemary«, sagte sie und sah plötzlich beunruhigt aus. »Das können Sie glauben oder nicht«, fügte sie hinzu.

»Rosemary«, wiederholte er und dachte an einen wohlriechenden Strauch, den Norah an einer sonnigen Stelle gepflanzt hatte, dessen Zweige voller duftender Nadeln hingen. »Ich frage mich, ob du so nett sein könntest, mich loszubinden?«

»Nein.« Ihre Stimme klang hastig und hell. »Auf keinen Fall.«

»Ich habe Durst«, sagte er.

Sie sah ihn einen Moment lang an – ihre Augen waren von einem kirschholzfarbenen Braun, warm und wachsam. Sie ging nach draußen, hinterließ einen kalten Luftzug im Raum, der die Scherenschnitte zum Flattern brachte, und kam mit einem mit Flußwasser gefüllten Metallbecher zurück.

»Danke«, sagte er. »Aber ich kann nicht im Liegen trinken.«

Eine Minute lang machte sie noch am Herd herum, wendete die brutzelnden Eier, dann kramte sie in einer Schublade und zog einen Plastikstrohhalm irgendeiner Fastfood-Kette hervor, der an einem Ende leicht verdreckt war. Sie steckte ihn in den Metallbecher.

»Ich gehe davon aus, daß du ihn benutzen wirst«, sagte sie. »Wenn du wirklich so durstig bist.«

Er brachte seinen Kopf in Position und sog; er war viel zu durstig, um mehr wahrzunehmen, als daß das Wasser einen staubigen Geschmack hatte. Sie schob das Rührei auf einen blauen Metallteller mit weißen Punkten und setzte sich an den Holztisch. Sie aß schnell und häufte das Rührei dabei mit ihrem linken Zeigefinger gekonnt auf eine Plastikgabel. Als wäre er gar nicht mit im Raum. In diesem Moment begriff er, daß der Freund eine Erfindung war und sie hier allein lebte.

Er trank so lange, bis der Strohhalm nichts mehr aufsog und das Wasser sich wie ein schmutziger Fluß in seiner Kehle sammelte.

»Dieses Grundstück gehörte einmal meiner Familie«, sagte er, als er ausgetrunken hatte. »Im Grunde gehört es noch immer mir. Die Übertragungsurkunde ist in einem Safe. Rein rechtlich gesehen, ist das Hausfriedensbruch.«

Sie lächelte auf seine Bemerkung hin und legte ihre Gabel sorgfältig in die Mitte des Tellers. »Sie sind also hierhergekommen, um Ihren Besitz zurückzufordern? Rein rechtlich gesehen?«

Das flackernde Licht spiegelte sich kurz in ihrem Haar und auf ihren Wangen. Sie war noch sehr jung, und doch war da etwas Stolzes und Starkes in ihr, etwas Einsames, doch Bestimmtes.

»Nein.« Er dachte an seinen merkwürdigen Ausflug, der mit einem gewöhnlichen Morgen in Lexington begonnen hatte. Paul, der ewig im Bad gebraucht hatte, Norah, noch vom Kaffeeduft umgeben, wie sie mit dem Scheckbuch gespielt hatte, als sie mit finsterer Miene zum Bankschalter gegangen war, dann die Ausstellung, der Fluß, und nun war er hier.

»Warum sind Sie dann gekommen?« fragte sie und schob den Teller in die Tischmitte. Ihre Hände waren rauh, ihre Fingernägel abgekaut. Er wunderte sich, wie diese Hände die feinen, komplexen Papierkunstwerke geschaffen haben sollten, die den Raum zierten.

»Ich heiße David Henry McCallister.« Sein wahrer Name, der so lange unausgesprochen geblieben war.

»Ich kenne keine McCallisters«, sagte sie. »Aber ich komme auch nicht hier aus der Gegend.«

»Wie alt bist du? So um die Fünfzehn?«

»Sechzehn«, verbesserte sie ihn. Dann sagte sie schnippisch: »Sechzehn, zwanzig oder vierzig – suchen Sie sich was aus.«

»Sechzehn«, wiederholte er. »Ich habe einen Sohn, der älter ist als du. Paul.« Einen Sohn, dachte er. Und eine Tochter.

»Tatsächlich?« sagte sie gleichgültig.

Sie griff wieder zur Gabel, und er sah ihr dabei zu, wie sie das Rührei sorgfältig kaute, und mit großer Macht schoß eine weitere Erinnerung in seinen Kopf, seine Schwester June betreffend, die auf dieselbe Art und Weise Rührei aß. Es war das Jahr gewesen, als sie gestorben war, und es war ihr immer schwerer gefallen, aufrecht am Tisch zu sitzen, doch sie hatte es trotzdem getan, jeden Abend das Abendessen mit ihnen eingenommen, der Lampenschein in ihrem blonden Haar, die langsamen und doch anmutigen Bewegungen ihrer Hände.

»Warum bindest du mich nicht los?« schlug er leise vor. »Ich bin nur ein Arzt. Völlig harmlos.«

»Gut.« Sie stand auf und trug ihren leeren blauen Teller zur Spüle.

Als sie sich umdrehte, um die Seife vom Regal zu nehmen, sah er sie im Profil und stellte bestürzt fest, daß sie schwanger war. Noch nicht sehr lange, vielleicht im vierten oder fünften Monat, schätzte er.

»Hör zu, ich bin wirklich Arzt. In meinem Portemonnaie ist meine Karte. Du kannst nachschauen.«

Sie antwortete nicht. Sie wusch ihren Teller und die Gabel ab und trocknete sich ihre Hände sorgfältig mit einem Handtuch. David dachte daran, wie seltsam es war, daß er an diesem Ort war, hier, wo er geboren worden und größtenteils aufgewachsen war; und wie seltsam es war, daß seine Familie vollständig verschwunden war und dieses Mädchen ihn ans Bett gefesselt hatte.

Sie durchquerte den Raum und zog ihm das Portemonnaie aus der Tasche. Den Inhalt breitete sie auf dem Tisch aus. Bargeld, Kreditkarten, verschiedenste Rechnungen und einzelne Notizzettel.

»Hier steht, daß Sie Fotograf sind«, sagte sie, während sie seine Karte im flackernden Licht las.

»Stimmt«, sagte er. »Auch. Aber such weiter.«

»Okay«, sagte sie einen Moment später, als sie seinen Personalausweis hochhielt. »Sie sind also Arzt. Na und? Welchen Unterschied macht das?«

Ihre Haare waren zu einem Pferdeschwanz nach hinten gebunden, einzelne Strähnen fielen ihr ins Gesicht. Sie klemmte sie hinters Ohr.

»Das heißt, daß ich dir nichts tun werde, Rosemary. Das ist das oberste Gebot: Füge niemandem Schaden zu.«

Sie schaute kurz und abwägend zu ihm herüber. »Das würden Sie immer sagen. Auch wenn Sie mir etwas antun wollten.«

Er musterte sie – das ungekämmte Haar und ihre klaren dunklen Augen. »Ich habe Fotos dabei«, sagte er. »Irgendwo hier …« Er verlagerte sich und spürte die spitze Kante des Briefumschlags durch den Stoff seiner Hemdtasche. »Nur zu. Sieh sie dir an. Es sind Bilder von meiner Tochter. Sie ist ungefähr in deinem Alter.«

Als sie ihre Hand in seine Tasche gleiten ließ, spürte er wieder ihre Wärme, roch ihren Duft: natürlich, aber sauber. Was hieß eigentlich süßlich, fragte er sich und dachte an seinen Traum und an das Tablett mit Windbeuteln, die zu Beginn der Ausstellung umhergereicht worden waren.

»Wie heißt sie?« fragte Rosemary, während sie zunächst das eine, dann das andere Foto begutachtete.

»Phoebe.«

»Phoebe. Das klingt schön. Und sie ist es auch. Ist sie nach ihrer Mutter benannt?«

»Nein«, sagte David und erinnerte sich an die Nacht ihrer Geburt, wie Norah ihm kurz vor der Entbindung die Namen gesagt hatte, die sie sich für ihr Kind wünschte. Caroline hatte dies mitbekommen. »Sie ist nach ihrer Großtante benannt worden. Mütterlicherseits. Ich kannte diese Frau nicht.«

»Ich wurde nach meinen beiden Großmüttern benannt«, sagte Rosemary leise. Wieder fiel ihr das dunkle Haar ins Gesicht, und sie strich es zurück. Sie verweilte mit dem behandschuhten Finger an ihrem Ohr, und David stellte sich vor, wie sie mit ihrer Familie um einen erleuchteten Tisch saß. Er hätte am liebsten seinen Arm um sie gelegt, sie mit nach Hause genommen, sie beschützt.

»Rose väterlicherseits und Mary von der Seite meiner Mutter.«

»Weiß deine Familie, wo du steckst?« fragte er.

Sie schüttelte den Kopf. »Ich kann nicht dorthin zurück.« Kummer und Zorn schwangen in ihrer Stimme mit. »Ich kann auf keinen Fall dorthin zurück. Und ich gehe auch nicht.«

Sie sah sehr jung aus, wie sie da am Tisch saß, wie sie ihre Hände zu losen Fäusten ballte, mit dunkler, sorgenvoller Miene. Was hatte sie wohl fortgetrieben?

»Warum nicht?« fragte er.

Sie schüttelte den Kopf und tippte auf Phoebes Foto. »Sie ist also in meinem Alter, sagen Sie?«

»Fast. Schätze ich mal. Sie wurde am 7. März 1964 geboren.«

»Ich bin im Mai 1966 geboren.« Ihre Hände zitterten leicht, als sie die Fotos wieder ablegte. »Meine Mutter wollte eine Party für mich organisieren. Süße Sechzehn. Sie mag diese pinken Rüschenkleider.«

David sah, wie sie schluckte, ihre Haare wieder hinters Ohr strich und aus dem dunklen Fenster starrte. Er wollte sie gern irgendwie trösten, wie er so oft hatte andere trösten wollen – June und seine Mutter und Norah –, doch jetzt wie damals war er dazu nicht imstande. Stillstand und Bewegung: Es gab hier etwas, das er herausfinden mußte, doch seine Gedanken trieben in alle Richtungen. Er fühlte sich gefangen, so als wäre er in der Zeit festgefroren wie eines seiner Bilder. Der Moment, der ihn gefangenhielt, war tiefgründig und schmerzvoll. Ein einziges Mal hatte er um June geweint – als er mit seiner Mutter im rauhen Abendwind am Hang gestanden hatte, die Bibel in der Hand, und über der frisch umgegrabenen Erde Verse verlesen hatte. Er hatte mit seiner Mutter geweint, die von diesem Tag an den Wind haßte, und danach verbargen sie ihren Kummer wieder und gingen zur Tagesordnung über. So war der Lauf der Dinge – und sie stellten ihn nicht in Frage.

»Phoebe ist meine Tochter«, sagte er, erstaunt, sich selbst reden zu hören, und doch jenseits aller Vernunft gezwungen, seine Geschichte zu erzählen, dieses Geheimnis, das er so viele Jahre für sich behalten hatte. »Aber ich habe sie seit dem Tag ihrer Geburt nicht wiedergesehen.« Er zögerte, zwang sich dann aber, es zu sagen: »Ich habe sie weggegeben. Sie hat das Downsyndrom. Das heißt, daß sie zurückgeblieben ist. Deswegen habe ich sie weggegeben. Ich habe es nie jemandem erzählt.«

Rosemarys Blick verriet, wie schockiert sie war. »Ich finde, das war ein schlimmer Fehler«, sagte sie.

»Ich auch.«

Sie schwiegen lange Zeit. Wo immer David hinsah, wurde er an seine Familie erinnert. Junes warmer Atem an seiner Wange, seine Mutter, die singend die Wäsche auf dem Tisch faltete, die Geschichten seines Vaters, die zwischen diesen Mauern hallten. Verschwunden, all das war verschwunden, wie auch seine Schwester. Aus alter Gewohnheit kämpfte er gegen den Kummer an, doch Tränen rollten seine Wangen herab, er konnte sie nicht aufhalten. Er weinte um June, und er weinte um Phoebe, die er in Caroline Gills Hände gegeben hatte. Rosemary saß am Tisch, ernst und still. Einen Moment lang trafen sich ihre Blicke, und er hielt ihrem stand. Ein merkwürdig intimer Augenblick. Er erinnerte sich daran, wie Caroline ihn vom Flur aus betrachtet hatte, als er aus dem Schlaf aufgetaucht war, ihre Züge voll zärtlicher Zuneigung. Er hätte mit ihr die Stufen des Museums heruntergehen und in ihr Leben zurückkehren können, doch auch diesen Moment hatte er verpaßt.

»Es tut mir leid«, sagte er und versuchte sich zusammenzureißen. »Ich war hier schon so lange nicht mehr.«

Sie antwortete nicht, und er fragte sich, ob sie ihn für verrückt hielt. Er holte tief Luft. »Wann wird das Baby dasein?«

Ihre dunklen Augen wurden vor Überraschung ganz groß. »So in fünf Monaten, denke ich.«

»Du hast ihn verlassen, oder?« sagte David langsam. »Deinen Freund. Wollte er das Kind nicht?«

Sie drehte sich weg, doch er sah noch, wie ihr die Tränen in die Augen stiegen.

»Es tut mir leid«, sagte er plötzlich. »Ich wollte nicht neugierig sein.«

Sie schüttelte zaghaft den Kopf. »Ist schon okay. Nicht so schlimm.«

»Wo kommst du her?« fragte er weiter mit leiser Stimme. »Wo ist dein Zuhause?«

»Pennsylvania«, erwiderte sie nach einer längeren Pause. Sie holte tief Luft, und David begriff, daß seine Geschichte und sein Kummer es ihr ermöglichten, ihren eigenen zu offenbaren. »Nicht weit von Harrisburg. Eine Tante von mir wohnte hier. Die Schwester meiner Mutter. Sue Wallis. Sie lebt mittlerweile nicht mehr. Aber als Kinder kamen wir immer hierher, an diesen Ort. Wir kletterten die Berge hoch, und dieses Haus stand immer leer. Wir kamen hierher, um zu spielen. Das war die schönste Zeit. Dies war der schönste Ort, den ich mir vorstellen konnte.«

Er schwieg, und das Rauschen des Waldes kam ihm in den Sinn. Sue Wallis. Ein Bild entstand, eine Frau, die den Berg heraufkam und einen Pfirsichkuchen unter einem Tuch trug.

»Bind mich los«, sagte er, noch immer leise.

Sie lachte verbittert und wischte sich die Augen. »Warum?« fragte sie. »Warum sollte ich das tun, wo wir beide hier alleine sind und niemand mir helfen könnte. Du hältst mich wohl für total bescheuert?«

Sie stand auf und holte ihre Schere und einen kleinen Papierstreifen vom Regal über dem Herd. Weiße Schnipsel flatterten durch die Gegend, während sie schnitt. Ein Wind ging durch den Raum, und die Flammen der Kerzen flackerten. Ihr Gesicht war unbeweglich, resolut, konzentriert und bestimmt, genau wie Pauls, wenn er Gitarre spielte, sich Davids Welt entgegensetzte, um einen anderen Ort aufzusuchen. Ihre Schere blitzte auf, und ein Muskel zuckte irgendwo in ihrem Kiefer. Es war ihm zuvor nicht in den Sinn gekommen, daß sie ihm etwas antun könnte.

»Diese Papiersachen, die du machst, sind sehr schön.«

»Das hat mir meine Oma Rose beigebracht. Man nennt es Scherenschnitte. Sie ist in der Schweiz aufgewachsen, wo sie vermutlich den ganzen Tag nichts anderes tun.«

»Sie macht sich sicher Sorgen um dich.«

»Sie ist tot. Sie ist letztes Jahr gestorben.« Rosemary schwieg und konzentrierte sich auf das Schneiden. »Ich mache das gerne. Es hilft mir, mich an sie zu erinnern.«

David nickte. »Hast du am Anfang eine Idee?«

»Es steckt schon im Papier drin«, sagte sie. »Ich denke mir nichts aus – ich finde es einfach.«

»Man findet es, stimmt.« Er nickte. »Das verstehe ich. So ist es auch bei meinen Fotos. Sie sind schon da – ich brauche sie nur aufzuspüren.«

»Genau«, sagte Rosemary und wendete das Papier. »Genauso ist es.«

»Was hast du mit mir vor?« fragte er.

Sie schwieg und schnitt weiter.

»Ich müßte mal pinkeln.«

Er hatte gehofft, sie damit zum Reden zu bringen, andererseits war es die quälende Wahrheit. Sie taxierte ihn einen Moment. Dann legte sie die Schere beiseite und verschwand ohne ein Wort. Er hörte sie draußen umhergehen, im Dunkeln. Mit einem leeren Erdnußbutterglas kehrte sie zurück.

»Hör zu, Rosemary. Bitte bind mich hier los.«

Sie stellte das Glas ab und griff wieder zur Schere. »Wie konntest du sie weggeben?«

Auf den Klingen der Schere spiegelte sich das Licht. David erinnerte sich an das Blitzen des Skalpells, als er den Dammschnitt vorgenommen hatte, wie er aus sich selbst herausgetreten war, um die Szene von oben zu betrachten, wie die Ereignisse dieser Nacht sein Leben in Gang gesetzt hatten, wie eines zum anderen geführt hatte, wie sich Türen geöffnet, wo vorher noch gar keine gewesen waren, und sich andere geschlossen hatten, bis er plötzlich hier an diesem bestimmten Moment angekommen war – bei einer Fremden, die sich daranmachte, die verborgene Form des Papiers freizulegen, die darauf wartete, daß er antwortete. Und er konnte nichts dagegen tun, nirgendwohin flüchten.

»Ist es das, was dir Sorgen bereitet?« fragte er. »Daß du dein Baby weggeben könntest?«

»Niemals. Das werde ich niemals tun«, sagte sie scharf und mit bestimmtem Gesichtsausdruck, als hätte ihr das jemand in irgendeiner Form angetan, als hätte man einst sie über Bord geworfen und wie Treibgut in der Welt ausgesetzt. Sechzehn, schwanger und allein an diesem Tisch sitzend.

»Ich habe eingesehen, daß es falsch war«, sagte David. »Aber da war es schon zu spät.«

»Es ist nie zu spät.«

»Du bist sechzehn. Glaub mir, manchmal ist es zu spät.«

Ihr Gesichtsausdruck verhärtete sich für einen kurzen Moment, und sie antwortete nicht. Sie schnitt einfach weiter, und David begann wieder zu sprechen, in die Stille hinein, versuchte zunächst vom Schneesturm zu erzählen, vom Schock, vom blitzenden Skalpell im grellen Licht. Wie er neben sich gestanden und sich selbst dabei zugesehen hatte, wie er durch die Welt schritt. Wie er die letzten sechzehn Jahre seines Lebens jeden Morgen aufgewacht war und sich gedacht hatte, daß vielleicht heute der Tag wäre, an dem er alles in Ordnung bringen würde.

Aber Phoebe war fort, und er konnte sie nicht finden – wie sollte er es Norah dann erzählen?

Das Geheimnis hatte ihre Ehe zerfressen, ein heimtückisches, wucherndes Gewächs, und so hatte sie angefangen, zu trinken und jene Affären zu haben, mit diesem schäbigen Makler am Strand und dann mit anderen. Er hatte versucht, es zu ignorieren, es ihr zu verzeihen, denn er wußte, daß es in gewisser Weise seine eigene Schuld war. Er schoß ein Foto nach dem anderen, als könne er den Moment, als er sich umgedreht und Caroline Gill seine Tochter übergeben hatte, festhalten oder ein Bild machen, das mächtig genug war, ihn zu verschleiern.

Seine Stimme hob und senkte sich. Einmal angefangen, gab es kein Halten mehr, sowenig wie er den Regen, den Fluß, der den Berg hinunterströmte, oder die Fische, die wie die Erinnerung unter der Eisdecke unermüdlich und flüchtig mit dem Strom schwammen, hätte aufhalten können. »Körper in Bewegung«, dachte er an die alte Physikweisheit aus Highschoolzeiten. Er hatte seine Tochter Caroline Gill gegeben, und das hatte ihn schließlich hierhergeführt, Jahre später, zu diesem Mädchen, das alles mit sich selbst ausmachte. Die sich zu einem *Ja* entschieden hatte in einem kurzen erlösenden Moment auf dem Rücksitz eines Autos oder im Hinterzimmer eines ruhigen Hauses, dieses Mädchen, das danach aufgestanden war, ihre Kleider gerichtet hatte, ohne zu wissen, wie sehr dieser Moment bereits ihr Leben prägte.

Sie schnitt weiter und hörte zu. Ihr Schweigen gab ihm ein Gefühl von Freiheit. Er redete wie ein Wasserfall, wie ein Sturm, und die Worte rauschten mit einer Kraft und Energie durch das alte Haus, gegen die er nicht ankam. Irgendwann fing er wieder zu weinen an, auch seine Tränen konnte er nicht zurückhalten. Rosemary sagte zu alledem nichts. Er redete, bis die Worte langsamer hervorkamen, abebbten und schließlich versiegten.

Stille breitete sich aus.

Sie sagte nichts. Die Schere funkelte, und das halb beschnittene Papier glitt vom Tisch, als sie aufstand. Er schloß die Augen, und Angst stieg in ihm auf, denn in ihren Augen sah er Zorn. Alles, was passiert war, war seine Schuld gewesen. Er hörte ihre Schritte, und dann streifte das Metall über seine Haut, kalt und klar wie Eis.

Die Spannung an seinen Handgelenken ließ nach. Er öffnete die Augen und sah sie zurückschreiten, mit klugen und wachen Augen fixierte sie ihn, die Schere funkelte.

»Okay«, sagte sie. »Du bist frei.«

17. Kapitel

April 1982

PAUL«, RIEF SIE, UND IHRE ABSÄTZE HINTERLIESSEN ein scharfes Stakkato auf der gebohnerten Treppe. Dann stand sie in der Tür, schmal und elegant im dunkelblauen Kostüm mit engem Rock und Schulterpolstern. Durch halbgeöffnete Augen sah Paul, was auch sie sah: den Boden voller umherliegender Anziehsachen, ein Meer aus Schallplatten und Notenblättern und seine alte Gitarre, die in der Ecke stand. Sie schüttelte den Kopf und seufzte. »Steh auf Paul. Und bitte sofort.«

»Bin krank«, murmelte er, verlieh seiner Stimme einen heiseren Klang und zog sich die Bettdecke über den Kopf. Durch den dünnen Stoff der Sommerdecke konnte er sie immer noch erkennen, die Hände in die Hüften gestützt. Das frühmorgendliche Licht in ihrem Haar, das – am Vortag noch frisch gestylt – rot und golden funkelte. Er hatte mitbekommen, wie sie mit Bree telefoniert und ihr beschrieben hatte, wie die einzelnen Strähnen in Alufolie gewickelt und gefärbt worden waren. Sie hatte mit leiser Stimme gesprochen, währenddessen Rindfleisch angebraten, und ihre Augen waren noch gerötet gewesen, da sie vorher geweint hatte. Seit drei Tagen war sein Vater verschwunden, und niemand wußte, ob er noch am Leben war.

Und dann war sein Vater letzte Nacht nach Hause gekommen, war durch die Tür gegangen, als wäre er nie fort gewesen, und ihre stundenlange Auseinandersetzung war zu ihm hochgedrungen.

»Hör zu«, sagte sie nun und schielte auf ihre Uhr. »Ich weiß, daß du nicht krank bist – nicht kränker als ich jedenfalls.

Ich würde auch gerne den ganzen Tag schlafen, weiß Gott. Aber ich kann nicht, genausowenig wie du es kannst. Also mach, daß du aus dem Bett rauskommst, und zieh dich an. Ich setz dich dann an der Schule ab.«

»Mein Hals brennt wie Feuer«, beharrte er mit möglichst heiserer Stimme.

Sie zögerte, schloß ihre Augen und seufzte wieder, so daß er wußte, daß er gewonnen hatte.

»Wenn du zu Hause bleiben willst, dann bleib *zu Hause*«, warnte sie ihn. »Du wirst nicht mit deiner Viererbande rumhängen. Und, hör mir zu, das Schreiben an Cornell muß heute unbedingt in die Post. Außerdem könntest du mal diesen Schweinestall aufräumen. Ich meine es ernst, Paul. Ich hab zur Zeit genug Sachen am Hals.«

»Alles klar«, krächzte er. »Werd ich machen.«

Sie stand einen Augenblick da und sagte nichts. »Es ist nicht einfach«, sagte sie schließlich. »Es ist auch für mich nicht einfach. Ich würde ja bei dir bleiben, aber ich habe Bree versprochen, sie zum Arzt zu fahren.«

Aufmerksam geworden durch ihre trübe Stimme, stützte er sich auf die Ellenbogen. »Geht es ihr gut? Ist alles in Ordnung?«

Seine Mutter nickte, doch sie schaute aus dem Fenster und vermied seinen Blick. »Ich glaube schon. Aber es werden ein paar Untersuchungen vorgenommen, deswegen ist sie ein wenig besorgt. Was ganz normal ist. Ich habe ihr letzte Woche versprochen, sie zu begleiten. Bevor das alles mit deinem Vater passiert ist.«

»Ist schon okay«, sagte Paul und erinnerte sich daran, daß er krächzen mußte. »Du mußt mit ihr gehen. Ich komme schon zurecht.« Er sprach mit großer Selbstsicherheit, aber insgeheim hoffte er, daß sie nicht auf ihn hören würde, daß sie statt dessen zu Hause bleiben würde.

»Es dürfte nicht lange dauern. Ich bin gleich wieder hier.«

»Wo ist Dad?«

Sie schüttelte den Kopf. »Ich hab nicht die geringste Ahnung. Nicht hier. Aber ist das was Neues?«

Paul antwortete nicht, legte sich nur wieder hin und schloß die Augen. Nicht unbedingt, dachte er. Überhaupt nicht.

Seine Mutter legte sanft ihre Hand auf seine Wange, doch er regte sich nicht. Dann war sie fort. Unten hörte man die Türen knallen; Brees Stimme drang aus dem Flur hoch. In den letzten Jahren waren seine Mutter und Bree sehr eng zusammengerückt, so eng, daß sie sich mehr und mehr glichen. Auch Bree hatte Strähnchen in den Haaren und eine Aktentasche in der Hand. Sie war noch immer eine coole und starke Person, sie war noch immer diejenige, die das Risiko eingegangen war, diejenige, die ihm gesagt hatte, er solle auf sein Herz hören und sich für Juilliard bewerben, wie er es gern wollte. Jeder mochte Bree – ihre Abenteuerlust, ihre Lebensfreude; sie brachte viel Schwung in den Alltag. Sie und seine Mutter seien zwei komplementäre Kräfte, hatte sie einmal gesagt. Paul konnte das bestätigen. Jetzt vermischten sich ihre Stimmen, legten sich übereinander, und schließlich lachte seine Mutter ihr unglückliches Lachen, und die Tür fiel ins Schloß. Er stand auf und reckte sich. Frei.

Das Haus war ruhig, nur der Warmwasserzubereiter tickte. Paul ging die Treppe hinunter und stand im kalten Licht des Kühlschranks, aß Makkaroni und Käse mit den Fingern aus der Tupperdose und begutachtete die Fächer. Im Eisfach fand er sechs Schachteln Pfadfinderkekse, dünn und mit Minze gefüllt. Er aß ein paar und spülte die kühlen Schokoladentafeln mit Milch herunter, die er direkt aus der Tüte trank. Er nahm noch ein paar mehr und schwenkte die Milchtüte in seiner Hand, als er zurück durchs Wohnzimmer – wo auf der Couch die Bettwäsche seines Vaters akkurat gestapelt lag – Richtung Gästezimmer ging.

Noch immer war das Mädchen dort und schlief. Er stopfte sich einen weiteren Keks in den Mund und ließ die Schokolade und Minze langsam im Mund zergehen, während er sie sich genau ansah. Obwohl sich seine Eltern gestritten hatten, war nun die Beklemmung, daß sein Vater irgendwo tot herumliegen könnte, daß er für immer verschwunden sein könnte, nicht mehr da. Er dachte wieder an die gestrige Szene: Sein Vater, in einem weißen, seit Tagen ungewaschenen Hemd, die Anzughose voller Matschflecken, schlaff und triefend naß, mit einem Vollbart im Gesicht und ungekämmt. Seine Mutter, in Pantoffeln und ihrem pfirsichfarbenen Satinbademantel, der sich um ihre verschränkten Arme schwang. Ihre Augen, die zwischen seinem Vater und diesem Mädchen hin und her wanderten, dieser Fremden, die mit einem viel zu großen Mantel in der Tür stand und mit den Fingerkuppen die Ärmelbünde umfaßte. Die Stimmen seiner Eltern, die sich vermischten, lauter wurden. Das Mädchen hatte aufgeschaut, über den aufbrausenden Ärger hinweg. Ihre Blicke hatte sich getroffen. Er hatte sie angestarrt und gemustert: ihre Blässe und ihren unsicheren Blick, ihre so zart geschwungenen Ohren. Ihre Augen waren von einem ganz klaren Braun, wirkten sehr müde. Er wäre am liebsten die Stufen hinabgegangen und hätte ihr Gesicht schützend in seine Hände genommen.

»Tagelang«, hatte seine Mutter gesagt, »und dann kommst du nach Hause und siehst aus wie – mein Gott, David, sieh dich an. Und bringst dieses Mädchen mit. Schwanger ist sie, sagst du? Und ich soll sie aufnehmen, ohne groß Fragen zu stellen?«

Hier zuckte das Mädchen und schaute weg, und Pauls Augen wanderten zu ihrem Bauch, der ziemlich flach schien unter dem Mantel. Doch als sie schützend ihre Hand darauf hielt, sah er die leichte Wölbung unter dem Pullover. Er rührte sich keinen Millimeter. Der Streit ging weiter, schien lange zu dauern. Schließlich zog seine Mutter wortlos und mit zusammengepreßten Lippen Decke, Bettlaken und Kopfkissen aus dem Wäscheschrank und warf sie seinem Vater die Treppe herunter, der das Mädchen sehr förmlich am Ellenbogen ins Gästezimmer führte.

Nun schlief sie auf der ausgezogenen Couch, den Kopf zur Seite gedreht, eine Hand lag neben dem Gesicht. Er schaute sie sich genau an, die Art und Weise, wie sich ihre Augenlider bewegten, wie sich ihre Brust langsam hob und wieder senkte. Sie lag auf dem Rücken; ihr Bauch wogte wie eine kleine Welle. Es erregte ihn, und das machte ihm angst. Seit März hatte er sechsmal mit Lauren Lobeglio geschlafen. Sie hatte sich wochenlang bei den Quartettproben herumgedrückt und ihm schweigend zugeschaut: ein hübsches, verdorbenes, unheimliches Ding. Eines Nachmittags war sie geblieben, bis alle anderen Bandmitglieder gegangen waren. Bis nur noch sie beide in der Stille der Garage zurückblieben, das Licht draußen durch die Blätter schien und flackernde Schattenmuster auf dem Betonboden hinterließ. Sie war merkwürdig, aber sexy, mit ihrem langen, dicken Haar und ihren tiefdunklen Augen. Er hatte in dem alten Gartenstuhl gesessen, die Saiten seiner Gitarre gestimmt und sich gefragt, ob er jetzt zu ihr hinüber an die Werkzeugwand gehen und sie küssen sollte.

Aber es war Lauren, die herüberkam. Nicht länger, als ein Herzschlag dauert, und sie stand vor ihm, dann rutschte sie auf seinen Schoß, zog sich den Rock hoch, und ihre weißen, schlanken Beine kamen zum Vorschein. Genau das war es, was Lauren Lobeglio tat, wenn sie jemanden mochte – so zumindest erzählte man sich. Er hatte nie wirklich daran geglaubt, daß es stimmte, doch jetzt saß er da und ließ seine Hände unter ihr T-Shirt gleiten, ihr Körper war warm, ihre Brüste lagen weich in seinen Händen.

Es war nicht richtig, das wußte er. Aber es war, als fiele man in die Tiefe. Wenn man einmal angefangen hatte, konnte man bis zum Ende nicht mehr aufhören. Sie hing weiter bei seinen Proben herum, nur daß jetzt immer eine gewisse Spannung im Raum war. Sobald sie allein waren, ging er zu ihr hinüber und küßte sie und fuhr mit seinen Händen über die weiche, samtige Haut ihres Rückens.

Das Mädchen im Bett seufzte, und ihre Lippen bewegten sich. »Die ist noch minderjährig«, warnten ihn seine Freunde vor Lauren. Vor allem Duke Madison, der letztes Jahr von der Schule gegangen war, um seine Freundin zu heiraten, der kaum noch Klavier spielte. Und wenn er es mal tat, nahm er einen angespannten, gehetzten Gesichtsausdruck an. »Schwänger sie, und du sitzt bis zum Hals in der Scheiße.«

Paul musterte das Mädchen, ihre Blässe, ihr von Klämmerchen zurückgehaltenes dunkles Haar und ihre Sommersprossen. Wer war sie? Sein Vater, methodisch wie immer, berechenbar wie ein tickendes Uhrwerk, war nur drei Tage weggeblieben. Am zweiten Tag hatte seine Mutter die Polizei gerufen, die unbeteiligt und unverbindlich geblieben war, bis man die Brieftasche seines Vaters in der Garderobe des Pittsburgher Museums sowie Koffer und Kamera im Hotel gefunden hatte. Dann erst nahmen sie die Sache ernst. Er war an der Rezeption gesehen worden, wie er mit einer dunkelhaarigen Frau diskutierte. Es stellte sich heraus, daß sie Kunstkritikerin war und ihr Bericht über die Ausstellung nicht sehr schmeichelhaft ausfiel.

Es sei aber nichts Persönliches gewesen, erklärte sie der Polizei.

Und dann hatte er letzte Nacht gehört, wie sich der Schlüssel im Schloß drehte, und sein Vater war mit einem schwangeren Mädchen ins Haus getreten, von dem er behauptete, er habe sie ein paar Tage zuvor kennengelernt. Ein Mädchen, dessen Anwesenheit er nicht groß erklärte. Sie brauche Hilfe, sagte er knapp.

»Es gibt viele Möglichkeiten zu helfen«, gab ihm seine Mutter zu verstehen und redete über das Mädchen, als stünde sie in ihrem zu großen Mantel gar nicht im Flur. »Du kannst ihr Geld geben. Du kannst sie zu einer Institution für unverheiratete Mütter bringen. Du kannst nicht einfach tagelang ohne ein einziges Wort verschwinden und plötzlich mit einer schwangeren Fremden hier wieder auftauchen. Mein Gott,

David, was hast du dir eigentlich dabei gedacht? Wir haben die Polizei gerufen. Wir alle dachten, du seist tot.«

»Vielleicht war ich das auch«, sagte er, und die Absonderlichkeit seiner Antwort bändigte die Proteste seiner Mutter, die daraufhin Paul auf der Treppe fixierte.

Und nun schlief sie, unbeirrt, und in ihr wuchs das Baby in einem dunklen Meer. Paul streckte die Hand aus und berührte sanft ihr Haar, dann zog er sie zurück. Plötzlich hatte er das Verlangen, zu ihr ins Bett zu steigen, sie in seinen Armen zu halten. Es war jedoch nicht wie bei Lauren – es hatte nichts Sexuelles –, er wollte sie nur spüren, ihre Haut und ihre Wärme. Er wollte neben ihr aufwachen, seine Hand über die aufkommende Rundung ihres Bauches wandern lassen, ihr Gesicht berühren und ihre Hand halten.

Er wollte herausfinden, was sie über seinen Vater wußte.

Ihre Augen blinzelten, und einen Moment lang sah sie ihn an, ohne ihn wahrzunehmen. Dann richtete sie sich hastig auf und ging sich mit den Fingern durchs Haar. Sie trug eines seiner alten verwaschenen T-Shirts: ein blaues mit dem Kentucky-Wildcats-Logo auf der Brust, das er vor ein paar Jahren im Leichtathletikverein getragen hatte. Sie hatte lange und magere Arme, und er schielte kurz auf ihren Unterarm, der wie die Linie ihrer Brüste sanft geschwungen und mit feinen Härchen übersät war.

»Wo siehst du hin?« Sie schwang ihre Füße auf den Boden.

Er schüttelte den Kopf, war unfähig zu sprechen.

»Du bist Paul«, sagte sie. »Dein Vater hat mir von dir erzählt.«

»Hat er das?« fragte er und haßte sich für den Eifer in seiner Stimme. »Was hat er gesagt?«

Sie zuckte mit den Schultern, klemmte sich die Haare hinter die Ohren und stand auf. »Laß mich überlegen. Du bist dickköpfig. Du haßt ihn. Du bist ein begnadeter Gitarrist.«

Paul spürte, wie ihm das Blut in den Kopf schoß. Es kam ihm immer so vor, als ob sein Vater ihn gar nicht wahrnahm oder nur dann, wenn er ihn enttäuschte.

»Nicht ich hasse ihn«, sagte er. »Es ist andersrum.«

Sie beugte sich herab, um die Bettwäsche zusammenzusuchen, setzte sich dann und schaute sich um.

»Schön hier«, sagte sie. »Irgendwann werde ich auch einmal ein so schönes Haus haben.«

Paul lachte nervös. »Du bist schwanger.« Im Raum schwebte seine Angst, diese Angst, die immer aufkam, wenn er zitternd durch die Garage zu Lauren Lobeglia schritt, von der unwiderstehlichen Kraft seiner Begierde getrieben.

»Ja und? Ich bin schwanger. Nicht tot.«

Sie sagte das herausfordernd, und doch klang sie ängstlich, so wie Paul sich manches Mal fühlte, wenn er mitten in der Nacht aufwachte, weil er von Lauren geträumt hatte, die ihm warm und weich leise etwas ins Ohr geflüstert hatte; dann wußte er, daß er niemals von ihr lassen würde, obwohl sie in die Katastrophe schlitterten.

»Genausogut könntest du es sein.«

Mit scharfem Blick sah sie zu ihm auf, Tränen in den Augen, als hätte er sie geschlagen.

»Es tut mir leid. Das war nur so dahergesagt.«

Doch sie weinte weiter.

»Was machst du hier überhaupt?« fragte er und ärgerte sich über ihre Tränen, über ihre Anwesenheit. »Für wen hältst du dich eigentlich, einfach meinem Vater hinterherzulaufen und hier aufzutauchen?«

»Ich halte mich für niemanden«, sagte sie, doch sein Ton hatte sie aufgeweckt, und sie trocknete ihre Tränen. Sie klang rauher, ging nun auf Distanz. »Und ich habe niemanden darum gebeten, mich mitzunehmen. Es war die Idee deines Vaters.«

»Das ist doch Quatsch. Warum sollte er das tun?«

Sie zuckte mit den Schultern. »Was weiß ich? Ich habe in dem alten Haus gelebt, wo er aufgewachsen ist, und er sagte mir, ich dürfe da nicht mehr bleiben. Es gehört schließlich ihm, oder nicht? Was sollte ich also darauf sagen? Am Morgen sind wir in die Stadt gegangen, und er hat Fahrkarten für den Bus gekauft – so sind wir hergekommen. Der Bus war unglaublich lahm. Es hat ewig gedauert mit diesen ganzen bescheuerten Anschlüssen.«

Sie streifte ihre langen Haare nach hinten und band sie zu einem Pferdeschwanz zusammen, Paul sah ihr dabei zu, und ihm fiel auf, was für schöne Ohren sie hatte. Er fragte sich, ob auch seinem Vater auffiel, daß sie schön war.

»Was für ein altes Haus?« fragte Paul und spürte ein Stechen in der Brust.

»Hab ich doch schon gesagt. Das, wo er aufgewachsen ist. Ich habe da gelebt. Es gab keinen anderen Ort, wo ich hätte hingehen können«, fügte sie hinzu und sah auf den Boden.

Irgend etwas ergriff Besitz von Paul, Emotionen, die er nicht orten konnte. Vielleicht war er eifersüchtig, daß dieses Mädchen, diese dünne blasse Fremde mit den schönen Ohren, an einem Ort gewesen war, der seinem Vater wichtig war, den er selbst nie gesehen hatte. »Irgendwann gehe ich mit dir dorthin«, hatte sein Vater ihm versprochen, doch das war Jahre her, und es war nie wieder die Rede davon gewesen. Und doch hatte Paul es nie vergessen – wie sein Vater sich inmitten der Unordnung seiner Dunkelkammer auf den Boden gesetzt hatte und die Fotos einzeln aufgehoben hatte, vorsichtig, übervorsichtig. »Meine Mutter, Paul, deine Großmutter. Ihr Leben war hart. Ich hatte eine Schwester, weißt du das eigentlich? Sie hieß June. Sie konnte sehr gut singen, war sehr musikalisch, genau wie du.« Bis zum heutigen Tag konnte er sich daran erinnern, wie sein Vater an diesem Morgen gerochen hatte, frisch, schon umgezogen fürs Krankenhaus – und doch hatte er noch auf dem Boden in der Dunkelkammer gesessen, mitteilsam, als hätte er alle Zeit der Welt. Er hatte eine Geschichte erzählt, die Paul nie zu Ohren gekommen war.

»Mein Vater ist Arzt«, sagte Paul. »Er hilft Menschen eben gern.«

Sie nickte und schaute ihm genau ins Gesicht, ihr Blick voller ... Mitleid mit ihm – das war es, was er darin las, und die schmale, heiße Stichflamme drang bis in seine Fingerspitzen.

»Was ist?« fragte er.

Sie schüttelte den Kopf. »Nichts. Du hattest recht. Ich brauchte Hilfe. Das war alles.«

Eine Strähne löste sich aus ihrem Pferdeschwanz und fiel ihr ins Gesicht, tiefdunkel mit rötlichem Schimmer, und er dachte daran, wie weich ihr Haar gewesen war, als er es im Schlaf berührt hatte, weich und warm, und er widerstand dem Bedürfnis, sich hinüberzulehnen und es ihr hinters Ohr zu streichen.

»Mein Vater hatte eine Schwester«, sagte Paul und erinnerte sich an die Geschichte sowie die sanfte, ruhige Stimme seines Vaters. Er wollte jetzt unbedingt wissen, ob sie da gewesen war.

»Ich weiß. June. Sie liegt an einem Hang oberhalb des Hauses begraben. Dort sind wir auch hingegangen.«

Die kleine Stichflamme breitete sich aus und ließ seinen Atem kurz und flach werden. Warum sollte es ihm etwas ausmachen, daß sie das wußte? Was für einen Unterschied machte es? Und doch kam er nicht dagegen an, sie sich dort vorzustellen, wie sie den Hang hinaufging und seinem Vater an den Ort folgte, den er nie gesehen hatte.

»Na und?« sagte er. »Dann bist du halt da gewesen. Und?«

Einen kurzen Moment schien es, als wolle sie antworten, doch dann drehte sie sich weg und ging durch den Raum in die Küche. Ihr dunkles Haar federte auf ihrem Rücken nach. Ihre Schultern waren schmal und fein, und sie ging langsam, mit der bedächtigen Anmut einer Tänzerin.

»Warte«, rief Paul ihr hinterher, doch als sie stehenblieb, wußte er nicht, was er sagen sollte.

»Ich brauchte ein Dach über dem Kopf«, sagte sie sanft und blickte über ihre Schulter zurück. »Das ist alles, was es über mich zu wissen gibt, Paul.«

Er sah sie in die Küche gehen und hörte, wie der Kühlschrank sich öffnete und wieder schloß. Dann ging er nach oben und holte den Ordner hervor, den er in der untersten Schublade versteckt hielt. Der voller Fotos war, die er zurückbehalten hatte, als er in jener Nacht mit seinem Vater gesprochen hatte.

Er nahm die Bilder und seine Gitarre und ging ohne T-Shirt und barfuß nach draußen auf die Veranda. Er setzte sich auf die Schaukel und fing an zu spielen; er ließ das Mädchen, das drinnen durch die Räume lief, nicht aus den Augen. Durch die Küche, durchs Wohnzimmer, durchs Eßzimmer. Aber viel war es nicht, was sie machte, sie aß nur etwas Joghurt und stand dann eine ganze Weile vor dem Bücherregal seiner Mutter, bis sie einen Roman herausgriff und sich auf die Couch setzte.

Er spielte weiter. Nichts beruhigte ihn so sehr wie die Musik. Er fand sich in Sphären wieder, wo sich seine Hände über seinen eigenen Willen hinwegsetzten. Die nächste Note zum Greifen nah, danach die nächste und wieder die nächste. Das Stück war zu Ende, er hielt mit geschlossenen Augen inne und ließ die Töne verhallen.

Nie wieder. Nicht diese Musik, nicht dieser Moment. Nie wieder.

»Wow.« Als er seine Augen öffnete, lehnte sie im Türrahmen. Sie drückte die Schiebetür beiseite, kam mit einem Glas Wasser auf die Veranda und setzte sich. »Wow, dein Vater hatte recht – das war Wahnsinn.«

»Danke«, erwiderte er und senkte seinen Kopf, um seine Freude zu verbergen, wobei er an einer Saite zupfte. Durch die Musik war er nun gelöst, war nicht mehr zornig. »Wie steht's mit dir? Kannst du spielen?«

»Nein. Ich habe mal Klavierunterricht genommen.«

»Wir haben ein Klavier«, sagte er und wies mit dem Kopf Richtung Tür. »Nur zu.«

Sie lächelte, doch ihr Blick war immer noch ernst. »Danke für das Angebot, aber ich bin nicht in der Stimmung. Doch du bist richtig gut. Ein absoluter Profi. Es wäre mir peinlich, jetzt ›Für Elise‹ oder so etwas hinzusauen.«

Er lächelte zurück. »›Für Elise‹ – das kenne ich. Wir könnten ein Duett spielen.«

»Ein Duett«, wiederholte sie und nickte, ein wenig finster dreinschauend. Dann sah sie auf. »Bist du ein Einzelkind?«

Er schreckte auf. »Ja und nein. Ich hatte eine Schwester. Eine Zwillingsschwester. Sie ist gestorben.«

Rosemary nickte. »Denkst du manchmal an sie?«

»Klar.« Er fühlte sich unwohl und sah weg. »Nicht wirklich an sie. Ich habe sie ja nie gekannt. Aber daran, wie sie hätte sein können.«

Er errötete und war bestürzt, vor diesem Mädchen so viel preisgegeben zu haben, dieser Fremden, die ihr komplettes Leben durcheinandergebracht hatte, dieses Mädchen, das er nicht einmal mochte.

»Okay«, sagte er. »Jetzt bist du dran. Erzähl mir etwas Persönliches von dir. Erzähl mir etwas, das mein Vater nicht weiß.«

Sie sah ihn prüfend an. »Ich mag keine Bananen«, sagte sie schließlich, und er lachte, bis auch sie lachte. »Ich mag wirklich keine. Was noch? Mit fünf bin ich vom Fahrrad gefallen und habe mir den Arm gebrochen.«

»Ich auch. Ich habe mir auch den Arm gebrochen. Als ich sechs war. Bin vom Baum gefallen.« Sofort erinnerte er sich daran, wie sein Vater ihn hochgehoben hatte, wie die grelle Sonne vor den Blättern ihn geblendet hatte, als er zum Auto getragen worden war. Er erinnerte sich an die Hände seines Vaters, die gezielt und sanft seine Knochen gerichtet hatten, und daran, wie er in der hellen, goldenen Nachmittagssonne wieder zurück nach Hause gekommen war.

»Hey«, sagte er. »Ich muß dir was zeigen.«

Er legte die Gitarre flach auf die Schaukel und griff zu den grob aufgelösten Schwarzweißfotos.

»War es hier?« fragte er und reichte ihr ein Bild. »Wo du meinen Vater getroffen hast?«

Sie nahm das Foto, begutachtete es und nickte dann. »Ja. Es sieht jetzt anders aus. Auf dem Bild sieht man, daß es mal ein sehr schönes Haus war – mit den hübschen Vorhängen vor den Fenstern und den Blumen überall. Aber nun lebt dort niemand mehr. Es steht einfach leer. Der Wind pfeift hindurch, weil die Fensterscheiben zerbrochen sind. Als ich klein war, haben wir immer dort gespielt, mit meinen Cousins, und wir liefen wie wild zwischen den Hügeln umher. Sie sagten immer, daß es darin spuke. Aber ich mochte es – warum, weiß ich auch nicht genau. Manchmal saß ich einfach nur drinnen und träumte davon, was ich mal werden würde.«

Er nickte, griff sich das Foto wieder und inspizierte die Figuren wie schon etliche Male zuvor, als ob sie ihm alle Fragen zu seinem Vater beantworten könnten.

»Das hast du nicht etwa geträumt?« sagte er schließlich und schaute auf.

»Nein«, sagte sie leise. »Das nicht.«

Ein paar Minuten redeten beide nicht. Das Sonnenlicht fiel durch die Bäume auf die Veranda und warf Schatten auf den lackierten Boden.

»Okay. Jetzt bist du wieder dran«, sagte sie nach einer Minute und drehte sich wieder zu ihm.

»Ich bin dran?«

»Erzähl mir was, das dein Vater nicht weiß.«

»Ich werde auf die Juilliard gehen«, sagte er. Die Worte purzelten heraus und klangen wie Musik. Außer seiner Mutter hatte er es bislang niemandem erzählt. »Ich stand an erster Stelle auf der Liste der Nachrücker, und letzte Woche haben sie mich angenommen. Als er nicht hier war.«

»Wow.« Sie lachte ein wenig traurig. »Ich hatte jetzt eher an dein Lieblingsgemüse oder so etwas gedacht«, sagte sie. »Aber das ist toll, Paul. Die Collegezeit ist bestimmt super.«

»Du wärst also jetzt gewechselt«, sagte er und verstand plötzlich, was ihr entging.

»Das werde ich noch. Das werde ich auf jeden Fall noch.«

»Ich werde mir das höchstwahrscheinlich selbst finanzieren müssen«, warf Paul ein und bemerkte die hitzige Entschiedenheit, mit der sie ihre Angst verbarg. »Mein Vater hat für mich eine Art gesicherte Karriere vorgesehen. Mein Wunsch, Musiker zu werden, macht ihn krank.«

»Das weißt du doch gar nicht«, sagte sie und schaute streng zu ihm auf. »Du weißt wirklich überhaupt nichts über deinen Vater.«

Paul hatte keine Ahnung, was er darauf antworten sollte, und so saßen sie ein paar Minuten schweigend nebeneinander. Ein Gitter aus Gebüsch schirmte sie von der Straße ab, und die violetten und weißen Pflanzen standen in voller Blüte. Nacheinander fuhren die Autos seiner Eltern die Einfahrt hoch. Ungewöhnlicherweise kamen sie mitten am Tag nach Hause. Rosemary und er sahen sich an. Die Autotüren schlugen, und das Haus gab das Echo wieder. Dann hörte man Schritte und die leisen, ernsten Stimmen seiner Eltern. Rosemary öffnete ihren Mund, als wolle sie sich bemerkbar machen, doch Paul wehrte mit der Hand ab und schüttelte den Kopf, so daß sie weiter still dasaßen und zuhörten.

»Weißt du eigentlich, was du uns mit diesem Tag, mit dieser ganzen Woche angetan hast?« sagte seine Mutter.

»Es tut mir leid. Du hast recht. Ich hätte anrufen sollen. Ich wollte es auch tun.«

»Und du meinst, damit wäre es getan? Vielleicht gehe ich demnächst auch mal. Einfach so. Vielleicht verschwinde ich einfach und komme mit einem gutaussehenden Mann wieder, ohne Erklärung. Was würdest du dazu sagen?«

Es entstand eine Pause, und Paul erinnerte sich an den verstreuten Haufen heller Kleidung am Strand. Er dachte an die vielen Abende, an denen seine Mutter nicht vor Mitternacht nach Hause gekommen war. »Geschäfte«, hatte sie jedesmal gestöhnt und sich in der Diele die Schuhe abgestreift, worauf sie sofort ins Bett gegangen war. Er sah Rosemary an, die ihre Hände betrachtete.

»Sie ist ein Kind«, sagte sein Vater schließlich. »Sie ist sechzehn, schwanger und hat in einem verlassenen Haus gewohnt – ganz allein. Ich konnte sie doch nicht einfach da sitzenlassen.«

Seine Mutter seufzte. Paul sah sie vor sich, wie sie sich mit den Fingern durchs Haar strich.

»Ist das jetzt die Midlife-Crisis?« fragte sie ruhig. »Ist es das?«

»Midlife-Crisis?« Die Stimme seines Vaters klang aufgeräumt, nachdenklich, als würde er sich ernsthaft Gedanken darüber machen. »Das kann durchaus sein. Ich weiß, daß ich vor eine Wand gerannt bin, Norah. In Pittsburgh. In jungen Jahren hatte ich es immer schwer. Der Luxus, jemand anders zu sein, war mir nicht vergönnt. Ich bin dorthin zurückgekehrt, um mir über ein paar Sachen klarzuwerden. Und dann traf ich auf Rosemary, in meinem alten Zuhause. Das alles kann kein Zufall sein, ich weiß auch nicht. Ich kann es nicht erklären, ohne dabei ziemlich verrückt zu klingen, aber bitte vertrau mir, Norah. Ich habe kein Verhältnis mit ihr, damit hat es nichts zu tun. Und wird es auch nicht.«

Paul sah Rosemary an. Sie hielt ihren Kopf gesenkt, so daß er ihren Gesichtsausdruck nicht erkennen konnte, doch ihre Wangen waren gerötet. Sie machte sich an einem abgebrochenen Fingernagel zu schaffen und vermied seinen Blick.

»Ich weiß nicht, was ich glauben soll«, sagte seine Mutter langsam. »Ausgerechnet diese Woche, David. Weißt du, wo ich gerade herkomme? Ich war mit Bree beim Arzt. Sie hat letzte Woche eine Biopsie machen lassen. Es ist die linke Brust. Es ist zwar nur ein kleiner Knoten, und ihre Aussichten sind gut, aber er ist bösartig.«

»Das wußte ich nicht, Norah. Es tut mir leid.«

»Faß mich bitte nicht an, David.«

»Wer operiert sie?«

»Ed Jones.«

»Ed ist gut.«

»Das muß er auch sein. Deine Midlife-Crisis ist das letzte, was ich jetzt brauchen kann, David.«

Während er zuhörte, spürte Paul, wie die Welt sich ein wenig verlangsamte. Er dachte an Bree und ihr spontanes Lachen, wie sie sich häufig eine Stunde lang zu ihm setzte und seinem Spiel zuhörte. Dann schwebte die Musik auf eine Weise zwischen ihnen, daß sie nicht mehr zu sprechen brauchten. In diesen Momenten schloß sie ihre Augen und streckte sich in der Schaukel aus. Paul konnte sich eine Welt ohne sie nicht vorstellen.

»Was erwartest du?« fragte sein Vater. »Was erwartest du von mir, Norah? Ich bleibe, wenn du es willst. Oder ich ziehe aus. Aber ich kann Rosemary nicht wieder wegschicken. Sie hat kein Zuhause.«

Es herrschte für kurze Zeit Stille, und Paul traute sich kaum zu atmen. Er wünschte sich, daß seine Mutter nie antworten würde.

»Und ich?« fragte er, von sich selbst überrascht. »Was ist mit meinen Wünschen?«

»Paul?« Die Stimme seiner Mutter.

»Gleich nebenan«, sagte er und griff nach seiner Gitarre. »Wir sitzen auf der Veranda – Rosemary und ich.«

»Ach du lieber Himmel«, sagte sein Vater. Sekunden später kam er die Stufen hoch. Nach der letzten Nacht hatte er geduscht, sich rasiert und einen sauberen Anzug angezogen. Er sah mager und müde aus. Genau wie Norah, die nun neben ihm stand.

Paul erhob sich und sah ihm ins Gesicht. »Ich gehe auf die Juilliard, Dad. Sie haben letzte Woche angerufen. Ich bin aufgenommen. Und ich werde gehen.«

Er wartete darauf, daß sein Vater wieder seine Litanei abließ: daß so ein Musikerdasein nichts Verläßliches sei, nicht mal, was die klassische Musik anging. Daß Paul doch alle

Möglichkeiten offenständen, daß er doch immer spielen und Spaß dabei haben könne, auch wenn er seinen Lebensunterhalt mit etwas anderem verdiene. Er wartete darauf, daß sein Vater vernünftig, resolut und unumstimmbar wäre, damit er seinem Ärger endlich Luft machen könnte. Er war bereit, doch zu seiner Überraschung nickte sein Vater nur.

»Freut mich für dich«, sagte er, und die Züge in seinem Gesicht wurden einen Moment lang weich, und die Sorgenfalten auf seiner Stirn verschwanden. Als er sprach, klang seine Stimme ruhig und überzeugt. »Wenn es das ist, was du machen willst, Paul, dann geh dorthin. Geh, sei tüchtig, und werde glücklich.«

Paul stand auf der Veranda, und ihm war unbehaglich zumute. All die Jahre hatte er das Gefühl gehabt, er sei immerzu gegen eine Wand gelaufen, wenn er und sein Vater darüber gesprochen hatten. Und nun war die Wand auf mysteriöse Weise verschwunden, doch er lief immer noch, raste orientierunglos in diesem neuen, leeren Raum umher.

»Paul, ich bin stolz auf dich«, sagte sein Vater.

Alle sahen ihn nun an, und die Tränen standen Paul in den Augen. Er wußte nicht, was er sagen sollte, also ging er ein paar Schritte, zunächst nur, um aus ihrem Blickfeld zu verschwinden und der unangenehmen Situation zu entkommen, doch dann lief er wirklich los, die Gitarre noch in der Hand.

»Paul!« Seine Mutter rief ihm hinterher, und als er sich umdrehte und ein paar Schritte rückwärts stolperte, sah er, wie blaß sie war, wie sie die Arme voller Anspannung vor ihrer Brust verschränkte und der Wind durch ihr mit frischen Strähnen durchzogenes Haar strich. Er dachte an Bree und was seine Mutter über sie gesagt hatte, wie ähnlich sich seine Mutter und Tante geworden waren, und er bekam Angst. Er sah seinen Vater vor sich, wie er mit völlig verdreckten Kleidern im Flur stand, wie die dunklen Stoppeln grob die Konturen eines Bartes zeichneten, das Haar wild durcheinander. Und nun, an diesem Morgen, war er sauber und besonnen und doch verändert. Sein immer einwandfreier, selbstsicherer, akkurater Vater war jemand anderes geworden. Hinter den Waldreben, halb verdeckt, stand Rosemary mit verschränkten Armen und hörte zu. Sie trug ihr Haar nun offen, so daß es ihr über die Schultern fiel, und er stellte sie sich in dem in den Hang gebauten Haus vor, wie sie sich mit seinem Vater unterhielt, wie sie all die Stunden mit ihm Bus fuhr, wie sie in irgendeiner Weise zum Stimmungsumschwung seines Vaters beigetragen hatte, und wieder bekam er Angst und fragte sich, was aus ihnen allen werden würde.

Deshalb lief er fort.

Es war ein sonniger Tag, und es war schon recht warm. Die Magnolien blühten überall. Mr. Ferry und Mrs. Pool winkten von der Terrasse. Paul hob die Gitarre zum Gruß an und lief weiter. Er entfernte sich von zu Hause – erst drei Häuserblocks, dann fünf, dann zehn. Auf der gegenüberliegenden Straßenseite stand vor einem Bungalow ein führerloser Wagen mit laufendem Motor. Wahrscheinlich hatte der Besitzer etwas vergessen, war noch mal zurückgelaufen, um seine Brieftasche oder seine Jacke zu holen. Paul blieb stehen. Es war ein hellbrauner, rostiger Gremlin, das häßlichste Auto des Universums. Er ging über die Straße, öffnete die Fahrertür und schlüpfte hinein. Niemand schrie, niemand kam aus dem Haus herausgerannt. Er zog die Tür zu und stellte den Sitz ein, um sich Beinfreiheit zu verschaffen. Die Gitarre legte er auf den Beifahrersitz. Der Wagen hatte ein Automatikgetriebe, und überall lagen Bonbonpapiere und leere Zigarettenschachteln herum. Dieses Auto mußte einem völligen Versager gehören, dachte er sich, einer dieser Frauen, die viel zuviel Make-up auftrugen und irgendwo als Sekretärin arbeiteten, an einem sterilen und leblosen Ort, bei einer chemischen Reinigung oder einer Bank. Noch einmal sah er um sich. Doch es war niemand in der Nähe. Kein Rufen, keine Sirene erschollen. Dann schaltete er in den Drive-Modus und fuhr los.

Er war bislang nicht viel gefahren, aber es erinnerte ihn an Sex: Wenn du so tatest, als wüßtest du Bescheid, dann kanntest du dich ziemlich schnell wirklich aus, und es ging dir in Fleisch und Blut über. Vor der Highschool lungerten Ned Stone und Randy Delaney herum und warfen ihre Zigarettenkippen ins Gras, bevor sie wieder hineingingen. Er hielt Ausschau nach Lauren Lobeglia, die ihnen manchmal Gesellschaft leistete und deren Atem häufig herb und rauchig war, wenn er sie küßte.

Die Gitarre rutschte ab. Er lehnte sich hinüber und sicherte sie mit dem Gurt. Ein Gremlin – so ein Mist. Er war in der Stadt angelangt und hielt vorsichtig an jeder Ampel. Der Tag war klar und blau. Er dachte an Rosemarys Augen, die sich mit Tränen gefüllt hatten. Er hatte sie nicht verletzen wollen. Und doch hatte er es getan. Irgend etwas war passiert, irgend etwas hatte sich verändert. Und sie hatte damit zu tun und er nicht, obwohl sich auf dem Gesicht seines Vaters einen kurzen Moment Freude gezeigt hatte, als er seine Aufnahme in die Juilliard verkündet hatte.

Paul fuhr weiter. Er wollte nicht in dieses Haus zurück, was auch passierte. Er erreichte die Autobahn, wo sich die Straße teilte, und fuhr Richtung Westen, Richtung Louisville. Er hatte Kalifornien vor Augen. Die Musik dort und einen endlosen Strand.

Lauren Lobeglia würde sich an irgendeinen anderen heranschmeißen, sie liebte ihn nicht, und er liebte sie nicht, sie war wie eine Droge, und was sie taten, hatte eine düstere Seite, etwas Abgründiges. Kalifornien. Bald würde er am Strand sein, in einer Band spielen und lässig und locker den Sommer verbringen. Im Herbst würde er dann irgendwie zur Juilliard abhauen. Durchs Land trampen vielleicht. Er kurbelte sein Fenster runter und ließ die Frühlingsluft hereinziehen. Der Gremlin fuhr gerade mal neunzig, selbst wenn er das Pedal bis auf den Boden drückte. Und doch fühlte es sich an, als würde er fliegen.

Er war hier schon einmal langgefahren, bei Schulausflügen zum Louisviller Zoo und auch schon vorher, als er noch klein war – auf einer dieser wilden Fahrten mit seiner Mutter, wenn er auf der Rückbank gelegen und die aufblitzenden Blätter, Äste und Telefonleitungen betrachtet hatte. Mit brüchiger Stimme hatte sie laut die Songs aus dem Radio begleitet und ihm versprochen, auf ein Eis anzuhalten, damit er brav und still war. All die Jahre war er brav gewesen, aber es hatte keinen Unterschied gemacht. Er hatte die Musik entdeckt und sein Herz geöffnet. Die Musik hatte die Lücke gefüllt, die der Tod seiner Schwester gerissen hatte. Doch auch das hatte nichts genutzt. Er hatte sein Möglichstes getan, damit seine Eltern einmal von ihrem Leben aufschauten und die Schönheit hörten, die Freude sahen, die er entdeckt hatte. Er hatte so viel gespielt und war so gut geworden. Und doch hatten sie nie aufgeschaut, nicht ein einziges Mal.

Er legte seine Hand auf die Gitarre und spürte das warme Holz. Dann drückte er das Gaspedal durch, fuhr zwischen den Kalksteinfelsen hindurch und flog den Bogen zum Kentucky River hinunter. Die Brücke pfiff unter seinen Reifen. Paul fuhr immer weiter und weiter, ohne nachzudenken.

18. Kapitel

April 1982

JENSEITS VON NORAHS MIT GLAS EINGEFASSTER Bürotür brummte das Tagesgeschäft. Ein Fax flatterte herein, und die Telefone klingelten; Neil Simms, der Personalleiter von IBM, trat durch die Eingangstür, und sein dunkler Anzug und die polierten Schuhe blitzten auf. Bree, die sich kurz am Empfang aufgehalten hatte, um die Faxe zu sammeln, drehte sich zum Gruß um. Sie trug einen gelben Leinenanzug mit dunkelgelben Schuhen. Ein eleganter Armreif rutschte bis an ihr Handgelenk hinunter, als sie sich zu ihm wandte und ihm die Hand schüttelte. Sie war sehr dünn geworden. Doch ihr Lachen war immer noch heiter und bahnte sich den Weg durch das Glas zu Norah, die vor einem glänzenden Ordner saß, den sie seit Wochen vorbereitet hatte, auf dem die dicken schwarzen Lettern IBM prangten.

»Hör zu, Sam«, sprach sie ins Telefon. »Ich habe dir gesagt, daß du mich nicht anrufen sollst, und das meinte ich auch so.«

Ein kühler, tiefer Strudel des Schweigens rauschte in ihrem Ohr. Sie sah Sam vor sich, wie er zu Hause vor der Glasfront arbeitete und auf den See blickte. Er war ein Investmentbanker, und Norah hatte ihn vor sechs Monaten im Parkhaus kennengelernt, im trüben Neonlicht neben dem Fahrstuhl. Ihr Schlüsselbund war ihr aus der Hand gefallen, und er hatte es auf halber Strecke aufgefangen, flink und geschmeidig waren seine Hände hervorgeschnellt, wie Fische. »Ist das Ihres?« hatte er mit einem kurzen, unbekümmerten Lächeln gefragt – ein Scherz, wo sie doch unter sich waren. Und Norah – in einem vertrauten Rausch, einer Art dunklem, erlösendem

Sturzflug – hatte genickt. Seine Finger streiften ihre Haut, und der Schlüsselbund fiel kalt in ihre Hand.

In dieser Nacht hatte er eine Nachricht auf ihrem Anrufbeantworter hinterlassen. Norahs Herz hatte schneller geschlagen, beim Klang seiner Stimme gezittert. Und doch hatte sie sich auf die Nachricht hin gezwungen, all ihre Affären zu zählen – die kurzen und andauernden, die leidenschaftlichen und distanzierten, die erbitterten und friedlichen –, jede einzelne in all den Jahren.

Vier. Sie hatte die Zahl aufgeschrieben, ein dunkles Symbol am Seitenrand der morgendlichen Zeitung. Oben lief das Wasser in die Badewanne. Paul spielte im Wohnzimmer Gitarre, wieder und wieder dieselbe Tonfolge. David arbeitete in seiner Dunkelkammer – wie immer hielten sie sich in großer Entfernung zueinander auf. Norah war in jede ihrer Affären mit einem Gefühl der Hoffnung und des Neuanfangs hineingegangen, das sich im Rausch der geheimen Treffen, des Neuartigen und der Überraschung zusammengebraut hatte. Nach Howard waren es noch zwei weitere Affären gewesen, intensiv und kurzlebig, gefolgt von einer dritten, längeren. Jede von ihnen hatte begonnen, wenn sie geglaubt hatte, daß das Schweigen im eigenen Haus sie verrückt machen würde, und die unbekannte Welt eines beliebigen anderen Wesens ihr als Trost erschienen war.

»Norah, bitte hör mir nur kurz zu«, sagte Sam nun. Er war ein energischer Mann, ein starker Verhandlungsführer, ein Mensch, den sie nicht mal sonderlich mochte. Vom Empfang aus warf Bree ihr einen fragenden, ungeduldigen Blick zu. Ja, bedeutete ihr Norah durch die Scheibe, sie würde sich beeilen. Um IBM hatten sie sich nun schon seit fast einem Jahr bemüht, da würde sie sicher nicht trödeln. »Ich wollte nur mal nach Paul fragen«, ließ sich Sam nicht kleinkriegen. »Ob du irgendwas von ihm gehört hast. Ich bin für dich da, okay? Hörst du, was ich dir sage, Norah? Ich bin Tag und Nacht für dich da.«

»Ich höre dich«, sagte sie und ärgerte sich über sich selbst – sie wollte nicht, daß Sam über ihren Sohn sprach. Paul war jetzt seit vierundzwanzig Stunden verschwunden; genau wie das Auto drei Häuserblocks weiter. Nach diesem dramatischen Auftritt auf der Veranda hatte sie ihm hinterhergesehen und sich daran zu erinnern versucht, was sie gesagt hatte, was er vorher mitbekommen haben konnte, und es tat ihr in der Seele weh, wenn sie an seinen verstörten Gesichtsausdruck dachte. Davids Entscheidung, Paul seinen Segen zu geben, war richtig gewesen. Und doch hatte die Absonderlichkeit dieses Verhaltens die Situation verschlimmert. Sie hatte Paul mit seiner Gitarre davonstapfen sehen und wäre fast hinter ihm hergelaufen, doch sie hatte Kopfschmerzen gehabt und sich eingeredet, daß er vielleicht ein wenig Zeit bräuchte, um mit sich selbst ins reine zu kommen. Außerdem würde er sich natürlich nicht weit entfernen – wo sollte er schon hingehen?

»Norah?« rief Sam. »Norah, alles klar bei dir?«

Sie schloß kurz die Augen. Sonnenlicht wärmte ihr Gesicht. Sams Schlafzimmerfenster waren voller Prismen, und an diesem wunderschönen Morgen würde es sicher auf jeder Fläche ein lebhaftes Licht- und Farbenspiel geben. »Wie Sex in der Disko«, hatte sie einmal gesagt, halb tadelnd, halb verzaubert; wandernde Farbschatten auf seinen Armen und der eigenen blassen Haut.

An diesem Tag, wie an allen anderen Tagen, seit sie sich kannten, hatte Norah beschlossen, die Sache zu beenden. Dann hatte Sam mit seinem Finger die Spuren der bunten Lichtprojektionen auf ihrem Oberschenkel nachgezogen, und langsam hatte sie gespürt, wie sie weicher wurde, wie ihre Gefühle ineinanderflossen, dunkles Indigo und Gold verschmolzen, und sich der Widerstand auf abgründige Weise in Begierde verwandelte.

Das Vergnügen dauerte jedoch stets nur bis zur Fahrt nach Hause an.

»Ich mache mir genug Gedanken um Paul«, sagte sie und fügte scharf hinzu: »Hör zu, Sam, es war mir ernst damit zuletzt. Ruf mich bitte nicht mehr an.«

»Du bist durcheinander.«

»Ja. Aber ich meine es, wie ich es sage. Ruf mich nicht an. Nie wieder.«

Sie legte auf. Ihre Hand zitterte. Sie drückte sie flach auf den Tisch. Pauls Verschwinden kam ihr wie eine Strafe vor – für Davids ewigen Mißmut und ihren eigenen. Das Auto, das er gestohlen hatte, war am Abend zuvor führerlos in einer Nebenstraße in Louisville gefunden worden, doch von Paul fehlte jede Spur. Und so warteten David und sie und streiften hilflos durch die aufgestaute Stille ihres Hauses. Das Mädchen aus West Virginia schlief noch immer auf dem Ausziehsofa im Gästezimmer. David faßte sie nicht an und sprach kaum zu ihr, allenfalls um zu fragen, ob sie etwas brauche. Trotzdem spürte Norah, daß da etwas zwischen den beiden war, eine emotionale Bindung, die lebhaft und positiv besetzt war. Dies traf sie so sehr, wie jede körperliche Affäre sie getroffen hätte, vielleicht sogar mehr.

Bree klopfte an die Scheibe und öffnete die Tür einen Spalt. »Alles in Ordnung? Neil ist nämlich hier. Von IBM.«

»Mir geht's gut«, sagte Norah. »Wie sieht's bei dir aus? Alles klar?«

»Es tut mir gut, hier zu sein«, sagte Bree heiter und bestimmt. »Insbesondere bei all dem, was zur Zeit sonst noch passiert.«

Norah nickte. Zuletzt hatte sie bei allen Freunden Pauls angerufen, und David hatte die Polizei benachrichtigt. Die ganze Nacht bis in den Morgen hinein war sie im Bademantel durchs Haus gewandert, hatte Kaffee getrunken und sich die furchtbarsten Szenarien ausgemalt. Die Möglichkeit, zur Arbeit zu gehen, um zumindest teilweise auf andere Gedanken zu kommen, war für sie befreiend gewesen. »Ich komme sofort«, sagte sie.

Das Telefon klingelte erneut, als sie aufstand, doch Norah ging mit einem Schub matter Verärgerung durch die Tür. Sie würde sich von Sam nicht beeindrucken lassen, sie würde sich nicht den Termin von ihm versauen lassen, auf gar keinen Fall. Ihre früheren Affären waren anders zu Ende gegangen, ob schnell oder langsam, ob freundschaftlich oder nicht – aber nicht mit diesem unangenehmen Beigeschmack. Nie wieder, dachte sie sich. Wenn das vorüber ist, nie wieder.

Sie eilte durch den Korridor, doch Sally hielt sie am Empfang zurück und streckte ihr den Hörer entgegen.

»Da solltest du besser drangehen, Schätzchen.«

Norah wußte sofort Bescheid; sie nahm den Hörer zitternd entgegen.

»Sie haben ihn gefunden.« Davids Stimme war ruhig. »Die Polizei hat gerade angerufen. Sie haben ihn in Louisville aufgetrieben. Beim Ladendiebstahl. Unser Sohn ist beim Käseklauen erwischt worden.«

»Dann geht es ihm also gut«, sagte sie und gab ihren Atem frei, den sie, ohne es zu merken, die ganze Zeit über angehalten hatte. Das Blut floß zurück in ihre Fingerspitzen. Sie war halbtot gewesen und hatte es nicht mal bemerkt.

»Ja, ihm geht es gut. Offenbar hatte er Hunger. Ich bin gerade auf dem Weg zu ihm. Willst du nachkommen?«

»Es wäre vielleicht besser. Ich weiß auch nicht, David, aber du könntest den falschen Ton treffen.« Bleib du mit deiner Freundin, wo du bist, hätte sie fast hinzugefügt, doch sie besann sich eines Besseren.

Er seufzte. »Ich frage mich, welcher Ton wohl der richtige ist, Norah. Das würde ich wirklich gern wissen. Ich bin stolz auf ihn, das habe ich ihm gesagt. Er ist davongelaufen und hat ein Auto gestohlen. Welcher Ton, frage ich mich also, könnte da angebracht sein?«

Dein Stolz kam zu spät, wollte sie sagen. Und was ist mit deiner Freundin?

»Norah, er ist achtzehn. Er hat ein Auto gestohlen. Er muß Verantwortung übernehmen.«

»Du bist dreiundfünfzig«, schoß sie zurück. »Du genauso.«

Für einen Moment herrschte Stille; sie stellte sich vor, wie er in seinem Büro stand, die Ruhe selbst in seinem weißen Kittel, sein Haar silbern schimmernd. Niemand, der ihn sah, würde sich vorstellen können, in welchem Zustand er nach Hause gekommen war, unrasiert, mit zerrissenen und vor Dreck starrenden Kleidern, ein schwangeres Mädchen mit einem abgewetzten schwarzen Mantel an seiner Seite.

»Hör zu, gib mir einfach die Adresse«, sagte sie. »Dann treffen wir uns dort.«

»Er ist auf der Polizeiwache, Norah. Beste Lage. Was denkst du denn, wo er ist? Im Zoo? Aber kein Problem – eine Sekunde, ich geb dir die Adresse, selbstverständlich.«

Als Norah sie notierte, sah sie, wie Bree die Tür hinter Neil Simms schloß.

»Alles in Ordnung mit Paul?« fragte Bree.

Norah nickte. Sie war zu aufgewühlt, zu erleichtert, um zu sprechen. Seinen Namen zu hören hatte die Nachricht wirklich werden lassen. Paul war in Sicherheit – in Handschellen vielleicht, aber er lebte. Die Mitarbeiter im Büro, die sich am Empfang versammelt hatten, fingen an zu klatschen, und Bree ging zu ihr hinüber und umarmte sie. Sie ist so dünn, dachte Norah mit Tränen in den Augen; die Schulterblätter ihrer Schwester waren fein und spitz wie Flügel.

»Ich fahre«, sagte Bree und nahm sie beim Arm. »Komm. Erzähl mir währenddessen, was passiert ist.«

Norah ließ sich führen, zur Eingangshalle und in den Fahrstuhl, zum Wagen in der Parkgarage. Bree fuhr durch die bevölkerten Straßen der Innenstadt, während Norah erzählte und die Erleichterung wie ein Windstoß durch sie hindurchzog.

»Ich kann es nicht glauben. Die ganze Nacht habe ich wach gelegen. Ich weiß, daß Paul jetzt erwachsen ist. Ich weiß, daß er in ein paar Monaten aufs College gehen wird und ich zu keiner Zeit die geringste Ahnung haben werde, wo er sich rumtreibt. Und doch habe ich mir ununterbrochen Sorgen gemacht.«

»Er ist immer noch dein Kleiner.«

»Er wird es immer sein. Es fällt mir schwer, ihn gehen zu lassen. Schwerer, als ich gedacht hätte.«

Sie fuhren an den flachen, tristen IBM-Gebäuden vorbei, und Bree winkte ihnen zu. »Hey Neil«, sagte sie. »Bis sehr bald.«

»Diese ganze Arbeit«, seufzte Norah.

»Keine Sorge. IBM verlieren wir schon nicht«, sagte Bree. »Ich war sehr, sehr charmant. Und Neil ist ein Familienmensch. Ich unterstelle ihm auch, einer dieser Männer zu sein, die Frauen gerne in Not sehen.«

»Du verkaufst deine Ideale«, gab Norah scharf zurück und erinnerte sich daran, wie Bree vor Jahren im gedämpften Licht des Eßzimmers Menschenrechtstransparente geschwungen hatte.

Bree lachte. »Überhaupt nicht. Ich habe nur gerade gelernt, mich auf meine Stärken zu besinnen. Wir bekommen IBM, mach dir keine Sorgen.«

Norah antwortete nicht. Weiße Zäune blitzten auf und verschwammen vor dem saftigen Gras. Pferde standen seelenruhig auf der Weide. Es war Frühling, Melonenzeit, und die roten Knospen schnellten hervor. Sie überquerten den schlammig schimmernden Kentucky. In einem Feld jenseits der Brücke wogte ein fliederfarbener Kosmos, eine Momentaufnahme leuchtender Schönheit, und zog vorbei. Wie oft war sie diese Straße entlanggefahren, den Wind in ihren Haaren, und der Ohio hatte sie mit seinen Versprechungen, seiner ungestümen und sprudelnden Schönheit gelockt. Sie hatte sich vom Gin abgewendet, von den windrauschenden Autofahrten; sie hatte das Reisebüro gekauft und zum Erfolg geführt; sie hatte ihr Leben verändert. Doch plötzlich wurde ihr eines klar, als sei ein grelles Licht in einen dunklen Raum gebrochen: Sie war rastlos weitergelaufen. Nach San Juan, Bangkok, London und Alaska. In Howards Arme und in die der anderen, den langen Weg bis zu Sam und zu diesem Augenblick.

»Ich will dich nicht verlieren«, sagte sie laut. »Ich weiß nicht, wie du es schaffst, bei alldem so ruhig zu bleiben – ich habe das Gefühl, ich bin gerade vor eine Wand gerannt.« Ihr kam in den Sinn, daß David dasselbe gesagt hatte, gestern, als sie in der Einfahrt gestanden hatten, als er versucht hatte zu erklären, warum er dieses junge Mädchen, Rosemary, mit nach Hause gebracht hatte. Was war mit ihm in Pittsburgh geschehen, daß er nun so verändert war?

»Ich bin ruhig, da ich weiß, daß du mich nicht verlieren wirst.«

»Gut. Ich bin froh, daß du dir so sicher bist. Das könnte ich nicht verwinden, Bree.«

Ein paar Meilen lang fuhren sie schweigend weiter.

»Erinnerst du dich an das alte blaue Sofa, das ich hatte?« fragte Bree schließlich.

»Vage«, sagte Norah und rieb sich die Augen. »Was ist damit?«

Ein Tabaksilo, noch eins und ein langer grüner Streifen.

»Ich habe dieses Sofa immer für so schön gehalten. Und dann, eines Tages, es war in einer wirklich trüben Phase meines Lebens, fiel das Licht anders darauf als sonst – ich glaube, es schneite draußen. Und mir ging auf, daß das Sofa völlig heruntergekommen war und daß nur noch der Staub es zusammenhielt. Ich wußte, daß es Zeit war, etwas zu ändern.« Sie sah Norah an und lächelte. »Und deswegen habe ich angefangen, bei dir zu arbeiten.«

»Trübe Phase?« erwiderte Norah. »Ich dachte immer, daß dein Leben so glamourös sei. Im Vergleich zu meinem jedenfalls. Ich wußte nicht, daß du eine schwere Zeit durchgemacht hast, Bree. Was war passiert?«

»Es spielt keine Rolle. Die Zeiten sind vorbei. Aber auch ich habe gestern nacht wach gelegen. Mich beschleicht dasselbe Gefühl – irgend etwas verändert sich gerade. Ist schon komisch, wie die Dinge plötzlich so anders erscheinen. Heute morgen habe ich mich dabei erwischt, wie ich in das Licht schaute, das durchs Küchenfenster hereinfällt. Es warf ein langes Rechteck auf den Boden, und die Schatten neu gesprossener Blätter tanzten darin, bildeten alle möglichen Muster. So einfach und doch so schön.«

Norah sah sich Brees Profil an und dachte daran, wie sie gewesen war – unbedarft, unverfroren und selbstsicher hatte sie auf den Treppenstufen des Regierungsgebäudes gestanden. Was war von diesem Mädchen übriggeblieben? Wie war sie zu dieser mageren, entschlossenen, dieser so starken und einsamen Frau geworden?

»Ach, Bree«, war alles, was Norah schließlich herausbrachte.

»Es ist nicht mein Todesurteil, Norah.« Bree klang schroff, unbeirrt und bestimmt, als würde sie eine Liste von Außenständen verlesen. »Es ist eher ein Weckruf. Ich habe ein bißchen darüber gelesen, und meine Chancen stehen wirklich gut. Und heute morgen dachte ich daran, daß ich, wenn es schon keine Selbsthilfegruppe für Frauen wie mich gibt, selbst eine ins Leben rufe.«

Norah lächelte. »So kenne ich dich. Das sind die beruhigendsten Worte, die du mir je gesagt hast.« Schweigend fuhren sie weiter, dann fügte Norah hinzu: »Aber du hast es mir nie erzählt. All die Jahre vorher, als du unglücklich warst. Nie.«

»Stimmt«, sagte Bree. »Deswegen erzähle ich es dir jetzt.«

Norah legte die Hand auf Brees knochiges Knie und fühlte die Wärme ihrer Schwester. »Was kann ich für dich tun?«

»Dasselbe wie immer. Tag für Tag. In der Kirche stehe ich auf der Liste der Andachten, das gibt mir Kraft.«

Norah sah ihre Schwester an, ihr kurzes modisches Haar, ihr scharfes Profil, und fragte sich, was sie antworten sollte. Vor gut einem Jahr hatte Bree begonnen, die Messen der kleinen Episkopalkirche nahe ihrer Wohnung zu besuchen. Norah war einmal mit ihr dorthin gegangen, doch die komplexen Rituale des Niederkniens und Stehens, des Gebets und des Schweigens hatten ihr ein Gefühl von Unbeholfenheit und mangelnder Zugehörigkeit gegeben. Sie hatte dort gesessen und den Gläubigen verstohlene Blicke zugeworfen; sie hatte sich gefragt, was diese wohl fühlten, was sie so früh aus dem Bett gescheucht und zur Kirche getrieben hatte an einem so schönen Sonntagmorgen. Es war schwierig, ein Geheimnis dahinter zu sehen, schwierig, irgend etwas anderes zu sehen als das helle Licht und eine Gruppe müder, hoffnungsvoller, pflichtbewußter Menschen. Sie war nie wieder mitgegangen, doch nun merkte sie plötzlich, daß sie unglaublich dankbar war für den unsichtbaren Trost, den ihre Schwester daraus zog.

Die Welt flog vorbei: Gras, Bäume, der Himmel. Und dann immer häufiger Gebäude. Sie hatten Louisville erreicht, und Bree ordnete sich in den tosenden Verkehr der Interstate ein, heftete sich an die Fersen der vorbeirauschenden Autos. Der Parkplatz vor der Polizeiwache stand voller Wagen und flimmerte schwach in der Mittagshitze. Sie stiegen aus und gingen den betonierten Bürgersteig entlang, der von einer Reihe kleiner, ausgedörrter Sträucher gesäumt wurde. Durch eine Drehtür traten sie in das schummrige Innere.

Paul saß vornübergebeugt auf einer Bank, die Ellenbogen hatte er auf den Knien abgestützt, seine Hände baumelten dazwischen. Norahs Herz zog sich zusammen. Sie lief am Eingangsschalter und an den Polizeibeamten vorbei und watete durch die dicke meergrüne Luft zu ihrem Sohn. Es war heiß im Raum. Ein Ventilator drehte sich kaum merklich unter den fleckigen Styroporplatten an der Decke. Sie setzte sich neben Paul auf die Bank. Er war ungeduscht, seine Haare waren fettig, und er stank nach Schweiß und Zigarettenqualm. Herbe, beißende Gerüche – die Gerüche eines Mannes. Seine Finger hatten Schwielen, waren vom Gitarrespielen mit Hornhaut überzogen. Er führte nun sein eigenes, geheimes Leben. Plötzlich fühlte sie sich davon gedemütigt, daß er schon so selbständig war. Sie war seine Mutter, würde es immer sein, nur wollte er sich nicht länger von ihr bemuttern lassen.

»Ich bin froh, dich zu sehen«, sagte sie ruhig. »Ich habe mir solche Sorgen gemacht, Paul. Wir alle haben uns Sorgen gemacht.«

Er schaute sie an – seine grünen Augen von Zorn und Mißtrauen überschattet. Ruckartig drehte er sich ab und blinzelte eine Träne weg. »Ich stinke.«

»Allerdings«, stimmte Norah zu.

Er ließ seine Augen durch die Eingangshalle wandern, und sein Blick blieb an Bree haften, die am Schalter stand, dann an der rotierenden Drehtür.

»Schön. Wahrscheinlich darf ich mich glücklich schätzen, daß er gar nicht erst gekommen ist.«

Er meinte David. In seiner Stimme schwangen eine ungeheure Verletztheit, ein ungeheurer Zorn mit.

»Er ist auf dem Weg«, sagte Norah und ließ ihre Stimme sachlich klingen. »Bree hat mich hierhergefahren. Oder eher geflogen.«

Sie versuchte ihm ein Lächeln abzuringen, doch er nickte nur.

»Geht es ihr gut?«

»Ja«, sagte Norah und dachte an ihr Gespräch im Auto. »Ihr geht es gut.«

Er nickte. »Gut. Gut so. Dad ist wahrscheinlich ziemlich angepißt.«

»Darauf kannst du wetten.«

»Komme ich ins Gefängnis?« Pauls Stimme war jetzt sehr weich.

Sie holte Luft. »Ich weiß es nicht. Ich hoffe nicht, aber ich weiß es nicht.«

Sie schwiegen eine Weile. Bree sprach mit einem der Beamten, nickte, gestikulierte. Im Hintergrund kreiste die Drehtür unaufhörlich, warf Licht und Schatten zurück, spülte Fremde herein und hinaus, einen nach dem anderen, und plötzlich schritt David über den Terrazzoboden, mit quietschenden schwarzen Schuhen und einem ernsten, aber gelassenen Gesichtausdruck, der unmöglich zu deuten war. Norah war angespannt und fühlte dieselbe Anspannung bei Paul. Zu ihrer Verblüffung ging David geradewegs auf Paul zu und drückte ihn innig und stumm an sich.

»Du bist in Sicherheit«, sagte er. »Gott sei Dank.«

Sie holte tief Luft und war dankbar für diesen Augenblick. Ein Beamter mit frappierend blauen Augen, weißem Haar und Bürstenschnitt ging mit einem Aktenordner durch den Raum. Er schüttelte erst Norah die Hand, dann David, dann wandte er sich an Paul.

»Am liebsten würde ich dich in den Bau schicken«, sagte er im Plauderton. »So einen Schlauberger wie dich. Ich weiß gar nicht, wie viele von deiner Sorte ich in all den Jahren schon gesehen habe, Jungs, die meinen, daß sie richtig hart sind, die immer wieder laufengelassen werden, bis sie irgendwann wirklich Mist bauen. Dann landen sie für eine ganze Weile im Gefängnis und merken, daß sie gar nicht so hart sind. Kein bißchen hart. Es ist eine Schande. Aber deine Nachbarn scheinen zu glauben, sie täten dir einen Gefallen damit, die Sache mit dem Wagen auf sich beruhen zu lassen. Und da ich dich nicht einsperren kann, werde ich dich in die Obhut deiner Eltern entlassen.«

Paul nickte. Seine Hände zitterten; er stopfte sie in seine Taschen. Alle sahen sie dem Beamten dabei zu, wie er ein Blatt von seinem Notizblock abriß, es David reichte und langsam wieder zu seinem Schreibtisch zurückging.

»Ich habe mit den Bolands telefoniert«, erklärte David, faltete das Blatt und steckte es in seine Brusttasche. »Sie waren sehr verständnisvoll. Das hätte ganz anders ausgehen können, Paul. Glaub nicht, daß du nicht jeden einzelnen Cent für die Reparatur des Wagens zurückzahlen mußt. Und glaub nicht, daß dein Leben in der nächsten Zeit besonders lustig sein wird. Treffen mit Freunden kannst du dir abschminken. Soziale Kontakte überhaupt.«

Paul nickte und schluckte.

»Aber ich muß zur Probe«, sagte er. »Ich kann doch unser Quartett nicht sausen lassen.«

»Nein«, erwiderte David. »Du kannst nicht den Wagen unserer Nachbarn stehlen und glauben, daß das Leben so weitergeht wie vorher.« Norah spürte, wie angespannt Paul neben ihr war, wie wütend. Laß es gut sein, dachte sie und sah den Muskel in Davids Kiefer zucken. Laßt es gut sein, beide. Es reicht jetzt.

»Na gut,«, sagte Paul. »Dann komme ich nicht mit nach Hause. Dann gehe ich lieber ins Gefängnis.«

»Das dürfte kein allzu großes Problem sein«, antwortete David in einem gefährlich kühlen Ton.

»Nur zu«, sagte Paul. »Ich bin nämlich Musiker. Und ich bin gut. Eher lebe ich auf der Straße, als das aufzugeben. Da krepiere ich lieber.«

Einen Herzschlag lang war es still. Als David nicht antwortete, verengten sich Pauls Augen. »Meine Schwester weiß gar nicht, wie gut sie es hat«, sagte er.

Norah, die sich bis dahin sehr still verhalten hatte, empfand diese Worte als harten, grellen, stechenden Schmerz. Bevor sie sich darüber klar wurde, was sie tat, verpaßte sie Paul eine Ohrfeige. Die ersten Bartstoppeln kratzten an ihrer Hand – er war ein Mann, kein Junge mehr, und sie hatte ihn geschlagen.

Er drehte sich zu ihr, geschockt, und ein roter Fleck zeichnete sich bereits auf seiner Wange ab.

»Paul«, sagte David. »Mach nicht alles noch schlimmer, als es ohnehin schon ist. Und sag nichts, was du für den Rest deines Lebens bereuen würdest.«

Norahs Hand brannte noch immer – das Blut rauschte nur so durch die Adern.

»Wir gehen nach Hause«, sagte sie. »Wir werden das zu Hause klären.«

»Ich weiß nicht so recht. Eine Nacht im Gefängnis könnte ihm ganz gut tun, Norah.«

»Ich habe schon ein Kind verloren«, sagte sie und wandte sich zu ihm. »Ich werde bestimmt kein zweites verlieren.«

Nun war es David, der sprachlos war. Als hätte sie auch ihn geschlagen. Der Deckenventilator tickte, und die Drehtür rotierte in rhythmischen Stößen.

»Okay«, sagte David. »Vielleicht hast du recht. Vielleicht tust du gut daran, mir keine Beachtung zu schenken. Gott weiß, wie sehr mir all die Dinge leid tun, mit denen ich euch enttäuscht habe.«

»David?« sagte Norah, als er sich abwandte, doch er antwortete nicht. Sie sah ihm zu, wie er durch den Raum ging und in die Drehtür trat. Draußen sah man ihn noch einen Augenblick lang, einen Mann mittleren Alters mit einer dunklen Jacke, Teil der Menschenmenge, dann war er verschwunden. Der Ventilator verwirbelte Gerüche von säuerlichem Fleisch, Pommes Frites und Reinigungsmitteln.

»Ich wollte nicht ...«, setzte Paul an, doch Norah hob die Hand.

»Nicht. Bitte. Ich will kein Wort mehr hören.«

Es war Bree, die beide ruhig und bestimmt zum Auto brachte. Paul roch so streng, daß sie die Fenster öffneten, und Bree fuhr los, mit ihren dünnen Fingern das Lenkrad fest im Griff. Norah brütete vor sich hin, und es dauerte fast eine halbe Stunde, bis sie bemerkte, daß sie die Autobahn verlassen hatten und wieder auf kleineren Straßen durch die lebhafte Frühlingslandschaft fuhren.

»Wo fährst du hin?« fragte Norah.

»Wir machen eine kleine Abenteuerreise«, sagte Bree. »Laß dich überraschen.«

Norah wollte nicht auf Brees Hände schauen, die so knöchern waren und auf denen sich blaue Adern abzeichneten.

Sie schielte in den Rückspiegel zu Paul. Mißmutig und blaß saß er dort, die Arme verschränkt, sichtbar erbost, sichtbar verletzt. Sie hatte einen Fehler begangen, als sie David dazwischengefunkt war und Paul geschlagen hatte; sie hatte alles nur noch schlimmer gemacht. Sein wütender Blick traf ihren im Spiegel, und sie dachte zurück an seine weiche, spekkige Kinderhand, die er gegen ihre Wange drückte, sein Lachen, das durch die Räume klang. Dieses Kind war ein ganz anderer Mensch gewesen. Wo war er geblieben?

»Was für eine Abenteuerreise?« fragte Paul.

»Um genau zu sein, suche ich gerade die Klosterkirche von Gethsemane.«

»Warum?« fragte Norah. »Ist sie in der Nähe?«

Bree nickte. »Müßte sie eigentlich. Ich wollte sie mir schon immer mal ansehen, und auf dem Hinweg fiel mir auf, wie nah sie ist. Ich dachte mir: an einem so herrlichen Tag, warum nicht?«

Unter dem klaren Blau des Himmels, der zum Horizont hin verblaßte, wogten die Bäume in der leichten Brise. Sie fuhren noch weitere zehn Minuten auf ein paar Nebenstraßen, bis Bree anhielt und unter ihrem Sitz wühlte.

»Ich fürchte, ich habe keine Karte dabei«, sagte sie und richtete sich auf.

»Du hast nie eine Karte dabei«, erwiderte Norah, und gleichzeitig wurde ihr klar, daß dies auf Brees ganzes Leben übertragbar war. Doch es spielte keine Rolle. Sie und David hatten zu Anfang alle möglichen Karten gehabt, und wo standen sie nun?

Bree hatte in der Nähe von zwei schlichten weißen Bauernhäusern gehalten, deren Türen verriegelt waren. Die Tabakfelder auf den abgelegenen Hügeln glänzten silbern. Es war Setzzeit. In der Ferne arbeiteten sich Traktoren durch die frisch gepflügten Felder, gefolgt von Menschen, die sich bückten, um die hellgrünen Tabakpflänzchen in die dunkle Erde zu setzen. Am Ende der Straße, auf der anderen Seite des Feldes, stand im Schatten alter Ahornbäume eine kleine weiße Kirche, die von einem Beet violetter Stiefmütterchen gesäumt wurde. An die Kirche grenzte ein Friedhof an, dessen alte Grabsteine hinter einem schmiedeeisernen Tor krumm und schief aufragten. Dies sah dem Ort, wo ihre Tochter beerdigt worden war, so ähnlich, daß Norah den Atem anhielt. Ihr kam dieser Tag im März wieder in den Sinn, das feuchte Gras unter ihren Füßen, die tiefliegenden, drükkenden Wolken und David still und fern an ihrer Seite. »Asche zu Asche, Staub zu Staub.« Der Boden war ihnen unter den Füßen weggezogen worden.

»Fahr mal da runter«, sagte sie. »Bestimmt kann uns dort jemand weiterhelfen.«

An der Kirche angekommen, stiegen sie aus dem Wagen und kamen sich in ihrer Businesskleidung großstädtisch und völlig fehl am Platz vor. Das Gras unter Brees gelben Schuhen war dunkelgrün und saftig. Norah legte ihre Hand auf Brees dünnen Arm, und der gelbe Leinenstoff fühlte sich weich und fest zugleich an.

»Du wirst diese Schuhe ruinieren«, sagte sie.

Bree sah an sich hinunter, nickte und streifte sie ab.

»Ich frage mal im Pfarrhaus nach«, sagte sie. »Die Eingangstür steht offen.«

»Nur zu. Wir warten hier.«

Mit ihren Schuhen in der Hand ging Bree durch das üppige grüne Gras. Ihre blassen Beine mit den bestrumpften Füßen hatten etwas Mädchenhaft-Verletzliches. Ihre Schuhe baumelten hin und her. Norah sah sie plötzlich vor sich, wie sie hinter ihrem Elternhaus über ein Feld lief und das Gelächter durch die sonnenflimmernde Luft klang. Paß auf dich auf, dachte sie. Paß auf dich auf, mein Schwesterherz.

»Ich vertrete mir mal die Beine«, sagte sie zu Paul, der noch immer in gekrümmter Haltung auf dem Rücksitz saß. Sie ließ ihn dort zurück und folgte dem Kiesweg zum Friedhof. Das eiserne Tor war nur angelehnt, und Norah wanderte zwischen den verwitterten grauen Grabsteinen umher. Sie war schon Jahre nicht mehr an Phoebes Grab gewesen. Sie blickte zurück zu Paul. Er stieg aus dem Auto und reckte sich, die Augen durch eine dunkle Sonnenbrille verdeckt.

Das Kirchentor war rot. Es gab sofort nach, als Norah es berührte. Der Altarraum war schummerig und kühl, und die bunten Glasfenster stellten hell leuchtende Heiligenbilder, biblische Szenen, Tauben und Feuer dar. Norah dachte an Pauls Zimmer, das Durcheinander der Farben dort, und wie beruhigend diese dagegen wirkten, wie beständig und verläßlich sie in den Raum fielen. Ein Gästebuch lag aufgeschlagen da. Mit ihrer geschwungenen Schrift trug sie sich ein und dachte an die Nonne, die ihr die Schreibschrift beigebracht hatte. Norah hielt inne. Vielleicht war es einfach nur die Stille, die sie die paar Schritte durch den ausgestorbenen Mittelgang machen ließ. Die Stille und dieses Gefühl des Seelenfriedens und der Leere, die Art und Weise, wie das Licht durch die bunten Glasfenster fiel, der aufgewirbelte Staub. Norah ging durch das Licht hindurch: Rot, Dunkelblau, Gold.

Die Sitzbänke rochen nach Bohnerwachs. Sie ließ sich in eine hineingleiten. Violette, leicht staubige Kniebänke. Sie dachte an Brees altes Sofa, und dann kam ihr plötzlich die Erinnerung an die Frauen aus dem nächtlichen Bibelkreis – jene, die zu ihr nach Hause gekommen waren und Geschenke für Paul abgegeben hatten. Sie entsann sich, wie sie ihnen einmal geholfen hatte, die Kirche zu putzen, wie sie die Holzbänke poliert hatten, indem sie auf Lumpen mit dem Hintern über die langen, glatten Planken geglitten waren. »So haben wir mehr Gewicht«, hatten sie gewitzelt, und ihr Lachen war durch den Altarraum geklungen. In ihrem Kummer hatte sich Norah von ihnen abgewandt und sie nie wieder aufgesucht, doch jetzt wurde ihr klar, daß auch sie gelitten hatten, daß auch sie geliebte Menschen verloren, Krankheiten überstanden oder sich und andere enttäuscht hatten. Norah hatte nicht eine von ihnen sein wollen, hatte ihren Trost nicht gewollt, und so war sie davongelaufen. Daran zurückdenkend, stiegen ihr Tränen in die Augen. Warum riß sie sich nicht zusammen, das Ganze lag doch achtzehn Jahre zurück. Dieser Kummer durfte nicht wieder hervorsprudeln wie ein Quell.

Es war sonderbar, aber sie weinte auf einmal bitterlich. Sie war so schnell so weit gelaufen, um diesem Augenblick zu entrinnen, und doch war er nun da: Eine Fremde schlief auf dem ausgezogenen Sofa und trug ein mysteriöses, neues Leben in sich, und David zuckte nur mit den Schultern, resignierte und wandte sich ab. Sie wußte, daß er gegangen sein würde, wenn sie nach Hause kam, daß er vielleicht einen Koffer gepackt, sonst aber nichts mitgenommen hätte. Sie weinte ob dieser Gewißheit, weinte um Paul, um die Verbitterung und Verlorenheit in seinen Augen. Um ihre Tochter, die sie nie gekannt hatte. Um Brees dünne Hände. Um die unzähligen Male, die die Liebe sie alle enttäuscht hatte und sie die Liebe enttäuscht hatten. Der Kummer schien etwas Körperliches zu sein. Norah weinte sehr lange und nahm nichts mehr wahr – außer einer Art Linderung, die sie aus ihrer Kindheit noch kannte. Sie schluchzte, bis ihr der Hals weh tat, sie außer Atem und entkräftet war.

In den offenen Dachsparren nisteten Vögel: Spatzen. Als sie wieder zu sich kam, nahm Norah langsam ihre sanften Geräusche, ihr Flattern wahr. Sie kniete und stützte sich mit den Armen auf der Rücklehne der Vorbank ab. Immer noch wurden bunte Lichtstrahlen in Bündeln auf den Boden geworfen. Peinlich berührt, stand sie auf und wischte sich die Tränen aus dem Gesicht. Ein paar graue Federn lagen auf den gekachelten Stufen zum Altar. Als sie nach oben schaute, sah Norah einen Spatzen zaghaft mit den Flügeln schlagen, ein Schatten inmitten größerer Schatten. Über all die Jahre hatten hier so viele andere mit ihren Geheimnissen gesessen, mit dunklen und freudigen, mit ihren Träumen. Sie fragte sich, ob deren unbändiger Kummer – so wie ihrer – nachgelassen hatte. Sie konnte sich nicht erklären, warum dieser Ort ihr solchen Frieden brachte, doch so war es.

Als sie blinzelnd nach draußen ins Sonnenlicht trat, saß Paul vor dem schmiedeeisernen Tor auf einem Stein. In der Ferne lief Bree durchs Gras und schwang die Schuhe hin und her.

Er nickte den verstreut stehenden Grabsteinen des Friedhofs zu. »Es tut mir leid, was ich gesagt habe. Ich habe es nicht so gemeint. Ich wollte Dad wütend machen, damit auch ich wütend sein könnte.«

»Sag das nie wieder«, sprach Norah zu ihm. »Daß dein Leben nichts wert ist. Sag das nie, nie wieder zu mir. Du darfst es nicht mal denken.«

»Ich weiß. Es tut mir wirklich leid.«

»Ich weiß, daß du wütend bist. Du hast ein Recht auf das Leben, das dir vorschwebt. Doch dein Vater sieht das richtig. Gewisse Spielregeln müssen eingehalten werden. Wenn du sie nicht befolgst, mußt du sehen, wie du zurechtkommst.«

All dies sagte sie, ohne ihn anzusehen, und als sie sich zu ihm drehte, war sie geschockt, ihn aufgelöst zu sehen, mit Tränen auf den Wangen. Der kleine Junge, der er gewesen war, war ihr also doch noch nicht völlig entrückt. Sie umarmte ihn, so fest sie konnte. Er war so groß. Ihr Kopf reichte ihm nur bis zu den Achseln.

»Ich liebe dich, verstehst du! Ich bin so froh, daß du wieder da bist. Du stinkst wirklich fürchterlich«, sagte sie noch und lachte, worauf auch Paul lachen mußte.

Sie schirmte die Augen mit ihrer Hand ab und sah über das Feld zu Bree hinüber, die näher gekommen war.

»Es ist nicht weit«, rief sie. »Wir müssen nur die Straße hier runter. Wir können es gar nicht verfehlen, sagt sie.«

Sie stiegen wieder ins Auto, wendeten und fuhren die engen Straßen zurück. Nach ein paar Kilometern waren durch die Zypressen hindurch weiße Gebäude zu erkennen. Dann plötzlich stand die Klosterkirche von Gethsemane vor ihnen, mächtig, grell und schlicht vor der geschwungenen grünen

Landschaft. Bree fuhr auf einen Parkplatz unter einer Reihe von raschelnden Bäumen. Als sie aus dem Wagen stiegen, begannen die Glocken zu läuten, die die Mönche zum Gebet riefen. Sie blieben stehen und lauschten dem reinen Klang, der sich in der noch reineren Luft verflüchtigte. Kühe grasten in der Nähe, und träge zogen die Wolken über sie hinweg.

»Es ist wunderschön«, sagte Bree. »Thomas Merton hat hier einmal gelebt – wußtet ihr das? Er ist nach Tibet gegangen, um den Dalai Lama zu treffen. Ich liebe die Vostellung, daß all die Mönche dort drinnen Tag für Tag dieselben Dinge tun.«

Paul hatte seine Sonnenbrille abgenommen. Seine Augen waren klar und vom selben Dunkelgrün wie ihre. Er kramte in seiner Hosentasche und holte ein paar kleine Steine heraus, die er auf dem Dach des Autos auslegte.

»Erinnerst du dich?« fragte er, als sie einen in die Hand nahm und das weiße Gestein mit dem Loch in der Mitte befühlte. »Das sind Crinoide. Von Seelilien. An dem Tag, als ich mir den Arm gebrochen habe, hat Dad mir etwas über sie erzählt. Ich bin ein bißchen spazierengegangen, während du in der Kirche warst. Sie liegen hier überall herum.«

»Das hatte ich vergessen«, sagte Norah langsam, doch dann kam es ihr blitzartig wieder in den Sinn: die Halskette, die Paul angefertigt hatte, und wie sehr sie sich gesorgt hatte, daß Paul sich in ihr verfangen und ersticken könnte.

Der Glockenklang verhallte in der kristallklaren Luft. Sie nahm einen der Steine. Er hatte die Größe eines Knopfes und lag leicht und warm in ihrer Hand. Sie entsann sich, wie David Paul hochgehoben und ihn von der Party weggetragen hatte, um seinen gebrochenen Arm einzugipsen. Wie sehr David sich darum bemüht hatte, daß es ihnen allen gutging, alles richtig zu machen. Und doch hatten sie sich alle auf irgendeine Weise immer schwergetan – als müßten sie in einem seichten Gewässer schwimmen, das einst das ganze Land bedeckt hatte.

1988

19. Kapitel

Juli 1988

DAVID HENRY SASS OBEN IN SEINEM ARBEITSZIMMER. Durch das Fenster, das von einem Schmutzfilm der letzten Jahre bedeckt und leicht verzogen war, sah er verschwommen die Straße. Er schaute einem Eichhörnchen zu, wie es eine Nuß hervorholte und den Ahornbaum hinauflief, dessen Blätter gegen das Fenster drückten. Rosemary kniete nahe der Veranda, und ihr langes Haar fiel von den Schultern, als sie sich hinunterbeugte, um die Blumenzwiebeln und einjährigen Pflanzen in die umgegrabenen Beete einzusetzen. Sie hatte den Garten verändert, indem sie Taglilien und Kapuzinerkresse aus ihrer Freunde Gärten mitgebracht und Flachs an der Garage gepflanzt hatte, der dort in sattem Hellblau wie ein Teppich blühte. Jack saß mit einer eigenen Plastikschaufel vergnügt neben ihr und sammelte auf dem Rasen und auf dem Bürgersteig in kleinen Häufchen Dreck. Mit seinen mittlerweile fünf Jahren war er ein kräftiger, fröhlicher und wohlgeratener Junge mit dunkelbraunen Augen und einer leicht rötlichen Spur in seinem blonden Schopf. Er hatte störrisches Haar. Am Abend, wenn David auf ihn aufpaßte, während Rosemary bei der Arbeit war, bestand Jack immer darauf, alles selbst zu machen. »Ich bin schon groß«, verkündete er mehrfach am Tag stolz und wichtig.

Bei David konnte er tun und lassen, was er wollte, solange Sicherheit und Vernunft gewährleistet waren. Die Wahrheit war: David liebte es, auf Jack aufzupassen. Er liebte es, Jack Geschichten vorzulesen, das Gewicht und die Wärme seines Körpers zu fühlen, zu spüren, wie sein Kopf an seine Schulter niedersank, wenn er in den Schlaf fiel. Er liebte es, seine kleine, ihm vertrauende Hand zu halten, wenn sie auf dem Bürgersteig zum Supermarkt liefen. Es tat David weh, daß die Erinnerungen an Paul in diesem Alter so dürftig, so flüchtig waren. Sicher, er hatte zu dieser Zeit seine Karriere auf den Weg gebracht, war mit der Klinik und auch der Fotografie beschäftigt gewesen, doch im Grunde waren es die Schuldgefühle gewesen, die ihn auf Distanz gehalten hatten. Sein Lebensentwurf lag plötzlich schmerzlich offen vor ihm. Er hatte ihre Tochter an Caroline Gill gegeben, und das Geheimnis hatte Wurzeln geschlagen, war emporgewachsen und hatte die Familie überwuchert. Jahrelang war er zu Norah nach Hause gekommen und hatte sich gedacht, wie bezaubernd sie war, während sie Drinks zubereitete oder sich eine Schürze umband, und wie wenig er sie kannte.

Nie hatte er es geschafft, ihr die Wahrheit zu sagen, weil er wußte, daß er sie – und vielleicht auch Paul – damit für immer verlieren würde. So hatte er sich der Arbeit hingegeben, und in den Bereichen seines Lebens, die er kontrollieren konnte, war er sehr erfolgreich gewesen. Doch was Pauls Kindheit anbetraf, erinnerte er sich traurigerweise nur noch an einige wenige losgelöste Momente, die die Klarheit von Fotos besaßen: Paul, wie er auf dem Sofa schläft, eine Hand herunterbaumelnd, sein dunkles Haar zerzaust. Paul, wie er in der Brandung steht und vor Angst und Vergnügen schreit, während das Wasser um seine Knie rauscht. Paul, wie er an dem kleinen Tisch im Kinderzimmer sitzt und mit ernster Miene so hingebungsvoll malt, daß er David gar nicht wahrnimmt, der im Türrahmen steht und ihm zuschaut. Paul, wie er die Angelrute ins unbewegte Wasser hinauswirft, stillhält, kaum atmet, während sie in der Morgendämmerung darauf warten, daß etwas anbeißt.

Knappe Erinnerungen – so schön, daß sie kaum auszuhalten waren. Dann kamen die Jugendjahre, als Paul sogar noch weiter auf Distanz ging als Norah, das Haus mit seiner Musik und seiner Wut zum Erzittern brachte.

David tippte ans Fenster und winkte Jack und Rosemary. Er hatte dieses Zweifamilienhaus in großer Hast gekauft, es sich nur einmal angesehen und war dann nach Hause gefahren, um zu packen, während Norah noch bei der Arbeit war. Es war ein altes zweistöckiges Haus, dessen einst großzügige Räume genau in der Mitte durch dünne Wände geteilt waren. Sogar das Treppenhaus, das breit und elegant gewesen war, war genau mittig getrennt worden. David hatte sich die größere Wohnung genommen und die Schlüssel zur anderen Rosemary gegeben. Vier Jahre wohnten sie nun Seite an Seite, getrennt durch diese dünnen Wände, und sahen sich doch täglich. Rosemary hatte versucht, ab und zu Miete zu bezahlen, doch David hatte das abgelehnt und ihr gesagt, sie solle wieder auf die Schule gehen und einen Abschluß machen; sie könne ihm das Geld später zurückzahlen. Er war sich im klaren darüber, daß seine Motive nicht ausschließlich selbstloser Natur waren. Und doch konnte er es nicht mal sich selbst erklären, warum sie ihm so viel bedeutete. »Ich nehme den Platz der Tochter ein, die du weggegeben hast«, hatte sie einmal gesagt. Er hatte genickt und darüber nachgedacht, aber auch das war es nicht wirklich. Es hatte mehr damit zu tun, daß Rosemary sein Geheimnis kannte, so seine Vermutung. Er hatte seine Lebensgeschichte – das erste und letzte Mal, daß er sie preisgab – wie im Rausch über sie ausgeschüttet, und sie hatte ihm zugehört, ohne ein Urteil darüber zu fällen. Es vermittelte ihm ein großes Freiheitsgefühl, daß er Rosemary gegenüber, die ihn angehört hatte, ohne ihn zurückzuweisen, ganz er selbst sein konnte. Sie hatte auch niemandem etwas davon erzählt. Auf wundersame Weise hatten Rosemary und Paul über die Jahre eine Freundschaft aufgebaut. Zunächst sahen sie sich als Rivalen, später führten sie ernste, andauernde Diskussionen über Probleme, die sie beide betrafen – Politik, Musik oder soziale Gerechtigkeit. Es waren Diskussionen, die bei Pauls seltenen Besuchen entflammten, die während des Abendessens begannen und bis spät in die Nacht gingen.

Manchmal hatte David den Verdacht, daß dies Pauls Art war, ihn auf Distanz zu halten, eine Möglichkeit, bei ihm zu sein, ohne über etwas wirklich Persönliches reden zu müssen. Hier und da unternahm David Annäherungsversuche, doch Paul war dann plötzlich müde, schob seinen Stuhl zurück und gähnte.

Nun schaute Rosemary hoch, strich sich mit dem Handgelenk eine Haarsträhne von der Wange und winkte zurück. David speicherte seine Dateien und lief den engen Korridor entlang. Auf dem Weg kam er an der Tür zu Jacks Zimmer vorbei. Eigentlich hatte sie verriegelt werden sollen, als das Haus in ein Zweifamilienhaus umgebaut worden war, doch eines Abends hatte David auf einen Impuls hin die Klinke heruntergedrückt und bemerkt, daß dies vergessen worden war. Nun öffnete er leise die Tür. Rosemary hatte die Wände in Jacks Zimmer in hellem Blau gestrichen, das Bett und die Kommode, die sie auf dem Sperrmüll gefunden hatte, in strahlendem Weiß. Der Geruch von Parfüm und Brausepulver lag in der Luft. Eine Unterhose hing zum Trocknen an einem Stuhl in der Ecke. David blieb stehen und lauschte den Geräuschen im Haus. Das leise Tropfen eines Wasserhahns, das Brummen des alten Kühlschranks. Er atmete ihren Duft ein, den Jacks, zog die Tür fest zu und ging weiter den engen Flur entlang. Er hatte Rosemary nie von der offenen Tür erzählt, war aber auch nie hindurchgegangen. Es war eine Frage der Ehre, daß er trotz der Gerüchte nie die Situation ausgenutzt hatte, nie in ihr Privatleben vorgedrungen war. Dennoch fühlte er sich wohl bei dem Gedanken, daß diese Tür existierte.

Obwohl noch viel Papierkram zu erledigen war, ging David die Treppe hinunter. Seine Laufschuhe standen auf der hinteren Veranda. Er zog sie an, band sich die Schnürsenkel fest zu und ging außen herum vors Haus. Jack stand am Zaun und pflückte die Rosenblüten. David ging in die Hocke und zog ihn an sich, spürte sein sanftes Gewicht, seinen gleichmäßigen Atem. Jack war im November geboren worden, am späten Nachmittag, als es gerade anfing zu dämmern. David hatte Rosemary ins Krankenhaus gefahren, als die Wehen einsetzten, und hatte ihr in den ersten sechs Stunden Eis gebracht und mit ihr Schach gespielt. Im Gegensatz zu Norah war Rosemary nicht an einer natürlichen Geburt gelegen gewesen. Zum frühestmöglichen Zeitpunkt bekam sie eine örtliche Betäubung, und als die Wehen sich verlangsamten, wurde ihr Pitozin verabreicht, um die Geburt zu beschleunigen. David hielt ihre Hand, als die Kontraktionen stärker wurden, doch als sie in den Kreißsaal gebracht wurde, wartete er draußen. Dies war zu persönlich, dort hatte er nichts zu suchen. Und doch war er der erste an Rosemarys Seite, der erste, der Jack hielt. Und so liebte er den Jungen, als wäre es sein eigener Sohn.

»Du riechst komisch«, sagte Jack nun und schmiegte sich an seine Brust. Um sie herum blühte der Garten: eine verschwenderische Fülle, ein unbändiges Farbfeuerwerk.

»Das ist mein altes, stinkiges T-Shirt«, sagte David.

»Gehst du laufen?« fragte Rosemary. Sie saß auf ihren Fersen und streifte sich den Dreck von den Händen. Sie war schmal geworden zuletzt, fast knöchern, und er machte sich Sorgen über das Tempo, mit dem sie Schule und Job meisterte. Sie wischte sich einen feinen Schweißfilm von der Stirn und hinterließ dort eine Dreckspur.

»Ja. Ich kann mir diese Versicherungsunterlagen keine Minute länger ansehen.«

»Ich dachte, du wolltest das jemanden für dich machen lassen?«

»Werde ich. Sie wird es auch bestimmt gut machen, aber sie kann nicht vor nächster Woche anfangen.«

Rosemary nickte nachdenklich. Ihre blassen Augenlider wurden vom Licht berührt. Sie war jung, gerade mal zweiundzwanzig, doch sie war hart im Nehmen und wußte, was sie wollte. Was ihre Selbstsicherheit anging, schien sie um Jahre älter zu sein.

»Hast du heute abend Schule?« fragte er, und sie nickte.
»Es ist meine allerletzte Stunde. 27. Juli.«
»Stimmt. Das hatte ich ganz vergessen.«
»Du warst auch ziemlich beschäftigt.«
Er nickte. Das Datum erzeugte ein vages Gefühl von Schuld und Unruhe. 27. Juli – es war schwer nachzuvollziehen, wie die Zeit so schnell vergangen war. Rosemary war zur Schule zurückgekehrt, nachdem Jack auf der Welt war; im selben trüben Januar hatte er bei seiner alten Praxis gekündigt: Ein Mann, der seit fünfundzwanzig Jahren sein Patient gewesen war, wurde abgewiesen, da er nicht krankenversichert war. Daraufhin hatte er seine eigene Praxis eröffnet und jeden hereingelassen, der zu ihm kam – ob versichert oder nicht. Es ging ihm nicht ums Geld, nicht mehr. Paul hatte das College abgeschlossen, und seine Schulden waren längst abbezahlt. Er konnte tun und lassen, was er wollte. Heute wurde er manchmal – wie zu guten alten Zeiten – in Naturalien bezahlt, mit Gartenarbeit oder was auch immer der Betreffende anzubieten hatte. Er hatte sich überlegt, daß er so noch etwa zehn Jahre weitermachen, jeden Tag Patienten behandeln und sich dann langsam zurückziehen würde, bis sein Lebensradius nicht mehr über dieses Haus, diesen Garten und die Wege hinausreichte, die er zum Supermarkt oder Friseur zurücklegen mußte. Norah konnte von ihm aus weiter durch die Welt fliegen wie eine Libelle – für ihn war das nichts. Er schlug nun Wurzeln, und die gingen tief.
»Ich habe heute noch meine Abschlußprüfung in Chemie«, sagte Rosemary und streifte sich die Handschuhe ab. »Und dann – juhu – bin ich endlich durch.« Bienen summten auf dem Geißblatt, und Jack streckte sich nach den flauschigen, ätherischen Blüten der frisch gepflanzten Mimose. Rosemary pfiff ihn in scharfem Ton zurück. »Es gibt da noch etwas anderes, das ich dir sagen muß«, sagte sie, während sie neben ihm auf der warmen Betontreppe Platz nahm und an ihren Shorts herumnestelte.

»Das klingt sehr ernst.«

Sie nickte. »Das ist es auch. Man hat mir gestern eine Stelle angeboten. Eine gute Stelle.«

»Hier in der Nähe?«

Sie schüttelte den Kopf, lächelte und winkte Jack, der gerade versuchte, ein Rad zu schlagen, und der Länge nach auf den Rasen fiel. »Eben nicht. In Harrisburg.«

»Nicht weit weg von deiner Mutter«, sagte er, und sein Herz wurde schwer. Er hatte gehofft, daß sie etwas in der Nähe finden würde. Dabei war es immer sehr wahrscheinlich gewesen, daß sie umziehen würde; vor zwei Jahren, nachdem ihr Vater sehr plötzlich verstorben war, hatte sie sich mit ihrer Mutter und ihrer älteren Schwester versöhnt, die sich nun um sie sorgten und hofften, daß sie zurück nach Hause käme und Jack bei ihnen großzöge.

»Ja, das stimmt. Es ist genau der richtige Job für mich – vier mal zehn Stunden in der Woche. Sie werden mir auch die Abendschule bezahlen. Ich könnte nebenher eine Ausbildung zur Physiotherapeutin machen. Und vor allen Dingen hätte ich Zeit für Jack.«

»Und Unterstützung«, sagte er. »Deine Mutter würde dich entlasten, genau wie deine Schwester.«

»Ja. Das wäre wirklich schön. Und sosehr ich Kentucky auch mag – es war nie wirklich ein Zuhause für mich.«

Er nickte und freute sich für sie und traute sich nicht, etwas zu sagen.

Manchmal hatte er sich überlegt, wie es wäre, das Haus ganz für sich allein zu haben – rein hypothetisch. Wie man die Wände rausreißen könnte, sich Raum öffnen, und wie das Zweifamilienhaus langsam, aber sicher wieder zu dem eleganten Einfamilienhaus würde, das es einmal gewesen war. Doch all diese Überlegungen hatte er zugunsten der Schritte und sanften Bewegungen nebenan, zugunsten des nächtlichen Erwachens durch Jacks gedämpftes Geschrei problemlos hintangestellt.

Mit Tränen in den Augen lachte er. »Das mußte wohl eines Tages so kommen«, sagte er und streifte seine Brille ab. »Herzlichen Glückwunsch dazu.«

»Wir werden dich besuchen. Und du wirst uns besuchen.«

»Natürlich«, sagte er. »Wir werden uns bestimmt häufig sehen.«

»Das werden wir.« Sie legte ihre Hand auf sein Knie. »Hör zu, ich weiß, daß wir nie darüber sprechen. Ich weiß auch gar nicht, wie ich damit anfangen soll, um ehrlich zu sein. Aber es bedeutet mir viel – wie du uns geholfen hast. Ich bin dir dafür sehr dankbar. Werde es immer sein.«

»Mir ist schon vorgeworfen worden, daß ich ein Helfersyndrom habe«, sagte er.

Sie schüttelte den Kopf. »Du hast in vielerlei Hinsicht mein Leben gerettet.«

»Wenn das wirklich so ist, dann freut es mich. Gott weiß, wieviel Schaden ich ansonsten angerichtet habe. Norah habe ich wohl nie sehr viel Glück beschert.«

Für kurze Zeit herrschte Stille. Man hörte das ferne Dröhnen eines Rasenmähers.

»Du mußt es ihr sagen«, sagte Rosemary sanft. »Paul auch. Du mußt es tun.« Jack hockte nun auf dem Fußweg und häufte Kiesel an, ließ die Steine durch seine Hände rieseln. »Ich weiß, daß es mir nicht zusteht, etwas zu sagen. Aber Norah muß über Phoebe Bescheid wissen. Es ist unfair, daß sie es nicht weiß. Genauso ist unfair, was sie all diese Zeit über uns gedacht haben muß.«

»Ich habe ihr die Wahrheit gesagt. Daß wir Freunde sind.«

»Das sind wir ja auch. Aber wie soll sie das glauben?«

David zuckte mit den Schultern. »Es ist die Wahrheit.«

»Nicht die ganze Wahrheit, David. Wir beide sind durch Phoebe auf eine verworrene Weise miteinander verbunden. Weil ich dein Geheimnis kenne. Ich muß zugeben, daß mir das anfangs schmeichelte. Ich fühlte mich bedeutend, da ich es wußte und sonst niemand. Es hat wohl etwas mit Macht zu tun, in ein Geheimnis eingeweiht zu sein. Doch zuletzt habe ich mich nicht mehr so wohl dabei gefühlt. Es steht mir nicht wirklich zu, es zu wissen, oder?«

»Nein.« David hob einen Dreckklumpen auf und zerrieb ihn zwischen seinen Fingern. »Ich denke nicht.«

»Na also. Wirst du es tun? Es ihr erzählen?«

»Ich weiß es nicht, Rosemary. Ich kann das nicht versprechen.«

Ein paar Minuten lang saßen sie still in der Sonne und sahen Jack dabei zu, wie er versuchte, auf dem Rasen radzuschlagen. Er war ein flachsblonder, agiler, auf natürliche Weise athletischer Junge, der gern rannte und kletterte. David hatte ein Konto für ihn eröffnet, genau wie für Phoebe. Es war ein weiteres Geheimnis, von dem niemand wußte und bis zu Davids Tod niemand wissen würde. Als er aus West Virginia zurückgekehrt war, hatte sich etwas in ihm gelöst. Sein Kummer und der Schmerz des Verlustes, den er all die Jahre irgendwo in sich unter Verschluß gehalten hatte. Als June gestorben war, war er nicht fähig gewesen, auszudrükken, was er verloren hatte, nicht fähig gewesen weiterzuleben. Es war zu dieser Zeit sogar unschicklich gewesen, über die Toten zu reden, und so hatten sie es nicht getan. All ihr Kummer war nicht verarbeitet worden. Und auf irgendeine Weise hatte seine Rückkehr ihm erlaubt, dies nachzuholen. Er war ausgelaugt nach Hause zurückgekommen, nach Lexington, aber auch seiner selbst sicher und in sich ruhend. Nach all den Jahren hatte er die Kraft gefunden, Norah mit der Freiheit zu beglücken, ein neues Leben zu beginnen.

Als Jack geboren wurde, eröffnete David in Rosemarys Namen ein Konto für ihn, so wie er in Carolines Namen eines für Phoebe eröffnete. Es war einfach gewesen. Carolines Sozialversicherungsnummer hatte er all die Jahre gehabt, genau wie ihre Adresse. Der Privatdetektiv hatte nicht mal eine Woche gebraucht, um Caroline und Phoebe ausfindig zu machen, die in Pittsburgh in einem hohen, schmalen

Haus nahe der Autobahn wohnten. David war dorthin gefahren, hatte in der Straße geparkt und die Treppe hinaufgehen und an die Tür klopfen wollen. Seine Absicht war es gewesen, Norah darüber aufzuklären, was passiert war, und das konnte er nur tun, wenn er wußte, wo Phoebe lebte. Norah würde ihre gemeinsame Tochter sehen wollen, dessen war er sicher, und so war es nicht nur sein eigenes oder Norahs und Pauls Leben, in die er eingreifen würde. Er war nach Pittsburgh gereist, um Caroline darüber aufzuklären, was ihm durch den Kopf ging, was er sich erhoffte, tun zu können.

Er saß im Wagen, es dämmerte, und die Scheinwerfer spiegelten sich in den Ahornblättern. Phoebe war hier aufgewachsen. Die Straße war ihr so vertraut, daß sie sie sowenig wahrnahm wie das Rauschen des Verkehrs, den aufgeplatzten Bürgersteig, der durch die Baumwurzeln nach oben gedrängt wurde, oder das Warnschild, das kaum merklich im Wind zitterte – all diese Dinge mußten für seine Tochter Heimat bedeuten. Ein Paar schob einen Kinderwagen vorbei, dann ging das Licht in Carolines Wohnzimmer an. David stieg aus dem Wagen, stellte sich an die Bushaltestelle und versuchte sogar, sich unauffällig zu benehmen, als er über den dunklen Rasen hinweg ins Fenster blickte. Drinnen sah man im erleuchteten Quadrat Caroline hin und her laufen und aufräumen, sie suchte die Zeitungen zusammen und faltete ein Bettuch. Sie trug eine Schürze. Ihre Bewegungen waren flink und durchdacht. Sie blieb stehen und streckte sich, sah über ihre Schulter und sagte etwas.

Dann sah David sie. Seine Tochter Phoebe. Sie war im Eßzimmer und deckte den Tisch. Sie hatte Pauls dunkle Haare und sein Profil, und für einen Augenblick – bis sie sich zu ihm drehte, um nach dem Salzstreuer zu greifen – hatte David das Gefühl, er sähe seinen Sohn. Er machte einen Schritt nach vorn, und Phoebe verschwand aus seinem Blickfeld, um mit drei Tellern zurückzukommen. Sie war klein und stämmig und hatte dünnes Haar, das sie mit Spängchen festgeklemmt hatte. Sie trug eine Brille. Doch auch so war die Ähnlichkeit mit Paul für David immer noch ersichtlich. Er sah Pauls Lachen, seine Nase, Pauls konzentrierten Gesichtsausdruck auf Phoebes Gesicht, als sie die Hände in die Hüften stemmte und einen prüfenden Blick auf den Tisch warf. Caroline kam in den Raum und stellte sich neben sie, legte kurz und liebevoll ihren Arm um sie, und beide lachten.

Es war nun stockfinster. David stand wie angewurzelt da und war froh, daß kaum jemand auf der Straße war. Der Wind fegte die Blätter den Bürgersteig entlang, und er raffte seine Jacke zusammen. Er erinnerte sich, wie er sich in der Nacht der Geburt gefühlt hatte – als stünde er außerhalb seines eigenen Kosmos und beobachtete sich. Dieses Losgelöstsein war eine Fähigkeit, die er als Chirurg erlernt hatte – doch jetzt plötzlich verstand er, daß er nie die Kontrolle über diese Situation gehabt hatte, sondern immer von ihr ausgeschlossen war, als würde er gar nicht existieren. Phoebe war für ihn all die Jahre unsichtbar gewesen: eine Abstraktion, kein junges Mädchen. Und doch stand sie hier und stellte Wassergläser auf den Tisch. Sie schaute auf, und ein Mann mit borstigem dunklen Haar kam herein, sagte etwas, das Phoebe zum Lachen brachte. Dann setzten die drei sich an den Tisch und fingen an zu essen.

David ging zum Wagen zurück. Er stellte sich Norah vor, wie sie im Dunkeln neben ihm stehen und ihre Tochter, die ihre Eltern nicht wahrnahm, durch ihr Leben gehen sehen würde. Er hatte Norah verletzt, doch das hier sollte er ihr ersparen. Er sollte davonfahren und die Vergangenheit ruhen lassen. Und das war es auch, was er schließlich tat.

»Das verstehe ich nicht.« Rosemary schaute ihn an. »Warum kannst du es nicht versprechen? Es ist der richtige Schritt.«

»Es würde zuviel Kummer verursachen.«

»Solange du es nicht ausprobierst, wirst du nicht wissen, was passiert.«

»Ich kann es mir ausmalen.«

»Dann versprich mir, daß du darüber nachdenkst, David.«

»Ich denke Tag und Nacht darüber nach.«

Sie schüttelte besorgt den Kopf und lächelte verhalten und traurig. »Na gut, belassen wir es dabei. Da ist noch was. Stuart und ich werden heiraten.«

»Ihr seid viel zu jung, um zu heiraten«, sagte er sofort, und beide lachten.

»Ich bin steinalt«, sagte sie. »So zumindest fühle ich mich die halbe Zeit.«

»Wie auch immer«, sagte er. »Herzlichen Glückwunsch. Es ist zwar keine Überraschung, aber eine gute Nachricht ist es allemal.« Er dachte an den großen, athletischen Stuart Wells. »Stramm« war das Wort, das ihm in den Sinn kam. Er war Atmungstherapeut und schon seit Jahren mit Rosemary zusammen. Doch sie hatte ihn warten lassen, bis sie mit der Schule fertig war. Und er war geduldig gewesen. »Ich freue mich für dich, Rosemary. Stuart ist ein feiner Kerl. Und er liebt Jack. Hat er dort Arbeit?«

»Noch nicht. Aber er ist auf der Suche. Sein Vertrag hier läuft im Juli aus.«

»Wie ist der Arbeitsmarkt in Harrisburg?«

»Geht so. Aber ich mache mir keine Sorgen. Stuart ist klug.«

»Das wird er auch sein müssen.«

»Du bist sauer.«

»Nein, überhaupt nicht. Doch diese Nachrichten machen mich traurig. Traurig und alt.«

Sie lachte. »Steinalt?«

Nun mußte auch er lachen. »Viel, viel älter.«

Einen Moment lang sagten sie nichts. »Es ist alles auf einmal gekommen«, sagte Rosemary. »Alles in der letzten Woche. Ich wollte nichts vom Job erzählen, bis ich nicht sicher war. Und als ich den Job bekommen habe, haben Stuart und ich uns entschieden zu heiraten. Ich weiß, daß das ziemlich spontan erscheint.«

»Ich mag Stuart«, sagte David. »Ich freue mich schon darauf, ihm zu gratulieren.«

Sie lächelte. »Ich habe mich schon gefragt, ob du mich überhaupt für die Hochzeit hergeben wirst.«

Er blickte sie an, schaute auf ihre blasse Haut und sah das Glücksgefühl, das sie nicht länger zurückhalten konnte, in ihrem Lächeln blitzen.

»Es wäre mir eine Ehre«, sagte er in feierlichem Ton.

»Wir werden hier feiern. Im kleinen Kreis. In zwei Wochen.«

»Du scheinst es ja wirklich eilig zu haben.«

»Da muß ich mir nicht groß Gedanken machen«, sagte sie. »Es fühlt sich einfach alles goldrichtig an.« Sie schielte auf die Uhr und seufzte. »Ich sollte jetzt besser gehen.« Sie stand auf. »Komm, Jack.«

»Wenn du willst, kann ich ihn im Auge behalten, während du dich umziehst.«

»Damit tust du mir einen riesigen Gefallen. Danke.«

»Rosemary?«

»Ja?«

»Du wirst mir doch ab und zu Fotos schicken, oder? Von Jack, wie er größer wird. Von euch beiden in eurem neuen Zuhause.«

»Natürlich.« Sie verschränkte ihre Arme und trat gegen die Treppenkante.

»Danke«, sagte er nur, und wieder einmal beunruhigte es ihn, wie er es geschafft hatte, an seinem eigenen Leben vorbeizuleben, beherrscht von Kamera und Kummer. Man ging davon aus, daß die schlechten Kritiken der Grund waren, warum er nicht mehr fotografierte, daß es etwas mit der dunkelhaarigen, blauäugigen Dame in Pittsburgh zu tun habe, die einen wenig schmeichelhaften Artikel geschrieben hatte. Die Gunst der Kritiker war dahin, spekulierte man, und so habe er sich entmutigen lassen. Niemand würde ihm glauben, daß ihn die Fotografie schlicht nicht mehr interessierte.

Dabei war es die Wahrheit. Er hatte keine Kamera mehr angefaßt, seitdem er an der Stelle gestanden hatte, wo die beiden Flüsse zusammenflossen. Er hatte der Kunst und dem Handwerk den Rücken gekehrt, dem komplizierten und erschöpfenden Anspruch, die Welt in etwas anderes zu verwandeln, über das Bild eine Welt entstehen zu lassen und über die Welt ein Bild. Manchmal stolperte er über einige seiner Bilder – in Büros oder Wohnungen –, und ihre karge Schönheit erschreckte ihn, ihre technische Präzision oder gar die verzweifelte Suche, die ihre Leere ausdrückte.

»Du kannst die Zeit nicht aufhalten«, sagte er nun. »Du kannst das Licht nicht einfangen. Du kannst nur dein Gesicht nach oben wenden und es auf dich herabscheinen lassen. Wie auch immer, Rosemary. Ich würde gerne ein paar Fotos bekommen, von dir, von Jack. Sie würden mir wenigstens eine Vorstellung geben. Sie würden mir sehr viel Freude bereiten.«

»Ich werden dir viele schicken«, versprach sie und faßte ihn an der Schulter. »Ich werde dich damit überschwemmen.«

Während sie sich umzog, saß er auf der Treppe faul in der Sonne. Jack wühlte im Boden. *Du solltest es ihr sagen.* Er schüttelte den Kopf. Nachdem er Caroline gefunden und ihr Haus observiert hatte wie ein Voyeur, hatte er einen Rechtsanwalt in Pittsburgh aufgesucht und die beiden Konten eingerichtet. Wenn er starb, würden sie zugänglich sein. Für Phoebe wäre gesorgt, und Norah müßte es nie erfahren.

Rosemary kam zurück, und sie roch nach Elfenbeinseife. Sie trug einen Rock und flache Schuhe. Nachdem sie Jack einen türkisfarbenen Rucksack aufgeschnallt hatte, nahm sie ihn bei der Hand. Sie wirkte außerordentlich jung, stark und schmal, ihr Haar war noch naß, und auf ihrem Gesicht lag ein konzentrierter Ausdruck. Ihren Sohn würde sie unterwegs im Hort vorbeibringen.

»Ach ja«, sagte sie. »Fast hätte ich es in dem ganzen Trubel vergessen: Paul hat angerufen.«

Davids Herz schlug schneller. »Tatsächlich?«

»Ja, heute morgen. Für ihn war es mitten in der Nacht – er kam gerade von einem Konzert nach Hause. Er ist in Sevilla, hat er gesagt. Er ist jetzt schon drei Wochen dort und nimmt bei irgendwem Unterricht für Flamenco-Gitarre. Ich weiß den Namen nicht mehr, aber es klang berühmt.«

»Geht es ihm gut?«

»Es hörte sich jedenfalls so an. Er hat keine Nummer hinterlassen. Er meinte, er würde noch mal anrufen.«

David nickte und war froh, daß Paul in Sicherheit war. Froh, daß er angerufen hatte.

»Viel Glück für deine Prüfung«, sagte er.

»Danke. Ich will nur bestehen – das ist alles, was zählt.«

Sie lächelte, winkte und ging mit Jack den schmalen Steinweg zum Bürgersteig entlang. David sah ihr nach und versuchte, diesen Moment für immer in seinem Gedächtnis festzuhalten – die lebendigen Farben, ihr Haar, das gegen den Rücken wippte, Jacks Hände, die nach Blättern und Zweigen griffen. Natürlich war dies alles flüchtig – er vergaß es wieder mit jedem Schritt, den sie tat. Manchmal verblüfften ihn seine Fotografien, Bilder, über die er stolperte, wenn er in alten Kisten oder Mappen kramte, Momente, an die er sich nicht mal erinnerte, wenn er sie vor sich sah: er selbst, wie er mit Leuten lachte, deren Namen er vergessen hatte, Paul mit einem Gesichtsausdruck, den er in seinem ganzen Leben noch nie gesehen hatte. Und was würde von diesem Moment in einem Jahr bleiben, oder in fünf? Die Sonne in Rosemarys Haar, der Dreck unter ihren Fingernägeln und der klare, zarte Duft von Seife.

Aber war das nicht auch genug?

Er stand auf, dehnte sich und lief mit großen Schritten Richtung Park. Nach ungefähr anderthalb Kilometern kam ihm eine andere Sache in den Sinn, die ihm den ganzen Morgen durch den Kopf gespukt war. Die Bedeutung dieses Tages, des 27. Juli, abgesehen von Rosemarys Prüfung: Es war Norahs Geburtstag. Sie wurde vierundfünfzig.

Es war schwer zu glauben. Er lief weiter in einem bequemen Tempo und hatte Norah am Tag ihrer Hochzeit vor Augen. Sie waren nach draußen in die rauhe Spätwintersonne getreten, hatten auf dem Gehsteig gestanden und ihren Gästen die Hände geschüttelt. Der Wind spielte mit Norahs Schleier, drückte ihn gegen ihre Wange, und der späte Schnee auf dem Hornstrauch rieselte hinunter wie ein Reigen aus Blütenblättern. Er rannte weiter, wandte sich ab vom Park und lief statt dessen in seine alte Wohngegend, wo Norah noch immer zu Hause war. Rosemary hatte recht. Sie mußte es erfahren. Er würde es ihr heute sagen. Er würde zu ihr gehen und dort warten, bis sie zurückkehrte. Er würde es ihr sagen, obwohl er sich nicht vorstellen konnte, wie sie reagieren würde.

»Natürlich kannst du das nicht«, hatte Rosemary gesagt. »So ist das Leben, David. Hättest du dir vor Jahren vorstellen können, hier in diesem kleinen, bescheidenen Zweifamilienhaus zu leben? Hättest du dir in einer Million Jahren mich vorstellen können.«

Gut, damit hatte sie schon recht. Das Leben, das er lebte, war nicht das, welches ihm vorgeschwebt hatte. Er war als Fremder in diese Stadt gekommen, und nun waren ihm die Straßen, die vorbeizogen, völlig vertraut. Es gab nicht einen Schritt oder ein Bild, das nicht mit irgendeiner Erinnerung verknüpft war. Er hatte gesehen, wie man die Bäume pflanzte, hatte sie in die Höhe schießen sehen. Er lief an Häusern vorbei, die er kannte, Häusern, in denen er zum Abendessen oder auf einen Drink eingeladen gewesen war, wohin er im Notdienst hatte fahren müssen und wo er spät in der Nacht in Fluren und Foyers gestanden und Rezepte geschrieben oder den Krankenwagen gerufen hatte. Schichten über Schichten von Tagen und Bildern, die dicht und komplex und nur für ihn von Bedeutung waren. Norah oder Paul könnten diese Straße entlanggehen und etwas völlig anderes, ebenso Wahrhaftiges sehen.

David bog in seine alte Straße ein. Seit Monaten war er nicht mehr hier gewesen, und er war überrascht, die Stützbalken der Veranda seines Hauses abgerissen vorzufinden, während das Dach von jeweils zwei kräftigen Holzpfählen gehalten wurde. Der Boden der Veranda war offenbar morsch, aber Handwerker waren weit und breit nicht zu sehen. Die Einfahrt war leer, Norah war nicht zu Hause. Er lief ein paarmal auf dem Rasen auf und ab, um Luft zu holen, und ging dann zu der Stelle neben dem Rhododendron, wo immer noch der Schlüssel unter einem Ziegelstein verborgen lag. Er verschaffte sich Zutritt und trank einen Schluck Wasser. Im Haus roch es muffig, so daß er ein Fenster öffnete. Der Wind spielte mit den glatten weißen Vorhängen, die neu waren, genau wie der Fliesenboden und der Kühlschrank. Er holte sich ein weiteres Glas Wasser. Dann ging er durchs Haus, neugierig, zu sehen, was sich noch verändert hatte. Es waren kleine Sachen, überall: ein neuer Spiegel im Eßzimmer oder die Sessel im Wohnzimmer, die neu bezogen und umgestellt worden waren.

Die Schlafzimmer eine Etage höher waren unverändert. Pauls Zimmer war ein Schrein jugendlicher Ängste und Nöte mit Postern obskurer Musikgruppen an den Wänden und abgerissenen Tickets am Pinnbrett. Die Wände waren in einem so scheußlichen Dunkelblau gestrichen, daß man sich vorkam wie in einer Höhle. Obwohl David ihm seinen Segen gegeben hatte, zur Juilliard zu gehen, und ihm das Studium zur Hälfte finanzierte, war es noch immer die dunkle Vergangenheit, die Paul in Erinnerung behielt – weil David nicht an sein Talent geglaubt hatte, nicht geglaubt hatte, daß er davon leben könnte. Neben Postkarten schickte er Flyer und Konzertkritiken aus jeder Stadt, in der er auftrat, als wolle er sagen: Sieh her, ich habe Erfolg. Als könne er es selbst kaum glauben. Manchmal fuhr David zwei- oder gar dreihundert Kilometer weit – nach Cincinnati, Pittsburgh, Atlanta oder Memphis –, um sich in einen Konzertsaal zu schleichen und

Paul spielen zu sehen. Sein Kopf über die Gitarre gebeugt, seine gewandten Finger, die Musik, eine mysteriöse und bezaubernde Sprache – all das rührte David zu Tränen. Es war alles, was er tun konnte. Manchmal kam er in Versuchung, die dunklen Gänge hinabzuschreiten und Paul in seine Arme zu schließen. Natürlich tat er dies nie. Meist schlich er ungesehen wieder hinaus.

Das große Schlafzimmer war tadellos aufgeräumt und unbenutzt. Norah war ins kleinere Schlafzimmer nach vorn gezogen, in dem ein Glas Wasser neben dem nicht gemachten Bett stand. Die Decke lag halb auf dem Boden; David bückte sich, um sie hochzuziehen, doch im letzten Moment zog er seine Hand wieder zurück, als würde er sich damit schon zu sehr in ihr Leben einmischen. Dann ging er wieder hinunter.

Er verstand das nicht – es war spät am Nachmittag, und Norah müßte eigentlich zu Hause sein. Wenn sie nicht bald käme, würde er einfach gehen.

Auf der Anrichte neben dem Telefon lag ein gelber Block, der voller kryptischer Notizen war: »Jan vor 8 Uhr anrufen – neuer Termin; Tim ist nicht sicher, Lieferung vor 10 Uhr. Nicht vergessen – Dunfree und Tickets.« Er riß die Seite vorsichtig und ordentlich heraus und plazierte sie auf der Mitte der Anrichte. Dann nahm er den Block und ging zurück in die Frühstücksecke, wo er sich hinsetzte und zu schreiben begann.

Unsere kleine Tochter ist nicht gestorben. Caroline Gill hat sie zu sich genommen und in einer anderen Stadt großgezogen.

Er strich es durch.

Ich habe unsere Tochter weggegeben.

Er seufzte und ließ den Stift sinken. Er würde es niemals tun. Er konnte sich kaum noch vorstellen, wie sein Leben ohne die Last dieser Lüge aussähe. Menschen rauchten, sprangen aus Flugzeugen, tranken zuviel, stiegen in Autos und fuhren ohne Gurt. Er hatte sein Geheimnis. Die neuen Vorhänge streiften seinen Arm. Weiter unten im Badezimmer tropfte der Wasserhahn, der ihn jahrelang wahnsinnig gemacht hatte, den er immer hatte reparieren wollen. Er riß das Blatt vom Notizblock, zerknüllte es, warf es in den Mülleimer und vergrub es unter einem feuchtkalten Haufen Kaffeesatz. Dann ging er in die Garage und wühlte zwischen den Werkzeugen herum, die er zurückgelassen hatte, bis er einen Schraubenschlüssel und eine kleine Tüte mit Dichtungsringen fand. Wahrscheinlich hatte er sie eines Samstags genau aus diesem Grund gekauft.

Er brauchte über eine Stunde, um die Armatur zu reparieren. Er nahm sie auseinander, wusch die Ablagerungen von den Gittersieben, tauschte die Dichtungsringe aus und zog die Anschlüsse wieder fest. Das Messing war stumpf geworden. Er polierte es mit einer Zahnbürste, die er in einer alten Kaffeetasse unter dem Waschbecken fand. Es war sechs Uhr, als er fertig war, und das Sonnenlicht schien noch immer durch die Fenster, nur etwas längere Schatten werfend. David stand eine Weile im Bad, und das glänzende Messing und die Stille gaben ihm ein Gefühl von tiefer Zufriedenheit. In der Küche klingelte das Telefon, der Anrufbeantworter sprang an, und eine fremde Stimme meldete sich, sprach gehetzt von Flugtickets nach Montreal und unterbrach sich wieder, um zu sagen: »Ach, Mist, natürlich, ich habe ganz vergessen, daß du mit Frederic in Europa bist.« Und auch David fiel es wieder ein – sie hatte es ihm erzählt, aber er hatte es vergessen, nein, verdrängt, daß sie nach Paris geflogen war, um dort Urlaub zu machen. Daß sie jemanden kennengelernt hatte, einen Kanadier aus Quebec, der draußen vor der Stadt in den kastenförmigen IBM-Gebäuden arbeitete und französisch sprach. Ihre Stimme veränderte sich, wenn sie von ihm redete, wurde weicher, eine Stimme, die er nie zuvor vernommen hatte. Er sah Norah vor sich, den Telefonhörer zwischen Kinn und Schulter geklemmt, während sie Daten in den Computer eingab, wie sie aufschaute, um zu bemerken, daß es schon Stunden zu spät fürs Abendessen war. Norah, wie sie durch die Flughafenkorridore schritt und die Gruppen zu ihren Bussen, Restaurants, Hotels und Abenteuern führte, die sie so verläßlich organisiert hatte.

Na ja, wenigstens würde sie sich über den Wasserhahn freuen. Genau wie er sich selbst darüber freute – denn er hatte sauber und sorgfältig gearbeitet. Er stand in der Küche und streckte seine Arme weit aus, um sich auf das Ende seiner Laufstrecke vorzubereiten; das Sonnenlicht fiel schräg durch die Blätter herein und warf Muster auf den Boden.

Noch einmal nahm er sich den gelben Notizblock.

»Ich habe den Wasserhahn im Bad repariert«, schrieb er. »Herzlichen Glückwunsch zum Geburtstag.«

Dann ging er hinaus, schloß die Tür hinter sich und lief davon.

20. Kapitel

Juli 1988

NORAH SASS MIT EINEM AUFGESCHLAGENEN BUCH im Schoß auf einer Steinbank in den Gärten des Louvre und sah den silbernen Pappelblättern zu, wie sie im Wind flatterten. Tauben trippelten um ihre Füße im Gras herum, pickten hier und da und ordneten ihr schimmerndes Gefieder.

»Er kommt zu spät«, sagte sie zu Bree, die, in einer Zeitschrift blätternd, neben ihr saß und ihre langen Beine an den Knöcheln kreuzte. Fünfzig war Bree nun, und sie war schön, groß und gertenschlank. Türkisfarbene Ohrringe streiften ihre gebräunte Haut, und ihr Haar war von einem reinen, silbernen Weiß. Während der Bestrahlung hatte sie es sehr kurz schneiden lassen und gesagt, daß sie keine Sekunde ihres Lebens weiter darauf verschwenden wolle, einer Mode nachzugehen. Sie hatte Glück gehabt und wußte dies – man hatte den Tumor frühzeitig erkannt, und der Krebs war nun seit fünf Jahren gebannt. Dennoch hatte diese Erfahrung sie verändert, im kleinen wie im großen. Sie lachte mehr und nahm sich häufiger frei. Am Wochenende setzte sie sich für die Errichtung von Seniorenresidenzen ein, wobei sie während des Baus eines Hauses im Osten Kentuckys einen lebhaften, lustigen und warmherzigen Mann kennengelernt hatte. Er hieß Ben, ein seit kurzem verwitweter Pfarrer. Sie trafen sich erneut bei einem Projekt in Florida und ein weiteres Mal in Mexiko. Auf dieser letzten Reise hatten sie still und heimlich geheiratet.

»Paul wird schon kommen«, sagte Bree jetzt und schaute auf. »Es war immerhin seine Idee.«

»Das stimmt«, sagte Norah. »Aber er ist verliebt. Ich hoffe nur, er erinnert sich noch daran.«

Die Luft war heiß und trocken. Norah schloß ihre Augen und dachte an den späten Apriltag, als Paul, der zwischen zwei Auftritten für ein paar Stunden nach Hause gekommen war, sie im Büro überrascht hatte. Groß und immer noch schlaksig, hatte er auf der Schreibtischkante gesessen und ihren Briefbeschwerer von einer Hand in die andere gleiten lassen, während er sie in seine Pläne für die sommerliche Europatournee einweihte, die unter anderem sechs Wochen Spanien vorsah, um dort von anderen Gitarristen zu lernen. Sie und Bree hatten eine Reise nach Frankreich organisiert, und als Paul auffiel, daß sie alle am selben Tag in Paris sein würden, schnappte er sich einen Stift und kritzelte LOUVRE auf den Wandkalender in Norahs Büro: 31. Juli, fünf Uhr. »Wir treffen uns im Garten, und ich lade euch zum Abendessen ein.«

Wenige Wochen später hatte er sich nach Europa verabschiedet und rief sie sporadisch aus manch rustikaler Pension oder bescheidenem Hotel am Meer an. Er hatte sich in eine Flötistin verliebt, das Wetter war grandios, das Bier in Deutschland außerordentlich. Norah hörte zu – sie versuchte, sich keine Sorgen zu machen und nicht zu viele Fragen zu stellen. Paul war schließlich erwachsen, über eins achtzig, hatte Davids dunklen Teint und ihre grünen Augen. Sie stellte ihn sich vor, wie er barfuß am Strand entlanglief, sich zu seiner Freundin hinunterbeugte, ihr etwas ins Ohr flüsterte, sein Atem einer Berührung gleich.

Sie war so diskret gewesen, ihn nicht mal nach seinem Reisekalender zu fragen, so daß sie ihn nicht hatte erreichen können, als der Anruf aus dem Krankenhaus kam. Es hatte keine Möglichkeit gegeben, ihm die schockierende Nachricht zu überbringen: Vor einer Woche war David durch die Baumschule gejoggt und hatte ganz plötzlich einen Herzanfall erlitten. Nur wenig später war er gestorben.

Sie öffnete die Augen. Die Welt war lebhaft und diesig zugleich in dieser sommerlichen Spätnachmittagshitze.

»Keine Sorge«, sagte Bree. »Er wird kommen.«

»Er war nicht auf der Beerdigung«, sagte Norah. »Das werde ich mir ein Leben lang vorwerfen. Sie haben sich nie richtig ausgesprochen, David und Paul. Ich glaube nicht, daß Paul jemals über Davids Auszug hinweggekommen ist.«

»Und du?«

Norah sah zu Bree hinüber, auf ihr kurzes, stacheliges Haar, ihre klare Haut, ihre ruhigen, beharrlichen grünen Augen. Dann wandte sie den Blick wieder ab.

»Die Frage hätte von Ben kommen können. Ich glaube, du verbringst zuviel Zeit mit Pastoren.«

Bree lachte, ließ aber nicht locker. »Es ist aber nicht Ben, der dich fragt, sondern ich.«

»Ich weiß nicht«, antwortete Norah langsam und dachte an das letzte Mal, daß sie David gesehen hatte, als er nach dem Joggen auf der Veranda saß und ein Glas Eistee trank. Sie waren sechs Jahre geschieden und zuvor achtzehn Jahre verheiratet gewesen. Fünfundzwanzig Jahre, die sie ihn gekannt hatte, ein Vierteljahrhundert, die Hälfte ihres Lebens. Als der Anruf mit der Nachricht von seinem Tod kam, hatte sie es einfach nicht geglaubt. Unmöglich, unvorstellbar: eine Welt ohne David. Sie hatte den Hörer aufgelegt und war wieder an die Arbeit gegangen. Erst später, als sie unter dem dichten grünen Blätterdach der Sommerbäume hindurchging, hatte die Trauer sie eingeholt. »Es gibt so viele Dinge, die ich ihm gerne gesagt hätte. Aber immerhin sprachen wir miteinander. Manchmal kam er spontan vorbei. Reparierte irgendwas. Sagte hallo. Ich glaube, er war einsam.«

»Wußte er von Frederic?«

»Nein. Einmal habe ich versucht, es ihm zu erzählen, aber er schien es nicht zu registrieren.«

»Das ist ganz David«, sagte Bree. »Er und Frederic sind so verschieden.«

»Ja, das sind sie.«

Ein Bild von Frederic, wie er draußen in der matten Lexingtoner Abenddämmerung stand und Asche um die Rhododendren streute, ging ihr durch den Kopf. Vor etwas über einem Jahr hatten sie sich kennengelernt, an einem der vielen ausgedörrten Tage, in einem der unzähligen Gärten. IBM, die sie mit so viel Mühe an Land gezogen hatte, war noch immer einer von Norahs lukrativsten Kunden, und so war sie trotz Kopfschmerzen und fernem Donnergrollen zum alljährlichen Firmenpicknick gegangen. Frederic saß abseits und schaute leicht mürrisch und wenig gesprächig drein. Norah stellte sich einen Teller zusammen und setzte sich neben ihn. Wenn er nicht plaudern wollte, dann war ihr das gerade recht. Doch er lächelte und begrüßte sie herzlich, riß sich aus seinen Gedanken und sprach englisch mit einem schwachen französischen Akzent – er war aus Quebec. Sie redeten stundenlang, bis der Sturm aufzog, die anderen ihre Sachen zusammenpackten und gingen. Als der Regen einsetzte, fragte er sie, ob sie mit ihm zu Abend essen wolle.

»Wo ist Frederic eigentlich?« fragte Bree. »Hattest du nicht gesagt, er würde kommen?«

»Das hatte er auch vor, aber er wurde von der Arbeit aus nach Orléans abberufen. Und er wollte gern hin, da er dort entfernte Verwandte hat. Irgendeinen Cousin zweiten Grades, der in einem Ort wohnt, der Châteauneuf heißt. Würdest du nicht auch gern in einem Ort mit diesem Namen wohnen?«

»Mit großer Wahrscheinlichkeit gibt es auch dort verstopfte Straßen und Tage, an denen die Frisur nicht sitzt.«

»Ich hoffe nicht. Ich hoffe, man geht dort jeden Morgen zum Markt und kommt mit frischem Brot und Kübeln voller Blumen nach Hause. Wie auch immer – ich habe Frederic gesagt, er solle hinfahren. Er und Paul verstehen sich zwar wirklich gut, aber es ist besser, wenn ich ihm diese Nachricht allein überbringe.«

»Ja. Ich habe auch vor zu verschwinden, wenn er kommt.«

»Danke«, sagte Norah und nahm ihre Hand. »Danke für alles und dafür, daß du mir bei der Beerdigung geholfen hast. Die letzten zwei Wochen hätte ich ohne dich nicht überstanden.«

»Du stehst tief in meiner Schuld«, sagte Bree lächelnd, doch dann sah sie nachdenklich aus. »Ich fand, es war eine schöne Beerdigung. Wenn man so etwas überhaupt sagen kann. Es waren so viele Leute da. Es hat mich überrascht, zu sehen, wie viele Menschen Davids Leben begleitet haben.«

Norah nickte. Auch sie war überrascht gewesen, als sich Brees kleine Kirche so sehr füllte, daß sich zu Beginn des Gottesdienstes drei zusätzliche Reihen hinter den Holzbänken gebildet hatten. Die vorangegangenen Tage waren wie ausgeblichen gewesen – Ben, der sie sanft geleitet hatte, Musik und Texte auszuwählen, den Sarg und die Blumen, der ihr geholfen hatte, den Nachruf zu schreiben. Dennoch war es eine Erleichterung gewesen, diese faßbaren Dinge tun zu müssen, und Norah war in einer schützenden Wolke aus stummer Wirkkraft von Aufgabe zu Aufgabe geschritten, bis der Gottesdienst begann. Den Leuten mußte es komisch vorgekommen sein, wie bitterlich sie dann weinte, doch sie trauerte nicht nur um David. Gemeinsam hatten sie vor all diesen Jahren beim Trauergottesdienst für ihre Tochter gestanden, und schon dort hatte sich der gemeinsame Verlust zwischen sie gestellt.

»Es war die Praxis«, sagte Norah. »Die Praxis, die er all die Jahre hatte. Die meisten sind Patienten gewesen.«

»Ich weiß. Es war unglaublich. Die Leute schienen ihn für so etwas wie einen Heiligen gehalten zu haben.«

»Sie waren auch nicht mit ihm verheiratet«, sagte Norah spitz. Sie suchte den Park erneut nach Paul ab, doch er war nicht zu sehen. »Ach, ich kann einfach nicht glauben, daß David wirklich tot ist.« Selbst jetzt, Tage später, sorgten die Worte für einen kleinen Schock. »Ich fühle mich nun irgendwie so alt.«

Bree nahm ihre Hand. Sie saßen ein paar Minuten still da. Brees Handinnenfläche war weich und warm, und Norah fühlte, wie sich der Augenblick ausdehnte, anschwoll, als könne er die ganze Welt einnehmen. Sie erinnerte sich an ein ähnliches Gefühl, das sie vor Jahren gehabt hatte, als Paul noch ein Säugling war und sie ihn in den milden dunklen Nächten stillte. Nun war er erwachsen, stand an einem Bahnhof, auf dem Bürgersteig oder schritt über eine Straße. Er blieb vor Schaufenstern stehen, kramte in seiner Tasche nach einem Ticket oder hielt sich die Hand vor Augen, als Schutz vor der Sonne. Er war aus ihrem Körper geboren und ging nun ohne sie durch die Welt – das war das erstaunliche.

Sie dachte auch an Frederic, wie er in einem Konferenzzimmer saß, wie er nickte, während er seine Unterlagen überflog, wie er seine Hände flach auf den Tisch legte, um mit seiner Rede zu beginnen. Seine Arme waren dunkel behaart und seine Fingernägel lang und quadratisch. Er rasierte sich zweimal täglich, und wenn er es einmal vergaß, kratzten seine frischen Stoppeln an ihrem Hals, wenn er sich nachts nah an sie schmiegte und sie hinters Ohr küßte, um sie zu erregen. Er aß weder Brot noch Süßigkeiten; wenn die Zeitung am Morgen zu spät kam, wurde er sehr böse. All diese kleinen Gewohnheiten, liebenswert und irritierend zugleich, machten Frederic aus. Heute abend würde sie ihn in ihrer gemeinsamen Pension am Fluß treffen. Sie würden Wein trinken, sie würde in der Nacht aufwachen, das Mondlicht würde hereinscheinen, und sein gleichmäßiger Atem würde weich den Raum erfüllen. Er wollte sie heiraten, und auch dies war eine zu treffende Entscheidung.

Norah rutschte das Buch aus der Hand, und sie bückte sich, um es aufzuheben. Van Goghs *Sternennacht* schmückte das Faltblatt, das sie als Lesezeichen benutzt hatte. Als sie sich wieder aufrichtete, durchquerte Paul den Park.

»Oh«, sagte sie mit der plötzlichen Freude, die sie immer

durchfuhr, wenn sie ihn sah: dieser Mensch, ihr Sohn, hier in dieser Welt. Sie stand auf. »Da ist er, Bree. Paul ist hier.«

»Er ist verdammt hübsch«, erwiderte Bree und stand ebenfalls auf. »Das muß er von mir haben.«

»Ganz bestimmt«, pflichtete Norah ihr bei. »Doch wo er sein Talent herhat, bleibt ein Geheimnis, wo doch niemand von uns oder David je einen Ton richtig getroffen hat.«

Ja, Pauls Talent. Sie beobachtete ihn, wie er durch den Park schritt. Dies war ein Rätsel – und ein Geschenk. Paul hob den Arm und winkte, er grinste über das ganze Gesicht, und Norah ging auf ihn zu und ließ ihr Buch auf der Bank liegen. Ihr Herz schlug schneller, vor Aufregung und Freude und Kummer und Beklommenheit; sie zitterte. Wie es die Welt veränderte, daß er hier war! Endlich trafen sie sich, und sie schloß ihn fest in die Arme. Er trug ein weißes Shirt, dessen Ärmel er hochgekrempelt hatte, dazu khakifarbene Shorts. Er roch frisch, als hätte er gerade geduscht. Sie spürte seine Muskeln durch den Stoff hindurch, seine festen Knochen, die Wärme seines Körpers, und für einen winzigen Augenblick konnte sie Davids Wunsch, Momente des Lebens festzuhalten, nachvollziehen. Man konnte es ihm nicht übelnehmen, ihm nicht ankreiden, daß er das Bestreben hatte, in jeden fließenden Moment tiefer einzudringen, sein Rätsel zu hinterfragen, gegen Verlust, Veränderung und Vergänglichkeit anzuschreien.

»Hallo Mom«, sagte Paul und trat zurück, um sie zu betrachten. Seine Zähne waren weiß, gerade, perfekt. Er hatte sich einen dunklen Bart wachsen lassen.

»Wer hätte gedacht, daß wir uns hier treffen?«

»Ja, wer hätte das gedacht.«

Bree war zu ihnen gekommen. Sie ging auf Paul zu und umarmte ihn innig.

»Ich muß gehen«, sagte sie. »Ich wollte dich nur kurz begrüßen. Gut siehst du aus, Paul. Das Vagabundenleben scheint dir gut zu bekommen.«

Er lächelte. »Kannst du nicht bleiben?«

Bree sah kurz zu Norah herüber. »Nein«, sagte sie. »Aber wir sehen uns bald, okay?«

»Okay«, sagte Paul und beugte sich vor, um sie auf die Wange zu küssen. »Ich denke schon.«

Norah fuhr sich mit der Rückseite der Handgelenke über die Augen, als Bree sich abwandte und ging.

»Was hast du?« fragte Paul, erst sanft, dann plötzlich besorgt: »Was ist los?«

»Komm, setzen wir uns hin«, antwortete sie und nahm ihn beim Arm. Gemeinsam gingen sie zur Bank zurück und schreckten dabei eine Gruppe Tauben auf. Sie hob ihr Buch auf und strich mit dem Finger über das Lesezeichen.

»Paul, es gibt eine schlimme Nachricht. Dein Vater ist letzte Woche gestorben. An einem Herzanfall.«

Weit riß Paul seine Augen auf, dann wandte er den Blick ab und schaute stumm auf den Weg, den er entlanggekommen war.

»Wann war die Beerdigung?« fragte er schließlich und schüttelte den Kopf.

»Letzte Woche. Es tut mir so leid, Paul. Es gab keine Möglichkeit, dich zu erreichen. Ich habe überlegt, ob ich mich an die Botschaft wenden soll, damit sie mir helfen, dich ausfindig zu machen, doch ich wußte überhaupt nicht, wo ich anfangen sollte. Ich habe deinen Reiseplan ja nicht. Deswegen bin ich heute hierhergekommen. In der Hoffnung, daß du auftauchen würdest.«

»Ich hätte fast den Zug verpaßt«, sagte er nachdenklich. »Fast hätte ich es nicht geschafft.«

»Aber nun bist du ja hier.«

Er nickte, lehnte sich nach vorn, indem er die Ellenbogen auf die Knie stützte, und faltete die Hände. Sie entsann sich, daß er genauso im leeren Auditorium gesessen, verzweifelt seine Enttäuschung zu verbergen versucht hatte, nachdem er beim ersten Vorspielen durchgefallen war. Er ballte die

Fäuste und ließ wieder locker. Sie umschloß Pauls Hände mit ihren und spürte seine harten Fingerspitzen. Sie saßen lange Zeit da und hörten den Wind in den Blättern rauschen.

»Es ist ganz normal, daß es dich so trifft«, sagte sie schließlich ruhig. »Er war dein Vater.«

Paul nickte, doch sein Gesicht war weiterhin verschlossen. Als er schließlich sprach, kippte seine Stimme fast. »Ich habe nie daran gedacht, daß er sterben könnte. Daran, daß es mir etwas ausmachen könnte. Wir haben uns nie wirklich ausgesprochen.«

»Ich weiß.« Und es stimmte. Nach Brees Anruf war Norah die von Blättern bedeckte Straße hinuntergelaufen und hatte ihren Tränen freien Lauf gelassen, war von David enttäuscht gewesen, weil er gegangen war, ohne ihr die Chance zu lassen, alles ein für allemal in Ordnung zu bringen. »Doch früher hat es wenigstens die Möglichkeit gegeben zu reden.«

»Das stimmt. Ich habe immer darauf gewartet, daß er den ersten Schritt macht.«

»Ich glaube, darauf hat auch er gewartet.«

»Er war mein Vater. Er hätte doch wissen müssen, was zu tun war.«

»Er hat dich geliebt«, sagte sie. »Daran darfst du nie zweifeln.«

Paul lachte kurz und scharf. »Nein. Das hört sich zwar schön an, aber es stimmt einfach nicht. Ich bin zu ihm rübergegangen und habe es versucht, ich war bei ihm, habe mit Dad über dies und das geredet, aber mehr war nicht drin. Ich konnte es ihm einfach nicht rechtmachen. Mit einem anderen Sohn wäre er wohl glücklicher geworden.« Seine Stimme war noch immer ruhig, doch Tränen hatten sich in den Augenwinkeln gesammelt und liefen seine Wangen hinab.

»Schatz. Er hat dich geliebt. Ganz sicher. Für ihn warst du der beste Sohn, den er sich denken konnte.«

Paul wischte sich unbeholfen die Tränen aus dem Gesicht. Norah spürte ihre eigene Traurigkeit die Kehle emporsteigen, und es dauerte einen Moment, bis sie sich wieder gefaßt hatte.

»Für deinen Vater war es unglaublich schwer, sich jemandem zu öffnen«, sagte sie endlich. »Ich weiß nicht, warum. Er ist unter ärmlichen Verhältnissen aufgewachsen und hat sich immer dafür geschämt. Ich wünschte, er hätte sehen können, wie viele Menschen zu seiner Beerdigung gekommen sind, Paul. Hunderte. Für all das, was er in seiner Praxis geleistet hat. Ich habe das Kondolenzbuch dabei, du kannst einmal hineinschauen. Viele Menschen liebten ihn.«

»War Rosemary da?« fragte er und drehte sich zu ihr um.

»Rosemary? Ja.« Norah hielt inne und ließ den warmen Windzug sanft über ihr Gesicht wehen. Sie hatte Rosemary kurz nach dem Gottesdienst gesehen, in einem einfachen grauen Kleid in der letzten Reihe sitzend. Ihr Haar hatte sie kurz geschnitten, und sie sah nun älter aus, gesetzter. Als sie aufstand, hatte Norah gesehen, daß sie erneut schwanger war. Rosemary hatte geheiratet und war weggezogen; David hatte immer darauf gepocht, daß nichts zwischen ihnen gewesen war. Tief im Herzen wußte Norah, daß es stimmte. »Sie waren kein Paar«, sagte Norah. »Dein Vater und Rosemary. Es war nicht so, wie du denkst.«

»Ich weiß.« Er setzte sich aufrecht hin. »Das weiß ich. Rosemary hat es mir erzählt, und ich habe ihr geglaubt.«

»Tatsächlich? Wann?«

»Als Dad sie mit nach Hause gebracht hat. Am allerersten Tag.« Er genierte sich nun, doch er sprach weiter. »Ich habe sie manchmal dort getroffen. Wenn ich bei Dad vorbeischaute. Manchmal war Dad gar nicht da, und dann habe ich eine Weile mit Rosemary und Jack zusammengesessen. Man sah, daß nichts zwischen ihnen lief. Ab und zu hat sie jemanden mitgebracht. Manchmal haben wir alle zusammen zu Abend gegessen. Ich weiß auch nicht, es war wohl ein bißchen merkwürdig. Aber ich habe mich daran gewöhnt. Rosemary war okay. Sie war nicht der Grund, warum ich nie wirklich mit ihm reden konnte.«

Norah nickte. »Aber du warst ihm wichtig, Paul. Ich weiß genau, wovon ich da spreche, weil auch ich sie gespürt habe, diese Distanz, dieses Abschirmen. Dieses Gefühl, daß da eine Mauer ist, so hoch, daß man sie nicht überwinden kann. Nach einer Weile habe ich es einfach aufgegeben. Und irgendwann habe ich auch nicht mehr länger darauf gewartet, daß ein Fenster oder eine Tür darin erscheint. Doch hinter dieser Mauer – das weiß ich – liebte er uns beide. Ich kann dir nicht sagen, warum, aber ich weiß es.«

Paul sagte nichts. Hin und wieder wischte er sich eine Träne aus den Augen.

Es war später Nachmittag, und die Menschen begannen durch den Garten zu spazieren, Pärchen hielten sich an den Händen, man sah Familien mit Kindern und einsame Spaziergänger. Ein älteres Paar kam näher. Sie war groß gewachsen und hatte weiß schimmernde Haare, er ging langsam, leicht gebeugt an einem Stock. Ihre Hand umfaßte seinen Ellenbogen, sie beugte sich zum Sprechen zu ihm hinunter, und er nickte, die Stirn runzelnd, und schaute über den Park, über die Tore hinweg. Norah versetzte es einen Stich, Zeugin dieser Intimität zu werden – irgendwann einmal hatte sie sich vorgestellt, wie sie selbst mit David alt werden würde, wie ihre Lebensgeschichten sich wie Schlingpflanzen miteinander verflechten würden, Triebe von Ranken umgeben, die Blätter miteinander vereint. Ja, sie war schon immer so altmodisch gewesen, sogar ihre Wehmut war altmodisch. Sie hatte sich vorgestellt, daß sie – einmal verheiratet – eine Art Knospe wäre, die vom robusteren, festen Blattwerk der Pflanze sicher umschlossen würde. Das eigene Leben sicher beschützt von einem anderen. Doch statt dessen war sie ihren eigenen Weg gegangen, hatte ihre eigene Firma gegründet, Paul großgezogen und war durch die Welt gereist. Sie war Knospe, Blüte,

Stengel und Blatt in einem, sie war die lange weiße Wurzel, die tief in die Erde hineinwuchs. Und sie war froh darum.

Das Paar sprach englisch, und während sie vorübergingen, diskutierten sie darüber, wo sie zu Abend essen könnten. Ihr Akzent war ein südlicher – Texas, vermutete Norah – und der Mann wollte ein Restaurant finden, wo es Steak gab, eines mit vertrauter Küche.

»Ich bin die Amerikaner so leid«, sagte Paul, sobald sie außer Hörweite waren. »Freuen sich wie die Schneekönige, wenn sie mal einen anderen Amerikaner treffen. Als wären zweihundertfünfzig Millionen von unserer Sorte nicht schon genug. Anstatt einmal den Kontakt zu den Franzosen zu suchen, wo sie doch in Frankreich sind.«

»Du hast wohl mit Frederic gesprochen.«

»Klar, warum auch nicht. Was die Arroganz der Amis angeht, liegt Frederic genau richtig. Wo ist er überhaupt?«

»Er hat geschäftlich zu tun. Aber er kommt heute abend.«

Und wieder schoß ihr das Bild von Frederic durch den Kopf, wie er durch die Tür des Hotelzimmers tritt, seinen Schlüssel auf der Kommode ablegt und seine Taschen abtastet, um sicherzugehen, daß seine Brieftasche noch da ist. Er trug blütenweiße Hemden mit adretten angeknöpften Kragen. Jeden Abend kam er nach Hause und warf seine Krawatte über die Stuhllehne, während seine tiefe Stimme ihren Namen brummte. Vielleicht war es seine Stimme gewesen, die sie als erstes geliebt hatte. Sie hatten so viel gemeinsam – erwachsene Kinder, die Scheidung, anspruchsvolle Jobs –, doch da Frederics Leben sich in einem anderen Land abspielte und zur Hälfte in einer anderen Sprache, empfand sie es als exotisch – als vertraut und fremd zugleich.

»Wie war dein Urlaub bislang?« fragte Paul. »Gefällt dir Frankreich?«

»Mir geht es gut hier«, sagte Norah, und es stimmte. Frederic fand, daß die Überbevölkerung Paris zugrunde gerichtet hatte, doch für Norah hatte die Stadt einen unerschöpflichen Charme: die Boulangerien und Patisserien, die Crêpes, die auf der Straße verkauft wurden, die Türme der altehrwürdigen Gebäude, ihre Glocken. Ebenso die Klänge, die Sprache, die wie ein Strom dahinfloß, von der ab und zu ein Wort nach oben drang wie ein Fisch. »Wie sieht's bei dir aus? Wie ist die Tour? Bist du noch immer verliebt?«

»Allerdings«, sagte er, und sein Gesicht entspannte sich ein wenig. Dann sah er ihr genau ins Gesicht. »Wirst du Frederic heiraten?«

»Ich weiß es nicht. Der Tod deines Vaters hat die Situation nicht verändert.«

Sie fuhr mit ihrem Finger an der scharfen Kante der Broschüre entlang. Dies war die große Frage, natürlich. Sollte sie ihr Leben ändern? Sie liebte Frederic, sie war nie glücklicher gewesen, und doch konnte sie durch dieses Glück hindurch schon auf eine Zeit blicken, in der ihr seine liebenswerten Gewohnheiten auf die Nerven gehen könnten und umgekehrt. Er mochte die Dinge, wie sie waren. Alles, was er tat, tat er mit peinlicher Präzision, ob es um Schweißnähte oder Steuererklärungen ging. Was dies anging – es war aber auch das einzige –, erinnerte er sie an David. Sie war nun alt genug, um zu wissen, daß nichts perfekt war, daß nichts blieb, wie es war, nicht einmal sie selbst. Aber genauso richtig war es, daß die Luft sich veränderte, sich elektrisierte, in ihr pulsierte, sobald er den Raum betrat. Es war die Wahrheit, daß sie abwarten wollte, was als nächstes passierte. »Ich weiß es nicht«, wiederholte sie langsam. »Bree ist bereit, die Firma zu übernehmen. Frederics Vertrag läuft noch zwei Jahre – wir müssen also in der nächsten Zeit noch keine Entscheidung treffen. Aber ich kann mir ein Leben mit ihm vorstellen. Ich denke, das ist ein erster Schritt.«

Paul nickte. »War es beim letztenmal auch so? Mit Dad, meine ich?«

Norah sah ihn an und fragte sich, was sie darauf antworten sollte. »Ja und nein«, sagte sie schließlich. »Ich bin heute sehr viel selbständiger. Damals wollte ich, daß jemand für mich sorgt, denke ich. Ich wußte noch nicht sehr viel über mich.«

»Dad mochte es, für andere zu sorgen.«

»Ja, das ist wahr.«

Paul lachte kurz und spitz. »Ich kann nicht glauben, daß er tot sein soll.«

»Ich weiß«, sagte Norah. »Ich auch nicht.«

Eine Weile saßen sie schweigend da in der heißen, trockenen Luft. Norah wendete ihr Faltblatt, und ihr kam die Kühle des Museums, der Widerhall der Schritte in den Sinn. Fast eine Stunde hatte sie vor dem Gemälde gestanden und den Wirbel der Farben, den sicheren und lebhaften Pinselstrich studiert. Was hatte van Gogh die Inspiration gegeben? Etwas Schimmerndes, schwer Faßbares. David war durch die Welt gegangen und hatte seine Kamera auf die winzigsten Details gerichtet, war von Licht und Schatten besessen gewesen und hatte versucht, die Dinge im Hier und Jetzt festzuhalten. Nun gab es ihn nicht mehr, genausowenig seine Art, die Welt zu sehen.

Paul stand auf und winkte durch den Park, während die Traurigkeit auf seinem Gesicht einer intensiven Freude wich, die eine Empfängerin hatte und nur dieser galt. Norah folgte seinem Blick über das trockene Gras hinweg bis zu einer jungen Frau mit einem langen, feinen Gesicht und einem cremefarbenen Teint. Ihre Haare fielen in weichen Dreadlocks bis zur Hüfte. Sie war schlank und elegant, trug ein weiches Kattunkleid und bewegte sich mit der Anmut und Zurückhaltung einer Tänzerin.

»Das ist Michelle«, sagte Paul und stand bereits. »Ich bin sofort wieder hier.«

Norah beobachtete ihn, wie er den Weg entlanglief, als würde er von einem Magneten angezogen. Michelles Züge erhellten sich, als sie ihn sah. Er nahm ihr Gesicht sanft in beide Hände, und sie küßten sich, dann hob sie ihre Hand, und ihre Handflächen streiften sich kurz – eine Geste, die so intim war, daß Norah wegsah. Mit gesenkten Köpfen durchquerten sie nun den Park und unterhielten sich. An einer Stelle blieben sie stehen, Michelle legte ihre Hand auf Pauls Arm, und Norah wußte, daß er es ihr gesagt hatte.

»Mrs. Henry«, sagte sie, als sie die Bank erreichten. Sie hatte lange, kühle Finger. »Das mit Pauls Vater tut mir sehr leid.« Selbst ihr Akzent war leicht exotisch: Sie hatte mehrere Jahre in London gelebt. Ein paar Minuten lang standen sie zusammen im Park und unterhielten sich. Paul schlug vor, gemeinsam zu Abend zu essen, und Norah war versucht einzuwilligen. Sie wollte bis spät in die Nacht mit Paul zusammensitzen, mit ihm reden, doch sie zögerte, da sie einer Wärme zwischen den beiden gewahr wurde, obendrein trieb es sie, allein zu sein. Erneut dachte sie an Frederic, der vielleicht schon zurück in der Pension war und die Krawatte schon über die Stuhllehne geworfen hatte.

»Wie sieht es mit morgen aus?« fragte sie. »Wie wär's, wenn wir zusammen frühstücken? Ich möchte alles über eure Tournee erfahren. Ich möchte alles über die Flamenco-Gitarristen in Sevilla wissen.«

Als sie auf dem Weg zur Metro die Straße entlangliefen, nahm Michelle Norahs Arm. Paul ging ein paar Meter vor ihnen her, schlaksig und breitschultrig.

»Sie haben einen wunderbaren Sohn großgezogen«, sagte sie. »Es ist wirklich schade, daß ich seinen Vater nicht kennenlernen werde.«

»Das wäre gar nicht so einfach geworden. Ihn kennenzulernen. Aber ich finde es auch schade.« Sie gingen nebeneinanderher. »Haben Sie die Tour genossen?«

»Reisen vermitteln wirklich ein wunderbares Freiheitsgefühl«, stellte Michelle fest.

Es war ein lauer Abend; die Lichter der Metrostation, in die sie hinabstiegen, blendeten sie. Ein Zug nahte mit lauter werdendem Geratter. Gerüche vermengten sich: Unter einen

Hauch von Parfüm mischte sich der scharfe Geruch von Öl und Metall.

»Komm morgen gegen neun vorbei«, sagte Norah zu Paul, ihre Stimme gegen den Lärm erhebend. Als ihr Zug dann einfuhr, beugte sie sich vor, nah an sein Ohr, und schrie: »Er hat dich geliebt! Er war dein Vater, und er hat dich geliebt!«

Einen winzigen Augenblick lang konnte sie Pauls Gesicht sehen: den Schmerz des Verlustes. Er nickte. Für mehr blieb keine Zeit. Der Zug rauschte heran, und im plötzlichen Windzug fühlte sie, wie ihr das Herz schwer wurde: ihr Sohn – hier in dieser Welt. Und David, der auf rätselhafte Weise entschwunden war. Der Zug hielt kreischend, und die Türen sprangen mit einem Stöhnen auf. Norah stieg ein und nahm am Fenster Platz, sah Paul ein letztes Mal aufblitzen, erhaschte einen letzten flüchtigen Blick, wie er mit gesenktem Kopf und den Händen in den Hosentaschen davonging. Dann war er verschwunden.

Als sie an ihrer Haltestelle ankam, hatte sich bereits das körnige Licht der Abenddämmerung ausgebreitet. Über Kopfsteinpflaster schritt sie zur gelb gestrichenen, schwach erleuchteten Pension, deren Fenster mit üppigen Blumenkästen dekoriert waren. Im Zimmer war es still, und ihre Sachen lagen unverändert herum – Frederic war noch nicht hier. Norah ging ans Fenster, das den Blick auf den Fluß freigab, stand eine Weile dort und dachte an David, wie er Paul in ihrem ersten Haus auf den Schultern trug, dachte an den Tag, als er ihr den Heiratsantrag machte, als er seine Stimme über das Rauschen des Wassers erhob und der Ring ihren Finger herabglitt. Sie dachte an Pauls Hand, an Michelles, wie ihre Handflächen sich berührten.

Sie ging zu dem kleinen Schreibtisch und schrieb eine kurze Nachricht: »Frederic, ich bin auf der Terrasse.«

Von der Terrasse, die von eingetopften Palmen gesäumt war, blickte man auf die Seine. Man hatte winzige Lichter an den Bäumen und eisernen Geländern angebracht. Norah setzte sich auf einen Platz, von dem aus sie auf den Fluß sehen konnte, und bestellte ein Glas Wein. Ihr Buch hatte sie irgendwo liegenlassen, wahrscheinlich in den Gärten des Louvre. Der Verlust löste bei ihr ein vages Gefühl des Bedauerns aus. Es war kein Buch, das man zweimal kaufte, es war einfach nur etwas Kurzweiliges, das einem die Zeit vertrieb. Es ging um zwei Schwestern. Nun würde sie niemals erfahren, wie die Geschichte ausging.

Zwei Schwestern. Vielleicht würden Bree und sie auch eines Tages ein Buch schreiben. Der Gedanke daran ließ Norah schmunzeln, und der Mann im weißen Anzug, der mit einem kleinen Aperitifglas vor sich am Tisch nebenan saß, lächelte zurück. Genauso fingen diese Geschichten an. Früher hätte sie jetzt die Beine verschränkt oder ihr Haar zurückgestrichen, kleine einladende Gesten, bis er aufgestanden wäre, seinen Tisch verlassen und sie gefragt hätte, ob er sich zu ihr setzen könne. Die Macht dieses Spiels, den Entdeckungsdrang hatte sie geliebt. Doch heute abend sah sie weg. Der Mann zündete sich eine Zigarette an, und als er zu Ende geraucht hatte, zahlte er und ging.

Norah beobachtete den Menschenstrom vor dem schimmernden Fluß. Vergeblich hielt sie nach Frederic Ausschau. Doch dann spürte sie seine Hand auf ihrer Schulter. Sie drehte sich um, und er küßte sie auf die eine Wange, dann auf die andere, schließlich trafen sich ihre Lippen.

»Hallo«, sagte er und setzte sich ihr gegenüber. Er war nicht sonderlich groß, aber athletisch und hatte vom jahrelangen Schwimmen breite Schultern. Er war ein Systemanalyst, und Norah mochte seine Selbstsicherheit, seine Fähigkeit, über den eigenen Tellerrand hinauszuschauen und nicht bei den Einzelheiten des flüchtigen Augenblicks stehenzubleiben. Und doch war es genau das, was sie häufig auch irritierte – seine Sicht auf die Welt als einen verläßlichen, vorhersehbaren Ort.

»Hast du lange gewartet?« fragte er. »Hast du etwas gegessen?«

»Nein.« Sie deutete mit dem Kopf auf ihr Weinglas, das noch fast voll war. »Überhaupt nichts. Und ich bin ausgehungert.«

Er nickte. »Gut. Tut mir leid, daß ich jetzt erst komme, aber der Zug hatte Verspätung.«

»Schon gut. Wie war dein Tag in Orléans?«

»Ziemlich stumpfsinnig. Aber ich hatte ein nettes Mittagessen mit meinem Cousin.« Er fing an zu erzählen, und Norah lehnte sich zurück, ließ die Worte auf sich herabrieseln. Frederics Hände waren stark und geschickt, und sie dachte an den Tag, an dem er ihr – das ganze Wochenende in der Garage inmitten frischer Hobelspäne stehend – ein Bücherregal gezimmert hatte. Er scheute sich nicht vor Arbeit, und genausowenig scheute er sich davor, sie vom Kochen abzuhalten, indem er seine Hände um ihre Hüfte schlang und sie so lange auf den Nacken küßte, bis sie sich umdrehte und seinen Kuß erwiderte. Er rauchte Pfeife, was sie nicht mochte, arbeitete zu hart und raste auf der Autobahn.

»Hast du es Paul erzählt?« fragte Frederic. »Hat er es gut aufgenommen?«

»Ich weiß nicht. Ich hoffe es. Wir treffen uns morgen zum Frühstück. Er will sich mit dir über die arroganten Amerikaner auslassen.«

Frederic lachte. »Sehr gut. Dein Sohn gefällt mir.«

»Er ist verliebt. Und dieses Mädchen, das er anhimmelt, ist wirklich liebenswert. Michelle. Sie ist auch mit dabei morgen.«

»Sehr gut«, sagte Frederic wieder und verschränkte ihre Finger mit seinen. »Es tut gut, verliebt zu sein.«

Sie bestellten ihr Abendessen – Rindermedaillons an Reisplätzchen – und noch mehr Wein. Weiter unten zog der Fluß dunkel und schweigsam vorüber, und während sie sich unterhielten, dachte Norah daran, wie schön es war, sich an einem

Platz niederzulassen und dort in aller Ruhe zu sitzen. Hier in Paris zu sitzen und Wein zu trinken, den Vögeln dabei zuzusehen, wie sie sich von den Baumsilhouetten erhoben, unten der stille Fluß. Ihre wilden Fahrten zum Ohio und Mississippi als junge Frau kamen ihr in den Sinn, die absonderlich schimmernde Wasseroberfläche, die Neigung des Kalksteinufers und der Wind, der mit ihren Haaren spielte.

Doch nun saß sie ruhig da, und die herumschwirrenden Vögel hoben sich dunkel vom indigoblauen Himmel ab. Es roch nach Wasser, nach Erschöpfung, nach geröstetem Fleisch und dem Schlamm des Flusses. Frederic zündete die Pfeife wieder an und schenkte Wein nach, während der Abend der Nacht Platz machte, die die nahe liegenden Häuser unter ihrem dunklen Vorhang verbarg. Doch nach und nach erglommen die Lichter in den Fenstern. Norah faltete ihre Serviette und stand auf. Die Welt drehte sich; ihr war schwindlig vom Wein, von der Anhöhe, von diesem langen Tag des Kummers und der Freude.

»Alles in Ordnung mit dir?« fragte Frederic von weither.

Norah faßte mit einer Hand den Tisch und holte Luft. Da sie gegen das Geräusch des Flusses, gegen den Geruch seiner dunklen Ufer, gegen die flackernden, überall herumwirbelnden Sterne nicht ankam, nickte sie nur.

21. Kapitel

November 1988

Er hieß Robert und sah gut aus, eine Strähne schwarzen Haars fiel ihm in die Stirn. Er ging den Gang im Bus auf und ab, stellte sich jedem vor und machte Anmerkungen zur Strecke, zum Busfahrer oder zum Wetter. Nachdem er die letzte Sitzreihe erreicht hatte, kehrte er um und begann wieder von hinten. »Mir geht's richtig gut«, verkündete er und schüttelte nebenbei Carolines Hand. Geduldig lächelte sie. Sein Händedruck war fest und selbstsicher. Die anderen Fahrgäste wichen seinem Blick aus. Sie vertieften sich in ihre Bücher, in ihre Zeitungen, während hinter dem Fenster die Umgebung vorbeizog. Robert ließ sich nicht beirren. Als seien die Menschen im Bus ebenso bemerkenswert wie Bäume, Felsen oder Wolken und als sei es ebenso unwahrscheinlich, daß sie antworteten. In seiner Beharrlichkeit, dachte sich Caroline, die aus der letzten Reihe zusah und sich jede Sekunde von neuem ermahnte, nicht einzugreifen, lag das tiefe Verlangen, einen Menschen zu finden, der ihn wirklich sah.

Dieser Mensch schien Phoebe zu sein, deren Gesicht strahlte, die eine Art inneres Licht durchflutete, sobald Robert in ihrer Nähe war. Sie sah ihn den Gang hoch- und runterlaufen, als wäre er ein wundersames, nie zuvor gesehenes Wesen, vielleicht ein Pfau: schön, eitel und stolz. Als er sich schließlich auf den Sitz neben ihr niederließ und weiterredete, lächelte Phoebe ihn einfach an. Es war ein strahlendes Lächeln – sie hielt nichts zurück. Da waren keinerlei Reserviertheit, keinerlei Vorsicht, keinerlei Anstalten, sich abwartend zu vergewissern, ob er dieselbe wogende Verliebtheit spürte. Caroline schloß beim Anblick ihrer so unverhohlen schwärmenden Tochter die Augen: diese wilde Unschuld, dieses Risiko! Doch als sie sie wieder öffnete, lächelte Robert entzückt zurück, als sei ihm ein Wunder geschehen, als hätte ein Baum seinen Namen gerufen, ihn ausgesprochen.

Na und, dachte Caroline – warum auch nicht? Solch eine Liebe war selten genug. Sie sah zu Al, der neben ihr saß und eingenickt war; während der Bus über Schlaglöcher und durch kurvige Straßen fuhr, wurde sein graues Haar hin und her geschüttelt. Er war gestern nacht spät nach Hause gekommen und brach morgen früh schon wieder auf, um mit den Überstunden das neue Dach samt Dachrinne zu bezahlen. In den letzten Monaten waren ihre gemeinsamen Tage zumeist mit Arbeit vollgepackt gewesen. Manchmal beschlich Caroline eine Erinnerung aus den ersten Ehejahren – seine Lippen auf ihren, seine Hand an ihrer Hüfte, bittersüße Nostalgie. Wie waren sie beide so geschäftig geworden, so von Sorgen gezeichnet? Wie waren so viele Tage verstrichen, einer nach dem anderen, daß sie an diesem Punkt angelangt waren?

Der Bus flog über die Schlucht hinweg und fuhr die Steigung nach Squirrel Hill hinauf. In der frühen Winterdämmerung waren die Scheinwerfer schon eingeschaltet. Phoebe und Robert saßen still beisammen, mit Blick zum Gang, und hatten sich für den alljährlichen Tanzball der Upside Down Society fein angezogen. Roberts Schuhe waren auf Hochglanz poliert, und er trug seinen besten Anzug. Unter Phoebes Wintermantel verbarg sich ein weiß-rotes Kleid mit Blumenmuster, und die dünne Konfirmationskette mit dem kleinen weißen Kreuz lag um ihren Hals. Ihr Haar war dunkler und dünner geworden in den letzten Jahren, und es lag haubenartig und kurz an ihrem Schädel. Hier und da wurde es von roten Haarklammern gehalten. Sie war blaß und hatte helle Sommersprossen an den Armen und im Gesicht. Mit dem Ansatz eines Lächelns starrte sie gedankenverloren aus dem Fenster. Robert begutachtete die Reklametafeln über Carolines Kopf, Werbung für Kliniken und Zahnärzte mit Wegbeschreibungen. Er war ein guter Mensch, in jedem Moment bereit, sich an der Welt zu erfreuen, auch wenn er Gespräche fast sofort vergaß, nachdem sie beendet waren, und Caroline jedesmal nach ihrer Telefonnummer fragte, wenn er sie sah. Und doch vergaß er nie Phoebe. Vergaß nie die Liebe.

»Wir sind fast da«, sagte Phoebe und zerrte an Roberts Arm, als sie sich dem höchsten Punkt des Bergs näherten. Die Tagesstätte lag einen halben Block weiter, und ihre Lichter überfluteten sanft das braune Gras und die dünne Schneedecke. »Sieben Stationen habe ich gezählt.«

»Al«, sagte Caroline und rüttelte an seiner Schulter. »Al, Liebling, wir müssen aussteigen.«

Der Bus entließ sie in die feuchtkühle Luft jenes Novemberabends. Paarweise gingen sie durch das Dämmerlicht. Caroline hakte sich bei Al unter.

»Du bist müde«, sagte sie, um gegen das Schweigen anzureden, das bei ihnen immer mehr zur Gewohnheit geworden war. »Die letzten Wochen waren hart für dich.«

»Bei mir ist alles in Ordnung«, sagte er.

»Ich wünschte, du müßtest nicht so häufig unterwegs sein.« Noch während sie sprach, bereute sie ihre Worte. Dies war mittlerweile ein altbekannter Streitpunkt, ein empfindlicher Knoten im Fleisch ihrer Ehe, und sogar in ihren eigenen Ohren klang ihre Stimme durchdringend und schrill nach, als würde sie Streit suchen.

Der Schnee knirschte unter ihren Schuhen. Al gab einen tiefen Seufzer von sich, sein Atem wurde als schwache Wolke in der Kälte sichtbar.

»Weißt du, ich tue mein Bestes, Caroline. Ich kann zur Zeit gutes Geld verdienen, und ich werde nicht jünger. Ich gehe stramm auf die Sechzig zu. Ich muß das Eisen schmieden, solange es heiß ist.«

Caroline nickte. Sein Arm fühlte sich sicher und verläßlich an. Sie war so froh, daß er hier war, sie war des merkwürdigen Rhythmus ihrer beider Leben so müde. Sie wünschte sich nichts so sehr, als jeden Tag mit ihm zu Abend zu essen. An seiner Seite aufzuwachen. Und zwar nicht in irgendeinem anonymen Hotelzimmer, hundert oder fünfhundert Kilometer entfernt.

»Ich vermisse dich einfach nur«, sagte Caroline sanft. »Das war alles, was ich damit sagen wollte.«

Phoebe und Robert gingen vor ihnen her, Hand in Hand. Caroline beobachtete ihre Tochter, die dunkle Handschuhe und einen lose um den Hals geschwungenen Schal trug, den Robert ihr geschenkt hatte. Sie wollte Robert heiraten, wollte ihr Leben mit ihm verbringen; zuletzt hatte sie nur noch davon gesprochen. Linda, die Leiterin der Tagesstätte, hatte sie schon gewarnt. »Phoebe ist verliebt. Sie ist fünfundzwanzig, ein bißchen spätreif und dabei, ihre eigene Sexualität zu entdecken, Caroline. Darüber müssen wir reden.« Doch Caroline, die nicht einsehen wollte, daß sich etwas geändert hatte, hatte die Diskussion verworfen.

Phoebe schritt mit leicht gesenktem Kopf dahin, hörte angestrengt zu, dann klang plötzlich ihr Lachen durch die Dämmerung. Caroline atmete die scharfe, kalte Luft ein und wurde beim Anblick ihrer glücklichen Tochter von Freude und Glück übermannt. Im selben Moment wurde sie in die Vergangenheit zurückgeworfen – in den Warteraum der Klinik mit seinen welken Farnpflanzen und der knarrenden Tür –, wo Norah Henry am Empfang stand und ihre Handschuhe abstreifte, um der Sprechstundenhilfe mit ebendiesem Lächeln ihren Ehering zu zeigen. Eine Ewigkeit war das her. Caroline hatte diese Zeit fast völlig aus ihrem Gedächtnis gestrichen. Und dann war letzte Woche, während Al noch unterwegs war, der Brief einer Anwaltskanzlei eingetroffen. Caroline hatte ihn verdutzt aufgerissen und noch in der kühlen Novemberluft auf der Veranda gelesen.

»Bitte setzen Sie sich bezüglich eines Bankkontos auf Ihren Namen mit uns in Verbindung.«

Sie rief sofort an und stand am Fenster, schaute auf den Verkehrsstrom, während der Anwalt ihr die Nachricht überbrachte: David Henry ist tot. Tatsächlich war er schon seit über einem Vierteljahr tot. Sie hatten sie angeschrieben, um ihr mitzuteilen, daß er ein Bankkonto auf ihren Namen hinterlassen habe. Caroline preßte den Hörer an ihr Ohr, und etwas in ihr sank bei dieser Nachricht in dunkle Tiefen. Sie beobachtete, wie die wenigen verbliebenen Blätter an den Ahornbäumen im kalten Morgenlicht flatterten. Meilenweit entfernt sprach der Anwalt weiter. Es sei ein Sparkonto: David hätte es auf ihrer beider Namen laufen lassen, und so falle es nicht unter die testamentarische Vollstreckung. Am Telefon könnten sie ihr nicht sagen, wieviel Geld auf dem Konto sei. Caroline müsse in die Kanzlei kommen.

Nachdem sie aufgelegt hatte, ging sie zurück auf die Veranda, wo sie lange Zeit in der Schaukel saß und versuchte, die Nachricht zu verarbeiten. Es schockierte sie, daß David sie auf diese Weise in Erinnerung behalten hatte. Es schockierte sie mehr als die Tatsache, daß er gestorben war. Was hatte sie sich eingebildet? Daß sie und David immer so weitermachen, ihre eigenen Leben führen würden und doch auf ewig durch den Augenblick in der Praxis verbunden wären? Daß sie ihn irgendwann, irgendwie, wann immer es ihr paßte, ausfindig machen und ihn mit seiner Tochter zusammenführen würde? Die Autos fuhren in einem steten Strom den Berg hinunter. Sie wußte nicht, was sie tun sollte; schließlich ging sie einfach wieder hinein, machte sich für die Arbeit fertig, ließ den Brief in die oberste Schublade zwischen das Durcheinander aus Gummis und Büroklammern gleiten und wartete darauf, daß Al nach Hause kam und ihr dabei half, Klarheit zu erlangen. Bislang hatte sie es nicht erwähnt – er war so müde gewesen –, doch die unausgesprochenen Neuigkeiten standen zwischen ihnen, genau wie Lindas Sorgen um Phoebe.

Durch die doppelt verglasten Türen betraten sie den Korridor. Am hinteren Ende des Saals befand sich die Tanzfläche, über der sich eine Diskokugel drehte und grelle Lichtstreifen an Decke, Wände und auf die nach oben gewandten Gesichter warf. Es lief Musik, doch niemand tanzte. Phoebe und Robert standen am Rand der Menge und sahen den Lichtern zu, wie sie über die leere Fläche glitten.

Al hängte ihre Mäntel auf und ergriff dann – zu Carolines Überraschung – ihre Hand. »Erinnerst du dich an den Tag im Park, den Tag, an dem wir beschlossen zu heiraten? Jetzt zeigen wir denen mal, was Rock 'n' Roll ist. Was meinst du?«

Caroline spürte, wie ihr die Tränen kamen. Sie dachte an die Blätter, die an diesem weit zurückliegenden Tag wie Banknoten geraschelt hatten, an den klaren Himmel, die Sonne und das Summen der Bienen aus der Ferne. Sie hatten kreuz und quer auf dem Gras getanzt, und Stunden später im Krankenhaus hatte sie Als Hand ergriffen und gesagt: »Ja, ich möchte dich heiraten, ja.«

Al ließ seine Hand um ihre Hüfte gleiten, und sie schritten auf die Tanzfläche. Caroline hatte vergessen, wie leicht und fließend ihre beiden Körper sich zusammen bewegten, wie sehr das Tanzen sie befreite. Sie schmiegte ihren Kopf an seine Schulter, atmete sein herbes Aftershave ein, dem noch der Geruch von Maschinenöl anhaftete. Wange an Wange, preßte Al seine Hand gegen ihren Rücken. Sie drehten sich, und langsam schoben sich andere Gäste auf die Tanzfläche und lächelten in ihre Richtung. Caroline kannte fast jeden im Saal, die Mitarbeiter der Tagesstätte, die anderen Elternpaare von Upside Down, die Bewohner der Einrichtung nebenan. Phoebe stand auf einer Warteliste für ein Zimmer dort, ein Ort, wo sie mit mehreren Erwachsenen und einem Betreuer zusammen leben würde. Das schien in vielerlei Hinsicht ideal – Phoebe würde eigenständiger werden und hätte möglicherweise hier eine neue Zukunft –, doch im Grunde konnte Caroline sich nicht vorstellen, von Phoebe getrennt zu leben. Als sie sich eingetragen hatten, war ihnen die Warteliste sehr lang erschienen, doch im letzten Jahr war Phoebes Name stetig nach vorn gerückt. Caroline würde bald eine Entscheidung treffen müssen, so oder so. Sie sah kurz zu Phoebe hinüber, die mit Robert die Tanzfläche betrat und ein Lächeln auf dem Gesicht trug, während ihr dünnes Haar von den hellroten Klämmerchen zurückgehalten wurde.

Mit geschlossenen Augen tanzte sie zu drei weiteren Liedern mit Al, ließ sich fallen, folgte seinen Schritten. Er war ein guter Tänzer, ruhig und sicher, und die Musik schien durch sie hindurchzuströmen wie ein Fluß durch die Erde. Auch mit Phoebes Stimme passierte ihr das manchmal, wenn die reinen Töne ihres Gesangs durch die Räume schwangen und Caroline – was immer sie auch gerade machte – zwangen innezuhalten, weil die Welt sie plötzlich wie Licht durchflutete. »Schön«, murmelte Al und zog sie fester an sich. Auch als die Musik zu einer schnelleren Rocknummer wechselte und sie die Tanzfläche verließen, hielt Al sie weiterhin im Arm.

Mit leichtem Schwindelgefühl suchte Caroline aus Gewohnheit den Raum nach Phoebe ab und fühlte erste Anzeichen der Beunruhigung, als sie sie nicht sah.

»Ich habe sie nach unten geschickt, um Nachschub an Bowle zu holen«, rief Linda, die hinter dem Tisch stand. Sie wies auf das schwindende Buffet. »Du glaubst nicht, was hier los ist, Caroline. Die Kekse sind auch schon fast alle weg.«

»Ich hole welche«, schlug Caroline vor und war froh, einen Vorwand gefunden zu haben, nach Phoebe zu sehen.

»Sie schafft das schon alleine«, sagte Al, faßte sie an der Hand und wies auf den Stuhl neben sich.

»Ich schau nur kurz nach. Bin in einer Minute wieder hier.«

Sie schritt durch die leeren Korridore, die hell und still dalagen, und fühlte noch immer Als Berührung auf ihrer Haut. Sie ging hinunter in die Küche, drückte die metallischen

Schwingtüren mit einer Hand auf und tastete mit der anderen nach dem Lichtschalter. Die plötzliche Helligkeit fing sie ein wie eine Fotografie: Phoebe, in ihrem geblümten Kleid mit dem Rücken zur Anrichte, Robert, die Arme um sie gelegt und dicht bei ihr, seine Hand, die über ihr Bein strich. In dem Augenblick, bevor sie sich umdrehten, sah Caroline, daß er sie küssen wollte, daß Phoebe geküßt werden wollte und bereit war, den Kuß zu erwidern: für Robert, ihre erste große Liebe. Ihre Augen waren geschlossen gewesen, ihr Gesicht von Wohlgefallen überströmt.

»Phoebe«, sagte Caroline in scharfem Ton. »Phoebe und Robert, es reicht.«

Erschreckt, aber ohne Reue ließen sie voneinander ab.

»Wo ist das Problem?« sagte Robert. »Phoebe ist meine Freundin.«

»Wir werden heiraten«, fügte Phoebe hinzu.

Caroline zitterte und versuchte sich zu beherrschen. Phoebe war immerhin eine erwachsene Frau.

»Robert«, sagte Caroline. »Läßt du mich bitte eine Minute mit Phoebe allein?«

Robert zögerte und ging dann an Caroline vorbei. Von seiner überschwenglichen Herzlichkeit keine Spur mehr. »Wir tun nichts, was verboten wäre«, sagte er und blieb am Ausgang stehen. »Phoebe und ich – wir lieben uns.«

»Ich weiß«, sagte Caroline, als die Türen hinter ihm zurückschwangen und sich schlossen.

Phoebe stand unter dem kalten Licht und fingerte an ihrer Halskette herum.

»Man darf jemanden küssen, den man liebt, Mom. Du küßt Al auch.«

Caroline nickte und dachte an Als Hand auf ihrer Hüfte. »Das stimmt, Schatz. Aber das sah nach ein bißchen mehr als Küssen aus.«

»Mom.« Phoebe war verzweifelt. »Robert und ich werden *heiraten*.«

Caroline antwortete, ohne nachzudenken: »Du kannst nicht heiraten, mein Engel.«

Auf Phoebes Gesicht lag ein störrischer Ausdruck, den Caroline sehr gut kannte.

»Warum nicht?«

»Heiraten, mein Engel …« Caroline hielt inne und dachte an Al, seine Müdigkeit zuletzt, die Distanz, die jedesmal zwischen ihnen aufkam, wenn er unterwegs war. »Hör zu, Schatz, das ist nicht so einfach. Du kannst Robert ja auch lieben, ohne ihn zu heiraten.«

»Nein. Robert und ich, wir werden heiraten.«

Caroline seufzte. »Okay. Nehmen wir mal an, ihr würdet es tun – wo würdet ihr leben?«

»Wir werden ein Haus kaufen«, sagte Phoebe, nun mit ernstem, entschlossenem Gesichtsausdruck. »Dort werden wir leben, Mom. Wir werden Kinder haben.«

»Kinder machen verdammt viel Arbeit«, sagte Caroline. »Ich frage mich, ob ihr wißt, wieviel Arbeit Kinder machen. Und sie kosten viel Geld, Schatz. Wie wollt ihr das Haus bezahlen? Wie wollt ihr über die Runden kommen?«

»Robert hat einen Job. Und ich auch. Wir haben *viel* Geld.«

»Aber du wirst nicht arbeiten können, während du auf die Kinder aufpaßt.«

Phoebe dachte darüber nach, legte die Stirn in Falten, und Carolines Herz wurde schwer. Derart grundlegende und einfache Wünsche – und sie konnten nicht in Erfüllung gehen. Wo blieb die Gerechtigkeit?

»Ich liebe Robert«, ließ Phoebe nicht locker. »Robert liebt mich. Außerdem hat Avery auch ein Kind bekommen.«

»O Schatz«, sagte Caroline. Sie hatte das Bild vor Augen, wie Avery Swan auf dem Bürgersteig einen Kinderwagen vor sich herschob und anhielt, damit Phoebe sich darüberbeugen und das Neugeborene sanft an der Wange berühren konnte. »Mein Engel.« Sie überbrückte die Distanz, indem sie ihre Hände auf Phoebes Schultern legte. »Erinnerst du dich noch, wie du mit Avery Rain befreit hast? Wir lieben Rain über alles – aber er macht viel Arbeit. Du mußt das Katzenklo saubermachen, sein Fell bürsten, du mußt hinter ihm herräumen, wenn er mal wieder sein Chaos hinterläßt, du mußt ihn rein- und rauslassen, und du machst dir große Sorgen, wenn er mal nicht nach Hause kommt. Ein Kind zu haben bedeutet noch viel mehr, Phoebe. Ein Kind zu haben bedeutet, sich um zwanzig Rains zu kümmern.«

Phoebe ließ den Kopf hängen, und Tränen rannen ihr die Wangen hinunter. »Das ist nicht fair«, flüsterte sie.

»Nein, das ist es nicht«, stimmte Caroline zu.

Still standen sie eine Weile im grellen Neonlicht.

»Phoebe, kannst du mir helfen?« fragte sie schließlich. »Linda braucht dringend auch noch ein paar Kekse.«

Phoebe nickte und wischte sich die Tränen aus dem Gesicht. Mit Schachteln und Flaschen beladen, gingen sie stumm die Treppe hinauf und zurück durch den Korridor.

Später am Abend erzählte Caroline Al, was passiert war. Er saß mit verschränkten Armen neben ihr auf der Couch und war fast schon eingeschlafen. Er hatte sich vorher rasiert, und sein Hals war noch empfindlich gerötet. Unter seinen Augen zeichneten sich dunkle Schatten ab. In der Morgendämmerung würde er aufstehen und wieder davonfahren.

»Sie will unbedingt ihr eigenes Leben führen, Al. Und sie stellt es sich so einfach vor.«

»Mmm«, sagte er und richtete sich auf. »Vielleicht ist es das auch, Caroline. Es gibt andere, die in dieser Einrichtung leben, und sie scheinen zurechtzukommen. Wir wären gleich um die Ecke.«

Caroline schüttelte den Kopf. »Ich kann sie mir draußen in der Welt einfach nicht vorstellen. Und sie wird ganz sicher nicht heiraten können, Al. Was, wenn sie tatsächlich plötzlich schwanger wäre? Ich kann nicht noch ein zweites Kind großziehen – und genau das würde es bedeuten.«

»Ich möchte auch kein zweites Kind großziehen.«

»Vielleicht sollten wir sie eine Weile von Robert fernhalten.«

Al wandte sich verwundert zu ihr. »Hältst du das für eine gute Idee?«

»Ich weiß es nicht«, seufzte Caroline. »Ich weiß es einfach nicht.«

»Hör mir zu«, sagte Al sanft. »Seitdem ich dich kenne, von der ersten Minute an, hast du gefordert, daß die Welt ihre Türen vor Phoebe nicht verschließt. ›Unterschätzt sie nicht‹ – wie oft habe ich das aus deinem Mund gehört? Warum läßt du sie also nicht ausziehen? Warum sollten wir ihr die Chance nicht geben? Vielleicht gefällt es ihr dort. Vielleicht findest du Gefallen an deiner Freiheit.«

Sie starrte auf den Stuck an der Decke, dachte sich, daß sie mal wieder gestrichen werden könnte, und ließ die unbequeme Wahrheit an die Oberfläche steigen. »Ich kann mir mein Leben ohne sie nicht vorstellen«, sagte sie sanft.

»Das verlangt auch niemand von dir. Aber sie ist erwachsen, Caroline. Das ist der Punkt. Wofür hast du dein Leben lang gekämpft, wenn nicht für ein halbwegs unabhängiges Leben für Phoebe?«

»Das hört sich so an, als wärst du es, der diese Freiheit gern hätte«, sagte Caroline. »Als wärst du bereit, etwas Neues anzupacken. Zu reisen.«

»Du etwa nicht?«

»Natürlich«, schrie sie auf, überrascht vom Nachdruck ihrer Antwort. »Aber Al – selbst wenn Phoebe auszieht, wird sie nie völlig unabhängig sein. Und ich habe Angst, daß du deswegen unglücklich bist. Ich habe Angst, daß du uns verläßt. Du hast dich die letzten Jahre so entfernt, Schatz, bist so fremd geworden.«

Al schwieg lange Zeit. »Warum bist du so verbittert?« fragte er schließlich. »Was habe ich getan, daß du glaubst, ich würde euch verlassen?«

»Ich bin nicht verbittert«, sagte sie schnell, denn seine Stimme verriet ihr, daß sie ihn verletzt hatte. »Al, warte hier eine Sekunde.« Sie ging durch den Raum und holte den Brief aus der Schublade. »Das ist der Grund, warum ich unruhig bin. Ich weiß nicht, was ich tun soll.«

Er nahm den Brief in die Hand und las ihn langsam, drehte ihn einmal um, als könne sein Geheimnis durch irgend etwas gelüftet werden, was auf der Rückseite stand, und las ihn ein zweites Mal.

»Wieviel Geld ist auf diesem Konto?« fragte er und schaute auf.

Sie schüttelte den Kopf. »Ich weiß es noch nicht. Ich muß persönlich dort erscheinen, um es zu erfahren.«

Al nickte und widmete sich wieder dem Brief. »Die Vorgehensweise ist schon komisch. Ein geheimes Konto.«

»Ich weiß. Vielleicht hatte er Angst, daß ich es Norah erzähle. Vielleicht wollte er sichergehen, daß sie genug Zeit hätte, seinen Tod zu verarbeiten, falls ich es täte. Etwas anderes kann ich mir nicht vorstellen.« Sie dachte an Norah, wie sie durch die Welt lief, ohne den leisesten Verdacht zu haben, daß ihre Tochter noch am Leben war. Und Paul? Was war aus ihm geworden? Aus diesem dunkelhaarigen Baby, das sie nur ein einziges Mal gesehen hatte.

»Was glaubst du, was wir tun sollten?«

»Ich denke, zunächst sollten wir Genaueres in Erfahrung bringen. Sobald ich zurück bin, gehen wir zusammen zu diesem Anwalt. Ich kann mir einen oder zwei Tage freinehmen. Was danach kommt, weiß ich nicht, Caroline. Wir sollten eine Nacht darüber schlafen. Wir müssen nicht sofort etwas unternehmen.«

»In Ordnung«, sagte sie, und all ihr innerer Aufruhr der letzten Woche fiel von ihr ab. Wenn Al es sagte, hörte es sich so einfach an. »Ich bin froh, daß du da bist«, sagte sie.

»Ganz ehrlich, Caroline.« Er nahm ihre Hand. »Ich gehe nirgendwohin. Außer vielleicht nach Toledo morgen früh, so gegen sechs. Deshalb werde ich mich jetzt auch aufs Ohr legen.«

Daraufhin küßte er sie mit Nachdruck und zog sie an sich. Caroline schmiegte ihre Wange an seine und atmete seinen Duft und seine Wärme. Sie dachte an den Tag im Kinderheim am Rand von Louisville. An die säuerliche Luft, ihre Schritte im Gang und an die Erleichterung, die sie verspürt hatte, als sie Phoebe geschnappt und sie aus der doppelten Schwingtür herausgetragen hatte: der Augenblick, der ihr Leben geprägt hatte.

Al stand auf, hielt sie noch immer an der Hand. »Kommst du mit hoch?« Sie nickte und erhob sich, ihre Hand in seiner.

*

Am Morgen stand sie früh auf, machte Frühstück und verzierte Spiegeleier, Speck und Hackbällchen mit Petersilie.

»Wenn das mal nicht gut riecht«, sagte Al, als er hereinkam, sie auf die Wange küßte und die Zeitung und die Post vom Vortag auf den Tisch fallen ließ. Die Briefe fühlten sich kühl und feucht in ihren Händen an. Sie dachte daran, ihn an den Anwalt zu erinnern. Es waren zwei Rechnungen und eine heitere Postkarte von der Ägäis mit ein paar Worten von Doro auf der Rückseite.

Caroline fuhr mit ihren Fingern über die kalte blaue See. »Trace hat sich in Paris den Knöchel verstaucht.«

»So was Blödes.« Al schlug die Zeitung auf und schüttelte den Kopf über die Neuigkeiten zur Wahl.

»Hey Caroline«, sagte er nach einer Weile und ließ die Zeitung sinken. »Letzte Nacht habe ich überlegt, daß du einfach mitkommen könntest? Linda würde sicher übers Wochenende nach Phoebe schauen. Wir könnten mal raus hier. Du und ich. Du hättest Gelegenheit, zu sehen, wie Phoebe zurechtkommt, wenn sie eine Weile auf sich allein gestellt ist. Was meinst du?«

»Gleich jetzt? Einfach losfahren, meinst du?«

»Ja. Pflücke den Tag. Warum nicht?«

»Ach«, sagte sie nervös und erfreut, obwohl sie die langen Stunden unterwegs nicht mochte. »Ich weiß nicht. Ich muß noch so viel erledigen diese Woche. Vielleicht nächstes Mal«, fügte sie schnell hinzu, um ihn nicht vor den Kopf zu stoßen.

»Wir könnten diesmal ein paar Nebenstraßen entlangfahren«, sagte er. »Das würde es für dich interessanter machen.«

»Das ist wirklich eine gute Idee«, sagte sie und war überrascht, daß sie tatsächlich Gefallen daran finden könnte.

Er lächelte enttäuscht, lehnte sich zu ihr hinüber und küßte sie flüchtig mit kühlen Lippen.

Nachdem Al weggefahren war, hängte Caroline Doros Postkarte mit dem hellen, verlockenden Meer an den Kühlschrank. Es war ein trostloser Novembertag, draußen war es feucht und grau und kurz davor zu schneien, und so sah sie sich gern das Meer an, den Randstreifen warmen Sandes. Die ganze Woche über – während sie den Patienten zu Hilfe kam, das Abendessen zubereitete oder die Wäsche faltete – dachte Caroline an Als Einladung. Sie dachte an den leidenschaftlichen Kuß zwischen Robert und ihrer Tochter, in den sie hineingeplatzt war, und an das Wohnheim, wo Phoebe leben wollte. Al hatte recht. Eines Tages würde es sie beide nicht mehr geben. Und Phoebe hatte das Recht auf ein eigenständiges Leben.

Nichtsdestotrotz war die Welt nicht weniger grausam als gewöhnlich. Während sie Dienstag bei Frikadellen mit Kartoffelbrei und grünen Bohnen im Eßzimmer saßen, zog Phoebe ein kleines Plastikpuzzle aus ihrer Tasche, eines jener Puzzle mit beweglichen quadratischen Plättchen, die jeweils mit einer Nummer versehen waren. Der Sinn des Spiels war es, die Zahlen in die richtige Reihenfolge zu bringen, und zwischen zwei Bissen spielte sie immer wieder daran herum.

»Das ist hübsch«, sagte Caroline müde und nippte an ihrer Milch. »Wo hast du das her, Schatz?«

»Von Jack.«

»Arbeitest du mit ihm?« fragte Caroline. »Ist er neu dazugekommen?«

»Nein. Ich habe ihn im Bus kennengelernt.«

»Im Bus?«

»Mmh. Gestern. Er war sehr nett.«

»Aha.« Caroline spürte, wie der Augenblick sich zog und all ihre Sinne sich schärften. Sie mußte sich dazu zwingen, ruhig weiterzusprechen, so als ob nichts wäre. »Du hast das Puzzle von Jack?«

»Mmh. Er war sehr nett. Und er hat sich einen neuen Vogel zugelegt. Den will er mir zeigen.«

»Tatsächlich?« sagte Caroline, und ein kalter Wind rauschte durch sie hindurch. »Phoebe, mein Engel, es kommt überhaupt nicht in Frage, daß du zu fremden Leuten mit nach Hause gehst, darüber haben wir doch schon gesprochen.«

»Ich weiß. Das habe ich ihm auch gesagt«, sagte Phoebe. Sie schob das Puzzle beiseite und quetschte noch mehr Ketchup auf ihre Frikadelle. »Er sagte, komm mit zu mir, Phoebe. Und ich habe gesagt, okay, aber ich muß erst meine Mutter fragen.«

»Keine schlechte Idee«, brachte Caroline so eben noch heraus.

»Und darf ich? Darf ich morgen mit zu Jack gehen?«

»Wo wohnt Jack denn?«

Phoebe zuckte mit den Schultern. »Ich weiß nicht. Ich seh ihn immer nur im Bus.«

»Jeden Tag?«

»Mmh. Darf ich? Ich will den Vogel sehen.«

»Wie wäre es denn, wenn ich mitkäme?« sagte Caroline vorsichtig. »Wie wäre es, wenn wir morgen zusammen den Bus nehmen? So kann ich Jack kennenlernen, und wir schauen uns zusammen den Vogel an. Was hältst du davon?«

»Das gefällt mir«, sagte Phoebe erfreut und trank ihre Milch aus.

Die nächsten beiden Tage begleitete Caroline Phoebe im Bus, doch Jack tauchte nicht auf.

»Ich fürchte, er hat gelogen, Schatz«, sagte sie zu Phoebe am Donnerstagabend, während sie spülten. Phoebe trug ein gelbes Sweatshirt, und ihre Hände wiesen ein Dutzend kleiner Schnittwunden auf, die sie sich vom scharfen Papier bei der Arbeit zugezogen hatte. Caroline beobachtete sie dabei, wie sie jeden Teller sorgfältig in die Hand nahm und abtrocknete und war erleichtert, daß Phoebe in Sicherheit war. Der Gedanke, daß sie es irgendwann nicht mehr sein könnte, versetzte sie in Schrecken. Wer war dieser Fremde, dieser Jack, und was hätte er mit Phoebe angestellt, wenn sie mit ihm gegangen wäre? Caroline meldete den Vorfall der Polizei, doch sie hatte wenig Hoffnung, daß sie ihn fänden. Letztlich war nichts passiert, und Phoebe konnte den Mann nicht beschreiben, sie wußte nur, daß er einen goldenen Ring und blaue Turnschuhe getragen hatte.

»Jack ist nett. Er würde nicht lügen«, beharrte Phoebe.

»Mein Engel, nicht jeder Mensch ist gut oder will das Beste für dich. Er ist nicht wieder im Bus gewesen, wie er dir versprochen hatte. Er wollte dich hereinlegen, Phoebe. Du mußt vorsichtig sein.«

»Das sagst du immer«, antwortete Phoebe und warf das Trockentuch auf die Spüle. »Das sagst du auch über Robert.«

»Das ist etwas anderes. Robert will dir nicht weh tun.«

»Ich liebe Robert.«

»Ich weiß.« Caroline schloß die Augen und holte tief Luft. »Ich liebe dich, Phoebe. Ich will nicht, daß man dich verletzt. Die Welt ist manchmal gefährlich. Und ich glaube, daß dieser Mann gefährlich ist.«

»Aber ich bin nicht mit ihm gegangen«, sagte Phoebe und ließ sich von der Strenge und Angst in Carolines Stimme entmutigen. Sie stellte den letzten Teller auf die Spüle und war plötzlich den Tränen nahe. »Ich bin nicht mitgegangen.«

»Du warst klug«, sagte Caroline. »Du hast das Richtige getan. Geh niemals mit jemandem mit.«

»Es sei denn, sie kennen das Codewort.«

»Genau. Und das Codewort ist geheim, das verrätst du niemandem.«

»Sternenfeuer!« flüsterte Phoebe deutlich und strahlte. »Das ist ein Geheimnis.«

»Genau das ist es«, seufzte Caroline. »Ein Geheimnis.«

*

An den nächsten beiden Tagen brachte Caroline Phoebe zur Arbeit und holte sie dort auch ab. An jenen Abenden saß sie in ihrem Wagen und wartete, sah Phoebe dabei zu, wie sie hinter dem Ladentisch hin und her rannte, wie sie Dokumente zusammenheftete oder mit Max herumalberte, ihrer Arbeitskollegin, einer jungen Frau, die ihre Haare streng zu einem Pferdeschwanz zusammengebunden trug, jeden Freitag mit Phoebe zu Mittag aß und keine Scheu hatte, sie zur Rechenschaft zu ziehen, wenn Phoebe einmal etwas durcheinanderbrachte. Phoebe arbeitete hier nun seit drei Jahren. Sie liebte ihren Job, und sie machte ihn gut. Während Caroline ihrer Tochter zusah, dachte sie an die zähen Stunden des Organisierens, an all die Präsentationen, den Papierkram und die Kämpfe, die sie ausgefochten hatte, um Phoebe dies zu ermöglichen. Und doch blieb noch so vieles zu tun. Der Vorfall im Bus war nur eine von vielen Sachen. Phoebe verdiente nicht genug, um sich selbst zu versorgen, und man konnte sie nicht allein lassen, nicht einmal für ein Wochenende. – Sobald ein Feuer ausbrach oder der Strom ausfiel, würde sie Angst bekommen und nicht mehr weiterwissen.

Und dann war da Robert. Als sie am Freitagabend nach Hause fuhren, erzählte Phoebe von der Arbeit, von Max und von Robert, Robert und nochmals Robert. Er wollte den Tag darauf kommen, um mit Phoebe einen Kuchen zu backen. Caroline hörte ihr zu, war froh, daß schon fast Samstag war und Al dann zurück sein würde. Eine gute Seite hatte die Sache mit dem Fremden im Bus: Sie hatte eine Entschuldigung,

Phoebe abzuholen, und so war die Zeit, die sie mit Robert verbrachte, begrenzt.

Als sie zur Haustür hereinkamen, klingelte das Telefon. Caroline seufzte – es war sicher ein Vertreter, ein Nachbar, der für die Herzhilfe sammelte, oder man hatte sich verwählt. Rain miaute zur Begrüßung und strich um ihre Beine herum. »Verschwinde«, sagte sie und hob den Hörer ab.

Es war die Polizei. Der Beamte am anderen Ende der Leitung räusperte sich und fragte nach ihr. Caroline war zunächst erstaunt, dann erfreut – vielleicht hatten sie den Mann aus dem Bus doch noch gefunden.

»Ja«, sagte sie und sah Phoebe dabei zu, wie sie Rain auf den Arm nahm und herzte. »Ich bin am Apparat.«

Er räusperte sich erneut und begann zu sprechen.

Später würde sich Caroline an diesen Moment erinnern, als habe er ewig gewährt. Als habe die Zeit sich ausgedehnt, bis sie den ganzen Raum ausfüllte und sie in ihren Stuhl drückte, obwohl die Nachricht recht einfach war und sie auszusprechen sicher nicht viel Zeit in Anspruch genommen hatte. Sein Truck war aus der Kurve geflogen, durch die Leitplanke gebrochen und einen kleinen Abhang hinuntergeflogen. Al lag mit einem gebrochenen Bein im Krankenhaus; es war dasselbe Krankenhaus, in dem Caroline ihm vor all den Jahren ihr Jawort gegeben hatte.

Phoebe summte ein Lied für Rain, doch sie schien zu spüren, daß etwas nicht stimmte, und sah in dem Moment, in dem Caroline auflegte, fragend auf. Caroline erklärte ihr während der Fahrt, was passiert war. Auf dem gefliesten Krankenhausflur überschwemmten sie die Erinnerungen an diesen lange zurückliegenden Tag: Phoebes geschwollene Lippen, ihr schweres Atmen, Al, der hereintrat, als sie sich gerade über die Krankenhausschwester ärgerte. Heute war Phoebe eine erwachsene Frau und ging in ihrer Arbeitsweste neben ihr her; heute waren sie und Al achtzehn Jahre verheiratet.

Achtzehn Jahre.

Er war wach – sein grau durchwirktes Haar hob sich vom weißen Kopfkissen ab. Er versuchte sich aufzurichten, als sie hereinkamen, verzog dann jedoch schmerzhaft sein Gesicht und legte sich langsam wieder hin.

»O Al.« Sie ging zu ihm und nahm seine Hand.

»Alles in Ordnung mit mir«, sagte er, schloß für einen kurzen Augenblick seine Augen und holte tief Luft. Sie spürte, wie es sehr still in ihr wurde, da sie Al nie zuvor so gesehen hatte – er war so mitgenommen, daß er leicht zitterte und ein Muskel nah bei seinem Ohr zuckte.

»Hey, du machst mir langsam ganz schön angst«, sagte sie und versuchte einen heiteren Ton anzustimmen.

Daraufhin öffnete er seine Augen wieder, sie sahen sich für einen kurzen Moment an, und alles, was zwischen ihnen stand, löste sich auf. Er streckte einen Arm aus und berührte mit seiner großen Hand sacht ihre Wange. Sie ergriff sie und spürte Tränen in den Augen.

»Was ist passiert?« flüsterte sie.

Er seufzte. »Ich weiß es nicht. Es war ein so sonniger Nachmittag. Hell und klar. Ich summte vor mich hin und sang die Lieder aus dem Radio mit. Ich dachte daran, wie toll es wäre, wenn du da wärest, dachte an das, worüber wir gesprochen hatten. Das letzte, was ich wahrnahm, war, daß der Truck geradewegs durch die Leitplanke krachte. Ab da weiß ich nichts mehr. Bis ich hier wieder aufgewacht bin. Der Truck ist nur noch ein Haufen Schrott. Ich habe wirklich ganze Arbeit geleistet. Die Bullen meinten, wenn es nur ein paar Meter weiter passiert wäre, gäbe es mich jetzt nicht mehr.«

Caroline beugte sich nach vorn und legte die Arme um ihn, roch seinen vertrauten Geruch. Sein Herz schlug regelmäßig in seiner Brust. Es war nur ein paar Tage her, da hatten sie sich noch auf der Tanzfläche vergnügt und waren um das Dach und die Regenrinne besorgt gewesen. Sie fuhr mit ihren

Fingern durch sein Haar, das am Nacken zu lang geworden war.

»O Al.«

»Ich weiß«, sagte er. »Ich weiß, Caroline.«

Neben ihnen, die Augen weit aufgerissen, fing Phoebe zu weinen an und unterdrückte mit der Hand vor dem Mund ihr Schluchzen. Caroline stand kurz auf und legte ihren Arm um sie. Sie strich durch Phoebes Haar und fühlte die Wärme ihres Körpers.

»Phoebe«, sagte Al. »Sieh sich das einer an, du schwänzt einfach die Arbeit. Wie war dein Tag, Schatz? Bis Cleveland bin ich nicht gekommen, deswegen konnte ich dir die Brötchen, die du so gern magst, leider nicht besorgen. Beim nächsten Mal, okay?«

Phoebe nickte und wischte mit den Händen über ihre Wangen.

»Wo ist dein Truck?« fragte sie, und Caroline erinnerte sich daran, wie Al sie auf eine Tour mitgenommen hatte, wie Phoebe hoch zu Roß in der Kabine saß und ihre Faust nach unten zog, wenn ihnen andere Trucks entgegenkamen, damit auch sie ihre Hupe erklingen ließen. »Ich mag deinen Truck.«

»Der ist jetzt kaputt, Schatz«, sagte Al. »Tut mir leid, aber er ist wirklich in seine Einzelteile zerfallen.«

Al verbrachte nur zwei Tage im Krankenhaus, dann durfte er nach Hause. Carolines Zeit verging wie im Flug – sie mußte Phoebe zur Arbeit bringen, selbst arbeiten, sich um Al kümmern, für ihn kochen, und so versuchte sie, bei der Wäscherei kürzer zu treten. Spätabends fiel sie erschöpft ins Bett und wachte am Morgen auf, um wieder von vorn anzufangen. Erschwerend kam hinzu, daß Al sich als schwieriger Patient erwies, der über seiner Eingeschränktheit mürrisch, gereizt und fordernd wurde. Das weckte bei ihr schlechte Erinnerungen an die lange vergangenen Tage mit Leo im selben Haus – als ob die Zeit nicht geradlinig verstriche, sondern in Kreisbewegungen ihren Lauf nahm.

Eine Woche zog ins Land. Es war Samstag, als Caroline erschöpft eine Ladung Wäsche in die Waschmaschine stopfte und in die Küche ging, um für den Abend etwas zu essen zu machen. Sie zog ein Bündel Möhren für einen Salat aus dem Kühlschrank und wühlte im Eisschrank herum, in der Hoffnung, eine Inspiration zu finden. Nichts. Sie könnte eine Pizza bestellen, auch wenn Al das sicher nicht mögen würde. Es war schon fünf Uhr, und in ein paar Minuten würde sie das Haus verlassen müssen, um Phoebe von der Arbeit abzuholen. Sie hielt inne beim Schälen, schaute an ihrem verschwommenen Bild im Spiegel vorbei auf das Foodland-Schild, das rot durch die kahlen Äste der Bäume hindurchleuchtete, und dachte an David Henry. Sie dachte auch an Norah, die auf seinen Bildern ein reines Objekt war, deren Formen wie junge Hügel anstiegen und deren Haar das Bild mit unvorhergesehenem Licht erfüllte. Der Brief des Anwalts steckte noch immer in der Schreibtischschublade. Sie hatte den Termin, den sie vor Als Unfall ausgemacht hatte, eingehalten und war zur imposanten, mit Eichenböden ausgestatteten Kanzlei gefahren, um Einzelheiten zu David Henrys Nachlaß zu erfahren. Das Gespräch spukte ihr die ganze Woche über im Kopf herum, obwohl sie keine Zeit gehabt hatte, darüber nachzudenken oder mit Al zu sprechen.

Draußen hörte man ein Geräusch. Caroline drehte sich erschrocken um. Durch das Fenster der hinteren Tür erkannte sie draußen auf der Veranda Phoebe. Sie war irgendwie allein nach Hause gekommen und trug nicht ihren Mantel. Caroline ließ das Schälmesser fallen und ging zur Tür, während sie sich die Hände an der Schürze abwischte. Dort sah sie, was man von innen nicht hatte sehen können: Robert stand bei ihr und legte seinen Arm um sie.

»Was machst du hier?« fragte sie in scharfem Ton und trat hinaus.

»Ich habe mir heute freigenommen«, sagte Phoebe.

»Aha. Und wer macht deine Arbeit?«

»Max ist da. Ich springe dafür Montag für sie ein.«

Caroline nickte zögernd. »Aber wie bist du nach Hause gekommen? Ich wollte gerade losfahren, um dich zu holen.«

»Wir haben den Bus genommen«, sagte Robert.

»Ja«, lächelte Caroline, doch ihre Stimme klang bitter vor Sorge. »Ja, natürlich. Ihr habt den Bus genommen. O Phoebe, ich habe dir doch gesagt, daß du das nicht tun sollst. Es ist nicht sicher.«

»Mit Robert bin ich sicher«, sagte Phoebe, und ihre Unterlippe trat ein wenig hervor – wie immer, wenn sie böse wurde. »Ich und Robert werden heiraten.«

»Beim Himmel noch mal«, sagte Caroline, mit ihrer Geduld fast am Ende. »Wie wollt ihr heiraten? Ihr kennt ja nicht mal die erste Grundregel der Ehe – keiner von euch beiden.«

»Die kennen wir«, sagte Robert. »Wir wissen Bescheid über die Ehe.«

Caroline seufzte. »Hör zu, Robert, du mußt jetzt nach Hause gehen«, sagte sie. »Du hast es mit dem Bus hierher geschafft, dann wirst du auch zurückfinden. Ich kann dich jetzt nicht noch durch die Gegend fahren. Das ist zuviel für mich. Du mußt jetzt nach Hause.«

Zu ihrem Erstaunen lächelte Robert. Er sah zu Phoebe, dann ging er in den unbeleuchteten Abschnitt der Veranda und beugte sich zur Schaukel herab. Er kam mit einem Strauß roter und weißer Rosen zurück, die in der zunehmenden Dämmerung fast zu leuchten schienen. Er reichte sie Caroline, und die weichen Blütenblätter streiften ihre Haut.

»Robert?« sagte sie überrascht, und ein schwacher Duft stieg in die kalte Luft. »Was ist das?«

»Sie sind aus dem Supermarkt. Waren runtergesetzt.«

Caroline schüttelte den Kopf. »Das verstehe ich nicht.«

»Heute ist Samstag«, half ihr Phoebe auf die Sprünge.

Samstag. Der Tag, an dem Al von seinen Touren zurückkam, stets mit einem Geschenk für Phoebe und einem Blumenstrauß für sie. Caroline stellte sich die beiden vor, Robert und Phoebe, wie sie den Bus zum Supermarkt nahmen, wo Robert im Lager arbeitete, wie sie nach dem Preis für die Blumen schauten und das Geld genau abzählten. Sie wollte noch immer schreien, Robert in den Bus hinein und aus ihrem Leben hinaus verfrachten, noch immer wollte sie rufen: »Das ist zuviel für mich. Es interessiert mich nicht.«

Drinnen klingelte permanent die kleine Glocke, die sie Al gegeben hatte. Caroline seufzte und trat einen Schritt zurück. »Gut«, sagte sie. »Kommt rein, ihr beiden. Kommt rein, bevor ihr draußen noch festfriert.«

Sie eilte die Treppe hinauf und versuchte die Fassung zu bewahren. Wieviel konnte man einer Frau zumuten? »Du solltest geduldiger sein, Al«, sagte sie, als sie in den Raum trat, in dem Al mit einem Buch auf dem Schoß saß, das Bein auf eine Ottomane gestützt. »*Patient.* Was meinst du, welche ursprüngliche Bedeutung dieses Wort hat, Al? Ich weiß, daß es einen zur Verzweiflung bringt, aber so ein Heilungsprozeß, das geht nicht von heute auf morgen, verdammt noch mal.«

»Du hast dir doch gewünscht, daß ich öfter zu Hause bin«, gab Al zurück. »Nimm dich vor deinen Wünschen in acht.«

Caroline schüttelte den Kopf und setzte sich auf die Bettkante. »Das war es nicht, was ich mir gewünscht habe.«

Ein paar Sekunden schaute er aus dem Fenster. »Du hast recht«, sagte er schließlich. »Es tut mir leid.«

»Wie geht es dir?« fragte sie. »Hast du Schmerzen?«

»Könnte schlimmer sein.«

Hinter der Fensterscheibe rüttelte der Wind vor dem violett gefärbten Himmel an den letzten Blättern des Ahornbaums. An seinem Fuß lagen jede Menge Tulpenzwiebeln, die darauf warteten, eingepflanzt zu werden. In der vergangenen Woche hatten sie und Phoebe Chrysanthemen gesetzt, ein Zusammenspiel aus leuchtendem Orange, Creme und Dunkelviolett. Sie war in die Hocke gegangen und hatte sie bewundert, sich den Dreck von den Händen abgestreift und an die Zeit gedacht, als sie genauso mit ihrer Mutter im Garten gearbeitet hatte, verbunden durch dieselbe Beschäftigung, nicht aber durch Worte. Sie hatten selten über Persönliches gesprochen. So wenig, daß Caroline nun wünschte, sie hätte das Schweigen gebrochen.

»Ich werde es an den Nagel hängen«, platzte es aus ihm heraus, ohne daß er sie ansah. »Lkw fahren, meine ich.«

»Na gut«, sagte sie langsam und versuchte sich vorzustellen, was dies für ihr Leben bedeuten könnte. Sie war froh – denn sie hatte gerade für immer den Gedanken an den Moment verbannt, in dem er wieder fortfahren würde –, doch sie war auch ein wenig ängstlich. Seitdem sie verheiratet waren, hatten sie nicht ein einziges Mal mehr als eine Woche am Stück miteinander verbracht.

»Ich werde dir ständig auf den Füßen stehen«, sagte Al, als ob er ihre Gedanken gelesen hätte.

»Meinst du?« Sie schaute ihn konzentriert an und registrierte seine Blässe und seinen ernsten Blick. »Heißt das, du willst in Rente gehen?«

Er schüttelte den Kopf und betrachtete noch immer seine Hände. »Dafür bin ich noch zu jung. Ich habe überlegt, daß ich vielleicht etwas anderes machen könnte. Pendlerfahrten vielleicht – das alles kenne ich doch in- und auswendig. Oder Stadtbus fahren. Ich weiß es nicht – irgendwas halt. Aber ich kann nicht wieder zurück auf die Landstraße.«

Caroline nickte. Sie war zur Unfallstelle gefahren und hatte sich das Loch angesehen, das in die Leitplanke gerissen worden war, und den vernarbten Flecken Erde, den der Truck hinterlassen hatte.

»Ich hatte immer so ein Gefühl in mir«, sagte Al und schielte auf seine Hände. Sein Gesicht war von Stoppeln übersät. »Als müßte es eines Tages so kommen. Und nun ist es passiert.«

»Das hast du mir nie erzählt«, sagte Caroline. »Daß du Angst hast.«

»Keine Angst. Es war nur ein Gefühl. Das ist etwas anderes.«

»Du hast es trotzdem nie erwähnt.«

Er zuckte mit den Schultern. »Es hätte keinen Unterschied gemacht. Es war nur ein Gefühl, Caroline.«

Sie nickte. Ein paar Meter weiter, und Al wäre gestorben – das hatten die Polizisten mehr als einmal gesagt. Die ganze Woche über hatte sie verdrängt, was hätte passieren können. Die Wahrheit aber war, daß sie eine Witwe hätte sein können, den Rest ihres Lebens allein vor sich.

»Vielleicht solltest du in Rente gehen«, sagte sie langsam. »Ich bin zu diesem Anwalt gegangen, Al. Der Termin war ja schon ausgemacht, deswegen habe ich ihn eingehalten. David Henry hat Phoebe eine Menge Geld hinterlassen.«

»Das ist aber nicht meines«, sagte Al. »Selbst wenn es Millionen wären, ist es nicht mein Geld.«

Ihr fiel ein, wie er reagiert hatte, als Doro ihnen das Haus überließ: derselbe Widerwille, etwas anzunehmen, das er sich nicht mit seinen eigenen Händen erarbeitet hatte.

»Das stimmt schon«, sagte sie. »Das Geld ist für Phoebe. Aber du und ich, wir haben sie großgezogen. Wenn für sie finanziell gesorgt ist, müssen wir uns nicht mehr so viele Gedanken machen. Dann haben wir mehr Freiheiten. Al, wir haben hart gearbeitet. Vielleicht ist es für uns an der Zeit, in Pension zu gehen.«

»Wie meinst du das?« fragte er. »Willst du, daß Phoebe auszieht?«

»Nein, ich möchte das überhaupt nicht. Aber Phoebe möchte es. Sie und Robert sind gerade unten.« Caroline lächelte kaum merklich und dachte an den Strauß Rosen, den sie auf der Arbeitsplatte neben dem Berg halbgeschälter Möhren hatte liegenlassen. »Sie sind zusammen zum Supermarkt gefahren. Mit dem Bus. Sie haben Blumen für mich gekauft, weil heute Samstag ist. Ich weiß es einfach nicht, Al. Wer bin ich, das zu entscheiden? Vielleicht werden die beiden im großen und ganzen gut klarkommen.«

Er nickte und dachte nach. Sie erschrak darüber, wie müde er aussah, wie zerbrechlich ihrer aller Leben doch eigentlich war. All die Jahre hatte sie versucht, sich auf alle Eventualitäten einzustellen, allen Sicherheit zu geben – und hier lag Al nun, ein wenig gealtert, mit einem gebrochenen Bein. Ein Szenarium, das ihr nie in den Sinn gekommen war.

»Morgen mache ich Schmorbraten«, sagte sie. Es war sein Lieblingsgericht. »Ist Pizza für heute in Ordnung?«

»Einwandfrei«, sagte Al. »Aber bitte die von der Pizzeria in Braddock.«

Sie strich über seine Schulter und ging die Treppe hinunter, um die Bestellung aufzugeben. Auf dem Treppenabsatz blieb sie kurz stehen und lauschte Robert und Phoebe, deren leisen Worten immer wieder ein lautes Gelächter folgte. Die Welt war ein riesiger, unvorhersehbarer und teilweise beängstigender Ort. Doch hier, in diesem Moment, war ihre Tochter in der Küche und alberte mit ihrem Freund herum, ihr Mann döste mit einem Buch auf seinem Schoß vor sich hin, und sie mußte kein Abendessen kochen. Sie atmete tief ein. In der Luft lag noch immer ein ferner Duft von Rosen – ein reiner, kalter Duft wie Schnee.

1989

22. Kapitel

1. Juli 1989

Das Studio über der Garage mit der versteckten Dunkelkammer war nicht wieder betreten worden, seitdem David vor sieben Jahren ausgezogen war. Doch nun, wo das Haus verkauft werden sollte, blieb Norah nichts anderes übrig, als sich der Sache zu stellen. Davids Arbeiten waren wieder gefragt, waren eine Menge Geld wert; morgen würden Kuratoren kommen, um die Sammlung zu begutachten. Deshalb hatte Norah seit dem frühen Morgen auf dem gestrichenen Fußboden gesessen und mit einem Teppichmesser Kisten aufgeschnitten, um Ordner voll mit Fotos, Negativen und Notizen hervorzuholen. Sie war fest entschlossen, bei der Sichtung der Bilder schonungslos und distanziert vorzugehen. Es würde nicht lange dauern; David war sehr gewissenhaft gewesen und hatte alles ordentlich beschriftet. Einen Tag, dachte sie – nicht länger.

Doch sie hatte die Rechnung ohne die Erinnerung gemacht, den sanften Lockruf des Vergangenen. Es war nun früher Nachmittag, es wurde immer heißer, und sie hatte gerade einmal eine Kiste geschafft. Am Fenster surrte ein Ventilator, und ein feiner Schweißfilm lag auf ihrer Haut. Die glänzenden Fotos klebten an ihren Fingerspitzen. Die Jahre ihrer Jugend schienen gleichermaßen nah und doch völlig unwirklich zu sein. Hier war sie mit einem Tuch zu sehen, das sie frech in ihre aufwendig frisierten Haare gebunden hatte, Bree daneben mit mächtigen Ohrringen, beide in einem Patchwork-Knitterrock. Dort ein seltenes Foto von David, mit ernster Miene und Bürstenschnitt hielt er den kleinen Paul in seinen Armen.

Die Erinnerungen stiegen hoch, füllten den Raum, hielten Norah fest. Der Duft des Flieders, der Luft, der Duft von Pauls Kinderhaut. Davids Berührung, sein Räuspern, der Sonnenschein eines verlorenen Nachmittags, der in einem Muster auf dem Parkett entlangwandert. Was hatte es bedeutet, daß sie diese Momente auf diese besondere Weise erlebt hatten, fragte Norah sich nun. Was bedeutete es, daß die Fotos überhaupt nichts mit der Person zu tun hatten, die sie glaubte gewesen zu sein? Wenn sie genau hinsah, konnte sie sie erkennen, jene Distanz und Sehnsucht in ihrem Blick – so als schiene sie immer ein Stück über den Rand des Fotos hinauszublicken. Ein Fremder würde das nicht erkennen. Auch Paul nicht. Diese Fotos allein verrieten nichts über die verworrenen Geheimnisse ihres Herzens.

Eine Wespe surrte an der Decke entlang. Jedes Jahr kehrten sie wieder und bauten sich irgendwo im Vordach ein Nest. Nun, da Paul erwachsen war, kümmerte sich Norah nicht mehr um sie. Sie stand auf, streckte sich und holte eine Cola aus dem Kühlschrank, in dem David einst seine Chemikalien und die schmalen Filmdosen aufbewahrt hatte. Sie trank und sah dabei aus dem Fenster auf die wilden Schwertlilien und Geißblätter im Garten. Norah hatte immer mehr daraus machen wollen, als nur Vogelfutter an die Zweige zu hängen, doch all die Jahre war sie untätig geblieben. Nun würde sie nicht mehr damit anfangen. In zwei Monaten würde sie Frederic heiraten und diesen Ort für immer verlassen.

Er war nach Frankreich versetzt worden. Zweimal war diese Versetzung schon geplatzt, und sie hatten darüber gesprochen, sich zusammen etwas in Lexington zu suchen, ihre beiden Häuser zu verkaufen und neu anzufangen. Ganz neu – an einem Ort, an dem vorher nie jemand gelebt hatte. Ihre Unterhaltungen waren ausschweifend und voller Muße, es waren Gespräche, die beim Abendessen entfacht wurden oder während sie in der Abenddämmerung im Bett lagen, mit einem Glas Wein auf ihren Nachttischen, der Mond eine bleiche Scheibe über den Bäumen im Fenster. Lexington, Frankreich, Taiwan – für Norah spielte es keine Rolle. Sie hatte das Gefühl, daß allein Frederic schon ein neu entdecktes Land war. Manchmal lag Norah nachts wach und lauschte seinem regelmäßigen Atem, der voller tiefer Zufriedenheit war. Es tat ihr weh, zu erkennen, wie weit David und sie sich von der Liebe entfernt hatten. Sicher war es seine Schuld gewesen – aber auch ihre. Sie hatte sich ihm verschlossen, war zugeschnürt gewesen, hatte vor allem Angst gehabt, nachdem Phoebe gestorben war. Doch diese Jahre waren nun Vergangenheit, waren vorbei und hatten nichts weiter als die Erinnerung zurückgelassen.

So kam Frankreich ihr gerade recht – und als sie erfuhr, daß er in die Nähe von Paris versetzt werden würde, war sie glücklich. Sie hatten bereits ein kleines Landhaus am Flußufer in Châteauneuf angemietet. Frederic war in diesem Moment dort und errichtete ein Gewächshaus für seine Orchideen. Alles stand ihr wieder deutlich vor Augen: die glatten roten Fliesen der Veranda, die leichte Brise, die vom Fluß zur Birke neben der Eingangstür herüberwehte, die Art und Weise, wie das Sonnenlicht auf Frederics Schultern, auf seine Arme fiel, während er die Glasplatten einrahmte. Sie konnte zu Fuß zum Bahnhof gehen und war innerhalb von zwei Stunden in Paris, oder sie ging einfach ins Dorf und kaufte dort frischen Käse und frisches Brot, dunkle, funkelnde Weinflaschen, so daß ihre Leinenbeutel bei jedem Halt schwerer wurden. Sie würde Röstkartoffeln mit Zwiebeln braten und innehalten, um zum langsam dahinfließenden Strom hinter dem Zaun aufzublicken. An den Abenden, die sie auf der Veranda verbracht hatte, waren die nach Zitrone duftenden Mondblumen aufgegangen, und Frederic und sie hatten dort gesessen und Wein getrunken. Welch einfache Dinge, ja. Welch ein Glück. Norah blickte auf die Kisten mit den Fotos und hätte die junge Frau, die sie gewesen war, am liebsten am Arm gepackt und sanft geschüttelt. »Weiter so«, wollte sie ihr sagen. »Gib nicht auf. Alles wird gut.«

Sie spülte die Cola herunter und machte sich wieder an die Arbeit, schob die Kiste beiseite, die sie in Gedanken hatte versinken lassen, und öffnete eine andere. In dieser fanden sich Ordner, die gewissenhaft nach Jahren beschriftet waren. Der erste war voller Bilder unbekannter Babys, die im Kinderwagen schliefen, auf dem Rasen oder der Veranda saßen oder in den warmen Armen ihrer Mütter gehalten wurden. Alle Fotos waren glänzende Schwarzweißbilder im Acht-mal-zehn-Format, und selbst Norah konnte erahnen, daß es sich hier um Davids frühe Lichtexperimente handelte. Die Kuratoren würden sich freuen. Manche waren so dunkel, daß das Abgebildete kaum mehr zu erkennen war; andere waren fast im Weiß verwaschen. David mußte die Bandbreite seiner Kamera getestet haben, indem er dasselbe Motiv gewählt, Schärfe, Blende und Belichtungsdauer aber variiert hatte. Der zweite Ordner war sehr ähnlich, genau wie der dritte und vierte. Fotos von Mädchen, die zwei, drei oder vier Jahre alt, keine Säuglinge mehr waren. Mädchen im Festtagskleid in der Kirche, Mädchen, die durch den Park liefen, Mädchen die Eis schleckten oder sich in der Pause auf dem Schulhof versammelt hatten. Mädchen, die herumliefen, Bälle warfen, lachten und weinten. Norah runzelte die Stirn und sah die Bilder schneller durch. Es war nicht ein einziges Kind dabei, das sie kannte. Die Bilder waren sorgfältig nach Alter sortiert. Als sie bis zum Ende vorblätterte, waren dort keine Mädchen mehr zu sehen, sondern junge Frauen, die spazierengingen, einkauften oder miteinander redeten. Das letzte Bild zeigte eine junge Frau in einer Bibliothek, die – das Kinn auf die Hand gestützt – mit einem entrückten Gesichtsausdruck aus dem Fenster starrte, der Norah sehr vertraut war.

Norah ließ das Album auf ihren Schoß fallen, und einzelne Bilder fielen heraus. Was hatte das zu bedeuten? All diese Mädchen, diese jungen Frauen – fast konnte man es als sexuelle Obsession deuten, doch instinktiv wußte Norah, daß dem nicht so war. Was die Fotos alle gemeinsam hatten, war nichts Abgründiges, sondern etwas Unschuldiges. Kinder, die auf der gegenüberliegenden Straßenseite im Park spielten, der Wind, der sich in ihrem Haar und ihren Kleidern verfing. Selbst die älteren, erwachsenen Frauen zeigten diese Eigenschaft. Mit fragendem Blick und weit aufgerissenen Augen sahen sie in die Welt. Es ging um Sehnsüchte, nicht um Lust. Sie blätterte bis zum Deckel zurück, um die Beschriftung zu lesen. »Studie« war alles, was dort stand.

Schnell und gleichgültig, welche Unordnung sie anrichtete, nahm Norah sich alle Kisten vor und zog eine nach der anderen zu sich heran. In der Mitte des Raums fand sie eine weitere, die dick und schwarz mit »Studie« beschriftet war. Sie öffnete sie und holte die Ordner heraus.

Diesmal waren es keine Mädchen, keine Fremden. Sondern Paul. Ordner auf Ordner Paul in jedem Alter. Wie er heranwuchs, sich veränderte, seine rebellische und abweisende Phase, seine Entschlossenheit und seine musikalische Hochbegabung, seine Finger, wie sie über der Gitarre schwebten.

Lange Zeit saß Norah unbewegt da, aufgewühlt, und eine Gewißheit kristallisierte sich heraus: All die Jahre des Schweigens, in denen David nicht über ihre verlorene Tochter gesprochen hatte, hatte David ihre Abwesenheit dokumentiert. Paul und neben ihm tausend Mädchen, wie sie heranwuchsen.

Paul, aber nicht Phoebe.

Norah hätte weinen können. Plötzlich sehnte sie sich danach, mit David zu sprechen. Auch er hatte sie all die Jahre vermißt. All diese Fotos, diese stille, geheime Sehnsucht. Sie sah die Fotos noch einmal durch, betrachtete Paul, wie er als kleiner Junge einen Baseball fing, wie er Klavier spielte, wie er unter dem Baum im Garten herumalberte. All diese Erinnerungen hatte er gesammelt, Augenblicke, die Norah nie miterlebt hatte. Sie betrachtete sie wieder und wieder und versuchte sich in die Welt hineinzuversetzen, die David erfahren hatte, in das Auge seines Gedächtnisses.

Zwei Stunden vergingen. Ihr wurde bewußt, daß sie hungrig war, doch sie konnte sich nicht losreißen, sich nicht mal vom Boden erheben. So viele Fotos, all diese Bilder von Paul, all diese unbekannten Mädchen und Frauen, die sein Alter spiegelten. In all diesen Jahren hatte sie immer die Gegenwart ihrer Tochter gespürt, einen Schatten, der außerhalb jedes Fotos stand, das gemacht worden war. Phoebe, die sie bei der Geburt verloren hatten, verweilte außer Sichtweite, als ob sie wenige Augenblicke vorher aufgestanden wäre und den Raum verlassen hätte, als ob ihr Duft, der Windzug ihrer unbeholfenen Bewegungen, noch immer in der Leere zu finden war, die sie hinterlassen hatte. Norah hatte mit niemandem über dieses Gefühl gesprochen, hatte Angst gehabt, daß man sie für sentimental oder gar verrückt erklären könnte. Es verblüffte sie nun, es trieb ihr die Tränen in die Augen, als sie sah, wie tief auch David die Abwesenheit ihrer Tochter gefühlt hatte. Es schien, als hätte er überall nach ihr gesucht – in jedem Mädchen, in jeder jungen Frau – und sie nie gefunden.

In die Stille trat schließlich das Geräusch von knirschendem Schotter: ein Wagen fuhr die Auffahrt hoch. Irgend jemand kam zu Besuch. Weit weg hörte sie eine Tür zuschlagen, Schritte und das Klingeln der Türglocke. Sie schüttelte den Kopf und schluckte, doch sie stand nicht auf. Wer immer das auch war – er würde gehen und später wiederkommen; oder auch nicht. Irgendwelche neunmalklugen Pfadfinderinnen oder der Zeitungsmann. Sie wischte sich die Tränen aus den Augen. Wer immer was von ihr wollte, konnte warten. Doch halt, nein. Der Möbelsachverständige hatte versprochen, diesen Nachmittag vorbeizuschauen. Also strich Norah sich mit den Händen über die Wangen, ging ins Haus, hielt kurz an, um sich Wasser ins Gesicht zu spritzen, und fuhr sich mit dem Kamm durch die Haare. »Ich komme«, rief sie gegen das Rauschen des Wassers an, als es erneut klingelte. Sie schritt durch die Räume, in denen die Möbel alle in die Mitte gerückt und mit einer Plastikplane abgedeckt worden waren: Morgen kamen die Maler. Sie rechnete nach, wie viele Tage ihr blieben, und fragte sich, ob sie alles rechtzeitig erledigt haben würde. Für einen Augenblick kamen ihr die Abende in Châteauneuf in den Sinn, wo es möglich schien, daß ihr Leben immer heiter war, sich der Ruhe öffnete wie eine Blume der Sonne.

Während sie sich noch die Hände abwischte, öffnete sie die Tür.

Die Frau auf der Veranda kam ihr entfernt bekannt vor. Sie war zweckmäßig gekleidet und hatte eine frische dunkelblaue Hose an. Dazu trug sie einen kurzärmeligen weißen Baumwollsweater. Ihr dickes Haar war grau und sehr kurz geschnitten. Selbst auf den ersten Blick machte sie den Eindruck, als sei sie eine gut organisierte und tatkräftige Person – die Art Mensch, die sich nicht lange mit irgendwelchem Unsinn aufhielt. Jedoch sprach sie nicht. Es schien sie zu verwirren, Norah zu sehen. Sie blickte sie so durchdringend an, daß Norah zur Verteidigung ihre Arme verschränkte und sich plötzlich ihrer mit Staub verdreckten Shorts und ihres naßgeschwitzten T-Shirts bewußt wurde. Sie schaute über die Straße und blickte dann wieder auf die Frau auf ihrer Veranda. Sie traf ihren Blick, schaute ihr in die weit aufgerissenen, sehr blauen Augen, und dann schoß es ihr durch den Kopf.

Ihr Atem stockte.

»Caroline? Caroline Gill?«

Die Frau nickte, und ihre blauen Augen schlossen sich für einen kurzen Moment, als ob es irgendeine Vereinbarung zwischen ihnen gäbe. Doch Norah wußte nicht, welche. Die Anwesenheit dieser Frau aus einer anderen Zeit ließ ihr Herz schneller schlagen und brachte sie zurück in diese seltsame und traumartige Nacht, in der sie und David durch die stillen, schneebedeckten Straßen zur Klinik gefahren waren. Als Caroline Gill sie betäubt und ihre Hand während der Wehen gehalten hatte, als sie gesagt hatte: »Schauen Sie mich an, schauen Sie zu mir, Mrs. Henry, ich bin hier bei Ihnen, alles ist in bester Ordnung.« Die blauen Augen, der stete Druck ihrer Hand waren genauso tief ins Garn dieser Momente verwoben wie die Erinnerung an Davids tranceartigen Fahrstil oder Pauls ersten Schrei.

»Was machen Sie hier?« fragte Norah. »David ist vor zwei Jahren gestorben.«

»Ich weiß«, sagte Caroline und nickte. »Ich weiß – es tut mir wirklich sehr leid. Hören Sie, Norah – Mrs. Henry –, es gibt da etwas, über das ich mit Ihnen reden muß. Eine sehr ernste Angelegenheit. Haben Sie ein paar Minuten Zeit? Natürlich nur, wenn es Ihnen paßt. Ich komme gerne wieder, wenn es gerade nicht so günstig ist.«

Ihre Stimme klang eindringlich und bestimmt, und entgegen ihrer Absicht sah Norah sich einen Schritt zurückgehen und Caroline in den Flur eintreten. Vollgepackte und zugeklebte Kartons stapelten sich an den Wänden. »Entschuldigen Sie die Unordnung hier im Haus«, sagte sie. Sie wies Richtung Wohnzimmer. »Ich habe die Maler bestellt. Und auch einen Sachverständigen für die Möbel. Ich werde wieder heiraten«, fügte sie hinzu. »Ich ziehe aus.«

»Dann bin ich froh, daß ich sie noch erwischt habe«, sagte Caroline. »Daß ich nicht damit gewartet habe.«

Weswegen noch erwischt? fragte sich Norah, doch die Macht der Gewohnheit ließ sie Caroline in die Küche hineinbitten, den einzigen Ort, wo man sich noch bequem hinsetzen konnte. Sie gingen schweigend durchs Eßzimmer, und Norah entsann sich Carolines abrupten Verschwindens, des Skandals. Sie sah sich zweimal kurz um und schaffte es nicht, das mulmige Gefühl loszuwerden, das Carolines Gegenwart ausgelöst hatte. An einer Kette um Carolines Hals hing eine Sonnenbrille. Ihre Gesichtszüge waren markanter geworden über die Jahre, ihre Nase und ihr Kinn waren ausgeprägter. Wäre dies ein Geschäftstermin, so würde sie bedrohlich wirken, entschied Norah. Eine Person, vor der man sich in acht nehmen mußte. Doch Norah bemerkte, daß ihre Unbehaglichkeit eine andere Ursache hatte. Caroline hatte sie als eine andere Person gekannt – als junge und unsichere Frau, eingebunden in ein Leben und eine Vergangenheit, an die sie nicht mit sonderlich viel Stolz zurückdachte. Caroline nahm in der Frühstücksecke Platz, während Norah zwei Gläser mit Wasser und Eis füllte. Davids letzte Nachricht, »Ich habe den Wasserhahn im Bad repariert. Herzlichen Glückwunsch zum Geburtstag«, prangte an der Pinnwand direkt hinter Carolines Schulter. Norah dachte voller Ungeduld an die Fotos, die in der Garage auf sie warteten, an all das, was sie zu tun hatte und was nicht warten konnte.

»Sie haben Rotkehlchen im Garten«, sagte Caroline und wies mit dem Kopf auf die wilde, chaotische Gartenanlage.

»Ja. Es hat Jahre gedauert, sie hierherzulocken. Ich hoffe, daß die neuen Eigentümer sie füttern werden.«

»Der Gedanke ans Umziehen muß seltsam sein.«

»Es ist an der Zeit«, sagte Norah, holte zwei Untersetzer hervor und stellte die Gläser auf den Tisch. Sie setzte sich. »Aber Sie sind sicher nicht gekommen, um mich danach zu fragen.«

»Nein.« Caroline nahm einen Schluck und legte ihre Hände flach auf den Tisch, als ob sie ihnen – so kam es Norah vor – Halt geben wollte. Doch als sie sprach, schien sie ruhig und entschlossen.

»Norah – darf ich Sie Norah nennen? So habe ich Sie all die Jahre in Gedanken genannt.« Norah, die immer noch perplex und immer entnervter war, nickte. Wann hatte sie das letzte Mal an Caroline Gill gedacht? Das war schon Jahre her und stets Teil der Erinnerung an die Nacht gewesen, als Paul geboren wurde.

»Norah«, sagte Caroline, als könnte sie gerade ihre Gedanken lesen. »Woran erinnern Sie sich, wenn Sie an die Nacht denken, in der Ihr Sohn geboren wurde?«

»Warum fragen Sie?« Norahs Stimme klang bestimmt, doch sie lehnte sich bereits nach hinten, um vor dem eindringlichen Blick von Carolines Augen zurückzuweichen, vor einer wirbelnden Unterströmung, vor ihrer eigenen dunklen Angst, was nun kommen könnte. »Warum sind Sie hier, und warum fragen Sie mich das?«

Caroline Gill antwortete nicht sofort. Die munteren Stimmen der Singvögel schwebten durch den Raum wie Staubkörnchen im Licht.

»Hören Sie, es tut mir leid«, sagte Caroline. »Ich weiß nicht, wie ich es sagen soll. Einfach ist es jedenfalls nicht. Deswegen sage ich es gerade heraus. Norah, in der Nacht, als Ihre Zwillinge geboren wurden – Paul und Phoebe –, gab es ein Problem.«

»Ja«, sagte Norah in scharfem Ton und dachte an die Leere, die sie nach der Geburt verspürt hatte, Freude und Leere ineinander verwoben; und sie dachte an den langen, schwierigen Weg, den sie eingeschlagen hatte, um bis zu jenem Moment steter innerer Ruhe zu kommen. »Meine Tochter ist gestorben«, sagte sie. »Das war ein Problem, ja.«

»Phoebe ist nicht gestorben«, sagte Caroline ruhig und schaute sie an, und Norah fühlte sich in diesem Augenblick ebenso überrumpelt wie vor all den Jahren. Sie starrte vor sich hin, während die vertraute Welt um sie herum ins Wanken geriet. »Phoebe ist mit dem Downsyndrom zur Welt gekommen. David hat mich gebeten, sie nach Louisville zu bringen, wo diese Kinder in der Regel hingeschickt wurden. 1964 war es nicht ungewöhnlich, so zu handeln. Die meisten Ärzte hätten dasselbe geraten. Doch ich konnte sie nicht dort zurücklassen. Ich habe sie mitgenommen. Ich habe sie großgezogen. Norah«, fügte sie sanft hinzu. »Phoebe lebt. Ihr geht es gut. Wir sind nach Pittsburgh gezogen.«

Norah saß regungslos da. Die Vögel im Garten flatterten und zwitscherten herum. Aus irgendeinem Grund dachte sie daran, wie sie einmal in Spanien durch ein ungesichertes Gitter gefallen war. Sorglos war sie die sonnenbeschienene Straße entlanggegangen. Dann ein Ruck, und sie hatte sich bis zur Hüfte in einem Graben wiedergefunden, mit einem verstauchten Knöchel und langen, blutigen Kratzern an den Waden. »Alles in Ordnung, alles in Ordnung«, hatte sie den Menschen, die ihr heraushalfen und sie zum Arzt brachten, immer wieder versichert. Heiter und unbeeindruckt, während das Blut aus den Wunden herausrann: alles in Ordnung. Erst später, als sie sicher und allein in ihrem Zimmer saß, als sie die Augen schloß und wieder diesen Ruck spürte, diesen Kontrollverlust, hatte sie geweint. Genauso fühlte sie sich nun auch. Zitternd klammerte sie sich an den Tischrand.

»Bitte?« sagte sie. »Was haben Sie da gesagt?«

Caroline wiederholte es: Phoebe, nicht tot, doch weggegeben. All die Jahre. Phoebe, in einer anderen Stadt aufgewachsen. In Sicherheit, wie Caroline immer wieder betonte. In Sicherheit, umsorgt, geliebt. Phoebe, ihre Tochter, Pauls Zwillingsschwester. Mit Downsyndrom geboren, weggegeben. David hatte sie weggegeben.

»Sie müssen verrückt sein«, sagte Norah, obwohl in diesem Moment viele einzelne Puzzleteile ihres Lebens an die richtige Stelle rückten, so daß sie wußte, daß Caroline die Wahrheit sprach.

Caroline griff in ihre Handtasche und schob zwei Polaroids über den lackierten Ahorntisch. Norah zitterte so stark, daß sie sie nicht an sich nehmen konnte, aber sie beugte sich darüber, um sie zu betrachten: ein kleines, dickliches Mädchen in einem weißen Kleid mit einem Lachen, das ihr Gesicht erstrahlen ließ, die Mandelaugen vor Freude geschlossen. Und dann ein weiteres Bild, dasselbe Mädchen Jahre später, im Begriff, auf einen Basketballkorb zu werfen, in dem Augenblick kurz vor dem Absprung festgehalten. Auf dem einen sah sie ein wenig aus wie Paul, auf dem anderen ein wenig wie Norah, doch im Grunde war sie einfach nur sie selbst. Phoebe. Kein Bild in Davids so sorgfältig verstauten

Ordnern, sondern einfach nur sie selbst. Am Leben irgendwo auf der Welt.

»Aber warum?« Der Schmerz in ihrer Stimme war deutlich zu hören. »Warum hätte er das tun sollen? Warum hätten Sie das tun sollen?«

Caroline schüttelte den Kopf und sah hinaus in den wilden, chaotischen Garten.

»Jahrelang habe ich geglaubt, daß ich unschuldig bin«, sagte sie. »Ich glaubte, daß ich das Richtige getan hätte. Das Heim ist ein furchtbarer Ort. David hatte es nicht gesehen, er wußte nicht, wie schlimm es ist. Und so habe ich Phoebe an mich genommen, habe sie großgezogen und habe viele, viele Kämpfe ausgetragen, um ihr eine Ausbildung und eine medizinische Betreuung zu ermöglichen. Um ihr ein gutes Leben zu garantieren. Es war einfach für mich, mich als Heldin zu sehen. Aber ich glaube, ich habe tief im Innern immer gewußt, daß meine Motive nicht ganz uneigennützig waren. Ich habe mir immer ein Kind gewünscht und hatte keines. Außerdem habe ich David geliebt oder geglaubt, ihn zu lieben. Aus der Distanz betrachtet, meine ich«, fügte sie schnell hinzu. »Es spielte sich alles in meinem Kopf ab. David nahm mich nicht einmal wahr. Doch als ich die Ankündigung fürs Begräbnis sah, wußte ich, daß ich sie zu mir nehmen mußte. Daß ich so oder so würde gehen müssen und sie nicht zurücklassen könnte.«

Im Zustand völliger Verwirrung dachte Norah an jene ausgeblichenen Tage des Kummers und der Freude zurück, Paul in ihren Armen und Bree, die ihr den Hörer reichte und sagte: »Du mußt mit dieser Sache abschließen.« Die ganze Gedächtnisfeier hatte sie allein organisiert, ohne David davon zu erzählen, und jedes Detail half ihr dabei, zur Welt zurückzukehren. Und als David in dieser Nacht nach Hause gekommen war, hatte sie für ihr eigenes Leben gekämpft, gegen seinen Widerstand.

Wie mußte er diese Nacht, diese Messe erlebt haben?

Und doch hatte er all das geschehen lassen.

»Aber warum hat er es mir nicht gesagt?« fragte sie, ihre Stimme ein Flüstern. »All die ganzen Jahre kein Sterbenswort.«

Caroline schüttelte den Kopf. »Ich kann nicht für David sprechen«, sagte sie. »Mir ist er immer ein Rätsel geblieben. Ich weiß, daß er Sie geliebt hat, und ich glaube – wie barbarisch all das auch scheint –, daß seine Absichten gut waren. Irgendwann einmal hat er mir von seiner Schwester erzählt. Sie hatte einen Herzfehler und starb sehr jung – seine Mutter ist nie darüber hinweggekommen. Wenn Sie mich fragen – ich glaube, er wollte Sie beschützen.«

»Sie ist mein Kind«, sagte Norah, und die Worte drangen aus einer Stelle tief in ihrem Körper heraus, aus einem alten, lange begrabenen Schmerz. »Sie ist mein eigen Fleisch und Blut. Mich beschützen? Indem er mir sagt, daß sie tot ist?«

Caroline antwortete nicht, und lange saßen sie da und ließen das Schweigen zwischen sich anschwellen. Norah dachte daran, wie David stets sein Geheimnis mit sich herumgetragen hatte. Sie hatte es nicht gewußt, nicht einmal vermutet. Doch nun, wo sie es erfahren hatte, ergab es auf fürchterliche Weise Sinn.

Zu guter Letzt öffnete Caroline ihre Handtasche und holte einen Zettel mit ihrer Adresse und Telefonnummer heraus. »Hier wohnen wir«, sagte sie. »Mein Mann Al und ich und Phoebe. Hier ist Phoebe groß geworden. Sie ist glücklich aufgewachsen, Norah. Ich weiß, daß ich Ihnen damit nicht viel geben kann, aber es ist wahr. Sie ist eine bezaubernde junge Frau. Nächsten Monat zieht sie in eine Stätte für betreutes Wohnen. Das war ihr Wunsch. Sie hat eine gute Stelle in einem Copyshop. Sie fühlt sich dort sehr wohl, und man mag sie.«

»Ein Copyshop?«

»Ja. Sie hat sich wunderbar entwickelt.«

»Weiß sie es?« fragte Norah. »Weiß sie von mir? Von Paul?«

Caroline sah auf den Tisch und nestelte am Fotorand herum. »Nein. Ich wollte es ihr nicht erzählen, bevor ich nicht mit Ihnen gesprochen habe. Ich wußte ja nicht, wie Sie reagieren würden. Ob Sie sie sehen wollen. Ich hoffe dies zwar, aber ich werde Sie nicht dafür verurteilen, wenn Sie es nicht wollen. All die ganzen Jahre – es tut mir so leid. Aber wenn Sie kommen wollen, sind wir für Sie da. Rufen Sie einfach an. Nächste Woche oder nächstes Jahr.«

»Ich weiß nicht«, sagte Norah langsam. »Ich glaube, ich stehe unter Schock.«

»Ja, natürlich.« Caroline erhob sich.

»Darf ich die Fotos behalten?« fragte Norah.

»Sie gehören Ihnen. Sie haben immer Ihnen gehört.«

Auf der Veranda blieb Caroline stehen und schaute sie ernst an. »Er hat Sie geliebt«, sagte sie. »David hat Sie immer über alles geliebt, Norah.«

Norah nickte und erinnerte sich daran, daß sie ebendiese Worte zu Paul in Paris gesagt hatte. Von der Veranda aus blickte sie zu Caroline, die zu ihrem Wagen zurückging, und fragte sich, wie das Leben, in das Caroline nun zurückkehrte, wohl sein mochte, welche Vielschichtigkeit und Rätsel es bereithielt.

Norah stand lange auf der Veranda. Phoebe lebte, war auf der Welt. Dieses Wissen war wie eine unendlich tiefe Fallgrube, die sich in ihrem Herzen öffnete. Geliebt, hatte Caroline gesagt. Umsorgt. Aber nicht von Norah, der es so schwergefallen war, sie gehen zu lassen. Die Träume, die sie gehabt hatte, die ewige Suche durchs spröde, gefrorene Gras, all das holte sie ein, traf sie mitten ins Herz.

An den umhüllten Möbeln vorbei ging sie zurück ins Haus und weinte nun. Der Gutachter würde kommen. Auch Paul würde kommen, heute oder morgen, er hatte versprochen, vorher anzurufen, aber manchmal tauchte er auch unangekündigt auf. Sie spülte die Wassergläser und trocknete sie ab, stand dann in der stillen Küche und dachte an David, wie er all die Jahre mitten in der Nacht ins Krankenhaus gefahren war, um jemanden zu behandeln, dem es schlecht ging. David war ein guter Mensch gewesen. Er hatte eine Praxis geführt und sich um jene, die Hilfe brauchten, gekümmert.

Und er hatte ihre Tochter weggegeben und es ihr nie gesagt.

Norah schlug mit der Faust auf die Spüle, so daß die Gläser klirrten. Sie machte sich einen Gin Tonic und stiefelte nach oben. Sie legte sich hin, stand auf, rief Frederic an und legte wieder auf, als der Anrufbeantworter dran war. Nach einer Weile ging sie zurück in Davids Studio. Alles war noch genau wie vorher, die Luft warm und unbewegt, die Fotos und Kisten über den Boden verstreut. Mindestens 50000 Dollar, hatten die Kuratoren geschätzt. Noch mehr, wenn es handschriftliche Notizen zum Arbeitsprozeß gäbe.

Alles war genau wie vorher – und doch war nichts mehr so wie zuvor.

Norah nahm die erste Kiste und schob sie durch den Raum. Sie hob sie auf die Anrichte und stemmte sie von dort auf die Fensterbank, von wo aus sie den Garten überblickte. Sie hielt kurz inne, um Luft zu holen, bevor sie das Fenster öffnete und die Kiste nach draußen stieß, mit beiden Händen, und sie mit einem befriedigenden Krachen auf den Boden fallen hörte. Sie ging zurück, um die nächste zu holen und wieder die nächste. Sie war nun all das, was sie vorhin hatte sein wollen: entschlossen, forsch – ja schonungslos. In weniger als einer Stunde war das Studio leer geräumt. Sie ging zurück ins Haus, an den zerbrochenen Kisten in der Einfahrt vorbei, aus denen Fotos herauspurzelten und sich im späten Nachmittagslicht auf dem Rasen verteilten.

Drinnen duschte sie und stellte sich so lange unter das brausende Wasser, bis nur noch kaltes kam. Sie zog ein weites Kleid an, mixte sich noch einen Drink und setzte sich aufs Sofa. Ihre Arme schmerzten vom Heben der Kisten. Sie schenkte sich noch mal nach und setzte sich wieder. Als es Stunden später dunkel wurde, saß sie noch immer da. Das Telefon klingelte, und sie hörte sich selbst, auf Band, dann Frederic, der aus Frankreich anrief. Seine Stimme war so sanft und ebenmäßig wie ein fernes Ufer. Sie sehnte sich dorthin, an diesen Ort, wo ihr Leben einen Sinn ergeben hatte, doch sie nahm den Hörer nicht ab und rief auch nicht zurück. Aus weiter Ferne hörte man einen Zug. Sie zog die Decke hoch und glitt in die Dunkelheit dieser Nacht.

Sie döste ein und wachte wieder auf, doch sie schlief nicht. Immer wieder stand sie auf, um sich noch etwas zu trinken zu holen, und schritt durch die leeren Räume, in denen das Mondlicht seine Schatten warf, schenkte sich tastend etwas ein. Ob Tonic, Limonensaft oder Eis – nach einer Weile kümmerte es sie nicht mehr. Irgendwann träumte sie, daß Phoebe im Raum stand, irgendwie aus der Wand herausgetreten war, wo sie all die Jahre gesteckt hatte, während Norah tagaus, tagein an ihr vorbeigegangen war, ohne sie wahrzunehmen. Sie wachte auf und weinte. Sie spülte den Rest Gin den Abfluß hinunter und trank ein Glas Wasser.

Im Morgengrauen schlief sie schließlich ein. Als sie am Mittag aufwachte, stand die Eingangstür sperrangelweit offen, und der Garten war voller Fotos: Sie hatten sich in den Rhododendren verfangen, hafteten am Fundament oder hingen in Pauls alter, rostiger Schaukel fest. Überall waren Arme, Augen, Haut, die Stränden ähnelte, hier der Blick auf eine Haarsträhne, dort auf Blutkörperchen, die sich wie Öl auf der Wasseroberfläche sammelten. Momentaufnahmen ihres Lebens, so wie David es gesehen, wie David es in eine Form zu pressen versucht hatte. Negative, dunkles Zelluloid, über den Rasen verstreut. Norah hörte schon die schockierten und empörten Stimmen der Kuratoren, ihrer eigenen Freunde, die ihres Sohnes, sogar ihre eigene, stellte sich vor, wie sie riefen: »Du zerstörst ein Stück Geschichte.«

»Nein«, antwortete sie. »Ich beanspruche es für mich.«

Sie trank zwei weitere Glas Wasser, nahm eine Aspirin und fing an, die Kisten zum anderen Ende des überwucherten Gartens zu schleppen. Eine Kiste – die mit den Bildern des aufwachsenden Paul – schob sie in die Garage, um sie aufzuheben. Es war heiß, und sie hatte Kopfschmerzen; sie sah Sternchen tanzen, wenn sie sich zu abrupt aufrichtete. Sie dachte an diesen lange vergangenen Tag am Strand, an das glitzernde Wasser, die silbernen Schlieren des Schwindels und an Howard, wie er in ihr Blickfeld getreten war.

Hinter der Garage lagen Steine aufgetürmt. Nacheinander zog sie sie hervor und ordnete sie in einem weiten Kreis an. Sie lud die erste Kiste mit den glänzenden, vom Sonnenlicht aufgeschreckten Schwarzweißfotos ab, mit all den fremden Gesichtern junger Frauen, die sie aus dem Gras heraus anstarrten. In der knallenden Mittagssonne hockend, hielt sie ein Feuerzeug an den Rand eines glänzenden Acht-mal-zehn-Formats. Als sich eine Flamme entfachte und größer wurde, ließ sie das brennende Foto in den niedrigen Haufen innerhalb des Steinkreises fallen. Zuerst schien die Flamme nicht überzugreifen. Doch dann stiegen schnell flackernde Hitze und Rauchschwaden auf.

Norah ging wieder hinein, um sich ein weiteres Glas Wasser zu holen. Sie setzte sich auf die Stufe am Hintereingang, nippte und sah sich die Flammen an. Vor kurzem noch hatte die Stadt jegliche Art offenen Feuers verboten, und so hatte sie ein wenig Sorge, daß die Nachbarn die Polizei rufen könnten. Doch es blieb ruhig – sogar die Flammen waren schweigsam, streckten sich in der heißen Luft und schickten einen dünnen Rauchstreif in die Höhe, bläulich wie Nebel. Fetzen schwarzen Papiers schwirrten durch den Hinterhof, tanzten auf den wabernden Hitzewellen wie Schmetterlinge. Als das Feuer im Steinkreis abflaute und zu prasseln begann, fütterte Norah es mit weiteren Fotos. Sie verbrannte Licht, sie verbrannte Schatten, sie verbrannte all die Erinnerungen Davids, die er so sorgsam festgehalten und verwahrt hatte. »Du

Bastard«, flüsterte sie und sah die Fotografien hoch aufflammen, bevor sie sich zusammenrollten und in nichts auflösten.

Licht zu Licht, dachte sie und trat vor der Hitze zurück, vor dem Knistern, während der blätternde Nachlaß in die Luft wirbelte.

Asche zu Asche. Und schließlich: Staub zu Staub.

23. Kapitel

2. Juli 1989

»Für dich ist es einfach, das so zu sagen, Paul.« Michelle stand mit verschränkten Armen am Fenster, und als sie sich umdrehte, waren ihre Augen von einem dunklen Schleier überzogen. »Solange du abstrakt sprichst, kannst du sagen, was immer du willst, aber Tatsache ist, daß ein Baby alles verändern würde – vor allem für mich.«

Paul saß auf dem weinroten Sofa, das warm und unbequem war an diesem Sommermorgen. Er und Michelle hatten es vor Jahren auf der Straße gefunden, als sie zusammengezogen waren, in jenen unbedarften Tagen, als es noch nichts bedeutete, es drei Stockwerke hochzuschleppen. Wenn überhaupt, bedeutete es Erschöpfung, Wein, Gelächter und später sanften Sex auf dem rauhen dunkelroten Bezug. Sie drehte sich wieder weg, um aus dem Fenster zu schauen. Ein Stoß fuhr durch sein Herz. Die Welt fühlte sich zerbrechlich an in der letzten Zeit, wie ein ausgeblasenes Ei, das unter einer sorglosen Berührung zersplittern könnte. Ihr Gespräch hatte friedlich begonnen, es war die einfache Debatte darüber gewesen, wer auf die Katze aufpassen würde, während sie beide nicht in der Stadt waren: Sie auf einem Konzert in Indianapolis, er in Lexington, um seiner Mutter zu helfen. Und nun fanden sie sich plötzlich in diesem Streit wieder, wie so oft in der letzten Zeit. Paul wußte, daß er das Thema wechseln sollte.

»Zu heiraten bedeutet nicht automatisch, Kinder zu bekommen«, sagte er statt dessen störrisch.

»Ach, Paul. Sei doch ehrlich. Es ist dein Herzenswunsch, ein Kind zu haben. Ich bin es doch gar nicht, die du willst. Es ist dieses mythische Baby.«

»Unser mythisches Baby«, sagte er. »Irgendwann, Michelle. Nicht heute. Mir ging es nur darum, mal übers Heiraten zu sprechen. Das ist doch keine große Sache.«

Sie stöhnte verzweifelt auf. Das Loft hatte einen Parkettboden aus Kiefernholz, weiße Wände und Tupfer der Grundfarben auf Flaschen, Kopfkissen und Sitzpolstern. Michelle trug ebenfalls Weiß, und ihre Haut und ihr Haar hatten die Wärme des Parketts. Paul schmerzte es, als er sie ansah, da er wußte, daß sie sich in gewisser Weise schon entschieden hatte. Bald würde sie gehen, ihre wilde Schönheit und Musik im Gepäck.

»Es ist interessant«, sagte sie. »Ich finde das wirklich interessant, Paul. Daß all dies nun Thema ist, wo ich kurz davor stehe, eine Karriere zu beginnen. Nicht vorher, sondern jetzt. Irgendein seltsames Gefühl sagt mir, daß du mich dazu bringen willst, dich zu verlassen.«

»Das ist lächerlich. Es geht hier nicht um Timing.«

»Nein?«

»Nein!«

Für ein paar Minuten sprachen sie nicht, und ein Schweigen erhob sich, füllte den Raum und drückte gegen die Mauern. Paul scheute sich, zu sprechen; doch noch mehr scheute er sich, nicht zu sprechen. Schließlich konnte er es nicht länger zurückhalten.

»Wir sind jetzt seit zwei Jahren zusammen. Entweder es entwickelt sich etwas und es gibt Veränderung, oder alles stirbt dahin. Ich möchte ja nur, daß sich weiter etwas entwickelt, das ist alles.«

Michelle seufzte. »Es verändert sich ohnehin alles, ob mit oder ohne dieses Stück Papier. Das ist das, was du nicht siehst. Und was immer du auch sagst – es *ist* eine große Sache. Eine Heirat verändert alles, und es sind immer die Frauen, die Opfer bringen, egal, was die Leute sagen.«

»Das ist blanke Theorie. Im wahren Leben sieht es anders aus.«

»Du bringst einen wirklich auf die Palme, Paul – du weißt scheinbar über alles ganz genau Bescheid.«

Die Sonne stand hoch, färbte den Fluß und füllte den Raum mit einem silbernen Licht, das ein flackerndes Muster an die Decke warf. Michelle ging ins Badezimmer und schloß die Tür. Man hörte sie in den Schubladen kramen, während das Wasser lief. Paul ging dorthin, wo sie gestanden hatte, nahm ihren Blickwinkel ein, als könnte ihm das helfen, sie zu verstehen. Dann klopfte er leise an die Tür.

»Ich gehe jetzt«, sagte er.

Stille. Dann rief sie: »Bist du morgen abend wieder zurück?«

»Dein Konzert ist um sechs, oder?«

»Ja.« In ein weißes, flauschiges Handtuch gehüllt, öffnete sie die Badezimmertür, während sie sich das Gesicht mit einer Lotion einrieb.

»Okay«, sagte er und küßte sie, sog ihren Duft ein, die Zartheit ihrer Haut. »Ich liebe dich«, sagte er, als er zurücktrat.

Sie sah ihn einen Augenblick an. »Ich weiß«, sagte sie. »Wir sehen uns morgen.«

Ich weiß. Auf dem Weg nach Lexington brütete er über diesen Worten. Die Fahrt dauerte zwei Stunden – über den Ohio hinweg durch den dichten Verkehr nahe beim Flughafen, schließlich die schönen, wogenden Berge hinauf. Schon bald fuhr er durch die ruhigen Straßen der Lexingtoner Innenstadt, an leeren Gebäuden vorbei, und erinnerte sich daran, wie es gewesen war, als die Main Street noch der Nabel der Welt gewesen war, wo die Leute einkauften, aßen und zusammentrafen. Er dachte daran zurück, wie er in die Drogerie gegangen war und ganz hinten an der Eisquelle gesessen hatte. Schaufeln voller eingefrorener Schokolade in einem Metallbecher, das Surren des Mixers. Sich vermengende Gerüche von gegrilltem Fleisch und Desinfektionsmitteln. Seine Eltern hatten sich in der Innenstadt kennengelernt.

Seine Mutter war die Rolltreppe hochgefahren, aus der Menge hervorgetreten, und sein Vater hatte sie wie die Sonne verfolgt.

Er fuhr an dem neuen Bankgebäude vorbei, dem alten Gericht und an dem leeren Platz, wo einst das Theater gestanden hatte. Eine schlanke Frau ging den Bürgersteig entlang, den Kopf gesenkt, die Arme verschränkt, ihr dunkles Haar wehte im Wind. Zum erstenmal seit Jahren dachte Paul an Lauren Lobeglio, ihre stille und entschlossene Art, Woche für Woche durch die leere Garage zu ihm herüberzukommen. Er war darauf eingegangen, wieder und wieder; wie oft war er in dunkelster Nacht aufgewacht und hatte Angst gehabt, mit Lauren all das zu erfahren, was er sich jetzt mit Michelle so wünschte: Hochzeit, Kinder, verwobenes Leben.

Er fuhr weiter und summte sein neuestes Lied vor sich hin. »A Tree in the Heart« hieß es – vielleicht würde er es heute abend in Lynaghs Pub spielen. Michelle wäre schockiert, aber Paul war das egal. In der letzten Zeit, seit sein Vater gestorben war, hatte er sowohl kleinere, zwanglose Auftritte gehabt als auch in Konzertsälen gastiert: Er hatte sich eine Gitarre geschnappt und in Bars oder Restaurants gespielt – klassische, aber auch zunehmend populäre Stücke, die er in der Vergangenheit immer verachtet hatte. Wie es zu diesem Sinneswandel gekommen war, konnte er nicht erklären, aber es hatte etwas mit der Intimität dieser Orte zu tun, mit der Verbundenheit, die er zum Publikum fühlte, das zum Greifen nah war. Michelle gefiel das nicht: Sie glaubte, daß es eine Folge seines Kummers war, und wollte, daß er darüber hinwegkam. Doch Paul wollte es nicht aufgeben. Als er jünger war, hatte er gespielt, weil er hoffte, durch die Musik Harmonie in der Familie zu schaffen. Nun war sein Vater tot; er konnte gegen niemanden mehr anspielen. Und so hatte er diesen neuen Frieden gefunden.

Er fuhr in die alte Nachbarschaft, an den prächtigen Häusern mit ihren weiten Vorgärten vorbei, an den Bürgersteigen und der immerwährenden Ruhe. Die Eingangstür des Hauses seiner Mutter war geschlossen. Er schaltete den Motor aus und saß eine Weile da, lauschte den Vögeln und dem fernen Geräusch der Rasenmäher.

»A Tree in the Heart«. Sein Vater war nun zwei Jahre tot, und seine Mutter würde Frederic heiraten und für eine Weile nach Frankreich ziehen. Er kam nicht als Kind oder Besucher hierher, sondern als Verwahrer der Vergangenheit. Es war an ihm, auszusuchen, was behalten und was ausrangiert wurde. Er hatte versucht, mit Michelle über diese hohe Verantwortung zu sprechen, wie er die Dinge, die er nun aufheben würde, eines Tages wiederum an seine Kinder weitergeben würde. Er hatte sich Gedanken über seinen Vater gemacht, dessen Vergangenheit noch immer ein Rätsel war, doch Michelle hatte ihn mißverstanden. Als er beiläufig Kinder erwähnt hatte, war sie zusammengezuckt. »So habe ich das gar nicht gemeint«, hatte er verärgert protestiert, doch auch sie war verärgert gewesen. »Ob es dir bewußt war oder nicht – du hast es so gemeint.«

Er lehnte sich zurück und suchte in der Hosentasche nach dem Haustürschlüssel. Seitdem seine Mutter begriffen hatte, daß die Arbeiten seines Vaters wertvoll waren, hatte sie damit begonnen, die Türen abzuschließen, obwohl die Kisten noch ungeöffnet im Studio standen.

Er wollte sich den ganzen Kram eigentlich auch nicht ansehen.

Nachdem er aus dem Wagen gestiegen war, stand er eine Weile auf dem Bürgersteig und sah sich um. Es war heiß; eine leichte Brise fuhr hoch über ihm durch die Baumkronen. Eichenblätter fielen über das Licht her und formten ein Schattenspiel auf der Erde. Sonderbarerweise schienen außerdem Schneeflocken zu fallen – eine fedrige grauweiße Substanz schwirrte durch den blauen Himmel herab. Paul streckte seine Hand nach der heißen und feuchten Luft aus, und es kam ihm vor, als sei er in einen Traum geraten, als stünde er in einer der Fotografien seines Vaters, wo Bäume im Herzschlag erblühten, wo die Welt plötzlich nicht mehr das war, was sie zu sein schien. Eine Flocke fiel auf seine Hand; als er die zur Faust ballte und wieder öffnete, war seine Haut schwarz verschmiert. Es war Asche, die wie Schnee in der dichten Julihitze herabsegelte.

Er hatte Fußabdrücke auf dem Bürgersteig hinterlassen, als er die Treppe hinaufging. Die Eingangstür war nicht verschlossen, doch das Haus war leer. »Hallo?« rief er und schritt durch die kahlen Räume. Seit Jahren wohnte er nun schon nicht mehr hier, doch er erwischte sich dabei, wie er im Wohnzimmer stehenblieb, dem alles genommen worden war, was ihm seinen Sinn gegeben hatte. Wie oft hatte seine Mutter diesen Raum neu gestaltet? Und doch war es letztlich nur ein Raum. »Mom?« rief er, doch er erhielt keine Antwort. Er ging die Treppe hoch und stand in der Tür seines eigenen Zimmers. Auch hier stapelten sich Kisten, voll von altem Kram, den er sortieren mußte. Sie hatte nichts weggeschmissen – selbst seine Poster waren sorgfältig zusammengerollt und wurden von einem Gummi gehalten. Dort, wo sie einst gehangen hatten, waren blasse Rechtecke an der Wand zu sehen.

»Mom?« rief er erneut. Er ging nach unten auf die hintere Veranda. Dort saß sie auf den Stufen, in alten blauen Shorts und einem schlabberigen weißen T-Shirt. Er hielt inne, sprachlos, und ließ die seltsame Szene auf sich wirken. Ein Feuer glomm in einem Kreis von Steinen, und die Asche, die Fetzen verbrannten Papiers, die im Vorgarten auf ihn herabgerieselt waren, hatten sich hier in den Büschen verfangen, auch im Haar seiner Mutter. Papier lag über den ganzen Rasen verstreut, es hing zu Füßen der Bäume oder am rostigen Metallgestell der alten Schaukel. Schockartig wurde Paul bewußt, daß seine Mutter die Fotografien seines Vaters verbrannt hatte. Sie sah auf, und ihr Gesicht war mit Asche und Tränen verschmiert.

»Alles in Ordnung«, sagte sie mit monotoner Stimme. »Ich verbrenne nichts mehr. Ich war so sauer auf deinen Vater, Paul, doch dann durchfuhr es mich – es ist ja auch dein Erbe. Ich habe nur eine Kiste verbrannt. Es war die Kiste mit all den Mädchen, deswegen gehe ich davon aus, daß sie nicht sonderlich viel wert war.«

»Wovon redest du?« fragte er und setzte sich neben sie.

Sie reichte ihm ein Foto von ihm selbst, eines, das er nie gesehen hatte. Darauf war er vierzehn und saß, über seine Gitarre gebeugt, in der Schaukel, spielte konzentriert, von der Musik gefangen, und nahm alles um sich herum nicht mehr wahr.

Es irritierte ihn, daß sein Vater diesen Augenblick eingefangen hatte – es war ein privater Moment, in dem er völlig gelöst gewesen war, einer der Augenblicke seines Lebens, in denen Paul wie kaum sonst gefühlt hatte, daß er am Leben war.

»Okay. Aber ich verstehe nicht – warum bist du so sauer?«

Seine Mutter preßte kurz die Hände aufs Gesicht und seufzte. »Erinnerst du dich an die Geschichte, wie du geboren wurdest, Paul? Das Schneegestöber, wie wir noch gerade rechtzeitig ins Krankenhaus gekommen sind?«

»Klar.« Er wartete darauf, daß sie fortfuhr, wußte nicht, was er sagen sollte, und doch verstand er instinktiv, daß dies mit seiner verstorbenen Schwester zu tun haben mußte.

»Erinnerst du dich an die Krankenschwester? Caroline Gill? Haben wir dir von ihr erzählt?«

»Ja. Ihren Namen habt ihr nicht erwähnt. Du hast erzählt, daß es da eine Krankenschwester mit blauen Augen gegeben hat.«

»Genau. Tiefblaue Augen. Sie war gestern hier, Paul. Caroline Gill. Ich hatte sie seit dieser Nacht nicht wieder gesehen. Sie hatte mir etwas zu sagen. Etwas Schockierendes. Ich werde es dir einfach erzählen – ich weiß ohnehin nicht, was ich sonst tun sollte.«

Daraufhin nahm sie seine Hand. Er schrak nicht zurück. Seine Schwester, erzählte sie in ruhigem Ton, sei gar nicht bei der Geburt gestorben. Sie sei behindert zur Welt gekommen, Downsyndrom, und sein Vater habe Caroline Gill gebeten, sie in ein Heim nach Louisville zu geben.

»Um uns zu schonen«, sagte seine Mutter und holte Luft. »Das hat sie mir erzählt, Caroline Gill. Doch sie brachte es nicht übers Herz. Sie hat deine Schwester mitgenommen, Paul. Sie hat Phoebe zu sich genommen. All die Jahre war deine Zwillingsschwester am Leben, und ihr geht es gut, sie ist in Pittsburgh aufgewachsen.«

»Meine Schwester?« sagte Paul. »In Pittsburgh? Ich war letzte Woche noch in Pittsburgh«, fügte er hinzu, wohl wissend, daß die Antwort unpassend war. Dennoch wußte er nicht, was er sonst sagen könnte; eine seltsame Leere breitete sich in ihm aus. Er hatte eine Schwester. Das allein reichte schon. Sie war zurückgeblieben, unvollkommen, und sein Vater hatte sie weggegeben. Komischerweise war es nicht Wut, sondern Angst, die als nächstes in ihm aufstieg, eine altbekannte Furcht, all dem Druck entwachsen, den sein Vater auf ihn als Einzelkind ausgeübt hatte. Eine Angst, die Paul über die vielen Jahre – einem begabten Alchimisten gleich – in Wut und Rebellion umgewandelt hatte.

»Caroline ist nach Pittsburgh gezogen, um dort ein neues Leben zu beginnen«, sagte seine Mutter. »Sie hat deine Schwester großgezogen. Es muß hart gewesen sein, vor allen Dingen zur damaligen Zeit. Ich versuche immer wieder, Dankbarkeit zu empfinden, daß sie so gut gewesen ist zu Phoebe, aber irgend etwas in mir tobt.«

Paul schloß einen Augenblick die Augen und versuchte all diese Gedanken zusammenzubringen. Die Welt fühlte sich platt, merkwürdig und fremd an. Über die Jahre hatte er sich seine Schwester vorzustellen versucht, wie sie sein könnte, doch nun konnte er kein einziges Bild von ihr in seinem Kopf formen.

»Wie konnte er das nur tun?« fragte er schließlich. »Wie konnte er das geheimhalten?«

»Ich weiß es nicht«, sagte seine Mutter. »Dasselbe frage ich mich auch schon seit Stunden. Und wie konnte er einfach so sterben und uns dies alleine herausfinden lassen?«

Schweigend saßen sie da. Paul dachte an einen Nachmittag zurück, als er mit seinem Vater Fotos entwickelt hatte – es war der Tag nach der Verwüstung der Dunkelkammer gewesen –, als er und auch sein Vater voller Schuldgefühle waren, als so vieles unausgesprochen blieb. Kamera, erklärte ihm sein Vater, käme von dem französischen Wort *chambre*, Zimmer oder Kammer. Im stillen Kämmerlein zu arbeiten hieße also, von der Außenwelt abgeschottet zu wirken. Das war der Glaube seines Vaters gewesen: daß jeder Mensch eine Monade sei. Dunkle Verästelungen im Herzen, eine Handvoll Knochen. Dies war die Welt seines Vaters, und sie hatte ihn niemals mehr verbittert als in diesem Augenblick.

»Ich wundere mich, daß er mich nicht weggeben hat«, sagte er und dachte daran, wie heftig er immer gegen das Weltbild seines Vaters angekämpft hatte. Er war in die Welt hinausgegangen und hatte Gitarre gespielt, er hatte die Musik geradewegs in die Welt gesandt, und die Menschen hatten sich umgeschaut, ihre Getränke abgestellt und zugehört, und ein Raum voller Fremder war im Einklang, jeder mit jedem. »Ich bin sicher, daß er das gerne getan hätte.«

»Paul!« Seine Mutter runzelte die Stirn. »Nein. Wenn überhaupt, dann wollte er dir dadurch alles ermöglichen und verlangte von sich selbst Perfektion. Das ist eine der Sachen, die mir klargeworden sind. Das ist eigentlich das Schlimme daran. Nun, wo ich das mit Phoebe weiß, ergeben so viele Rätsel um deinen Vater Sinn. Diese Mauer, die ich immer gespürt habe – die gab es tatsächlich.«

Sie stand auf, ging ins Haus und kam mit zwei Polaroids wieder. »Das ist sie«, sagte sie. »Das ist deine Schwester Phoebe.«

Paul nahm die Bilder in die Hand und sah von einem zum anderen: Ein Mädchen stand in Pose und lächelte; die andere Aufnahme zeigte sie, wie sie auf einen Basketballkorb zielte. Noch immer versuchte er zu begreifen, was seine Mutter ihm gesagt hatte: daß diese Fremde mit den Mandelaugen und den stämmigen Beinen seine Schwester war.

»Ihr habt dieselben Haare«, sagte Norah sanft und setzte sich wieder neben ihn. »Sie singt gerne, Paul. Was sagst du dazu?« Sie lachte. »Und du wirst es nicht glauben – sie ist ein Basketballfan.«

Pauls Lachen klang schrill und war voller Pein. »Da hat Dad sich wohl das falsche Kind ausgesucht.«

Seine Mutter nahm die Bilder in ihre mit Asche verschmierte Hand.

»Sei nicht verbittert, Paul. Phoebe hat das Downsyndrom. Ich weiß nicht viel darüber, aber Caroline Gill hat einiges erzählt, das ich erst noch verarbeiten muß.«

Paul war mit dem Finger über den Rand der Betontreppe gefahren und hielt nun inne, als er sah, daß aus einer Schramme Blut hervortrat.

»Nicht verbittert sein? Wir waren an ihrem Grab«, sagte er und erinnerte sich daran, wie seine Mutter – die Arme voller Blumen – durch das gußeiserne Tor gegangen war und ihm gesagt hatte, er solle im Wagen warten. Erinnerte sich daran, wie sie auf der Erde gekniet und Buschwindröschen gesetzt hatte. »Wie verhält es sich damit?«

»Ich weiß es nicht. Es war Dr. Bentleys Land. Er muß es also auch gewußt haben. Dein Vater hatte mich niemals dorthin mitnehmen wollen. Ich mußte darum kämpfen. Damals habe ich gedacht, daß er Angst habe, ich könnte einen Nervenzusammenbruch erleiden. Wie verrückt mich das gemacht hat, diese Art und Weise, wie er immer über alles Bescheid wußte.«

Die Schärfe in ihrer Stimme ließ Paul zusammenfahren, und er dachte an das Gespräch mit Michelle an diesem Morgen. Er preßte die Kuppe seines Daumens an seine Lippen und lutschte die kleinen Bluttropfen weg, froh über den scharfen Kupfergeschmack. Eine Weile saßen sie schweigend da und sahen auf den Garten mit seinen Ascheflocken, den verstreuten Fotos und den feuchten Kisten.

»Was bedeutet das«, fragte er schließlich, »daß sie zurückgeblieben ist? Ich meine, im alltäglichen Leben.«

Seine Mutter sah sich noch einmal die Fotos an. »Ich weiß es nicht. Caroline hat gesagt, sie habe sich ziemlich gut entwickelt, was immer das auch heißen mag. Sie hat Arbeit. Und einen Freund. Sie ist zur Schule gegangen. Aber offensichtlich kann sie nicht wirklich auf sich allein gestellt leben.«

»Diese Krankenschwester, Caroline Gill, warum ist sie nach so langer Zeit hierhergekommen? Was wollte sie?«

»Sie wollte es mir erzählen«, sagte seine Mutter sanft. »Das ist alles. Sie hat mich um nichts gebeten. Sie hat eine Tür geöffnet, Paul. So sehe ich das. Es war ein Angebot. Aber was als nächstes passiert, das liegt in unseren Händen.«

»Und was ist das? Was passiert nun?«

»Ich werde nach Pittsburgh gehen. Ich muß sie sehen, da bin ich mir sicher. Was danach kommt, weiß ich beim besten Willen nicht. Soll ich sie heimholen? Wir werden Fremde für sie sein. Und ich muß mit Frederic darüber reden – er muß es wissen.« Sie legte einen Moment die Hände aufs Gesicht. »O Paul, ich kann doch nicht für zwei Jahre nach Frankreich gehen und sie hier zurücklassen! Ich weiß nicht, was ich tun soll. Es ist zuviel für mich, alles kommt auf einmal.«

Ein Windzug scheuchte die über den Rasen verstreuten Fotos auf. Paul saß ruhig da und kämpfte mit verschiedensten Empfindungen; er war wütend auf seinen Vater und traurig, daß er seine Schwester durch ihn verloren hatte. Außerdem sorgte er sich. Es war schrecklich, daß ihn das nun beschäftigte, aber was wäre, wenn er sich um seine Schwester würde kümmern müssen, die nicht ohne Hilfe leben konnte? Wie sollte er das schaffen? Er war bislang ja noch nicht mal einer zurückgebliebenen Person begegnet, und er stellte fest, daß die Vorstellungen, die er dabei hatte, alle negativ waren. Keine paßte zu dem liebenswert lächelnden Mädchen auf dem Foto, und auch das beunruhigte ihn.

»Ich weiß es auch nicht«, sagte Paul. »Vielleicht ist es ein guter Anfang, dieses Durcheinander hier zu beseitigen.«

»Dein Erbe«, sagte seine Mutter.

»Es ist nicht nur meines«, sagte er nachdenklich und erprobte die Worte. »Es ist auch das meiner Schwester.«

*

Sie arbeiteten den ganzen Tag durch und auch den nächsten, sichteten die Fotos, räumten die Kisten wieder ein und schoben sie in die kühle Tiefe der Garage. Während seine Mutter die Kuratoren traf, rief Paul Michelle an, um ihr zu erklären, was passiert war, um ihr zu sagen, daß er letztlich nicht zu ihrem Konzert kommen könne. Er rechnete damit, daß sie verärgert sein würde, doch sie hörte ihm kommentarlos zu und legte sanft auf. Als er sie erneut anzurufen versuchte, sprang der Anrufbeantworter an; den ganzen Tag ging es so. Mehr als einmal überlegte er sich, ins Auto zu steigen und wie ein Wilder nach Cincinnati zu fahren, doch er wußte, daß es nichts bringen würde. Wußte auch, daß er so nicht weitermachen wollte, weil er Michelle immer mehr lieben würde als sie ihn. So zwang er sich, zu bleiben. Er stürzte sich in die körperliche Arbeit, räumte das Haus aus, und am Abend ging er zur Carnegie-Bibliothek in die Innenstadt, um Bücher über das Downsyndrom zu studieren.

Am Montagmorgen stiegen er und seine Mutter still, zerstreut und voller Ängstlichkeit ins Auto und fuhren zurück über den Fluß durch das saftige Spätsommergrün Ohios. Es war sehr heiß, und die Blätter des Mais schimmerten gegen den überschwenglich blauen Himmel. Im Feierabendverkehr kamen sie in Pittsburgh an und fuhren durch den Tunnel, der in die Brücke mündete und einen atemberaubenden Blick auf die zusammentreffenden Flüsse eröffnete. Sie krochen durch den Stadtverkehr und folgten dem Monagahela, indem sie durch einen weiteren langen Tunnel fuhren. Schließlich hielten sie vor Caroline Gills Backsteinhaus in einer vielbefahrenen, von Bäumen gesäumten Straße.

Sie hatte ihnen gesagt, sie sollten in der Allee parken, und das taten sie auch. Jenseits eines Grasstreifens führten Treppenstufen auf ein schmales Grundstück und zu dem Backsteinhaus, in dem seine Schwester aufgewachsen war. Paul ließ das Haus auf sich wirken, das so typisch für Cincinnati war und so anders als sein eigener behüteter Kindheitsort. Auf der Straße brauste der Verkehr, an den briefmarkengroßen Vorgärten vorbei auf dem Weg ins Zentrum.

Die Gärten entlang der Allee waren übersät mit Blumen, und die Magnolienbäume blühten. Im Garten des besagten Hauses machte sich eine Frau an einer Reihe mit Tomatensträuchern zu schaffen. Hinter ihr wuchs eine Hecke aus Fliederbüschen, deren Blätter ihre blaßgrüne Unterseite bei einem Windstoß aufblitzen ließen. Die Frau, die dunkelblaue Shorts, ein weißes T-Shirt und helle, geblümte Baumwollhandschuhe trug, richtete sich aus der Hocke auf und strich sich mit dem Handrücken über die Stirn. Sie riß ein Blatt von einem der Tomatensträucher und hielt es sich an die Nase.

»Ist sie das?« fragte Paul. »Ist das die Krankenschwester?«

Seine Mutter nickte. Sie hielt ihre Arme fest und schützend vor der Brust verschränkt. Ihre Sonnenbrille verdeckte ihre Augen, doch auch so konnte er sehen, wie nervös sie war, wie blaß und angespannt.

»Ja, das ist Caroline Gill. Paul, nun, wo es soweit ist, bin ich mir nicht sicher, ob ich das durchstehe. Vielleicht sollten wir einfach nach Hause fahren.«

»Wir sind die ganze Strecke hergefahren. Außerdem erwarten sie uns.«

Ein müdes Lächeln ging über ihr Gesicht. Seit Tagen schon hatte sie kaum geschlafen; selbst ihre Lippen waren blaß.

»Es ist nicht möglich, daß sie uns erwarten«, sagte sie.

Paul nickte. Die Hintertür wurde aufgestoßen, doch die Gestalt auf der Veranda wurde vom Schatten verdeckt. Caroline richtete sich auf und streifte sich ihre Hände an den Shorts ab.

»Phoebe«, rief sie. »Da bist du ja.«

Ohne sie anzusehen, fühlte Paul, wie die Anspannung bei seiner Mutter stieg. Auch er starrte auf die Veranda. Der Augenblick währte eine Unendlichkeit. Endlich tauchte die Gestalt auf, mit zwei Gläsern Wasser in den Händen.

Sie war klein, viel kleiner als er selbst, und ihr Haar, als Bubikopf geschnitten, war dunkler, dünner und flauschiger. Sie war blaß – wie seine Mutter –, und aus der Ferne schien ihr breites Gesicht feine Züge zu haben, ein Gesicht, das irgendwie geplättet schien, als hätte man es zu lange gegen eine Wand gedrückt. Ihre Augen waren leicht nach oben versetzt, ihre Glieder waren kurz. Sie war kein Mädchen mehr wie auf den Fotografien, sondern erwachsen, in seinem Alter, mit einigen grauen Haaren. Ein paar wenige graue Stoppeln blitzten auch in seinem Dreitagebart auf. Sie trug geblümte Shorts und war stämmig, ein wenig dicklich, ihre Beine rieben aneinander, wenn sie ging.

»Oh«, sagte seine Mutter. Sie preßte eine Hand auf ihr Herz. Ihre Augen wurde von der Sonnenbrille verdeckt, und er war froh darüber. Dieser Augenblick war zu intim.

»Es ist schon okay«, sagte er. »Laß uns eine Weile hier stehenbleiben.«

Die Sonne war brüllend heiß, und der Verkehr rauschte vorüber. Caroline und Phoebe saßen nebeneinander auf der Treppe der Veranda und tranken ihr Wasser.

»Ich bin bereit«, sagte seine Mutter schließlich, und sie gingen die Stufen zum schmalen Stück Rasen zwischen Gemüse und Blumen herunter. Caroline sah sie zuerst; sie hielt die Hand schräg vor die Augen, blinzelte in der Sonne darunter hervor und erhob sich. Auch Phoebe stand auf, und für wenige Sekunden sahen sie sich über den Rasen hinweg an. Dann nahm Caroline Phoebes Hand. Sie trafen sich bei den Tomatensträuchern, deren schwere Früchte bereits reiften und die Luft mit einem reinen, bitteren Duft erfüllten. Niemand sprach. Phoebe starrte Paul an, und nach einer ganzen Zeit streckte sie ihren Arm über den Zwischenraum hinweg aus und berührte seine Wange, leicht, behutsam, als ob sie sehen wollte, ob er echt war. Paul nickte schweigend und sah sie ernst an – ihre Geste erschien ihm passend, in irgendeiner Weise. Phoebe wollte ihn kennenlernen, das war alles. Er wollte sie auch kennenlernen, doch er wußte nicht, was er ihr sagen sollte, dieser unerwarteten Schwester, der er so eng verbunden und die ihm so fremd war. Er war unglaublich befangen und hatte Angst, das Falsche zu tun. Wie redete man mit einer zurückgebliebenen Person? Keines der Bücher, die er übers Wochenende gelesen hatte, keiner dieser nüchternen Berichte hatte ihn auf den wirklichen Menschen, auf seine Schwester vorbereitet, deren Hand so behutsam sein Gesicht gestreift hatte.

Es war Phoebe, die sich als erste fing.

»Hallo«, sagte sie und streckte ihm förmlich die Hand entgegen. Paul ergriff sie und fühlte, wie klein ihre Finger waren, noch immer nicht in der Lage, ein einziges Wort zu sprechen. »Ich bin Phoebe. Freut mich, dich kennenzulernen.«

Sie sprach schwerfällig, und es war schwierig, sie zu verstehen. Dann wandte sie sich zu seiner Mutter und wiederholte die Worte.

»Hallo«, sagte seine Mutter, schüttelte ihre Hand und umschloß sie dann mit ihren beiden Händen. Ihre Stimme war belegt. »Hallo Phoebe, ich bin auch so froh, dich kennenzulernen.«

»Es ist so heiß«, sagte Caroline. »Lassen Sie uns doch reingehen. Da sind die Ventilatoren an. Und Phoebe hat heute morgen Eistee gemacht. Sie war schon ganz aufgeregt wegen Ihrem Besuch. Nicht wahr, Schatz?«

Phoebe lächelte und nickte, plötzlich verschüchtert. Sie folgten ihr in das kühle Haus. Die Räume waren klein, aber wohnlich und zweckmäßig; sie hatten schöne Holzvertäfelungen, und eine Schiebetür zwischen Wohn- und Eßzimmer schuf Weite. Das Wohnzimmer war lichtdurchflutet und voller weinroter Möbel. Ein riesiger Webstuhl stand in der anderen Ecke des Raums.

»Ich mache einen Schal«, sagte Phoebe.

»Er ist wunderschön«, sagte Norah und ging durch den Raum, um das Garn zu befühlen, das dunkelrosa, beige, gelb und blaßgrün war. Sie hatte ihre Sonnenbrille abgesetzt und sah mit wäßrigen Augen auf, ihre Stimme noch immer brüchig. »Hast du dir all diese Farben selbst ausgesucht, Phoebe?«

»Es sind meine Lieblingsfarben.«

»Meine auch«, sagte sie. »Als ich in deinem Alter war, waren das auch meine Lieblingsfarben. Meine Brautjungfern trugen Dunkelrosa und Beige, dazu gelbe Rosen.«

Paul war überrascht, dies zu erfahren; die Fotos, die er gesehen hatte, waren Schwarzweißbilder gewesen.

»Du kannst den Schal haben«, sagte Phoebe und setzte sich an den Webstuhl. »Ich mache ihn für dich fertig.«

»Oh«, sagte Norah und schloß kurz ihre Augen. »Phoebe, das ist lieb von dir.«

Caroline brachte den Eistee, und alle vier saßen beklommen im Wohnzimmer, redeten verlegen über das Wetter und über Pittsburghs Wiederaufblühen nach dem Niedergang der Stahlindustrie. Phoebe hockte still am Webstuhl, bewegte das Schiffchen vor und zurück und sah ab und zu auf, wenn ihr Name fiel. Paul schaute von der Seite immer wieder verstohlen zu ihr hinüber. Phoebes Hände waren klein und dicklich. Während sie sich auf das Schiffchen konzentrierte, biß sie sich auf die Unterlippe.

»Tja«, sagte Norah, nachdem sie den Tee ausgetrunken hatte. »Da sind wir nun. Und ich weiß nicht, was jetzt passieren soll.«

»Phoebe«, sagte Caroline. »Warum setzt du dich nicht zu uns?« Still kam Phoebe herüber und nahm neben Caroline auf der Couch Platz.

Norah sprach zu schnell und faltete nervös die Hände. »Ich weiß nicht, was am besten ist. Ich denke, es gibt keine Gebrauchsanweisung für die Situation, in der wir stecken. Aber ich möchte Phoebe mein Zuhause anbieten. Sie kann mit uns kommen und mit uns leben, wenn sie das möchte. Ich habe in den letzten Tagen sehr viel darüber nachgedacht. Man würde ein ganzes Leben benötigen, um alles aufzuholen.« An dieser Stelle hielt sie inne, um Luft zu holen, und wandte sich dann zu Phoebe, die sie mit argwöhnischem Blick ansah. »Du bist meine Tochter, Phoebe, verstehst du das? Das ist Paul, dein Bruder.«

Phoebe ergriff Carolines Hand. »Das ist meine Mutter«, sagte sie.

»Ja.« Norah sah kurz zu Caroline und versuchte es erneut. »Das ist deine Mutter«, sagte sie. »Aber ich bin auch deine Mutter. Du bist in meinem Körper aufgewachsen, Phoebe.« Sie tippte auf ihren Magen. »Genau hier bist du herangewachsen. Doch dann wurdest du geboren, und deine Mutter Caroline hat dich großgezogen.«

»Ich werde Robert heiraten«, sagte Phoebe. »Ich möchte nicht mit euch leben.«

Paul, der den inneren Kampf seiner Mutter das ganze Wochenende über erlebt hatte, empfand Phoebes Worte geradezu körperlich, als ob sie ihn getreten hätte. Er sah, daß es Norah genauso erging.

»Alles in Ordnung, Phoebe«, sagte Caroline. »Niemand zwingt dich dazu, zu gehen.«

»Ich wollte nicht ... Ich wollte dir nur anbieten ...«, erwiderte Norah, dann hielt sie inne und holte noch einmal Luft. Ihre Augen flackerten. »Phoebe – Paul und ich, wir würden dich gerne kennenlernen. Das ist alles. Bitte hab keine Angst vor uns, okay? Was ich sagen möchte, was ich meine, ist, daß mein Haus dir offensteht. Immer. Wo immer ich auf dieser Welt hingehe, du kannst auch dorthin kommen. Und ich hoffe, daß du es auch tust. Ich hoffe, daß du mich eines Tages besuchen kommen wirst, das ist alles. Was denkst du darüber?«

»Vielleicht«, gab Phoebe nach.

»Phoebe«, sagte Caroline, »Wie wäre es, wenn du Paul einmal das Haus zeigst? Dann hätten Mrs. Henry und ich Gelegenheit, uns ein bißchen zu unterhalten. Und keine Sorge, mein Engel«, fügte sie hinzu und legte ihre Hand sanft auf Phoebes Arm, »niemand geht irgendwohin. Alles ist in Ordnung.«

Phoebe nickte und stand auf. »Willst du mein Zimmer sehen?« fragte sie Paul. »Ich habe einen neuen Plattenspieler.«

Paul schaute kurz zu seiner Mutter, die ihm zunickte. Zusammen durchquerten sie den Raum, und Paul folgte Phoebe die Stufen hinauf.

»Wer ist Robert?« fragte er.

»Er ist mein Freund. Wir werden heiraten. Bist du verheiratet?«

Paul schüttelte den Kopf; die Erinnerung an Michelle versetzte ihm einen Stich. »Nein.«

»Hast du eine Freundin?«

»Nein. Ich hatte eine Freundin, aber sie hat mich verlassen.«

Phoebe stand auf der obersten Stufe und drehte sich um. Sie standen sich Auge in Auge gegenüber, so nah beieinander, daß Paul sich unwohl fühlte. Er schaute weg und wieder zu ihr – sie sah ihm noch immer geradewegs ins Gesicht.

»Es ist unhöflich, Menschen anzustarren.«

»Aber du siehst traurig aus.«

»Ich bin auch traurig. Eigentlich bin ich sogar sehr, sehr traurig.«

Sie nickte, und für einen Augenblick schien sie sich seiner Trauer angeschlossen zu haben, ihr Gesichtsausdruck verfinsterte sich, um einen Moment später aufzuklaren.

»Komm«, sagte sie und führte ihn den Korridor entlang. »Ich habe auch ein paar neue Platten.«

In ihrem Zimmer setzten sie sich auf den Boden. Die Wände waren rosa, an den Fenstern hingen weiß-rosa karierte Vorhänge. Es war ein Mädchenzimmer, das voller Plüschtiere und fröhlicher Bilder war. Paul mußte an Robert denken und fragte sich, ob es stimmte, daß Phoebe heiraten würde. Dann fühlte er sich schlecht dabei, sich dies zu fragen – warum sollte sie nicht heiraten oder irgendwas anderes tun? Er dachte an das Gästezimmer in dem Haus seiner Eltern, wo seine Großmutter geschlafen hatte, als er ein Junge war; dies wäre Phoebes Zimmer gewesen. Sie hätte es mit ihrer Musik und ihren Sachen gefüllt. Phoebe legte das Album auf, drehte die Lautstärke ihres kleinen Plattenspielers auf, der »Love, Love Me Do« schmetterte, und sang mit halbgeschlossenen Augen mit. Sie hatte eine schöne Stimme, fiel Paul auf, während er die Lautstärke ein bißchen herunterdrehte und ihre anderen Alben durchsah. Es war viel Popmusik dabei, aber sie hatte auch Symphonien.

»Ich mag Posaunen«, sagte sie und prustete ein paar Töne, und als Paul lachte, fiel auch sie ein. »Ich liebe Posaunen über alles«, seufzte sie.

»Ich spiele Gitarre«, sagt er. »Wußtest du das?«

Sie nickte. »Meine Mutter hat es mir erzählt. Wie John Lennon.«

Er lächelte. »Ein bißchen«, sagte er und wunderte sich, daß er sich mitten in einem Gespräch wiederfand. Er hatte sich an ihre Art zu reden gewöhnt, und je länger er sich mit Phoebe unterhielt, desto mehr war sie sie selbst – absolut unvergleichlich. »Hast du schon einmal etwas von Andres Segovia gehört?«

»Mmh.«

»Er ist wirklich klasse. Mein absoluter Lieblingsgitarrist. Irgendwann spiele ich dir mal seine Musik vor, okay?«

»Ich mag dich, Paul. Du bist lieb.«

Er merkte, wie er lächelte, und fühlte sich geschmeichelt und angenehm berührt. »Danke«, sagte er. »Ich mag dich auch.«

»Aber ich möchte nicht mit dir zusammen leben.«

»Das ist schon okay. Ich lebe auch nicht bei meiner Mutter. Ich lebe in Cincinnati.«

Phoebes Gesicht leuchtete. »Ganz allein?«

»Ja«, sagte er und wußte, daß Michelle fortgegangen sein würde, wenn er wiederkäme. »Ganz allein.«

»Du Glückspilz.«

»Das bin ich wohl«, sagte er ernst und wußte plötzlich, daß er tatsächlich einer war – daß die Sachen, die er als selbstverständlich ansah, der Stoff für Phoebes Träume war. »Ich bin ein Glückspilz, das ist wahr.«

»Ich bin auch ein Glückspilz«, sagte sie zu seiner Überraschung. »Robert hat einen guten Job und ich genauso.«

»Was hast du für einen Job?« fragte Paul.

»Ich kopiere.« Sie sagte dies mit leisem Stolz. »Unmengen von Kopien.«

»Gefällt es dir?«

Sie lächelte. »Max arbeitet dort. Sie ist meine Freundin. Wir haben Papier in dreiundzwanzig verschiedenen Farben.«

Sie summte zufrieden vor sich hin, während sie vorsichtig die erste Platte verstaute, um eine neue auszusuchen. Ihre Bewegungen waren nicht schnell, aber sie waren zweckmäßig und zielgerichtet. Paul konnte sie sich gut im Copyshop vorstellen, wie sie ihre Arbeit verrichtete, mit ihrer Freundin herumalberte und sich ab und zu an den Farben des Regenbogens auf dem Papier oder über einen erledigten Auftrag freute. Unten hörte er das Gemurmel der beiden Frauen, die besprachen, was zu tun war. Mit großem Schamgefühl erkannte er, daß sein Mitleid für Phoebe ebenso wie die Vermutung seiner Mutter, daß sie in Abhängigkeit lebte, dumm und unbegründet gewesen waren. Phoebe mochte sich, wie sie war, und sie mochte ihr Leben; sie war glücklich. All die Mühen, die er auf sich genommen hatte, all die Wettbewerbe und Preise, der lange und sinnlose Kampf, sich selbst zu gefallen und auch seinen Vater zu beeindrucken, all das wirkte – wenn man es neben Phoebes Leben stellte – nicht weniger dumm.

»Wo ist dein Vater?« fragte er.

»Bei der Arbeit. Er fährt Bus. Magst du ›Yellow Submarine‹?

»Ja. Sogar sehr.«

Phoebe strahlte übers ganze Gesicht und legte das Album auf.

24. Kapitel

1. September 1989

Aus der Kirche drangen Klänge in den sonnigen Tag. Für Paul, der gleich draußen vor den blaßroten Türen stand, war die Musik fast sichtbar; zwischen den Blättern der Pappelbäume hindurch schien sie auf den Rasen zu segeln wie Flocken von Licht. Die Organistin war eine Freundin, eine Peruanerin namens Alejandra, die ihr kastanienbraunes Haar in einem langen Pferdeschwanz trug und in den trostlosen Tagen nach Michelles Auszug mit Suppen, Eistee und Aufmunterungen in seiner Wohnung aufgetaucht war. »Steh auf«, hatte sie in forschem Ton gesagt, die Vorhänge und Fenster aufgerissen und das dreckige Geschirr in die Spüle geräumt. »Steh auf, es bringt nichts, zu Hause rumzuhocken und Trübsal zu blasen – schon gar nicht wegen einer Flötistin. Die sind immer sehr launisch, wußtest du das nicht? Es überrascht mich, daß sie es hier so lange ausgehalten hat. Zwei Jahre, also ehrlich, das muß Rekord sein.«

In diesem Augenblick rieselten Alejandras Töne herab, es folgte ein helles Crescendo, dann stiegen sie wieder empor und schwebten für einen Moment spannungsgeladen im Sonnenlicht. Seine Mutter erschien in der Tür, lachte, ihre Hand ruhte sanft auf Frederics Arm. In einem freundlichen Regen aus Reis und Blütenblättern traten sie zusammen ins Sonnenlicht.

»Wie schön«, stellte Phoebe neben ihm fest.

Sie trug ein mintgrünes Kleid und hielt die Narzissen, die sie während der Trauung getragen hatte, locker in ihrer rechten Hand. Sie lächelte, und ihre Augen waren voller Freude. Zwei tiefe Grübchen zierten ihre vollen Wangen. Ein Bogen von Blüten und Reis zeichnete sich vor dem klaren Himmel ab, und Phoebe lachte entzückt, als sie herabfielen. Paul schaute sie sich genau an: diese Fremde, seine Zwillingsschwester. Zusammen waren sie den Gang der winzigen Kirche bis zum Altar entlanggeschritten, wo ihre Mutter mit Frederic gewartet hatte. Er war langsam gelaufen, und Phoebe, die Hand um seinen Ellenbogen und entschlossen, alles richtig zu machen, war ernst und aufmerksam an seiner Seite einhergegangen. Während des Treueschwurs waren Schwalben durch den Dachstuhl geflogen, doch seine Mutter war sich mit der Kirche von Anfang an sicher gewesen, ebenso wie sie während all der sonderbaren, unerwarteten und tränenreichen Diskussionen um Phoebe und ihre Zukunft darauf bestanden hatte, daß ihre beiden Kinder bei der Hochzeit dabei wären.

Eine weitere Salve, diesmal aus Konfetti, gefolgt von aufbrausendem, wogendem Gelächter. Seine Mutter und Frederic senkten ihre Köpfe, und Bree strich die bunten Papierschuppen von ihren Schultern und Haaren. Leuchtendes Konfetti lag überall verstreut und ließ den Rasen wie Terrazzo aussehen.

»Du hast recht«, sagte er zu Phoebe. »Es ist schön.«

Sie nickte nun nachdenklich und strich ihren Rock mit beiden Händen glatt.

»Deine Mutter geht nach Frankreich.«

»Ja«, sagte Paul, obwohl ihre Worte ihn zusammenschrekken ließen: *deine Mutter*. Worte, mit denen man Fremde bezeichnete. Es war das, was seine Mutter am meisten verletzt hatte – die verlorenen Jahre, die zwischen ihnen standen, formale und zögerliche Worte, an deren Stelle doch Ungezwungenheit und Liebe hätten stehen müssen. »Wir beide auch, in ein paar Monaten«, sagte er, um Phoebe daran zu erinnern, worauf sie sich letztlich geeinigt hatten. »Wir fahren nach Frankreich und besuchen sie dort.«

Ein sorgenvoller Gesichtsausdruck glitt über Phoebes Gesicht.

»Wir kommen wieder zurück«, fügte er sanft hinzu, sich ins Gedächtnis rufend, wieviel Angst ihr der Vorschlag seiner Mutter gemacht hatte, mit ihr nach Frankreich zu ziehen.

Sie nickte, sah jedoch immer noch bekümmert aus.

»Was ist los?« fragte er. »Was macht dir Sorgen?«

»Schnecken zu essen.«

Paul sah sie erstaunt an. Vor der Trauung hatte er im Vestibül noch mit seiner Mutter und Bree herumgealbert, hatte über das Festessen gescherzt, das sie in Châteauneuf erwartete. Phoebe hatte still am Rande gestanden – er hatte nicht gewußt, daß sie zuhörte. Dies war ebenso ein Rätsel: Phoebes Gegenwart in der Welt, was sie sah, fühlte und verstand. Alles, was er wirklich über sie wußte, konnte er auf eine Karteikarte schreiben: Sie mochte Katzen, das Weben, hörte gern Radio und liebte es, in der Kirche zu singen. Sie lächelte viel, hatte eine Schwäche für Umarmungen und war – wie er – allergisch gegen Wespenstiche.

»Schnecken sind gar nicht mal so übel«, sagte er. »Ganz weich. Wie Weingummi mit Knoblauch.«

Phoebe verzog ihr Gesicht, doch dann lachte sie. »Widerlich«, sagte sie. »Das ist widerlich, Paul.« Der seichte Wind fuhr ihr sanft durchs Haar, und ihr Blick richtete sich noch immer auf das Geschehen vor ihnen, die herausströmenden Gäste, das Sonnenlicht, die Blätter. Auch ihre Wangen waren, wie die seinen, mit Sommersprossen übersät. Auf der anderen Seite des Rasens hantierten seine Mutter und Frederic mit einem silbernen Kuchenmesser.

»Robert und ich«, sagte Phoebe. »Wir werden auch heiraten.«

Paul lächelte. Er hatte Robert einmal gesehen – als sie das erste Mal nach Pittsburgh gekommen waren. Sie waren zum Lebensmittelladen gefahren, um ihn kennenzulernen: Er war groß und aufmerksam und hatte eine braune Uniform mit einem Namensschild getragen. Als Phoebe sie schüchtern einander vorgestellt hatte, hatte Robert sofort Pauls Hand ergriffen und ihm auf die Schulter geklopft, als würden sie sich nach langer Zeit wiedersehen. »Schön, dich zu sehen, Paul. Phoebe und ich, wir werden heiraten, das heißt, daß wir zwei ziemlich bald Brüder sind. Was hältst du davon?« Glücklich und überzeugt, daß Paul seine Freude teilte, hatte er sich daraufhin, ohne eine Antwort abzuwarten, zu Phoebe gewandt und seinen Arm um sie gelegt. Lächelnd hatten sie dagestanden.

»Es ist wirklich blöd, daß Robert nicht kommen konnte.«

Phoebe nickte. »Robert mag Partys«, sagte sie.

»Das überrascht mich nicht.«

Paul sah seine Mutter ein Stück vom Kuchen in Frederics Mund führen, dabei berührte sie mit ihrem Daumen einen seiner Mundwinkel. Sie trug ein cremefarbenes Kleid, und ihr Haar war kurz und von einem langsam ergrauenden Blond, so daß ihre grünen Augen noch besser zur Geltung kamen. Er dachte an seinen Vater und fragte sich, wie die Hochzeit seiner Eltern wohl gewesen sein mochte. Natürlich hatte er Fotos gesehen, doch das war gerade mal die Oberfläche. Er wollte wissen, wie die Lichtverhältnisse gewesen waren, wie sich das Gelächter angehört hatte; er wollte wissen, ob sein Vater sich ebenso herabgebeugt hatte wie nun Frederic, der seine Mutter küßte, nachdem sie den Zuckerguß von seinen Lippen aufgeleckt hatte.

»Ich mag rosarote Blumen«, sagte Phoebe. »Ich möchte ganz, ganz viele rosarote Blumen bei meiner Hochzeit haben.« Dann wurde sie ernst, legte die Stirn in Falten und zuckte mit den Schultern. Sie schüttelte den Kopf. »Aber Robert und ich, wir müssen erst Geld sparen.«

Leichter Wind erhob sich, und Paul dachte an Caroline Gill, wie sie mit ihrem Mann Al und Phoebe im Foyer eines Lexingtoner Hotels gestanden hatte. Dort waren sie gestern alle verabredet gewesen – auf neutralem Boden. Das Haus seiner Mutter stand leer, »Zu verkaufen« prangte auf einem Schild in der Einfahrt. Heute abend würden sie und Frederic nach Frankreich gehen. Caroline und Al waren von Pittsburgh herübergekommen, und nach einem höflichen, aber eher verkrampften gemeinsamen Brunch hatten sie Phoebe für die Hochzeitsfeier zurückgelassen, während sie nach Nashville fuhren, um dort Urlaub zu machen. Es sei ihr erster Urlaub zu zweit, hatten sie gesagt und glücklich gewirkt. Trotzdem hatte Caroline Phoebe zweimal umarmt und sich auf dem Bürgersteig zum Winken umgewandt.

»Gefällt dir Pittsburgh?« fragte Paul. Man hatte ihm dort ein anständiges Engagement bei einem Orchester angeboten. Ein weiteres Angebot hatte er von einem Orchester in Santa Fe.

»Ich mag Pittsburgh«, sagte Phoebe. »Meine Mutter sagt, es gibt hier viele Treppen, aber mir gefällt es.«

»Vielleicht ziehe ich hin. Wie fändest du das?«

»Das wäre schön. Dann könntest du zu meiner Hochzeit kommen.« Sie seufzte. »Eine Hochzeit kostet sehr viel Geld. Das ist ungerecht.«

Paul nickte. Nein, es war nicht gerecht. Nichts von alledem war gerecht. Weder die Herausforderungen, denen Phoebe sich in einer abweisenden Welt zu stellen hatte, noch sein relativ unproblematisches Leben, noch was ihr Vater getan hatte – nichts von alledem. Plötzlich hatte er den drängenden Wunsch, Phoebe jede Hochzeit zu ermöglichen, die sie sich wünschte. Oder zumindest eine Torte – es wäre eine so winzige Geste, wenn man es neben alles andere stellte.

»Du könntest ausreißen«, schlug er vor.

Phoebe dachte darüber nach und drehte an dem grünen Armreif an ihrem Handgelenk. »Nein«, sagte sie. »Dann hätten wir keine Torte.«

»Da bin ich mir nicht sicher. Wäre das nicht möglich? Ich meine: Was spricht dagegen?«

Phoebe schaute ihn mit finsterem Blick an, um zu sehen, ob er sich über sie lustig machte. »Nein«, sagte sie bestimmt. »So feiert man keine Hochzeit, Paul.«

Er lächelte und war gerührt von ihren festen Überzeugungen. »Weißt du was, Phoebe? Du hast recht.«

Gelächter und Applaus strömten über das sonnige Rasenstück, nachdem Frederic und seine Mutter den Kuchen zugeschnitten hatten. Lächelnd hob Bree ihre Kamera, um ein letztes Foto zu machen. Paul wies mit dem Kopf zum Tisch, an dem die kleinen Teller gefüllt und weitergereicht wurden. »Die Hochzeitstorte hat sechs Lagen. Himbeeren und Schlagsahne in der Mitte. Wie sieht's aus, Phoebe? Willst du probieren?«

Phoebe lächelte breit, und ihre Antwort war ein Nicken. »Meine Torte wird acht Lagen haben«, sagte sie, als sie über den Rasen gingen und dem Stimmengewirr, dem Gelächter und der Musik folgten.

Paul lachte. »Nur acht? Warum nicht zehn?«

»Blödmann. Du bist ein Blödmann, Paul.«

Die Schultern seiner Mutter waren noch immer mit Konfetti bedeckt. Sie lächelte, ihre Bewegungen waren sanft, und sie strich Phoebes Haar zurück, als wäre sie noch immer ein kleines Mädchen. Phoebe fuhr zurück, und Paul zuckte zusammen. Für diese Geschichte gab es kein einfaches Ende. Es würde Überseebesuche und -telefonate geben, aber niemals die gewohnte Leichtigkeit eines Alltaglebens.

»Du hast deine Sache sehr gut gemacht«, sagte Norah. »Ich bin so froh, daß du bei der Trauung dabei warst, Phoebe. Du und Paul. Ich kann dir gar nicht sagen, wieviel mir das bedeutet hat.«

»Ich mag Hochzeiten«, sagte Phoebe und streckte ihre Hand nach einem Teller mit Kuchen aus.

Seine Mutter lächelte etwas traurig. Paul beobachtete Phoebe und fragte sich, wie sie verstehen konnte, was hier vor sich ging. Sie schien sich um die Dinge keine großen Sorgen zu machen, sondern die Welt eher als faszinierenden und ungewöhnlichen Ort zu begreifen, wo alles möglich war. Wo eines Tages eine Mutter und ein Bruder, von denen man nie zuvor etwas gehört hatte, vor der Tür stehen und einen zu einer Hochzeit einladen konnten.

»Ich bin froh, daß du uns in Frankreich besuchen wirst«, fuhr seine Mutter fort. »Wir sind beide sehr froh, Frederic und ich.«

Phoebe schaute auf, erneut verunsichert.

»Es ist wegen der Schnecken«, erklärte Paul. »Sie mag keine Schnecken.«

Seine Mutter lachte. »Keine Sorge. Ich mag auch keine.«

»Und ich gehe wieder nach Hause«, fügte Phoebe hinzu.

»Genau«, sagte seine Mutter sanft. »Das haben wir ja so abgesprochen.«

Paul beobachtete sie und war machtlos gegen den Schmerz, der wie ein Stein in seinem Körper lag. Das Alter seiner Mutter wurde ihm qualvoll bewußt, ihre dünne Haut, ihre ergrauenden Haare, doch auch ihre Schönheit. Sie schien anmutig und verwundbar, und er fragte sich – wie er sich schon so oft in den letzten Wochen gefragt hatte –, wie sein Vater sie hatte betrügen, sie alle hatte betrügen können.

»Wie konnte er nur?« fragte er ruhig. »Wie konnte er es uns verschweigen?«

Ernst wandte sie sich zu ihm. »Ich weiß es nicht. Ich werde es nie verstehen. Aber stell dir vor, was er für ein Leben geführt haben muß, Paul. Dieses Geheimnis all die Jahre mit sich herumzutragen.«

Er blickte über den Tisch. Phoebe stand neben einer Pappel, deren Blätter sich langsam bräunlich färbten, und kratzte mit ihrer Gabel die Sahne vom Kuchen. »Unser Leben hätte ganz anders verlaufen können.«

»Das stimmt. Aber es ist nicht anders verlaufen, Paul. Es ist, wie es ist.«

»Du verteidigst ihn«, sagte er zögernd.

»Nein. Ich vergebe ihm. Zumindest versuche ich das. Das ist ein Unterschied.«

»Er verdient keine Vergebung«, sagte Paul und erschrak über die Bitterkeit, die immer noch in ihm war.

»Vielleicht nicht«, sagte seine Mutter. »Aber du und ich und Phoebe, wir haben die Wahl: verbittert und zornig zu sein oder zu versuchen, nach vorn zu blicken. Für mich ist es das Schwerste überhaupt, meinen selbstgerechten Zorn verrauchen zu lassen. Ich ringe noch immer mit mir. Aber ich habe es mir vorgenommen.«

Er dachte darüber nach. »Ich habe eine Stelle in Pittsburgh angeboten bekommen.«

»Wirklich?« Sie sah in forschend an. »Wirst du sie annehmen?«

»Ich denke schon«, sagte er und spürte, daß er sich bereits entschieden hatte. »Es ist ein sehr gutes Angebot.«

»Du kannst nichts rückgängig machen«, sagte sie ruhig. »Du kannst die Vergangenheit nicht zurückholen, Paul.«

»Ich weiß.« Beim erstenmal war er in dem Glauben nach Pittsburgh gefahren, daß er seine Hilfe anbieten müsse. Er hatte Angst vor der Verantwortung gehabt, die er zu übernehmen haben würde, davor, wie sein Leben sich mit der Bürde einer zurückgebliebenen Schwester ändern könnte, und er war überrascht – sogar erstaunt – gewesen, dieselbe Schwester sagen zu hören: »Nein, ich mag mein Leben, wie es ist. Nein danke.«

»Du mußt *dein* Leben leben«, fuhr sie fort, diesmal eindringlicher. »Du bist nicht für das verantwortlich, was geschehen ist. Phoebe geht es gut, rein finanziell gesehen.«

Paul nickte. »Ich weiß. Ich fühle mich nicht für sie verantwortlich. Wirklich nicht. Es ist nur – ich dachte, ich würde sie einfach gerne erleben. Im Alltag. Sie ist immerhin meine Schwester. Es ist ein guter Job, und ich brauche definitiv eine Luftveränderung. Pittsburgh ist eine wunderschöne Stadt. Warum nicht?«

»Ach, Paul.« Seine Mutter seufzte und fuhr sich mit der Hand durch ihr kurzes Haar. »Ist es wirklich eine gute Stelle?«

»Ja. Sie ist wirklich gut.«

Sie nickte. »Es wäre schön, euch beide an einem Ort zu wissen«, gab sie zögernd zu. »Aber du mußt über den Tellerrand hinausschauen. Du bist noch sehr jung und gerade erst dabei, deinen Weg zu finden. Sei dir deiner Sache sicher, wenn du diesen Schritt tust.«

Noch bevor er antworten konnte, stand Frederic da, tippte auf seine Uhr und sagte, daß sie gehen müßten, um den Flug zu erwischen. Nach einer kurzen Unterhaltung machte sich Frederic daran, den Wagen zu holen, und seine Mutter wandte sich wieder ihm zu, legte ihre Hand auf seinen Arm und küßte ihn auf die Wange.

»Wir müssen jeden Moment los. Bringst du Phoebe nach Hause?«

»Ja. Caroline und Al meinten, ich könne bei ihnen übernachten.«

Sie nickte. »Danke«, sagte sie sanft. »Dafür, daß du hier warst. Es war sicher nicht einfach für dich. Aber es hat mir sehr viel bedeutet.«

»Ich mag Frederic«, sagte er. »Ich hoffe, daß du glücklich mit ihm wirst.«

Sie lächelte und hielt seinen Arm. »Ich bin so stolz auf dich, Paul. Weißt du eigentlich, *wie* stolz ich auf dich bin? Wie sehr ich dich liebe?« Sie drehte sich um und sah über den Tisch hinweg zu Phoebe. Sie hatte das Bund Narzissen unter ihren Arm geklemmt, und der leichte Wind spielte mit ihrem schimmernden Rock. »Ich bin stolz auf euch beide.«

»Frederic winkt schon«, sagte Paul und sprach schnell, um seine Gefühle zu verbergen. »Ich denke, es ist Zeit. Er ist soweit. Geh und sei glücklich, Mom.«

Sie sah ihn eindringlich und lange an, mit Tränen in den Augen, und küßte ihn ein zweites Mal. Frederic kam über den Rasen zu ihnen und schüttelte Paul die Hand; dann gingen sie sich von Phoebe verabschieden. Seine Mutter umarmte seine Schwester und gab ihr ihren Brautstrauß. Er sah, daß Phoebe vorsichtig ihre Umarmung erwiderte. Sie stiegen in den Wagen, lächelten und winkten den Hochzeitsgästen in einem neuerlichen Konfettiregen. Paul beobachtete, wie das Auto hinter der Kurve verschwand, und machte sich auf den Weg zum Tisch. Immer wieder blieb er stehen, um Gäste zu begrüßen, und ließ dabei Phoebe nicht aus den Augen.

Er hörte, wie sie fröhlich und geräuschvoll mit einem der Gäste über Robert und ihre eigene Hochzeit sprach. Ihre Stimme war laut, die Worte kamen ein wenig schwerfällig und unbeholfen, ihre Aufregung war offenkundig. Er bemerkte die Reaktion des Gegenübers – ein angestrengtes, unsicheres, geduldiges Lächeln – und zuckte zusammen. Weil Phoebe sich einfach nur unterhalten wollte. Weil er noch vor ein paar Wochen genauso auf dieses Gespräch reagiert hatte.

»Wie sieht es aus, Phoebe«, unterbrach er sie. »Sollen wir gehen?«

»Okay«, sagte sie und stellte ihren Teller ab.

Sie fuhren durch die üppige Natur. Paul schaltete die Klimaanlage aus und kurbelte die Fenster herunter. Er dachte daran, wie rastlos seine Mutter durch dieselbe Landschaft gefahren war, um ihrer Einsamkeit und ihrem Kummer zu entfliehen. Er mußte Tausende von Meilen mit ihr zurückgelegt haben, kreuz und quer durchs Land, während er auf dem Rücken gelegen und anhand der flüchtigen Eindrücke von Blättern, Telefondrähten und Himmelsausschnitten versucht hatte, zu erraten, wo sie waren. Er erinnerte sich daran, wie er einen durch das schlammige Wasser des Mississippi schwimmenden Dampfer beobachtet hatte, dessen blitzende Schaufelräder Licht und Wasser reflektierten. Er hatte ihren Kummer nie verstanden, obgleich er ihn später immer bei sich getragen hatte, ganz gleich, wohin er gegangen war.

All dieser Kummer war nun Vergangenheit: jenes Leben war vorbei, war ebenfalls Vergangenheit.

Er fuhr schnell. Überall lauerte der Herbst. Die Hornsträucher färbten sich schon und hoben sich vor den Hügeln in einem schimmernden Rot ab. Pollen kitzelten Pauls Nase, und er mußte mehrere Male niesen, dennoch ließ er die Fenster offen. Seine Mutter hätte die Klimaanlage eingeschaltet, und im Wagen wäre es so kühl gewesen wie in einem Blumenladen. Sein Vater hätte seine Tasche geöffnet und seine Antihistamine hervorgeholt. Phoebe, die aufrecht neben ihm saß, mit weißer, fast durchsichtiger Haut, nahm ein Kleenex aus einer kleinen Packung in ihrer großen schwarzen Plastikhandtasche und hielt es ihm hin. Gleich unter der Hautoberfläche konnte er blaßblaue Adern ausmachen. Er sah, wie der Puls an ihrem Hals schlug, ruhig und gleichmäßig.

Seine Schwester. Seine Zwillingsschwester. Was, wenn sie ohne Behinderung auf die Welt gekommen wäre? Was, wenn ihr Vater sie so, wie sie war, nicht Caroline Gill übergeben hätte? Er stellte sich seine Eltern vor, jung und glücklich, wie sie unzertrennlich ins Auto stiegen und langsam – im Tauwetter des März, der auf ihre Geburt folgte – durch die nassen Straßen von Lexington fuhren. Das sonnige Spielzimmer, das sich an seines anschloß, hätte Phoebe gehört. Sie hätte ihn die Treppe hinuntergejagt, durch die Küche in den wilden Garten, ihr Gesicht stets vor seinen Augen, ihr Lachen das Echo seines eigenen. Was für ein Mensch wäre er dann gewesen?

Aber seine Mutter hatte recht. Er würde die entgangene Vergangenheit nicht nachholen können. Alles, was er hatte, war das Hier und Jetzt. Sein Vater hatte seine eigenen Zwillinge mitten in einem unerwarteten Sturm zur Welt gebracht, Schritt für Schritt die Handgriffe getan, die er auswendig kannte, während er seine Aufmerksamkeit voll und ganz dem Herzschlag der Frau auf dem Operationstisch widmete, der straffen Haut, dem herausragenden Kopf. Atem, Hautfarbe, Finger und Zehen. Ein Junge. Ans Tageslicht befördert, perfekt, und irgendwo im Gehirn seines Vaters war ein leiser Gesang erklungen. Einen Augenblick später das zweite Baby. Und jener Gesang war für immer verstummt.

Sie näherten sich der Stadt. Paul wartete auf eine Lücke im Verkehr und bog zum Lexingtoner Friedhof ab, fuhr an dem steinernen Pförtnerhäuschen vorbei. Er parkte unter einer Ulme, die hundert Jahre Krankheit und Dürre überlebt hatte, und stieg aus dem Wagen. Als er ihr die Tür öffnete, bot er Phoebe die Hand an. Verwundert sah sie zu ihm auf, dann stieß sie sich eigenhändig aus dem Sitz, die Narzissen, deren Stengel nun aufgeplatzt und klebrig waren, noch immer in der Hand. Eine Weile folgten sie dem Weg, an den Denkmälern und dem Ententeich vorbei, bis er sie über das Gras zum Gedenkstein führte, der das Grab ihres Vaters kennzeichnete.

Phoebe fuhr mit den Fingern über die Namen und Daten, die in den dunklen Granit eingraviert waren. Wieder fragte er sich, was sie dachte. Al Simpson war der Mann, den sie ihren Vater nannte. Am Abend legte er Puzzles mit ihr, und er brachte ihr ihre Lieblingsalben von seinen Touren mit; er hatte sie auf seinen Schultern getragen, damit sie die hohen Blätter der Ahornbäume berühren konnte. Dieser Name hier, diese Granitplatte konnten ihr nichts bedeuten.

»David Henry McCallister.« Phoebe las die Namen laut und bedächtig. Sie sammelten sich in ihrem Mund und fielen schwerfällig in die Welt.

»Unser Vater«, sagte er.

»Vater unser«, sagte sie, »geheiligt werde Dein Name.«

»Nein«, sagte er überrascht. »*Unser* Vater. Mein Vater. Deiner.«

»Unser Vater«, wiederholte sie, und er fühlte eine Woge der Enttäuschung in sich aufsteigen, da ihre Worte wohlmeinend waren, mechanisch daherkamen und keinerlei Bedeutung hatten.

»Du bist traurig«, fiel ihr dann auf. »Wenn mein Vater sterben würde, wäre ich auch traurig.«

Paul erschrak. Genau das war es – er war traurig. Sein Ärger war verraucht, und plötzlich sah er seinen Vater in einem anderen Licht. Allein seine Gegenwart mußte seinen Vater mit jedem Blick, mit jedem Atemzug an die Entscheidung erinnert haben, die er nicht rückgängig machen konnte. Die Polaroids, die Caroline über all die Jahre geschickt hatte, die sie, in einer Schublade versteckt, in der Dunkelkammer gefunden hatten, nachdem die Kuratoren gegangen waren; ebenso wie das einzige Bild von der Familie seines Vaters, das sich noch immer in Pauls Besitz befand. Und die tausend anderen, die sein Vater eines nach dem anderen gesammelt hatte, um den Augenblick, den er nie würde ungeschehen machen können, vergessen zu machen. Und doch war die Vergangenheit ans Licht gekommen, machtvoll wie ein Traum.

Phoebe, seine Schwester, ein für ein Vierteljahrhundert gehütetes Geheimnis. Paul ging ein paar Schritte zurück zum Kiesweg. Mit den Händen in den Hosentaschen hielt er inne, während Blätter mit dem Wind durch die Luft wirbelten und ein Fetzen Zeitungspapier über die weißen Steinreihen hinwegflog. Wolken stellten sich der Sonne in den Weg und hinterließen Muster auf dem Boden, Sonnenlicht blitzte über die Grabsteine, das Gras und die Bäume. Äste knackten leise, und das hohe Gras raschelte.

Zunächst waren es nur dünne Klänge, fast ein Unterton des milden Windes, so zart, daß er sich anstrengen mußte, sie zu hören. Er drehte sich um. Phoebe, die immer noch am Grab stand und den dunklen Granitrand berührte, hatte angefangen zu singen. Das Gras über den Gräbern bog sich, und die Blätter gerieten in Bewegung. Es war ein Kirchenlied, das ihm vage bekannt war. Ihre Worte waren unverständlich, doch ihre Stimme war klar und lieblich, so daß andere Besucher in ihre Richtung schauten, zu Phoebe mit ihrem dunklen Haar, ihrem Brautjungfernkleid, ihrer gebeugten Haltung, ihren undeutlichen Worten, ihrer unbekümmerten, vollen Stimme. Paul schluckte und sah auf seine Schuhe. Ihm wurde klar, daß er den Rest seines Lebens hin und her gerissen sein würde; er war sich Phoebes Unbeholfenheit bewußt, gleichzeitig war er beglückt von ihrer unvermittelten und arglosen Liebe.

Von ihrer Liebe, ja. Und von seiner eigenen, neuen und seltsam unkomplizierten Liebe zu ihr, wie ihm im Strom der Töne klar wurde.

Ihre klare und helle Stimme schwebte im Sonnenlicht. Sie plätscherte auf den Kies, auf das Gras. Er stellte sich vor, daß die Töne in die Luft tauchten wie Steine ins Wasser, wie sie die unsichtbare Oberfläche der Welt durchbrachen. Eine Woge von Tönen, eine Woge von Licht: Sein Vater hatte versucht, alles festzuhalten, doch die Welt war fließend und unfaßbar.

Die Worte des alten Kirchenlieds kamen ihm wieder ins Gedächtnis, und Paul stimmte in den Gesang ein. Phoebe schien es nicht zu bemerken. Sie sang weiter und nahm seine Stimme hin wie den Wind. Ihre Töne flossen ineinander, und die Musik war in ihm, summte in seinem Körper. Ihre Stimme ein Zwilling seiner eigenen. Als das Lied vorbei war, rührte sie sich im blaßklaren Nachmittagslicht nicht von der Stelle. Der Wind drehte, drückte Phoebes Haar an ihren Nakken und wirbelte das Laub an der Steinbegrenzung auf.

Alles verlangsamte sich – bis die ganze Welt in diesem schwebenden Augenblick festgehalten wurde.

Paul stand mucksmäuschenstill da und wartete, was als nächstes passieren würde.

Ein paar Sekunden lang passierte nichts.

Denn drehte sich Phoebe langsam um und strich ihren zerknitterten Rock glatt. Es war eine einfache Bewegung, und doch setzte sie die Welt wieder in Gang.

Paul fiel auf, wie kurz ihre Fingernägel geschnitten waren, wie zierlich ihr Handgelenk gegen den Grabstein aus Granit wirkte. Die Hände seiner Schwester waren klein, genau wie die ihrer Mutter. Er schritt über den Rasen und faßte sie sanft an der Schulter, um sie nach Hause zu bringen.

***

»Am meisten hat mich dieses Geheimnis im Herzen einer Familie fasziniert«

Bonusmaterial zu Kim Edwards' Roman »Die Tochter des Fotografen«

Das Buch

Als der angesehene New Yorker Verlag Viking 2005 Kim Edwards' Roman »Die Tochter des Fotografen« (engl.: »The Memory Keeper's Daughter«) herausbringt, sind die Erwartungen moderat. Die gebundene Ausgabe verkauft sich dann ordentlich, die Besprechungen sind wohlwollend – ein freundlicher, überschaubarer Erfolg. Ende Mai 2006 liefert Penguin das Taschenbuch im Premiumformat aus. Bereits im Juli sind knapp 800000 Exemplare verkauft, und das Buch steht auf Platz eins der US-Bestsellerliste. Mit über fünf Millionen Exemplaren ist das Buch inzwischen eines der bestverkauften der letzten Jahre.

Es waren nicht die großen Buchketten oder gigantische Marketingbudgets, die diesen Erfolg ermöglicht haben, es waren die unabhängigen Sortimenter und die Mundpropaganda begeisterter Leser. Nicht zuletzt spielten bei diesem Siegeszug die einflussreichen »reading groups« eine entscheidende Rolle. Diese privat organisierten Lesezirkel erfreuen sich jenseits des Atlantiks – und übrigens auch in Deutschland – einer zunehmenden Beliebtheit. Ihr bevorzugter Lesestoff ist anspruchsvolle Unterhaltungsliteratur, die über die Lektüre hinaus wirkt, indem sie moralische Konflikte oder fremde Welten darstellt. Insofern nimmt es kein Wunder, dass Kim Edwards' Roman zum Lieblingsbuch von Millionen Lesern avancierte.

Die Autorin

Kim Edwards arbeitet als Lehrerin in Kambodscha, als ihr Mann eine Stelle an der Universität Pittsburgh bekommt. Viele Jahre später – sie wohnt bereits in Lexington, Kentucky – schreibt sie »Die Tochter des Fotografen« und macht die Stadt der Flüsse zum Zufluchtsort einer ihrer Romanfiguren. Doch nicht nur die Krankenschwester Caroline, die das behinderte Mädchen Phoebe auf eigene Faust großzieht, findet in Pittsburgh den Sinn des Lebens. Auch Dr. David Henry, der Vater eben dieses verstoßenen Kindes, wird genau da, wo sich Allegheny und Monongahela zum Ohio River vereinen, von seiner Vergangenheit übermannt. Es sind die Gewässer, die in Kim Edwards' Familienepos zum Spiegel des Lebens werden. Sie versinnbildlichen den Strudel, den eine falsche Entscheidung hervorrufen kann; sie stehen für die Einsamkeit und Turbulenz des Daseins und für die unergründlichen Geheimnisse, die unter glatten Oberflächen verborgen liegen.

Kim Edwards ist die Autorin einer Kurzgeschichtensammlung, »The Secrets of a Fire King« (dt.: »Der Hibiskushimmel«), die 1998 für den PEN/Hemingway Award nominiert war und die sowohl mit dem Whiting Award als auch dem Nelson Algren Award ausgezeichnet wurde. Als Absolventin des Iowa Writers' Workshops unterrichtet sie derzeit Kreatives Schreiben an der University of Kentucky und arbeitet an ihrem zweiten Roman.

Das Interview
Kim Edwards über die Entstehung ihres Bestsellers »Die Tochter des Fotografen«

»Die Tochter des Fotografen« ist eine tragische und ergreifende Familiengeschichte, hat aber auch einen fesselnden Plot. Im Zentrum steht die bestürzende Tat, mit der ein Mann das Leben aller Menschen verändert, die er liebt. Was hat Sie zu dieser Geschichte inspiriert?

Einige Monate nach der Veröffentlichung meiner Kurzgeschichtensammlung »Der Hibiskushimmel« sagte mir die Pastorin der presbyterianischen Gemeinde, der ich kurz vorher beigetreten war, sie hätte eine Geschichte für mich. Ich war geschmeichelt, dass sie an mich gedacht hatte, aber auch ein bisschen überrascht – ich war gerade nach über zwanzig Jahren in die Kirche zurückgekehrt und dem Ganzen gegenüber noch ziemlich skeptisch. Allerdings konnte ich bei aller Skepsis nicht übersehen, dass hier viel Gutes vor sich ging: Die Gemeinde war rührig, fortschrittlich und engagiert, und das Pastorenehepaar, beides ehemalige Hochschulprofessoren, schrieb wunderbare Predigten. Sie waren kunstvoll aufgebaut, intellektuell anregend, aber gleichzeitig auch zutiefst berührend. Ich bewunderte sie dafür. Andererseits hatte sich bis dahin, wenn mir jemand eine Geschichte anbot, meistens herausgestellt, dass ich einfach nicht die Richtige war, um sie zu erzählen. Deshalb dankte ich meiner Pastorin nur und dachte nicht weiter über ihr Angebot nach.

Eine Woche später kam sie wieder auf mich zu. »Ich muss Ihnen wirklich diese Geschichte erzählen«, sagte sie, und das tat sie dann auch. Es waren nur ein paar Sätze über einen Mann, der gegen Ende seines Lebens herausfand, dass sein Bruder mit Downsyndrom geboren worden war, dass er direkt nach der Geburt in eine Anstalt gebracht und vor der ganzen Familie geheim gehalten wurde, sogar vor seiner eigenen Mutter, sein ganzes Leben lang. Er war unerkannt in dieser Anstalt gestorben. Ich weiß noch, dass ich sofort, noch während sie erzählte, von dieser Geschichte fasziniert war und gleich dachte, dass sie guter Stoff für einen Roman wäre. Besonders das Geheimnis im Herzen einer Familie beschäftigte mich. Dennoch dachte ich nicht ernsthaft, dass ich dieses Buch je schreiben würde.

Dabei blieb es jahrelang. Die Idee ließ mich allerdings nicht los, wie unausweichliche Geschichten es eben so an sich haben. Irgendwann wurde ich ganz unabhängig davon von einer Gruppe aus Lexington mit dem Namen »Minds Wide Open« dazu eingeladen, einen Schreib-Workshop mit geistig behinderten Menschen abzuhalten. Ich muss zugeben, dass ich etwas nervös war: Ich hatte überhaupt keine einschlägigen Erfahrung und keine genaue Vorstellung, was mich erwartete. Letztendlich wurde es ein wunderbarer Vormittag voller Überraschungen, voller Ausdruckskraft und mit einigen sehr poetischen Ergebnissen. Am Ende des Workshops umarmten mich einige Teilnehmer zum Abschied.

Diese Begegnung beeindruckte mich tief, und ich begann wieder über die Romanidee nachzudenken, diesmal schon ernsthafter und konkreter. Trotzdem dauerte es noch ein ganzes Jahr, bevor ich zu schreiben anfing. Das erste Kapitel wurde dann mühelos und schnell fast fertig – ohne dass es mir bewusst gewesen wäre, hatte die Idee in mir schon Form angenommen. Katherine Anne Porter hat in einem Interview mit »Paris Review« gesagt, das zentrale Ereignis in einer Geschichte sei wie ein Stein, den man ins Wasser wirft – nicht das Ereignis selbst ist das Interessanteste, sondern die Kreise, die es im Leben der Romanfiguren zieht. Das bestätigte sich für mich. Sobald ich das erste Kapitel geschrieben hatte, wollte ich mehr darüber wissen, wer diese Menschen waren und was Davids Entscheidung für ihr Leben bedeutete. Ich konnte nicht mehr aufhören, bevor ich es nicht herausgefunden hatte.

Beweggründe sind etwas sehr Komplexes, auch die Motivation für Davids schicksalsschwere Entscheidung. Haben Sie als Autorin Verständnis für seine Motive?

O ja, sicher. Auch wenn die meisten von uns nicht ganz so dramatische Entscheidungen zu treffen haben, kennen wir doch Situationen, in denen wir folgenschwer auf ein Ereignis reagieren und unsere Motive dafür, wenn überhaupt, erst viel später ganz verstehen.

Ich wusste von Anfang an, dass David kein schlechter Mensch ist. Er trifft in diesem ersten Kapitel absolut die falsche Entscheidung, aber er glaubt, in bester Absicht zu handeln – in der Absicht, Norah zu helfen und für sein Kind das zu tun, was die medizinische Fachwelt damals für ein Kind mit Downsyndrom für das Beste hielt.

Natürlich steht aber noch viel mehr dahinter. David hat sich seiner eigenen Trauer um den Verlust seiner Schwester nie gestellt, hat diesen Verlust nie verarbeitet. Ich glaube, das war damals nicht ungewöhnlich. Schließlich ist das Konzept der Trauerarbeit ziemlich neu. Ich erinnere mich aus meiner Jugend an Geschichten von Erwachsenen in meiner Umgebung, die schreckliche Verluste erlitten hatten. Sie waren immer von einer Art Schweigen umgeben. Jeder kannte ihre Geschichte, und der Verlust hatte sich in ihren Lebensweg eingeschrieben, aber niemand sprach über die Toten.

So ist es auch mit David. Mit dem Verlust seiner Schwester und letztlich auch seiner Familie versucht er fertig zu werden, indem er einfach weitermacht, sein Leben in die Hand nimmt und nach beruflichem Erfolg strebt. Dabei bleibt seine Trauer aber unterhalb der Oberfläche lebendig, und als Phoebe geboren wird, ein Ereignis, das er weder vorhersehen noch kontrollieren kann, steigt sie wieder in ihm auf. David reagiert in dem Moment nicht nur auf die gegenwärtige Situation, sondern auch auf seine eigene Vergangenheit, aber er braucht Jahrzehnte und eine Reise zurück an den Ort seiner Kindheit, um das herauszufinden.

Der Roman beginnt 1964. Glauben Sie, dass sich unsere Einstellungen gegenüber Menschen mit Behinderungen seither geändert haben? Sind wir jetzt besser informiert und toleranter?

Ja, vieles ist in den vergangenen Jahrzehnten besser geworden, aber ich würde auch sagen, dass dieser Prozess nicht abgeschlossen ist, dass noch viele Fortschritte gemacht werden müssen.

Ich selbst habe beim Schreiben dieses Romans ganz sicher einen Lernprozess durchlaufen. Als ich anfing, wusste ich nicht, wie ich mir Phoebe vorstellen sollte. Ich war fasziniert von dem Geheimnis und seinen Konsequenzen für die Familie, aber ich wusste nicht viel über das Downsyndrom. Die Aufgabe, eine überzeugende Figur zu erschaffen, die einfach sie selbst ist und kein Klischee, und dabei weder sentimental noch herablassend zu sein, erschien mir sehr schwierig, fast entmutigend.

Ich begann viel zu lesen und zu recherchieren; nach und nach führte ich auch Gespräche mit Betroffenen. Das erste Paar, mit dem ich sprach, hat eine Tochter, die in den 60er Jahren heranwuchs. Die Eltern waren unglaublich hilfreich, so offen und direkt und klug. Als ich ihnen das erste Kapitel zeigte, fanden sie sofort, dass ich den Arzt exakt getroffen hätte. Davids Einstellung zum Downsyndrom kommt uns heute vielleicht empörend vor, aber es ist gar nicht so lange her, dass seine Ansichten weit verbreitet waren.

Diese Ansichten haben sich nur deshalb geändert, weil Eltern von Kindern mit Downsyndrom sich geweigert haben, die Einschränkungen zu akzeptieren, die ihren Kindern aufgezwungen wurden – genauso wie Caroline in diesem Roman. Der Kampf, den Caroline ausficht, steht stellvertretend für viele Versuche damals, die vorherrschenden Ansichten zu verändern und lange verriegelte Türen aufzubrechen.

Diese Veränderungen waren nie leicht herbeizuführen. Damals wie heute zahlten die Menschen, die ihren Kindern einen Platz in der Welt erkämpfen wollten, einen hohen persönlichen Preis. Während der Recherche bekam ich immer wieder Geschichten zu hören, die von tiefen Enttäuschungen, aber auch von großem Mut erzählten. Und immer wieder war ich beeindruckt von der Großherzigkeit der Menschen mit Downsyndrom und ihrer Familien. Sie ließen mich an ihrem Leben, an ihren Freuden und Schwierigkeiten Anteil nehmen und brannten darauf, mir zu helfen. Viele von ihnen haben den Roman gelesen und fanden ihn sehr gut; das ist für mich ein großer Erfolg.

Sie verwenden in diesem Buch sehr kunstvoll die Fotografie als Metapher. Gehört Fotografie zu Ihren persönlichen Interessen, oder haben Sie sich erst für diesen Roman damit beschäftigt?

Ich bin keine Fotografin, aber in meiner Studienzeit war ich eng mit Fotografen befreundet, von denen einige tatsächlich bei sich zu Hause Dunkelkammern eingerichtet hatten. Fotografie zog sich als roter Faden durch viele unserer Gespräche, und ich begleitete meine Freunde manchmal, wenn sie bestimmte Aufnahmen machen wollten. Die technischen Aspekte interessierten mich überhaupt nicht, Verschlusszeiten und Blendeneinstellungen ließen mich kalt. Aber was mich immer faszinierte, war, wie die Bilder im Entwickler sichtbar wurden, wie die chemische Flüssigkeit das Unsichtbare ans Licht lockte. Es ist ein allmählicher Entstehungsprozess, tatsächlich wie eine Art Geburt, ein geheimnisvoller Moment. Auch die Bedeutung des Lichts fesselte mich, wie zu viel Licht ein Bild auf dem Film oder dem Papier auslöschen konnte.

Ich weiß noch, wie ich mich mehr als einmal ärgerte, wenn der Wunsch meiner Freunde nach einem guten Foto eben jenen Moment störte, der eingefangen werden sollte. Die Gegenwart eines Fotografen beeinflusst immer die aufgenommene Situation. Mich interessiert, was gewonnen wird und was verloren geht, wenn das Auge der Kamera dabei ist.

In der Anfangsphase meines Romans las ich im »New Yorker« einen sehr guten Essay über den Fotografen Walker Evans, in dem diese und ähnliche Fragen besprochen wurden, und erinnerte mich wieder an meine fotografierenden Freunde. Norah schenkte David eine Kamera, und von dem Punkt an recherchierte ich ziemlich viel. Unter anderem besuchte ich das »Eastman Kodak Museum« in Rochester und las Susan Sontags faszinierendes Buch »Über Fotografie«.

»Die Tochter des Fotografen« ist letztendlich ein versöhnliches und hoffnungsvolles Buch, beschreibt aber auch die dunkleren Seiten des Lebens. Schauspieler berichten oft, dass die Arbeit an einer besonders tragischen Rolle ihr Seelenleben beeinflusst – andere können dagegen ihre Arbeit einfach zur Seite legen und ihr täglichen Leben davon frei halten. Was bedeutet es für Sie als Schriftstellerin, eine so herzzerreißende Geschichte zu schreiben – beeinflusst es Sie emotional? Oder können Sie Ihre Arbeit einfach loslassen, wenn Sie aufhören zu schreiben?

Na ja, alle Charaktere haben es tatsächlich nicht leicht. Sie müssen dunkle Zeiten durchstehen. Trotzdem habe ich es nie als schmerzhaft empfunden, dieses Buch zu schreiben. Teilweise, denke ich, liegt das daran, dass ich mich mit jedem der Charaktere identifiziert habe: mit dem, der ein Geheimnis bewahrt, und dem, dem dieses Geheimnis vorenthalten wird, mit der Mutter, die sich nach ihrem Kind sehnt, und dem Kind, das Geborgenheit und Ganzheit sucht. Ich respektierte bei allen meinen Figuren ihre Bemühungen, sich selbst zu finden. Ich interessierte mich für sie und wollte wissen, was mit ihnen passierte und wer sie waren. Das konnte ich nur herausfinden, indem ich das Buch schrieb. Dass ich das Buch aus vier unterschiedlichen Perspektiven schrieb, erlaubte es mir außerdem, die Perspektive der einen Figur zu verlassen und an einer anderen zu arbeiten, wenn ich nicht vorankam. Das war sehr befreiend, ich konnte mich von einem der Charaktere ein Stück weit lösen, während ich über einen anderen schrieb.

Wer sind Ihre Lieblingsautoren, und was lesen Sie im Augenblick?

Ich lese sehr viel. Alice Munro und William Trevor sind Autoren, zu deren Werk ich immer wieder zurückkehre. Marilynne Robinsons »Gilead« habe ich gerade zu Ende gelesen und werde es noch einmal von vorn anfangen, einfach, um die Schönheit der Sprache erneut auszukosten. Von Ursula Hegi und Sue Monk Kidd liegen neue Bücher auf meinem Schreibtisch sowie Gedichte von Pablo Neruda. Während der Arbeit an der »Tochter des Fotografen« habe ich wieder klassische Romane gelesen, in denen ein Geheimnis eine zentrale Rolle spielt, besonders Dostojewskis außergewöhnlichen Roman »Schuld und Sühne« und Hawthornes »Der scharlachrote Buchstabe«. Bei Thomas Manns Joseph-Tetralogie bin ich etwa auf der Hälfte; diese archetypischen Geschichten spielen auch eine Rolle für den nächsten Roman, den ich schreiben möchte.

Woran arbeiten Sie im Moment?

Ich habe einen neuen Roman angefangen, »The Dream Master«. Er spielt in der Finger Lakes Area, einer Seenlandschaft im Staat New York, wo ich aufgewachsen bin. Die Gegend ist umwerfend schön, sie ist in einem sehr realen Sinn die Landschaft meiner Phantasie. Wie in »Die Tochter des Fotografen« dreht sich auch in diesem Roman alles um ein Geheimnis – das scheint der Schwerpunkt meiner schriftstellerischen Arbeit zu sein –, nur dass diesmal das fragliche Ereignis in der Vergangenheit stattgefunden hat und damit sowohl für den Leser als auch für die Charaktere ein Geheimnis ist. Strukturell und thematisch ist das nächste Buch also wieder eine ganz neue Entdeckungsreise.

TRAUERARBEIT

Trauer ist ein emotionaler Prozess zur Bewältigung des Todes einer geliebten Person. Es ist ein Prozess, auf den sich der Zurückgebliebene allerdings auch einlassen muss. Der Begriff Trauerarbeit sagt bereits, dass dies kein einfacher Weg ist, sondern, wie Freud es nannte, »Schwerarbeit der Seele«. Obwohl sie heilsam ist, ist Trauer auch heute noch zu einem gewissen Grad ein gesellschaftliches Tabu. Sowohl die Trauernden selbst als auch die Menschen in ihrem Umfeld sind oft überfordert. Kim Edwards erkundet in ihrem Roman verschiedene Arten, mit der Trauer umzugehen. Ihre Figuren haben Mühe, den Prozess vollständig zu durchlaufen. Verena Kast liefert eine der bekanntesten Theorien des Trauerns, indem sie von vier Phasen ausgeht: Zunächst wollen die Hinterbliebenen den Verlust nicht wahrhaben und befinden sich in einer Art Schockzustand. Nach einigen Tagen oder Wochen beginnt dann ein Wechselbad der Gefühle, Traurigkeit, Angst, Freude und Wut lösen sich ab. Der genaue Verlauf dieser Phase ist stark abhängig von der Beziehung des Trauernden zum Toten. Danach wird der Verstorbene bewusst oder unbewusst im Alltag gesucht. Der Hinterbliebene strebt Momente an, in denen er sich stets aufs Neue mit dem Verlust und der veränderten Realität konfrontiert sieht. Nach und nach wird so jedoch das neue Lebensgefüge akzeptiert. Der Hinterbliebene baut einen neuen Selbst- und Weltbezug auf, und der Verstorbene wird schließlich zu einer Art innerem Begleiter. Er lebt weiter in den Erinnerungen und bleibt auf anderer Ebene ein Teil des Lebens. Wichtig ist, dass die Trauer in jeder Phase ausgelebt wird und keine Gefühle zurückgehalten werden. Wie schwierig dies ist, wird in »Die Tochter des Fotografen« fühlbar.

Wie trauern die verschiedenen Hauptpersonen in »Die Tochter des Fotografen«? Welche Phasen des Trauerprozesses durchlaufen sie? Wie beeinflussen Geheimnisse und Trauer einander?

Downsyndrom

Bei Menschen mit Downsyndrom oder Trisomie 21 ist das 21. Chromosom drei Mal vorhanden. Sie zeigen einige als typisch geltende physische Merkmale wie mandelförmige Augen und kurze Gliedmaßen und sind in unterschiedlicher Weise in ihrer körperlichen und geistigen Entwicklung eingeschränkt. Häufige Probleme sind Erkrankungen der Atemwege, ein schwaches Immunsystem, Herzfehler, Beeinträchtigungen der Wahrnehmungsorgane und Sprachschwierigkeiten. Kinder mit Downsyndrom entwickeln sich, wie der Vergleich Phoebes und Paul zeigt, langsamer als Regelkinder. Erst schreitet dabei die geistige Entwicklung schneller voran, dann die motorische. Die Ansicht, dass Kinder mit Trisomie 21 grundsätzlich lieb, anhänglich und gutmütig sind, ist weit verbreitet. Es lassen sich bei ihnen tatsächlich schon früh besondere soziale Fähigkeiten beobachten, nichtsdestotrotz sind Menschen mit Downsyndrom jedoch ebenso individuell verschieden wie Menschen ohne genetische Abweichung.

Phoebe wird in einer Zeit geboren, in der Ausgrenzung Behinderter die Regel ist. Davids Erinnerungen an seine Ausbildung zeigen, dass Kinder mit körperlichen und geistigen Abweichungen bis in die 60er Jahre als Last für Eltern und Gesellschaft empfunden werden. Die Kinder würden oft jung sterben, und man könne nichts weiter tun, als sie sauber zu halten. Als bestes Mittel zur Problemlösung für alle Seiten gilt die Anstaltsunterbringung. Das Kind in ein Heim zu geben ist ein gängiger Ratschlag der Ärzte und Davids Handeln insofern nicht ungewöhnlich. Im Gegensatz zu ihm sieht Caroline jedoch die schlechten Lebensbedingungen dort: wenig Personal, für die Behinderten weder Privatsphäre noch Möglichkeit zur persönlichen Entfaltung. So wird Caroline zu einer der Mütter, die sich intensiv für ihre Kinder einsetzen. Phoebe wächst und entwickelt sich zwar entsprechend ihren Beeinträchtigungen, aber individuell und mit großen Fortschritten. Ihre Geschichte zeigt, dass Kinder mit Downsyndrom mit der richtigen Förderung viel erreichen können und dass sie keinesfalls nur lästige Pfleglinge sind, sondern vollwertige Personen mit eigenem Charakter und Seelenleben. In den letzten Jahrzehnten hat sich die Lebenssituation von Menschen mit Downsyndrom erheblich verbessert. Ein gesellschaftlicher Bewusstseinswechsel hat stattgefunden, zusätzlich ermöglicht die Medizin die Behandlung vieler organischer und körperlicher Probleme, so dass die Lebenserwartung auf über 60 Jahre gestiegen ist.

Auf welche gesellschaftlichen Schwierigkeiten trifft Caroline, als sie Phoebe zu sich nimmt? Wie wird Phoebe im Roman dargestellt? Was sind die Merkmale des Downsyndroms, und welche Rolle spielt hierbei eine gezielte Förderung? Hätte Phoebe bei David und Norah dieselbe Förderung erhalten?

Die Rolle der Frau in den USA

Im 20. Jahrhundert kommt Bewegung in die traditionellen Geschlechterrollen. Gesellschaftliche und ökonomische Veränderungen und politische Ereignisse wie der Zweite Weltkrieg tragen dazu bei, dass die Frauen mehr und mehr aus dem ihnen zugeschriebenen häuslichen Raum heraustreten. Die größten Veränderungen ereignen sich in den 60er und 70er Jahren, in denen sich eine starke feministische Bewegung etabliert. Untrennbar damit verbunden ist in den USA vor allem eine Frau: Betty Friedan veröffentlichte 1963 ihr bahnbrechendes Buch »The Feminine Mystique« (»Der

Weiblichkeitswahn«), das gerade bei Leserinnen große Aufmerksamkeit erregte. Friedan rechnet schonungslos mit der als selbstverständlich geduldeten Reduktion der Frau auf Ehe und Mutterschaft ab. Sie spricht aus eigener Erfahrung und vielen Frauen der amerikanischen Mittelschicht aus dem Herzen, wenn sie beschreibt, wie die eigenen Ambitionen nach der Heirat auf der Strecke blieben. Friedan entlarvt das Vorstadthaus des amerikanischen Traumes als einen goldenen Käfig. Um diesen Käfig aufzubrechen, gründet sie 1966 die »National Organization for Women« (NOW).

Die breite Öffentlichkeit nimmt die Frauenbewegung vor allem durch zwei legendäre Protestmärsche 1968 und 69 gegen die Miss-America-Wahlen wahr. Tausende von Frauen gehen auf die Straße und demonstrieren für Gleichberechtigung. Die Antikriegsdemonstrationen, Studentenunruhen und Hippiebewegung der 68er liefern alle ihren Beitrag dazu, dass die traditionellen Normen grundlegend in Frage gestellt und gebrochen werden. Es zeichnen sich gesellschaftliche Veränderungen ab. Während die Forderung der Legalisierung der Abtreibung auf viel Widerstand stößt, bringt die Pille den Frauen Kontrolle über Schwangerschaften. Immer mehr Frauen machen vor der Ehe sexuelle Erfahrungen, heiraten später und kriegen später Kinder. Zunehmend fordern die Amerikanerinnen ihr Recht auf Freiheit und Selbstbestimmung unumwunden ein. Beispiel dafür ist im Roman Norahs jüngere Schwester Brigitte. Sie brennt noch an der Highschool mit einem Mann durch, geht nach dem Scheitern der Ehe an die Universität und nennt sich fortan Bree, womit sie ihren Drang nach Freiheit unterstreicht: Bree wie free und breezy, frisch und frei. Sie entscheidet sich gegen eine Familie und dafür, ihren eigenen Weg zu gehen. Brees Entschlossenheit und ihr politischer Aktivismus schüchtern Norah oft ein, führt sie doch zu Beginn ihrer Ehe tatsächlich ein Leben im goldenen Käfig. Aber auch sie emanzipiert sich im Laufe des Romans und wird von einer passiven Ehefrau zu einer erfolgreichen Unternehmerin, die ihr Glück außerhalb der eigenen vier Wände sucht.

Welche Vorstellungen haben die verschiedenen Frauen im Roman von ihrem Leben? Welche Pläne verfolgen sie, welche Rolle spielen Partner, Familie und Karriere? Unterstützen ihre Partner sie dabei?

FOTOGRAFIE

Fotografie und Fotografien spielen in Edwards Roman eine sehr wichtige Rolle. Sie hängen metaphorisch zusammen mit Erinnerung, mit Geheimnissen und mit Wahrnehmung. Fotografien sind für David eng verbunden mit den traumatischen Verlusten in seinem Leben. Er bewahrt ein Familienportrait, das kurz vor Junes Tod aufgenommen wurde, genauso andächtig wie die Fotos von Phoebe, die Caroline ihm in regelmäßigen Abständen zukommen lässt. Beide zeigen Personen, die für ihn unerreichbar sind und deren Abwesenheit schmerzt. Außerdem fotografiert David selbst, in einem fast zwanghaften Ausmaß. Beim Bildermachen geht es laut David um Geheimnisse, die man in sich trägt und niemals aufdecken wird. Er versucht ständig, gegenwärtige Momente einzufangen und zu bewahren, als eine Kompensation oder Verschleierung für den Moment, in dem er Phoebe fortgegeben hat und den er nicht mehr zurückholen kann. Außerdem macht er Fotos von Mädchen, die in Phoebes Alter sind. Fotografie ist Davids Versuch, sich der verlorenen Tochter anzunähern, und stellt eine Auseinandersetzung mit den Konsequenzen dieser Entscheidung dar sowie ein Ventil für die unerträgliche Last dieses Geheimnisses, das ihm zu viel Angst macht, um es seiner Familie mitzuteilen. Gefesselt hinter der Kamera, versäumt David es jedoch, aktiv am Leben teilzunehmen, und er verpasst erneut wichtige Momente, die er nicht mehr zurückholen kann. Als sein Sohn von einem Baum fällt und sich den Arm bricht, fotografiert er Tulpen, als seine Frau sich in einen anderen verliebt, diskutiert er über Brennweiten, als Caroline ihm gegenübertritt, ist er zu sehr mit seiner Ausstellung beschäftigt.

Sowohl Paul als auch Norah finden es schwer, mit Davids Passivität umzugehen. Paul liebt die Musik gerade deshalb, weil sie, so seine Worte, den Puls des Lebens berührt und ihm das Gefühl gibt, eine Einheit mit der Welt zu sein. David dagegen zerlegt mit seinen Fotos die Dinge in ihre Einzelteile. Er fotografiert das Gewebe eines Herzens so, dass es wie ein Baum aussieht, und Norahs Hüfte wird auf dem Fotopapier zu einer Küstenlinie. Wie der Entwickler in der Dunkelkammer den Abzügen ihr Geheimnis entlockt, so schaffen Davids Komposition versteckte Bedeutungen. Ironischerweise ist es gerade Norah, die David zu Beginn ihrer Ehe eine Kamera geschenkt hat. Die Fotografie wird jedoch immer mehr zum Symbol ihrer gegenseitigen Entfremdung.

Welche Rolle spielt die Fotografie im Leben von David? Wie verhält sich Norah zum Hobby ihres Mannes? Wie geht sie mit dem fotografischen Werk ihres verstorbenen Mannes um?